上册

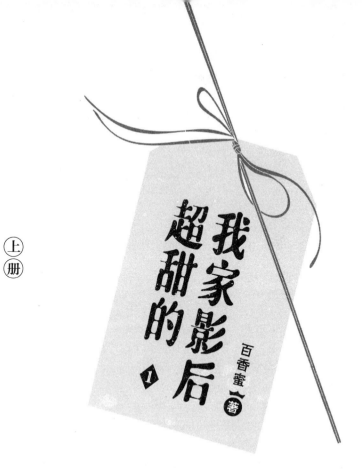

我家影后超甜的 1

百香蜜 著

青岛出版社
QINGDAO PUBLISHING HOUSE

**图书在版编目（ＣＩＰ）数据**

我家影后超甜的．1 / 百香蜜著．— 青岛：青岛出版社，2020.11

ISBN 978-7-5552-9535-8

Ⅰ．①我… Ⅱ．①百… Ⅲ．①长篇小说－中国－当代 Ⅳ．①I247.5

中国版本图书馆CIP数据核字(2020)第173844号

| | |
|---|---|
| 书　　名 | 我家影后超甜的 1 |
| 著　　者 | 百香蜜 |
| 出版发行 | 青岛出版社 |
| 社　　址 | 青岛市海尔路182号（266061） |
| 本社网址 | http://www.qdpub.com |
| 邮购电话 | 18613853563　　0532-68068091 |
| 责任编辑 | 李文峰 |
| 特约编辑 | 张玙璠 |
| 校　　对 | 宋　芸 |
| 装帧设计 | 李红艳 |
| 照　　排 | 梁　霞 |
| 印　　刷 | 三河市良远印务有限公司 |
| 出版日期 | 2020年11月第1版　　2020年11月第1次印刷 |
| 开　　本 | 16开（640mm×920mm） |
| 印　　张 | 37 |
| 字　　数 | 400 千 |
| 书　　号 | ISBN 978-7-5552-9535-8 |
| 定　　价 | 65.00元（全二册） |

编校印装质量、盗版监督服务电话　4006532017　　0532-68068638
**建议陈列类别:**畅销·青春文学

# 目 录 [上册]

C O N T E N T S

# 目 录 [下册]

C O N T E N T S

# 第一章
## 我还喜欢你

S省洛城，时下正值阳春三月。

一周前，姜语宁被陆氏总裁退婚。因为姜语宁涉嫌插足某大导演的婚姻，逼得某导演的妻子跳楼的事情被知名娱乐记者枯杰爆料了。某导演在妻子孕期出轨，激起民愤。为了平息舆论，他称被姜语宁勾引了。一时之间，姜语宁的丑闻掀起千层风浪。

作为洛城的顶级豪门，陆家自然容不下这种有辱家门声誉的女子。

一周后，姜语宁被帝辰娱乐解约。因为姜语宁在合约期爆出重大丑闻，严重违约。不仅如此，经纪公司还起诉姜语宁，向她讨要六千万元的违约金。此时此刻，姜语宁一无所有。不，她好像有了一份新合同。昨晚接到电话的时候，她吓了一跳。

她和经纪公司解约以后，她的前经纪人开车送她。

"你家附近现在都是记者，而且何家很快要被法院查封了，你还有能去的地方吗？"姜语宁的经纪人是一个三十岁出头的男人，染着一头银发，装扮时尚。这些年他对姜语宁马马虎虎的，也没多少真心。姜语宁没理他，低头打开皮包，似乎在找什么东西。

"你如果没有可以去的地方，要不要去千城时代黄总的别墅？他倒是很喜欢你。反正……那导演的床你都……"经纪人瞧着姜语宁平静的脸色又说了一句。

姜语宁就知道经纪人答应送她绝不会这么简单，这是要卖她吗？

那个黄总，家里堆着多少女朋友了？

"我没有爬过什么导演的床。那件事是怎么回事，你和帝辰娱乐的人比谁都清楚。"姜语宁抬起头看着对方反驳，眼底布满可笑的神色。

最后，她终于从皮包里拿出一个信封，借着微弱的光看清了上面的地址。

"语宁，我也是为你好。你的未婚夫退婚了不说，你还被全网抵制，以后你怎么混？你还要还债呢……"经纪人还在坚持。

姜语宁含笑婉拒了经纪人的提议："我已经找好了下家，就不劳你费心了。"

经纪人皱眉，眼底深处隐藏厌恶之色。他收了黄总的钱，答应对方要把这个已经名誉扫地的女人送到对方的别墅，可她现在不听话。

"语宁，我们好歹合作了那么多年，我总不会坑你吧？我可以保证，只要你跟了黄总，你会过上衣食无忧的生活。而且我们已经在去的路上了。"

姜语宁听了，震惊地看着对方。下一秒，她便拿出手机拨了一个电话："我遇到一点儿麻烦，在去银河路的路上……"

"知道了。"电话那边传来男人低沉的声音，只是三个字便缓解了姜语宁的紧张。

经纪人看着姜语宁打求救电话，哭笑不得："马上就到黄总的别墅了。语宁，你就当给我一个面子，我也不容易。"

姜语宁没说话。她觉得恶心，早就恶心了。

经纪人看着姜语宁，以为她不再反抗。她那个电话很有可能是虚张声势。她现在臭不可闻，不可能还有人愿意帮她。因此，经纪人没把姜语宁的那通电话放在心上。直到保姆车即将驶入黄总的别墅前，一辆黑色的轿车直接横开过来将保姆车拦在了路口。

经纪人刚想让司机下车看看是怎么回事，却见轿车的司机率先下车走了过来。轿车司机从外面推开保姆车的车门，直接对姜语宁道："姜小姐，有请。"

经纪人见姜语宁提起长裙要起身，一把拽住她的手腕："姜语宁，你不能走。"

姜语宁转头正要说话，黑色轿车后排的车窗被缓缓地放下。一道凛冽的目光扫向经纪人。坐在轿车后排的男人冷冷地对经纪人道："谁不能走？"

经纪人循声望去，见到对方的面容，大惊失色："陆……二爷。"

紧随黑色轿车的还有四辆神秘的摩托车，那是保障陆景知安全的警卫。

经纪人咽了咽口水，手心开始冒汗……

"上车。"男人没再搭理经纪人，而是低声吩咐姜语宁。说完，他升上了车窗。

"等等。"姜语宁说完这两个字，转身对着经纪人就是一巴掌，"这是我还给你的礼物。至于黄总，你留着慢慢享用。"

经纪人被姜语宁的这一巴掌直接打蒙了。他要是知道姜语宁找好的下家是陆景知，绝对不会打姜语宁的主意。不怪他害怕，在洛城没人不怕陆景知。他神秘莫测，权势滔天，在洛城有很多可怕的传闻。经纪人也是前两年陪姜语宁去了陆家的家宴，才有幸远远地看过陆景知一眼。

姜语宁的前未婚夫是陆家的三少爷，有他给姜语宁撑腰的时候，她就算犯再大的错，经纪公司看在陆家的面子上也会既往不咎。可是，陆家三少爷最近和一个影后勾搭上了，就串通公司故意设了导演那个局，想趁机把婚事给退了。经纪公司也是当机立断，立即和姜语宁解约。可他们哪里知道，和三少爷解除婚约以后，姜语宁竟然和陆家的二少爷陆景知搭上了关系。

随后，陆景知的司机过来严厉地警告。经纪人哪有这个胆子随便乱说？只是这豪门，未免太有意思了吧？弟弟才刚宣布不要的破鞋，哥哥马上就捡回去穿上。

须臾之间，姜语宁上了黑色轿车。在狭窄的空间里，姜语宁用余光偷偷地打量身旁的男人。他里面穿着西装，外面穿着黑色的风衣外套，拿着黄皮纸文件袋，戴着银色的名贵手表，整个人散发出一种威严气息。这个男人，高大、俊逸，五官棱角分明，犹如西方男人。熨烫得整齐而干净的西装，显露出他有多年的强迫症。他还是他，高不可攀的陆景知。

"你刚才那巴掌打得很好。"陆景知直视姜语宁的眼睛赞扬道，让姜语宁的心有些发烫。

"陆二哥，其实……我不明白，你为什么要包……"姜语宁最终没能把那个"养"字说出口。多年前，她爷爷给她和陆宗野定下了娃娃亲，然

3

而她对前未婚夫没有任何男女感情。可她名义上到底做了别人多年的未婚妻。而这个别人，还是陆景知的弟弟。

像陆景知这样的天之骄子，要什么样的女人没有？作为陆家的继承人，他享受崇高的地位。没有人知道他就职什么单位，但他能和洛城的大人物出席各种酒宴活动，颇为神秘。

因此，当她昨晚收到陆景知的六千万元支票时，很震惊。陆景知让她还债以后，搬到御珑廷和他一起住。姜语宁知道这意味着什么，但还是答应了。

听到姜语宁的询问，陆景知睁开双眼，捏着姜语宁的下巴，道："从今天起，你要开始适应新身份。"

姜语宁觉得呼吸不畅，被陆景知身上的气息吓得浑身轻颤："什么身份？"

陆景知渐渐地靠了过去，在斑驳的光影中捉住她的目光："我的女人。"

这一瞬间，姜语宁觉得自己的胸口被炸开了，被炸得浑身起了鸡皮疙瘩。可她还是忍不住说："我曾经是你弟弟的未婚妻……"

姜语宁并不畏惧外界的流言，反正习惯了。可是陆景知身份尊贵，若和她沾染关系，他就不怕阻碍前程吗？

陆景知放开姜语宁的下巴，将她的发丝别到耳后，嗓音低沉，让人迷醉："那不是你应该担心的事。"

她不是担心，只是好奇好吗？陆家人，什么时候轮得到她担心？

"我就说嘛……"姜语宁嬉笑着想蒙混过关，不想把事情上升到成年男女的事上，想糊弄过去，"你应该很忙吧……"

"我是很忙，但……"陆景知深深地看着姜语宁，"驯服你的时间还是有的。"

姜语宁微微发怔，她果然不是陆景知的对手。今晚就今晚，在娱乐圈这么多年，她还不信应付不了这个禁欲的男人。事实上，姜语宁还抱有一丝侥幸心理。毕竟，陆景知冷漠严厉、神秘禁欲。他应该很有原则，不至于强迫他人吧？但是，当进入御珑廷28号别墅大门时，姜语宁就知道自己完了。还在门口时，陆景知就把她打横一抱，直奔卧室。

"等……等。"姜语宁连忙用手勾住陆景知的脖子，用纤细的手指轻抚男人的薄唇，"要不……我们先叙叙旧？"

4

陆景知一言不发。进入卧室以后，他将姜语宁放在床上，直视姜语宁的目光："你觉得，这样拖延就能让一个男人放过你？"

姜语宁看着陆景知敞开的衬衣纽扣，喉咙轻轻地滑动。她大胆地搂住了陆景知修长的脖子，道："我喜欢你。"

陆景知不为所动，冷冷地看着她。

"我从小就喜欢你，真的。所以，我不想我们的第一次这么糟糕。"

陆景知不信，她喜欢他还做了那么多年别人的未婚妻？不过，他还是松开了姜语宁，脸上带着一抹嘲讽之色，一声不响地从卧室消失。他今晚原本就没有那个意思，只是某人做出了一些滑稽的举动，让他忍不住想看她有趣的反应。

陆景知替她还债不是为了羞辱她，只是和曾经某个时刻一样为了帮她。因此，她大可不必说出"喜欢你"这种违心的话来讨好他。

姜语宁见人离开，从床上坐了起来，紧绷的神经放松下来，她赌赢了。陆景知的习性还和从前一样，对轻易得到的东西总是充满怀疑。不过，兜兜转转一圈，她居然做了陆宗野的嫂子，真是刺激。

第二天清晨，姜语宁从灰色的大床上醒来，没有见到陆景知的身影。卧室门外，用人恭敬地询问："姜小姐，醒了吗？"

姜语宁开门，见门外站着一个消瘦的中年女人。她皮肤黝黑，面含微笑："您可以叫我梁姐。陆先生让我照顾您，并且让我把这字条交给您。"

姜语宁接过字条，上面写道："三天后归，到时候我要看到你喜欢我的证据。"小气的男人，果然不相信。

"姜小姐，陆先生给您留了一部手机。他已经将自己的号码存在上面了，还有一个为您开代步车的司机的号码。"

"明白了。"姜语宁从梁姐的手中接过手机。

"另外，请姜小姐务必在晚上十一点前回家。您想去哪儿可以让司机接送。还有，您的行李已经从原先的住所搬到了御珑廷。衣帽间就在您和陆先生的卧室的隔壁。"

"我哪儿也不去。"她现在算什么？陆景知的情人吗？她必须对得起陆景知的六千万元。反正坐在家里，她的反击计划照样可以进行。

五年前，姜家还没有没落，姜语宁也曾经是世家小姐。因为姜家和陆家的关系不错，所以她爷爷和陆家爷爷在她很小的时候就替她和陆家三少爷陆宗野定下婚约。那年她十岁，甚至不知道结婚是什么含义。就算她不愿意，大人也不会听取她的意见。那时，她爷爷只会说："你们处一处看，等你有喜欢的人，咱们就解除婚约。"

　　有段时间，陆宗野对她也上心。然而，他多次想利用未婚夫的身份和她发生亲密关系，都被她拒绝了。久而久之，陆宗野就厌倦她了，和娱乐圈的艺人有了暧昧关系。最近，他还和一位影后谈起了恋爱。因此，他才迫不及待地想把她踹掉，便有了那出戏。

　　可是，姜语宁从来不是一盏省油的灯。她表面上看着无害，但其实是一只无比狡诈的小狐狸。她现在声名不佳，是因为她要维持热度，话题是枯杰帮她炒的。插足导演的婚姻的丑闻，是她故意让陆家借题发挥的。这样，她就可以彻底从陆家的婚约中抽身，远离陆宗野。她臭不可闻没关系，娱乐圈就没有洗不白的艺人。

　　这一切都在姜语宁的掌控之中，除了陆景知，他是一个意外！

　　十点的阳光，灼热发烫。在喧嚣繁华的地段，帝辰娱乐的母公司就立于此处。帝辰的副总此刻正在接见贵客。来人是陆家的三少爷陆宗野以及他的新欢"飞天影后"霍雨溪。

　　"陆总，有什么事你只管吩咐一声，不必亲自跑这一趟。"帝辰副总看上去十分尊敬陆宗野，姿态放得低，显得过于殷勤。

　　"姜语宁还欠你们六千万元，是吧？"陆宗野穿着一身蓝色条纹西服，搂着霍雨溪坐在沙发上。他一头乌黑的头发被造型师打理得时尚而漂亮，没丢陆家人的脸面。

　　"没错，没错。"副总忙不迭地点头。

　　"你联系姜语宁，告诉她，只要她同意陪我指定的人睡一夜，你们就不再追究那六千万元。"陆宗野对帝辰副总颐指气使。

　　帝辰副总听完，有些震惊，问道："陆总，姜语宁已经臭不可闻了，我们还需要做到这个地步吗？"

　　"因为我和雨溪要订婚了，所以我要用姜语宁的丑闻来转移大众的视线。毕竟雨溪是影后，她的名誉很重要。区区一个姜语宁，怎么和她相提并论？"陆宗野高傲地回答，而他的手正把玩霍雨溪的长发。

"那我马上派人联系。"帝辰副总连忙答应。毕竟这是陆家人，他们开罪不起。相比之下，他们要对付一个姜语宁容易太多。

午后，姜语宁正在阳台上小憩，忽然接到了前经纪人打来的电话。电话里，经纪人的语气实在是难以描述。别人不知道，可他清楚姜语宁现在的靠山有多可怕。但他没办法跟人说，因此副总吩咐下来的事情他必须照办。

"语宁，我有一个好消息要告诉你，公司不要你支付违约金了……"

"公司有这么好吗？是不是有什么条件？"姜语宁可不是"傻白甜"，不相信帝辰娱乐有这种好事给她。

"公司有一个外国客户是你的粉丝，点名想见见你。你就去做做样子，六千万元就能一笔勾销了。你觉得怎么样？"经纪人轻咳一声，提议道。

姜语宁听懂了他的暗示，忍不住上扬嘴角，问："这次又是谁想玩我呢？"

"我实话告诉你，你千万别报复我啊。你那前未婚夫马上要和影后订婚了，想利用你的丑闻当挡箭牌转移公众的视线。"

"你转告副总，让他自己去陪，陪个够！"说完，姜语宁火速挂了电话。帝辰娱乐已经自身难保了，还敢接陆宗野的生意？

新仇旧恨涌上来，姜语宁再也不找退缩的借口。她拨通枯杰的电话："哥，我们的计划可以开始了。"

"下午五点，我会开始放帝辰艺人的黑料。我记得帝辰有一个和你同期的女艺人，她总是明里暗里地欺负你，还抢你的资源，叫什么名字？"枯杰的声音沙哑、沉稳，但又带着一丝玩世不恭的腔调。

"你是说沈茹吗？哥，她背后的副总才是罪魁祸首。"姜语宁回答。与此同时，她轻抚自己的肩膀，想起了不好的事情。

"我知道了。"枯杰拿出笔记本记录。

枯杰本名姜穆阳，是姜语宁的堂哥，从小被姜父资助，将姜父视如亲父。五年前，姜父失踪，姜语宁的母亲和别的男人私奔。为了照顾重病的爷爷，姜语宁进入娱乐圈闯荡。而姜穆阳为了照顾妹妹，做了一名娱乐记者，创立了X社。没想到五年过去了，他变得颇有名气。

这些年两人一直配合，他们本以为有了热度，帝辰娱乐会给姜语宁更好的资源。没想到，公司为讨好陆宗野，多次胁迫和羞辱她。既然如此，那大家就鱼死网破，反正她现在输得起。

下午五点，姜语宁准时打开家里的电脑，看到X社官方微博下醒目的标题——《帝辰娱乐丑闻包，当家花旦身材好！》。

很快，帝辰娱乐以及旗下艺人上了热搜。其中为首的就是沈茹陪帝辰副总喝酒的照片。照片中，沈茹那样子和风尘女人没两样。一个星期前，姜语宁为娱乐圈奉献了大料。围观群众还没歇上一口气，现在帝辰娱乐又被爆出黑料。

帝辰娱乐的高层被弄得焦头烂额，马上召开紧急会议，并且联系枯杰询问对方的意图。他们想一次性买断枯杰手里的黑料，以为花钱就可以把事情摆平。但枯杰很调皮，利用变声器回答对方："你们把我最喜欢'黑'的姜语宁给踹了，我有点儿生气。不如你们求她回来？我或许会考虑停止爆料你们帝辰的其他艺人。"

这是什么奇怪的理由？

"你是开玩笑的吧？"帝辰娱乐负责沟通的人气笑了。

"你试试看就知道了。不然，明天我还会继续。"枯杰很快就把电话挂了，甚至没给对方开口说第二句话的机会。

这件事太过奇怪，在网上引起了一波讨论。

姜语宁在家里看着热闹，心情极为舒畅。如果帝辰娱乐不是一直利用她、压榨她，为了陆宗野还威胁她、出卖她，她根本不会做到这一步。一想到公司那群人焦头烂额的模样，姜语宁嘴角上扬，打开了陆景知的酒柜。她开一瓶红酒庆祝不过分吧？不知道红酒的主人是不是有什么感应，姜语宁才拿出杯子，陆景知的电话就打了过来。姜语宁看了一眼，顿时觉得这个电话有些烫手，不过还是接通了。

"睡了？"陆景知才下会议桌，忽然想听她的声音。

"没……"姜语宁有些心虚，不想让陆景知知道自己耍小聪明。

"帝辰娱乐是你从前的经纪公司吧？"陆景知忽然出声问。

"嗯？"姜语宁不解，这个清心寡欲的"老干部"还关心娱乐圈的事？

"没什么，你早点儿睡。"说完，陆景知挂了电话，然后对身后的秘书道，"这个公司充满歪风邪气，你明白应该怎么做。"

"明白，二爷。"秘书点头。

秘书姓何，跟了陆景知四年有余。从陆景知通过考核被特聘到489集团特别部门开始，他就跟在陆景知的身边。两人的履历档案上打着"绝密"二字。而陆景知日常配备警卫，从事防御有关的研究，日常工作基本不可说。至于感情方面，何秘书一直知道陆景知心里有人，但不能确定是不是眼下这一个。

另一边，因为陆景知的电话挂得极快，姜语宁感觉自己接了一个假电话。好吧，虽然只是短暂的两句对话，但是姜语宁也知足了。她是真的喜欢陆景知，青春期就开始暗恋他。那时候她与陆宗野已经有了婚约，她还为这件事苦恼过、反抗过。可陆景知从小冷漠，不好接近，以致姜语宁觉得陆景知讨厌她。因此，她没把这份喜欢告诉任何人，也不想给陆景知带去麻烦。正因为这份卑微的感情，昨晚发生的一切对她来说像做梦一样。

看到手机上的通话记录，姜语宁跳回大床，闻着上面陆景知留有的特殊香味，不自觉地上扬嘴角。一切好像都朝着好的方面发展，而今晚对帝辰娱乐的人来说，注定是一个不眠之夜……

深夜，帝辰娱乐的会议室灯火通明，一群人坐在椅子上头疼不已。

陷害姜语宁的人是陆宗野，帝辰娱乐的人只是收好处办事。他们好不容易把姜语宁踹了，现在又要把人找回来。枯杰紧抓帝辰娱乐不放，没人知道他手里还有多少猛料。如果他们不照他说的做，只怕到明天会更加不可收拾。

两害相权取其轻。帝辰娱乐的高层决定暂时安抚姜语宁。于是，他们把姜语宁之前的经纪人找来，让他务必把姜语宁"请"回来。

公司这种反复无常的态度，让姜语宁的前经纪人非常头疼。他中午才让姜语宁为了六千万元"卖身"，现在又让她回来？可他只是一个打工仔，哪有干涉老板的权力？没办法，他只能厚着脸皮打电话。

第二天清晨，小雨淅淅沥沥地下着。

姜语宁因为丑闻的影响断了工作，索性在家多多补眠，调养身体。不过，前经纪人显然不给姜语宁睡懒觉的机会。早上九点，她的电话铃声就没停过。

"姜宝贝，你现在住哪儿呢？老板想见你，我去接你好不好？有好消息，钱不用你还了，客户也不用你陪了……只要你能回来，留在公司就

9

行了。

"你可能也看到新闻了。枯杰威胁公司，只要你回到帝辰娱乐，他就停止爆料。现在高层正头疼呢。如果你帮了公司这次，公司一定会记住你的恩情，给你资源好好捧你。"

"是吗？那可太好了。"姜语宁忍不住愉悦地笑出声，"那你过来接我吧，我去公司详谈。"

"好，我很快到！"经纪人没料到姜语宁会答应，顿时犹如得到了特赦令。

可对姜语宁而言，她回公司是要看戏。

上午十点，姜语宁在前经纪人的迎接下进入了帝辰娱乐的大门。这个前几天才被公司轰出去的艺人，今天却像一个英雄一样被请回了公司。不知道枯杰的脑子是不是有病，他专门"黑"姜语宁，现在把姜语宁轰走了他还不乐意。不同于上次，姜语宁这次在一片复杂的目光中进入了帝辰娱乐副总的办公室。

"语宁，你能回来真是太好了，我连续约的合同都给你准备好了。你还有什么条件尽管提。"副总殷勤地端茶倒水，把用在陆宗野身上的那套谄媚功夫全发挥出来了。但是姜语宁可没有忘记，这人昨天还为了陆宗野要卖了她去讨好外国人。

姜语宁勾着嘴角，从前经纪人的手中接过了钢笔。可就在要签名的时候，她忽然停了下来："不行，我……还是不签了。"

"为什么呀？你签了约，公司就不追究你的六千万元违约金了，这对大家都好。"副总着急地询问，急得额头冒汗。领导只给了他一个上午的时间，要他必须解决姜语宁这事。现在姜语宁就在跟前，也准备签字了，但是……

姜语宁放下笔，看着对方。

副总马上会意："你有什么要求，尽管提。"

"他，"姜语宁指着自己的前经纪人问副总，"能不能从帝辰娱乐消失？"

办公室里的两个男人同时愣住。尤其是经纪人，急得瞪眼，说话也开始结巴："姜语宁，你是不是太过分了？我、我对你这么好。"

好？亏他说得出口。姜语宁只是看着副总，再次询问："能或者

10

不能？"

"能。"副总咬咬牙，直接转头对姜语宁的前经纪人道，"你被开除了。"

经纪人难以置信地看着姜语宁，怎么也没想到姜语宁居然会秋后算账。他不能失去这份工作，也不想从头开始。于是，他直接给姜语宁跪下了："语宁，求你放我一马。"

放你一马？

姜语宁冷笑，装作视而不见。她重新拿起了钢笔，但就是不签字。

"我的姑奶奶，你还有什么要求，只管提。"副总被姜语宁磨得满头冷汗。

姜语宁仰起头，笑得像一只小狐狸："不如，你让沈茹当面跟我道歉？她以前抢了我挺多的资源，还在我的肩膀上烫过一个疤。这笔账，我一直记着呢。"

副总听完，无比头疼地扶着自己的额头。他就知道在这个紧要关头，这个卑鄙的人一定不会提出简单的要求。

"我马上去叫沈茹过来，但是你也要适可而止，可以吗？"副总的忍耐力快到极限了。

小狐狸姜语宁低头看着自己漂亮的指甲，就这么等着。身旁跪着的经纪人，她当作没看见。前天晚上，他差点儿把她送到了黄总的床上，那可不是下跪就能解决的事。

二十分钟后，沈茹被请入了副总的办公室。因为丑闻，沈茹也显得格外憔悴，完全没有平日里的光鲜靓丽。

"沈茹，给语宁道个歉，也道个谢。这件事，我们还得仰仗语宁解决。"副总给沈茹使眼色，让她暂且忍一忍。反正以后资源还是她的，到时候再收拾姜语宁也不迟。

"我凭什么跟她道歉？"沈茹环着双臂，觉得副总提出的要求不可理喻。

姜语宁不强迫她，直接从椅子上起身："副总，我看你还是想别的办法吧。"

"沈茹，道歉！"副总厉声呵斥，"如果你今天不道歉，我马上雪藏你。反正你现在丑闻都曝光了。"

沈茹不甘受辱，但也不想被雪藏，便非常勉强地说了一句："对不起。"

"谁对不起谁？"姜语宁用手臂撑着下巴询问。

"姜语宁，你神气什么？要不是因为枯杰威胁，你以为你是什么东西？"沈茹激动地看着姜语宁反问，"你搞清楚，资源都是公司安排的，你找我撒什么气？"

"是吗？那我也明确地告诉你，你错过了唯一一个可以翻身的机会。"说完，姜语宁拨通了枯杰的电话。当着帝辰副总以及沈茹的面，她打开手机免提，对着手机喊道，"枯杰……"

"宁宁？"

"沈茹不想跟我道歉啊。"姜语宁像一个小孩儿一样向枯杰告状。

闻言，沈茹和副总顿时震惊得说不出话来。

"是吗？我手里还有她和'小鲜肉'拥吻的视频，加长版的，马上安排。"

沈茹一听，顿时拉着姜语宁使劲地摇头："我错了，姜语宁，我真的错了。对不起，你让枯杰别爆料了。"

姜语宁轻嗤一声，耐着性子反问沈茹："那现在，谁不是东西？"

"我、我不是东西，我求你了。"沈茹抓着姜语宁的手臂，顺势跪在了姜语宁的面前，把姜语宁的前经纪人挤到了一边。

"你、你和枯杰是什么关系？"帝辰副总忽然意识到这是一个很严重的问题，颤抖着右手问姜语宁。

"大概，他是我的哥哥？"姜语宁忍不住笑了出来，"不好意思啊，我现在才告诉你们。我哥哥那人，报复心有点儿重。你们联合陆家设下圈套陷害我，让我哥哥十分不爽。"

"不、不可能。如果枯杰是你的哥哥，他为什么要爆你的黑料？"副总被这个消息震得手足无措。

"因为我想摆脱陆宗野那个'渣男'。我哥哥手里还有很多陆宗野和其他艺人大尺度的黑料。你猜，接下来我会怎么报答陆宗野，又会怎么报答你们？"说完，姜语宁从椅子上起身。

"不……语宁……"副总连忙伸手去拽她，却被姜语宁甩开。

姜语宁摆摆手。看看这一屋子的人，表情是多么丰富多彩啊！

"对了，临走前，给个预告吧。下午的料更精彩哦。"话音刚落，姜语宁这只小狐狸就推开了副总办公室的门，大摇大摆地走出帝辰娱乐。

这时候，帝辰副总马上拿出手机，颤抖着双手要给陆宗野打电话。但是，他被姜语宁的前经纪人拦住了："副总，不要。"

"你滚开。"

"副总，我劝你不要再联系陆家三少爷了……不然，我们会死得更惨。"姜语宁的经纪人说这句话，是因为他知道姜语宁的背后有一个比陆宗野可怕百倍的陆景知。

"你已经被开除了，给我滚。"副总怒不可遏。原来，他们都被姜语宁玩得团团转。这口气，他怎么可能咽得下去？

"你会后悔的，真的。"经纪人阻止不了，跌坐在地上，觉得帝辰娱乐很快就要完了。

姜语宁离开后不久，相关部门的清查来得非常迅猛。帝辰娱乐的副总，在员工诧异的目光中被警方带走，甚至连反应的时间都没有。

傻了吧？傻了就对了！这是姜语宁入行以来最痛快的一天。想到帝辰娱乐那群人的嘴脸，她忍不住笑出了声。尤其她想到帝辰副总刚才那八字眉，笑得眼泪都快出来了。

很快，枯杰打来电话。他带着疑问告诉姜语宁："宁宁，我刚得到消息，帝辰娱乐被查了。"

姜语宁把代步车停在路边，笑得没心没肺："谁啊？这么牛，帮我报了仇。"

电话那边，枯杰不说话了。

姜语宁忽然收住了笑意，想起了什么一般道："喀喀，那个……哥，这件事可能和陆景知有关。"

昨天晚上，陆景知打电话问过她帝辰娱乐的事。

"什么意思？"枯杰并不知道妹妹和陆景知已经重逢的事。

"我……那个，已经住在陆景知的别墅里了。他给了我六千万元。"姜语宁解释道。

枯杰听完，沉默几秒，然后爆发："你疯了吗？我知道你一直喜欢他。但是，他是你前订婚对象的哥哥。而且，我们马上要对付陆家，他不会真心对你好。你才从龙潭出来，就入虎穴了？"

13

她真是一个天不怕地不怕的小疯子，敢去招惹陆景知。

"我知道啊，但我不由自主嘛。你就让我放纵一次，好不好？"

枯杰无法接受，却也无法阻止。他知道姜语宁是倔脾气，一旦她决定了某件事，九头牛都拉不回来。陆家人究竟有什么值得旁人喜欢的地方？陆宗野那个浑蛋，这些年想尽办法折磨姜语宁。为了踹掉姜语宁这个未婚妻，陆宗野还陷害她。现在又来了一个陆景知。世人都知道陆景知的可怕，他更不是省油的灯。自己的妹妹凑上去，还不被吃得骨头渣滓都不剩？

一时之间，兄妹两人都沉默了。

此时夜幕之中，一辆黑色轿车在路上疾驰。陆景知正在返回陆家老宅的路上。

"二爷，这是您让我调查的资料。"身旁的何秘书将一份资料递给了陆景知，"这个枯杰和姜小姐的关系似乎不一般。他非常狡猾谨慎，真实背景不好查。"

陆景知伸手接过资料，随手翻了几页，然后还给何秘书。静默几秒后，他忽然冷冷地道："掉头，去御珑廷。"

"好。"何秘书马上示意司机更改路线。

别人不知道，但是何秘书很清楚自家二爷的占有欲有多可怕。他若是一定要得到什么，那么对方就必须是百分之百完整的，不容对方掺杂任何杂质。他恐怕得找机会好好提点一下姜小姐。

姜语宁怎么也不会想到，就因为她和枯杰的亲密配合，让某人打翻了醋坛子。短短半个小时，某人就回到了御珑廷，站在了她的面前。

姜语宁看着身穿蓝色马甲的俊帅男人，正准备问他怎么提前回来了。但是话没出口，她就被陆景知直接摁在了沙发上，被禁锢在他的双臂之间。

姜语宁不知道他为什么发狠，只觉得手腕被他抓得很疼。但是她根本无力反抗，只得小声地哽咽："二哥……哥。"

听到喊声，陆景知的理智逐渐回笼。随后，他伸出纤长的手指擦拭姜语宁唇边的口红，异常用力。

"你说你喜欢的是我？"陆景知嘶哑的嗓音里带有一丝嘲笑。因为理智告诉他，这个女人在说谎。

14

"是啊！"姜语宁点头，随后又摇头，"你刚才吓到我了，所以我又不是那么喜欢了。"

不知道是海风带来的凉意，还是陆景知身上散发的冷意，姜语宁刚说完这句话，就觉得自己要被陆景知的眼神冰封了。

"你的喜欢还能收放自如？"

姜语宁看着近在咫尺的俊颜，险些陷入那深邃的瞳孔里。不过看他愠怒的表情，她又不得不故作镇定。

"喀，经过刚才那事，我决定这一刻少喜欢你一点儿，这我还是能决定的。"

陆景知放开她的手腕，改而捏住她的下巴："你倒是有很强的求生欲。"说完，陆景知将姜语宁从沙发上扶了起来。陆景知明明提醒自己不该相信，但是听到她一口一个喜欢，还是不由得心生欢喜。

姜语宁握着手腕，这男人是用了多大的力气啊。但她现在更好奇，他为什么忽然跑回来，又忽然情绪失控："你到底为什么生气？"

"我没生气，早点儿睡。"说完，陆景知面无表情地朝大门走去。

"你又要走了？"姜语宁更疑惑了。这男人大老远回来就为了吓她一跳？

"我回陆家老宅，别忘了我给你留的作业。"陆景知微微侧身，冷酷地说完这句话，就带着秘书匆匆地离开了。

姜语宁苦思冥想，还是想不明白陆景知突然发疯的原因。

管他呢，今天帝辰娱乐倒霉了，她要美美地睡上一觉。

明天她还得对付"渣男贱女"，有的忙呢。


初春深夜，细雨绵绵，建造在半山上的房屋容易起雾。

正因为那若隐若现的朦胧感，陆宗野很喜欢在客厅里和霍雨溪休息。

洗漱后，两人回到房间。霍雨溪靠在陆宗野的胸膛上，声音柔媚入骨："我们快订婚了，但是现在帝辰娱乐出了事，他们不可能帮我们把事情办好了。宗野，我不管，你答应我的，不能让我的名誉受损。你才退婚一个星期，我们怎么订婚？"

陆宗野轻抚霍雨溪白皙的脸颊，嗤声道："明天我就设局把姜语宁抓过来，赏她一点儿好处，让她配合演戏。"

"你说的，可不要骗我。一定要公众更加讨厌她，最好是让她永无翻

15

身的可能……"

"为了娶你，我把姜语宁逼得都快没有活路了，你还有什么不相信的？要不然，我明天把姜语宁捉到你的面前？"

"好啊！不过，我可不是为了欺负新人，是为了我们的婚事。"霍雨溪在陆宗野的怀里撒娇。

"欺负她又怎么样？我允许的！"陆宗野说完，随手关上了沙发旁的落地灯。

自陆宗野进入青春期，就知道什么叫订婚对象。作为从小一起长大的玩伴，陆宗野并不排斥姜语宁，强强联姻，对他百利而无一害。可偏偏姜家在五年前出了事，而他爷爷还不许他退婚。陆宗野哪能忍受这样的约束？他自然把所有的气都发泄在了姜语宁的身上。

他不允许姜语宁成为他的绊脚石。


这一夜，在细雨的滋润下，海边雾气缭绕，海风泛凉。不知道是不是因为床上沾染了陆景知的气息，一向怕冷的姜语宁竟然睡得特别安稳。

其实整套别墅，上下三层还有客房。如果姜语宁真的那么害怕陆景知，大可睡在别的房间，最好是远离主卧。但是她完全没有惧怕的意思，还在主卧的床上滚来滚去，甚至把陆景知的衬衣当作睡衣穿在身上。

那个人是她一直以来不敢触碰的，如今却主动招惹她。试问谁能抵抗这种诱惑？只不过，在没有彻底弄明白陆景知的想法之前，她不想把自己交出去，她也有尊严。

第二天清晨，姜语宁原本打算睡一个懒觉再起来继续看热闹，不过一个陌生的电话打断了她的美梦。一个男人称自己是正阳传媒公司旗下的经纪人，想签姜语宁当艺人。电话里，对方开出不错的条件，还替她规划了洗白之路。

但姜语宁总觉得正阳传媒这个公司很耳熟，似乎在哪儿听到过。因此，她打电话向枯杰确认。

枯杰听后，冷笑了一声："那个公司是陆宗野那个人渣持股的，他想签你？他可真是一个好人！"

"陆宗野又想打我的主意了？"姜语宁托着腮帮回忆，忽然想到前经纪人告诉她的话。陆宗野想和霍雨溪订婚，欲利用她的丑闻转移大众的视线。

"你现在是怎么打算的？"

"赴约，瞧瞧去。"姜语宁爽快地说道，"不过，哥，我要带一个小娱乐记者在身边，会用微型相机的那种。"

"瞧什么瞧？你现在不是他的二嫂吗？"枯杰意有所指地道。

"我和陆景知，那算什么？不能见光的好吗？"姜语宁翻翻眼皮。说得好听是二嫂，说得不好听，她就是陆景知养在外面的野女人。

"你还知道自己名不正言不顺。小宁，现在抽身还来得及。"

"来不及了。"姜语宁认真地道，马上转移话题，"哥，给我找一个小娱乐记者，我要赶紧回那边的消息。我倒要看看，陆宗野还能无耻到什么地步？"

"拿你没办法。"枯杰只能叹一口气，挂了电话。

其实姜语宁的心思很细腻，她知道陆景知为什么不相信她的告白，正如她不相信陆景知会忽然招惹她一样。其中的关键在于，她做了陆宗野多年的未婚妻。从表面上看，她似乎没有表达过对这桩婚事的不满。可是其中辛酸，又有谁能知晓？

她抗拒过，而且用尽力气。只是命运还没给她成功的机会，姜家就已经破产了。之后，她更加无暇顾及和陆家的约定，因为她首先要活下去。回忆至此，姜语宁自嘲地扯动嘴角，又忽然想到陆景知要让她拿出喜欢他的证据。

"他到底是什么心思？逗我好玩吗？"姜语宁纠结起来。陆景知把她放在御珑廷，到底是什么目的？他不可能是喜欢她吧？那不是痴心妄想吗？

姜语宁想了一会儿，然后从沙发上起身，决定先去收拾那对男女。不对，她要先确定陆景知回家的时间，那对男女哪有天神重要？于是出门前，姜语宁给陆景知打了一个电话。不知道她在紧张什么，在拨通电话之后，她的右手竟然瞬间麻木。她觉得自己真没出息。

"喂？"电话那头，陆景知低沉的声音传了过来。

"那个……明天你什么时候回来？你不是让我准备喜欢你的证据吗？"

"晚……上。"陆景知似乎刻意强调道。

姜语宁不禁开始往下幻想，尤其是想到陆景知那天有力的双臂、性感的锁骨、禁欲修长的双腿……

"那我等你啊，我先出门办事了，挂了。"为了阻止自己胡思乱想，姜语宁急匆匆地挂了电话。

她慌什么？

陆景知觉得好笑，然后放下手机对身后的何秘书吩咐道："派人跟着语宁，身手要好，看着她，别让她闯祸。"

"明白。"其实何秘书觉得，自家二爷想说的是别让她去见什么乱七八糟的人，毕竟枯杰的身份不太好查。可见，对方也十分警惕，而且不易对付。


午后的阳光，有些刺眼，也有些灼热。从御珑廷出来的时候，姜语宁身穿小香风的银灰色西装，戴着墨镜，开着陆景知留给她的代步车，低调地到了正阳传媒的公司楼下。而枯杰给她找来的小娱乐记者，正蹲在树下躲避太阳。那是一个留着刺猬头的年轻小伙子，看着干净又有灵气，应该很机敏。

"等会儿进去，你就假装我的助理，见机行事就行了。该拍的时候，你一定不要忘了拍。"

"姜小姐，事成之后，能给我一个签名不？"小伙笑得腼腆，露出两排漂亮的大白牙。

姜语宁听了，想收回她刚才的念头。她一个名声不好的十八线艺人，她的签名有啥好要的？他是不是傻？这时候，他难道不是该要酬劳吗？不过，既然这是人家提出的要求，姜语宁也不会拒绝。

"行吧。"姜语宁颔首，满足了小孩儿的愿望。

约定好以后，两人一同走向大厦。正阳传媒的前台人员见姜语宁来了，连忙往总监办公室打电话。片刻后，秘书将姜语宁领到了他们的小型会议室："姜小姐稍等，我们的总监马上过来。"

于是，姜语宁坐下了。她的手指在桌面上不停地敲着，而视线则在这间会议室里来回移动。她心想，一会儿要出现的可能会是那对狗男女。果然十分钟以后，姜语宁的耳边传来了高跟鞋的声音。而且，这声音还走出了气势。

"霍小姐，请……"一个身材消瘦的男人和一个女人进入了会议室。

姜语宁扭头一看，马上就皱起了眉头："是你。"

来人不是别人，正是她那前未婚夫着急订婚的对象——飞天影后霍雨溪。

霍雨溪撩撩头发，身穿黑色露肩长裙，将性感妩媚的好身材展露无遗。她坐在姜语宁对面的位子上，傲然地仰着下巴道："这些年辛苦你了，姜语宁。你明知道自己的身份配不上陆宗野，还不愿意和陆家解除婚约。你现在梦醒了吗？"

她这么直接？上来就挑衅？

"是吗？陆宗野是这么告诉你的？"姜语宁也不恼，想见识一下对方不要脸的程度。

"宗野怎么可能跟我说这些？你算一个什么东西？"霍雨溪嗤笑了一声，"你在陆家什么地位，自己不清楚？"

"我还真不清楚。我只知道你在我和陆宗野还有婚约的时候，就和他厮混在一起了。当然，床上那些细节我就不赘述了，怪让人害羞的。你们为了偷情无所不用其极，甚至为了名正言顺地在一起，陷害我说我和某导演有婚外情，想把我弄得臭不可闻。说吧，这次你们又要让我做什么？"姜语宁往后一仰，语气里没有半分认输的姿态。

"能为我和宗野牺牲，那是你的福气。"霍雨溪说完，朝总监使了一个眼色，"只要你答应能让我们拍点好的素材，我就给你一份正阳的签约合同。姜语宁，你要知道，现在没人敢签你。"

"什么样的素材？"姜语宁见总监递来合同，好奇地追问。

"比如……去酒吧和黑人帅哥调情什么的。"霍雨溪饶有兴致地看着姜语宁说，"这是你最后的出路。宗野说了，你最好接受现在的条件，起码还有一条生路。如果你拒绝……那么惹恼他的下场，你应该清楚。"

"好呀，给我签字。"姜语宁非常积极地接过合同并讨来了笔。随后，她心情愉悦地在合同上写下几个字——签你大爷。然后，她把合同扔给霍雨溪："拿去。"

霍雨溪看到合同上龙飞凤舞的几个大字，气急败坏地把合同扔在地上，喊道："姜语宁，别不识抬举！"

"霍影后，我的耳朵很好，你不用喊这么大声。"姜语宁揉揉自己受

19

伤的耳朵，继续道，"惹怒陆宗野是什么下场，我不知道。但是……要是让公众知道，你们两个'渣男贱女'原来这么恶心，你觉得你是什么下场？"

"就凭你？你觉得你有那个本事越过陆家给媒体爆料？"霍雨溪有陆宗野撑腰，才敢肆无忌惮地羞辱姜语宁。

"我没本事？"姜语宁微微偏头，看向身后的年轻小朋友，"刚才霍影后精彩的画面，都拍下来了吗？"

"嗯。"小朋友点点头，猫着腰凑到姜语宁的面前道，"保证高清无码。"

"姜语宁，你太天真了，就算你拍下来，你也不可能带出去……"

"我为什么要带出去？"姜语宁有些不解，眉眼间满是笑意，"霍影后，是不是人的年龄大了，就不太懂得小朋友的时尚了？我现在就可以上传，你家里是不是才通网？"

对面的两个人听完，表情逐渐丰富起来，尤其是正阳传媒的艺人总监。他马上拿出手机搜索关键词："霍小姐，没有。"

霍雨溪见自己的话题版面干干净净的，松开了紧绷的容颜："姜语宁，我现在就让你知道戏弄我的下场。"

霍雨溪拿出手机正准备给陆宗野打电话，陆宗野的电话倒是先打了过来。霍雨溪换上得逞的笑容，语气变得娇弱起来："宗野，姜语宁羞辱我。"

"你先回来。"陆宗野耐着性子说道。

"宗野，我不管。你答应我的，今天一定要让姜语宁付出代价！"

"霍雨溪，你还嫌我不够丢人吗？"

陆宗野在电话那头怒骂的间隙，正阳传媒的总监再次刷新了娱乐消息。原来，姜语宁带来的小娱乐记者，根本就没把视频上传网站，而是把视频传给了枯杰那个超级娱乐记者。枯杰所在的X社马上就挂出了视频。现在，这个视频的点击量已经是好几十万了。

总监点开视频一看，果真是高清无码，霍雨溪盛气凌人的模样拍得一清二楚。总监的冷汗都出来了，马上把视频递给霍雨溪。

霍雨溪看到视频，大脑一片空白。

"黑人帅哥呢，就留给你享受吧。枯杰真不给我们影后留面子，怎

20

么就把原版视频放上去了？好歹加个滤镜啊，看看我们影后的脸都浮粉了。"说完，姜语宁从椅子上起身。转身走之前，她对着呆若木鸡的霍雨溪说了最后一句话——

"我觉得我很有必要再次申明，不是他陆宗野踹了我，而是我姜语宁，从头到尾就看不上那种人渣。以后，还会有很多惊喜等着你们呢。"

小娱乐记者从头到尾看着姜语宁戏要影后。出门以后，他拽住姜语宁的衣角轻轻地摇晃："请你一定给我签名。"

姜语宁走在前面，表情酷酷的，很豪爽地道："好说，好说。"

现在网上都炸开锅了。X社不受任何财阀控制，而X社的创办者枯杰，不仅没人见过他，也没人知道他到底要什么。因此，网友相信只要是X社爆出来的东西，绝对是无污染的"健康纯瓜"。像这次的视频，还冒着"热气"呢。

而后，"#霍雨溪形象崩塌#""#霍影后和陆氏富二代偷情#""#史上最渣的分手手段#""#姜语宁被冤枉#"等话题，全都上了热搜。一时之间，霍雨溪和陆宗野被淹没在一片骂声当中。

不只是公开的社交软件、知名的论坛，还有媒体新闻，都加入了这次八卦消息的讨论中。

"啧啧，这种人怎么当上影后的？感觉又老又蠢。"

"强烈建议封杀道德品行不良的艺人，垃圾。"

"原来陆家也会出人渣，唉……幻想破灭。"

"只有我注意到了姜语宁很'刚'吗？那个'签你大爷'，真的很帅啊，哈哈……"

"姜语宁也没什么好洗的，也不是什么好人。"

相比从前那些言论，这次骂姜语宁的网友有所减少。姜语宁翻了几页，还有些不习惯。尤其是看到个别评论在维护她，姜语宁揉了揉眼睛，没看错吧？

因为陆宗野和霍雨溪陷害姜语宁的事情，帝辰娱乐以及之前称姜语宁勾引他的大导演，都被带上了热搜。娱乐圈大概又要热闹好几天了。毕竟，如果姜语宁是被陷害的，那么就是那导演在说谎。至于他为什么说谎，这不是很值得围观群众去深度了解的吗？

热热闹闹的一个下午，就在围观群众的揭短谩骂当中度过了。此刻，霍雨溪的经纪公司和陆氏的公关部正在想各种公关方式。当然，这是没用的。姜语宁一定会让他们知道，接下来的时间就是陆宗野和霍雨溪的挨打时间。

入夜后，洛城天气微凉，城市的夜空中几乎看不到星星，只有让人压抑的灰暗。晚上八点，陆景知从戒备森严的研究所出来。他刚入车内，何秘书就递来手机："二爷，请过目。"

"她闯祸了？"陆景知松开衣襟，接过手机翻看。

"姜小姐很懂分寸，只是……"何秘书不敢往下说，因为又涉及陆景知很介意的那个男人。

"还没查到他的身份？"陆景知一脸深沉，眼中泛着冷意。

"还需要一点儿时间，不如二爷亲自询问姜小姐？"何秘书观察着陆景知的表情，小心又大胆地提出建议。

"你觉得她会说实话？"陆景知反问。随后，他将手机还给秘书。他至今觉得姜语宁口口声声说的喜欢是假的，想了一会儿道："回老宅。"

"明白。"何秘书颔首，关掉新闻网页，收起手机。

其实何秘书拿捏不准陆景知的心思。事实上，陆景知每天都有时间去御珑廷看望姜小姐。但是他把人接过来以后，又偏偏冷着她。冷着就算了，他又放心不下。

姜小姐就是一个狐狸般的人物啊，虽然喜欢要些小聪明，但不失可爱。二爷既然已经要了人，为什么又端着一副漠不关心的态度呢？要不，他稍微提醒姜小姐主动一点儿？

不过，何秘书没谈过恋爱，根本不懂陆景知在别扭什么。他就是觉得陆景知身上散发出来的冷气可以冰封三里地，以致返回陆家老宅的过程不太美好。直到陆景知下车，何秘书才松了一口气。

夜深人静，但陆家老宅里灯火通明。

"二少爷回来了。"门口的用人见到陆景知的身影，连忙迎了上去，"用餐了吗？需要替您准备吗？"

"不用了。"陆景知迈步进入客厅，却见陆宗野坐在沙发上打电话。

"一定要马上给我查出那个枯杰的身份，别给我扯那些没用的

22

东西。"

听到"枯杰"两个字，陆景知眉峰一皱，眼底藏着浓浓的不快之色。

陆宗野抬头看到陆景知，脸色一变，马上挂了电话，毕恭毕敬地站起身来喊了一声："二哥，你回来了。"

"不要因为自己的私事把陆家弄得臭不可闻。"陆景知冷漠地说完这句话，走上了台阶。

陆宗野吓得冷汗都快出来了，就怕自己这二哥会发火训人，或者直接给爷爷一个建议，罢了他陆氏总裁的位置。幸好，陆景知好像没有这方面的打算。这都怪姜语宁那个小贱人，翅膀硬了，居然敢反抗？

之前那个被逼跳楼的导演妻子，也该出来搅一搅局面了。姜语宁想报复？门儿都没有。

而进入卧室的陆景知并没有他面上那么平静，换了一件外套后又匆匆地出门了。

"二爷，这么晚了，您去哪儿？"用人见陆景知出门，连忙问道。

"御珑廷。"说完这三个字，陆景知自行开车出门。

陆景知这些年，把"口是心非"这四个字发挥到了极致。他总是嘴上说着不信，心里却控制不住地担心。

不同于陆景知澎湃汹涌的内心，姜语宁倒是悠闲自在许多。她睡前给自己放了水，正打算享受泡澡的乐趣，没想到"好朋友"忽然造访。不得已，她又裹上睡袍，滚回卧室。这些年，她的身体没有太大的毛病，但小病着实不少。她之前拍戏没有保养好，导致气虚这个毛病一直没有改善。

姜语宁忍着痛爬上床，撅着屁股趴在枕头上，动作着实不雅。但她没办法，只有这个姿势能缓解疼痛。她本想叫梁姐帮忙，但梁姐已经下班回家。姜语宁不得已拿出手机，摁下快捷拨号键"1"，打电话给枯杰。等电话一通，她便着急地道："哥……我不太舒服，你能不能过来照顾我？"

陆景知刚到楼下，接到电话立即推开车门。

姜语宁没意识到，自己拿的是陆景知给她的新手机，快捷拨号键"1"自然不是枯杰。

姜语宁挂了电话，把脑袋埋在枕头里呻吟。直到有人推门而入，姜语宁才扭过头。看到陆景知出现在门口的一瞬间，她差点儿疯了。试问，谁想被暗恋多年的对象看到自己姿势奇怪地趴在床上啊？

"你、你……"

陆景知走到床边，直接将姜语宁抱了起来，转身走向门口。

"去、去哪儿？"

"医院。"陆景知冷冰冰地吐出两个字。

姜语宁连忙抗拒："不要……我好歹是一个明星啊。虽然黑得发紫，但被人撞见，我不要面子的吗？而且，这不是去医院的事，我、我的'好朋友'来了。"

听到"好朋友"几个字，陆景知收回脚步，将她放在柔软的沙发上，给梁姐打电话。紧接着，陆景知在姜语宁的身边坐下，伸手半抱着她。

姜语宁愣住了。这时，一双滚烫的手在她的小腹上轻轻地按摩。霎时间，姜语宁瞪大双眼，脸蛋染上一片红晕。

这突如其来的亲密动作，让姜语宁无所适从。她从前幻想了千百遍的场景，此刻正在上演。起初，姜语宁觉得没有真实感，直到感受到了男人灼热的体温。想到此，姜语宁连忙握住陆景知的右手，阻止他的动作。这折磨比痛经还可怕。

"二哥……还是不要帮我按了。"

"嗯？"陆景知在她背后轻轻地应了一声，随后反问，"不要了？"

"一会儿梁姐会看到。"姜语宁不好意思地回答。

闻言，陆景知打开手边的薄毯，把薄毯盖在姜语宁的身上，将她包裹起来。

很快，梁姐赶到了御珑廷，带着止痛药和卫生棉。她见到陆景知抱着姜语宁，连忙避开视线。

姜语宁觉得更不好意思了，扭过头藏在陆景知的臂弯中。

"先生，热水已经备好了。姜小姐服用以后，很快就会没事。"

"你辛苦了，下班吧。"

梁姐的步子很急，她很快消失在御珑廷的门口。

陆景知抱着姜语宁，将药直接放入她的嘴里，并且递上水杯。

姜语宁蜷缩在陆景知的怀里，紧张得像一只坐立不安的猫咪。她可以清晰地看到陆景知那张绝世无双的俊脸。这男人就是宝藏，让人挪不开眼。

"收收你的口水。"陆景知提醒道。

姜语宁连忙收回痴迷的视线。但是下一秒，她更窘迫了，直接转身埋在陆景知的怀里："二哥……"

"嗯？"陆景知疑惑地皱着眉。

"你赶紧抱我去浴室吧，我……"好像快涌出来了，后半句话姜语宁说不出口。虽然年少时，她经常在陆景知的面前丢人，尤其是在"好朋友"这件事上，但现在两人关系不一样了。如此暧昧，她怕自己的心脏受不了。

陆景知抱着她从沙发上起身，进入卧室的洗手间，又把梁姐买来的女性用品拆开，毫无负担地递给了姜语宁。

姜语宁到了床上后，已经没有勇气直视陆景知了。她干脆把脸埋在枕头下面，想挽回自己最后的尊严。

他为什么可以那么镇定？他经常做这种事吗？一时之间，姜语宁只觉得心情异常复杂。毕竟，她屡次觉得丢脸和吃醋，都是因为眼前这个男人。

"你把头伸出来，难不成想发明一种新死法？"

听到这话，姜语宁颤颤巍巍地丢开枕头，然后拉上被褥，只露出一双灵气逼人的眼睛。她对着陆景知笑道："辛苦你了，二哥。"

陆景知坐在床边，盯着她的脸色，眉头就没有松开过："你经常痛？"

"也不是……"姜语宁哪敢如实回答啊，他一副要吃人的神情。

"我会吩咐家庭医生过来给你调理……"说完，陆景知去了浴室。片刻后，他换了睡衣出来。

姜语宁一见，更紧张了，手足无措，往床边上挤："你今晚睡、睡这里？"

"不然？"陆景知掀开被褥，上了床。见姜语宁紧张，他便俯身故意在她的耳边说，"治疗疼痛还有一种方法，你想不想知道？"

"不想。"姜语宁连忙将头埋在被子里，声音闷闷的。隔了片刻，她暗自靠近了陆景知的胸膛，耍赖般露出两只大眼睛，"不如，你还是告诉我吧？"

"合理的房事。"

"哈哈……你懂得太多了吧？"姜语宁连忙装傻，恨不得抽死自己。

同时，她自己都没察觉到她的那句话泛着酸。

陆景知没解释，猜测姜语宁已经不记得了。她十二岁那年，在陆家小住的时候坐过他的床。小女孩儿月事初潮时，急得满头大汗。虽然陆家用人及时更换了他的床单，但这件事就发生在他的房间里，他的床上。此后，他便去细看了一些关于女性生理的知识。

这家伙，是在他的见证下长大的……

或许是药效起作用了，姜语宁很快就熟睡了。这两日她习惯了独占大床，不知不觉就往旁边伸出细长的右腿，还稀里糊涂地用腿勾住了陆景知的腰。

这人的睡相有够糟的！

陆景知伸手握着那纤细的小腿，但没有挪开。他心里的疑问还是疑问，对她口中的喜欢依旧不信，否则那时候……

半夜，床头柜上的手机铃声将陆景知吵醒。他一向浅眠，扭头看向姜语宁的手机。"枯杰"两个大字刺痛了他的双眼。他想起身，却被睡梦中的姜语宁抓住了手臂。

"天神，别走……让我摸摸你的腹肌……"

陆景知本想推开姜语宁的手，但听到"天神"两个字，又松懈下来了。他早就习惯了，这女人总能轻而易举地让他的世界山崩地裂。

姜语宁还以为自己在做梦。在梦中，她可以肆无忌惮地触碰陆景知的身躯，而且真实感爆棚。那种美妙感，她做梦都要笑醒，然后她果然乐醒了。睁眼后，她傻了。她正趴在陆景知的胸膛上，而手正搭在天神光滑紧绷的腹部上。

"你还满意吗？"陆景知一边搂着她，一边询问。

"对不起啊，二哥。我无意冒犯，无意……"说完，姜语宁收回了自己的手。

这时候，陆景知又道："我允许你继续……"

"这不好吧？"姜语宁虽然嘴上这么回答，但是身体很诚实。她的右手不受控制地探入了陆景知的睡袍。

陆景知似乎已经习惯了她张口说胡话的能力，嘴角挂着一丝戏谑之意："再往下？"

姜语宁摸得满意，果然往下。然后，她的身体就僵住了。清晨的男人，果然不好惹！

"下次，下次。"姜语宁连忙收回自己的小手，不敢再连环作死。

陆景知看了她一眼，坐起身来掀开被褥下床。在站直身躯以后，他扭头对姜语宁说了一句："你有未接来电。"

这么别扭？姜语宁听陆景知的语气，觉得不太对劲儿。不过，她以为是陆景知有起床气，便没有深想。等看到手机屏幕上显示"枯杰"两个字以后，她顿时一惊，连忙给大哥回电话。

"你还知道回电话？"枯杰对她的迟钝很不满意。

"我睡过头了……"姜语宁抓抓头发，不敢承认自己沉溺在男色当中。

"陆宗野为了转移大众的视线，又想了新招儿对付你。他把之前那位导演的妻子请了出来。导演的妻子在网上喊话，说你根本不是被冤枉的，说亲眼见到你和她的丈夫在床上的刺激画面。"

"她亲眼看到的？这么自信？"姜语宁对这些信口雌黄、颠倒黑白的人感到无语，"行，我知道了，哥。这件事我知道怎么处理，不会再吃亏的，你放心。"

"你不是和陆景知在一起吗？怎么还需要你动手？"

"哥，这世上除了爷爷，我就只有你一个亲人了。你别阴阳怪气的行不行？"姜语宁没好气地对枯杰道，"我和陆景知之间的事，你不会懂的。"

"我懒得管你，搞不定给我打电话。"说完，枯杰迅速地挂了电话，想到陆家人就烦躁得不行。

姜语宁很无奈，整理好心情后才起床。她本想下楼询问陆景知要不要一起吃早饭，但是陆景知早已换好了深灰色西装，准备出门。

"你不留下来吃早餐吗？"

陆景知抬头看着姜语宁，脸上带着极其冷漠的神情。这和昨晚照顾她的男人完全判若两人。

陆景知这样的表情，姜语宁并不感到陌生。在过去的漫长岁月里，正是陆景知这样的表情，让姜语宁坚定不移地相信陆景知厌恶她。

陆景知厌恶她，又照顾她，需要这么矛盾吗？姜语宁想不通，很想知道这个答案。

"有事。"陆景知淡漠地回答。

姜语宁觉得委屈，多年的糟糕情绪浮上心头，完全不知道自己为什么会受到这样的对待。于是在陆景知转身的一瞬间，她鼓起勇气抓住了他的手臂："你到底在生什么气？你又为什么要冷着我？"

"老三在调查枯杰的身份，而我也很想知道，这个人到底是谁。"陆景知任由她抓着，背着光。这显得他的身材更加高大威猛了，是姜语宁迷恋的样子。

姜语宁听完，思考片刻，像明白了什么，不确定地询问："所以，是因为枯杰？"

难怪陆景知刚才说到她有未接来电时，脸色那么臭。

"你还记得我二叔的孩子吗？小时候，我带他去过陆家。姜穆阳，你记得吗？"

陆景知听到这个答案，脸色有了明显的缓和。

"二哥，你是不是……有点'闷骚'？我既然住进来了，当然就只会是你一个人的对不对？你别以为我脚踩两只船，我腿短。"姜语宁笑得眉眼弯弯的，璀璨如骄阳。

陆景知趁机把人拉入了怀中，滚烫的手掌越过她的细腰，停在了她的腿上。他道："你若是敢踩，腿就别要了。"

姜语宁靠在陆景知的怀里，听着他强有力的心跳，觉得自己的血压有点儿高："别，我还要留着腿走路呢。"

"你的腿还有别的用处。"

"嗯？"姜语宁一时不太明白陆景知的意思。

陆景知一手抬起她的腿，直接将她抱了起来。姜语宁吓得下意识地用腿缠住了某人的腰。

瞬间，姜语宁的脸红到了耳根，呼吸都快停了。她被这男人撩到了。

"看，用处不是很多吗？"

"先生、小姐。"正在两人火热对视的时候，梁姐的声音从他们身后传来。姜语宁连忙把头埋在陆景知的脖子上，双颊爆红。

"又被梁姐撞见了，讨厌。"

陆景知将人放了下来，一丝不苟地整理西装上被姜语宁压出的褶皱，并嘱咐姜语宁："以后，我希望你能在闯祸的第一时间给我打电话，而不是打给别的男人。"说完，陆景知摁了摁姜语宁的脑袋才放开她，走出御珑廷的大门。当然，他的脚步全然不似刚才那么沉重。

"这算是吃醋吗？哈哈，真可爱……"姜语宁摸摸自己的头顶，觉得陆景知手上的温度还在。这一刻，她脑子里忽然闪过一个念头。天神的心里是不是真的有属于她的位置？她不是一件可有可无的摆设？

两人的心，似乎在悄然地靠拢。

黑色的轿车里，何秘书重点挑选了一些洛城的新消息拿给陆景知过目，这是何秘书每日的功课。只不过新消息中多了以前从未涉及的娱乐新闻，因为姜小姐又上热搜了。

"二爷……这件事由姜小姐处理还是？"何秘书指的是那个在医院大哭大闹的导演的妻子。

"让她处理，给她善后。注意，不能留下任何后患。另外，派人保护枯杰的身份，不能让任何人查到。"

"咦？"何秘书感到诧异，自家二爷改变策略了？


陆景知走后，姜语宁一边回浴室洗漱，一边拿出手机看娱乐新闻。那些标题，满是污言秽语。什么"盘点被姜语宁勾引过的神秘男士合集"，又是什么"姜语宁喜欢做'小三'挖朋友墙脚"，还有"姜语宁'出台'的照片大曝光"。

姜语宁无奈叹息。她正值花信年华，不至于看上那些头顶连毛都没有的老男人吧？而且，那些照片，移花接木可还行？最可怕的是陆宗野说她出轨的那个导演。姜语宁才刚刷完牙，又觉得恶心想吐了。她现在都黑成炭了，还有人落井下石。

不过，正因为够黑了，她做事不用有所顾忌，耍赖谁不会啊！

那导演的妻子既然怀孕了，就应该好好养胎。她既然在这个节骨眼儿上大哭大闹，也就是说有些东西比孩子重要。想到此，姜语宁直接用自己的社交账号发了一条消息。好歹她还有一百万粉丝，"僵尸"粉丝也是粉丝啊。反正她现在没有经纪公司管，可以放飞自我。

@姜姜爱风景V："上午十点，去医院对质，看看我到底是不是真的睡了老男人。放心，诚意对话，不干架。"

不过短短几分钟的时间，姜语宁的账号下评论就炸了。当然，留言好坏都有，阅读量很快就有几十万了，这跟一个流量明星似的。网友兢兢业业地做着网络警察的工作——

"人家怀孕了你还去，这不是往伤口上撒盐吗？你真是没人性。"

"说一句'姜语宁不是好东西'，有人赞我上热门吗？"

"你还有脸去医院对质？知道'廉耻'两个字怎么写吗？"

当然，也有人说某导演的妻子戏多——

"怀孕还出来闹，这不是诚心给自己找罪受吗？"

"其实那两口子戏很多的……而且，霍雨溪已经承认了她和陆家'渣男'陷害姜语宁的事。这件事我支持姜语宁，不接受任何反驳。"

网络上热热闹闹的，关于姜语宁的话题讨论度很高。当然，谁也不希望自己被讨论的内容是偷情、出轨，没有半点儿正能量的事。但不知道为什么，姜语宁就是招黑的体质，呼一口气也会被认为是污染了大气。

而现在这个呼气也招黑的小明星，换上了一套小黑裙，披上一件纯白外套，戴着墨镜，开车出门了。

得益于姜语宁的放飞自我，记者闻讯，纷纷到医院附近蹲点。现在这个时代，还能好好存活的娱乐记者已经不多了。除了枯杰，现在明星都亲自揭短谩骂，几乎不需要娱乐记者。

上午九点半，姜语宁提早到了安宁医院。记者见她出现，马上拿着话筒凑了上去。

"姜小姐……"

"姜小姐……"

"等一下！"姜语宁取下墨镜，打断记者，"首先，这里是医院，我希望诸位能冷静一点儿，有点儿公德心。反正我是被讨厌惯了，难道你们也想引起社会关注吗？

"其次，徐女士愿不愿意见我、敢不敢和我对质，还是未知数。所以，我希望诸位不要去打扰孕妇，到时候这个麻烦可不一般。我呢，就在隔壁的咖啡厅等着。反正我现在有时间，也想知道徐女士那天晚上到底看到了什么。"

说完，姜语宁朝医院旁边的咖啡厅走去。到了后，她点了一杯咖啡悠闲地喝了起来。

她就不信，徐女士敢在网上喊话，会不知道她在医院的旁边等。

记者坚持不懈地跟着，还想从姜语宁的嘴里套话："姜小姐，反正也是等，不如你跟我们聊一下那天晚上到底发生了什么吧？"

"好吧……"姜语宁招招手，示意几个记者坐下，"那天晚上，《末日女皇》的庆功宴结束，我的经纪公司派人联系我，说有一个饭局，让我去见许导争取新角色。当时，我的经纪人在庆功宴上喝得有点儿多，到了酒店后就说要在车里休息。现在想想，这应该也是事先安排好的。

"随后，我上了楼。按照以往的惯例，公司会有其他部门的人等我。因此我没有避讳，直接到了公司订的房间。可进去的时候，我发现许导已经烂醉如泥地躺在沙发上了，便转身就走。可出门的时候，我被徐女士撞见了，而且还被拍了。第二天，事情就闹得沸沸扬扬了。"

按照姜语宁说的情况来看，这种画面谁见了也会误会吧？

"你们什么表情？"看到几个记者的表情，姜语宁顿时不爽了，"你们想知道我有没有在房间里逗留？你们可以去酒店调取监控，看我进去和出去的时间。还有，霍影后已经承认是她和陆家'渣男'算计我了，你们还在怀疑我？"

几个记者摸摸鼻子，模样有点儿傻："是哦。"

渐渐地，围观姜语宁的人越来越多。尤其是看热闹的路人，疯狂地往咖啡厅里挤。咖啡厅的老板都想报警了。

就在这时，不知道从哪儿冒出二十个训练有素的保安，站在咖啡厅门前维持秩序。见此，咖啡厅的老板顿时松了一口气。然而，他店里的员工还傻乎乎地站在那里偷拍。

姜语宁虽然被黑成炭了，但是确实漂亮啊。她的脸蛋白里透红，五官标准精致，并且是满满的胶原蛋白，比那些"整容脸"不知道好到哪儿去了。

"而且，说句不怕你们黑的实话。就许导的尊容……我怕我自己插足不进去。"姜语宁和记者在咖啡厅里聊得热火朝天，有事说事。反正她现在黑得发亮，索性把这把火点得更大。

待在病房里的孕妇或许实在是受不了姜语宁在外面"胡说八道"，便让照顾自己的护工去咖啡馆找姜语宁。那护工一见到姜语宁就出言不逊："连孕妇都逼，你会遭天谴的！"

姜语宁冷嗤一声，直接反击了一句："我相信老天有眼。"

31

# 第二章
## 尘封旧事

　　姜语宁跟着护工进入徐女士的病房。徐女士不知是害怕姜语宁撒泼，还是其他原因，居然让医生和护士全都在病房里待命，阵仗不小。不过这样也好，至少徐女士不敢随便乱来了。

　　"你可以进来，但是不能带任何记者，打扰病人休息。"医生严肃地警告姜语宁。

　　姜语宁耸耸肩，轻笑一声，但趁机在手机上打开了一个直播平台，把手机放在一旁的桌上，使其能够拍到自己的半张脸以及对面的病床。

　　"姜语宁，你还要不要脸了？我都这样了，你居然还来伤害我，你还是人吗？"坐在病床上的徐女士，身穿蓝白相间的病号服，手背上打着点滴，模样要多憔悴就有多憔悴。

　　"我不想打击你，但是也不想平白被冤。我不会逗留很久，只想把那天晚上的事情弄个一清二楚。你说你那天看着我浑身赤裸地从房间里出来，这句话是认真的吗？"姜语宁直视徐女士，说话沉稳有力。

　　"小贱人，那还有假？记者都拍到了……"

　　"徐女士，请不要含糊其词。记者拍到的我，衣冠整齐，没有半点儿不妥。"姜语宁连忙纠正她。

"那是记者进去晚了！我进去的时候，你就是没穿衣服……"徐女士显然没有半点儿要放过姜语宁的意思，还是那么言之凿凿。在徐女士看来，那天晚上没有别人在场，她怎么编派都行。她认为自己是孕妇，人们就会站在她这一边，姜语宁不可能有半点儿翻身的机会。

"这样说起来，那你应该看到我胸口上的疤痕了？"姜语宁顺势问道。

"那是当然……我不只是看到了，还看得很清楚。"徐女士笃定地回答。

姜语宁听完这几个字，顿时就笑了，直接脱掉白色的外套，然后拉下黑色裙子的肩带，露出完整的锁骨："可是不好意思，徐女士，我的胸口上没有疤。"

徐女士愣了一下，没想到姜语宁给她设陷阱，这女人太狡诈了。

"我是气糊涂了，孕妇本来就没有什么记忆力。"

"好吧，我就当你是记错了，毕竟你是孕妇嘛，我也理解。我那天晚上九点五十才进入酒店，十点出来就被你撞见了。除去我上电梯开门的时间，我怎么偷情呢？这么几分钟的时间，不如你教教我？"姜语宁继续抛出那天晚上的漏洞，问徐女士。

"我哪里知道你们怎么偷情？反正我就是撞破了你们这对奸夫淫妇的好事。"徐女士知道逻辑上出现了问题，干脆耍无赖，反正她是孕妇，"姜语宁，我告诉你，就是你害得我的家庭支离破碎。我跟你没完，你这个不知廉耻的女人。"

姜语宁听完，也没有反驳她，叹口气，有些无辜地道："既然事情已经发展到这个地步了，我就实话招了吧。我和许导，关系的确不简单。"

"看吧，你这个贱人……"徐女士激动得大喊起来。而在场的医生、护士，大概也被姜语宁的话惊到了。

姜语宁笑了笑，低头看着自己的小腹："其实徐姐，不只是你怀孕了，我也怀孕了。反正我已经不可能当明星了，跟着许导也是不错的选择。他跟我说了，会跟你离婚。他说厌倦了你的凶悍，觉得我年轻漂亮……"

对方听完，不由得瞪大了双眼，喊道："不可能！"

"怎么不可能？徐姐，虽然我觉得对不起你，但是也请你原谅我。我

33

也是一个孕妇，也要为我的孩子打算。你若是不信，可以马上跟我去妇产科做检查。"姜语宁惋惜地对徐女士道。

"不可能就是不可能，老许不可能会碰你。他的所有行踪我都知道。他根本不可能去约什么小妖精，你少在这儿诈我……"徐女士激动地反驳姜语宁，完全没意识到自己说漏嘴了。

"可是我的确怀孕了……那天晚上……"

"你别告诉我，你一个星期就怀孕了。孩子不可能是老许的。那天晚上他被下了药，早就昏了过去。你这个小贱人，也不知道怀了谁的野种，在这儿栽赃。"

见徐女士一激动就把所有的真相吼了出来，姜语宁忍不住笑出了声："徐女士，感谢你说出实话。"

徐女士见姜语宁伸手调整直播视频的手机，这才意识到自己说了什么，连忙指着姜语宁大喊："你陷害我？"

"的确，我没有怀孕，但到底是谁陷害谁？

"但凡是有眼睛、有耳朵的人，应该都看到了、听到了。徐女士，是你自己承认管许导很严，不可能让他出去偷人。也是你说那天晚上，许导被下了药昏迷过去，根本不可能和人偷情。什么都是你说的，怎么就变成我陷害你呢？"姜语宁举着手机，在徐女士的面前晃了晃，"观看直播的人，可都能做证哦。"

"医生，我肚子疼……快，我的肚子好疼。姜语宁，我的孩子要是有个三长两短，我一定不会放过你。"

姜语宁环抱双臂，知道她会用这招，忍不住面露嘲讽之意，对医生道："麻烦你们一定要替徐女士保住胎儿，医药费我付。"

医生当即给徐女士检查。随后，他不耐烦地道："徐女士，您的胎象很稳，没有任何问题。"

"怎么可能？她那么刺激我……孩子怎么可能还好好的？"

"不好意思，胎儿好得很！"这次，连医生都不帮徐女士了。医生原本觉得一个孕妇遇到这种事很可怜。没想到，她居然陷害别人。这世界，黑白颠倒得也太可怕了。

姜语宁见医生拉开床帘，便很自然地朝徐女士挥了挥手："徐姐。"

"你怎么还没走？"

"我是该走了。"姜语宁抬起手来看看腕表，"不过呢，我的律师会尽快联系你。真是不好意思，要你大着肚子打官司了。我看你不是很在乎肚子里的孩子，也就不替你心疼了。那么，再见了？"

徐女士坐在床上，气得肺快炸了，但是拿姜语宁没有一点儿办法。

有些人，你知道她恶心、市侩，但也无计可施。

姜语宁顺利地收拾了"撒谎精"徐女士。当然，她知道这背后的人是陆宗野和霍雨溪。都怪她还没有送上今日份的大礼，陆宗野才会那么嚣张。

姜语宁从安宁医院离开后，门外的记者已经从其他渠道知道了刚才发生在病房里的事。原来姜语宁真的是被冤枉的，戏多的是那个导演以及他怀孕的老婆。

事情总算是真相大白了！姜语宁根本没有插足导演的婚姻。

随后，媒体开始整理姜语宁被诬蔑的前因后果，并且弄出了一条完整的时间线。这才让围观群众感觉到被啪啪打脸，纷纷感叹这娱乐圈太乱了。

这件事的根源，是陆氏的总裁陆宗野有了新欢。他为了摆脱未婚妻，联合帝辰娱乐陷害自己的未婚妻。他就是史上最渣的"渣男"好吗？

还有那霍雨溪。在明知别人有未婚妻的情况下，她还恬不知耻地往上凑，最后还好意思胁迫姜语宁替她洗白？这演技，真的一点儿不辜负她"影后"的头衔。

当然，在整件事里，不得不提帝辰娱乐这家公司，这么坑害自家艺人，也是没谁了。

还有许导和那怀孕的妻子，这一环一环的，活脱脱披着羊皮的豺狼。

"姜小姐，麻烦你发表一下此刻的感想。"

"姜小姐，不知你有什么要对陆氏总裁说的？"

记者蜂拥而上。姜语宁戴上墨镜，姿态轻松："没什么好说的，'渣男贱女'，天造地设。我呢，希望他们赶快订婚，最好不要出来祸害别人了，请抱团毁灭吧，谢谢。"

记者还想继续追问，但是姜语宁连忙钻上了自己的代步车。

不远处，二十个保安身姿挺拔，非常敬业地替姜语宁拦着记者，让她顺利离开。

姜语宁知道，这些人不可能凭空出现。能在这时候保她周全的只有两个人，一个是她大哥，另一个就是陆景知。很显然，这是天神的手笔。

而天神的手笔还没完，因为后续根本不会让姜语宁看到。

安宁医院，妇产科病房区。姜语宁刚才离开的那间病房，此刻来了两个西装笔挺的男人。

"我们是陆家的律师，此次来就是希望你把陷害姜小姐的原因公之于众。否则，你和你的丈夫将会一无所有。不仅如此，你的兄弟姐妹也会受到连累，你在外面的情夫也不会幸免。"

徐女士受到了惊吓，因为没人知道她在外面偷情的事，对方如何得知的？而且这两个男人，其中一个非常有名。她听过名字，他在国内有很高的胜诉率。所以，她充分相信这两人是陆家的，可……

陆宗野要陷害姜语宁，又是谁要她把陆宗野给供出来呢？

不管如何，徐女士知道如何选择。供出陆宗野，她大不了退钱。可要是惹了这两人背后的大佛，她只怕最后会落得个蛋打鸡飞、一无所有的下场，她又不傻。

陆家人，还真是难伺候啊。

在姜语宁回家的途中，说自己腹痛的徐女士正式接受了记者的访问，并且一反常态地向姜语宁道歉。

"我对不起姜小姐。发生在酒店的事情，是因为我的丈夫得了帝辰娱乐和陆家三少爷的好处。通过诬蔑姜小姐、败坏姜小姐的名声，从而帮助陆氏的总裁达到顺利退婚的目的。

"请你原谅我配合我的丈夫演了这么一场戏。我可以没有丈夫，但是我的孩子却不能没有父亲。

"对这一切造成的影响，我万分抱歉。我希望姜小姐能原谅我们夫妻。我们的确是受到了陆家金钱的诱惑，才会对姜小姐做出这等不可饶恕的事情。

"对不起，姜小姐。希望我现在忏悔还来得及，我衷心地希望你能原谅我。"

姜语宁才将车停到御珑廷的门口，就收到了枯杰发来的视频。

对方要是早这么痛快，她还需要去演那场戏吗？原谅？小孩子才原谅，成年人都讲以牙还牙。

姜语宁收起手机正准备进门，没想到还能接到陆宗野的电话。

"姜语宁，你是跟我玩真的吗？"陆宗野开口便是阴鸷的语气。

姜语宁听了，直接挂了电话。她觉得把陆宗野再拉黑一百次都不嫌多。不玩真的，难道她还玩过家家？两人从小一起长大，但是姜语宁只记得陆宗野的恶。他们之间的账，可不止眼下这一笔。

想到这个"渣男"，姜语宁便给枯杰打了一个电话："哥，我们再送陆总一份大礼。"

"替你安排。"电话那边，枯杰非常爽快地回答了四个字。

此时此刻，当徐女士的认错视频出来以后，围观群众认为这个事件已经完结了。原来丑陋的人心，不分圈子和贵贱。陆宗野被网友封为"史上最渣未婚夫"。目前为止，还没有比他更恶心的人出现过。

五点一刻，X社又有了新动作，放出了陆宗野和好几个女明星亲热的照片，把陆宗野最后的一层外衣也扒了个一干二净。这一次别说是陆宗野，就连陆家也受到了波及。因为丑闻愈演愈烈，已经严重影响到了陆氏的声誉，所以陆宗野连会都没开完就直接被叫回了陆家。

陆家老宅客厅里，此刻不仅坐着陆宗野的父亲陆正柏，还有陆氏的几个高层。

"你干的好事！"陆正柏见儿子回家，拍桌而起，"就算你不喜欢语宁，不喜欢爷爷给你定的婚事，你也不该这样去糟蹋别人！"

"爸……姜家都落魄多少年了？姜语宁现在就是一个人尽可夫的小明星，不知道背地里被多少男人睡过。我怎么可能娶她进门？"陆宗野不服气，出言反驳自己的父亲。

"你……"

"你把刚才的话重复一遍！"正在这时，一道低沉的声音传入众人的耳畔，带着不可挑衅的威严。

众人朝门口望去，只见身披黑色风衣的陆景知神情冷漠地出现在老宅门口。

陆宗野见到陆景知，忍不住地开始发抖，什么话也说不出来了。

"我若再听到你对姜家人出言不逊，你就直接从陆家滚出去……二叔不会教育你，我倒是愿意代劳。"

在场人都心知肚明，陆景知行使的是老爷子的权力。陆正柏即便是陆宗野的父亲，是陆景知的二叔，也不敢随便否决陆景知的决定。

陆宗野说不出话来，心中仍旧不服。

陆景知在沙发上坐下，然后问陆宗野："听说你要和什么'影后'订婚？"

"我真心喜……"

"不准。"陆景知直接打断了陆宗野的话，"如果你坚持，也不是不行，那就是从陆家的大门出去。"

"景知……没这么严重吧？"陆正柏软声说道，"总归只是一个女人，他是你的弟弟呀。"

"停职半年，在家反省，你什么时候想清楚了再来跟我汇报。"说完，陆景知从沙发上起身，走向通往二楼的台阶。直到他的身影彻底消失，客厅里的众人仿佛才想起还要呼吸。

"爸……为什么我的私事，二哥也要管？"陆宗野不满极了，即使他在心里惧怕陆景知。

"谁让你闹出这么大的丑闻，让我们一家都跟着上不了台面？"陆正柏恨铁不成钢地看着自己的儿子，"那个什么'影后'，你最好断了。别说你二哥，我也瞧不上。明知道你有未婚妻还来插足，分明就是冲着你的身份来的。你还以为自己遇到了真爱，赶紧去把语宁给我哄回来！"

"哄……我一定会好好哄。"陆宗野握紧拳头，话中带着浓烈的恨意。他跟那个小贱人没完。

姜家现在还剩一个智障老头，小贱人不是孝顺吗？他倒要看看，小贱人能嚣张到什么地步？还有，陆宗野不明白陆景知为什么要发那么大的火。其实，他不知道他碰到了陆景知的底线。

白天医院对质的事情过去以后，姜语宁开始在网上看评论和热闹。她的邮箱里，还时不时蹦出一两封其他经纪公司发来的签约邀请函。姜语宁饶有兴趣地点开邀请函，想看看是哪几家娱乐公司这么不开眼，看上她这么一块黑炭。就在此时，梁姐忽然敲响她的房门提醒道："姜小姐，先生快回来了。"

他回来就回来呗，还要提前通知？姜语宁撑着手臂浏览网页，但是下一秒，便瞪大了双眼，并且立即合上电脑。

她说好的，今天要交作业，拿出她喜欢陆景知的证据。

想到此，姜语宁急匆匆地下楼，一边询问梁姐，一边前往厨房："梁姐，冰箱里还有食材吗，就是我之前提过的鳕鱼和虾仁？"

"有、有，早上替你买了。"梁姐连忙跟了上去，去厨房伺候。

梁姐认为，姜语宁能指定这两种食材，那么下厨也没有问题，觉得她是一个"王者"。

姜语宁拿到食材后，或许是因为害羞，把梁姐推出了厨房："你下班吧，我自己弄就好了。"

"真的没问题？"

"别担心，我不会伤了自己。"姜语宁忙道。

"我是担心我的厨房……"梁姐笑了起来，然后解下身上的围裙替姜语宁围上，"那你可千万小心了。厨房那套东西可贵了。先生嘴挑，用别的餐具做出来的食物他不吃。"

"知道啦……"姜语宁极为自信地点点头，又将梁姐送出了别墅门。


陆景知进入御珑廷大门的时候，首先闻到的是一股烧焦的味道。他疾步走向厨房，见姜语宁撑在灶台前猛烈地咳嗽。她面前的油锅，正噬噬地往上喷火。

陆景知一抿薄唇，单手将姜语宁带到门口，然后熟练地把火扑灭。他眼里冒着怒光，这女人又在做什么？

"完了，完了。梁姐明天会骂死我。"姜语宁看到乱七八糟的灶台，顿时有自尽的冲动。

陆景知阔步回到姜语宁的面前，拎起她的衣领把她带到客厅，然后居高临下地看着她，话语里隐隐带有怒意："你又在研究什么新死法？"

"你能不能盼我点儿好？"姜语宁摸了摸自己的脸蛋，根本没注意到自己的手上有油烟。此刻，她活脱脱一个脏狐狸。

陆景知伸手正要替她拭去脸上的污渍，只见姜语宁又跑回了厨房。她献宝一样拿着一个盘子走出来："还好、还好，这个还能吃。"

陆景知低头，看着盘子里的东西，喉结轻轻地滑动："这是什么？"

39

"三杯银鳕鱼啊。"姜语宁解释，并从围裙的兜里拿出一双筷子，"你快坐下，尝一口。"

陆景知没说话，但不忍心拒绝她，便配合地坐在餐桌前接过筷子，从她手里的盘子里夹了一口鱼肉。

"怎么样？怎么样？"姜语宁满怀期待地等着陆景知的反应。

"不怎么样……"陆景知平静地说道。

姜语宁有些失落，将盘子放在桌上，看着陆景知："伯母生前告诉我，你喜欢吃这道菜和芙蓉虾。我还特地跟她学过，到底是没有做饭的天赋，算啦……我煮个面都能烧了厨房。这两道菜是我能做出模样的菜，特地练过的。"

"但是……有她做的味道。"陆景知格外加了一句。

"真的？"

"难吃得很有特色。"说完，陆景知将姜语宁拽到了自己的腿上，"这就是你要给我看的证据？"

"是啊。不过，你让我感到诧异。你在我的心里，一直都是高不可攀的天神。从前在学校里，有那么多女孩子追求你，你为什么突然要留我在你的身边？"姜语宁将头埋在陆景知的怀里，眼底是不自信的情绪。

陆景知端详她，任由她牵动自己的心跳："你说你喜欢我。可你从小到大，从未表达过。你爷爷给你定的婚事，你从未反抗过。"

"你怎么知道我没有呢？"姜语宁不服气地反问，"还说我，你不是也一样吗？为什么要让我做你的女人？你是可怜我，还是想羞辱我？"

"从重逢到现在，我何时羞辱过你？"陆景知无奈地问她。

姜语宁想了想，摇摇头。羞辱确实不曾有，她倒是对她有求必应，诸事纵容。

看来，他们似乎有很多误会。

"今天先弄清楚一件事。你说你表达过，什么时候？做过什么事？"在陆景知的印象里，姜语宁这些年在陆家从未表达过对他的喜欢，甚至有些畏惧和躲避。

"十四岁那年，陆家的家宴，你还记得吗？伯母病了，你整个人都冷冰冰的。我很想靠近你、安慰你，但是你当时说我多事。

"我被你拒绝，心情不好，但又放心不下伯母，所以就去厨房找她。

40

她告诉我，你喜欢吃这两道菜，问我有没有兴趣学。这些年，我在娱乐圈忙得脚不沾地，偶尔心血来潮也总是做这两道菜，连我自己都不相信。"

说这些话的时候，姜语宁觉得很委屈。

那可是她第一次鼓起勇气，想用自己的方式去心疼陆景知。但小乌龟刚探出头，就被陆景知的冷言冷语打击得体无完肤，便赶紧缩回了壳里。

陆景知默默地听完，没说话。

那时候他十八岁。家宴上，人们都在讨论姜语宁和陆宗野结婚以后的事情。他怎么可能高兴得起来？

冷落，是因为他在意和吃醋。

"还有十五岁的生日。我给你写过一封信，寄到你的大学了，但是没有署名……我只想偷偷地纪念一下我心里的喜欢，没想过你会回应。喜欢你的人太多了，我算什么？"姜语宁自嘲道，"我不知道你为什么不相信。喜欢你是一件很容易的事，你不知道吗？"

陆景知听完，喉结轻轻地滑动。他低声问她："你没编故事？"

姜语宁一听，生气了，直接从他的大腿上起来："你爱信不信。"

陆景知猛然起身，将她打横一抱，走向卧室："我留你在我的身边，只是想让你做我的女人，没有其他原因。"

姜语宁抬头看着陆景知的喉结以及侧脸，不受控制地红了脸："我知道了，你先放我下来……"

陆景知抱着她走向浴室。到了浴室，他让她面对镜子，将她环住，伸手替她擦脸："这些年，陆宗野还怎么欺负过你？"

"呵……说到那个人渣，我可以从天黑说到天亮。"姜语宁忽然愤怒起来，但想到陆景知还在面前，又忽然打住了，"我现在正在对付他，让陆家难堪，你……不会怪我吧？"

"我怪你的话，还会过来看你吗？"陆景知淡然地道，但心中思绪百般翻涌。他似乎没有认真地了解过姜语宁的想法。这些年，他总是怨她，却全然不知有些事他们自己都不清楚。

当然，在读懂姜语宁的感情的这段时间里，他要先知道陆宗野对这只小狐狸到底做了些什么，才会让她不惜身败名裂也要和陆宗野退婚。

"明天梁姐来了，你帮我解释了再去上班。"姜语宁忽然想到如同龙卷风过境的厨房，转过身来将头埋在陆景知的怀里，说道。

41

"你以后别进厨房了。我母亲过世以后，我就不喜欢那两道菜了。"

"哦。"听此，姜语宁更加失落了。她以前还觉得自己好歹会一点儿陆景知喜欢的东西，现在他却不喜欢了。她心里空落落的，但又不敢去问为什么。万一陆景知是因为母亲过世，不想触景生情呢？

"不是因为我的母亲……是发生过别的事。"陆景知仿佛看透了姜语宁的心思，小声地回答道。是跟你相关的事，只是这后半句陆景知没说出口。他猜测，姜语宁不知道这件事。

"那你呢？你问我一件，我问你一件，这样才公平吧？"姜语宁抬起头，用明亮的双眸看着陆景知那双深沉的眸子。

"问。"陆景知一边取毛巾，一边回答。

"你……真的喜欢我？"

"是。"陆景知毫不犹豫地回答，并且用毛巾替她擦干脸上的水渍。

听到这个答案，姜语宁心跳加速，浑身紧张，但嘴上还是不饶人："骗人。"

"等我把所有的事情都弄清楚，再原原本本地告诉你。"陆景知放下毛巾，看着姜语宁已经白净的小脸道。

姜语宁点点头，觉得这样的买卖很划算。

"还有，你是这个家的女主人，梁姐不会怪你。"

听到"女主人"三个字，姜语宁很受用，心里窃喜。

而后，两人洗漱上床。姜语宁现在胆子很肥，知道陆景知不会在她不方便的时候动她，便大胆地趴在陆景知的身上。

陆景知看书，她就观察陆景知。

姜语宁觉得越接触陆景知，就越发现陆景知心里藏着很多事。大多数时候，她能感觉到陆景知对她强烈的感情以及占有欲。这是从什么时候开始的呢？

这些年，陆景知都没表达过喜欢她的想法。她应该自作多情地去相信他的话吗？

姜语宁觉得这事很复杂，比娱乐圈争斗还复杂，便索性什么也不想了，反正这男人承诺给她答案了。她钻入被褥，枕在陆景知的小腹上，安安心心地入睡。

陆景知低头看人，惊叹小狐狸能以这种姿势入睡，摇了摇头。等姜语宁完全睡着，他马上给何秘书打了一个电话："给我找一个东西。"

睡梦中的何秘书以为自家二爷有重要的任务吩咐，结果居然是让他找一份九年前的情书。他顿时觉得不可思议，那还能找到吗？信还不得变为尘灰了？

唉，二爷总是出这种刁钻的难题。好生气哦……他又不是叮当猫。

深夜，夜风凉爽。姜语宁睡着以后，陆景知起身收拾厨房的残局，并且将那盘已经冷了的银鳕鱼吃得一干二净。

味道的确不好，可能还会伤胃，但陆景知连眉头都没皱一下。他吃完鳕鱼，把盘子清洗后，再回到卧室。

有些人，被伤得太深，以为早就终结了。

即便如此，当再面对她的时候，他依旧不曾恶语相向，更不曾对她羞辱对待。

爱人回到身边，他就不能让她再走了。

这一夜，姜语宁睡得十分香甜。她醒来的时候，身边的位置已经空了。陆景知好像一向很忙。

姜语宁起身洗漱，在吃早餐的时候接到了枯杰的电话："爷爷被陆家人接走了……"

"是二哥让人接走的？"姜语宁猜测，没想明白陆景知为什么要那样做。

"陆景知跟你提过吗？"电话里，枯杰的语气有些紧张。

"这倒没有，我打电话问问。"姜语宁挂了枯杰的电话，准备换手机给陆景知打电话。哪知道，原先的手机上已经有好几个陌生的未接来电了。姜语宁意识到这或许跟爷爷的事情有关，便立即回拨了那个号码。只不过电话才接通，她就想挂掉。

"姜语宁，你再敢拉黑我的号码，我就让你见不到你的爷爷。"手机里，陆宗野让人恶心的声音传了过来。

姜语宁深深地吸了一口气，好不容易才平息胸腔里的怒火："我爷爷在哪儿？"

"当然是被我接到陆家享福了。我知道你这么报复我，是因为你不甘心被我甩了，你依旧想当陆家的媳妇。我成全你，你搬到陆家来吧。我答应和你结婚。"

"陆宗野,你脑子进水了,眼睛是不是也瞎了?"姜语宁忍不住骂了脏话,"你到底从哪儿看出来我不甘心被你甩了?"

"你这招欲擒故纵玩得不错,果然是娱乐圈的女人。你尽快搬到陆家来,我没太多时间等你。"说完,陆宗野挂了电话。

姜语宁放下手机,直接被气笑了,觉得人生观再次被颠覆。不过陆宗野从小便是如此,争强好胜、骄纵纨绔,从骨子里透露出被宠坏的自信与恶毒。

这让姜语宁不禁想到了十六岁那年。那时,陆宗野给她打电话,让她去学校旁边的枫树林等他。结果她被三个男生堵在墙角欺负。幸好附近路过的花匠救了她,她才免遭更大的凌辱。后来她才知道,那几个人是陆宗野的兄弟。

在他的心里,好东西就该跟朋友分享,反正只是玩玩。

从那时候起,她对陆宗野的厌恶就扎根在了心里。回家以后,她再次跟爷爷提解除婚约的事。但爷爷那时候只觉得这是小孩子之间的吵闹,且陆宗野和他的母亲跟她道歉了,爷爷便没有同意。

姜语宁停止回忆那些不好的事,给枯杰回电话:"人是陆宗野接走的。他认为我做这一切是因为不服气被他踹了,还想嫁入陆家。"

"神经病。"枯杰直接骂道,"这人渣已经坏得没救了。我刚去打听了一下,陆景知停了陆宗野陆氏总裁的职务。陆宗野应该是想借爷爷达到安抚陆家人的目的。你知会陆景知,让他还我们的爷爷。"

"哥,你怎么还对他有这么大的偏见?"姜语宁无奈道,"就算二哥不停陆宗野的职,我们这么逼迫,陆宗野早晚会出新招的。"

"这就夫唱妇随了?"枯杰怒喝,不满姜语宁胳膊肘往外拐。

"我先去陆家看看那'渣男'还有什么花招。你放心,我会把爷爷带出来。"

姜语宁知道,就陆宗野作死的程度,恐怕一时半会儿没办法让枯杰打消对陆景知的偏见,因此,她聪明地岔开话题。而后,她给陆景知打电话:"二哥……"

"嗯?"陆景知还在去研究所的路上。

"陆宗野把我爷爷接走了。"姜语宁抓紧时间告状。

44

陆景知听完，连眉头都没皱，只是对她道："你今天该做什么就做什么。晚上我和你一起回陆家。"

闻言，姜语宁一扫心里的惆怅，点了点头："那我在家里等你。"

陆宗野"渣男"，等着瞧，她也知道搬救兵。

为什么陆宗野忽然会把脑子动在姜老爷子的身上？他原本是想报复姜语宁，让她再也见不到自己的爷爷。但是，他的母亲给他出了一个主意。现在陆家上下对他极不满意，尤其是陆景知。加上姜语宁还在外面不停地给他泼脏水，即便他把陆家人哄好了，也可能节外生枝。

既然如此，他不如就把姜老爷子接到陆家，用来牵制姜语宁，并且依旧把姜语宁当成未来的媳妇接到陆家。一来，在众人的眼皮底下，姜语宁就再也没办法找陆宗野的麻烦；二来，他们还可以趁机让陆家人厌恶姜语宁。

陆宗野听完，觉得这个提议一箭双雕。否则，他哪有这个闲情逸致去接一个患了阿尔茨海默病的老人？只是霍雨溪那边，他需要暂时隐瞒。陆景知不是嫌弃他不尊重姜家人吗？这次他把姜家人接过来好好安顿，这总行了吧？

但是他不知道，他现在满心满眼打着主意的人，是他二哥身上的逆鳞。

因为停职无事可做，陆宗野在家里等了整整一天，但始终不见姜语宁的踪影。这贱人，不在乎自己的爷爷了？

"妈，你说的这招管不管用啊？那小贱人还没出现。"陆宗野在客厅里极不耐烦地走来走去，"她算什么东西？居然让我在这儿伺候那老痴呆一整天不说，还要迎接她的大驾光临？"

"你有点儿耐心。"陆宗野的母亲李淑彤坐在一边优雅地喝着咖啡，"谁让你不讨你爷爷的喜欢，让他把掌家的大权都交给你的二哥了？大家都看得出来，他偏向你二哥。当初让他提携你从政，他就当没听到一样，全然不把你放在心上。哪想到，你现在当个陆氏总裁还被人限制了。你爷爷真的是，你哪点不如你二哥了？

"最让我恶心的就是给你订婚的事。你二哥婚姻自由，以后要配的都是政商千金，到你这儿就成姜语宁了，还不许你解除婚约。"

"妈，你别说了，姜语宁敢进门，我就敢折磨死她。"

母子两人心怀鬼胎，打着如意算盘。他们虽然不是伤人性命的大奸大恶之人，但也是自私到极致的祸根。

晚上八点，姜语宁终于在御珑廷的门口等到了陆景知的黑色轿车。原来，他出行真的警卫不离身。

此刻，陆景知身着银色西装，披着墨色外套，正在车里闭目养神。

"我不管，等会儿你要给我讨回公道。"姜语宁钻上车的第一句话就是对陆景知抱怨。

"等会儿你先进去……"陆景知握着她的手说，眉心的疲惫显而易见。

"嗯？"姜语宁不解。

"我要先看看这些年那对母子的嘴脸。"

"好嘞！"有人撑腰，姜语宁自然就没什么好怕的了。

大致四十分钟，陆景知的黑色轿车就驶入了陆家老宅的花园。管家连忙绕过喷泉上前迎接，却见姜语宁从陆景知的车上下来了。

"二少爷、姜小姐。"管家恭敬迎人，心头诧异，没想到姜小姐会和陆景知一起出现。

"陆宗野在哪儿？"姜语宁直接询问管家。

"他在客厅里等您。"管家恭敬地回答道，随后替姜语宁推开了老宅的大门。

"你先进去。"陆景知站在门口对姜语宁摆手，并且用眼神示意管家不许进去通报。

管家狐疑地颔首，虽然好奇，但遵从照办。

姜语宁回头看了一眼陆景知，这才昂首挺胸地进入陆家的客厅。她看到陆宗野母子正坐在客厅的沙发上，有说有笑地聊着天。

"小贱人，又在谁的床上赖着呢？我以为你有多在乎你的爷爷，没想到你让我等了整整一天。"陆宗野见姜语宁出现了，起身想去抓姜语宁的手臂。但是，他被他的母亲李淑彤拦住了。他不懂母亲的用意，但依旧退回了沙发上。

"不是我说你，语宁。宗野早上就给你打电话了，你怎么现在才来啊？"李淑彤暗示陆宗野，不要动粗把事情搞砸了。

姜语宁看着这对自视甚高的母子，打心眼儿里觉得厌烦，不，是厌恶。和这对母子多相处一秒，她就觉得恶心。但是，陆景知在门外看戏呢。不管怎么样，她也得好好发挥。

"我没想到，你们陆家还肯接纳我。"姜语宁故意放低姿态回答。

"一听能和我结婚，你激动得不敢相信了吧？毕竟……你们姜家已经落魄了。你现在还有这个机会进入陆家的大门，是不是很兴奋？"陆宗野听到姜语宁那句奉承的话，尾巴马上就翘上天了。

"是呢。"姜语宁强忍不适地点头。

"语宁，既然你还想嫁入陆家，那么伯母说几句丑话在前。毕竟你们姜家不如从前，我是为了你们小夫妻未来的生活着想，你说是吧？"李淑彤放下手里的茶杯，摆出一副长辈的姿态，故作高雅地道。

"你说，我听着。"姜语宁索性在沙发上坐下。

"第一，你和宗野身份悬殊。嫁到陆家以后，你就要遵守妇德，凡事以丈夫为先，任何时候以丈夫为重。这点，你应该不用我提醒吧？

"第二，你嫁入陆家以后，我不反对你出去拍戏，但是你所有的收入都要交给我来保管。你们那圈子那么乱，我要保证你不会出去乱花钱。毕竟，宗野在陆家做事很辛苦。

"第三，宗野是陆氏的总裁，应酬难免多。他有时候不回家是寻常事，你别整天大惊小怪，要体谅丈夫。即便宗野在外面和女人靠近了些，也是生意上的需求，你别抓着不放，给陆家开枝散叶才是你的首要任务。

"第四……"

听完前面三点，姜语宁就已经忍无可忍了。没想到，李淑彤还能有"第四"。于是，姜语宁直接打断她的话："如果我记得没错，伯母在嫁入陆家之前是一个卖首饰的售货员吧？"

李淑彤一听，立即变得愤怒。

"姜语宁，我妈训话呢，你插什么嘴？"陆宗野立即出声呵斥姜语宁。

"陆宗野，按照你妈的这种思路，你还是个低等血统呢，真以为自己有皇位要继承？我还好奇呢，陆家多出优秀人才，怎么到了你这儿就成畜生了，原来是有原因的啊？就你妈这种出身，你能当上陆氏的总裁，已经是老爷子格外开恩了。你还真以为自己能得老爷子的真传？"

姜语宁毫不含糊地怼了回去，一句话说完，完全不喘气。

"姜语宁！"

"李女士，我看不上你的儿子，并且坚定地认为看上你儿子的人没长眼睛。他骄奢淫逸、惹事成瘾，还是个彻头彻尾的'妈宝男'！一条狗还有同理心呢，他连一条狗都不如。我想嫁给他？我从十二岁开始，提了多少次解除婚约的事？十六岁那年，是谁跑到我爷爷面前求情的？李女士，你没失忆吧？"姜语宁掷地有声地反问李淑彤。

"我十七岁的时候又提了一次，还是你李女士跑来给我爷爷下跪，并声称只要我遇上喜欢的人，你们马上解除婚约，绝不强求。你又失忆了？"

"你们姜家已经没了，姜语宁，你跩什么？！"陆宗野暴怒地跳起来大喊。

"我姜家就是没了，我也瞧不上你这个彻头彻尾的垃圾！"面对陆家母子，姜语宁毫不畏惧，气势完全不输陆宗野，"你娶谁跟我没关系。陆宗野，你知道吗？你在我心里就是一个畜生。我看到你只想吐。你把爷爷还给我，我没有时间陪你玩游戏。"

陆宗野和李淑彤气得面红耳赤。他们没想到，这么一个落魄的人也敢对他们指手画脚。

陆宗野双眼泛红，胸腔不停起伏，指着姜语宁威胁道："姜语宁，你是不是活腻了？你知不知道，我有很多办法让你生不如死？"

"你让我生不如死？笑话……带着你那可笑的售货员亲娘滚出我的视线吧！"姜语宁全然不怕陆宗野的威胁。

"有种你试试？"

此时此刻，客厅的大门口，老管家捏着双手，面色难辨，心里为客厅里的那两位担忧。这也吵得太过了。二少爷可是看完了他们两人羞辱姜小姐的整个过程啊！

尤其是陆宗野那一句威胁的话说完，陆景知直接迈腿走了进去，语气带着极致的冷酷和威严，说道："你想让谁试试？"

陆宗野和李淑彤没想到陆景知就在门口，吓得脸色骤然大变。

"景知……你什么时候回来的？"李淑彤心生畏惧，甚至说话也开始

48

变得结结巴巴。

陆景知阔步走到姜语宁的身边坐下，神色很淡："我？和她一起回来的。"

听到这个答案，陆宗野两人呼吸一滞，不受控制地后退了两步："那、那刚才……"

"我都听到了。"陆景知冷眼扫过两人，随后抬头看着激动的姜语宁，示意她坐下，剩下的交给他处理。

姜语宁大大地哼了一声。

"景知，宗野好歹是你的弟弟，你……不会站在外人那边吧？"

"管家。"陆景知根本不想搭理李淑彤，出声吩咐门口的中年男人。

"二少爷，有什么吩咐？"

"我给你半个小时，把这两人的东西从陆家扔出去，吩咐陆家的财务，断了两人的经济。"陆景知镇定且淡漠地下令，"陆家不是动物园，不养畜生。"

陆宗野母子两人听完，很不服气。尤其是李淑彤，她好歹是陆景知的长辈，凭什么要被自己的小辈轰出家门？

"陆景知，我是你的二婶，没你这么对待长辈的吧？我丈夫还没说话呢，轮得到你？"

"不服？"陆景知微微偏头，冷冰冰地看着李淑彤，"等你坐到我的位置，你才有那个资格来质疑我的决定。今天就算二叔在这里，你们母子也得滚。管家，照做。"

"明白了，二少爷！"说完，管家带上几个用人，一同走向陆宗野的卧室。

"你们不能这样，不能……"李淑彤连忙追了上去。

陆宗野知道自己根本斗不过陆景知，便一屁股坐在沙发上，两眼无神。

见这母子两人丑态毕露，姜语宁虽然心里痛快了，但是没有忘记自己此行的目的。她望着陆景知，小声问："我爷爷……"

"在客房，管家晚上会好好照顾他，明天送他回医院。"陆景知平静地回答她，随后又问了一句，"你吃饭了吗？"

"还没。"

"我让厨房准备。"陆景知就是要姜语宁留下来边吃饭边看好戏，亲眼看着这两人被管家轰出去。

"好。"姜语宁自然不会错过这样的机会，点头答应。

二楼，用人抓紧时间将陆宗野的东西打包好了往客厅抬。李淑彤跑上跑下，气得撒泼打滚，但是一点儿用处都没有。陆景知全当没看见。

重复几次以后，李淑彤觉得没意思，便坐在地上给丈夫打电话。她平日里装出来的仪态，这一瞬间荡然无存。

"陆正柏，你还在公司磨蹭什么？你的妻儿都要被赶出家门了，你还在外面浪啊？我怎么这么命苦啊……"

在陆家如此神圣的地方，能看到这么一个俗人，姜语宁觉得不可思议。厨房的人还在做饭，她便低声央求陆景知："我可不可以去客房看看我的爷爷？"

"你先去三楼书房等着。"陆景知低声回答姜语宁。

姜语宁听懂了他的暗示，点点头，嘴里的话还是像模像样的："我去看看我爷爷。"

她曾经时常出入陆家，自然能轻车熟路地找到陆家的各种房间。三楼是陆老爷子给陆景知单独准备的书房。这么多年来，那个区域只有陆景知能够踏入。

她以前想悄悄地进去，却发现陆景知在门上安装了密码锁。对了，她刚才还没问密码是多少。姜语宁抱着试一试的心态，输入了天神的生日，输入了天神的母亲的生日，但是都不对。

片刻后，陆景知上了楼，见她还在门口徘徊，便伸手摁下了四个数字。

姜语宁见后，惊呆了！她不是在做梦吧？密码竟然是她的生日？

陆景知顺势将人拽入了房间，没等姜语宁反应过来，便直接将她抱在怀里："我竟不知道。"

姜语宁被紧紧地抱住，正享受着温暖的怀抱，却听到陆景知说了一句没头没尾的话，抬头问："你不知道什么？"

"你提过退婚的事。"陆景知搂着她，恨不得将她的骨头捏碎，让她和自己融为一体。

"我都说你误会我了，你还不相信。"姜语宁趁机在陆景知的怀里撒娇，"从十二岁开始，我每年都跟家里提这件事。后来家里出事了，我就没有精力管这件事了。但是陆宗野那个人渣还来伤害我。我忍无可忍，才会趁着这次他陷害我的事赶紧把婚退了。"

陆景知听完这些话，各种情绪在心里翻涌。他没让姜语宁继续说下去，勾起姜语宁的下巴直接吻了上去。

姜语宁吓了一跳，那种带着占有欲的亲吻让她脑子一片空白。当两人差点儿失控的时候，门外响起了管家的声音："二少爷，二爷回来了。"

姜语宁如梦初醒，双颊通红。她应该在客房的，此刻却在陆景知的书房里，还和他吻得难舍难分。

陆景知知道她紧张，便回应了管家一声，再嘱咐姜语宁："我先下去，你等会儿下来。"

"嗯。"

管家口中所谓的二爷，就是陆宗野的父亲，他的亲二叔陆正柏。

陆景知步伐沉稳地离开书房，并且带上了房门。姜语宁之前心跳如擂鼓，此时才渐渐平静下来。

陆景知的书房面积不大，但是十分简洁。姜语宁环视一周，这和普通人的书房并没有不同，不一样的地方在他的密码。他到底什么时候把密码设置成了她的生日？看来有机会她得好好问问。

姜语宁在陆景知的书房里又待了两分钟，这才小心翼翼地打开房门。她走到一楼的台阶处，就听到陆二叔在央求陆景知："景知，二叔这些年待你也不薄。你就看在二叔的面子上，饶了这对母子，他们再也没有下次了。"

"陆正柏，你是不是男人？你还向他求饶？"一旁，李淑彤抱着行李箱坐在地上，像一个无赖，"我不管，我是陆家的媳妇，谁也没有资格赶我走。"

"不想走？也不是不行……"陆景知冷冰冰地回答，随后抬头看着管家，"把他们安顿在用人房。"

"陆景知，你当谁是用人呢？"李淑彤气恼地质问陆景知。

"要么滚？"陆景知毫不留情地看了一眼李淑彤，又转向陆正柏，"今天只是被我碰到，如果被爷爷看到，二叔，你还有求情的余地？"

陆正柏低下头，狠下心道："那就这么办。"

“你们都听清楚了。从今天起，陆家没有三少爷，也没有二夫人，只是多了两个用人。你们不许再拿他们当主人看待。

“我在这里，就轮不到他们……”

陆家上下，因为陆景知的怒火瑟瑟发抖，谁也不敢乱出一口大气。即便坐在地上撒泼的李淑彤，此刻也不敢再多吭一声。

姜语宁见此情景，不由得在心里感叹，天神发怒，果然是方圆十里内寸草不生啊。

“管家，再安排一间客房，让语宁留下来住两天。”

陆景知的意思很明显，想让姜语宁在陆家好好使唤一下那对母子，借此出一口恶气。

“不用了。”姜语宁连忙摆手拒绝。她还没到在别人家指手画脚的地步。

“嗯？”陆景知偏头看着姜语宁，给她机会都不要？

“我的确很恨这对母子，但是我没忘记这是陆家。就算我要继续出气，也不会选择在陆家老宅乱来。当然，我倒是希望这辈子都别再见到这对母子。”

不想见？那恐怕不行，她以后会是陆宗野的二嫂。

“随你。”陆景知不勉强她，“但你今晚还得留下来照顾你爷爷。”

“我睡你的书房就行了，不用麻烦管家再去整理客房了。”姜语宁连忙道。现在陆家对她来说，早已不是从前可以随便留宿的地方。即便她现在和陆景知的关系不同寻常，但她也不想留在这种拘束的地方让自己难堪。

“管家，照办。”

不远处，陆宗野和李淑彤像丢了魂一样。一个坐在沙发上不言不语，一个趴在地上一动不动。因为他们不想动，也不敢动。谁想从高贵的主人，一下就变为人人可以使唤的用人？

更何况，陆景知给他们的压迫感太强烈了。陆景知在的时候，他们恨不得装作自己已经死了，那样最好。

陆正柏看着两人，叹了一口气。他管不了了，索性也不管了。

陆景知那句话提醒了他。这些年，这两人狐假虎威，只怕老爷子心中早就有一杆秤了。如果他再纵容这两人下去，后果恐怕根本不容他想象。

很快，管家备好了晚餐。空荡荡的陆家老宅里，此刻就只有陆景知和姜语宁两人用餐。

虽说陆景知的父辈有三兄弟，但老大失踪，老三出国，真正在老宅常住的只有老二一家。

"他们两人，今晚就这样了？"姜语宁诧异极了，第一次见到人受到刺激是这样的反应。

"不到明天早上，他们不敢乱动。"陆景知见怪不怪，轻轻地回答。

"看来我得趁机多看几眼，真是奇观。"姜语宁一边吃饭，一边拿出手机朝着客厅拍了几张照片。

"书房没有浴室，一会儿你在客房洗了再上去。"饭后，陆景知一边优雅地擦拭薄唇，一边嘱咐姜语宁。

"我就不洗。"姜语宁朝他吐了吐舌头。

"没洗就别睡我的床。"说完，陆景知起身，穿过两座雕塑，走向自己的房间。

姜语宁暗自偷笑，知道陆景知有中度的强迫症和洁癖。

饭后，姜语宁去客房看了看被管家照顾得非常细致的爷爷。此刻，她才想起给枯杰回电话："爷爷没事，明天就回医院。"

"陆宗野那畜生没有为难你？"

"为难了，不过这次我搬救兵了。"姜语宁微微得意地说道，"陆宗野那人渣，现在还在客厅里当雕塑呢。"

"你知道搬救兵还不笨，明早见。"正是因为陆宗野经常作死，枯杰才不喜欢陆家的人。他即便知道陆景知不一样，但心里一时也接受不了。

姜语宁知道他的心情，也没有多说。在照顾爷爷睡着以后，她轻手轻脚地上了三楼。

看到密码锁，她有些兴奋，还是不敢相信这扇门的密码是她的生日。

门后，陆景知一身黑色睡袍，坐在椅子上。见她进来，他一把拽过她，让她坐在自己的腿上。

"你什么时候上来的？"姜语宁小声问道，怕别人知道他们两人在楼上幽会。

陆景知扣着她的腰，声音依旧冷冷的："我已经吩咐过管家了，晚上别扰你的清净。所以，你不用这么小心翼翼。"

"你哪是为了我？你分明是为了自己。"姜语宁轻哼，不过想到书房的房门密码，又有了兴趣，"密码是我的生日，对吧？"

"嗯。"陆景知淡淡地颔首。

"什么时候设的？"

陆景知抬起头，盯着姜语宁，黑色的瞳孔散发出犹如钻石一样的光芒。

"装上密码锁的第一天。"

听到这样的答案，姜语宁心跳加速。尤其是被陆景知这样凝视，她只觉得浑身的鸡皮疙瘩都起来了，酥麻到骨子里了。姜语宁有些受不了，连忙转移视线："你别这样看着我。"

陆景知用手抵着她的脖子，吻上她的娇唇。

姜语宁闻到他身上那种海洋的清新味，不由自主地闭上了双眼，享受两人的亲密。直到陆景知的手探入她的后背，姜语宁才如梦初醒："我的好朋友还没走呢。"

陆景知压低声音，收敛自己的欲望："我知道。"

"那你快回房睡吧……"姜语宁连忙赶人。她觉得陆景知的身上太热了，她快被融化了。

陆景知没理她，顺势将她抱了起来，走向小床。

姜语宁愣了一下，旋即反应过来："你也睡这里？可是床太小了……"

"你不乱动，摔不了你。"

是摔不了，姜语宁有些发愁。陆景知那一米八八的身高，睡在这床上已经是很勉强了。再加上她，除非她整晚都趴在陆景知的身上。虽然她之前也不是没有这样做过，但……

"还是，你想和我回我的房间睡？"陆景知见她发愣，便给了她另一个选择。

姜语宁连忙摇头。她还没有嚣张到这种地步。

陆景知趁机一把搂着她躺下，没等姜语宁说话，便在她的头顶说了两个字："睡觉。"

两人的身体贴在一起，双腿缠在一起。这种情况下，神仙才睡得着好吗？

姜语宁热得浑身冒汗，又不敢乱动，她的月事没走，小腹还隐隐酸痛。姜语宁忍无可忍，终于说了一句："算了，我们还是去你的房里睡吧。"

黑暗中，男人坐起来，拉着姜语宁直接下楼。进入房间以后，陆景知将姜语宁推入浴室，把她禁锢在双臂之间低头亲吻。

"你、你是不是早就算到我会受不了？"姜语宁有些后知后觉，尤其是看到陆景知的睡袍之下居然是衬衣。这分明就是还没洗澡呀，这人上去就是为了拐她。

"我早就想这么做了。"陆景知一手搂着姜语宁，一手撩起了她的小黑裙，"你以为，以经期为借口就躲得掉？"

姜语宁下意识地挣扎，脸红地骂了一句："男人在女人的特殊时期里还想来的，都是'渣男'。"

陆景知拨弄着姜语宁的墨发，非常清楚她脑子里的想法："即便你没有特殊时期，也会想别的办法躲避，对吗？为什么？你不是喜欢我？"

"那我也不清楚你喜不喜欢我啊……"姜语宁极不自然地嘀咕，"我虽然喜欢你，但还没有要到送上门的地步。"

"钱都收了，你想要赖？"陆景知贴着她，故意逗她，并用极为低沉的声音在她耳边说道，"而且，我以为你看清我的心了。"

"就看清了一点儿。"姜语宁现在还不敢相信，"你就不能让我先适应一下吗？"

"我会给足你时间，让你充分适应。"

姜语宁被陆景知的一语双关震惊到了。没想到，他也会说这种不入流的话。

"姜语宁，我什么条件都可以答应你。但这次，你死也得死在我的身边。"

姜语宁心里一滞，感觉宿命将她牢牢缠住。于是，她忽然朝陆景知扑过去，踮起脚朝着那薄唇咬了一口。

她不想忍了，也不想再克制自己了。她觊觎了这么多年的人，现在明明就在眼前了，为什么还要活在自己的春梦里？

两人肆意纠缠，从浴室到了床上，闷出了一身的汗水。他们最后也只点到为此。陆景知不可能做她口中那个在特殊期强迫女人的"渣男"。之后，陆景知抱着湿漉漉的姜语宁在浴室里整理了好久才清爽地躺回床上。

姜语宁昏昏沉沉的，还是没能逃脱躺在陆景知的怀里的结果。在睡着之前，她听到陆景知在她的耳边问："如果当年你成功地退婚了，会不会跟家里提议换我做你的未婚夫？"

"老实说，不会。"如果姜家没散，她或许有那个勇气，但姜家没了，陆景知离她就更远了。后半句，姜语宁没说出口。

"如果我说，我曾经想带你逃离呢？"

"嗯？"姜语宁骤然清醒过来，转过身趴在陆景知的怀里问，"什么时候？"

她果然什么都不知道……

"没什么，我随便说说。你以后有什么打算？"陆景知特意转移姜语宁的注意力。

姜语宁点点头，没将陆景知的这句话放在心上。陆景知怎么可能带她逃离？他好好的，为什么要逃离？至于打算……

"我打算找一个好点儿的娱乐公司签约，好好磨炼一下演技，争取成为影后，再然后……等你腻了，我就离开。"

反正，陆景知不可能娶她。

听了这句话，陆景知像被一把刀子扎在了心窝里。

姜语宁表面上看着要强，但是面对自己喜欢的东西，极度自卑。她甚至提醒自己，不要去在意，不要去争取，因为终究要失去。

例如此刻，她躺在他的怀里，却说出了要离开他的话。

但他无法怪她，只是心疼，且自责到骨子里。两人之间的隔阂，只能靠他一点一点慢慢地消除……

这一夜，姜语宁睡得并不安稳。在陆家，她总怕被别人知道她在陆景知的房间里。因此，她不敢深睡。天还没亮，枯杰就打来电话。这次陆景知没有胡乱吃醋，电话接通以后，他把电话交给了姜语宁。

"哥？什么事啊？"姜语宁迷迷糊糊地询问，眼睛都没睁开。

"我有你妈的消息了……"

只是八个字，姜语宁骤然睁大双眼，从陆景知的床上坐了起来。

"你看到一定会大吃一惊的，看手机。"

姜语宁挂了电话，打开手机，看到了枯杰发来的消息。姜语宁只对简报上的配图感兴趣，并且念出了配图下面的一小排文字："东恒集团副董事长，Ava女士。"

姜语宁的记忆忽然就被拉回到十九岁。父亲被宣布失踪的那段时间，家里乱七八糟的，爷爷还得了重病。她唯一的依靠也就是那位现在有了新名字的Ava女士，她的亲生母亲。不过父亲失踪六十三天后，她母亲就和别的男人跑了。

她跑了也就跑了，还是卷款逃跑。好好的星慕集团被她彻底掏空不说，还欠下了大笔的债务。

现在人家东山再起了，还是国际知名通信公司的副董事长。

姜语宁有时候真的想不通，然而这不是最伤她的，因为更伤的还在后头。

"二哥，我想回家。"姜语宁忽然扭头对陆景知说道。

陆景知从她的手里拿过手机，看了那则简报，随后在她的耳边道："今时今日的姜语宁，绝不让自己吃亏的姜语宁，不会随便认输。更何况，你还有我。你只需要在我面前软弱，别人面前，实在不必……"

她才不是软弱，而是在想办法如何找这位母亲讨回公道。有时间软弱，她不如好好想想未来。姜语宁从不在多余的人身上浪费感情，只有陆景知会令她不由自主。

最可笑的是，傅雅慧，也就是改名后的Ava女士，宣布要回国发展的当天，霍雨溪所在的经纪公司千禧娱乐便爆出两人的合照，并且买大量的通稿，想借此机会消弭霍雨溪之前插足别人婚姻带来的不良影响。

因此，各个公众平台，只要一搜霍雨溪的新闻，就会立即出现这些词条：

——霍雨溪家世大起底，原来母亲竟然是她

——霍雨溪富豪身份曝光，母系惊天背景

——霍雨溪上亿豪宅曝光

这些通稿并没有实质内容。千禧娱乐要的就是让人误会的标题。

现在霍雨溪的家世曝光了，粉丝又有了活跃的底气和勇气。

"没想到，我家影后居然这么有钱，真的太低调了。"

"我家霍霍不是那些一般人可比的，尤其是那些说我家霍霍想攀龙附凤的人，请原地爆炸好吗？我家霍霍就是低调的豪门。"

"我家影后就是有钱，不服憋着。"

一个上午，霍雨溪的家世就被炒得沸沸扬扬，热闹极了。千禧娱乐差点儿就把她说成了一个不靠家世、低调努力的励志女强人。

而霍雨溪还要继续装，尤其是面对娱乐记者的电话采访。她在电话里低调地道："感谢各位媒体的关注，还希望大家尊重艺人的私密空间，不要打扰我的家人。"

她这不就间接承认了她是豪门千金、隐形富豪吗？

就这件事，姜语宁在晚上和枯杰通了电话。

"一个继女的身份，就被千禧娱乐翻来覆去地炒作。霍雨溪到底知不知道你才是傅雅慧的女儿？"电话里，枯杰对这件事充满了好奇心。

"谁想做她的女儿？"姜语宁不屑，抛家弃女的人，还有什么资格做母亲？而且，她确实没想到，傅雅慧居然是霍雨溪的继母。还真印证了那句老话——不是一家人，不进一家门。

那两人聚在一起，就是"双贱合璧"。

"可傅雅慧怎么敢在洛城这么嚣张地露面？"

"如果霍雨溪不知道自己的继母的本名叫傅雅慧，而傅雅慧也没预料到霍雨溪要借她炒作呢？这不是很有趣吗？哥，你顺便查一查，傅雅慧当初卷走姜家的钱干什么去了？霍雨溪一个继女的身份就能把自己捧出花样来，我这个亲生女儿岂不是能上天？到时候媒体那边，又要热闹了。"

"我看眼下这情景，你猜得不无道理。不然，她改什么名字，还做什么微调？"枯杰冷笑道。

"感觉又有好戏看了。"姜语宁一副唯恐天下不乱的样子说道，"我忽然很期待和傅雅慧碰面。不知道霍雨溪在一旁撞见是什么表情？"

"既然东恒在美国发展，我就出国去查清楚。我不在的这段时间，你注意安全，最好找你的臭男人护着你。"枯杰语气微酸地嘱咐。

"你只管放心去。现在我就一个黑炭明星，谁能拿我怎么样？"姜语宁早就不在乎自己的形象了。

反正现在谁也别想让她吃亏，谁也别想让她流泪。她现在遇神杀神、遇佛杀佛，谁也别想让她不痛快。

深夜，城市上空繁星点点。

在郊区的半山别墅内，傅雅慧才入家门就收到了秘书发来的消息。千禧娱乐的大篇通稿，霸占了各大网站。

傅雅慧见了，胸腔内顿时燃起一团怒火。

她和霍雨溪早有约定。霍雨溪可以进入娱乐圈，她会全力支持霍雨溪，让霍雨溪在圈子里混得顺风顺水。但前提是，霍雨溪不能曝光自己的家底，不能曝光自己的家世，尤其是不能曝光她的身份。但是这次，霍雨溪居然自作主张地将两人的合照爆了出去。

傅雅慧倦意全消，怒气冲冲地拨通了霍雨溪的手机号码。

"妈咪？"霍雨溪猜到傅雅慧一定会来电话，毕竟今天她做了一件很大胆的事。

"你还当我是你的妈咪？为什么擅自把我们的关系曝光出去？我早就说过，你想在娱乐圈做什么都可以，但是绝不能曝光自己的家世。你现在什么意思？"傅雅慧厉声质问霍雨溪，"你知不知道，这样做会给我带来多大的麻烦？"

"妈咪……我们本来就是母女，媒体也没爆错啊。而且，我最近绯闻缠身，很需要你的支持。你就别怪我了，好不好？"

傅雅慧这些年改名换姓，就是为了逃避姜家的责任。但是现在，霍雨溪居然直接把她爆了出去，真是愚蠢至极。

"之后我会联系你的娱乐公司撤回那些通稿。霍雨溪，我对你太失望了。"说完，傅雅慧挂断了电话。她现在有些无措，脑子忽然一片混乱。

若是姜语宁找上门，又或者对外公开些什么，她要怎么办？

不行，她得提前想好对策，不能这样坐以待毙。她好不容易才走到今天的位置，绝不能因为姜语宁的存在功亏一篑。

霍雨溪没有预料到傅雅慧会发这么大的火。当初经纪公司提议这样炒作的时候，她犹豫过。但这些年，傅雅慧对她不错，所以她才壮着胆子让经纪公司把消息发了出去。哪知道……

"果然不是亲生的，不就是借着炒作一下吗？有什么了不起？"

霍雨溪根本不知道自己闯了多大的祸，也不知道自己在外面树立的低调"富二代"形象，很快会崩塌。

这件事正如姜语宁和枯杰预料的那样，霍雨溪对自己的继母和姜语宁的关系一无所知。

# 第三章
# 揭开秘密

枯杰出国调查傅雅慧，姜语宁则试图联系当初姜家的律师。五年前姜家破产，是律师挡在她的前面替她处理姜家的烂摊子。那时候她不过是一个大一学生，一夜之间家破人亡，根本没有时间悲伤。她转身进入娱乐圈工作，才没有让生病的爷爷露宿街头。

可现在傅雅慧出现了，只有当年的律师知道傅雅慧到底卷走了姜家多少财产。如果涉及官司，她需要一个清楚当年的真实情况的证人，更需要一个专业的律师处理旧案。可她现在找人，形同大海捞针。

夜晚风大，御珑廷外的树叶沙沙作响。

客厅里，姜语宁翻找着当年的文件，可是资料实在太少了。当看到陆景知的时候，她立即把希望寄托在了陆景知的身上："二哥，能不能帮我找一个人？"

"谁？"陆景知微微侧身，淡淡地回应了一个字。

"姜家以前的律师。"

"你找他做什么？"陆景知沉默了一秒，转过身不看姜语宁，似乎害怕泄露什么秘密。

"我找他想请他帮忙。当年姜家到底欠了多少钱，又是怎么抵销的？

傅雅慧卷走了多少钱？我真的很想弄清楚……"姜语宁说出了心中多年的疑惑。虽然她每年都会花时间去寻找当年的恩人，但是几年下来，她一无所获。

"你弄清楚了，还得起吗？"陆景知淡淡地询问，并快速地收拾好了自己眼底的情绪。

"你怎么知道我还不起？"姜语宁疑惑地反问。陆景知的这个语气，好像她知道当年姜家的内幕，"二哥，你就说你帮不帮我找？"

陆景知解开黑色衬衣的扣子，待梁姐关上御珑廷的大门后，往姜语宁的身旁一坐："看你的表现。"

"什么表现？"姜语宁故作不懂，偏头看着那墨色的瞳孔，里面有自己的倒影。

陆景知起身，走到姜语宁的面前，拉着她的手腕，直接把人往怀里带。

姜语宁吓得连忙将手撑在他的胸膛上，待坐稳以后，哀怨地说："你每次回御珑廷，就没有别的事吗？"

她的意思就是，他只知道打她的主意。

陆景知带着她走向卧室，觉得她的胆子越来越大。前几天她还防来防去，现在倒敢张口质问了。

"男人在调教女人这件事上，喜欢不遗余力。"

姜语宁本以为陆景知在进入卧室后就会放开她。哪知道，他直接将她压在墙上，低头吻了上来。

房间内，有外面照射进来的微弱的路灯灯光。安静的空间里，此刻只有两人亲吻的声音。

"等……等。"姜语宁觉得自己有些呼吸不畅，便将陆景知推开，"二哥，把我吻晕了，吃亏的可是你。"

黑暗里，陆景知用头抵住姜语宁的额头，平息内心汹涌的渴望："你逃不掉。"

"那我的表现……怎么样？你要不要帮我找人？"姜语宁趁机追问，"我妈回来了，还做了东恒的副总裁。我绝不可能让她这么好过。陆景知，我是一个报复心很强的人。"

"这么巧？我也是。"说完，陆景知终于将她放下来，把她拽入浴室继续亲吻。但是，此回的亲吻带着极为浓烈的惩罚意味。

"肿了……亲肿了……"姜语宁极为不安地敲打着他的胸膛。

"受着，你不是要让我满意吗？"陆景知全然不给她反抗的机会。

"暴君，那你答不答应帮我找人？"

陆景知没说话，在浴室里亲了姜语宁很久。

等两人从浴室出来时，已经是两小时后了。

姜语宁昏昏沉沉地睡在陆景知的臂弯里，只是她的唇还肿着，果然是被吻厉害了。

陆景知必须承认，他确实是在惩罚姜语宁。

何秘书花了两天的时间，翻遍了陆景知的母校的书信收发室，都没有找到姜语宁当初寄出去的那封情书。她到底写没写，还是嘴上逗他开心？

何秘书被折磨了两天，甚至跑去了小乡村寻找当年信件收发室的工作人员。信件是肯定找不到了，毕竟九年了。就算收发室有储存的习惯，九年前的东西也早就腐烂了。巧的是，当年收发室的工作人员当过陆景知的母校的门卫。

"虽然我不知道信有多重要，但是我肯定地告诉你，找不到了。不过当年在校门口等了陆同学三天四夜的女孩子，我倒是还记得。她披着长长的头发，大冬天的在雪地里蹲着，我问她什么都摇头，就说自己等陆景知。可那段时间，陆同学根本不在学校。"

何秘书听后，连忙拿出手机，翻到姜语宁的照片递给六十岁出头的老先生看："是她吗？是吗？"

"眉心有一颗痣，可不就是她？"老先生对着手机看了半天，惋惜地摇了摇头，"小姑娘多痴情啊，所以我对她的印象特别深。大雪天的……她冻得浑身发抖，一直躲在树下避风……"

知道了事情的来龙去脉，何秘书露出兴奋的神色，完全不顾此刻已经深夜十一点，依旧给陆景知回了一个电话。他把这件事情的经过，详细地交代了一遍。

听完，陆景知望着床上安静睡觉的人，沉默了许久。好半晌，他才嗓音沙哑地吩咐何秘书："把老先生接过来。"

"明白。"

挂断电话后，陆景知放下手机回到床上，将姜语宁揽入怀中："你是不是也攒够了失望，才会心灰意懒？"

什么心灰意懒？姜语宁早就不知道了。

当年喜欢陆景知的时候，她把能做的傻事都做了。多年后，她也没觉得有什么可后悔的，因为那是她自愿的，谁都会为自己的青春买单。

另一边，天还没亮，千禧娱乐的艺人总监就给霍雨溪打了一个报喜电话。因为昨天公司炒作了一波她的身份，现在外界对她的负面评价少了许多。

因此，艺人总监又打起了别的主意："你哄你母亲出去逛逛街，最好是让她提前配合。我们会安排媒体拍摄并且采访她，尤其是在提到你的时候，希望她能好好地夸你一番。这样对你的事业更有帮助。"

"因为昨天的炒作，她已经把我教训了一顿，怎么可能再答应我演戏？"霍雨溪有些不耐烦地回答。

"她不是你的母亲吗？怎么这点儿小忙都不肯帮？"艺人总监皱着自己粗短的眉毛，难以置信地道，"她不答应，你骗她不就完了吗？到时候在外面遇到媒体，你就假装自己不知道。我就不相信，在那种情况下她还不帮你。"

"这是什么馊主意？她不是那么好骗的！"霍雨溪反驳，不想弄巧成拙。

"你是她的女儿，不会太难的，买个礼物好好哄哄就行了。你要知道，和陆家少爷的丑闻曝光以后，你已经失去了很多工作机会。你的影后头衔还要不要？"对方诱惑道，"好好把握这次机会，你的事业很快就能恢复如前。"

霍雨溪本想拒绝，但是昨天的炒作已经让她尝到了甜头。如果真的可以利用和继母的关系洗白自己，相信继母也不会怪她。

让她买礼物哄哄是吧？这倒不难办。

海边，天刚亮，四周呈现一片蔚蓝之色。

姜语宁在男人的亲吻中醒来。她睁眼看到的便是陆景知如雕塑般近在咫尺的五官，就像多年前的一个梦。那时候，她也是这样情不自禁地勾住了男人的脖子，不由自主地加深了这个拥吻。

"我答应你，"陆景知满意姜语宁的主动，从姜语宁的身上直起身来，"替你找到姜家的律师。"

"真的？"姜语宁顿时从床上弹了起来，伸手搂住了陆景知的脖子。

"晚上回来给你消息。"说完，陆景知拍了拍环着自己脖子的纤细手臂，"我晚上有一个饭局，会很晚回来。你如果困，可以不用等我。"

"我等你……多晚都等。"姜语宁兴奋地回道。

陆景知微微侧身，看到姜语宁兴奋的模样，忍不住又将她往怀里带了带，让她靠在自己的胸膛上："你出门不要给我惹祸。"

"我能闯什么祸？"姜语宁低头，长长的睫毛之下隐藏的都是狡黠。

"我怕我不在你的身边，没人给你收场。"说完，陆景知下床去浴室洗漱。

姜语宁看着陆景知的背影，忽然觉得他今天温柔了许多。昨天他对她又啃又咬，半分温柔都没有。难道是因为他心里有愧疚？陆景知已经答应替她找律师了，那她很快就能见到自己的恩人。

但她并不知道，自己的恩人，其实另有其人。


陆景知走后，姜语宁打开电脑看娱乐新闻。昨天满屏皆是霍雨溪的家世大揭秘，今天就变成了陆宗野的两任女友大对决。

新出炉的热门帖子，把两人从演技、学历、外貌以及家世全都对比了一遍，最后得出的结论是：我要是陆宗野，我也出轨。

论演技，霍雨溪是影后；而姜语宁出演的影视作品，评分永远都在4.0左右徘徊。

论学历，霍雨溪是学霸，国外名牌大学；而姜语宁大一都没念完，更别谈什么知识涵养。

论外貌，霍雨溪妩媚性感，有着让女人嫉妒的身材，让男人疯狂的翘臀；而姜语宁青涩稚嫩，年轻得很。

网友一致认为把霍雨溪和姜语宁放在一起，那是对霍雨溪的羞辱。

她差霍雨溪那么多吗？

姜语宁不服，立刻登录自己的社交账号，又一次发言："原来拥有这些条件，就可以理所当然地插足别人的感情，做一个第三者？"

混圈的有句话，叫作"先撩者贱"。既然千禧娱乐硬要拉着她炒作，那就别怪她反击。

果然，姜语宁的言论一发，又一次引起反对者围攻。

"啧啧，姜语宁，你酸了是吧？"

"谁让你穷呢？霸道总裁甩了你，不也正常吗？"

"姜家都消失这么多年了，你还当自己是千金小姐呢，滚一边去吧。"

"姜语宁，我真的很想众筹打你。"

"怎么会有这么讨厌的明星啊？你的存在就是为了恶心大众吗？"

"人家的母亲是东恒的副董事长，你的亲妈在哪儿呢？"

姜语宁留着这句话，就是为了引起傅雅慧的注意。为此，她还故意在自己的个人信息页留了联系方式，就等着鱼儿上钩。

她的亲妈在哪儿？网友很快就会知道。

信息发布后，姜语宁打开了邮箱。紧接着，她便坐在别墅的阳台上晒太阳。

这儿并不是每个地方她都能去，还有几个禁地。第一个就是陆景知的书房，里面放着机密要件，姜语宁不能随便踏入。还有一个，那是陆景知为他母亲准备的卧室。

那间卧室里面陈设着伯母的旧物。当年他母亲病得突然，陆景知没能见到他母亲的最后一面。这是姜语宁当年心疼他的原因。

那个房间，她也不会去，怕忍不住伤心。

她慢悠悠地等了两个小时，邮箱里面全是反对者发来的威胁邮件。但皇天不负有心人，姜语宁终于等到了她想等的那个人。

"语宁，我是妈妈，这是我的联系方式，我们见个面吧。"

姜语宁看到那个崭新的电话号码，冷笑一声，但还是拿出旧手机将号码存在了电话簿里。随后，她给傅雅慧发了一条短消息："下午三点，碎蝶音乐咖啡馆，不见不散。"

半分钟后，傅雅慧回了消息："不见不散。"

看到消息后，姜语宁立即联系了当日在正阳传媒帮助她的小娱乐记者。这时候不搞事情，更待何时？

小娱乐记者很机灵，知道姜语宁的意图后，回道："千禧本来就有人盯着这位Ava女士的动态，我正好顺水推舟。"

枯杰临走之前，嘱咐过这位小助手盯着千禧和东恒的动态，以备不时之需。现在姜语宁要传消息出去，时机正好。

　　不久，千禧娱乐得到消息，下午三点左右，东恒集团Ava女士约了人在碎蝶音乐咖啡馆见面。霍雨溪的经纪人听到这个消息，马上和下面的员工确定消息的真实性，紧接着给霍雨溪打了一个电话。

　　"不用你买礼物了，机会来了。"经纪人在电话里把这件事跟霍雨溪说了一遍。

　　"可是，你们怎么知道我妈的动态的？"霍雨溪有些不解，也有些不安。

　　"你别管那么多，现在你只需要到场，假装偶遇。我们安排的记者会上去采访，大家省时省力，何乐而不为？"

　　霍雨溪总觉得哪里不对劲儿，但具体又说不上来。

　　她虽然不满经纪公司的做法，但是也不能眼看着属于自己的角色落入别人手里。因此，她没有拒绝公司的安排。

　　只是她那继母那么聪明，必定不会相信偶遇的鬼话，事后肯定会找她的麻烦。


　　下午两点，姜语宁在更衣室内挑出了一条棕色格子裙穿着，搭配了一件蓝色的牛仔外套，看上去青春活力还俏皮。

　　照完镜子，姜语宁拿着车钥匙下楼，看见梁姐正好从超市回来。而购物袋里，最醒目的就是一盒又一盒的"杜先生"。想到自己的"好朋友"走了，姜语宁骤然脸色通红。那男人，怎么好意思对梁姐开这个口？

　　"姜小姐，不必害羞，这也是对你的一种保护。"

　　"等以后再说。梁姐，我出门了，尽量赶在二哥回家之前回家。"姜语宁才不想现在就面对这种事。她对这种事没有太多的期待。总的来说，还是陆宗野给她的阴影太大，让她对这种事没有好感。

　　"先生可真能忍啊。"梁姐看着姜语宁离开的背影，忍不住地感叹。

　　姜语宁面颊通红，直到上车以后，还在想着早上和陆景知亲吻的事。很快，黑色轿车驶入洛城市区。姜语宁提前半小时到了碎蝶音乐咖啡馆，特意选了一个看上去隐蔽但很容易被人发现的位置。

　　随后，她点了一杯咖啡，坐在沙发上悠闲地吃着糕点。

分别五年，姜语宁早当自己没了母亲。傅雅慧回国绝不是为了认她，只是因为被霍雨溪曝光了，不得不联系她。毕竟，她现在黑得一塌糊涂，要曝光点儿什么东西，关注度不容小觑。

一刻钟后，腕表时针指向三点的位置。姜语宁一抬头，便见到了不远处身穿黑色小西服、戴着墨镜的Ava女士。她迈着自信的脚步走到了姜语宁的对面，并将金色菱格手拿包放在了沙发背后。

"这位置你选的？"傅雅慧一坐下便四处探望，生怕被记者看到。

"嗯，这位置还不错，很隐蔽。"姜语宁握着咖啡杯，小声地回答。

"你怎么不叫妈妈？"傅雅慧取下墨镜，在姜语宁的面前点燃一支女式烟。看她抽烟的模样，倒真有几分成功人士的姿态。

"我以为你不要我了。"姜语宁苦笑着回答，故作紧张地捧着咖啡杯。

"语宁，我知道你怪我，但是当初我也没有办法。你爸爸失踪，我整夜失眠，都快把自己逼疯了，我离开也是迫不得已。我现在回来，你也长大成人了，你要什么补偿？妈妈都会满足你。"

"我现在挺好的……"

"别瞒我了，我知道你现在一无所有。你想签约哪个经纪公司，妈妈帮你。"傅雅慧表现得很大方，"妈知道你吃了很多苦。"

"我只是想问，你真的成了霍雨溪的继母？"姜语宁期盼地看着傅雅慧的眼睛询问，似乎很希望她说不是。

"这都是巧合，"傅雅慧淡然地说道，"总之，妈妈现在有钱。你想做什么，妈妈都支持你，也会替你谋划。语宁，苦难都过去了。以后，妈妈会想尽办法弥补你曾经受过的苦。"

"那……我想去霍雨溪的公司。"姜语宁脱口而出道。这听上去好像一个女儿在为了母亲争风吃醋。

傅雅慧当然察觉不出什么，只觉得面前的女儿还和从前一样，幼稚、天真，这样最好哄了。

"等我给你安排。但是语宁，当年妈离开的事不能被媒体知道，妈真的有苦衷，你能不能……"

"我明白，我不会对媒体乱说的。"姜语宁回答，故意表现出有利可图的愚蠢模样。因为这样，傅雅慧就会用东西来哄她，让她保密，从而维持自己完美无瑕的形象。

姜语宁充分相信，一个在丈夫失踪六十三天后就抛家弃女的人的心里是不会有亲情的。因此，姜语宁也不会天真地相信这个女人的心中会有她这个亲生女儿的位置。

"语宁，你真的长大了……妈妈以后会让你发红发紫。"

她这些都是说给小女孩儿听的。只有小女孩儿才会渴望一炮而红，受到万众追捧。

"谢谢妈。"姜语宁笑得灿烂，眉眼里有难以掩饰的欣喜。

可就在两人"愉快"叙旧的时候，一个身穿红色长裙的女人风情万种地走了过来。她盯着傅雅慧，问："妈咪，你怎么在这里？"

傅雅慧偏头看到霍雨溪，脸色突变，立即从沙发上弹了起来："霍雨溪……"

"是你。"霍雨溪刚才并未看到傅雅慧对面的人是谁，只是瞧见一个背影。现在看到姜语宁的正面，她不由得冷笑起来，"姜语宁，你会不会太可笑了？为了陆宗野的事情，你找我妈告状来了？你还要不要脸？你这个有妈生没妈养的女人，果然没有家教。"

听了霍雨溪的话，傅雅慧神情一怒："你说什么呢？"

"妈咪，你不用搭理这种人。她就是一个十八线的小明星，你千万不要因为她而误会我。"

霍雨溪没想到自己的继母要见的人，居然是姜语宁。

她还在心底庆幸，还好自己过来了，否则不知道这个小贱人会在继母的面前造些什么谣言。

这时候，千禧娱乐安排的记者也跟着跑了过来，拿着相机对着几人就是一阵猛拍。

只是他们都没想到，姜语宁居然也在这里。场面一度很尴尬。

傅雅慧此刻的脸色已经不能用难看来形容了。她知道这是霍雨溪利用她的把戏。

"姜语宁，我真没想到你是这种人。我知道我先前对不起你，我的情不自禁伤害了你。但是，我也受到了惩罚，你现在居然找我母亲挑拨离间……"

"霍影后，抢人是你祖传的习惯？"姜语宁从沙发上站起身来，淡然地反击。

"我和你之间的事，只是我们的私事。姜语宁，你把事情闹大，对谁都没有好处。你应该知道我的身份，我母亲是东恒集团的副董事长。如果你识趣，就别在我们的面前碍眼犯贱。"霍雨溪见到姜语宁就怒火直冒。她是不是和这个人相冲？怎么到哪里都有她？这么一个低级的人，哪里来的本事处处和她针锋相对？

"如果，我偏要呢？"

霍雨溪怒不可遏，抬手便想教训姜语宁："今天我就好好教你做人。"

但是霍雨溪的手并没有成功落下，因为被傅雅慧握住了。

傅雅慧道："你要教谁做人？"

"妈咪，我只是想教训一下这个小贱人，她太讨人厌了。"霍雨溪厌恶地看着姜语宁，"我今天就要撕烂她的嘴。"

傅雅慧趁机甩开霍雨溪的手腕，反手一巴掌扇在了霍雨溪的左脸上。

"妈咪……"霍雨溪捂着脸，震惊地看着傅雅慧。

"你听着，霍雨溪。你只是我的继女，但是语宁是我的亲女儿，你明白吗？"

傅雅慧的话音落地，所有人都震惊了，尤其是霍雨溪，完全不相信自己听到的事实。

"妈咪，你开玩笑吧？姜语宁怎么会是你的女儿呢？她……"霍雨溪说这句话的同时，仔细地观察着姜语宁以及傅雅慧的长相。随后，她不受控制地后退了两步，难以置信地道，"这不可能……这怎么可能？"

"没什么是不可能的。昨天你利用我炒作，我已经和你计较了。今天你还把记者招来，是不是真当我好糊弄？"傅雅慧挡在姜语宁的面前，怒斥霍雨溪，"你真的太让我失望了。"

在场的记者，没想到居然是这样一番情景。

尤其是千禧娱乐安排的那几个人，现在拍也不是，不拍也不是。这拍了放出去，霍雨溪能被洗白才怪。

傅雅慧想到昨天的热搜，怒意不减，当着媒体的面拽着姜语宁离开了咖啡馆，把霍雨溪留在了咖啡馆。

霍雨溪站在原地，脑子里一片空白，根本就不知道刚才发生了什么事。

"怎么……可能？姜语宁那个贱人……"

"这拍不拍啊？"在场的记者，面面相觑，不敢乱动。可店里的店员已经把刚才的一幕拍了下来，放在手机里，立刻上传朋友圈。

"天哪，太刺激了。这影后，戏太多了。"

小娱乐记者躲在暗处拍摄，拿到最新的素材后，露出天真可爱的笑容。他又可以找语宁姐要签名了。

楼下，姜语宁坐在傅雅慧的轿车里，母女两人并没有立刻离开。

"你现在住哪儿？"傅雅慧将双手放在方向盘上，询问姜语宁。

傅雅慧虽说刚才怕姜语宁受刺激跟媒体乱说话，但护犊之情是人的天性，在亲生和非亲生的孩子之间，她也会有冲动。

"我住朋友家，我开车过来的。"姜语宁小声地回答。

"等妈安顿好了，就为你铺路。到时候，你也搬来和妈一起住。"

"不用。"姜语宁摇了摇头，"我住朋友家里方便。和你住在一起，怕给你带来麻烦和非议。"

在霍雨溪的无理取闹下，姜语宁显得懂事许多。

傅雅慧没有勉强，拍拍她的脑袋，如从前安抚女儿一样："你很乖。"

"那我先下车了。"姜语宁扭身，见傅雅慧点点头，这才推开车门下车离开。

紧接着，傅雅慧将车开走。她只觉得因为霍雨溪，今天又是心情糟透的一天。也不知道媒体会不会挖出什么。当年姜家的事情早已是过眼云烟，应该不会有太大问题，傅雅慧在心里安慰自己。


很快，网络上开始有消息了。昨天炒作了一整天母女情深的霍雨溪只是人家的继女。更重要的是，霍雨溪的粉丝看不起的姜语宁才是人家Ava女士的正牌女儿。他们昨天把霍雨溪夸上天，还把姜语宁贬到尘土里，那么现在呢？

网友被反转的剧情爽到，纷纷出来发言——

"人家的亲女儿都没有出来曝光，继女倒是上蹿下跳，好不威风。"

"原来真正低调的人是姜语宁。"

"影后这热搜，买得何其尴尬。经纪公司蠢到家了，现在被啪啪打脸，整出一桩笑话。"

千禧娱乐怎么也不会想到，霍雨溪昨天才因为低调家世的事情拉了一波好感，现在又败得一点儿不剩。

霍雨溪的经纪人开始反思，总觉得这件事太过蹊跷。尤其是傅雅慧要出去见人的消息，霍雨溪这个继女都不清楚，外界的娱乐记者怎么知道？他总觉得上了别人的当，早知如此，应该先确认消息的来源。

霍雨溪俨然成了笑话，比起之前和陆宗野的事情还要受人嘲讽。

她就算是想破了脑袋也不会算到，姜语宁居然是继母的亲女儿。这件事，她怎么都觉得和姜语宁脱不开关系。

姜语宁那个人，怎么什么都和她抢？

想到此，霍雨溪只觉得更不舒服了。也不知道最近到底怎么了，她联系不上陆宗野，现在继母还是仇人的亲妈，霍雨溪觉得自己快被逼疯了。

看到今日的新闻，姜语宁觉得十分痛快，就连最讨厌的湿润空气都变得可爱起来了。

不管是对霍雨溪也好，对傅雅慧也好，姜语宁承认她的"坏"。因为她忘不掉过去五年所遭受的痛苦。

霍雨溪的恶，和陆宗野如出一辙。他们总是轻易摧毁别人的人生，还把别人当作自己的玩具和笑话。现在，她也想让霍雨溪尝尝那种被人玩弄的滋味。

至于傅雅慧，若没有霍雨溪在里面搅局，傅雅慧恐怕这辈子都不可能承认自己还有一个女儿，还做过抛夫弃女、卷款私奔的丑事。

同时，姜语宁也恶心这样的自己。

陆景知会嫌弃她吗？姜语宁在轿车里静坐片刻。然后，她忍不住给陆景知发了一条短消息："饭局在哪儿？我去接你？"

饭局上，陆景知面不改色，和朋友推杯换盏。当他看到姜语宁的消息时，眉宇间总算有了一丝柔软之色。

"希尔顿酒店，十点左右出来。"

"知道了。"姜语宁收起手机，然后发动轿车出发。

"景知，你刚才是笑了吗？我认识你这么多年，第一次见你笑。"身

71

旁，友人喝得有些醉，抓着陆景知的肩膀询问，"你刚才是不是笑了？"

"你喝多了。"陆景知扶住友人回答。

"我知道你心里放着一个女人，才会无视我妹妹的示爱。作为你的兄弟，如果对方和你不是门当户对，我劝你一句，早做打算。我们这些子弟，不过就是家族的牺牲品。"

陆景知就这么听着，没有表态。好友最近才结婚，而且是非常轰动的联姻。

"我妹妹，好歹你知根知底吧？"对方继续竭力地推销自己的妹妹。

陆景知拿起酒杯，淡淡地抿了一口酒，嘴角牵强地勾起："不是她，我谁都不要。"

"情种。"对方朝着陆景知竖起大拇指，随后醉倒在桌上，昏睡过去。

这是私人饭局，参加聚会的只有几个人，但都是洛城的知名人士。比如醉倒的这位，洛城副市长的公子，知名外科圣手。可他再优秀，还是娶了一个自己不爱的人，整天借酒浇愁。

酒过三巡，还清醒的人也就剩陆景知一个了。

几个好友纷纷在助手的安排下离席，陆景知也在何秘书的掩护下从希尔顿的侧门离开。酒店的保密工作非常到位，毕竟这几个人在洛城的地位举足轻重，出不得半点儿差错。

走出希尔顿的门口，陆景知坐在车里闭目养神，等清醒了些，便给姜语宁打电话："我出来了，你在正门的十字路口别动。"

"我看到你的车了。"姜语宁在树下说道，"我……方便过去吗？"

"过来。"陆景知说完这两个字便挂了电话。或许是因为喝了酒，他身上有些发烫。

姜语宁扣着帽子，小心翼翼地走到车边，确定四周没人，这才钻上轿车的后排座位。

因为是私人行程，所以陆景知并没有像平日那样带那么多的警卫，只留了一个人替他开车。

此刻，轿车里弥漫着一股醇香的红酒味。陆景知因为热，所以敞开了白色的衬衣。他低着头，凌乱的发丝显得他的五官更加凌厉。不知道为什么，和平日里那个冷漠的陆景知不同，此刻的陆景知身上多了一丝放纵的感觉。

"二哥……"

姜语宁才出声就被陆景知抱入了怀中。对方力气之大，让她根本难以反抗。

"为什么来？"陆景知沙哑着声音问道，"难道你不知道很容易出事？你不是防着我吗？还是你欲擒故纵？"

"我不需要欲擒故纵，我就是想来，想见你，所以我来了。"姜语宁坦然地回答。

陆景知勾起她的下巴将她压在靠背上，带着排山之势亲吻她的每一寸肌肤。

迷离中，姜语宁搂着陆景知的脖子，沉溺在他的亲吻里。她必须承认，她喜欢陆景知的吻、喜欢他的气息、喜欢他的触碰。甚至有时候，她会想把自己给出去。可是她输不起了，不想输得连自己都不剩。

情迷之下，车内气氛暧昧不已。

陆景知收手，没有下一步动作，在她耳边低沉地说："你就是仗着我喜欢你。"

因为姜语宁没有松口，所以他不会对她下手。

"知道就好。回家了，酒鬼。"姜语宁从他的怀里探出头来坐直了身体，拍了拍自己的双腿，"枕上来。"

陆景知放低视线看着她的双腿，不屑地闭上了眼睛。或许是真难受，他一路上揉着眉心撑到了御珑廷的门口。再看姜语宁，已经靠在车窗玻璃上熟睡过去了。

"二爷，姜小姐让我来扶吧。"司机见陆景知有些醉，便要上前帮忙，却被陆景知推开。

"别碰她。"

司机摸摸鼻子，只能站在一边，看着陆景知将姜语宁从轿车里抱了出来。二爷这占有欲，也太可怕了。

被陆景知抱在怀里，姜语宁骤然醒来。她睁开眼看到男人的侧脸，又搂紧了男人的脖子，继续安心地靠在他的胸口。

"洗了澡再睡。"陆景知将她放在沙发上，再将她拍醒。

"不要。"姜语宁撒起娇来，"要不然，你帮我洗？"

"越来越胆大了……"话虽如此，但陆景知还是抱着人进了浴室。

在氤氲的池水里，这家伙的耳垂精致而小巧，像一颗光滑的珍珠。

"今天，去见你母亲了？"

姜语宁正泡得舒服，忽然听到询问，睁开了迷离的双眼："不仅见了，还借她的手把霍雨溪好好地整治了一番。"

"这么恨她？"

姜语宁在浴缸里翻身，趴在浴缸的缸沿，犹豫了几秒才慵懒地开口："恨啊，以后我还可能更过分呢。"

陆景知没说话，将她从水里捞出来抱回卧室。这还是姜语宁第一次看清陆景知的全身。

身体的基本反应让她羞红了脸。但是趁着陆景知穿睡衣的时候，她又忍不住多看了几眼。

肌肉结实的上半身，呈现完美的倒三角形；腰部，狭窄但是有力；臀部，饱满紧实，再往下就是让人挪不开眼的长腿。

陆景知忽然转身，发现了某个色鬼的偷窥，便问："抱也抱了、碰也碰了，是不是该……"

姜语宁连忙摇摇头："害怕……"

"怕什么？"

"怕痛啊，还能怕什么？"姜语宁连忙捂住自己的脑袋，"二哥，我睡了，你关灯啊。"

陆景知看着床上把自己裹得严严实实的姜语宁，忽然有种猜测，小东西是不是对这种事有阴影？


深夜，半山别墅的客厅里。

霍雨溪像一个做错事的孩子跪在傅雅慧的面前，抓着她的手哀求原谅："妈咪，我不知道姜语宁是你的女儿。如果知道是这样，我不会和陆宗野在一起，还怀了他的孩子。我一定做一个本分的姐姐，好好爱护姜语宁。"

"你说你怀了谁的孩子？"傅雅慧冷眼看着霍雨溪质问。

"陆……宗野的，我也是才知道。"霍雨溪低着头道，"妈咪，你和姜语宁见面的消息是有人故意放出去的，不然我的经纪公司怎么会知道呢？我利欲熏心，想利用你的关系是我不对。但是也请妈咪好好想想，这件事也不该全是我的错。"

"所以你想告诉我，这件事是语宁放的消息？"

"妈咪，她本来就恨我，曝光这件事对她最有利啊，不对吗？"霍雨溪用力地解释道，"我能利用您，她怎么就不能呢？"

傅雅慧听完，怒气消了很多，毕竟她心中也有疑虑，霍雨溪说的话不是全无道理："起来吧。"

"妈咪，那我现在怎么办呢？"霍雨溪站起身来，低头轻抚自己的小腹，"我也知道抢语宁的未婚夫不对。可是他们本来就没有感情，我也是情不自禁。更何况，现在他们已经解除婚约了。"

"这件事你不该问我，应该去问陆家打算怎么办。"傅雅慧想到他们那点儿烂事，心里就很不舒坦，"我知道你还是很想嫁入陆家，如果陆家也不反对，这件事就这么定吧。"

"可语宁那边……"

"我会用别的条件跟她换。"傅雅慧不耐烦地说道。

"那我就替肚子里的孩子谢谢妈咪了。"霍雨溪惊喜地抓着傅雅慧的手臂摇晃，她依旧把嫁入陆家视为自己人生的第一大事。

现在的豪门子弟变得越来越抢手了。她看中的几个豪门子弟里面，只有陆宗野是最好上钩的。当然，她心里依旧有抢了姜语宁的东西的快感。毕竟，现在有机会嫁入陆家的人是她，而不是姜语宁。这样算起来，她依旧是赢家。

就是不知道有朝一日，当姜语宁摇身一变，成为她二嫂的时候，她会是什么表情。

站在傅雅慧的立场，她同意霍雨溪嫁入陆家，是为了阻止姜语宁嫁入陆家。傅雅慧不希望姜语宁有和她对抗的实力。如果下午的事情真的和姜语宁脱不了干系，那么她还要另想办法，让这个女儿多点儿阻碍。

傅雅慧答应姜语宁签约千禧娱乐公司，是方便她安排姜语宁，再利用娱乐圈的规则去控制姜语宁。

第二天清晨，历经长途跋涉的何秘书将陆景知的母校当年的门卫老爷子，在天未亮前送入了御珑廷的大门。

进入御珑廷以后，老爷子在客厅里打转，因为他从未来过这么好的地方。人有时候不得不服命，陆家可是百年的豪门世家。随后，老爷子瞧见成熟稳重的陆景知从二楼下来。他不禁感叹，当年学校的风云人物走出校园大门以后，似乎更加英俊不凡了。瞧瞧这身形样貌，难怪当年那么多女孩子挤破了他们南大的校门。

"老人家，昨晚您告诉我的那段故事，您再好好地跟我们二爷讲讲？"何秘书见陆景知坐下，便也让老人在沙发上坐下。

"那个女孩儿的事？"老人家抬头，认真地询问道，"难道你们还要找那女孩儿吗？"

何秘书站直身体，看着陆景知。这时候，姜语宁身穿一条白色的蕾丝长裙，从二楼的台阶上走了下来。

"有客人？"姜语宁见客厅有人，一时间没有反应过来。她心想，陆景知是要让全世界都知道他金屋藏娇吗？

"这不就是那女孩儿吗？"老人指着姜语宁，激动地站起身来，"原来，她在你这里啊。那你们还找什么呀？"

姜语宁皱着眉，仔细地打量那老人，总觉得对方有几分面熟。

"还看。当年你在南大门口蹲了三天四夜，都是吃的谁的夜宵？"老人不满地盯着姜语宁。

姜语宁听完，顿时记起了："门卫大叔……"

只是，天神显什么神威呢，把人家都接到这儿来了？

"还算你有良心。看来，你还是等到了你的情郎，也不枉费你在南大门口当了几天的冰雕。"

闻言，姜语宁顿时红了脸，因为陆景知根本不知道这件事。现在事情被翻出来，她着实有点儿尴尬。

她小跑到老人的身边，低声地对他说道："大叔，可不可以不要再说这件事了？"

"为什么不说？学校里好多人知道你的壮举。"

"可他不知道……"姜语宁悄悄在老人的耳边道。

"搞半天，你的情郎不知道你当年在学校做过的傻事？这傻丫头蹲在雪地里，那是赶都赶不走，就找你。可是那段时间，你不在啊，学校也联系不上，就只能让她那么等着。"老人哪会管姜语宁那点儿尴尬？他对姜语宁说完前半句后，又对着陆景知说，生怕陆景知不知道这女孩儿的痴情。

"哪一年冬天？"陆景知感觉喉咙有些发烫，压抑着情绪询问老人。

"可不就九年前？"老人回答，"那年雪最大，我记得很清楚。"

姜语宁着实有些难堪，便转过身不再搭理这几人。她大概也明白陆景知找人过来的用意，是想弄清楚她对他的感情。

只是回想那时，她会觉得自己很傻，特别傻。

九年前的冬天……没发生别的事，就是陆景知的母亲没了。

"十五六岁的小女娃，最有毅力的就属她了。"老人家继续感叹。

姜语宁什么话也说不出来。但下一秒，她就被陆景知抓住手腕，拽回了卧室，摁在墙上。

"不解释一下吗？"

"解释什么？"姜语宁的目光有些闪躲，"就当年不懂事做的一件傻事。你从哪儿把他找出来的？我自己都忘记了……"

"你为什么要去学校找我？"

姜语宁低着头没回答。半晌，她才抬起头来回答陆景知："当年伯母走了，伯父也弃你而去。我担心你才去南大找你，哪知道你根本不在南大。我想说不定你很快就回去了，便试试等你，结果不知不觉就等了好几天，那年冬天是真的冷。"

听完，陆景知抱着她直接压向床上，根本不容她反抗，只在她的身上落下密集而凶狠的吻。

"就那么担心我？"

"那时候，我喜欢你到不能自拔。"姜语宁乖乖地躺着，没有挣扎。只不过，她的长裙被揉乱了，妆容也被亲花了，俨然成了一只小花猫。

既然话都说到这个份儿上了，姜语宁也不怕多说一句。

"我知道你从来不缺女孩子的关心，我知道你厌恶我。但我还是想看你一眼，确定你没事，那我的等待也就值了。不过，我没能等到你，回去后便发了一个星期的高烧。"

"我明确表达过厌恶你？"听完，陆景知掐着姜语宁的腰问。

"言语冰冷，也不是喜欢啊。"此刻的姜语宁眉目清秀，带着她平日里没有的嬉闹，有些委屈，也有些认真。

77

“你没有问过，怎么知道我的心情？”陆景知抱着她质问她，声音里有一丝怒意，心里也委屈，“以后，我不准你再有离开我的念头。你不是喜欢我吗？继续喜欢下去，这辈子你都别想再离开我身边。”

姜语宁任由他抱着、揉着、问着、命令着。听到陆景知如誓言一般的话语，姜语宁觉得自己做了一场美梦。

“我没有做梦吧？”姜语宁觉得毫无真实感，伸手掐了掐自己的脸颊，“既然你没有讨厌我，为什么对我那么冷淡？害我伤心了好久。”

“那时候你是老三的未婚妻，而且……我不知道你反抗过。”

“所以……”姜语宁搂着陆景知的脖子，忽然明白了什么，“二哥，你这是吃醋吗？”

这一次，陆景知没有反驳。

“那你还怀疑我对你的感情吗？”姜语宁眨眨眼睛，继续询问陆景知。

陆景知搂着姜语宁起身，坐在床沿替她整理凌乱的头发：“过去的都过去了，未来的路重新开始。”

姜语宁神情炙热地看着陆景知，抓住他的手背放在自己的脸颊旁蹭了蹭，干脆地回答了一个字：“好。”

“不过既然我们已经在一起了，发生关系这件事可不可以先缓缓？”

“你说呢？”

姜语宁噘着嘴，也觉得自己有点儿矫情，但她就是有心理阴影啊。

“我不管，我要去网上发帖求助，帖名就叫——霸道总裁总想睡我怎么办？”

陆景知听完，难得勾出一丝无奈的笑容，揉了揉她的脑袋：“昨晚说好谈姜家律师的事，喝酒误事了，今晚回来谈。”

“好。”姜语宁乖顺地点了点头。

说清楚以后，姜语宁轻松了许多。她总算明白陆景知时而表现出来的占有欲和复杂感究竟是怎么回事了。她也渐渐地相信，陆景知很早就对她有了感情，只是误会让两人错过了太多次。

两人坐在床上视线交会，忍不住又是一番耳鬓厮磨，直到门外响起了梁姐的敲门声：“先生，时间差不多了。”

姜语宁红着脸推开陆景知，怎么每次两人亲热的时候都会传来梁姐的声音？她清了清嗓子说："等你晚上回来，我还有很重要的事情要问你。"

陆景知起身，也搂着她起身，一言不发地替她整理长裙。

楼下，老人在御珑廷享受梁姐做的早餐，见小两口牵着手从卧室出来，便知道他们应该已经打开了心结。

"你们两人，可别因为小事闹别扭了。尤其是你，"老人指着姜语宁，语重心长地说道，"当年三天四夜都肯等，以后若是和你的情郎吵架，就想想你当年喜欢他的劲头。感情再冷，也不会比冰天雪地更冷，懂吗？"

"知道啦，大叔。"姜语宁被他臊得慌。他是月老投胎吗，这么爱唠叨？

"知道就好，孺子可教。"

姜语宁看着身旁高大的男人，再摸摸自己的心口。这心跳速度，真的一点儿都不减当年啊。当你知道你暗恋的人也喜欢你，而这个人还足够优秀的时候，这是一种什么样的体验？简直要上天。

随后，陆景知吩咐何秘书，让老人在洛城多玩几天。老人现在无牵无挂，乐得清闲，便点头答应了。

御珑廷的门外，司机等候已久。陆景知又看了几眼姜语宁，叮嘱她不要闯祸，这才迈步上车。

她有那么爱惹事？好吧，好像有点儿，最近的娱乐新闻好像都和她脱不了干系。

自她和傅雅慧昨天分开后，直到今天早上，傅雅慧都没有联系过她。想来，傅雅慧私下和霍雨溪也见过面了。那么傅雅慧也应该心里有底，昨天的事情可能出自她的算计。

姜语宁本想自己主动点儿，去咬傅雅慧丢来的鱼钩。然而，枯杰身边的小助理在上午给她打来电话："语宁姐，有时间见面吗？我好像知道了什么了不得的事。"

"行，你报地址，我过去找你。"姜语宁觉得这孩子着实有意思。

"那你快点儿哦。"男孩儿快速地报了见面地址，挂电话之前还不忘嘱咐一句。

姜语宁不由得笑了出来，自己的大哥这是从哪儿找来的"宝藏男孩儿"？

简单地收拾了一番，姜语宁开车出了门，两人约在安静的湖边碰面。

男孩儿一见姜语宁，便抱着他的摄像机跑了过来，带着十足的好奇表情，兴奋地说道："语宁姐，我刚得到一个消息，说陆宗野不是陆家的种。"

姜语宁听完，十分震惊："你从哪儿知道的消息？"

"我是新闻专业的学生，昨天办完你交代给我的事情以后，我就回学校聚餐了。一个跑社会新闻的师姐跟我说，她这次去郊区慰问敬老院的老人，其中一个老人说她当初想帮女儿回到豪门，和别人调换了孩子。她觉得对不起养女，想赎罪。但这事关陆家，谁敢去乱说？师姐就当笑话说给我们听了。"男孩儿特别认真地解释给姜语宁听。

"我不是怕自己听错吗？今天一早就去了那家敬老院找那位老人证实，最后确定陆家三少爷陆宗野是被调换的，她还能说出很多细节来。"

这样说起来，这事的可信度的确很高。

李淑彤当年就是一个卖首饰的售货员，一个平民靠什么嫁入陆家？当然是靠儿子。

"这件事你先别声张，再去打听一下老人那养女现在是什么状态，不能打扰了别人的正常生活。"

"我办事，你放心。不过语宁姐，这次是不是可以帮我多签几个名？"男孩儿掏出签名册和黑炭笔。

姜语宁听完，顿时无奈地摇摇头，这小孩儿没别的爱好吗？

"你怎么对我的签名这么锲而不舍呢？"

"因为我有预感，你早晚会红遍全世界。"男孩儿斗志昂扬地说道。

这小孩儿嘴真甜。于是，姜语宁毫不吝啬地一口气给他签了几十个签名。

如果这小孩儿发现的事情千真万确，那么陆家又有好戏可看了。

然而，事情远远不止于此……

姜语宁以为傅雅慧近两天都不会找她，但中午刚过，傅雅慧便给她发了一个地址，让她过去见面。因为昨天的教训，傅雅慧似乎谨慎了许多，还嘱咐姜语宁不要被媒体跟上。

午后，姜语宁换上一套米白色的小香风套裙，开着陆景知替她准备的那辆低调的黑色轿车，去了傅雅慧指定的半山别墅。到了别墅以后，现身开门的人居然是霍雨溪。不过，这也在姜语宁的意料之中。

两人视线相撞，依旧各不相让。只是今日的霍雨溪好像对姜语宁又多了一丝不屑，嘴角挂着讥笑。她开门后，便转身对客厅里的傅雅慧道："妈咪，语宁到了。"

见状，姜语宁竟有些分不清，她和霍雨溪到底谁是傅雅慧的亲女儿。

"语宁，进来。"傅雅慧穿着白色的家居外套，坐在黑色的真皮沙发上。

姜语宁迈步进入客厅，就见霍雨溪坐在傅雅慧的身旁。对方这算是提醒她，在傅雅慧的面前，她这个亲女儿还不如继女吗？

"妈……她怎么在这儿？"姜语宁故意不高兴地看着霍雨溪，对傅雅慧发难。

"语宁，不管怎么样，霍雨溪也是你的姐姐。即使她做错了事，但我们始终是一家人，一家人就要团结对外。昨天的事情，我已经好好教训过你姐姐了。你就看在妈妈的分儿上，不要和她计较了。你要知道，你想签约千禧娱乐，还要依靠姐姐去牵线搭桥呢。"傅雅慧端着家长的姿态，规劝姜语宁。事实上，这番话还带有威胁的意味。言外之意，如果姜语宁还想进入千禧娱乐，就别和霍雨溪作对。

"妈咪，你放心吧。公司那边，我已经打好招呼了，公司同意签语宁。"霍雨溪此刻郑重地向傅雅慧保证，"只要语宁抽时间去公司和艺人总监见一面就可以了。之后，我的经纪人会联系语宁。"

瞧瞧霍雨溪那得意的神色，是给了她多大的恩惠？

其实这件事根本就不需要霍雨溪出面。傅雅慧这样算计，不过就是想让姜语宁欠霍雨溪一个人情。

"以后，你们要一直这样相互扶持，妈妈也就放心了。"傅雅慧说完这句话，伸手托起桌上的咖啡，轻抿了一口，并且用余光打量姜语宁。

这两人到底想说什么？铺垫是不是太长了？姜语宁在心里暗忖。

"语宁啊，其实，你姐姐怀孕了，孩子是陆家三少爷的。你姐姐身体弱，去检查后，医生说她不能流产。我思前想后，虽然觉得对不起你，但也只能让你谅解，让你姐姐嫁入陆家，以后你看上了哪家少爷，妈妈再替你做主。"

这两人酝酿了这么大半天，原来是憋着这么一个大招。

"毕竟陆宗野之前也是你的未婚夫，你若是不原谅你姐姐，我们再另做打算。"

"做什么打算？把孩子当私生子生下来吗？"姜语宁眨巴着眼睛，反问傅雅慧。

霍雨溪的脸色顿时一变。若不是傅雅慧还在场，估计霍雨溪又要当场翻脸。

"语宁，你姐姐怀孕了，你不能这么自私。"傅雅慧责备姜语宁，"况且，你和陆宗野已经解除婚约了。你姐姐要是不看重你，根本不需要跟你打招呼，我们直接上陆家谈婚事。"

"姐姐真的是因为看重我吗？"姜语宁审视着两人反问。

"姜语宁，你什么意思？"霍雨溪沉不住气了，语气颇重地质问。

"你不是看重，你是想炫耀，你是想告诉我，你马上可以嫁入陆家了。而我完全是局外人，在家里妈妈帮你，在外面陆宗野帮你。你让我还要记得你的施舍，记得你的好。"姜语宁无比冷静地看着两人，嘴角一样带着嘲讽的笑，"妈，你就是这么补偿我的吗？"

"姜语宁，你不要这么无理取闹。"傅雅慧压制着怒意说道，"你就这么见不得姐姐好吗？"

"她抢我的未婚夫，抢我的母亲，你让我怎么对她好？"姜语宁站起身来，激动地对沙发上的两人说道，"如果你们是因为这件事才愿意帮我进入千禧娱乐，那么我告诉你们，不必了！"

"妈咪……你看她，这是要逼死我腹中的孩子吗？"霍雨溪立即捂着小腹，在傅雅慧的面前开始哭诉，"我就说她根本不会领情。妈咪，你现在信了吗？"

"语宁……我们都冷静一点儿。现在你姐姐怀孕是事实，你大度一点儿，帮助她过了这个难关。以后，你姐姐只会念及你的好。"

"做梦，不可能。她和陆宗野害我那么惨，我这辈子都不可能忘记。"说完，姜语宁拿起手边的皮包，冲出了傅雅慧的别墅。

"妈咪，你看她……"霍雨溪指着姜语宁摔开的大门，刻意火上浇油地道。

"不管她。"傅雅慧黑着脸道，倒是不知道姜语宁的脾气居然这么倔，"你先给陆宗野打电话，告诉他这个消息。我过去找陆家人谈婚事，至于你妹妹，我再想别的办法……"

"还是妈咪对我最好。"有了傅雅慧的这句话，霍雨溪顿时放心了。

姜语宁想和她争宠？也不掂量自己的斤两。

姜语宁不想让她嫁入陆家？她偏要风风光光地进入陆家的大门，等她成了名正言顺的陆太太，到时候姜语宁还拿什么跟她比？

不过，聪明如姜语宁，能不知道霍雨溪是什么心思？你越是反对霍雨溪，霍雨溪越是有抢夺的快感。因此，姜语宁才会故意做出激烈的反应。霍雨溪那么想嫁给陆宗野？那就嫁呗。

只是到时候，等陆宗野的身份被揭开，霍雨溪就知道什么叫坠入地狱。

那对母女并没能影响姜语宁的心情。回到御珑廷，姜语宁还一边看电视，一边吃零食。

夜晚，正在收拾餐具的梁姐有时候也投来看剧的目光。姜语宁瞥见，便问道："梁姐，这个女一号没我漂亮对不对？"

"姜小姐天生丽质。"梁姐笑着回答。

"那梁姐你看过我演的电视剧吗？"

"就你参演的那些剧，怎么好意思开口问旁人？"门口，一道低沉的男声忽然传了过来。姜语宁抬头，见到陆景知，心也跟着活了起来。

"这么说，你看过？"

"里面除了你的那张脸，没有什么可入我的眼。"即便作为男友和头号粉丝，陆景知也咽不下她那部电视剧的剧情。

"先生，我下班了。"梁姐接过陆景知的外套放妥以后，退到了门边。

"下吧。"陆景知松开领带，在姜语宁的身边坐下。

"怎么这么晚？"姜语宁抬手看表，确定陆景知不是第一时间回御珑廷。

"去了一趟陆家老宅。"

"这么快就惊动你了。"姜语宁放下零食，用桌上的毛巾擦了擦手，"看来，霍雨溪的这个孩子不仅仅救了她，也顺道让陆宗野升了天，只可惜……"

83

"嗯？"陆景知扬起了自己性感的嗓音。

姜语宁从地毯上站起身来，悄悄地在陆景知的耳边说了一句话。

陆景知听完，顺势将她搂住，让她骑坐在自己的腿上，看着她道："要知道是不是真的，很简单。我会让管家取DNA样本和二叔做一个比对，事情到时候自然会水落石出。"

"知道真假，也不许你轻举妄动。他们要订婚，你答应就是了。让陆宗野和霍雨溪嚣张起来，好戏要等到关键时刻才能开锣。"姜语宁搂着陆景知，甚至是有些撒娇地摇晃着，"你答应我……好不好？"

"这件事爷爷打了招呼，我自然不会干涉。"这全然是看在东恒集团和霍雨溪腹中的孩子的分儿上，跟姜语宁无关。

"那就好。"姜语宁笑得狡黠，随后便故意蹭了蹭陆景知的腿，"还有呢？你说的，晚上回家告诉我姜家律师的下落。"

"明天司机会带你过去。"陆景知摁住她不老实的双腿，直接带着她从沙发上起身走向卧室。

"你真觉得我演的电视不好看吗？"在回卧室的路上，姜语宁忍不住询问男人。

"很难看。"陆景知毫不留情地评价，"没有半点儿文化内涵。"

"你有内涵，你有内涵，现在在做什么呢？"姜语宁气恼地将男人的胸膛推开，"每天想方设法地要睡我……"

"别闹。"陆景知将她放在盥洗台上，趁机抓住了她乱动的手，"以前一直觉得你软弱无力，是一只不具备反抗能力的绵羊，现在看来，你倒是让我刮目相看。"

"我是一只……会骗心的坏狐狸。"姜语宁趁机靠在陆景知的肩膀上，低声在他耳畔说道。

"我们打个赌。"陆景知推开了姜语宁，轻轻地握着"坏狐狸"的下巴说道，"十天之内，你会主动让我要你，赌吗？"

"我都单了二十四年了，你觉得我忍不过十天？二哥，你确定？"姜语宁非常自信地看着陆景知反问，"赌就赌，如果我赢了，你不许每天打我的主意。"

"如果你输了呢？"

"那我任你处置。"姜语宁豪气地回答。

"你确定？"

"确定啊，因为我不会输。"虽然她是"颜控"，有美男在怀，但是她坚信自己绝不可能做出饿狼扑食的事，"前提是，你不许用卑鄙无耻下流的手段。"

"嗯？"

姜语宁知道自己说错了话，马上改口："我错了，你不是这样的人。"

陆景知见她这副谄媚的模样，便握着她举起来认错的手掌，牵着她走往淋浴区。随后，他便将她摁在墙上，低头吻住了她的红唇。

这样的陆景知，姜语宁是第一次见。他好像在品尝她的每一寸肌肤，故意击溃她心里的防备。姜语宁不甘示弱，啃咬回去，双眸分明动了情。很快，两人衣衫凌乱。而这时候，陆景知也终于有机会好好询问她肩上的疤："怎么来的？"

姜语宁感受到他的指尖在肩头滑过，身体忍不住地轻颤，随后便回答："和人抢角色，被人暗算了。"

"抢赢了吗？"

"输了。"姜语宁回答，"我哪里抢得过人家有背景的人？而且，那时候陆宗野打压我……"

"以后，你也是有背景的人。"陆景知抚着她的脖子说，"而且，绝不叫你输。"

一瞬间，姜语宁后悔打赌了。日常禁欲的人不能随便开口，一开口就让人招架不住。姜语宁觉得自己被撩到了。

"你……别想就这样虏获我。"姜语宁不敢再看陆景知的眼睛，便直接扑进他的怀里，将头埋在他的胸前以此躲避他的目光。

"好了，洗澡。"

"我不和你一起洗……"姜语宁连忙从他的怀里溜出来，"等你洗完我再进来。"

说完，姜语宁跑出了浴室。只是她的心跳太快了，她怎么也按不住："太危险了……说不定明天我就要去网上改帖子的名字，叫'我总想睡了霸道总裁怎么办？'，我是不是有点儿太高估自己了？"

看着姜语宁逃离的身影，陆景知隐隐一笑，忽然觉得前几十年都白认识她了。

这个晚上对姜语宁来说相对安全。从浴室出来以后，陆景知便躺在床上看书，这是他每晚的必修课。看完，他便躺下休息，一点儿也没有碰她的打算。可这样，她反而不习惯。他真不亲她了？不抱了？她还想抱抱说声"晚安"的。

现在陆景知躺在床上，根本不理她，她是被打入冷宫了吗？

完了，她今晚要失眠！

深夜，微微细雨下，陆家老宅的客厅还亮着灯。

陆宗野和李淑彤还处在兴奋当中，他们万万没想到，事情居然就这样出现了转机。

在陆家当了好几天的用人，陆宗野和李淑彤早就满腹怨气。现在有了这个孩子，陆宗野不但能和霍雨溪结婚，而且在爷爷面前也能为自己争取利益了。

"这个孩子，来得真是时候。儿子，你是没看到你二哥的表情。终于有一次，老爷子是站在你这边了，真是痛快。"母子两人在客厅里开香槟庆祝。

"我终于摆脱姜语宁那个小贱人了……不，我要让她痛苦、绝望！"他不敢乱动陆景知，只敢拿姜语宁撒气。

"别乱来，她以后是你的小姨子。"李淑彤虚伪地劝阻自己的儿子。

"你忘记她前几天是怎么在二哥面前得意忘形的？我要慢慢玩死她！"陆宗野露出阴鸷的目光。

第二天一早，陆景知派来的司机便等在了御珑廷的门口。因为陆景知答应过，要带姜语宁去见姜家当年的律师。

姜语宁为此盛装打扮，上面身着橘色的雪纺衬衣，下面一条白色A字裙，看上去朝气又有活力。她早早就跟陆景知派来的人出了门，但是走到中途的时候，却发现司机要带她去的地方颇为熟悉。

"这是去墓地？"

"是的，姜小姐，秦律师两年前患肝癌过世了。"司机低声回答她。

姜语宁一惊，没料到居然是这样的结果，便接着问："那他的家人呢？"

"姜小姐请放心，二爷好好安排了他们。即使那母子两人，并不值得那么做。"司机又说。

听完司机的话，姜语宁的脸色有了一些变化。于是，她多问了一句："二哥和我姜家的律师，一直有往来？"

"可不是吗？"司机微微笑着，点了点头。

"去墓地回来以后，能不能带我去见见律师的家人？"姜语宁心里的疑问越来越多，似乎隐约猜到了什么，又害怕自己想得太多。

"可以，不过那对母子说的话，姜小姐注意分辨真假，多个心眼儿就是了。"

姜语宁颔首，明白了司机的意思。

看样子，但凡陆景知派给她的人，无论是司机还是梁姐，都是陆景知知根知底的人，要得到陆景知足够的信任，才能到她的身边照顾。很快，司机带着姜语宁到了洛城最大的公墓祭拜。姜语宁在山脚下买了一束鲜花，算是她的一点儿心意。

没想到，恩人就这么不在了。那时候她太小，担子压下来的时候，她只觉得天崩地裂。当年她只记得秦律师让她什么都别管，照顾好姜老爷子就行。等进入娱乐圈，她要寻找秦律师时，他已经没了消息。

两人再见时居然是这样的场景，不知不觉间，姜语宁在秦律师的墓前呆站了两个小时。

直到司机在她的身后催促："小姐，走吧。"

姜语宁觉得惋惜和歉疚。上车以后，她没什么心情，一言不发，老天爷连一个当面感谢恩人的机会都不给她。

司机没有打扰她，只专心开车。半小时后，他又带着姜语宁去了一处住宅区，并亲自将姜语宁送到了秦夫人的家门前："请。"

姜语宁看着那破旧的房门，摁下了门铃。来开门的人，是一个消瘦的中年女人。她见到姜语宁，眼神隐隐有些诧异，但那抹光很快就消失不见。

"您是秦律师的夫人吧？"

"姜小姐，里面坐。"秦夫人侧身，连忙让姜语宁进门。

"您知道我？"

"老秦当年在替姜家做事，我自然见过你。"秦夫人引姜语宁进门，并且替她倒茶，"你坐。只可惜，老秦走了好几年了，你是为了姜家当年的事情来的吧？"

　　姜语宁微微一怔，接着又笑着答："是啊，我想知道姜家当年到底欠了多少钱，事情到底是怎么解决的。"

　　"当年你父亲失踪以后，你母亲一人撑起了姜家的家业。可是她一个女人，根本阻挡不了姜家的危机，为姜家的事情耗尽心力。

　　"为了保住姜家，她请老秦稳住姜家，然后只身赴美国求朋友帮忙，后来才求得大笔资金填补了姜家的债务……但为了还债，她只能留在国外。为了减轻你的心理负担，她让老秦瞒着你。这些年，她在国外受了不少苦。"秦夫人回忆道，"这些年，你应该很恨你母亲吧？"

　　"不可能……"姜语宁立即反驳道，"我不相信。"

　　"姜小姐，我骗你做什么呢？你不该恨你母亲，她为姜家吃了很多苦。你若是想求证，可以有很多方式，事情早晚会真相大白的。"

　　姜语宁一时间不知道该怎么反驳。尽管秦夫人说出了"真相"，但姜语宁还没到失去判断力的地步。

　　姜语宁在秦家待了许久，再从秦家走出来的时候，已经是两小时以后了。她没有反驳秦夫人劝她与傅雅慧和好的话语，并给秦夫人留了些钱，算她的一点儿心意。

　　不过上车以后，姜语宁比刚才更加沉默。

　　"秦夫人是不是告诉小姐，当年姜家的债务是令慈处理的？"司机看着后视镜中的姜语宁询问。

　　"大叔，你是不是知道更多的真实内幕？"姜语宁忽然前倾身体，询问司机。

　　"秦夫人告诉你的，你不相信吗？"司机一边发车，一边反问姜语宁。

　　"她大概忘记了，我是一个演员，要论演戏，她真的不太擅长。首先，我和小时候差别很大，即便她见过小时候的我，也不可能一眼就认出我来。当然，我不排除她这些年知道我的动态的可能。第二，我一进门她就知道我要问当年的事情，似乎早就知道我要来，或者说知道我的意图，被安排的痕迹太明显了。"姜语宁说出心里的话。

88

秦夫人的话虽然听上去没有漏洞，但是姜语宁也没有忽略一件事，那就是陆景知也是知情者之一。如果事实如秦夫人所说，那么陆景知怎么可能让她继续憎恨自己的母亲？这点说不通。而且，刚才秦夫人口中的每个字都是在替傅雅慧说好话。

当年要不是傅雅慧卷款逃走，姜家不可能出现那么大的危机。一个企业有自己的管理制度，即便决策者忽然出现意外，也还有董事局可以主持大局。

因此秦夫人说的，姜语宁一个字都不相信。

"既然姜小姐心里明白，为什么不大胆地去求证你心里的猜测呢？"司机微笑着继续道，"当年姜家忽然被人掏空，还留下八亿的债务。那时候你不过区区十九岁，该怎么去面对？"

"八亿？"姜语宁的双眸骤然睁大。

"没错，八亿。"司机十分肯定地点了点头。

"是……"

"是二爷变卖了夫人留给他的所有遗产，又找朋友借了不少钱，在没有惊动陆家人的情况下替姜家填补了这个亏空，姜小姐才不至于负债累累……"司机认真地将真相说给姜语宁听，"五年前，是我陪二爷去找的秦律师。这些年，秦律师的事情也都是我在处理。"

# 第四章
## 深情似海

　　"二爷为姜小姐做了这件事，却让秦律师瞒着，甚至不让你找到秦律师的下落，这些我都看在眼里。虽然我不知道他为什么要这么做，但他好像永远都不希望你知道这事。

　　"曾经，我讨厌过你。二爷为你做了那么多事，你居然要嫁给陆家三少爷。我甚至以为，这个秘密要永远尘封海底，不会有人知道。

　　"不过昨天晚上，二爷忽然给我打电话，让我今天过来接你去墓地。我便知道这件事终于可以不用瞒着你了。"

　　姜语宁听了司机说的这些话，震惊得喉咙一哽，眼泪不受控制地涌出了眼眶。

　　从傅雅慧失踪那天开始，她就没有为人流过一滴眼泪。可这一瞬间，她百感交集，眼泪汹涌而出，完全不受控制。

　　陆景知，这三个字犹如千斤巨石，就这样砸在她的心头上，阻碍她的呼吸。

　　二哥……你是不是傻？你脑子坏了吗？你为什么要替我做这些事？我还傻傻地以为是遇到了好人。

　　八个亿，那时候的陆景知不过二十三岁，却为了她变卖母亲的遗产，还四处借钱。而她一无所知，还把陆景知视为陌生人。

真相竟然是这样……

竟然是陆景知为她扛下了当年倒塌的大厦，给了她喘息的机会。

"还好你刚才没有相信秦夫人的说辞，不然我会更加看不起你，觉得二爷付错了感情。"

"大叔，你说得没错，我不值得他那么做。"姜语宁控制不住地啜泣起来，"因为……我根本不……敢想啊。在我心里天神一样的二哥，怎么会为了渺小的我去做这样的事？"

"你既然能明白，那二爷的感情也就没有白白付出。"司机趁红灯时，朝后方递去纸巾。

"我现在想见他，大叔你能不能带我去？"姜语宁已经哭得不能自已了，连司机递来的东西都看不清楚。可她的眼泪就是擦不完。

"姜小姐还是先忍耐吧，晚上自然就能见到二爷了。"司机宽慰道，"我现在送姜小姐去该去的地方。"

姜语宁坐在车里哭肿了眼睛，各种情绪交织在一起。

她甚至在这一瞬间，觉得自己发完了这辈子所有的誓言。

以后陆景知要什么，她就给什么。她这辈子就赖着他、疼他、宠他、爱护他生生世世，给他生一堆孩子。

八个亿，这世上怎么会有这么傻的人呢？他明明那么聪明。

很快，司机便将姜语宁送到了半山别墅附近，没给她整理感情的时间，说："二爷说，该演的戏还要演，剩下的话你们私下悄悄说。"

"连秦夫人要跟我说什么，他都知道？"姜语宁用哭腔反问。

"昨晚傅雅慧就派人去过秦家。"司机回答，"既然傅雅慧想冒认这个恩人，你便如她所愿，姜小姐这么聪明，应该知道怎么做。"

"我知道。"姜语宁点了点头。

"去吧，另外，以后请务必对二爷好些。"司机在上车之前，万分真诚地嘱咐姜语宁，"毕竟这世上，不会再有人比他对你更好了。"

"我知道。"姜语宁又说了一遍，眼泪差点儿又不受控制地流出来了。

她恨不得把"陆景知"这几个字，刻得自己全身都是。

在进入别墅区前，姜语宁死死地握着手机给陆景知发了几条短消息：

"你告诉我真相又不让我马上见到你，这是世上最残忍的惩罚。

"八个亿的债务你都有勇气扛，为什么没勇气告诉我你这么爱我？

"二哥，你这人怎么这么讨厌啊？

"你这样，显得我对你的感情好单薄……哭死我算了！"

如果说看到前面三条消息，陆景知没有太多反应，那么看到最后几个字的时候，他差点儿从椅子上起身。

他想见她，想安慰她，也想抱她。

耳边不停传来数据传输的声音，陆景知这才反应过来他不能走，他现在正在做重要的模拟实验。

姜语宁一直哭，根本止不住。她在别墅门外等了半晌，见陆景知没回信，才整理好自己的情绪。她得先应付傅雅慧。她去过秦家了，就知道是她"误会"了自己的母亲。按照正常发展，如果她相信秦夫人所说的话，就会来傅雅慧这里表达自己的懊悔之意。

姜语宁不明白傅雅慧为什么可以这么不要脸，敢随便冒领这份功劳。对方是知道秦律师不在了，死无对证吗？可现在还不是撕破脸的时候。

姜语宁一直深呼吸，停止啜泣后才摁响门铃。

房门一开，姜语宁双眼通红地扑进了傅雅慧的怀里："妈妈，是我误会你了，对不起。"

傅雅慧轻拍姜语宁的后背安抚她，只是在暗中勾了勾嘴角。

"傻丫头，母女俩有什么误不误会的？我们是血脉至亲，妈妈就只有你一个亲女儿。"

呸！恶心！姜语宁发现自己想吐。于是她闭着眼，尽量在脑子里想着那个为了她不顾一切的陆景知。

"妈妈，以后我们再也不分开了，你说什么我都答应你。"

听到姜语宁的这句话，傅雅慧轻轻地将姜语宁推开，替她擦干眼泪："漂漂亮亮的脸蛋，哭花就不好看了。妈咪也不要你什么都答应，就眼前这一件，支持你姐姐和陆家的婚事，你就算帮母亲的大忙了。"

"既然你这样说了，那我……只好答应了。"姜语宁无比委屈地说道。

傅雅慧以为自己成功地博取了姜语宁的愧疚和同情，拍着姜语宁的肩膀宽慰："傻瓜，以后妈妈替你介绍更棒的男人。还有啊，千禧娱乐的合约也替你准备好了。"

"那好吧。"姜语宁终于破涕为笑，带着"核桃眼"在半山别墅陪傅雅慧吃了午餐。

"明天晚上，我们一起到陆家吃晚饭。到时候，你不准捣乱。还有，妈咪过两天就要忙工作了。等你进入新公司以后，就让你姐姐多多照顾你。"

"知道了。"姜语宁答应得很乖顺。

"这才是妈妈的好女儿。"

午饭后，姜语宁又陪傅雅慧喝了下午茶。傍晚，姜语宁才从半山别墅离开。这时候，一直躲在二楼的霍雨溪才从卧室出来。她心想，姜语宁那个蠢货居然真的相信了继母的话，真是傻得让人同情。

姜语宁现在不急着和几个人渣算账，因为她想知道东恒集团里面到底有多少钱是姜家的。而且，她着急回家见陆景知。从半山别墅出来以后，她才想起司机已经走了，而她没有开车出来。她要是随便打车被人认出了，说不定明天又要上头条新闻。思前想后，姜语宁拿出手机拨打某人的电话，接通以后对着电话那边的男人喊："二哥，快点儿来接你的小祖宗！"

此刻，陆景知和下属才从研究所的大门出来，接到姜语宁的电话的时候，他的下属也在旁边。姜语宁的一句大喊，让周围的人也听到了。何秘书轻咳一声，连忙走到最前面，准备替陆景知拉开车门。

"地址发我的手机上。"陆景知小声地回答，努力地控制情绪，之后便挂了电话，和下属并排而行。

"陆哥……你有女人了？"下属在迈进车之前，扭头问陆景知，"是你心底的那个吗？"

"嗯。"陆景知点点头，没有否认。

"那研究所的女人全要失恋了。有荣幸的话，我想见见嫂子。"说完，下属上了自己的轿车。

陆景知没有犹豫，转身上车，跟司机报了姜语宁的地址。

"以后撤除警卫员。"

听到陆景知的吩咐，何秘书露出震惊的表情："不行啊，二爷。你现

93

在掌握重要的数据，安全很重要。"

"我的安全，我自己负责。"陆景知的行踪一直较为隐秘，而且平日里有人负责他的安全问题。

从前他并没觉得有什么不妥，但现在觉得极不方便。他得顾及姜语宁。

"那好吧，我找一个身手不错的司机。"何秘书安排道，"二爷，你不能再拒绝了。不然，我真的没办法向上面交代。"

陆景知点点头，如此最好。人多眼杂，他不想姜语宁未来成为别人的靶子，因为他也有敌人。


姜语宁在无人的巷子里等了半个小时，一是怕被人认出，二是怕给陆景知引来不必要的麻烦。她尽量藏在行人注意不到的地方。

想到早上听到的事，姜语宁的心跳又开始加速了。见到陆景知，她该说什么呢？这男人不声不响地为她做了那么多事。她就是赔上自己的一切，也还不起他给予的深情。

心还在加速跳动，姜语宁不停地深呼吸。直到看见陆景知的车停在了小巷子的出口，她才从蔷薇花丛下起身，快速地开门钻了进去。

一坐下就迎上陆景知的视线，姜语宁险些被他融化。

"二哥……"

"回去再说。"陆景知收回视线，提醒她此刻车上还有旁人。

姜语宁知道轻重，但偏要握住他的手。

陆景知低头看了一眼她缠上来的左手，在司机没看到的地方，反握住那小小的拳头。

温热的触感传遍全身，姜语宁满意了。她靠在座位上，轻轻地闭上了眼睛。

这一天她的情绪大起大落，耗尽了她所有的精力。只有在陆景知的身边，她才能安静下来。

四十分钟左右的车程后，两人终于回到了御珑廷。下车以后，陆景知直接牵着姜语宁的手推开别墅的大门。他连梁姐的脸都没看清楚，便对梁姐道："下班吧。"

"好的。"梁姐毫不犹豫地拿起自己的背包，迅速地离开御珑廷。

而这时候，陆景知直接将姜语宁摁在客厅的墙上，一只手撑在她的身体一侧，右腿抵住姜语宁的膝盖，道："在车上就开始勾引我了，是不是？"

　　"牵手也算？"姜语宁靠在墙上反问。昏暗的壁灯之下，她能够感受到男人凶猛的欲望。

　　"你不是想做我的小祖宗？这时候怕了？"陆景知勾着她的下巴，能够感受到她目光中复杂的感情，"五年前我那么做，不是为了让你感激我，所以你不用露出这样的表情。以后我也不想看到这样的目光。"

　　"你也不想想我知道这件事时的震惊。我心疼你的隐忍，心疼你什么都不说，心疼伯母的遗产，我什么都心疼。如果都这样了，我还理所当然地接受你做的一切，没半点儿感激，我还是人吗？"姜语宁激动地反驳，"你那么喜欢我干什么？你这么喜欢我，还隐藏得这么好，多伤自己啊？"

　　说完，姜语宁开始脱陆景知的衣物，踮起脚去咬那张不肯替主人说话的薄唇。

　　陆景知没阻止。半晌，他才摁住了躁动的姜语宁："想用身体报恩？你觉得你值八个亿？"

　　姜语宁愣在原地，陆景知就这么看穿了她的心。

　　其实在她的冲动之中，包含了诸多复杂的感情，感激是最明显的感情。

　　"你无话可说了？"

　　见陆景知在黑暗里整理衬衣，姜语宁忽然道："除了感激，我对你还有感情啊。难道你喜欢我叫喜欢，我喜欢你就不叫喜欢吗？虽然我的喜欢微不足道，可是……你不要我的感激，那我的感情你也不要？"

　　陆景知僵在原地。

　　姜语宁趁机往他身上一跳："我就要做你的小祖宗，你别想反悔。"

　　陆景知伸手搂着她的双腿，嘴角扯出一丝嘲笑："昨天晚上你还宁死不屈，不让我碰，现在倒是可以了？"

　　"我就知道你别扭这个，我不是不想给你，也不是不想得到你，不是在装矜持，只是……"姜语宁低头，将脑袋放在陆景知的肩膀上道，"自陆宗野成年后，他便对我有言语上的暗示和骚扰，我一直逃避和拒绝。十六岁那年，他利用我同学把我骗去小树林，害我被三个男人欺负，幸好附近的花匠救了我。从那时候起，我对这种事就有了阴影，还有些排斥。"

陆景知听完，俊颜紧绷，眼神冷厉。

他想过姜语宁有心理阴影，但不知道是这样的。

"我回家跟爷爷说了这件事，并非常坚决地提出解除婚约一事。但是李淑彤带着陆宗野上门下跪道歉，爷爷才说再给'渣男'一次机会。所以，我真的并非刻意逃避你……"

陆景知听着，沉默着，带着姜语宁一步一步地走往二楼的卧室。

"你说话呀！"

"你是不是忘记我们的赌约了？"陆景知忽然反问道，"是谁说自己单了二十四年，忍耐十天绝对没问题的？"

"我……可以认输。"姜语宁回答得像一只可怜的哈巴狗，"你最狡猾了，你明知道我知道了这件事肯定会以身相许的。"

"我要你没有心理负担地和我在一起。"陆景知抱着她一路走入浴室，将她放在洗漱台上，"所以，我要抚平你的心理阴影。你什么地方不能忍受，我们就进行到哪儿，循序渐进，嗯？"

"嗯。"姜语宁满脸通红地点了点头。

"所以，你现在可以到什么程度？"

"拥抱、亲吻，都可以，但是……见你的全身，我就不行。"姜语宁捂住自己的脸回答，"可以看背影，但……"

"连我……也怕？"

姜语宁没回答。陆景知顺势将她拉入怀中："你不是怕我，只是害怕脑子里的幻象。"

姜语宁紧紧地抱着陆景知，缓解身上的紧张感。

"我也想消除心理障碍，我也想没有负担地抱抱你、亲亲你。"姜语宁在圈子里的时间不短了，自然知道圈子里各种各样的桃色新闻，也认识好些刚出道就已经交了几个男友的女孩子。

每次聊到这些私密话题，姜语宁总能从她们的嘴里听到一些叫人脸红的形容词。那时候，她根本没办法想象男欢女爱。但现在，她想和陆景知更加亲密。

"二哥，因为是你，我愿意尝试。"

听了这句话，陆景知低头吻上了她的脸。

这一刻，姜语宁感受着那细致的吻，感受着两人的美好亲密。

一瞬间，姜语宁抱紧了陆景知的腰，道："要不然，今晚……我们试试？"

陆景知推开她，不想伤她："一步步来，听话。"

女孩子容易受伤，何况姜语宁本就有心理阴影，若是强行进行，只会适得其反。他们还有大把时间，没必要急在一时。

"那我还要亲。"姜语宁没再坚持，从洗漱台上跳了下来，踮起脚仰着头。没人能拒绝她的娇俏。

陆景知再次揽住她的腰，让她踮脚不那么费力。这一次，他的吻更柔，也更轻。

"小祖宗，满意了？"

姜语宁十分满意，心里也甜。不仅如此，她还暗自庆幸，幸好当初陆景知让她搬来御珑廷的时候她没有迟疑。否则，她就要错过这世上对她最好、最爱她的男人了。


确定彼此的心意后，陆景知在浴室洗澡，姜语宁在卧室的床上打滚。

夜深人静的时候，姜语宁趴在陆景知的怀里，大胆地触碰他身上的每一块腹肌。享受的过程中，她似是想到了什么，抬头询问根本不受她干扰的男人："对了，傅雅慧让我明天一起到陆家吃饭，你会在吗？"

"本来不在。"陆景知回答，别人家的事情他懒得管。但是，既然姜语宁要参加，他自然要去看管自己家的小祖宗。

姜语宁理解他的意思，顿时笑得明媚："那我就更不怕被欺负了。二哥，你要保护好我。"

"老三和二叔的DNA比对结果明天上午出来。到时候，梁姐会去医院拿报告。"

"好戏快开锣了。"姜语宁想想，有点儿小兴奋。

"这次的事情，不管闹多大我都给你兜着。"陆景知单手搂着她的腰道，"没必要客气。"

"我是那种会客气的人？"姜语宁表示自己的不屑，"幸好我聪明，

97

没让傅雅慧敷衍过去。她连你的功劳都要抢，实在可耻。不过二哥，你会不会还有事情瞒着我呢？"

陆景知摁住姜语宁的脑袋，淡然地回了两个字："睡觉。"

因为他这欲盖弥彰的举动，姜语宁觉得他应该还瞒了事。

只是期待的同时，她隐隐有些害怕，这男人到底还为她做了多少事？

这一夜，对泡在蜜罐里的姜语宁来说，是极为安稳的一夜。

可即便如此，她昨天哭红的双眼也没有逃过红肿的厄运，跟核桃有的一拼。

"二哥今早起床的时候，没被我吓到吗？"起床后，姜语宁坐在客厅的沙发上哀号，不敢相信长在脑袋上的是自己的脸。

梁姐见罢，给她想了许多消肿的办法，笑她："先生走的时候，很正常。"

"算了。梁姐，你去医院拿报告吧，我自己来。"姜语宁从梁姐的手里接过剥了壳的鸡蛋。

梁姐点点头。今天她不只要去医院拿东西，还要按照陆景知的吩咐，进行大采购。

姜语宁没有注意到梁姐的奇怪眼神。等梁姐走后，才给小娱乐记者打电话："打听到那老人的养女的情况了吗？"

"语宁姐，我正要联系你呢。"小娱乐记者以一副八卦的口吻激动地回答，"我见过老人的养女了，是一个残疾人。据说她几年前遭遇了车祸，现在双腿都不能动了，坐在轮椅上，好可怜啊。

"而且，我还听那老人说，那场车祸似乎不简单。

"她说她几年前去过陆家，想找陆家把孩子换回去，但根本没见到陆家的人。结果女儿第二天就出了车祸，这算不算是一种警告？"

按照李淑彤的脾性，这种事她绝对做得出来。姜语宁不觉得稀奇。

"那她女儿是什么态度？"姜语宁问道。

"这个……不好说。"小娱乐记者挠挠自己的脑袋，不敢随便断言。毕竟，他也不敢上前接触那位冷冰冰的小姐姐，"要不然，我去探探口风？"

"不用，你等我的消息。"姜语宁打算亲自去。

一切等梁姐拿回来的报告为准。如果陆宗野真的不是陆家人，她才有去找对方的底气。

"那我等你的消息，要给我打电话哦。"听到小娱乐记者的声音，姜语宁的脸上挂起了浅浅的笑意。这小孩儿，真是可爱。

不过，在等待梁姐回家的这段时间里，姜语宁接到了傅雅慧的电话。对方无非提醒她今晚要去陆家吃饭，让她记得盛装打扮。想到又要看到陆宗野那个人渣，姜语宁心里就满是厌恶，而且到时候霍雨溪肯定又会演戏。

但是有二哥在场，她就不相信这些妖魔鬼怪在他的眼皮底下还敢闹腾。

片刻后，梁姐终于从外面回来了。姜语宁见了，小跑迎上去："快给我看看……我太好奇了。"

姜语宁将黄色文件袋拿了过来，直奔最后的结论。鉴定结果——排除陆正柏为陆宗野的生物学父亲！这居然是真的！

果然是李淑彤搞的鬼。陆家人品行大多优异，这么多年才出了陆宗野这么一个骄纵任性的后辈。没想到，他根本就不是陆家的孩子。想到那对母子的嘴脸，姜语宁只觉得胃里难受，心里有种说不出的滋味。

"看来，这是小姐要的结果，那我去接着忙了。"梁姐带着工人上了二楼的卧室。

姜语宁有些激动，马上给小娱乐记者打电话："午后我和你一起去见老人的那位养女。"

"语宁姐，确定了是不是？"小娱乐记者兴奋地询问道。

姜语宁隔着屏幕都能想象到他跳起来的夸张动作。

"目前能确定陆宗野不是陆家人，不过还得证明那位养女的身份。"姜语宁如实道。

"可惜杰哥还在美国没回来，要错过好戏了。语宁姐，下午我等你哦。"

姜语宁忍不住笑了出来。这孩子，青春有朝气，年轻真好。

午后，姜语宁戴着墨镜，开着她的小黑车出了门。很快，她和小娱乐记者在郊区的一家养老院门口碰面了。

"语宁姐……这儿呢。"

99

姜语宁穿着运动服，戴着鸭舌帽，跟着小娱乐记者去了养老院附近的住宅区。在其中一个单元楼的一楼，小娱乐记者指着一扇半开的铁门道："就是那儿，她在家，我去敲门。"

姜语宁跟在小娱乐记者的身后，走入那破旧的住宅区。楼道里阴暗潮湿，那是姜语宁最讨厌的味道。

"你们是谁？来这里做什么？"

铁门口，一道冰冷的声音传了出来，小娱乐记者立即举手表达自己的来意："小姐姐你别怕，是我家姐姐想见见你。你能不能行个方便？"

"不见。"那女子拒绝。

"我是为了你的身份而来，如果你有想法，或许我能帮到你。"姜语宁立即探头，向对方解释。

对方抓着铁门，听到"身份"两个字，打开了铁门，让小娱乐记者和姜语宁进入那狭窄的空间。

巴掌大的客厅里，连一个落脚的地方都没有。屋子阴暗，难怪那女子脸色一片惨白。

即便如此，姜语宁也能确认她就是陆家人。因为她带着陆家人的轮廓，眉宇间和陆景知有几分相似。

她身穿一条白色的裙子，披散着头发，身上盖着一条灰色的毛毯，整个人骨瘦如柴。

"你想报仇吗？"姜语宁盯着那女子，开门见山地问，"我手里已经有了陆宗野并非陆家人的证据。如果你不愿意曝光，我会选择不伤害你的方式保护你的隐私。

"但如果……"

"可以让他们死吗？"那女子忽然凌厉地反问姜语宁，言语激动，"不……我想让他们生不如死。就因为害怕我曝光他们的恶行，就因为害怕我威胁到陆宗野的地位，我这双腿被硬生生地撞残了。他们摧毁的不只是我的生活，还有我的信念。这世上怎么会有如此恶毒的人？"

姜语宁起身走了过去，伸手抱住那单薄的身体："对不起，我并非想揭开你的伤疤。"

"你不揭，我也伤痕累累了。我现在毫无反抗能力，如果你能让那对母子死无葬身之地，我把这条命给你。"

"你言重了。"姜语宁将桌上的纸巾递给她，让她擦脸，"为了确保陆家人相信，我需要你配合我做DNA检验。当然，之后我会找医生替你重新检查身体，看看双腿还有没有恢复的可能，这和你是不是陆家人没关系。"

女子看着姜语宁，不太敢相信也不敢接受别人的善意，只能苦笑着拒绝："我可以配合DNA检验，治疗就不必了。我太害怕了，那一个接着一个的陷阱。"

对两人来说，双方都是陌生人。

姜语宁不也是提防她吗？

不过，两人对陆宗野母子的仇恨是一样的。当姜语宁从小房子里出来的时候，时间已经接近下午四点了。她和那个女孩儿聊了好长的时间，也知道了那女孩儿叫陈静姝，和陆宗野同一天出生。

没有出车祸之前，陈静姝身体健康。虽然她的日子过得紧了一些，但是她在上大学，还有希望。然而，陆宗野那对母子的所作所为，摧毁了一切。

姜语宁听完陈静姝的遭遇，更加痛恨陆宗野那对母子了。其间，傅雅慧来了一次电话，催促她赶紧收拾出门。

姜语宁带着陈静姝的DNA样本和小娱乐记者一起离开潮湿阴暗的住宅区，返回御珑廷。

"语宁姐，静姝姐也太惨了，我们一定要帮帮她。"

姜语宁没应答。她将小娱乐记者送回他的学校，说："晚上我还有家宴，先送你到这里。这几天辛苦了。"

小娱乐记者从他的包里拿出笔和纸，一脸期盼地看着姜语宁。姜语宁一看便知道他要做什么："拿来吧，你又要签名是不是？"小娱乐记者连忙点头。

等她签约新公司的时候，可以考虑把这小娱乐记者拉去当助理。他能跑腿、有脑子、青春又有朝气，是一个好苗子。

"语宁姐慢走。"小娱乐记者拿到了签名，心满意足，朝学校的大门奔去。

姜语宁戴回墨镜，驱车回了御珑廷。随后，她便去衣帽间找了一条浅紫色的渐变裙换上。

她忽然就明白了什么叫物以类聚。为什么傅雅慧能和霍雨溪那几人混在一起，因为他们在本质上一致，一样自私。坐在化妆镜前，姜语宁认真细致地给自己上着妆。她从来就没想过要给那几人好脸色，今天也不会例外。

对付人渣，她就得反手一个耳光接着一个耳光地打。

五点的钟声一响起，姜语宁便提着裙子走出卧室。

梁姐见她盛装打扮，对她道："先生六点直接回老宅，请小姐先行过去。"

"我知道了。"姜语宁颔首。

"司机在门口等候，小姐穿高跟鞋不适合开车。"梁姐继续嘱咐。

姜语宁再次点点头，感激地看向梁姐。不愧是金牌管家，梁姐做这些事总是周到又细致。其间，傅雅慧又来了电话，姜语宁上车以后才接通："妈？"

"你还没出发吗？"傅雅慧在电话里问，"你到底住在哪儿？我过去接你。"

"不用了，妈。我住在朋友家，不是很方便，我已经在去陆家的路上了。"姜语宁小声解释。

"妈咪，你就别勉强语宁了，她心里本来就不舒服。"电话那边，霍雨溪在旁边阴阳怪气地说道。

姜语宁听到了，但是没有解释。不舒服？晚上有二哥在，她舒服得很！


因为今晚的家宴非常重要，所以陆家做了精心的布置。虽然姜语宁已经非常熟悉这个地方了，但是今天过来，心情又有不同。

"姜小姐，您来了。"管家在门口礼貌地相迎，"霍小姐与霍夫人已经先进去了。"

"我知道。"客厅里面传来了笑声，里面一定其乐融融的。而她，不过是一个多余的外人。

"姜小姐这边请。"管家一如上次那样，替姜语宁推开了大门。

姜语宁提着裙摆，拿着银色的钱包，昂首挺胸地进入了陆家的大厅。先映入她的眼帘的，便是坐在沙发上的陆宗野和霍雨溪。而傅雅慧和李淑彤坐在两人的对面。

"瞧瞧，这是谁来了？"李淑彤扭头看到姜语宁，忍不住阴阳怪气地对姜语宁道，"语宁，快来坐啊。我们正在商量你姐姐和你姐夫的婚事呢。"

陆宗野和霍雨溪表现得如胶似漆，故意刺激姜语宁。

"亲家母，我们不是在商量伴娘人选吗？我觉得语宁很合适，借此机会正好破除姐妹两人不合的传闻，你觉得怎么样？"李淑彤不安好心地向傅雅慧建议。

她看上去好像是为了姐妹两人着想，但其实就是为了羞辱姜语宁。

你看，你当初指着我儿子的鼻子骂，看不上我儿子，现在我就让你高攀不起。

"怎么，姐姐贵为影后，找不到合适的伴娘吗？"姜语宁惊讶地反问李淑彤，"而且，我这招黑的体质，万一引起什么骚动，你们又该怪我了。"

傅雅慧拉着姜语宁坐在身边，赞同姜语宁的说法："伴娘另找吧。毕竟他们解除婚约不久，免得被人议论。"

她不是怕姜语宁招黑，而是怕姜语宁捣乱。

"既然亲家母都这么说了，我就不强求了。"李淑彤讪讪地笑了一声，"只是，宗野和语宁之前好好的婚事……我总是觉得对不起她。不如，我给她介绍一个有为青年，亲家母觉得怎么样？"

"我自己的女儿，就不劳烦亲家母操心了。"傅雅慧再次将话题压了下去。

姜语宁坐在傅雅慧的身边，饶有兴致地看着这出大戏。

虽然她不知道傅雅慧在盘算什么，但至少傅雅慧识大体，还知道护犊。

"你不说我都忘了，语宁是你的亲女儿呢。"

李淑彤暗示当年傅雅慧抛下姜语宁远走美国的事，意图挑拨两人的母女关系。

"怎么当了几天用人，伯母的嘴巴还这么厉害？我还以为你知道收敛呢。"姜语宁平静地反击回去，"你攀上我姐姐，和东恒集团结了亲，就觉得自己的地位高了吗？"

103

闻言，李淑彤脸色一变，正想发作，但想到傅雅慧在场，只能握了握拳头。

"语宁，伯母也是为了你着想。"霍雨溪抚着小腹对姜语宁道，"你不该对长辈无礼。"

"我对那种居心不良的人，从来就无礼。怎么？只许她挑拨我和母亲的关系，不许我反击？你们今天不是为了商量婚事吗？怎么一个个端着长辈的姿态教训我？我妈还在这里呢！如果你们不想商量婚事，想和我叙旧，我也乐意奉陪。只是到时候气得你流产了，可别怪我。"姜语宁直接说起了丑话。

"姜语宁，你姐姐怀着孕呢，你怎么这么恶毒？"李淑彤骤然站起身，怒道。

"语宁，就算我惹你不高兴，我肚子里的孩子是无辜的，你不该这样诅咒我。"霍雨溪趁机火上浇油道。

"我不仅嘴上诅咒，还在心里诅咒。"姜语宁仰着脑袋反问两人，"你们搞清楚，是他们偷情，这是全国人民都知道的事实，不要表现出一副我耽误了他们的委屈模样。偷人就是偷人，出轨就是出轨，有什么可炫耀的？你们还来挑拨我和母亲的关系！"

在场几人听后，顿时满脸通红，尤其是李淑彤和霍雨溪。

傅雅慧倒是挺痛快的，陆正柏这家人本来做的就不是什么人事。

"好了。"陆宗野喝道，"既然是商量我和雨溪的婚事，扯不相干的人做什么？"

"我还不是为了你好。"李淑彤委屈了。她还是第一次被人这么指着鼻子骂。

"你们都别争了，为了我和肚子里的孩子不值得。"霍雨溪这时候夹着哭腔对几人说道。开演了，她又要开演了。

姜语宁翻翻眼皮，隔夜饭都要吐出来了。

"我知道语宁心里不痛快，妈咪你放心，我以后会让着她，无论受多大的委屈，我都会记得我是姐姐。"

"我可没欺负你，少装。"姜语宁不吃霍雨溪那套。

"语宁，我想单独和你聊聊。"霍雨溪忽然提议道，已经起了要算计姜语宁的坏心思。

"可我不想和你聊。"姜语宁直接拒绝道,"我要是给你和你单独相处的机会,你肚子里的孩子出问题,是不是要来找我?"

霍雨溪顿时脸色一白。

"你根本不配和雨溪肚子里的孩子相提并论。"陆宗野从沙发上站了起来,"伯母,今天是商量我和雨溪的婚事,姜语宁过来本就不合适。我们好心设宴,没想看她的脸色,陆家也不是好惹的。"

"所以,谁挑起的事端?"姜语宁环着手臂反问陆宗野,"谁让有人嘴欠?"

"姜语宁,不管你承不承认,以后我都是你的姐夫。在管教你这件事上,我名正言顺!"

"她轮不到你管。"就在陆宗野无比激动的时候,陆家二爷阔步进入客厅,神色冷冷的,犹如天神降临。

陆景知在大门口就听到几人争吵的声音了,自家小祖宗也不是省油的灯。

这六个字出来,全场安静下来了。姜语宁在心里哼了哼,什么姐夫?按照辈分,姑奶奶是你的二嫂。当然,前提还得你是陆家人。

"二哥。"陆宗野立即毕恭毕敬地喊了一声。

霍雨溪也跟着起身喊了一声"二哥"。

陆景知偏头冷冷地看了霍雨溪一眼,只说了三个字:"受不起!"

姜语宁暗爽,她的男人自然是向着她的。

得到陆景知的回应,霍雨溪睁着一双水汪汪的大眼睛,硬生生像被人欺负过一样。

可是陆宗野母子,谁敢多说一个字?陆景知丝毫没有怜香惜玉之情,脸色冰冷,让人不寒而栗。霍影后憋着一肚子的戏,毫无发挥的余地。

傅雅慧多年没见过陆景知了。没想到今日一见,她居然也畏惧起陆景知身上散发的冷冽气息。这孩子果然是人中龙凤,身上的王者之气,令人生畏。

"不是讨论婚事?吵什么?"陆景知脱下黑色大衣递给管家,目光扫过自家的小祖宗,示意她不用管后面的事情了,"还是说不想结婚了?"

"没有的事,刚才只是一些小争执。"李淑彤连忙打圆场,"你说是吧?亲家母。"

傅雅慧淡然地点了点头。

　　"既然如此，那就边吃边聊。"陆景知就想看看这桌人，还有没有那个脸继续欺负姜语宁。

　　因为陆景知的出现，在场的人都开始收敛，最明显的就是李淑彤和霍雨溪两人。姜语宁看着她们吃瘪的样子，心里很痛快。

　　很快，陆正柏也从公司回来了。虽然他不是很满意霍雨溪这个儿媳，但有了东恒这层关系，倒也没关系。因此，他没有反对结婚的事，只希望那混账儿子结婚以后可以有所收敛。

　　"雨溪去医院做了检查，腹中宝宝已经超过八个星期了，所以我们得赶快把两人的婚期定下来。亲家母，你觉得呢？"到了饭桌上，李淑彤将话题转到了霍雨溪两人的身上，兴致高得很。她对霍雨溪腹中这一胎寄予厚望，若是儿子，那他们一家可就熬出头了。

　　"那就找人看一看，下个月有哪些好日子。"傅雅慧没有异议，反正不是嫁她的亲女儿。而且，陆宗野这个男人是霍雨溪自己撞上去的。

　　"语宁……你有什么好的建议吗？"李淑彤忽然偏头询问安心等饭菜的姜语宁。

　　忽然被点名的姜语宁茫然地抬起头来："关我什么事？"

　　面对李淑彤，姜语宁是一丝面子也不给，一点儿情分也不留。这个女人心狠手辣，她可是深有领教，早点儿画清界限，免得自己难受。

　　李淑彤脸色难看，在姜语宁面前屡屡碰一鼻子灰。这时候，陆景知忽然对姜语宁道："你坐我旁边来。"

　　"我倒是不知道，你们俩什么时候这么亲了？"李淑彤阴阳怪气地说了一句，从前也不见两人多说几句话。

　　"爷爷让照看，说陆家有亏欠！"陆景知一针见血，李淑彤再也说不出半个字。

　　好吧，既然自家男人找了这么完美的一个借口，姜语宁便坐到了陆景知的身边，调整姿势好好看热闹。

　　"其实，什么时候都好，最重要的是我和宗野在一起。"霍雨溪在这时候善解人意地说了一句，"其实，我也不需要大办，免得语宁心里不舒服。而且，媒体盯着我们，大办的话，也对宝宝不好。"

　　"你办啊，别什么都赖我。"姜语宁怼道。

"闭上你的臭嘴。"陆宗野瞪着姜语宁。

"那就别办了，陆家不想丢这个人。"陆景知一锤定音，"爷爷虽然同意了你们的婚事，但他老人家不会出席。"

霍雨溪愣了一下，这不是她的目的。于是，她将期盼的目光投向了陆宗野。可是陆宗野能怎么办？

很快，饭菜上桌，菜色却和往日不同。姜语宁见罢，忍不住要给她的男人点赞，因为这些菜都是她爱吃的。

陆宗野没地方宣泄，便借着这件事找管家的麻烦："厨师是怎么回事？想辣死谁？"

管家看看陆景知，道："这是二少爷的安排，三少爷。"

陆宗野快气疯了。难道他们不知道家里有一个孕妇吃不得辛辣食品？霍雨溪坐在位子上，拿起筷子又放下，表情别提有多搞笑了。

姜语宁吃得很愉快，谁管你？

婚事还得继续商量，才说了一个婚期而已。但是，婚礼已经被霍雨溪作没了。当然，他们还得继续商量聘金和彩礼的事。毕竟是陆家娶媳妇儿，就算老爷子看不上，也得有所表示吧？

陆景知接着道："爷爷原来给语宁准备过一份……"

李淑彤一听，顿时笑开了，那一定很丰厚。

"不过，收回了。"陆景知淡淡地说道，并将目光放在傅雅慧的身上，"霍家也不用准备聘礼，两家人意思一下就行了。伯母，你说呢？既然两人感情这么深厚，大约也不会计较这些。"

除了姜语宁，在座的人愣住了。这时候，姜语宁忍不住扑哧一声笑了出来。

李淑彤那家人，本来想趁这次机会好好捞点儿东西。他们毕竟是和东恒集团结亲，老爷子再怎么不乐意，面子上总要过得去。但是李淑彤没想到，老爷子居然真的如此抠门。她气得想直接离席。

"景知，陆家这么做恐怕不妥。毕竟雨溪也是东恒集团的千金，身份总是有的。"傅雅慧最终还是站出来说道，"虽然东恒不如陆家，但也不是小门小户。雨溪要嫁入陆家，礼数不可少。"

"那就好好商量他们的婚事，不要把不相干的人牵扯进来，影响旁人吃饭。"陆景知淡漠地回答了一句。

陆景知此话一出，傅雅慧懂他的意思了。

霍雨溪几人若是再欺辱姜语宁，他定然不会袖手旁观。

姜语宁是陆景知看着长大的，他会偏向她很正常，傅雅慧也没有往别处想。

"既然景知发话了，我也说一句。雨溪，你结婚，就不要老是揣测你妹妹的想法。你妹妹她什么都没说。"

言外之意，她别那么多戏！

现在两家说得上话的人，全都站在姜语宁那边，李淑彤自然是非常不爽。但为了陆宗野两人的婚事，李淑彤也只能暂时忍耐。

"既然如此，那不如改天我们长辈再坐下来好好商量，今天就当作家宴吃一顿便饭了。"李淑彤看着傅雅慧道。

"可以。"傅雅慧哪里知道陆宗野这一家这么多事？

姜语宁只管吃自己的。虽然这是一场针对她的鸿门宴，但是因为某人的祖护，她居然心情不错。

吃饱喝足以后，姜语宁开始在桌下用手机给陆景知发消息："二哥，你的小祖宗想回家了。"

陆景知的手机在他的口袋里振动。他面无表情地拿出手机，回复姜语宁："等会儿，我和你一起回去。"

他要和她一起走？可是怎么圆场面？姜语宁轻咳一声，但很快就放下心来了，这点儿小事根本难不倒陆景知。

就在大家快吃完的时候，霍雨溪忽然很小声地对陆宗野道："我有点儿饿。"

"我带你出去吃。"说完，陆宗野放下碗筷，对李淑彤道，"妈，雨溪不舒服，我带她出去散散步。"

"去吧。"李淑彤盯着霍雨溪的肚子，道，"别乱吃东西，知道吗？尤其是羊肉之类的，要小心。"

姜语宁听了，彻底无语！李淑彤这些年在陆家怎么就没有受到半点儿文化熏陶呢？整天信一些乱七八糟的东西。

"妈，我想回家了。"这时候，姜语宁放下纸巾，对傅雅慧说了一句。

"回吧，你住哪儿？"傅雅慧问道。

"锦徽园。"姜语宁谨慎地回答。

"我顺路，送你一程。"陆景知接了她的话，顺势起身。

"那……麻烦二哥了。"姜语宁从沙发上拿起了自己的银色线包。

两人表现得十分疏离，傅雅慧依旧没看出蹊跷。在她心里，陆景知将来是陆家的继承人，前途无量，和姜语宁就不是一路人。况且，两人自小就这么客气。这次陆景知帮姜语宁，大约是看不惯陆宗野那家人的作为。别说陆景知，她也很唾弃。

李淑彤不是大户人家出身，即便装得再像，身上也有一股小家子气，上不了大台面，整天就想着算计陆家的财产，贪图小便宜。她和这样的人结亲，以后事情还多着呢。

从陆家老宅出来，姜语宁在管家的帮助下名正言顺地坐上了陆景知的车。

姜语宁轻咳两声，看向身旁的男人。他怎么做什么都这么沉得住气呢？

"二少爷、姜小姐，请慢走。"

姜语宁憋着笑，但是纤细的小手伸到了某人的腿上，轻轻地揉了几下。

陆景知抓住那乱动的小手，示意她别乱动，不然到时候擦枪走火，谁也救不了她。

等车开出陆家后，姜语宁才开口对陆景知道："二哥，我下午去见了那位'陆家人'，拿到了DNA的样本。既然要确定陆宗野不是陆家人，那也要确定对方的身份。"

从她的言语中，陆景知知道了DNA的对比结果，便问："这张牌打算什么时候用？"

"现在我是不会拿出来的。霍雨溪心心念念地想嫁入陆家，让她嫁啊。"姜语宁轻哼，"她自认嫁入陆家就是赢了我，那就如她所愿。至于这出好戏，可以等到他们婚后生活的第一天，那时候木已成舟，一定够刺激。"

不知道为什么，姜语宁一点儿也不怕在陆景知的面前说出这些恶毒的想法。大约真是仗着他的宠爱，她才有恃无恐。

"二哥，我想帮帮那陆家人。可能是因为她和你有几分相似，我不忍心她过得那么凄惨。"姜语宁靠在陆景知的肩膀上道，"好不好？"

"我会让何秘书去安排。"陆景知环着她答。

"我真想看看李淑彤那对母子一无所有的模样，不过也快了。"她现在得沉住气，"不过，你真的觉得霍雨溪不漂亮吗？之前那些媒体，把我和她一通比较，说我们有云泥之别。"

"我记不住整容脸。"陆景知顺势回答。

"你怎么知道的？"姜语宁感到诧异，在陆景知的身边坐直身体。

当然是副市长的公子，外科"圣手"许良舟说的。上次小聚的时候，许良舟就说到了陆宗野和霍雨溪的事。他说到霍雨溪的脸时，还一副很不屑的表情。

"等有机会，我带你去见几个朋友，你自然就知道了。"

那是陆景知的圈子。既然他决定带她进去，就意味着他们真的要融入彼此的生命了。

姜语宁为此甜美一笑，握住陆景知的手掌，重重地点头说了一句"好"。

不过，她路上这么开心，似乎忘记了陆景知说过要让某件事循序渐进的话。

陆景知以身试教，可以好好期待一下了。


另一边，陆宗野带着霍雨溪去了一家隐蔽的法国餐厅。

想到晚上的家宴，两人心里都憋着火。

"宗野，我们的婚礼真的不能大办吗？女人一辈子才一次，我想有浪漫梦幻的婚礼。我刚才只是顾及语宁才那样说的。其实，我希望我们的婚礼盛大地举行。"

"理她做什么？你放心，我们的婚礼自然要浪漫奢华。"陆宗野握着霍雨溪的手背承诺道，"至于姜语宁那个小贱人，我来想办法收拾她，让她好好回味一下从前。"

陆宗野算计姜语宁，可不止姜语宁十六岁那一次。

姜语宁的十七岁、姜语宁的十九岁、姜语宁的二十一岁，无不充斥着他的身影。因此，姜语宁才会那么厌恶他。

陆宗野根本不知道自己马上大祸临头，自以为最幸福的时候也就是天堂到地狱的时候。

　　"她在妈咪面前挑拨离间，妈咪现在都不像之前那么喜欢我了。"霍雨溪忍不住埋怨。这话说得太过理所当然，她忘了自己只是一个继女。

　　"那就找个机会，把伯母从姜语宁的身边彻底抢过来，我有办法。"

　　深夜的御珑廷，此刻只有二楼的卧室还亮着灯。

　　姜语宁白天离开家门的时候完全没有注意到，原来梁姐在浴室里的淋浴区装上了一层半透明的隔断帘。

　　"发什么呆？"跟着进入浴室的陆景知，已然露出了肌肉完美的上半身，下面围着浴巾。

　　"这个……做什么用？"姜语宁指着那若隐若现的隔断帘询问。

　　陆景知并未回答，而是直接走到隔断帘背后，并且打开了花洒，解开了浴巾。

　　鹅黄色的灯光之下，陆景知犹如男模的身材在弥漫的水汽之下显得更加完美有型。

　　姜语宁终于明白了某个人的用意。她面部泛红，一直红到了耳根。很奇怪，这样看陆景知，她不会觉得害怕。当然，害羞那是正常的身体反应。

　　"这样，你能不能接受？"

　　姜语宁站在隔断帘前，点了点头："嗯，不排斥。"

　　"如果觉得难受，你就告诉我，嗯？"陆景知一边淋浴，一边对姜语宁说。

　　姜语宁伸手，隔着帘子描绘陆景知的轮廓。他真的像雕塑一样，身躯没有一丝赘肉。当纤细的手指在帘子上滑过腰部以下时，她有些不自然，连忙收回手指，似乎冒犯了神明。

　　她看到陆景知完整的躯体，脑子里不再出现那些乱七八糟的画面。

　　"二哥，我想掀开帘子……"

　　陆景知听了，忽然伸手，长臂一捞，直接将她拽入了淋浴区："你看也看了，是不是也该给我一点儿回报？"

　　姜语宁呆滞地看着陆景知发达的胸肌。她还没来得及反应，陆景知就伸手从背后拉下了她长裙的拉链。

浅紫色的裙子顺着她的身体滑落在脚边，立即被水浸湿。姜语宁下意识地去看裙子，却被陆景知捏住了下巴。他道："你想看什么？嗯？"

"我想看裙子……裙子。"姜语宁连忙解释，才不是要看别的东西。

此刻的姜语宁靠在沾满水汽的墙上，上半身还穿着白色的抹胸，模样有些惊慌。但是，她犹如折扇的浓密睫毛下，也有期待的光芒。

"你不许看。"陆景知用充满危险的声音警告姜语宁。

姜语宁顿时起了一身鸡皮疙瘩，觉得自己快被电晕了。

"那我要看哪里？"

陆景知勾着她的脖子，将她拽入怀中低头吻了上去。

姜语宁闭了闭眼，心里沉睡的渴望被他唤醒，下意识地想要更多，想要贴近陆景知。然而这时候，陆景知忽然停下了动作，所有的亲密都在这一瞬间戛然而止……

随后，他关水并且取下浴巾将姜语宁裹住："今天就到这儿。"

一瞬间，姜语宁心里的失落感让她想号啕大哭。这种感觉在很久之后，她都还记得。

"二哥，你准备这样多少天？"姜语宁可怜巴巴地询问。

"你想了？"陆景知吻着她的嘴角询问。

"嗯。"姜语宁点了点头，"我觉得我已经好了。"

"没好，别倔。"陆景知裹紧了浴袍，抱着姜语宁走出卧室，"说好的，要循序渐进。"

姜语宁听完想打人。这男人一定是故意的，他哪里是治病？他分明就是撩了不负责。

"二哥，你够狠，你的小祖宗记仇了。"

"我以为你会更加期待明天。"陆景知倾身在她耳边回答。

姜语宁沉默不语。

玩不过，她玩不过，这是高手！

"二哥，你真的没有别的女人？你别骗我，你这么熟练……"

"男人对着自己想要的女人，总会无师自通。"陆景知轻碰姜语宁的唇，随后利落地翻身，"睡觉了，小祖宗。"

姜语宁心里愤愤不平。

不行，明天她一定要反撩回来。等会儿她就去网上发帖求助——可以睡到霸道总裁的100种方法。

黑暗中，陆景知勾了勾唇，似乎心情颇好。

十天？根本不需要，姜语宁会自动上钩。

夜色渐深，姜语宁坐在床上叹息了好久才关掉壁灯。躺下之前，她的表情很复杂。


第二天一早，姜语宁还在睡梦当中，就被小娱乐记者的电话吵醒了。

姜语宁撑起身看向身旁的位置，空无一人。估计天还没亮，勤奋的天神就出门了。

姜语宁不懂从政的事情，只知道陆景知的工作隐蔽并且神秘。他从前是物理系的高才生，也不知道跟现在的工作是否相关。

"语宁姐，你看到最新的娱乐消息了吗？有人出来爆料说霍雨溪怀孕了，现在全网都在骂她犯贱……"

姜语宁抓抓头发，不禁笑了："这又是谁在替我报仇呢？"

"我还以为……是你找人爆料的呢。"小娱乐记者表示疑惑。

姜语宁骤然清醒，从床上坐起身来："你提醒我了。小屁孩儿，能不能利用X社神通广大的本事，找到这件事的爆料人？"

"咦？为什么呀？管他谁爆料的，不是挺好的吗？"

"你都以为是我爆料的，别人会不会也这样认为？"姜语宁哼道，"她现在是孕妇，要是有个什么三长两短，我岂不是又要背黑锅？"

"有道理。"小娱乐记者连连点头，"语宁姐，我现在就去帮你打听。这种事我最在行了，等我有消息就马上通知你。"

姜语宁的脸色有些难看。说不定，这件事就是霍雨溪自己捅出去的。

很快，傅雅慧就来了电话。傅雅慧语气低沉，像压制着怒火："语宁，你来一趟半山别墅。"

果然不出她所料……

现在霍雨溪在娱乐圈的状态跟她一样，散发恶臭。霍雨溪索性什么都不在乎了，现在目的很明确，就是要抢陆宗野也要抢傅雅慧。

只要傅雅慧多厌恶姜语宁一分，霍雨溪就没有白演。

可惜了，霍雨溪尽抢垃圾回去，姜语宁根本不在意。

113

但是，姜语宁也绝不惯霍雨溪，要演戏是吧？

她奉陪到底！

早餐后，姜语宁拿着车钥匙准备出门。正开门时，梁姐把另一把车钥匙递给姜语宁："小姐，换一辆车开吧。之前那辆车，先生让人拿去处理车牌了。"

要是她一直开同一辆车，时间久了，媒体就会盯上。

姜语宁接过新钥匙去了车库，心想陆景知是一个讲究人。他在防止媒体跟拍这件事上，非常有远见，自家男人就是细心又聪明。

新车是一辆白色的轿跑车，都市白领好像都挺喜欢这款。

姜语宁开着小白车出了门，并在路上给小娱乐记者打了一个电话，说她待会儿要上门争吵，让小娱乐记者抓紧时间找证据。

"我哥手里是不是还有霍雨溪之前的黑料？你先给我发过来。"

"语宁姐，你放心。X社处于娱乐记者圈子的顶端，要想收集圈子里的消息，不用太长时间。等我找到那个爆料的罪魁祸首，一定第一时间来助你一臂之力。还有，我给杰哥打了电话。杰哥马上给我整理了一些霍雨溪的资料，都是之前收集的，还没来得及放呢。"

"赶快。"姜语宁催促道。

小娱乐记者马上往姜语宁的手机里传视频和照片，一刻都不耽误，发的时候还一直念叨："想欺负我语宁姐？哼，连窗都没有。"

姜语宁看过那些黑料以后，心里暗暗地松了口气。既然要提枪，枪里怎么能没有子弹？

换了新车一路顺畅，姜语宁很快就到了半山别墅。随后，她收起自己的蓝牙耳机，敲门进去。进去时，她看到了脸色难看的傅雅慧。对方连招呼都懒得和她打。

此时别墅的二楼，时不时传来对话的声音。姜语宁猜测，应该跟医生有关。

两分钟后，医生带着护士和霍雨溪的经纪人走下来。看这架势，霍雨溪这次是下了血本。

"孕妇有先兆流产的迹象，最好是卧床静养观察两天。记得，别再刺激孕妇了，这是大忌。"说完，医生带着护士从别墅离开。

霍雨溪的经纪人送医生离开时，硬生生地白了姜语宁一眼："雨溪要是有什么三长两短，你也别想进入千禧娱乐的大门。"

姜语宁冷笑一声，这口锅算是砸在她的头上了。

"语宁，你姐姐怀孕的事是你爆料的吗？"坐在沙发上的傅雅慧终于冷冰冰地发话了，"之前在陆家，你表明不会干涉你姐姐和陆宗野的婚事了。你答应我的，为什么出尔反尔？"

"妈，我没必要这么做吧？而且，你为什么不相信我呢？"姜语宁往沙发上一坐，不打算站着吵。

"不是你还有谁？"

姜语宁极为讽刺地看着傅雅慧，嘴里轻嗤了一声："妈，你是我的亲妈还是霍雨溪的亲妈？世上竟然有这样的母亲，不相信自己的亲女儿倒是相信外人。"

傅雅慧愣了愣，目光有些闪烁："我那是帮理不帮亲。你姐姐现在是孕妇啊，你怎么做得出来？"

"你怎么断定是我？有证据吗？"

"我……"傅雅慧一时语塞。

这时候，霍雨溪在经纪人的搀扶下走出房间，带着眼泪扑向傅雅慧。

"妈咪，你要替我做主啊。我真的没想到，语宁居然会这么不待见我和肚子里的宝宝。她在这时候把我怀孕的事情爆出去，不仅仅是毁了我的事业，还是要我和宝宝的命啊。"霍雨溪在傅雅慧的怀里啜泣。

"你接着演。"姜语宁淡然地说道。

"语宁，我都这样了，你还不承认这是你爆料的吗？你是不是想要我腹中宝宝的命？"霍雨溪指着姜语宁质问，"我知道你痛恨我抢了你的未婚夫、抢了妈咪，可是我都是无心的啊。而且，我已经向你道歉了，我也跟你示好了，你能不能放过我和我的宝宝？"

"恶毒至极！"霍雨溪的经纪人，不屑地对着姜语宁啐了一口。

"是啊，我恶毒至极。"姜语宁顺口承认，"我就是不待见你和你肚子里的孩子。不如趁这个机会，我们去医院把孩子处理一下？不要了？"

"你……"霍雨溪气得浑身哆嗦，双手发抖，"妈咪，你看她！"

"霍雨溪，你到底哪里来的脸，觉得我会一直盯着你和那个'渣男'不放？"姜语宁像一个好奇宝宝，认真地反问。

"分明就是你，你还不承认！"

"你确定？"姜语宁说完这三个字，从手机里翻出无码的精彩照片，递给霍雨溪，"如果我真的要爆料，我一定放你和某大佬厮混邮轮的料。那时候，你和陆宗野在一起吧？

"陆宗野若是知道自己被戴了绿帽，不知会是什么感受？还有，你确定这孩子是陆宗野的吗？"

"你……怎么会有这些照片？"霍雨溪看到照片，脸色顿时一片铁青，开始慌乱起来。就连霍雨溪的经纪人也十分诧异。姜语宁怎么会有霍雨溪的致命把柄？

"霍雨溪，我拜托你长长脑子。我如果真要爆你的料，肯定会放这个出去。这个既能黄了你和陆宗野的婚事，也能让你身败名裂。我为什么要引火烧身，放你怀孕的料？我脑子有病？"姜语宁冷笑道。

"我……"霍雨溪一时语塞。

就连经纪人也不明白了，如果姜语宁真的有更好的料，为什么要放霍雨溪怀孕的料？霍雨溪怀孕的消息，远远没有她周旋于两个男人之间的消息劲爆。

霍雨溪心虚地移开视线，开始在傅雅慧的面前打起了"苦情牌"："妈咪，我真的好难受，我不配做你的女儿。"

"妈妈，你还要相信她？"姜语宁顺势反问傅雅慧，"我是你的亲女儿，霍雨溪是你的继女。她这么做无非为了离间我们母女的感情，让你厌恶我。但是你要擦亮眼睛看清楚，别被人算计得团团转。"

傅雅慧没说话，眼中带着疑惑，死死地盯着霍雨溪，像质问也像在等她开口。

"妈咪，我没有，我没有要离间你们，这都是姜语宁的揣测。"

呵，她还垂死挣扎。

"那你凭什么揣测是我把你怀孕的料放出去的？"姜语宁反问霍雨溪，"你有证据吗？"

"可是，知道我怀孕的……只有我们几人……"霍雨溪回答得理所当然。

"那你可小心了，我不只知道你怀孕，还知道你劈腿呢。"姜语宁扬了扬手里的手机对霍雨溪说，"我要是真想放你的料，不会等到现在。"

116

霍雨溪咬着下唇看着姜语宁，心里无比慌乱。

"我本想放你一马的……但现在我觉得没有这个必要了。既然你觉得我有爆料的癖好，那我一并爆出去好了。反正，我就是那种恶毒女人，整天想着逼死你和你腹中的孩子，你就是有这么大的脸。"

霍雨溪如遭雷击，顿时放开了傅雅慧扑向姜语宁："语宁，我错了，你别这样对姐姐。我不是故意冤枉你的，我只是太生气、太愤怒了，才会做出这种错误的判断。"

"是吗？你太生气了？我现在也很生气呢！"姜语宁低头看着霍雨溪，"你是不是觉得我真的很好欺负啊？嗯？我知道你还有后招。说不定陆宗野此刻已经在来的路上了。这样正好，也让他看看你的真面目。"

霍雨溪听完这句话，脸都吓白了。

"语宁，我求你了，别把这件事告诉宗野，我只是一时糊涂。"

"原来你也会害怕。"姜语宁笑完，看着一旁的经纪人，"不把她扶起来吗？一会儿流产又得怪我了。"

"语宁，够了，你真的想闹出人命吗？"傅雅慧连忙阻止，这件事再闹下去，真不知道该如何收场。

"不呀。"姜语宁摇了摇头，"我还要参加婚礼呢。是吧，姐姐？霍雨溪，我奉劝你别再来招惹我。我不动你，不是因为我怕你，只是看在妈妈的面子上才给你脸面。如果你还想结婚，就老老实实地在家里养胎，别整天搞事情，我也有脾气。"

霍雨溪跌坐在地上，如遭雷击。

她没想到事情会发展成这样。

很快，别墅的门口传来了急切的敲门声。这时候，霍雨溪更加害怕了。她不敢装死，要是姜语宁生气把事情告诉陆宗野，她这个婚还结得成吗？

"妈，你看，陆宗野来了，你还相信霍雨溪吗？"

傅雅慧恼得面色发红，直接从沙发上起身："我不管了。"

"姐姐，陆宗野在敲门呢。你确定不去开门吗？他可是为了给你讨公道来的。"

说完，姜语宁就要起身去开门。

霍雨溪拦住了她："不要，语宁，不要，我让他走。"

紧接着，霍雨溪马上去找手机，然后慌张地拨通陆宗野的电话，低声道："你回去吧，我没事。"

"雨溪，姜语宁那个小贱人没上钩？"

姜语宁抢过霍雨溪的手机，摁下免提键举在半空中。

霍雨溪浑身冒汗，胆战心惊。

"雨溪，你说话啊。伯母是相信你还是相信姜语宁那个贱人？你快开门，让我进去。"

事情已经明了了，连证据都不用找了。

姜语宁直接将手机挂断，丢在霍雨溪的面前。

"如果你再算计我，你就真的别活了。这是我最后一次饶你！"姜语宁警告道。

一瞬间，霍雨溪面如死灰。在场的人都看清了她的真面目。不，他们早就清楚霍雨溪的真面目了，只是从未像现在这样将其揭穿了放上台面。

或许是陆宗野的敲门声太让人心烦了，傅雅慧让霍雨溪的经纪人出去处理。要是真让陆宗野进门，按照他的脾气，会和姜语宁闹个鱼死网破。最后，事情真相被公开，那么霍雨溪就再也别想嫁入陆家。

姜语宁一副"有本事放他进来"的表情。她很想知道，她和霍雨溪，到底谁更害怕。

霍雨溪的经纪人实在没办法，只能硬着头皮出去。要真让陆宗野进来，就一切都完了。

"语宁，今天这件事是妈不对，不该相信你姐姐的话冤枉你。不过，这到底是家事，你要知道轻重。你答应妈咪，以后别拿这些照片去威胁你姐姐。"

都到这种时候了，傅雅慧还在帮霍雨溪说话。

不过姜语宁也不稀罕，今天这场面本身就不是她想看到的，因为真正的好戏在后头。

"我说了，只要她安分守己，结自己的婚，我绝不以此要挟她。陆宗野这辈子都不会知道这件事。"姜语宁认真地发话，"但是……"

"我不敢了，语宁。"霍雨溪连忙表态。

"记住你今天说过的话，也记住你今天的丑态。"说完，姜语宁看向傅雅慧，"妈，我不知道你为什么不肯相信我，或许是我们母女这些年相处的时间太少了。可我是你的亲女儿，亲女儿不会害你的，继女可不一定。"说完，姜语宁失望地叹了口气，朝着别墅的大门走去。

傅雅慧张张嘴，但又什么都说不出口。这次，她的确亏欠了姜语宁。她心里不快，便转而对霍雨溪发脾气："你能不能不要弄出这么多事情来？你已经把陆宗野抢过来了，还不满足吗？雨溪，语宁是我的亲女儿，这点你永远都没办法改变。"

霍雨溪坐在地上，掩面哭泣。早知道，她就不该听陆宗野的话。她却全然忘了，是她贪心不足，想争宠夺利。

别墅门外，陆宗野眼睁睁地看着姜语宁从大门出去，而他被霍雨溪的经纪人死死地拦着。他大吼道："姜语宁，你这个贱人，你跑什么？"

"三少，你别惹事了行吗？"经纪人快招架不住了，陆宗野根本不知道别墅里刚才发生了什么。

姜语宁临走的时候，看着陆宗野冷哼了一声，觉得他非常可怜。

陆宗野不过是李淑彤和霍雨溪手里的玩具。等到所有真相公开的那天，不知道他会受到多大刺激。

从别墅区出来，姜语宁拉开了小白车的车门。这时候，霍雨溪的经纪人追了上来，拿出手机准备添加姜语宁的联系方式："姜小姐留步。"

姜语宁转身，看着对方，不明所以。

"千禧的合约已经为你准备好了，你什么时候有空……"

"没空。"姜语宁直接摇摇头，"看霍雨溪的样子，我不想去乌烟瘴气的公司，谢了。"说完，姜语宁坐上了小白车，毫不留恋地从霍雨溪的经纪人的面前离开。

她虽然是全国人民最讨厌的一个明星，但也有尊严！

## 第五章
## 属于彼此

半山别墅内，此刻陆宗野不明所以。既然姜语宁已经上钩了，为什么又让她大摇大摆地走了？

霍雨溪一脸泪痕地坐在沙发上，故作镇定，其实只剩下心虚。

"雨溪……这到底是怎么回事？那个贱人……"

"别说了，都是你出的馊主意。你根本不知道姜语宁手里握着我们的多少黑料。我们不要理她了，先考虑结婚的事好不好？而且，我怀孕的事曝光了，媒体肯定会千方百计地来骚扰我。你让我怎么养胎？"

霍雨溪说话夹着哭腔，显得十分委屈："对付姜语宁的事，以后再说吧。"

"好、好、好，你别哭了。"陆宗野马上妥协了，"我们先结婚，把孩子生下来再说。只不过，我低估了姜语宁那个贱人的手段。"

霍雨溪将头埋在陆宗野的怀里，没说话。她现在不敢火上浇油，去激怒姜语宁。

她只能借着肚子里的孩子，假装柔弱，暂且哄着陆宗野。

傅雅慧此刻就站在二楼楼道的转角处，听着两人的对话，嘴角一勾。

他们果然都不是什么好东西，的确应该尽快让霍雨溪嫁到陆家去。

想到此，傅雅慧给李淑彤打了个电话："亲家母，下午见个面。我们确定一下两个孩子的婚礼时间。"

姜语宁回到御珑廷以后，打开电脑看网络消息和评论。

网友的确在骂霍雨溪犯贱，但是在每条关于霍雨溪的新闻下面，第一条评论总是出现姜语宁的名字。

"只有我觉得是姜语宁在报复吗？也是够恶毒了。"

"姜语宁，你连孩子都不放过。"

"姜语宁，你有什么资格曝光霍雨溪的事？你们半斤八两，滚出娱乐圈，谢谢。"

虽说多数是霍雨溪的粉丝在评论，但是看点赞的人数，可以看出路人的态度。

她在网友心里的形象真的有这么糟糕吗？

姜语宁虽然早就习惯了恶评，但还是感到挫败。那是她最无力的部分——招黑。

中午，小娱乐记者兴奋地打来电话："语宁姐，我找到那个爆料人了。事实证明，是霍雨溪自己捅出去的，要不要我马上放消息出去？"

"不用了。"姜语宁兴致不高，今天去半山别墅已经把霍雨溪吓了个半死，即使现在找出了霍雨溪自编自导的证据，仍然改变不了她在路人眼中的形象。

"小屁孩儿，我问你，我的电视剧真的那么难看？"

"这个……也不全是……是吧。"小孩儿实诚地回答，"你好看。"

"那就是难看了。"

"你还年轻呢。等你有作品以后，观众会改变看法的。"小娱乐记者不知道怎么安慰人，只能说出自己对姜语宁的期待，"你不是有我这样的头号粉丝吗？还有杰哥，我们都会帮你的。"

还有陆景知这个男友粉丝，想到这些，姜语宁扑哧一声，终于笑了出来："我改变主意了，把消息放出去。霍雨溪自己作的孽，自己去受，姑奶奶不背黑锅！"

"这就对了，你就等着看好戏吧。"

姜语宁挂了电话，然后陷入沉思。她不该为了"渣男贱女"继续浪费

121

自己的时间，她还要重启自己的事业。

陆家野种的事情即将走向高潮，而她也要重新给自己在娱乐圈定位。

经过上午的大战，姜语宁本以为那几人要消停几天。但傍晚时，姜语宁接到了傅雅慧的电话："你姐姐的婚礼定在下个月六号，你记得到时候参加。"

下个月六号，也就是说剩了不到半个月。经过上午那么一闹，霍雨溪大概急了。

"我知道了，妈。"

"语宁，我知道你受了委屈。放心，妈以后不再委屈你了。"

"谢谢妈。"姜语宁也就口头上一谢。母女两人的心已经处于天南地北了，永远都不可能走到一起去。

夕阳西下的时候，陆景知的黑色轿车驶入御珑廷。姜语宁听到声音，连忙关上了电脑，满怀期待地看向门口。

"小姐，我下班了。"梁姐也在这时候识趣地撤退。等陆景知进门脱下外套以后，梁姐便离开了御珑廷的大门。

"今天这么早？"姜语宁抬腕看表，觉得有些奇怪。

陆景知身穿黑色衬衣，松开领结纽扣，在姜语宁的身边坐下："看你的样子，好像不希望我回来太早？"

"我有吗？"姜语宁捂着自己的脸问，"我表达得这么明显？"

想到昨晚被戏弄，姜语宁现在还气鼓鼓的。

"昨晚的训练……不喜欢？"陆景知在姜语宁的耳畔低问，"我以为你会很喜欢。不知道是谁跟我说，自己想了？"

姜语宁听不下去了，直接将陆景知摁在沙发上，并且坐在他的身上："你知不知道你很可恶？"

陆景知靠在沙发上，灼热地看向姜语宁。随后，他勾起她的脖子，给她一个轻吻："来吧，祖宗。今晚的康复训练又要开始了。"

"我不要……"姜语宁在他怀里挣扎道。

陆景知哪里由得她？他直接从沙发上抱起人，走向二楼的卧室。在进入浴室以后，他将浴室门反锁了。

"今晚让你多看一眼？说不定，你就心想事成了呢？"

姜语宁站在透明的隔断帘前，幻想着陆景知在后面淋浴的模样，不禁心痒了。

"替我脱衬衣。"陆景知将姜语宁的手放在自己的胸膛上，示意她主动一些。

"要不……今晚不要帘子了？"姜语宁红着脸，不受控制地看着陆景知的侧脸问。

陆景知忽然低头，在她耳边低语："你想得美。"

哼，她一会儿自己撩。

然而，聪明的陆景知怎会不知道她的肚子里装着什么坏水？

陆景知一如昨晚绕去了隔断帘后面，背对姜语宁脱下长裤，完全不给姜语宁半点儿机会。

姜语宁见他浑身已经没了束缚，便大胆地伸出了自己的右手。她成功地掀开了帘子，却被陆景知抓住了右手。

"陆景知，你抓疼我了。"姜语宁连忙挣扎，撒娇道。

"你为什么不老实？嗯？"陆景知背对着姜语宁，在她的头顶上询问，"就这么迫不及待地认输？"

"我认输，认输还不行吗？"姜语宁心急了，"你每天这样吊着我，不难受啊？"

陆景知将她抓了过去，在她的肩膀上落下一个吻："都说了，我是为了给你治疗心理阴影。"

"其实……"姜语宁红着脸，小声地回答，"拍戏的时候，我也看到过别的男人的身躯，不是稍微露出上半身，就是下半身只有贴身衣物。那时候，我的脑子里的确会有不好的东西出现。但是看你的时候，我的脑子里就没有那些乱七八糟的东西了。上次没有，这次也没有。

"我想，可能是因为你在我心中是最特别的存在。所以，你能不能别再吊着我了？之前我躲着你，是我不好。那时候我害怕，不明白你的感情。现在我明白了，我不想再兜圈子了。二哥，给我好不好？"

陆景知凝视那张红扑扑的小脸以及她认真的目光。随后，他吻了上去。

姜语宁下意识地攀着陆景知的肩膀，想靠得更近。

陆景知知道她的意图，便伸手搂住她的细腰，将她往上一提。两人吻了许久，直到胸腔里没有了氧气。

123

"想要？"片刻后，陆景知放开了她，沙哑地询问。

"嗯。"姜语宁不受控制地点了点头。此刻，无论是身体还是内心，都在提醒着她，她想要眼前这个人。她早就不是孩子了，男女情爱的事顺应自然。更何况，这还是她渴望了多年的男人。

最终，陆景知还是没有如她所愿。小祖宗的唇软得不可思议，和她滚烫的身躯几乎一致，可他还是坚持了原计划。


第二天清晨，姜语宁睁眼醒来，却发现一向早起的陆景知居然还没有出门。

洁白的被褥只遮盖到他的腰处，上半身则暴露在阳光之下，让人挪不开眼。

"不行了，我要流鼻血了。"姜语宁叫喊着跑去了浴室。这时，陆景知睁开眼，微微勾唇。

等她从浴室出来的时候，陆景知已经穿上了睡袍，准备洗漱。

"你今天不着急出门？"姜语宁抓抓头发，看着陆景知询问。

"白天休假，晚上有个会。"陆景知简洁地回答她，"今天想去哪儿？我都陪你去。"

他想看看姜语宁日常都在混些什么。

"我今天打算去看看那位陆家人，想找找新的经纪公司。你知道我现在是一个'黑红'的人，没人肯签我。"姜语宁扑进他的怀里。

"枯杰呢？"

"他去美国了，调查傅雅慧当年带走的资金去哪儿了。别的不说了，但是那八亿我要她吐出来。"姜语宁目光灼灼地看着陆景知。

"我没放在心上。"陆景知淡然道。

"但是我放在心上了。姜家的事情本来就是她弄出来的，理应由她来承受。而且，八亿又不是八百块，我不想拿伯母对你的爱去填那种人挖出来的坑。"姜语宁愤恨又护短地回答。

陆景知静静地看着她，半晌，揉了揉她的脑袋："洗漱吧，我一会儿带你去见一个人。"

"嗯？"

"和我舅舅吃饭。"陆景知没说他舅舅的身份。

姜语宁只知道陆景知的母亲的娘家人也很厉害，但没有认真研究过。没想到，陆景知要直接带她去见他的舅舅。这算是见家长吗？

"那个……二哥，我们这样，他不会对我有意见吗？"

"他知道你。"陆景知平静地道，"不用担心，他没你想的那么可怕。"

姜语宁虽然疑惑，但还是听话地打扮了一番。她本来约小娱乐记者一起去看陈静姝，也就是那位陆家人。不过，既然陆景知难得休假，她自然优先顾陆景知的安排。

这还是两人在一起之后，头一次正儿八经地在白天一起出门。

不管是她的身份，还是陆景知的身份，都不能暴露在阳光之下。所以，姜语宁很珍惜这样的机会。

化好妆后，姜语宁身穿一条白色的雪纺裙，看上去仙气飘飘，很灵动。再看陆景知，似乎为了配合她一般，身着银色西装。两人站在一起，不像去吃饭，倒像要去参加订婚典礼。

想到这个，姜语宁立即对陆景知说："陆宗野和霍雨溪的婚期定在下个月六号，你知道吗？"

"现在知道了。"陆景知对旁人的事不感兴趣，只是将领带递给她，"替我系上。"

"我不会。"姜语宁摇了摇头。她从前没有男人，哪会这些？

"看好了，我就教一次。"说完，陆景知熟练地把领带打好结，随后将成品放在姜语宁的手里。

姜语宁虚心学习，按照他刚才的系法，踮起脚替陆景知系领带，并且替他整理衬衣："好了。以后，我可以做得更好。"

陆景知低头看看条纹领带，满意地牵着姜语宁下楼。

此刻梁姐正候在客厅里，见两人要出门，便立即道："先生，车已经备好了。"

"不用准备午饭。"说完，陆景知拥着姜语宁出门了。

上车以后，姜语宁心里紧张。即便陆景知嘱咐不必紧张，但姜语宁还是不由自主地握紧了拳头，手心浸出了汗。虽说她不在乎其他人的看法，但是终究在乎陆景知的家人对她的看法。更何况，她当过陆宗野的未婚妻，现在还是个黑得发臭的小艺人。

陆景知一路上很安静，但时不时揉揉姜语宁的手心。就这样，他们到了陆舅舅的别墅门前。

陆景知的母亲姓顾，也是隐秘的大家族，从政从商，百花齐放，只是不似陆家人那么高调。顾家人鲜少在外人面前露脸，除了顾平生这么一个特例。

"陆少爷，您来了。"管家见到陆景知的车，便恭敬地迎了上来。看到他还带着女人时，管家眼里充满了诧异之色。

"舅舅呢？"

"在客厅等候呢。"

陆景知带着姜语宁绕过白色的喷泉，进入简洁的客厅。随后，他们看到一个中年男人坐在沙发上陪儿子打游戏。

姜语宁愣了一下，一时间没能反应过来。因为这人她认识，应该说，娱乐圈就没有人不认识他。他是光影传媒的董事长。没想到，他竟然是顾家人。

"来了？"顾平生抬头，看到陆景知后，放下了游戏手柄，并招呼管家把儿子带走。

顾平生是顾家人中的特例，年少时叛逆轻狂，从来不按照常理出牌。家人越是反对的事，他越是坚持。随后，他白手起家，创立了光影传媒，走的是顾家人想也不敢想的道路。

他高瘦、俊逸，即便到了中年，依旧风度翩翩。

"叫舅舅。"陆景知看了一眼顾平生，随后捏了捏姜语宁的手。

姜语宁愣了一下，这么直接吗？

"你跟他叫吧。这小子几年前就跟我说过了，如果他带女人回来，就一定是你。我还想，你都快成他弟媳了，他也该死心了。没想到，还有峰回路转的一天。"顾平生大笑着从沙发上起身，"你不用拘谨，我不是老顽固，不会干涉你们的事情。"

"舅舅……"姜语宁顺势喊了一声，一点儿不扭捏。

"他就是一个情种，为了你什么事都做过了。当年，他还想带着你私奔。"顾平生指着陆景知对姜语宁笑道。

"舅舅。"陆景知皱着眉，打断顾平生的话。这件事，姜语宁不知道。

姜语宁聪明，听到"私奔"两个字，连忙追问："这是什么时候的事？我为什么不知道？"

"等他自己告诉你。"顾平生见小两口似乎还有秘密没解开，也没再多提。可是，这却在姜语宁的心里种下了好奇的种子。

"二哥，这是怎么回事？"

"以后说。"陆景知捏着她的手心安抚道。

"姐姐在世时，很喜欢这小丫头。她经常跟我提，小丫头要是你的未婚妻那该多好。现在她如愿了，泉下有知，也该瞑目了。"顾平生让用人上茶，也上了一些茶点，然后在椅子上坐下。

姜语宁听着，心里不是滋味。因为这些事情，她都不知情。

"我今天带她来，是想让她签你的公司。"坐下以后，陆景知开门见山地道。他们两人，一直直来直去，不喜欢弯弯绕绕。

"行啊，你这辈子第二次跟我开口又是为了她。"顾平生高声道。随后，他悄悄地对姜语宁说，"他第一次跟我开口是五年前，借了八千万，你知道是为了什么吧？"

"知道。"姜语宁点点头，并下意识地握紧了陆景知的手，"前两天才知道。"

"你要签我的公司，没问题，但是也要凭实力。我可不会因为你是我的外甥媳妇就开后门。正好，光影最近要筹拍一部青春题材的电视剧。你要是能通过试镜，我就让经纪人准备合约，怎么样？"

"好。"姜语宁非常认真地回答，"我不会丢二哥的脸。"

"语宁小丫头，我不了解你，但是我知道我这外甥为你做了多少事，你不要负他，否则，顾家上下绝不饶你。"这是顾平生对姜语宁说过的最重的一句话。

事实上，他对姜语宁还有误解。陆景知为她做了那么多事，但是她无动于衷。她难道拿自己的外甥当备胎？这些，顾平生都想过。但是今天看来，姜语宁似乎对许多事不知情，想来跟自己的外甥沉默的个性有关。

"我知道。"姜语宁哽咽道。

"你知道就好，也不要有心理负担。以后有时间，你和景知常来。"

姜语宁全程红着眼，和陆景知在顾家陪着顾平生用了午饭。可她心里不是滋味，她的天神为她做了那么多事，她却一无所知。

127

回程路上，姜语宁终于忍不住哭了出来，泪眼婆娑地望着陆景知，问："私奔是怎么回事？你到底还有多少事瞒着我？"

"没了。"天神低声回答。

"我不信。"姜语宁抹着眼泪道，"你就是想让我这辈子都离不开你吗？那么恭喜你，你做到了！"

"我做这些，不是……"

"谁要感激你？"姜语宁骂道，然后扑进陆景知的怀里，"我是说，我也要这样爱你。二哥你这个傻子，把女人惹哭的男人最讨厌了……"

姜语宁在陆二爷的怀里又哭又闹，好一阵才停下来。想到等会儿还要去看陈静姝，她连忙收起啜泣的声音，瞪着陆景知："你不告诉我私奔的事，我就自己去查。"

"你的眼睛才消肿，不要了？"陆景知端详着她的小脸问，"这件事回去再说。"

"不许骗我。"

"你有那么好骗？"陆景知皱着眉，语气有些无奈，这小祖宗精明赛过狐狸。

姜语宁抽泣两声，心里还是很疼，尤其是想到堂堂陆家二爷，居然为她开口求人。她心里怎么也不舒服，即便那是几年前。

午后的阳光，散发着灼热的光芒。因为姜语宁想尽快见到人，所以他们顶着大太阳开车前往郊区。小娱乐记者早早地等在了敬老院的门口，见到姜语宁下车，背着书包迎了上来，说："语宁姐，你终于来了。"

姜语宁低头看了车窗一眼，示意司机把车窗升上去。

"你哭过？"小娱乐记者看到了她红肿的眼睛。

"没事。"姜语宁忙道，"我知道了一件挺傻的事情，太感动了，我们走吧。"

车内，陆景知没有说话。

"车里还有谁啊？不是和你一起来看静姝姐的？"小娱乐记者好奇地询问。

"大人物，不好露面。"姜语宁拽着小娱乐记者，径直前往那阴暗潮湿的住宅楼。

这一次陈静姝没再抵触他们，只是听姜语宁说到陆宗野的婚期时，冷冷地笑着："老天真不开眼。"

"不，老天爷是开眼的。我这次来看你，就是想问你，你想不想回到陆家？"姜语宁很认真地询问陈静姝，"如果这件事公开，按照陆爷爷的个性，他不会让陆家的血脉流落在外。你的腿……或许还有治愈的可能。"

"静姝姐，我会在陆宗野婚后第二天公开这个消息。如果你想亲眼看到那对母子悲惨的下场，可以告诉我，我来安排。"

"我想，我当然想，我做梦都在想。"陈静姝握着拳头道，"你直接安排吧，我早就等着那天了。"

"放心，那绝对会是一场精彩绝伦的好戏。还有，我给你安排了医生。如果你想通了，随时联系他。"

陈静姝看着姜语宁留下来的名片，眼里闪烁着前所未有的光芒。

那是姜语宁下车的时候，陆景知塞给她的。

不到半个小时，姜语宁带着小娱乐记者从潮湿的住宅区里走出来，两人朝黑色轿车走去。

"你怎么来的？"姜语宁想到车上的男人似乎不方便送客，便询问小娱乐记者。

"我骑车来的，"小娱乐记者哭丧着脸道，"骑了三个小时。"

姜语宁拿出手机刚要替他打车，车上的男人却半降车窗，平静地说了两个字："上车。"

其实她也没什么好怕的，小娱乐记者的嘴很严。

于是，姜语宁示意小娱乐记者坐副驾驶座的位置。

小娱乐记者不明所以，上车后忍不住朝后看去。他本想和姜语宁说一句话，但是在看到陆景知的一瞬间，一个字都说不出来了。那眼神、那气质，让小娱乐记者不寒而栗。

见小娱乐记者战战兢兢的模样，姜语宁顿时笑出了声："终于有人能治住你的聒噪了，哈哈。"

小娱乐记者心想：早知道就不上车了。

"小屁孩儿，还不叫姐夫。"姜语宁憋着笑意介绍道。

小屁孩儿转过身，不敢直视陆景知的眼睛，只能颤巍巍地喊了一声："姐夫。"

"嗯。"陆景知淡淡地回应道。

可是这位姐夫怎么有点儿眼熟啊？

小娱乐记者在脑子里不停地思索。作为一个新闻媒体人，他熟知圈子里所有的男艺人，包括那些出镜多的豪门少爷，但是这一位他怎么也想不起来。直到黑色轿车把他送到校门口，他这才叫了一声，连忙捂住自己的嘴。

"这小孩儿反应过来你的身份了。"姜语宁看着小娱乐记者下车，心里早就乐翻了。

小娱乐记者的确是反应过来了，这不是陆家天神般的人物，陆家二爷陆景知吗？

"我下车嘱咐他两句。"姜语宁害怕小娱乐记者多想，便跟着推门下车，"小屁孩儿。"

"语宁姐？"小娱乐记者皱眉看着姜语宁，"你该不会是为了报复陆家三少爷，才会……"

"说什么呢？我们之间的事情不是你想的那样。"姜语宁敲他的脑袋，"那'渣男'，值得我这么做？"

"说得也是，总之我相信你的选择，可是你也太厉害了吧？语宁姐，赶快，我要签名……多签几个，这姐夫……你找得厉害！"小娱乐记者朝她竖起了大拇指，"气死那个'渣男'，哈哈。"

姜语宁例行给他签名，然后一巴掌拍在他的脑门上："晚点儿我还有一件事要跟你说，电话里聊。"

"好。"小娱乐记者拿着签名兴高采烈地回了学校。

姜语宁想签约光影传媒。若接到了试镜通知，她就想拐人了。

一分钟后，姜语宁回到了车上，盯着身旁的男人，扑哧一声笑了出来："你一定要冷着脸吗？"

"习惯了。"陆景知搂着她答。

"你这是天生的。"姜语宁回想，从自己认识陆景知开始，他的话就不多，个性沉默。但男人越是这样，越是吸引女孩子。

"今天，让两个人知道了我们的关系呢，这种感觉还挺不赖。"姜语宁靠在陆景知的肩膀上道，"不过，我以后要更低调了。如果被媒体拍到，那肯定天下大乱。"

陆景知盯着姜语宁的脑袋，没有说话。于他而言，既然和姜语宁在一起了，就从未打算隐藏或者退缩。但是他要考虑姜语宁，因为姜语宁要顾及的事很多。

"二哥，谢谢你今天陪我出来，虽然你没做什么，但是我心满意足。"姜语宁抱着陆景知的腰，深深地嗅着他身上独特的气息，"现在，我送你去开会吧，要多久？"

"两个小时。"陆景知回答。

"那我在车里等你。这样，你开完会就能第一时间看到我了。不是说晚上还有安排吗？今晚……我们也浪漫地度过，好不好？"

小狐狸的天性，善于各种伪装。有时候很"刚"，有时候很柔。而她那软软的说话方式，是属于他一个人的。陆景知喉结滑动，微微颔首："嗯。"

今晚，我就要吃了你！姜语宁在脑子里想。

早上去见舅舅的时候，陆景知身着银色西装，自然不适合严肃场合。因此，两人先回家吃饭，换了一身衣服再出门。

陆景知大部分时间以正装示人。因此，他的衣柜里一半以上是黑色的手工定制西服。

到达研究所附近的时候，姜语宁便让司机停车。因为是崭新的开发区，所以四周没什么人，她不怕被人认出。可若是被人知道陆景知的车里还藏着一个女人，姜语宁害怕给他带来不良影响。

"对面有一个咖啡屋，我进去坐一会儿。我应该要收到光影发来的剧本了，正好研究一下。"

陆景知知道她的顾虑，便让司机跟着下车，自己开车进去。

姜语宁拿他没办法，只能让司机跟在身后。

到了咖啡厅以后，姜语宁用手机打开自己的邮箱，果然看到了光影发来的剧本。剧名叫"逆光"，讲述的是一个拥有跳高天赋的叛逆男孩儿，经过一系列的考验，最终成为国家运动员的励志故事。

顾平生的眼光很高，听说他的公司制作的影视作品都要经过他本人的审核，才能投入制作。

因此，光影出品的影视作品几乎都是精品。

之前参演光影作品的演员，现在知名度都很高，而且口碑不错。舅舅到底是怎么想的，居然敢让她去试镜？或许，舅舅是不好拒绝二哥，想让她知难而退吧？

姜语宁仔细地研读了剧本，认为这部剧的女一号没有女二号性格饱满。因此，她想去试试女二号。但即便只是试试女二号，她也有种祸害别人的愧疚感。

光影的作品从开拍到结束，都会备受关注。不知道她加入以后，这部剧会不会被骂得一塌糊涂，拖舅舅下水。姜语宁为此有些苦恼。

就在她带着苦恼研读剧本的时候，傅雅慧打了电话过来，语气不善地道：“我听雨溪的经纪人说，你拒绝了千禧娱乐的邀约。怎么回事？你不想当明星了？”

“妈，霍雨溪能冤枉我，那她的经纪人能对我好到哪儿去？”姜语宁镇定地反问傅雅慧。

“妈看了你这几年的成绩，如果你实在混不下去了，就去东恒上班，我给你安排职务。”

“我？一个大一没读完的人？”姜语宁自嘲地笑道。

傅雅慧沉默半晌，觉得让姜语宁去公司确实不妥。姜语宁没学历，到时候丢的就是她的面子。但她不曾想过，这一切都是她造成的。

“妈还认识一个经纪公司，虽然在业内的影响力目前不大，但带你绰绰有余。”

“哪个公司啊？”姜语宁故作好奇地询问。

“瑞升。你现在这么招黑，先好好收敛，他们公司的经纪人洗白艺人很有一套。”

姜语宁倒想知道，傅雅慧作为一个女商人，到底从哪儿知道这么多娱乐圈的事情的。傅雅慧是专门为了压制她去研究过？

瑞升，洗白艺人的确有一套，但是进去的艺人就没有不残的。其中有艺人长达七年没有休息过一天，最后猝死在片场里。家属维权无路，到现在这事都没得到解决。就这样的公司，傅雅慧居然让她去？其心可诛！

“你先考虑，考虑好了再给我回话。”

“等霍雨溪结婚后再说吧。”姜语宁回答道，“我反正累了好几年了，想休息一阵。”

“你答应过我，你姐姐结婚，不许捣乱。”

132

"我发誓。"姜语宁就差没举起自己的手了，因为一切好戏要等婚后第二天才会进行。

"明天你姐姐的经纪公司要公布婚讯，免不了要牵扯上你。你大度一点儿，别去网上闹事了，行吗？"

"那要看是什么事。"姜语宁淡然道，"如果没别的事，我挂了，妈。"

言辞之间，傅雅慧总是站在霍雨溪那一边。

明天他们公布婚讯就不让她闹？那得看千禧娱乐懂不懂收敛！

放下手机以后，姜语宁就把那些不相干的事抛诸脑后，专心致志地看着手机里的剧本。两个小时一晃而过。九点半的时候，陆景知驱车出门，给姜语宁打来电话："下来。"

姜语宁收起手机，和司机下楼。因为顾及陆景知的声誉，所以姜语宁小心翼翼的。

上车以后，姜语宁发现陆景知兴致不高。或许会上耗费了他较多的精力，回程路上，姜语宁尽量没有吵他。

最后，陆景知让司机把车停在海边，再让司机离开。

黑暗当中，就剩下两人平静的呼吸声。

"二……"姜语宁的这个"二哥"还没喊出口，就被陆景知堵住了唇。

"发生了什么事？"姜语宁第一反应就是男人受了刺激，但是谁敢给他刺激受啊？

"没事，我就是想吻你。"陆景知咬着她的嘴唇回答，"从入夜就开始想。"

姜语宁有些难受，但并不排斥陆景知的吻。只是想到在车上，她就忍不住有些害羞："这就是你的安排？"

"当然不是。"陆景知放开姜语宁的唇，然后脱下西装外套披在姜语宁的身上，怕自己控制不住。车到了别墅门口，陆景知拉开车门，将姜语宁一把抱起，摁在门上吻住。

"先回家，回家……"姜语宁一边回应，一边说道。

陆景知拿出钥匙，推开家门，像极了一头充满血性的狼。姜语宁爱极了他的失控。

两人进入客厅以后，陆景知就把西装外套扔在了地上。

黑暗中，陆景知贴着姜语宁，微微喘息："要吗？"

此时此刻，姜语宁依附着陆景知滚烫的身躯，理智早已远去。海洋的清新香气混合着男人灼热的呼吸，让姜语宁逐步迷离。

有些话，已经不需要再问；而有些答案，也不需要再说明白。

不知何时，两人已经到了卧室。姜语宁觉得床头的壁灯有些刺眼。

陆景知解开黑色的衬衣纽扣，倾身而下。饱满结实的腹肌，在微弱的灯光下，泛着点点亮光。他道："姜语宁，你再也逃不掉了。"

"对你，我从未想过逃离。我拼了命，只想靠近。"说完这句话，姜语宁仰头主动索吻。

陆景知抬起了姜语宁的下巴，顺着她的脖子一路往下。顷刻间，两人的衣服都不见了。沉溺在深吻中的姜语宁面色潮红，每一声低吟都让陆景知更疯狂。

夜，似乎才刚刚开始，而激情中的两人早已忘记了时间，直至卧室里的吊灯被打开。

灯光刺眼，四周一片凌乱。姜语宁此刻被陆景知抱在怀里，似乎要被融入他的血肉里。

"二哥……"姜语宁低喊了一声，嗓音透出嘶哑。

陆景知迅速替她吻去眼角的泪水，然后抱着她从床上起身："洗澡。"

"不……"姜语宁赖在陆景知的身上，"让我再待会儿。"

"你不是不喜欢出汗？"陆景知低头看着姜语宁，好像早就把她生活中的喜好摸清楚了。

"我只要和你待在一起，没有什么不喜欢的。"姜语宁不知道，她此刻所说的每句话都能撩动男人的心弦，更不知道自己有多危险。

但陆景知没再看她，怕伤了她，直接抱着她进入浴室。将她放入浴缸之前，他在她的耳边低喃："以后，我们只属于彼此。"

其实，我们一直只属于彼此。


后半夜，陆景知抱着姜语宁睡在了客房里。主卧的床上此刻一片凌乱，陆景知没办法更换床单，而姜语宁喜欢清清爽爽的。

爱了十二年的人现在就在怀里，而且两人已经是最亲密的关系了，陆景知不由得紧紧地抱着他的女人。这个场景，在梦境中出现过千百次，陆景知忽然分不清这是梦境还是现实。

"二哥……"睡梦中的姜语宁嘀咕一声，并且在陆景知的怀里蹭了好久。

陆景知下意识地把人抱得更紧，刚想闭眼，却见姜语宁忽然睁开双眼。她撑起身来打开壁灯。

"怎么了？"陆景知扶着她问。

姜语宁转身看到陆景知，鼻子一酸："我以为刚才又是一场梦。"

失去太久了，会害怕得到，他们都是如此。

看着被惊醒的姜语宁，陆景知感觉被刺痛了神经。于是，他搂着她躺了下来，回答她："不是梦。"

"你不知道，这就好像我十八岁那年，在陆家过节的那一夜。我梦到你进入我的房间，坐在我的床边吻了我。因为太真实了，所以我一直不敢忘掉那个吻。即使我知道那是假的。"姜语宁解释。

陆景知听完，浑身紧绷，好半晌才对姜语宁回答："那不是梦，我确实进过你的房间。"

姜语宁愣住了。

"那私奔又是怎么回事？"姜语宁靠在陆景知的怀里逐渐清醒，"你自己告诉我不好吗？不要总让我从别人那里听到你对我的感情。"

陆景知深吸一口气，从床上坐直了身躯，这才缓缓地道："你在南大等我的那几天，我在你家附近。"

"嗯？"姜语宁顿时瞪大了双眼。

"母亲走后，有一瞬间我想逃避陆家的重担。我去了你家，想问你愿不愿意和我离开，但是……"

"但是什么？"姜语宁有种预感，这件事从二哥嘴里知道，自己一定会心疼死。

"姜家的管家告诉我，你亲口跟他说你厌恶我。你有婚约在身，让我不要再打扰你。"

姜语宁听完，果然从陆景知的怀里退了出来。一瞬间，她气得眼眶都红了。

"我想杀人！"姜语宁激动起来，"凭什么？他凭什么这么践踏你？你可是陆景知啊，你为什么要被他羞辱，你为什么不生我的气？我好气我自己，我那时候为什么那么傻？我为什么不在家里等着你？"

姜语宁气得胃疼、心疼，浑身都如裂开一般疼痛。

"我恨过你。"陆景知认真道。

"为我填平了八亿的债务。那叫恨啊？"姜语宁又哽咽起来，"你这人在感情上为什么对自己这么狠？我要是你，见到我的第一眼就一刀子捅过去，那才叫一个干净。"

陆景知搂着她，淡淡地牵动嘴角："都过去了。我知道你在南大门口等过我，那道疤就算有了交代。"

"我不只在南大门口等过你。"姜语宁眼中含着泪，望着陆景知，"你大学毕业那年，我去南大参加过你的毕业典礼。那时候我看到你在台上致辞，身边跟着一个小美女。我看了觉得好刺眼，后来哭着回了家。那是我最绝望的一次，我以为你有了别人。"

"那是朋友的妹妹。"陆景知低声解释。

那便是许良舟的妹妹许北笙，那也是许北笙唯一一次离陆景知那么近。不料被姜语宁看到了。

"可我当时看出来了，那女生对你满心崇拜。我以为……不过现在我知道了，你的心就不可能在她的身上。二哥，今晚我们算把从前的事情全摊开了，对吧？你没有别的事再瞒着我了吧？我怕我的心脏受不了。"

"嗯。"陆景知轻轻地揉着她的头发点头。

"你说过，以后我们就是彼此的唯一。无论再经历什么，我都绝对不会再放开你的手。这次无论谁跟我抢你，我都不会让。"姜语宁语气坚定地对陆景知说，"我还要去弄清楚，当年管家为什么要那样对你。"

"那不重要了，我现在只想知道，如果……那时你没有在南大等，如果……你知道我去找你，你会不会跟我走？"

姜语宁转身看着陆景知，神情坚定而不容置疑："我会，我当然会。"

这一刻，还需要再言语吗？不需要了，两人在悄无声息之中，再一次疯狂地证明了彼此在对方心里的分量。可是，从云端落下以后，他们依旧不肯休息。这个夜晚，他们似不打算合眼。两人抱在一起，絮絮叨叨地说着回忆，把各自的感情说给彼此听。就这样，两人聊到了天亮。

"二哥，该上班了。"在刺眼的阳光中，姜语宁提醒面对面躺着的男人。

陆景知骤然起身，抱着姜语宁离开客房，又去浴室清理了一番。

梁姐要是看到两个房间的战况，应该会惊讶得眼珠都掉下来。想到这里，姜语宁觉得有些难为情。男人的欲望一旦被打开，真的很可怕。

陆景知更衣的时候，姜语宁坐在床上犯难，要不要毁灭一下证据？

"在想什么？"陆景知更完衣，回到床边，便看到姜语宁皱眉的模样，以为她在后悔。

"在想梁姐会怎么看我……"姜语宁捂着滚烫的脸颊道，"哪有人会一晚上毫无节制地做那种事？而且很不公平啊，你这么有精神，腰不酸吗？"

"先生、小姐，起了吗？"陆景知正要回答，门外传来了梁姐的询问声。

姜语宁下意识地伸手抱住陆景知的腰："二哥，你等我收拾一下。我跟你一起出门，我没办法面对梁姐。"

"没关系。"陆景知俯身，在她的唇上落下一吻，"梁姐是过来人，会明白的。不然，你以为透明的隔断帘、家里的计生用品是谁准备的？她不知道你有心理阴影的事，只会以为我们玩得更过。"

姜语宁："那还不都怪你……"

"我出门了，有什么事等我晚上回来再说。"陆景知很坦然。他知道梁姐是一个很专业的管家，至于姜语宁……

走出卧室门后，陆景知特意嘱咐梁姐："你收拾房间的时候，不要让语宁看到，她面薄。"

"知道了，先生。"梁姐起先还认为自家主人不应该为了这种事提醒她，但看到两个卧室的状况以后，便明白了。

姜语宁捂着滚烫的脸颊从二楼的卧室朝下一看，便看到陆景知长腿一迈，上了黑色轿车。她忍不住浑身一颤，竟然有些腿软。

"小姐，你的手机响了。"身后，梁姐提醒姜语宁。

姜语宁从梁姐的手里接过旧手机，接通电话，问："哥，你回来了？"

"我在国外找了好几个私家侦探，把东恒的背景查了个一清二楚。五年前，根本就没有东恒集团，只有霍氏，就是一个卖皮鞋的小作坊。直到傅雅慧带着姜家的钱注资，才有了东恒。我粗略地算过了，傅雅慧当年掏空了姜家，带走了不下二十个亿。"枯杰在电话里告诉姜语宁调查结果，"难怪霍雨溪没有一开始就炒作她的身份。一开始，她就不是'富二代'。"

二十亿！姜语宁听到这个数据，觉得自己的心再次被狠狠地揪着，只需要轻轻一扯，便会疼得窒息："哥，你知道当年姜家被掏空后，那笔钱都是谁填上的吗？"

"谁？"枯杰之前从国外回来帮助姜语宁的时候，姜家的债务已经还清了。他不是没去查过，只是没有收获。

"是陆景知，是二哥，他卖了伯母当年留给他的遗产！为了不惊动陆家人，不惊动我，他还四处借了一些，凑够八亿替我填平了姜家的债。"姜语宁愤恨地说，"傅雅慧掏空姜家还不够，还让姜家欠下那么多外债，根本不管我们的死活。无论如何，我都要傅雅慧把姜家的财产给我吐出来！"

枯杰听了，觉得难以置信："你确定？"

"我确定。"姜语宁肯定地回答。

"我还在美国，等我回去再商量对策。"枯杰万万没想到，这件事跟陆景知有关联。

姜家当年的事有太多的秘密，姜语宁觉得自己还没有全部挖出来。

不过，她眼下最想知道的一件事就是当年姜家的管家为什么要欺骗二哥，对二哥说出那样的话。律师不好找，管家总好找吧？

"哥……先别挂，帮我找一下当年姜家管家的地址，我有事要问他。"

"我晚点儿给你消息。"枯杰在电话里答应，这件事倒不难。

等找到姜家管家以后，她要带着二哥一起去问问那管家。她怎么就讨厌二哥了？怎么就躲着不愿意见二哥了？这其中一定有什么见不得人的原因。

那时候二哥才丧母，他的父亲也因为妻子病逝远走他乡。二哥鼓起勇气去找她，却得到那样的答案，那得多难受啊？她偏偏傻乎乎地在南大门

138

口等他。当时，她的手机没电，还关机了。

这一刻，姜语宁终于知道了什么叫心如刀割。

当天中午，千禧娱乐与陆家一同发布了陆宗野和霍雨溪的婚讯。霍雨溪怀孕的消息都曝光了，他们结婚自然不足为奇。

只是网友很好奇，陆宗野和霍雨溪之前的丑闻闹得沸沸扬扬、尽人皆知，他们为什么结婚还如此高调？生怕别人不知道他们的感情是怎么来的吗？

千禧娱乐都发消息了，圈内人也只能意思一下，用支持真爱的原因支持一下他们的朋友霍影后。

> 霍雨溪V："[害羞.jpg]谢谢祝福，我们很好。//@艾莉V：恭喜雨溪姐收获幸福。//@千禧娱乐V：是遇见，也是祝福。"

看到霍雨溪和千禧娱乐的这一系列操作，姜语宁觉得她并不是娱乐圈脸皮最厚的那一个，霍雨溪才是！

当然，也有网友替姜语宁不值。

"渣男贱女请抱团毁灭！"

"终究还是姜语宁输了，让霍雨溪上位了。"

"这姐妹俩，是在比谁更恶心吗？不说了，这一波必须给祝福。"

"虽然我讨厌姜语宁，可是未婚夫被继姐抢走了，也真是恶心到家了。霍雨溪也下得去手！"

"姜语宁还挺可怜的，经纪公司没了、未婚夫被抢了，现在还被黑得爹妈不认。"

姜语宁看完，忍不住有点儿头疼。她都不知道自己原来这么可怜。

在这件事里，千禧娱乐自然会出来买热搜。不管霍雨溪现在是什么名声，只要她有新作品出来，很快就会被洗白。因此，扩大公司的知名度才是要事。

姜语宁翻了几条热搜后，便没有看娱乐新闻了。这次千禧娱乐没再搞事，或许是霍雨溪的经纪人知道姜语宁手里抓着霍雨溪的把柄，不敢再随便造次。

另一边，因为要商量宴客的事情，李淑彤和傅雅慧私下约了饭局。傅雅慧这回没再通知姜语宁，害怕像上次一样闹得不欢而散。

"妈咪，语宁真的不会把我的私事捅出去吗？"出门前，霍雨溪不确定地询问傅雅慧。这一两日来，她一直提心吊胆。

"你安分一点儿，她不会对你怎么样。"傅雅慧回答，"等找一个机会，我让她把证据都销毁了，你毕竟是陆家的少夫人。"

"谢谢妈咪。"霍雨溪立即绽放了笑颜，"对了，妈咪。爸爸给我打电话了，除了恭喜我结婚，还说转百分之三的东恒股份给我，作为我的新婚礼物。"

"什么？"傅雅慧顿时变了脸色。

"怎么了？"

傅雅慧张张嘴，却什么也说不出来。她心里很明白，东恒能走到今天是依靠无耻的偷盗和掠夺行为。霍家总共只占东恒股份的百分之十六左右，其中有百分之十的股份是她念及和霍震东的夫妻感情才转给他的。而他现在居然要将股份转给霍雨溪？

她连自己的亲女儿都没给！不过那是丈夫自己的股份，她即便愤怒也不好多说什么。但这件事，她绝不能让姜语宁知道。


午后，不远处的海面上飘着几只白色的帆船，云层把天空压得很低。姜语宁坐在阳台上研究《逆光》的剧本，也在等待光影的试镜通知。

说起来，从爆出她"插足"许导的婚姻开始，她就没有工作过了。离那件事已经过去二十天了，她如今处于事业的低谷期，什么都得重头来。

眼下，找一个助理也是重要的事情。姜语宁马上想到了小娱乐记者。不过，她得确定小朋友的意愿。于是，她打电话过去："我就要去参加光影传媒的试镜了，需要助理。你要不要来帮我？"

"语宁姐，你要复出？"小娱乐记者在电话里兴奋地反问。

"嗯，我有可能选不上。但如果我被选中了，你就来做我的助理吧，怎么样？"姜语宁问。她不放心别人，就这个小娱乐记者她知根知底，喜欢得紧。

"那当然好啦，不过，杰哥那边……"

"我去跟他说。"姜语宁含笑道，"你只需要回答我想不想做。"

"想啊，我当然想。语宁姐，你知道的，我一直觉得你有国际巨星的范儿。那样我就可以有很多签名了……"

他还是念念不忘她的签名，真是地主家的傻儿子。

"等他回来，我马上跟他要人。"

"要快哦，我等你的好消息。"

姜语宁听到他夸张的欢呼声，摇了摇头，便给枯杰打电话。

枯杰以为她要姜家管家的信息，接通电话后第一时间便把地址报给了姜语宁："这是你要的信息。"

"哥，你觉得这个管家为人怎么样？"姜语宁暂时把小娱乐记者忘了。

"不怎么样。"枯杰回答。当初他每次出现在姜家，这个管家从未给过他好脸色，只因为他不是姜家的正统少爷，是一个穷亲戚。

"这么说起来，我倒是应该好好地了解一下他对我重要的人做了些什么。"姜语宁忽然有些生气。

"好了，我快登机了，其他事等我回去再说。"

姜语宁挂了电话，放下手机才想起还没说小娱乐记者的事。

好吧，这件事只能等枯杰回来再议。


晚上七点，门外传来轿车熄火的声音。姜语宁想到马上又能见到陆景知，心跳也跟着加速。昨晚发生的一切，让他们成了亲密爱人。姜语宁不停回味，体温也跟着上升。

下一秒，家门被推开，陆景知迈着长腿进入客厅。他看到姜语宁神情不明地抱着剧本，狐疑地看着他。

"梁姐，不用准备晚餐了，我们出去吃。"姜语宁放下剧本，从沙发上起身，然后疾步上前挽住陆景知的手臂，"二哥，我们去一个地方。"

"你找到姜家的管家了？"陆景知猜测。

"嗯！"姜语宁拽着陆景知，钻上了轿车。

陆景知关车门时，听到姜语宁的肚子发出了咕咕声。于是，他又推开车门："吃了晚饭再去。"

"不行，我一刻都等不了。"姜语宁趴在陆景知的腿上，把车门又拽了回来。

141

"你不用这么着急。"

"不行！我的男人受了那么大的委屈，我现在就要去。"姜语宁反驳道，语气很坚定，"这一整天下来，我只要一想这事就难受。你知道我花了多大力气才忍到你回来吗？"

陆景知听她说完，心头一暖，但也没有由着她："不吃饭加上生气，伤身。"

姜语宁看着陆景知，看到了那满是严肃的墨色瞳孔。最后，她仰头在陆景知的唇边吻了一口，认输道："先饶他一会儿。"

两人下了车，又手牵手地回到家里。

梁姐见此情形，忍不住眉开眼笑，总算不枉费先生的一片痴情啊。

"我怎么觉得梁姐看我的眼神有点儿奇怪？"两人在餐桌前坐下，姜语宁看着梁姐的背影问陆景知。

陆景知偏头看着那乱动的脑袋，道："或许是早上收拾房间的后遗症。"

"你讨厌！"姜语宁又脸红了，道，"你今晚不能那样了，我现在还腿软。"

"我看你气势汹汹的样子，没觉得你腿软。"陆景知接着逗她。

"那不一样，任何人都不能欺负你，绝对不行，哪怕是过去发生的事。尤其这些屈辱还是为我而受。"姜语宁握着陆景知的手，抬头看着他的眼睛说，"你知道吗？我甚至想，如果那时候管家告诉了你我的去向，又或者我回来后他告诉了我你的去向，我们也不可能错过这么多年。想到这些，我很心疼。"

陆景知微微低头，勾着她的下巴，吻住了她喋喋不休的薄唇，又啃又吮，不肯放过。

"你心疼我吗？"一吻之后，陆景知低声询问姜语宁。

"心疼的。"姜语宁重重地点头。

陆景知听了又要吻她，梁姐却出现在两人的面前："可以开饭了，先生。"

姜语宁连忙将头埋在陆景知的怀里，每次干坏事都被梁姐发现。

陆景知抱着姜语宁，心情颇好，便对梁姐道："下班吧。"

"好的，两位慢用。"

梁姐识趣地退出客厅。事实上，她在厨房里已经待了一会儿，本想等两人亲热完再出去。不过，看他们一黏上就放不开的样子，她大概是等不到了。于是，她干脆硬着头皮去了客厅。

"以后在梁姐面前，我坚决不和你亲热。"姜语宁捂住自己滚烫的脸颊，从陆景知的怀里退出来。但是，她被陆景知一把抓住拽到了怀里，安放在他的腿上。

接触到那滚烫的身躯，姜语宁马上退了下来："这样就吃不了了，等会儿还出门呢。"

陆景知看怀里空了，只是淡然一笑。反正长夜漫漫，他们有的是时间。


他们吃饱喝足，已是一个小时以后了。小两口手牵手，离开御珑廷。

因为是私人行程，所以陆景知没让警卫跟着，也没让司机开车。他带着姜语宁开车到了姜家附近。事实上，那管家这么多年没有挪过窝。不过姜语宁对他没感情，姜家散了以后，也没再联系他。

"他就在前面的院子里。"陆景知停车以后，对姜语宁道。

"我一个人进去。"姜语宁偏头对陆景知说，"如果有危险，我会喊，你别担心。"

"为什么不要我陪？"

"我不想那人的污言秽语，让你想起不痛快的事情。"姜语宁坚定地说完，便推门下车，加快脚步去面前的小院子敲门。

已是深夜九点，路上灯光微弱，前来开门的人正是姜家曾经的管家。只是一时间，他并未认出姜语宁。

"管家，你还记得我吗？"姜语宁看着对方，语气不明。

对方眯着眼看了姜语宁半晌，然后兴奋地道："大小姐，快，进来坐。"

面前的男人五十岁出头，身材已发福走样，还顶着满头白发。他离开姜家以后，似乎过得不好。

"我就不进去了，只是有一件事想找你当面问清楚。"姜语宁站在围栏外和对方说道。

"你问。"

"九年前，陆家二少爷曾经到姜家来找我。你为什么要告诉他我躲着他、不愿意见他？"姜语宁撑在围栏上问。或许连她都没注意到，她的语气有多愤怒。

"为这事？"那管家冷笑一声，淡然地道，"当年他不就是一个破学生？谁知道他能有今日这么发达，还当了陆家的继承人？大小姐，你别怪我。当年我的确收了陆家三少爷的一些好处，你后来几次提退婚的事是我告诉三少爷的。不过这是过去的事了，你们姜家都这步田地了，你还来考究什么？"

"你把这件事也告诉李淑彤母子了？"姜语宁的语气里已经不只是有怒意了。

"我告诉那对母子了，那对母子居然不相信我，还说我找借口讹钱。"管家哼了一声。

姜语宁听完，差点儿气疯。

"就算他当年只是学生，也是陆家的二少爷。要不是因为我，你就算再烧十辈子的高香也别想见他一眼。你竟然羞辱他？你当年在姜家的所作所为，对我不好、对我哥不好，我可以算了，但是你伤害我最重要的人，我不会就这么算了！"

"我告诉你，姜语宁。你现在不就是一个戏子吗？我儿子是做记者的，你别想乱来。"管家指着姜语宁的鼻子骂，"你真以为自己还是那个大小姐吗？你也不看看自己是什么货色？"

姜语宁直接气笑了。她刚要反击时，陆景知推开车门，喊了一声："语宁。"

闻声，姜语宁和那管家一同扭头。陆景知走到姜语宁的面前，将她搂入怀中："事情都弄清楚了，就没有吵的必要了。"

"嗯。"姜语宁点了点头，"但是他嘴欠。"

"那就只能让他永远闭嘴了。"陆景知冰冷地道。

因为灯光微弱，所以那管家刚开始并未看清楚人。直到他努力地睁大眼睛，看清了陆景知的面容，才吓了一大跳。他哪里能想到这两人在一起呢？

"你们想干什么？你们别乱来，我会报警的。"管家此刻心里忐忑，怎么也想不到陆景知居然会亲自过来。那可是现在权势滔天的陆景知啊。

144

管家想到他当年那样对待陆景知，此刻无比心虚，手心全是冷汗。

"报警？"陆景知冷笑一声，紧紧地搂着姜语宁的腰，在她耳畔低声道，"既然来了，索性也不怕麻烦，今晚带你看看好戏。"

"认真的？"姜语宁反问陆景知。

"他刚才骂你了？"陆景知在意的是这个。

姜语宁点头，他还骂得很难听。

"那就得认真了。"陆景知回答，眸中光芒危险至极，"上车。"

姜语宁不明所以，但还是听陆景知的话，拉开车门坐了上去。

陆景知驱车带着姜语宁到了附近的警察局，然后给许良舟打了一个电话："我的身份多有不便，你帮我做一件事。"

许良舟接到陆景知的电话，颇为震惊："需要我出面吗？"

"那倒不用。"陆景知简单地说了一下，然后挂了好友的电话。

短短十分钟时间，警局的人就出来接应了，敲响陆景知的车窗玻璃："陆先生。"

"都查到些什么？"陆景知微微偏头询问。

"这人有一儿一女。儿子是记者，名下车辆多次违章，还有两次肇事逃逸，名副其实的闯祸精；女儿是公职人员，不过在网上没查到和她相关的考试及面试资料，成绩有作假嫌疑；最后说回他本人，房子是他老母亲的，他却把老母亲赶出了家门，是附近有名的老赖。"

拿到资料道谢后，陆景知关上了车窗，带着姜语宁去了附近的酒店。

"不回家吗？"姜语宁问。

"看戏前，总得准备。"

姜语宁侧身，往陆景知的肩膀上一靠："明明说好了，是我替我男人出气的，现在又反过来了。"

"我们不需要分得那么清。"说完，陆景知伸手环住了姜语宁的肩膀。

他们原本只是来问个究竟，最后还是找来了何秘书，让何秘书安排。

"二爷、姜小姐，你们在酒店休息一会儿。"

姜语宁看着酒店的房间，没有床，这只是一个休息室。想到陆景知的洁癖，姜语宁便理解了。在没有卫生保障的前提下，他不会随便在外面留宿。

"你如果困了，就在我怀里睡一会儿。"陆景知拉着姜语宁靠进自己的怀里，"看好戏，总需要花点儿时间。"

"为了这么个人渣，你不觉得麻烦吗？"

"我一向不怕麻烦。"陆景知低声回答，"很多事情不能一蹴而就，耐心会让你收获双倍的痛快，懂吗？"

姜语宁倒是忘了，他有多能忍耐。而他忍耐的时间，也很厉害。

看了一天的剧本，姜语宁本来就很累了。现在身处让她有安全感的怀抱里，她很快就闭上了眼睛，在陆景知的怀里睡得香甜。

她再醒来的时候，周围十分嘈杂。姜语宁坐在车里，身上披着陆景知的外套。不知道什么时候，车到了刚才那管家的院门前。

此时那院门前站着八个大汉，还有人不停地把东西从屋内往外扔。四周都是围观的邻居，披着外套站在门前指指点点。

"他真是活该，把老母亲撵出家门。现在终于遭报应了，他就该被天打雷劈。"

"我亲眼见过这家儿子把母亲摁在地上抽打。现在好了，母亲回来讨房子了，半夜把这家人轰出门，真是痛快。"

听到四周邻居的议论声，姜语宁明白过来了。

看着那家人的东西被扔出房子，姜语宁也跟着兴奋起来了。

那老太太拄着拐杖坐在院子门口，身边有大汉保护着，谁也靠近不了。

"妈、妈……以前是我们错了，你别赶我们走啊。这大半夜的，你把我们都轰出去了，你住哪儿啊？"那管家一家四口跪在老太太的面前哀求道。

"奶奶，你别赶我们走，我们以后会听话的。"

"别再让我看到你们这一窝畜生，滚！"老太太坐在椅子上大喊，"你们赶紧把这家人的臭垃圾给我扔远一点儿。我已经把这房子卖了，人家马上要房子，看不得你们这群蟑螂住在里面。"

"妈，人家买房子也不能把原来住的人马上撵出去吧？"

"不是人家要撵，是我要撵。等拿到钱，我就上法院告你们这一家子畜生，我要闹得满城皆知，让所有人都知道你们这一家四口不是东西。"老太太把自己几十年的委屈都发泄出来了。

因为人多，房子里的东西很快被大汉扔得一干二净。几道房门都落了锁，最后连院门都死死地关闭起来。老太太这是一点儿余地也没留。

146

"妈，我好歹是你的儿子，你不能这样对我。"那管家抓着头发，愤怒不已。

"我要早知道你是这么一个畜生，就一把掐死你了，也不至于落到这步田地。"老太太睁大眼睛，愤恨地说道，"现在真是老天有眼，让我把你们这群畜生赶出去了。"

"老太太好样的！"

"畜生不如的人，就该被天打雷劈。"

周围邻居也都替老太太说话。

"谁买了房？是谁？"

老太太哼了一声，目光往旁边一看。

那管家顺着老太太的目光看去，看到了停在不远处的树下的一辆黑色轿车。他认出陆景知开的就是这辆车，还带着姜语宁。忽然，他明白了，想跑过去求饶，但是被何秘书拦住了。

"你想做什么？"

"二少爷，当年是我有眼无珠，做了错事。但是，你不能把我们一家人赶尽杀绝。"管家跪在地上，大声地说，"我知道错了，你饶我这一次吧。"

听到喊声，陆景知放下车窗，语气微冷："我不喜欢别人道歉，只喜欢别人付出代价，房子我买了。等手续办完，我就把这里夷为平地。"

见陆景知那边没有门路，管家又转头看向姜语宁："大小姐、大小姐，你替我求求情吧！我真的错了，这里是我的家，若被夷为平地，我们一家老小就没地方住了。"

"你的家？你也说得出口，这是你母亲的家。再说，你没地方住，跟我有什么关系？"姜语宁语气很淡。

"你求谁都没用，赶快滚出这片区吧，死老赖！"

"你横行霸道这么多年，终于有人收了，真是老天开眼。"

"你霸占老母亲的房子这么多年，就是一个恶棍。"

男人求助无门，只能颓败地跪在地上。谁能想到住得好好的，他们一夜之间就被人轰出来了？家不成家，以后连个落脚的地方都没有。

没听到陆景知说吗？这里会被夷为平地。这就意味着，他再也不能继续啃老了。但这还不算悲惨的。明天，他的一双儿女就会接到辞退通知，他的妻子也将被取消低保收入，他们全家都会断了经济来源。

"何秘书，看着执行，确保老太太的安全。"热闹看过了，陆景知关上车窗，打道回府。

"刚才等待的时间是在找老太太啊？"姜语宁看着那一家子坐在地上失声痛哭的模样，痛快极了，"果然，等待都是值得的。"

"还满意吗，小祖宗？"

姜语宁仰起脑袋，吻了吻陆景知的嘴角："十分满意。"

陆景知开着车，勾着唇："满意就好。"

看了大半宿的热闹，两人回到御珑廷的时候，已经是凌晨五点了。即便如此，姜语宁还是跳到了陆景知的身上。

"不是说了，今晚好好休息？"陆景知扶着她的腰，方便她在自己身上为所欲为。

"一次？"姜语宁挂在陆景知的身上征求他的意见，"昨晚……很喜欢。"

"什么都敢说了，嗯？"陆景知抱着人进入浴室，让她在淋浴区站好，看到她身上的痕迹，没能下手，"等好了以后再说。"

姜语宁低头看看身上斑驳的痕迹，解开了陆景知的衬衣的纽扣。见到他满是咬痕的肩膀，她不由得笑道："你也惨兮兮的，我都不知道，原来我咬得这么重。"

"我很喜欢。"

因为这是姜语宁动情的证据。

"二爷，你的英明还要不要了？"姜语宁攀着他的肩，仔细地看着他红肿的肩膀，"不行，得消消毒。我听说人的牙齿也有很多细菌。"

然而指尖的触碰，让两人迅速丢了理智，犹如着火一样，不能自持……

临睡前，姜语宁趴在陆景知的身上，明明困得不行，但嘴里还是断断续续地说着话："二哥，明天和我一起见见我哥好不好？我特别……特别想让他接受我们的关系。我想让他知道，你是这个世上最疼、最爱我的人。"

陆景知把姜语宁的头发吹干，然后把她放在床上。

第二天，陆景知走前嘱咐梁姐，家里有客人，晚餐准备得丰盛一些。

让他见谁都可以，只要她开口。

# 第六章
## 翻身之战

上午十点，姜语宁被傅雅慧的电话吵醒，有点儿不耐烦地道："妈，什么事？"

"你今天打扮得漂亮一些过来，我带你去见一个朋友。"傅雅慧在电话里说。

"好，我知道了，一会儿见。"姜语宁回答。她不相信傅雅慧会让她结识好人，所以慢吞吞地收拾。

出门的时候，姜语宁看了看时间，这会儿枯杰应该已经到家了。她本想和大哥约时间见面，但枯杰的手机目前是关机状态。

临近中午，姜语宁才赶到半山别墅。进入门厅时，她看到地上放着霍雨溪即将要用的婚礼用品。姜语宁绕过杂物进入客厅，见傅雅慧正在与朋友攀谈。

"语宁，快过来。"傅雅慧见姜语宁到了，忙向她招手，"来见过你秦阿姨。"

对方和傅雅慧年龄相仿，见到姜语宁后，双眼放光："雅慧，这就是你女儿啊，好漂亮。"

"秦阿姨好。"姜语宁走到傅雅慧的身边坐下，模样乖巧。

"这嘴真甜，韩枫呢？韩枫哪儿去了？这孩子又乱跑。"对方才回国，看样子还不知道姜语宁在洛城的口碑。

"秦阿姨的儿子，你应该也认识，在娱乐圈工作。但人家是天王巨星，再瞧瞧你？我和秦阿姨都商量好了，让韩枫带带你。韩枫一表人才，要是你们有缘分，我和你秦阿姨也正好省心。"傅雅慧拍着姜语宁的手背嘱咐，"你既然已经从陆家抽身了，那应该从头开始。"

"语宁啊，我跟韩枫说好了，让你签他的公司，这样你们也有个照应。"对方十分热忱地对姜语宁说，"你真是越看越漂亮，是我儿子喜欢的类型。"

于是，姜语宁知道傅雅慧让她过来的目的了。

"妈、秦阿姨，实在对不起啊。我在准备光影传媒的试镜，我想去试试。"

"就你现在这种情况，哪家娱乐公司敢要你？"傅雅慧提醒姜语宁，"我思前想后，还是觉得给你找一个可靠的婆家比较实在。"

"妈咪说得对。语宁，光影传媒的门槛很高，你被选上的可能性很低。"从二楼台阶下来的霍雨溪，插了一嘴，"韩枫我也认识，是一个很不错的男生，和你一定很合拍。"

"姐姐还是操心自己结婚的事吧。"姜语宁冷冷地道，"我现在挺好的。"

她被陆景知宠得挺好的，她们给她牵线搭桥？也要看她的男朋友同不同意。

霍雨溪还操心别人的事？

霍雨溪面色一滞。

"妈，如果没有别的事，我要回家看剧本了，改天再回来陪你吃饭。秦阿姨，你们慢聊。"说完，姜语宁起身，但是被傅雅慧摁住了手臂。

"只是让你见一面，这不过分吧？"

"妈，我现在只想闯事业，别的什么都不想。"

"你闯什么事业？你都闯几年了，闯出名堂了吗？我看你也不用想了，你在朋友那里住着也不合适。你秦阿姨的家里又大又宽敞，到时候我带你过去玩几天。"傅雅慧压着怒气对姜语宁说。

"我不去。"姜语宁冷冷地拒绝，然后径自从别墅离开。

"姜语宁！"傅雅慧的脸色很不好看，她连忙跟好友解释，"她那脾气，都被我惯坏了。"

"没事，语宁挺可爱的，才受了伤，难免嘛。"对方安抚傅雅慧，"孩子的事，看缘分吧。"

霍雨溪坐在一边，冷冷地勾唇。就姜语宁的演技，居然去试镜光影的作品？不知道她怎么想的。那是旁人挤破了脑袋也想争取的角色，就凭她？

霍雨溪记得光影那边有自己认识的人，既然姜语宁想去试，那就让她受受打击。


姜语宁驱车到御珑廷后，坐在驾驶位上久久没有动弹。和傅雅慧接触越多，她就越是觉得恶心，甚至想吐。她很清楚傅雅慧在盘算什么，控制她，然后利用她联姻。傅雅慧也配当母亲？

姜语宁整理好自己的情绪，才从车上下来。

她回家看到梁姐，心情好了许多。午饭后，她给枯杰打了一个电话："哥，到了吗？下午见一面？"

"晚上吧。"枯杰淡淡地答，语气里透露出疲惫之意。

"那你告诉我地址，我晚上开车过去接你。"

"不用了。"枯杰深吸了一口气，"你家情郎已经派人来请过了，晚上我去御珑廷。"

姜语宁听完，有些错愕："你是说，二哥派人请你了？"

"你还有几个情郎？"枯杰不屑地道，"宁宁，我会过去吃饭。但是，你不要干涉我的决定，我有自己的判断，知道吗？"

"知道了。"姜语宁绝不勉强，只是希望大哥可以给他们一个机会。

她和陆景知之间的感情，不是旁人可以理解的，但她依旧希望可以得到枯杰的支持。不过她真没想到，陆景知会做这样的安排。难怪梁姐午饭后就开始在厨房忙活了。


枯杰到御珑廷的时候是晚上六点。他尽管口头嫌弃，但还是提前了一个小时过来。

姜语宁和枯杰有一段时间没见了。一进门，姜语宁就过去抱着枯杰的手臂："哥——"

枯杰无奈，只能摁了摁姜语宁的脑袋，拿她没辙："知道了，一会儿

151

不会难为你的情郎。"

枯杰是混血儿，五官非常立体，一米八五的身高，虽然不及陆景知，但是也会让人感到压迫感。他喜欢刺激，而且崇尚自由。作为X社的大佬，他把自己的长处全都用在了感兴趣的方面。

"过来坐。"姜语宁拽着枯杰，两人把这段时间的信息做了大致的交流。当听到陆宗野不是陆家人时，枯杰很吃惊。更让他吃惊的是，姜语宁居然打算在陆宗野和霍雨溪婚后再揭穿这件事。

"你很能忍啊。"

"二哥说，有时候忍耐是为了双倍的快感。"姜语宁兴奋地说。

"那是挺痛快。"这点，枯杰很赞同，"你妈的事呢？你打算怎么处理？你觉得你有那个本事让她把姜家的二十亿吐出来？"

"二十亿我没有把握，但是让她先把二哥的八亿给我吐出来，我还是有自信的。"姜语宁朝枯杰眨了眨眼，"我有办法……"

枯杰看着自己的妹妹，忍不住低笑一声："你就这么舍不得你的情郎吃亏？"

"在人生最艰难的时候，如果没有他，我们还陷在债务的泥潭里。所以他的那份感情对我来说，意义非凡。"姜语宁认真地看着枯杰，"哥，别对他有偏见，行不行？"

枯杰轻哼，实在是因为陆宗野渣得罕见，他才会对陆家人的成见那么深。

七点一刻，御珑廷的大门被陆景知推开。

姜语宁看到爱人很想扑过去，但是被枯杰抓住了手臂。

陆景知知道枯杰心里的成见，并未介意，只是把外套脱下交给梁姐。

"好久不见。"

"的确……我们这种生活在阴暗里的人，哪配见陆二爷？"枯杰故意讽刺道，"你把我妹妹带来同居，问我了吗？"

火气不小！陆景知勾唇，然后对两人道："先吃饭吧，我们坐下慢慢聊。"

"我和他住在一起，需要问你吗？"姜语宁嘀咕。

但是，两个男人都听到了。

陆景知脸上的笑意更浓了，枯杰则是一副恨铁不成钢的模样。

"先前，我并不知道你在国内，还和语宁联系紧密。所以我那时候便不问自取了。"陆景知解释。

"他还吃了一段时间的醋，就因为我和你交往密切。"姜语宁跟着补充。

陆景知拿她无奈，便给她布菜，自然都是她喜欢吃的东西。

枯杰翻了翻眼皮，敲着碗对两人说："饭后我们去书房谈，就我和你。"枯杰指了指自己和陆景知。

枯杰对陆景知没好感，完全是因为以前他对姜语宁的"所作所为"，把宁宁伤得厉害。

姜语宁跟他说了两人的感情历程，他知道拦不住，但有些话还是要和陆景知说清楚。

"好。"陆景知颔首。

姜语宁看着两人，威胁道："你们俩，不准打起来啊。"

枯杰再次翻了翻白眼。这个小没良心的，现在护短会不会太明显了？

三人很快用完晚餐，陆景知带枯杰去了阳台上。书房是机密重地，外人不能进。

两个高大俊逸的男人站在一起，光从背影上看就很迷人。他们要是在娱乐圈，哪里还有"小鲜肉"的事？

姜语宁趴在台阶上小心翼翼地偷听，但很快就被枯杰发现了。

枯杰叹了一口气，逮住她，拧着她的耳朵警告："给男人一点儿空间，你知道吗？"

陆景知看着姜语宁泛红的耳朵，一时间心都紧了。

"我现在就出去。"姜语宁朝枯杰吐吐舌头。只有在枯杰面前，她才会露出如此孩子气的一面。这兄妹俩的感情，是真的很好。

陆景知打从心底里羡慕。

"我一直知道宁宁对你的感情，从她很小的时候，我就清楚。但我以为，你们不是一个世界的人。"枯杰靠在围栏上，任由海风吹乱自己的头发，"这些年，你受了不少伤，我已经听说了。但是不要以为是她欠你的，因为她也为你受了很多伤。

"十五岁的时候，她傻乎乎地跑去你的学校等了你三天四夜，回来后高烧不退。

"十六岁的时候，她被陆宗野骗去小树林，被三个男人欺负，人差点儿没能回来。

"十七岁的时候，她跑去南大看你的毕业典礼。回来以后，消沉了大半年的时间。后来她被陆宗野骗去见朋友，差点儿染上恶习。

"我早就劝过她不要和陆家的人来往了。但是她说不行，说那是她唯一见你的机会，不想连这个机会也失去。

"所以十八岁的时候，她又跑去你们陆家过节。

"陆景知，我看着宁宁受伤受苦，对她的疼惜不比你少。

"十九岁的时候，姜家散了。她似乎终于清醒过来了，不再迷恋你了。可是她进入娱乐圈以后，还是受到陆宗野的骚扰和羞辱。我们花了很多年才摆脱陆宗野那个人渣。所以，你应该理解我对你的敌意。

"她没有为你做过惊天动地的大事，但是她心里一直都是你。"

枯杰说着这些，忍不住从衣兜里拿出香烟点上。黑夜当中，烟头的猩红像极了他此刻红了的眼眶。

"大伯对我很好，所以这些年，我竭尽全力地照顾着宁宁。

"我把她当成自己的亲妹妹疼爱。如果你背叛宁宁，即便你是陆景知，我也绝不会放过你，大不了我们同归于尽。"枯杰指着陆景知狠狠地警告。

这一刻，各种情绪在陆景知心中闪过。

尊贵高大的男人在夜幕中显得寂寞。

当他知道姜语宁三番五次地被陆宗野伤害时，他的手不知不觉紧握成拳。片刻后，他缓解了情绪才说道："我不会再让她受到任何伤害。"

"记住你说过的话。"枯杰说完，灭了指间的烟头，走出阳台。

姜语宁就在楼下，见到枯杰急匆匆地离开，连忙追上去："哥，你去干吗？你们打架了？"

"没有，我困了，回家。"枯杰愤愤地说。

"真的就这样？"

"嗯。"枯杰点头，临走前认真地嘱咐姜语宁，"我也为你付出了很多。宁宁，就算你失去全世界，别忘了你还有哥哥。"

"我知道，但你就不能让我贪心一点儿吗？我可以有爱人，也可以有哥哥，不要让我二选一。我不会忘记这些年，我们是如何相依为命过来的。"

"这还差不多。"枯杰松了一口气,至少他在姜语宁心里的地位是独一无二的。他这妹妹,拎得清。

"你回去好好休息,你都瘦了。"话音刚落,姜语宁就去厨房打包了好些东西拿给枯杰,"记得吃,这都是我让梁姐准备的。"

枯杰心满意足,带着妹妹的"关爱"离开了御珑廷。

"小孩儿一样。"姜语宁忍不住笑道。这时候,陆景知从身后将她抱住,将下巴放在她的肩上深深地吸了一口气。

"为什么不说?"

"嗯?"姜语宁不明所以。

"你被老三欺负的事。"陆景知的语气里满满都是心疼。

"反正他就要倒大霉了,说与不说也不是那么重要。刚刚我收到了光影的通知,明天要去试镜。二哥,你帮我对一下戏?"姜语宁转过身,举起手里的剧本对陆景知扬了扬,"你知道,这次试镜对我来说很重要。"

"你确定,让我和你对戏?"

姜语宁看着陆景知的眼睛,半响,摇了摇头:"不行,看你久了我会想接吻,还是算了。"

陆景知趁机勾住她的腰身,轻而易举地吻住了她的唇。两人在客厅里吻得难舍难分。最后,姜语宁喘着气将陆景知推开:"你去洗澡,我去客房对着镜子试戏。"

"我去书房,等你一起。"

"知道了。"姜语宁连忙逃跑,怕自己继续沉迷男色。

陆景知看着那娇俏的身影离开,面上笑容尽失。他进入书房,坐在书桌前,把陆宗野对姜语宁做过的事情一一记了下来。


第二天,因为要去光影传媒试镜,姜语宁早早地起来做准备。她还没出门,就接到了大哥的电话:"你要试镜的事情被媒体曝光了,是光影的工作人员泄露的。"

姜语宁心里咯噔一声,连忙打开电脑看评论,果然骂声一片。

"姜语宁居然有胆子去光影试戏,疯了吧?"

"她别毁我的经典。姜语宁的演技除非回炉重造,否则我不会看。"

"光影有毒吧？什么人都敢请啊？"

"怎么？你打退堂鼓了？"枯杰见姜语宁久久没出声，便激了一句，"你今天只管去，不是有爱人，也有哥哥吗？我们是你的后盾，等你试完回来，我们再来定你的洗白之路。"

陆景知弯腰，看到姜语宁打开的电脑屏幕上一片骂声，微微皱眉。

姜语宁向枯杰要了小娱乐记者以后，转身时差点儿撞上陆景知的下巴。

"你怎么还没走？"姜语宁下意识地关上电脑，不想让陆景知担心。

"走了。"陆景知站直身躯，摸了摸姜语宁的脑袋，道，"我给你安排了四个保镖，好好试镜。"

姜语宁闻言，站起身来，搂住陆景知的腰："让我充点儿电。"

"你哥哥说得对，你现在有我们，想做什么无须顾忌，后果自有我们承担，嗯？"

姜语宁点点头，踮脚在陆景知的嘴角落下一吻："我知道分寸。"

"等你的好消息。"说完，陆景知放开姜语宁，转身离开御珑廷。

姜语宁看着男人离开的背影，心情明朗。她现在不是凄惨无人管的小可怜，既不弱小，也不无助。她背后既然有两座大山，当然要活出自己的滋味。

姜语宁回了卧室，换上一套黑色的小香裙，戴上璀璨的钻石耳环，拿出了自己的自信。

早上八点半，小娱乐记者打车到御珑廷接姜语宁去光影试镜。他看到四个高大威猛的保镖，心头一惊："语宁姐，姐夫这……太夸张了吧？"

"我现在没有经纪公司，你经验不足，二哥才会这么紧张。"姜语宁解释，"别废话了，该出发了。"

"出发咯。"小娱乐记者也很兴奋。但到了光影门口的时候，他就笑不出来了。因为门口都是娱乐媒体。

"怕什么？走吧。"姜语宁拍拍小娱乐记者的肩膀，然后推开车门。

见此，小娱乐记者推门下车，挡在了姜语宁的面前。

"语宁姐，你快走。"

姜语宁顿时笑了出来："你过来，有保镖。"

"姜语宁……"

"姜小姐……"

媒体蜂拥而上，奈何姜语宁的四个保镖将她保护得严丝合缝，让人根本靠近不了。

小娱乐记者跟在姜语宁的身后，六个人浩浩荡荡地进入光影传媒的大厅。

一旁，不少工作人员面露鄙视之色，道："没想到，姜语宁还真敢来。"

"她要面子呗，都被曝光了，就算是垫底也得来啊，临阵脱逃多丢人啊？"

这些话，姜语宁也就听着，即便再刺耳也不能上去堵住别人的嘴，她早就习惯了。

光影很大，试镜的人很多。姜语宁走向工作人员安排的休息区，手里拿着《逆光》的剧本。光影这次试镜分为两组，A组是主演，B组是配角。

A组的人，姜语宁已经看到了徐末薇、白宸夕，还有一个林菲。他们都是一线且口碑不错的演员。三人同时将目光投向了姜语宁，一时之间都有些诧异。不过，他们并没有把她放在眼里。

再看B组，都是几个不知名的演员，姜语宁也叫不出名字来。那几个人也在看她，觉得她不自量力，要对A组的几位实力派演员发起进攻。

姜语宁什么话也没说，径直在B组的区域坐下。人们再次露出震惊的目光，觉得姜语宁倒是放得下身段。毕竟，虽然她之前的作品评分不高，但她好歹是主角。

B组的人按捺不住了，有人挪了挪位置，靠近姜语宁，小声地询问："你要试哪个角色啊？"

"溱潼。"姜语宁也小声地答。

"那个恶毒的女配角啊？"

众人放心了。这样一看，姜语宁还挺适合演那女配角的。

从前，大家对演恶毒女配角的演员的厌恶只局限于口头上。但现在演这类角色的演员，有可能会在网上被反对者骂得很惨。因此，很多艺人挑选角色，尤其是女艺人会下意识地避开这样的角色。毕竟没人想被无缘无故地讨厌，尤其是因一个角色引火烧身。

没想到，姜语宁迎头直上。看来她是完全放飞自我，不在乎别人对她的看法了。

"那我觉得你不必试镜了，一定能选上，本色出演就行了。"

"哈哈哈……"

当着姜语宁的面，周围的人哄笑起来。

"不好意思哦，我开一个玩笑，你不要介意，大家都是圈内人。"那女孩儿笑得张扬。然而，姜语宁并非吃素的。

"你恐怕算不上圈内人吧？"姜语宁上下打量对方，然后反击回去，"我理解的圈内人，至少在十八线排得上号，你们能叫出她的名字吗？"

周围的人摇了摇头。

"你……"

"不好意思啊，我也只是开一个玩笑……"

那女孩儿愤恨地瞪了姜语宁一眼，挪了自己的座位，嘴里还不忘诅咒："某网评分数低的演员，还真当自己是一盘菜？等着被笑掉大牙吧。"

姜语宁没回应，专注地看着自己手里的剧本。

这时，工作人员喊了姜语宁的名字："B组104号姜语宁，到三楼301试镜。"

"加油！"不远处，小娱乐记者朝姜语宁做了一个最棒的手势。

姜语宁笑着做了一个"OK"的手势。

其实光影的工作人员也不明白，上面为什么会邀请姜语宁参加试镜。她和霍雨溪闹出的那些新闻，就让人完全喜欢不起来。再回想一下她在影视剧里的表现，试镜组的评委只想走一个流程。

姜语宁进入试镜的办公室，其中坐着光影的几个高层以及投资方的人。

"你试的是溱潼，那就自己挑一场吧。"投资方的人说道。

姜语宁定了定神，知道对面的老师看不上自己，便更加没有压力了。

剧中，溱潼是一个悲剧人物，前期她性格明快，后期有些压抑，最后还与救赎有关。

姜语宁选择了这段戏：溱潼知道父亲为自己卖肾还债一事后，在病危的父亲床前忏悔。

因为没有道具，所以演员都是无实物表演。姜语宁跪在地上，像捧起了老父亲的手一样，并用自己的脸轻轻地蹭了蹭。

她的眼泪在眼眶里打转，但始终没有滑下来。她哽咽着道："爸，你为什么要这样做？啊？”

说完，姜语宁扇了自己一个耳光："我现在就去把你的肾买回来。"

姜语宁激动地起身，但似乎被那羸弱的手掌拽住。姜语宁没有转身，却哭得极为隐忍。这是一个敢爱敢恨的人物展现别扭内心的时候。

光影的评委本以为会看到浮夸的表演，听到没有功底的台词。没想到，此刻的姜语宁居然演得像模像样。

论技巧，她不是最优的，但这次贵在真实。

几人相互看了一眼，抱着手臂有些为难了，这和想象中的不太一样。

只是短短几分钟的表演，姜语宁恢复了平静，站在几位评委的面前鞠了一躬。

"我们都知道你之前的履历，你为什么想来光影试戏？"其中一个负责人询问姜语宁。

"我想重新认识自己，也想让别人重新认识我。"姜语宁说道，"我从前太浮躁了。"

"你回去吧，等我们的通知。"几个评委点点头，然后很官方地对姜语宁说道。

姜语宁谢过几人以后，走出试镜室，心情很平静。至少她心里很清楚，她没有给陆景知丢人。至于她能不能被选上，要看评委的判断了。

"语宁姐，怎么样？"小娱乐记者见人出来，兴致勃勃地迎了上去。

"老实说，你对我也没抱太大的希望吧？"

"不啊，我一直觉得你的眼神很清澈。只要认真，你一定会是一个好演员。"小娱乐记者反驳道，一直相信自己的眼光，"你之前那些戏，我认真地看过。那些剧本本身就有很大的问题，而且制作等各方面都不行。里面十个演员九个演得浮夸，你要是特别认真，估计会被排挤。"

姜语宁扑哧一声笑了出来："谢谢你这么挺我，走吧。"

"不过，你为什么这么快就出来了？"

"这样的大公司试戏，每个人只有几分钟的时间。你以为，他们会给你机会慢慢演吗？"姜语宁解释完，就要带着小娱乐记者离开。

这时，刚才奚落过姜语宁的新演员啧啧了两声："因为是你才特别短吧？评委长了眼睛，看见你之前的履历，谁敢要啊？现在看你，还真有点儿可怜。"

"你……"小娱乐记者一听，实在气不过。这些人见姜语宁没有背景，谁都想踩一脚是吧？

"我可不可怜不知道，但如果我是你的经纪人，一定不会看重你。你这张嘴就够令人讨厌，这会给公司招惹多少麻烦，你知道吗？你还是收敛点儿，不然变成我这样'黑红'的人，可够你哭的。你觉得呢？"说完，姜语宁拽着小娱乐记者一起离开了光影大厅。

"哼，她要是能被选上，我就把脑袋摘了给她当球踢。"

很快，光影结束了一整天的试镜工作。对主要角色的演员，评委定好了。至于溱潼这个角色，能够演好的演员还真没几个。评委考虑过姜语宁，但是鉴于她的口碑，把她刷了下来。

霍雨溪比姜语宁还要紧张。等试镜结束以后，她就给朋友打了电话。

"放心吧，姜语宁是不可能入选的。"

霍雨溪一听，脸上扬起了笑容："她是什么水准，我们心知肚明。她本来就是去丢人现眼的，有这个结果，我一点儿不意外。"

姜语宁去光影试镜的消息，是霍雨溪让朋友爆出去的。既然是笑料，当然要分享给更多的人，独乐乐，不如众乐乐。

"等公布演员表的时候，姜语宁会更难堪，你就等着看笑话吧。"

霍雨溪现在就已经乐不可支了。但是她没想到，傅雅慧就在她的门外。傅雅慧本想让她起来吃水果，却听到霍雨溪在和别人打电话。霍雨溪还是死性不改，傅雅慧却当作没听到，觉得姜语宁的确应该要受些挫折。

光影试镜的工作就这样有条不紊地进行着。当天下午，顾平生亲自过问试镜的事，并且将负责选角的艺人总监沈以琛叫入办公室。

"试镜的工作，怎么样了？"

"顾董，白宸夕和林菲已经定了，这两人是好苗子，发挥也很稳定。"沈以琛回答。

"那个，姜语宁怎么样？"顾平生停下手里的笔，故意问了一句。

"被刷下去了。"沈以琛答。

"理由呢？演技太差？"

"那倒不是。相反，溱潼这个角色，目前还没有人比姜语宁演得更细腻。但她的黑料实在太多了，口碑也不好。我们和投资方商量后，还是决定刷掉她。"沈以琛公正客观地说。

"如果……抛去那些外在因素呢？"顾平生问。他的用意已经很明显了，沈以琛开始琢磨董事长的心思。

"我会让她参加复试。"

"那就让她参加吧。"顾平生一锤定音，并且瞥了一眼沈以琛，"如果她可以通过复试，你就准备好合约，签下姜语宁吧。"

"这……顾总，我不懂。"

"光影的艺人我都看腻了。我就想看一下，姜语宁如果签在你的手里，你会怎么办。你就当这是给你的考验。"顾平生平静地解释。

"明白了。"沈以琛颔首。虽然他不知道自家老总为什么会留意这么一个满是黑料的艺人，但是于他而言，这的确是一个全新的挑战。他还没有带过如此黑的艺人，洗白之路充满荆棘。

"还有，姜语宁参加试镜的事情是谁爆料出去的？明天你给我一个答复。那些肮脏的事情背着我就算了，没想到敢在我的眼皮底下上演。"

"好的，顾董。"沈以琛点头。看样子，姜语宁的试镜邀约是顾董的手笔。这个黑得发光的小艺人，还真有点儿意思。


傍晚，姜语宁在厨房跟梁姐学做菜时，光影来了电话，让她明天参加《逆光》的复试。姜语宁听到这个消息，高兴得抱着梁姐在厨房猛跳。

"梁姐，你知道我有多开心吗？"

"知道了，小姐。我年纪大了，你晃得我头晕。"梁姐无奈，连忙关上炉火。

姜语宁笑着停了下来。听到客厅传来开门声，直接跑去客厅扑进男人的怀里。

陆景知将她稳稳地接住。

"你先给我下来。"两人的身后，枯杰瞪着姜语宁，皱眉不快地道。

姜语宁不知道枯杰来了，连忙从陆景知的身上滑下来。

"我不在跟前的时候，你们要怎么样我管不着。但是，我在这里……老实点儿，知道？"

啧啧，来自哥哥的威严。

"我记住了。哥哥面前，不能秀恩爱，因为我哥单身，还会嫉妒！"

"你们聊，我上去换衣服。"陆景知含笑将姜语宁放开，然后阔步走向二楼的卧室。

"哥，光影通知我去复试了。"姜语宁见男人走了，上前去搂枯杰的手臂。

"我已经知道了。"枯杰拍拍她的脑袋。

"不过，我先前得到的消息并不是这个版本。"枯杰摸着下巴在沙发上坐下，"我听到的消息是你被刷了。"

"真的？"姜语宁愣了一下，"难道是因为舅舅？"

"嗯？"枯杰不明所以，哪里来的舅舅？

"那个……光影的老板是二哥的舅舅。"姜语宁解释，"这样说起来，应该是他干预了。我还以为我可以靠自己的能力被选上。"

"是你自己的能力。"陆景知换上休闲的衬衣，下楼了，"舅舅来过电话，让你好好复试。"

"可哥说我被刷了。"

"被刷是别的原因，不是因为表演。"陆景知在沙发上坐下，说，"你试镜的事情是被人刻意放出去的，舅舅已经在查了。"

"总而言之，没有舅舅，我就没有希望了。"姜语宁叹气。出道至今，她每做一件事都会被无限放大，好像总有人讨厌她。

"我今天过来就是为了这件事。既然你摆脱了陆家的婚约，我们就再也不需要利用黑料炒作了。"枯杰环起手臂，却被陆景知偏头盯上了。

什么叫摆脱了陆家的婚约？别说陆宗野根本不是陆家人，既然姜语宁和陆景知在一起，以后终归还是陆家人。

"我的意思是，在娱乐圈树立任何形象都有崩塌的危险。你不如就做你自己，展现真性情，好好磨炼你的实力，让旁人看到你的才华，这样才能从根本上转变别人对你的态度。"枯杰耐着性子解释，"你本身的个性没太大的问题，既然能得到那位的喜欢，征服别人当然也不在话下。"

枯杰口中的那位是指陆景知。

"哥，要不然，你以后别做娱乐记者了吧？你不需要那么辛苦。"姜语宁忽然提议，"我们都换一种活法。"

"那不行，我喜欢钱。"枯杰直接回绝她。

闻言，姜语宁沉默了。

"光影的事情，你好好准备。你如果真的能签约光影，以后的路一定会有很大的改变。我记得你之前是学音乐的。虽然你大一读到一半就没有继续了，但是你有这方面的天赋，要发展应该不难。你哥我就守着X社发家致富。"

"你很缺钱吗？"姜语宁盯着枯杰追问。

枯杰当然不缺钱。作为X社的大佬、娱乐记者的领军人物，他现在最不缺的就是钱，还有大把艺人上门送新闻。不过，他一般情况下不会轻易爆料谁，只有涉及姜语宁的时候才会毫不留情。

"你已经是半个陆家人了，重振姜家就看我了。"枯杰毫不掩饰对姜语宁的嫌弃。

她哪儿都好，就是对爱情太过执着。

"好了，该说的话我已经说完了。晚上我约了饭局就不留了，以免你的X光一直扫射我。"兄妹俩说完话，枯杰就潇洒地起身，不想留下来吃饭。

"哥，找一个嫂子吧。"姜语宁冲着他的背影喊道。

枯杰没回应，只是背对着两人挥了挥手，很快就走了。

陆景知趁机环住姜语宁，让她靠在自己的怀里，在她耳畔低声道："还好。"

"还好什么？"

"还好，你身边还有个哥哥，不是孤苦无依。"陆景知将她转过身来，然后低头吻住她，"还好，在你最艰难的那几年，有人陪伴、有人倾诉。虽然我嫉妒得发狂，但……也很庆幸。"

姜语宁趁机搂住陆景知的脖子，笑了："虽然我黑得发光，但也幸运得发亮。二哥，今晚你帮我对戏。"

"有选择吗？"陆景知低声问。

"什么样的选择？"

"比如……床戏？"陆景知答。

听到"床戏"两个字，姜语宁红透了耳朵："我从影这么多年，还没有拍过床戏。"

"以后也不许，要拍就和我拍。"话音刚落，陆景知将姜语宁抱了起来，阔步走向浴室。

姜语宁将头埋在陆景知的胸膛上，心里也有渴望。两人破除那道禁忌不久，现在还是上瘾的阶段。两人在浴室里折腾了一回，姜语宁拉着陆景知给她对戏："我昨晚对着镜子练没什么感觉，今天一定要大活人。"

洗澡后，陆景知穿着黑色浴袍，额前凌乱的碎发让他的五官显得更加深邃立体。他禁欲般的气质、眼中的疏离感，明明是他的常态，但就是让姜语宁迷恋。

性感！有型！让人想流鼻血！

"你就念潇阳的台词，我已经画出来了。"姜语宁为了明天的戏，决定就算是冒着流鼻血的风险，也要认真过一遍。

陆景知接过剧本，看着姜语宁画出来的那一段，下意识地皱起了眉头。剧中潇阳对溱潼的态度一直冷冰冰的，从来就没有过好话。

"溱潼，我对你没有感情，你……"

后半句，陆景知直接卡住了，没有念出来。

"怎么了？"姜语宁盘着腿，坐在床上好奇地看着他。

"我念不出口。"陆景知平静地回答。

姜语宁："是不是有点儿羞耻……"

陆景知只是看着她，并未回答，却伸手将她抱了过来，放在怀里。

对着你，即便最痛的时候，我也不说这么绝情的话。

"算了，这段跳过，毕竟爱而不得的感受，我有很深的体会。"姜语宁叹了一口气，将剧本扔开，"现在想想，我还是很难受。所以我说这个角色很适合我，无论是对父亲，还是对爱人。"

陆景知紧紧地抱着她，汲取她身上的味道。

半晌，姜语宁忽然抓回剧本，转身对陆景知挑了挑眉："既然不当我的爱人，那……你当我的父亲怎么样？哈哈……"

小时候，姜语宁就是一个有灵气的姑娘，一直很乐观。

陆景知现在将人抓在怀里了，才真正了解到，她不仅乐观，而且聪慧。

这个夜晚，陆景知陪她对戏，对到凌晨两三点。姜语宁累得出了满身大汗。于是，她半夜三更又去浴室洗澡了。

等她再出来时，陆景知还坐在床头等她，开着壁灯，还没合眼。

姜语宁赶紧爬上床，趴在陆景知的怀里，满脸歉疚地道："对不起啊，二哥，拉着你对戏到这么晚。"

陆景知环着她，躺下身："你明晚记得补偿。"

"不知道为什么，我以前被那么多人讨厌，会很有挫败感，每天都会自我怀疑。现在我发现只要有你喜欢，就算全世界的人讨厌我，好像也没太大关系。"

陆景知伸手关上灯，拉上被褥，在黑暗中吻了吻那薄唇，这才低声道："睡吧，有我在。"

被这样周全地护着，姜语宁感觉就像泡在蜜罐当中，睡得极为安稳。

第二天，精神状态极佳的姜语宁又在保镖的护送下，和小娱乐记者到了光影传媒参加复试。

这次参加这个角色的复试的人一共有四个，其中有三个都是电影学院的学生。她们虽然还未毕业，但都表现得不错。

当姜语宁又一次进入光影大厦的时候，光影的不少人惊了。

"姜语宁怎么又来了？她昨天不是已经试镜了吗？还不死心？"

"你们都不知道？她昨天B组的试镜，初试通过了，今天是来复试的。"

"不可能吧？凭她的演技？"

冲着姜语宁指指点点的人并不比昨天少。但是不知道为什么，姜语宁的心情并不糟。

因为有人爱，所以她才会有自信、会开心。

很快，姜语宁参加复试的消息就传开了，霍雨溪那位在光影工作的朋友也知道了。趁着无人的时候，那人拿着手机去洗手间给霍雨溪打电话："雨溪，真是奇怪。昨天我听说姜语宁被刷了。但是今天，她居然来参加复试了。"

霍雨溪一听，顿时觉得不可思议："凭她的演技，怎么可能？"

"我也纳闷呢。但是她都进去复试了，这不可能有假。她没钱没背景的，还能通过初试，简直不可思议。"

知道这个消息以后，霍雨溪心里很不舒服。

她当年也去争取过光影的角色，费了九牛二虎之力都没有拿到。姜语宁居然可以通过初试？她不信。

可事实容不得她不信，因为姜语宁已经去了试镜室。这一次，评委给几位复试的演员都准备了道具以及搭档，并且以抽签的方式决定出演的次序。

姜语宁是第二个，试镜内容是溱潼看到潇阳跟陆若依互诉衷情，却只能站在一边发疯、心痛。

评委规定，试镜内容可以自由发挥。

这不仅仅是考验演员的演技，还有其创作能力。

第一位上场的女演员年纪不大，才十九岁，长得甜美乖巧，完全可以参加偶像组合。

很巧的是，她抽中的戏份是昨天姜语宁表演的那一场，溱潼和父亲在病床边的戏。她表演得歇斯底里，感情充沛。

溱潼这个人物敢爱敢恨，因此多种表演方式都可以放在这个人物身上。

小演员演的溱潼，爆发力十足。不过，评委心里有一杆秤。

第二个轮到姜语宁，情景设定在咖啡厅里。

这一场戏，陆若依家里破产，潇阳疼惜她。陆若依因为家里要拒绝潇阳，却被潇阳真诚的情感打动了。两人在溱潼的面前上演了一出深情大戏。

这一整场戏，溱潼的台词并不多，但爆发点在最后，而且她有大量的内心戏。

最开始，溱潼望着潇阳的神情是迷恋的；陆若依出现拒绝潇阳的时候，她的神情是雀跃的；可当潇阳开始激动的时候，她开始觉得难堪、愤怒；最后潇阳追上陆若依的时候，她也跟着追了上去，一个响亮的巴掌扇在了潇阳的脸上。

"溱潼，你疯了？你为什么打我？"潇阳捂着脸，还未从焦急的神色中缓过来。

"我是疯了，看到你们俩在一起，我早就疯了。我从小就喜欢你，爱了你这么多年，我不相信你感觉不到。"

"可我不爱你。"

"你从未明确地拒绝过我。你只是沉默，让我一次又一次地以为有希望。现在因为她出现了，你有了新鲜感，就把我踩在尘土里！"

五分钟不到的一场戏，信息量巨大。但是姜语宁的爆发力，让评委感受到了一种紧迫感。

"不错。"评委不禁鼓起掌来。

姜语宁抹干眼泪，朝评委鞠躬，然后退到了一旁。

后面的三位小演员，全程看了姜语宁的表演，对姜语宁也有了全新的认识。

等到四位演员全部表演完毕，几位评委都有了判断。因为是复试，所以评委直接在几人面前宣布结果。

"经过商量，我们决定把溱潼这个角色交给姜语宁。"

其他三人愣了一下，不约而同地看向姜语宁，眼里满是不服气之色。

她们承认姜语宁是有实力的，但是她的表达技巧比起专业的演员来说，差了不是一星半点儿。为什么评委要把这个角色给她？

"评委老师，能不能告诉我们理由？好让我们输得心服口服。"

几个评委同时抬头，挑了挑眉。

看来这几位新人是质疑他们的专业水平？

"我们都是电影学院的学生，专业也是拔尖的。我们希望老师可以给我们一个专业的点评，让我们知道自己的优缺点，以后好加以改正。"

"说了这么多，你们不就是想知道为什么是最不专业的姜语宁当选吗？"

几人看着姜语宁，毫不客气地点了点头："为什么最差的反而能被选上？"

"既然你们想知道原因，我就让你们心服口服。"其中一个评委收起资料，认真地说了起来。

"你们的表现的确很精彩，无论是把控角色的能力，还是台词功底，都非常优秀，创作也很灵活，但是……

"茹儿，你刚才那场戏，昨天姜语宁就试过了。你们各有千秋，但是我们一致认为姜语宁的表达方式更贴合溱潼这个人物。你知道为什么吗？因为溱潼这个人物最大的特性在于她的骄纵。而姜语宁无论是昨天的表演，还是今天的表演，都把这点发挥出来了，所以她的表演让人印象深刻。

"再看你们，表演专业，情感丰富，什么都很流畅，但是你们演的不是溱潼。你们四个人当中，只有姜语宁愿意去诠释一个让人厌恶的溱潼。你们三位都有所保留，有所收敛。这点，不可否认吧？"

其余三人想反驳，但是找不到反驳的理由。

评委的眼睛是毒辣的，他的判断没错。

"姜语宁虽然不是科班出身，以前的演技也备受诟病，但至少她这两次来光影试镜都说服了我们。她虽然没有你们那么多的表演技巧，但是她诠释的人物比你们细腻，说是你们的前辈一点儿也不为过。她凭什么不能拿这个角色？等你们走到了这个圈子的顶端，才有资格轻视别人。你们现在不过是电影学院的学生，有什么好自傲的？现在还有什么问题？"

三人互看了一眼，最终摇了摇头。

"老师，我们错了。"

听到三人的道歉，评委笑了起来。

"所以这个角色给姜语宁，你们还有异议吗？"

这次，三人心悦诚服。见此，姜语宁终于松了一口气，不枉费她昨晚拉着陆景知对戏到半夜。陆景知真是她的贵人、她的小可爱。

"姜语宁，恭喜你，让人惊喜啊。你以后自信点儿，好让别人重新认识你。"

"谢谢评委。"姜语宁朝四人鞠躬。

随后，试镜室的房门被推开。沈以琛抱着资料走了进来，含笑对姜语宁道："走吧，顾董想见你一面。"

"不会给他造成不便吧？"姜语宁其实有些顾虑，毕竟这是陆景知的亲舅舅，不是她的。

"不会，你想太多了。"沈以琛不知道她哪儿来的顾虑。

姜语宁点了点头，跟在了沈以琛的身后。两人从专用电梯进入了顾平生的办公室，而顾平生正在办公室里喝茶。

"还不错。"看到姜语宁时，顾平生评价道，"刚才的表演，我也看到了，你理应拿到那个角色。不过，我很好奇，以前你演的那些……都是怎么回事？"

"顾……"

"叫舅舅。"顾平生没那么多规矩，直接对姜语宁道。

沈以琛就站在姜语宁的身后，知道两人的关系，心里惊了一下。难怪顾董会对这人上心。不过看姜语宁刚才的表现，她也是有真材实料的。

"舅舅，已经过去的事能不提吗？我都说了，往事不堪回首。"姜语宁以半撒娇的口气回应。

"行，这个角色就交到你的手里了，不许给我演砸了。"顾平生指着姜语宁的鼻子嘱咐。

"我保证完成任务。"姜语宁做了一个敬礼的姿势。

"还有，答应你的合约，我会让沈总监去处理。但这不是我叫你进来的原因，还有一件事。"说完，顾平生望着姜语宁身后的沈以琛，"把人带进来。"

"好的，顾董。"沈以琛离开片刻。

姜语宁立即上前替顾平生倒茶。顾平生看她倒茶的熟练模样，觉得她应该是一个懂茶的人。

"你也喜欢喝茶？"

"爷爷以前喜欢喝茶，所以我略懂皮毛。"姜语宁含笑道。

"你改天来家里陪我喝。"

"没问题。"

就在两人聊天的间隙，沈总监已经把人带到了顾平生的办公室来。这人正是霍影后的好朋友，在光影的职位还不低。经过排查以后，沈总监最终将目标锁定在她的身上。她曾经炫耀她和霍雨溪的关系，而旁人都懂霍雨溪和姜语宁之间的纠葛。

"顾……顾董，您找我？"那女人看到姜语宁在顾平生的办公室里，下意识地心虚起来。

"知道我为什么找你吗？"顾平生坐回自己的办公椅上，冷眼看着对方，"是你把姜语宁要来试镜的事情曝光出去的吧？"

"我……"那女人顿时紧张起来了，没有想到自己会因为这种事被顾平生责问。

姜语宁一听，想起昨晚陆景知说舅舅在调查曝光她试镜的消息的事。没想到，顾平生真的放在心上了。

"顾董，我不是故意的，我是被霍雨溪怂恿才这么做的。"那人毫无骨气地把霍雨溪供了出来。她知道自己就是一个小人物。

"听到了？"顾平生扭头对姜语宁道，"这就是她陷害你的原因。"

"听到了，舅舅。"姜语宁顺势回答。

对方听到姜语宁喊顾平生舅舅，吓得脸色都变了，忙道："顾总，我不知道姜语宁和您的关系。如果我知道，就算是给我十个胆子，我也不敢这么做啊。"

"你还敢在我的面前明目张胆地看人下菜碟？公司的制度岂容你践踏？从现在开始，你被开除了。同时，管好你的嘴，如果我和语宁的关系被外界知道了，我会把这笔账算到你的头上。"顾平生厉声道，"你滚出去，再也不要出现在我的面前。"

"我滚，我现在就滚。"那人被吓得不轻。

看顾平生如此生气,姜语宁心里一暖。顾平生不是她的亲舅舅,却对她照顾有加。

"舅舅,别生气了。二哥知道了会怪我不懂事。"

"他还关心我的死活?"顾平生不信她的话,"那个姓霍的艺人三番五次地整你,你不想办法治治?"

"我在酝酿大招呢。"姜语宁朝他眨了眨眼。

"你回去好好为角色做准备,至于那些人渣,公司会走流程。"顾平生挥挥手打发姜语宁,"千禧娱乐那边,我也会派人过去交涉。"

"谢谢舅舅,真心的。"姜语宁朝顾平生鞠躬致谢。她心里很清楚,顾平生的这份护短是基于她和二哥的关系。可即便如此,他也做得够多了。

姜语宁谢过顾平生,这才在沈以琛的带领下离开光影。

"合约我会尽快处理。但是我先声明,我不带依靠背景的艺人,顾董也不会纵容攀附的人。之后,你还有很长的一段路要走,做好吃苦的准备。"沈以琛在送姜语宁离开的时候,嘱咐她,"你签约的事情,公司暂时不会公开。等到时机成熟,我自会安排。"

"好的,谢谢你,沈总监。"姜语宁点头,"你放心,如果不是有重新开始的决心,我也不敢出现在舅舅的面前,我怕给他丢人。"

"你回去吧,你的小助理还在等你。"沈总监拍了拍她的肩膀笑道。

姜语宁微微一笑,然后带着小娱乐记者从光影离开了。

"语宁姐,结果怎么样?"上车以后,小娱乐记者十分紧张地询问姜语宁。

"你那么相信我,我怎么能让你失望?"姜语宁笑着说道。

"太好了!!"小娱乐记者高兴得差点儿飞起,似乎比自己通过考试还要开心。

姜语宁看着小娱乐记者的笑容,觉得纯粹而又美好,只是想到霍雨溪还敢在背后动手脚,心头就冒出一股冷意。

有些人,就是狗改不了吃屎。想到霍雨溪婚期将近,她也懒得找霍雨溪的麻烦了,就让霍雨溪狂,让霍雨溪野。

可这件事关光影的颜面。午后,光影传媒内部就发了公告,某某因为泄露公司机密被公司直接开除。据小道消息,是霍雨溪从中作梗,联合光影内部的人曝光了姜语宁去光影传媒试镜的消息,目的就是让姜语宁丢人。

很多人通过那个工作人员的社交平台,看出了她和霍雨溪的关系。而这件事又是她爆出去的，和霍雨溪无关，谁信呢？

"姜语宁去光影试镜，的确不自量力。但是霍雨溪，拜托你做一个人！"

"她挺着肚子都不安分，真的恶心。"

网友十分给力，再次将霍雨溪骂得狗血淋头。当然，姜语宁希望有一天网友再骂霍雨溪的时候，可以不用带上她。

事情曝光以后，霍雨溪吓得后背发凉，连忙去找傅雅慧商量："妈，语宁不会……把我的事情捅出去吧？"

"你在外面搞那些事情的时候，怎么没想到会有这么一天呢？"傅雅慧环着手臂问她，"我分明警告过你了，收敛一点儿。你一天不找她的麻烦，睡不着吗？"

"妈，我只是气不过。况且这也不是大事，你就帮我给语宁打个电话，求求情嘛。"霍雨溪摇晃着傅雅慧的胳膊撒娇道。

傅雅慧深吸了一口气。她早晚会被这个继女气死。但婚期就在眼前，不管怎么样，她也要先把霍雨溪嫁出去。即便不情愿，她还是为霍雨溪打了这个电话。

此刻，姜语宁刚到家。看到傅雅慧的电话，不用想也知道对方肯定是为了那个宝贝继女来求情的。果然，电话一通，傅雅慧道："语宁啊，新闻上的事情，不可尽信，跟你姐姐应该没关系。她现在老老实实的，我看她也不敢乱来。"

"是吗？"姜语宁冷冰冰地反问。

"当然了，我每天都看着她呢。"傅雅慧道，"还有一件事我要跟你商量。你姐姐的婚礼缺少一个钢琴师，你小时候不是学过钢琴吗？晚宴当天，你来弹吧，算是为他们送上一份新婚礼物。"

姜语宁听完，觉得不可思议。

"妈，你是我的亲妈吗？他们两人做了对不起我的事，他们结婚，我不去闹事就算给面子了，还给他们助兴？"

"可她毕竟是你的姐姐，妈希望你们能和平共处。"

姜语宁简直要被气笑了，不，应该说想直接骂脏话。

"你别转移话题了，我知道你是想让我忘记霍雨溪在外面做的那些蠢事。我不跟她计较就是了，她的婚礼我会准时参加。但是弹琴？你问她，她配吗？"说完，姜语宁直接挂了电话。那两人到底有多大的脸，才会提

171

出这么无耻的要求？

傍晚，海边的晚霞染红一片天空，景色壮丽。

姜语宁好不容易等到男人回家，便把这件事完整地告诉了陆景知。

没想到，陆景知和她的反应完全不同，他只是捏着她的鼻子道："弹琴？有何不可？"

"二哥！"

"仪式不去，晚宴你再去，抢一抢那两人的风头，挫一挫那两人的锐气，有何不可？"陆景知平静地说，"我只想你在任何场合都很风光。"

听完陆景知的这句话，姜语宁笑了出来，怎么忽然有点儿期待呢？

"那你整晚都要陪着我。"姜语宁搂着陆景知的脖子撒娇。

"你说呢？"陆景知以为这种事根本不需要说出口。

"那我答应了。昨天我想了很多。哥没说错，我作为音乐学院的学生，不该把从前的东西丢掉。现在有你们支持我的梦想，我一定会把握每个机会，在她的婚礼上秀一波技能，那也不错。"

姜语宁刚才还一副气得炸毛的模样，现在倒是平静了。

"你上去换一套衣服，我带你出去庆祝。"陆景知对姜语宁道。

"嗯？"姜语宁惊喜地瞪大了眼睛，"出去庆祝，那有礼物吗？"

身旁的男人没有回应，忽然站起身来朝她伸出手。这一刻，姜语宁仰望着陆景知，看着他棱角分明的侧脸，心跳猛然加速。这么高大的身影，这么尊贵的气质，这么禁欲的男人……

"手……给我，还是……"陆景知忽然又弯下腰来，将姜语宁从沙发上抱了起来，"你更喜欢我抱你？嗯？"

天哪……这声音，姜语宁忍不住浑身发颤。

"冷？"陆景知感觉到了怀里女人的异样，手臂也跟着收紧了。

"当然不是……"姜语宁摇了摇头，将大红脸埋入陆景知的胸膛，"还不是因为你太'苏'①了。"

---

① 苏：网络流行语。衍生自"玛丽苏"一词。形容男生帅、有魅力等优点。

172

"苏？"男人不解。

"就是指很帅、很男人，声音超好听。"姜语宁解释道。

"我以为，你更满意我的身材。"陆景知吻了吻姜语宁的额头，走入卧室将姜语宁放进衣帽间里，"给你两分钟。"

"我们是去人多的地方吗？"姜语宁打开衣柜询问。

"算不上。"

姜语宁听完，从衣柜里找出了港风棉麻小西装和鸭舌帽，也给陆景知从衣柜里选了一套休闲的白色衬衣和长裤："不只我要伪装，你也需要。"

她很少看陆景知穿休闲装的样子，趁此机会，饱饱眼福。

姜语宁换好衣服后，站在镜子前替陆景知挽上衣袖："你平时都穿得太严肃了，既然是出去约会，那就随性一些。别一副我爸爸管我的样子。"

陆景知没回话。

姜语宁亲自替陆景知换衣。可是换好衣服以后，她却揉乱陆景知的头发，解开他的衬衣纽扣，一副不高兴的样子："你还是换回去吧。"

"嗯？"陆景知将她捞回怀里。她又是怎么了？

"你太帅了。我怕路上的女人都会看你，我会吃醋。"

陆景知听完，牵起了某人的手，带她走出卧室："这个时间点，人不会太多，而且……即便有人看，我的身边也已经有你了。"

闻言，姜语宁这才满意了，跟着陆景知上了车。

司机轻车熟路，两人很快就到了南大附近。姜语宁看到这熟悉的环境，趴到车窗上笑了起来："你这是要带我故地重游吗？南大变了好多啊。说起来，我对这里不是很熟。除了来找你那两次，我就没有正儿八经地逛过。"

"当年，是哪一棵树？"陆景知贴在姜语宁的后背询问。

姜语宁打开车窗，然后指着校门口转角处那棵树道："那儿。"

当年头脑发热的感觉，姜语宁到现在都还记得很清楚："当时每进出一个人，我都会抬起头来仔细看，好像下一秒，你就会出现。"

陆景知将姜语宁拥入怀里，然后在她的耳旁道："你有没有想过，真的等到我，会怎么办？"

"当然想过，我还梦到过。你抱着我对所有人说'这是我的女朋友'。那个夜晚我是笑醒的，醒来觉得可惜，还想睡着继续做梦呢。那你呢？想过我在这里等你吗？如果你知道我在这里等你，你会怎么办？"

"带你去附近的酒店……"陆景知低声道，"把你摁在墙上，往死里吻。"

"那时候我才十五岁。"姜语宁无情地提醒他。

"嗯，那好像有点儿过，那就改为抱。"

闻言，姜语宁的脑中不禁有了画面，双颊也有了热度。

"我们……不下车吗？"姜语宁害怕这样下去避免不了被吻，连忙提醒男人。

"晚上回家继续。"陆景知的唇轻轻刮过姜语宁的耳畔。然后他推开车门，让姜语宁先下车。

现在是放学时间，学校四周没有太多的人，但姜语宁还是十分警惕，将帽子扣了下来。她不想被人撞见，主要是不想让陆景知被拍到。

两人手牵着手走到了南大的校门口，来到了那棵长寿的梧桐树下。

姜语宁仿佛还能看到当年蹲在地上焦急等人的那个影子。但是现在，她等的人就在她的身边。

没等姜语宁反应过来，陆景知将她摁在了梧桐树干上，炙热地看着她，眼中只有她。他道："我带你来这里，只是想让你知道。你在等我的时候，我也在用同样的方式等你。"

"我知道啊，现在想起来，只觉得自己有点儿傻，却不会心疼了。你已经让那道伤口结了痂。"姜语宁认真地说，"二哥，我们不是说好往前走吗？虽然我们看不到对方曾经付出的样子，但是我们可以看到以后。"

听了这句话，陆景知将姜语宁抱入怀中，好像弥补了年少时那份遗憾。

"好啦，你陪我逛逛，让我体会一下你的大学生活。还有，你要告诉我当年你最喜欢去的地方。"

陆景知看着姜语宁，眼里只有心疼。

即便他已经为她做了那么多事，但他依旧觉得没能把人保护好。如果他早点儿拥有权势，她是不是就不会错过完整的大学生活？

两人手牵手走在南大附近的小吃街上。姜语宁全程气鼓鼓的，因为她只能看不能吃。《逆光》不久后就要开拍了，她必须保持身材。走过一家小餐馆的时候，她看到墙上贴着自己当年拍广告的海报，兴奋地对陆景知道："二哥，你看。我人生中接的第一个广告。"

那是一个汽水海报，因为时间太长，已经褪色了，也卷了边。

"那时候我好嫩啊。"

"你为什么不敢吃东西？"陆景知看到她每经过一个小摊就要犹豫半响，一边咽口水，一边揉肚子。

"我怕胖，也怕被人认出来。"姜语宁有些失落地回答。

"整条街都不会有人来打扰，而且你不会胖。"

姜语宁抬头，震惊地看着陆景知。他把整条街都包了？难怪这街上没什么人。

姜语宁再三挣扎，最后终于妥协了："如果电视剧开拍的时候，导演嫌我胖，我就让舅舅找你的麻烦，哈哈……"

"让他找我。"谁家祖宗不是拿来惯的？

有了陆景知的这句话，姜语宁哪里还能把持得住？但姜语宁毕竟习惯了少吃多餐，没吃几口就捂着肚子喊吃不动了："吃饱喝足，再把二哥睡。人生乐事，不过如此。"

两人走到了街头。这时候，一大群学生从旁边路过，姜语宁连忙埋首躲在陆景知的怀里。

"走吧。"陆景知抱着人，准备从街头离开。

但有人大胆，上前询问："请问，你们是明星吗？"两个打扮时尚的女孩子总觉得姜语宁的身形眼熟。

"不是。"陆景知迅速冷了脸，拒人于千里之外。

"天哪……好帅。"

"真的好帅。"

两个女孩子没能确认姜语宁的身份，倒是看全了陆景知的面容。她们迅速拿出手机，想要联系方式："能不能……"

"不能。"陆景知没等对方问完就无情地拒绝，抱着姜语宁离开，迅速上了车。

两个女孩子觉得很可惜，同时，她们也觉得这个帅到极致的男人有点儿眼熟，但就是想不起来是谁。她们能不熟悉吗？南大知名校友墙上挂着某二爷的照片，已经好多年了。

## 第七章
## 光芒绽放

"幸好没被认出来。"上车后，姜语宁捂着自己的胸口感叹，"看来以后出来，还得更小心才行。二哥，我们赶快回家。"

"自然是回家，毕竟某人说过，吃饱喝足，再把我睡是乐事。"

姜语宁捂着脸，羞得不能自已。她只是随口说说，但陆景知却不是随便听听。随他们一并回去的，还有姜语宁那张被贴在餐馆里的褪色海报。陆景知让司机去买了回来，卷起来放在了轿车的后备厢里。

到家以后，姜语宁被摁在了门上，紧随而来的便是激烈的亲吻。

"你从什么时候开始有这种想法的？"

"什么想法？"姜语宁看着近在咫尺的俊脸询问。

"喜欢我这些年，你脑子里……没想过？"

"那你呢？幻想过吗？"姜语宁不甘示弱地反问回去。

"我早就说过了，在梦里办了你千百次。"陆景知抵着她，不容她退缩。情人之间，说这样的话、做这样的事，都是顺其自然的，不是吗？

"除了那个吻，我哪敢奢望更多？"姜语宁小声回答，"尤其是想到你以后可能属于别人，我就痛得没办法呼吸。"

陆景知脱下她的外套扔掉，在她面前解开衬衣纽扣。

姜语宁心跳如擂鼓，却主动伸手环住了陆景知的脖子，送上了自己的吻。

陆景知稳住她的腰，重重往怀里一带，然后开始啃噬她的红唇。

两人的衣服在不知不觉中落在了客厅的地上。姜语宁感受到了陆景知的热情，他似乎并未打算更换地方。

"去……去卧室。"姜语宁轻喘着说道。

但是男人把她带到了沙发处："来不及了。"

一番折腾后，陆景知带姜语宁去浴室清洗。在这期间，顾平生打来了电话。看看姜语宁那慵懒的模样，陆景知没接电话。等清理之后回到卧室，他用自己的手机给顾平生回了电话："舅舅。"

"怎么是你打过来的？"顾平生表示不满。

"她睡了。"陆景知回答道。

"明天带上她来家里签约。那丫头说她懂茶，我顺便见识一下，看她是不是逗我开心。"

"知道了。"陆景知放下手机，转头看向正在床上熟睡的姜语宁。以后，他要她的生活只有幸福和快乐。

姜语宁睡着以后，陆景知拿着海报进了书房，锁在了自己的柜子里。

任何一份属于她的东西，他都想珍藏。


今夜风大，窗外沙沙作响，灯影摇晃。

从浴室出来的沈以琛正在擦拭头发。老板下班时让他明天带上姜语宁的合约去老板的家里签约。事实上，以他对顾平生家里的了解，姜语宁绝不可能是顾平生的外甥女，他们怎么也扯不上关系。但是这个舅舅到底是怎么来的？他很费解。

当然，他并不知道顾平生和陆家人的关系，更不知道姜语宁除了顾平生这个舅舅，背后还有更加牢固的后台。

一切答案，都在明天。


第二天清晨，阳光肆意挥洒在卧室里。

姜语宁睁眼的时候，身边的位置已经空了。她眨眨眼睛，洗漱起床。吃早餐时，梁姐对她道："小姐，先生说晚上要带你出去吃饭，希望小姐可以把晚上空出来。"

"好，我知道了。"姜语宁猜，那男人应该又想给她惊喜。这时，她忽然想到昨晚和陆景知商量去霍雨溪的婚宴弹琴的事。于是，她给傅雅慧回了电话。

"妈，昨天你告诉我，姐姐还缺一个钢琴师，找到了吗？"

"怎么，你愿意去？"傅雅慧反问。

"他们的仪式我就不去了。为了补偿，晚宴我再去，不就是弹琴吗？我弹。"姜语宁干脆利落地说。

"你怎么忽然改变主意了？语宁……你该不会……"

姜语宁翻翻眼皮，不由得道："那时候他们都已经结婚了，我还能做什么？只是送一份礼物，没别的。"

"那就好，语宁，别再让妈妈失望。"傅雅慧放软了语气，觉得姜语宁那时候也闹不出风浪了。既然她有这个心，那就是给外界释放两姐妹和好的信号。

别再让妈妈失望？姜语宁冷笑，一直失望的人明明是自己。再说了，她原本就没打算捣乱，只是去享受光芒。反正陆景知会提前安排好一切。

倒是霍雨溪，听说姜语宁要出席晚宴，还要替她弹琴庆贺，有些不敢相信。

"妈咪，语宁是真心的吗？"

"她不去你们的仪式，只是去参加晚宴，还不够真心？"傅雅慧瞪了一眼霍雨溪，转身回自己的房间了。

霍雨溪心里不痛快，那可是她的婚礼。自从她和姜语宁杠上以后，她总是倒霉。那小贱人就是她的克星，她不得不防。

不过，那时候木已成舟，姜语宁也闹不出花样了吧？

"既然姜语宁都不怕被羞辱，我又有什么可怕的？到时候，外界只会认为姜语宁在向我们示好。"霍雨溪美美地想。

入夜的时候，洛城下起了细雨。在一排排青竹的笼罩之下，整个顾家起了薄雾。

不远处的凉亭当中，有微风灌入。喧哗的俗世中有这样一方净土，的确别有一番风味。

沈以琛静等在凉亭里，旁边坐着顾平生。他们的手边放着干茶，木桌上烧着热水，正在等客上门。很快，一把黑色的雨伞出现在两人的视野当中。沈以琛翘首以盼，刻意低头去看那伞下人。

首先映入眼帘的是姜语宁，她小鸟依人地靠在对方的怀里。直至两人走到凉亭内放下伞，沈以琛才震惊得说不出话来。

陆家人！居然是陆家人！而且，对方还是现在声望很高的陆家继承人陆景知。

沈以琛再看姜语宁，缩在陆景知的怀里，两人关系应该很亲密。只不过，这陆家人和老板又有什么渊源？

"来了？"顾平生抬头，看着正收伞的两人，轻哼了一声，"你们也不知道早点儿出门。"

"开了一个会，耽误了时间。"陆景知放下伞，带着姜语宁在木桌前坐下。

"这是……我外甥。"顾平生对沈以琛介绍道，"亲的。"

沈以琛再次震惊，然后才对陆景知说："陆先生，久仰。"

"至于他们的关系，你自己睁开眼睛看。"顾平生扫了一眼对面的两人，似乎懒得解释。

姜语宁笑了笑，正要对沈以琛开口时，却被陆景知抢先道："我的女朋友，未来也会是陆家的当家女主人，希望沈总监以后多多照拂。"

沈以琛愣了一下，一时间没能理清楚几人的关系。毕竟姜语宁之前是陆宗野的未婚妻，怎么才短短的时间里，又……

"他们之间的事情说来话长，但绝不是你想的那样。"顾平生朝沈以琛解释，"总之，对面坐着的这位，在洛城什么地位，你心知肚明。小丫头交到你的手里，绝不是开玩笑的事。"

"明白。"沈以琛看上去还算镇定，但内心还是有些慌张。

"不用紧张，真心为她就行了，她值得。"陆景知一眼就看穿了沈以琛的慌张。

"我就说你爱当我爸爸管我吧？"姜语宁戳了戳陆景知的严肃脸，这才坐正自己的姿势，对顾平生道，"舅舅，放着茶叶等我？"

"你说呢？"顾平生瞪她。

姜语宁笑了起来，用湿纸巾擦净双手，将干茶拿到跟前。

179

她先用滚水烫壶，盖住杯盖滚动杯壁，几秒后把沸水倒去。

接着，她将干茶投入杯中，悬壶高冲。待茶叶充分浸湿，她再倒去第一泡茶水，完成洗茶这一步骤。

洗茶的茶水，她倒了一部分在水方里。茶叶的清香，顿时扑满鼻间。另一部分，她倒在茶杯里，并且用茶夹清洗茶杯。

等到第二泡茶水的时候，她先放了一杯在顾平生的面前，请他品尝。

顾平生托起茶杯，轻轻地尝了一口，道："我还以为臭丫头是说大话，没想到，还真有模有样的。"

陆景知很自然地拿起茶杯，抿了一口茶。当年和姜老爷子一起，他们没少喝茶。那时候，姜语宁泡茶的手法就一绝了。这么多年了，她还没有忘记。

沈以琛倒是看得赏心悦目。像姜语宁这个年纪的女孩子，通常喜欢喝奶茶、可乐，很少有人对喝茶还有研究。她一看就是有文化的家庭教养出来的孩子，即使姜家已经没落了。由此，他忽然想到了一件事。

文化和旅游部正在筹拍一部纪录片，其中第三集《茶悦》就说到了茶。沈以琛认为姜语宁可以试试。这部纪录片的拍摄在《逆光》之前，不会耽误拍摄进度。按照姜语宁现在的情况，累积好感的事情可以多做做。

沈以琛将这个想法告诉了几人。顾平生瞥他一眼，顿时笑了："你这合约还没签，就开始为艺人争取资源了？"

"我可以。"姜语宁顿时答应，"我喜欢茶。"

"等会儿你再泡一次，而且说得细致一些。我把过程拍下来，然后把视频交给那边审核。"

"没问题。"姜语宁点头。

"以后，你要爱惜自己的羽毛了，不能再像从前那样了。"沈以琛像第二个陆景知，开始对姜语宁念起了经。

"哈哈，二哥，这才是你的兄弟。"姜语宁笑出了声，"不过沈总监，既然我们要签约合作，有几桩事情我要提前告诉你，以免以后发生事情，你不知道怎么处理。"

"你说。"

"第一件，枯杰是我的哥哥。"姜语宁观察着沈以琛的表情，神情中隐约带着歉意。

沈以琛愣住了。

顾平生也愣住了。

"他爆过你的料。

"那时候，我和哥哥挣扎在生存线上，做了很多不得已的事情。我为了摆脱和陆宗野的婚约，才让他故意爆的。这部分的事情，我之后会详细地告诉你。但我现在告诉你，是想让你知道，他不会害我。

"第二件，我和霍雨溪的关系是真的不好。而且未来的半个月内，霍雨溪身上还会出现很多丑闻。那部分是我的家事，我希望你不要插手。

"第三件，我和二哥的关系。我知道我现在臭不可闻，即便未来我走上了正常的演艺道路，我也不希望二哥曝光。我们的关系，还请你做好保密工作。

"因为我提了这么多要求，所以你的安排，我都会无条件配合。"

沈以琛听完，已经很淡定了。从姜语宁和陆景知走进来时，他就知道他签了一个了不得的艺人。她有陆景知这样的男朋友，还有枯杰那样的哥哥，沈以琛已经不足为奇了。

从目前来看，他对姜语宁的定位也要改变，她现在有好几条路可以选。

亲民的励志路线、神秘的高端路线，不愁曝光、不愁热度。姜语宁这种乐观开朗的艺人，其实真的不难带。

"这些都不是问题，我现在就想知道，你还会什么？"

"我的优点，不应该慢慢被发现才有惊喜吗？"姜语宁故意逗他，"别一下就挖掘光了，那就没意思了。"

三个内敛的男人坐在一起，原本应该气氛尴尬。可是有姜语宁在，气氛竟然意外融洽。

沈以琛忽然发现，姜语宁是一个很神奇的存在。她不仅可以很自然地回应顾平生这个年纪的话题，也很会当下最流行的网络段子。一个晚餐的时间，餐厅里居然一直笑声不断。

这样的艺人，为什么会被网友讨厌呢？

沈以琛非常不解。如果外界的人能够看到姜语宁最真实的一面，他有足够的理由相信，姜语宁一定会大受欢迎。他忽然有几分明白，姜语宁为什么能够得到陆景知的喜欢。当然，这时候他并不知道两人从前的感情经历。

用了晚餐、签了合约，姜语宁正式成为光影传媒的一员。

"沈总监，我签约光影的消息，能不能等到下个月再公开？六号当天。"

"好的，我会先去替你接洽《茶悦》的录制。"沈以琛没有反对。刚才在席间，他已经听姜语宁说过了，霍雨溪大婚当天晚上，她会去晚宴上弹琴。那时候，媒体自然会把注意力放在她的身上，不需要公司做宣传。

"我想选择在那天，重生。"

"我期待你日后带来更多的惊喜。"说完，沈以琛拿着合同，撑着伞从顾家离开了。

姜语宁拿着自己的合约，长长地叹出一口气。所有的事情，似乎都在朝着好的方面发展。姜语宁偏头看着身边稳重而成熟的男人，心头一暖。

"二哥，你放心。以后，没人可以欺负我。"

陆景知低头看着姜语宁，神情宠溺。他仿佛知道自己为什么会被身边这个小祖宗吸引了，因为她身上有光啊。

"你们要亲热回家去，别在我面前肉麻。"顾平生受不了两人在这儿眉来眼去的。

"那……我下次来再给舅舅带惊喜。"姜语宁乖巧地说。

"走、走、走。"顾平生摆了摆手。


接下来的时间，姜语宁恢复到每天除了睡觉就是看剧本的状态。

其间，傅雅慧打电话告诉姜语宁，替她准备了晚宴的礼服，让她过去试试尺寸。连这些都准备到位，傅雅慧这是害怕她在晚宴上抢了霍雨溪的风头。

姜语宁不屑，但也懒得和傅雅慧浪费时间，便去了一趟半山别墅试了试礼服。礼服老气横秋的土黄色，像影楼里六十块一天的出租服，傅雅慧当她弱智还是当她眼瞎？

"你姐姐的婚期没剩几天了，你好好练琴，别到时候给你姐姐丢人。"

"放心，丢不了人。"姜语宁说，"到时候，我一定惊艳登场，让你倍感骄傲。"

"那就好，这裙子真不错。"

姜语宁听完，懒得吐槽。她没有表现出任何不快的情绪，反正到了那天，会有好戏可看。

几天后，沈以琛派人接走姜语宁，去洛城最大的一家茶庄录制视频："我把之前在老板家录好的视频发给了节目组的导演。导演看完，对你的兴趣很大，让我们今天再录一条。"

"没问题啊。"姜语宁看着那古朴的茶庄，心情很好。

"今天让你录一个绿茶的三投法，需不需要老师再跟你细说？"

"不用。"姜语宁摇头。

沈以琛颔首，让工作人员筹备拍摄。

"绿茶的三投法，是指上投、中投、下投。上投一般对茶叶的要求较高，要先在茶杯中注入七分水，温度适中，再投入茶叶……"

沈以琛看着镜头里的姜语宁，在氤氲热气的衬托下，她居然看上去仙气缭绕，和日常大有不同。就连工作人员都不禁感叹，这还是那个被人骂的姜语宁吗？

"就她了。"

身后忽然传来了一道男音。沈以琛转身，居然看到了节目组的导演，对方就站在拍摄房间的门口。沈以琛不禁道："崔导？你……"

"我知道你们在拍摄，特地过来看看，她不错。"崔导对沈以琛道，随后又问，"她学过？"

"听说她爷爷喜欢，她就特地学了。"沈以琛回答。

"晚上过来签合同，等节目组下具体通知。那么多试镜的艺人里，就这一个最像样。"导演说完，又特地看了一眼姜语宁。她的手法是真专业，他还趁机学了几招泡茶的技巧。

沈以琛含笑看着姜语宁录完视频，心情颇好："你被选中了。"

"啊？"姜语宁云里雾里的，这就被选中了？

拍摄那天，姜语宁觉得时间过得非常快。这是她出道以来，最轻松愉快的拍摄工作。当天她身穿青色旗袍，在山庄里泡了无数茶叶，完成度很高。

傍晚的时候，沈以琛送姜语宁返回御珑廷，并对她说："节目是四月中旬开播。那时候，你应该能在网络上刷一波好感。"

"我……其实挺招黑的。"姜语宁颤巍巍地回答。

"你自信点儿，没人会对这种节目有敌意。"

"那好吧。"姜语宁只能不去在意结果，已经习惯倒霉了。

"还有两天霍雨溪就大婚了，公司的通稿都准备好了，你呢？做好准备了吗？"在保姆车上，沈以琛询问姜语宁。

"那两天我要准备的东西可多了。如果有活动，你可不可以帮我挪后？"姜语宁反问沈以琛。

"你现在还黑着呢，没什么活动，放心吧。"沈以琛轻笑了一声。

"沈总监，你知不知道这样会被打的？"姜语宁瞪着他道。

"回家吧。"沈以琛率先下车，替姜语宁拉开车门。这时候，陆景知打开家门，走了出来。

"陆先生。"沈以琛出于客气，喊了一声。

"嗯，辛苦了。"陆景知神情很淡。

"二哥……"姜语宁朝陆景知扑了过去，画面肉麻到让人没眼看。

陆景知接着姜语宁，关上了门。

这时候，保姆车的司机忽然对沈以琛道："沈总监，我看得都想谈恋爱了。"

沈以琛直接回以凌厉的眼神："不，你不想。"


别墅里，其实并没有限制级的画面。

陆景知给姜语宁准备了一份礼物，姜语宁正在兴致勃勃地拆锦盒。

战袍、首饰，后天要用的东西，一件都不能少！

"哇——"姜语宁兴奋地从盒子里拿出战袍，自己先被美到了，"闪闪发光……"

那是一条用镂空网格亮片布料裁剪的A字裙，肩带是不对称设计，个性十足，有一丝帅气；深V的造型，彰显女人的性感，荷叶袖又显一丝仙气。姜语宁抱着裙子，很喜欢。

"二哥，你的眼光真好。"

陆景知坐在沙发上看着她兴奋的模样，扬着嘴角。

"这上面的编号是什么意思？"姜语宁发现裙子的吊牌上有一串数字。

"这是全世界唯一一条，侵权必究。"陆景知回答。

姜语宁仔细地翻看裙子的品牌，这下更惊了。她没想到，这样一条裙子居然来自Treasure——瑞士高级定制品牌，只为最珍视的人做裙子。老板是一个奇人，只给提供爱情故事并且能打动他的人做设计。

"这……这……什么时候准备的？"

陆景知从沙发上起身，然后亲自替姜语宁试穿裙子，并在她的耳边答："五年了。"

姜语宁再次惊住。

"Treasure的老板和舅舅是朋友。当年他在洛城做客的时候，我去找舅舅。舅舅一时话多，把我们的事情告诉对方。对方有感而发，当即设计了这条裙子并准备送给我。但那时候，我并没有要。前段时间，我给对方打了一个电话。他召集工人赶制出来的。"

"所以……这是一条有故事的裙子，专属于我的裙子。"姜语宁感觉心里酸酸胀胀的，很难受。

"很适合你。"陆景知将她柔软的长发从裙子里拿出来，然后仔细地打量她，"既然是我的祖宗，自然要配最好的东西。"

姜语宁低头看了一眼身上的裙子，连忙脱了下来，很珍视地道："别弄皱了。"

"如果你喜欢，以后我带你去瑞士。"

姜语宁摇了摇头："不，有这一条就够了。"姜语宁回答道，"我不贪心，这条裙子承载着我们的感情。"

陆景知俯身吻住姜语宁的唇，轻轻地摩擦了几下："下面还有配饰。"

姜语宁偏头看着桌上的盒子，忽然有些害怕，害怕又知道陆景知从前做过的傻事。

陆景知看穿了她的心思，低声说："那是我母亲的旧物。"

那是陆母仅存的没有太大变卖价值的饰物。

姜语宁这才放心地打开锦盒。里面就是极为简单的一串珍珠项链，还有一对珍珠耳环，明亮温润。她摸上去，似乎还能感受到上面有伯母的体温。

"我会好好戴的。"姜语宁握着项链，踮起脚吻了吻陆景知的嘴角，可是她眼眶红红的，说道，"你最讨厌了，总是弄哭我。"

陆景知环着她的腰，视线炙热："我还没用力，你哭什么？嗯？"

"流氓！"姜语宁瞪他一眼，然后推开陆景知，趴在了锦盒上，稀罕得不行，"啊，我的大宝贝，我要买一个保险箱将这些锁起来。"

说起来，当年陆景知变卖的那些伯母的物品，她得想办法弄清楚名单。大不了辛苦几年，多拍点儿戏，她想把那些东西都替陆景知找回来。

不过，那可能得私下找舅舅才能问到了，等处理了陆宗野和霍雨溪的事情后她就行动。


两日后，霍雨溪和陆宗野大婚当天。

天才刚亮，傅雅慧就来了电话，询问姜语宁是不是确定不去参加霍雨溪的结婚仪式。

姜语宁在床上还没完全清醒，语气有些懒："妈，我不去，说好了，只参加晚宴。"

"那好吧，你就在家里好好休息。"傅雅慧没有勉强。事实上，姜语宁不到场，她也不用紧绷神经。

娱乐记者一大早就去霍雨溪和陆宗野的婚礼现场踩点，上传了不少婚礼现场的布置照片到网上。千禧娱乐买了热搜，挂在了热搜榜上。可一个"小三"和一个"渣男"结婚，谁要看啊？

网友更关注的是姜语宁这天在干什么。姜语宁会不会去闹场？姜语宁会不会出来更新社交网站？然而，一个上午过去了，姜语宁什么反应都没有。网友着急了，纷纷喊话——

"为什么姜语宁不出来搞事啊？谁要祝福渣男贱女啊？这助长了'小三'的气焰。"

"姜语宁会不会在等仪式开始啊？"

"啊，一个'小三'还能正大光明地结婚，谁能告诉我这个世界怎么了？"

"姜语宁，你出来说句话啊。"

一个上午，网上吵吵嚷嚷。大家关注的不是陆家的婚宴多么惊艳，不是霍雨溪的婚纱多么奢华，而是姜语宁能出来搞点儿事情。

霍雨溪和陆宗野的仪式即将开始，姜语宁依旧没有动静。反倒是光影传媒，在官方微博上发了一条消息："搞个大事情，欢迎小姐姐加入光影传媒大家庭。"

微博下面是姜语宁的照片。此消息一发，众人惊了。

"光影，你是疯了吗？居然敢签姜语宁。"

"我千等万等，居然等来了姜语宁签约光影传媒的消息，太疯狂了。"

姜语宁签约光影的消息迅速传遍全网。其热度很快超过了霍雨溪结婚的热度，将他们的消息踩在了下面。

姜语宁见网上这么热闹，虽然众人十之八九是在嘲讽她，但是她并不在意，而是转发了光影的消息。

@姜姜爱风景V："等等，大招还没好。//@光影传媒V：搞个大事情……"

一时间，万千反对者一同进入姜语宁的社交平台。当然，姜语宁已经习惯了，消息一发，直接美滋滋地关了手机。

此时此刻，霍雨溪和陆宗野的婚礼仪式正在进行。没想到，媒体的焦点不在这对新人身上。光影宣布签约的消息后，姜语宁居然抢走了媒体大部分的注意力。

姜语宁那句"大招还没好"，给了不知多少网友希望啊。她是不是要出来搞事情啊？她到底搞不搞啊？！让人看个热闹呗？

在网友心中，光影是电视剧质量保证的代名词。如果哪天光影出品的东西也不堪入目，那网友对电视剧就真的不抱任何希望了。然而这样一家娱乐公司，居然在今天宣布签约姜语宁！

签约姜语宁！

光影疯了吗？凑什么热闹？

霍雨溪和陆宗野的婚宴很顺利，仪式也非常成功。也就是说从这一刻起，霍雨溪已经正式成为"陆太太"了。

仪式之后便是酒宴，但因为霍雨溪怀孕不便久站，所以取消了敬酒的环节。此刻，她与陆宗野已经入座主宾席，开始用餐。

"雨溪，姜语宁签约了光影传媒，你知道吗？"此刻，千禧娱乐过来参加婚宴的人将手机递给霍雨溪看。

霍雨溪愣了一下，又笑了出来："这怎么可能？"

"千真万确，光影上午官方宣布了。"

霍雨溪接过手机，直接看光影官方微博的消息。她心中不解，还伴随着不甘。但是她镇定下来一想，她已经是名副其实的陆太太了，不该把姜语宁这种小角色放在眼里。因此，霍雨溪将手机还给对方，故作镇定地道："那我真的应该恭喜她。"

"她这个消息今天'霸榜'一天了，连你结婚这么大的事都没能赶上她一半的热度。"

霍雨溪的脸色已经很难看了，但是对方没有注意到。

陆宗野看穿了霍雨溪的情绪，安抚了一句："她无论签了什么公司，晚上也得乖乖地过来演出，替我们助兴。没什么大不了的，嗯？"

"知道了。"霍雨溪对陆宗野优雅一笑，"我只是很诧异，光影的负责人是眼瞎了吗？"反正她不会承认自己妒忌。

"人家自己要犯蠢，谁挡得住？不说她了，今天是我们大喜的日子。"

在旁人看来，两人刚结婚，如胶似漆，一刻也不肯分开。在面对媒体拍照的时候，他们看对方的神情里充满了爱意。

姜语宁在家里看了一些现场的照片。不知道明天陆宗野的身份被公开以后，霍雨溪还会不会用这种依恋的神情看陆宗野。

午宴后，忙了一个上午的傅雅慧终于可以喘息一会儿了。她躲进休息室给姜语宁打电话，语气隐隐带着怒火："你签约的事为什么不和我商量？你眼里还有我这个母亲吗？"

"妈，这是我自己的事业，没必要事事都跟你报备吧？"

"那你为什么选择在今天公开？是为了给你姐姐难堪？"傅雅慧继续质问，"你不是答应我了，不会闹事吗？"

"我签约新公司，而且是圈子里数一数二的好公司，不应该得到你的祝福吗？妈，你为了那个继女三番五次地伤害我，这就是你口中所说的不会让我再受委屈？"姜语宁质问。

188

"语宁，你能不能听话一点儿？"

姜语宁懒得听，直接将电话挂断。

听话？今晚和明天，她就用实际行动告诉傅雅慧，她有多么听话。

霍雨溪依旧十分嚣张。为了炫耀自己，在下午的专访时，霍雨溪主动公开晚上姜语宁会参加晚宴的事情。

"今天是我的大婚之日，也是语宁签约新公司的好日子。在这里，我替她感到高兴，希望她以后可以一帆风顺。我知道各位媒体一定很遗憾，没能在婚礼现场见到我的妹妹。不过没关系，今晚她会出席晚宴，请大家一起期待！"

姜语宁不只出现，还是以表演嘉宾的方式出现，替新人送上祝福。

这是媒体在霍雨溪的婚礼上听到的消息。很快，姜语宁要参加霍雨溪的结婚晚宴的消息被媒体传开。而上午还期盼姜语宁搞大事情的网友顿时嘲讽起来。

"不是吧？她不去搞事情就算了，居然还去送祝福？祝福什么啊？"

"别告诉我这两姐妹和解了。我不相信。前几天霍雨溪还陷害姜语宁来着。"

"姜语宁，如果你被绑架了就眨眨眼，虽然我也不会去救你。"

"真的，没出息！姜语宁你有点儿出息！"

"姜语宁不是很'刚'、很猛的吗？你们忘了，她上午说大招还没好。我怎么觉得她会搞事呢？"

"这是看电视连续剧吗？真是让观众着急。"

下午四点的时候，姜语宁终于放下了手中的剧本，去更衣室开始打扮。

"小姐，先生出门的时候嘱咐过了。他六点会准时出现在家门口，接你去酒店的晚宴。"梁姐对姜语宁说着陆景知的安排。

"二哥……要和我一起？"姜语宁听完，诧异地转身。要知道，这可是公开场合。

陆景知这样，真的没问题吗？

外面的媒体，肯定会追着她不放。可她并不知道，新闻媒体尤其是以娱乐为主的，无法查阅"陆景知"这三个字，更不允许议论。

189

"既然先生做了这样的安排，你只需要享受就好。希望你们能有一个美妙的夜晚。"梁姐说完，退出两人的卧室，将空间给了专业的化妆师。

姜语宁想了想，觉得不放心，便给枯杰打了一个电话："哥，晚上二哥要带我走酒店的红毯。我怕媒体会胡乱揣测，你能不能帮我操控一下评论？"

"今晚你只管去，不相信你哥哥？"枯杰自信一笑道，"陆景知既然做了这样的安排，就是有了万全的准备。你不用害怕。"

"那明天……"

"明天上午九点，X社会准时爆料，稿子我亲自写。其中相关的证据，包括DNA检查报告，我全都会扔出去，毫无保留。"枯杰扬了扬眉，"爆猛料这种事，X社从不出错。明天，媒体和陆家，都得炸。"

"明天，你就看着天下大乱吧。"

"可我觉得对不起二哥。"姜语宁有些无奈。不管怎么说，这件事始终会伤害到陆家。

"你不必觉得对不起他，因为……"后期的很多事是陆景知和枯杰沟通了的。

"因为什么？"姜语宁追问道。

因为他比任何人都希望替你报仇。

"因为你可爱。"枯杰还是没说那句话，胡乱找了一个理由，"晚上好好享受，我妹妹一定是最金光闪闪的那个人。"

"那好吧。"放下手机后，姜语宁看着镜中的自己，深深地吸了一口气。

不知道为什么，她的心都快跳出喉咙口了。她不是没见过大场面，但这是第一次和陆景知一起出席这样的大场合。

姜语宁当然知道，那将是最痛快、最闪亮的一刻，但是她不想为陆景知带去一丝一毫的麻烦。可她又百分之百地相信陆景知的掌控力。

既然这样，那她就放开自己去享受晚上的惊艳目光吧。毕竟霍雨溪那几人，现在正等着羞辱她呢。

时间正一点点地逼近晚宴，傅雅慧在宾客间没看到该来的人，便打电话催促姜语宁："怎么还没看到你？要不要我派人去接你？"

"不用了，妈。我会在晚宴开始之前准时到场的。"姜语宁站在御珑

190

廷门口答道。

"你记得好好打扮，今天毕竟是你姐姐的大喜之日。"

姜语宁都懒得敷衍了，直接挂了电话。

与此同时，傅雅慧露出了极为不耐烦的神情。经过这段时间的接触，傅雅慧发现姜语宁越来越不听话了。她做事骄纵任性，非常自我。到底是在娱乐圈混了这么多年，她真是越来越没家教了。

"亲家母，语宁怎么还没到？"此刻，身穿香槟色礼服的李淑彤走到傅雅慧的面前，"她要是早说不来，我们就另做安排了。"

"她在来的路上了……"傅雅慧收起情绪，尽量平静地说。

"那就好，我以为她还心存芥蒂呢。她姐姐和姐夫都结婚了，她作为小辈，不来也太不像话了。"

"她没说不来。"

李淑彤笑了笑，连忙安抚道："亲家母别生气。等语宁到了，咱们好好说说她。"

傅雅慧冷哼一声，转身从李淑彤的面前离开。

"神气什么？把亲女儿安排过来给继女弹琴的人，不是你吗？"李淑彤嗤笑了一声，"现在不知道多少人等着看姜语宁的笑话，怪谁呢？"

傅雅慧还是听到了李淑彤的话，脸色顿时变得无比难看，便走去酒店花园透透气。来到酒店花园，她却听到了霍雨溪的娱乐圈朋友的谈笑声。她们在花坛边肆无忌惮地说着："姜语宁要真敢来，今晚不知道多丢人。"

"她这是来干吗？她还有没有自尊？前未婚夫被姐姐抢了，她还跑来给姐姐弹琴助兴？"

"等着看笑话吧。听雨溪说，姜语宁的礼服还是她挑的呢。到时候看她的造型，一定笑掉人的大牙。"

傅雅慧听完这些话，脸色更加难看了。她当时这样提议，一是想对媒体释放姐妹两人和好的信号，二是想让姜语宁多结识一些优秀的青年才俊。她没想到，霍雨溪居然这样利用她。

傅雅慧现在有种作茧自缚的感觉，躲在无人的角落压了半天怒火。她最后实在是忍不了，又给姜语宁打了一个电话："语宁，当时是妈不好，不该勉强你过来弹琴，今晚你别来了。"

191

"怎么？妈现在知道这是一场鸿门宴了？"姜语宁对着手机笑道。

"你丢人，我这个母亲脸上也不会有光彩。"

"那我还真是非去不可，半小时后到。"姜语宁坚定地说。此时，她已经看到陆景知的黑色轿车驶入了家门口。司机替她拉开车门，姜语宁提裙上车，在英俊的男人身边坐下。

陆景知微微侧身，看了看盛装打扮的姜语宁，情不自禁地将她拥入怀中："你今晚，真的很美。"

姜语宁趴在陆景知的肩上，含笑回答："你还是这么帅，我的天神。"

"今晚，好好享受属于你的光彩，天神只为你服务。"陆景知在姜语宁的耳畔说完这句话，在她的耳垂上落下一个吻。

姜语宁红透了脸颊，紧紧地抱住了陆景知的脖子："我好紧张啊，但是我又真的很开心。因为我可以光明正大地站在你的身边，可以霸占你一个晚上。"

陆景知轻抚她的头发，说："不只是这个晚上，你想占多久就占多久，我是你的。"

在去酒店的路上，陆景知花了很大的力气才忍耐住不去亲吻她娇艳欲滴的薄唇。


七点的洛城，夜色渐浓。城市的各大电子屏幕上，此刻正在投放霍雨溪的粉丝的婚礼应援。只不过看上去，透着几分讽刺。

希尔顿酒店里，此刻宾客满堂。其中，千禧安排的媒体记者早已就位。一对新人穿梭在宾客之间，但宾客的兴趣点都在姜语宁的身上。

"雨溪，你妹妹该不会不敢来了吧？"

"管她来不来，反正今天是雨溪姐的主场。我没见过比雨溪姐更漂亮的新娘子了，瞧瞧她这一身礼服，那可是价值百万呢。"

"就是，雨溪姐，有你在场，那小贱人只有认输的份儿。"

霍雨溪和她的姐妹，此刻正兴致勃勃地贬低姜语宁。而一旁的媒体记者，也等着看这出好戏。

网上不都在骂吗？说姜语宁没出息，被这样欺负了还参加这两人的婚礼，活得毫无尊严。宾客似乎已经默认，今晚不会看到姜语宁。可这时，一个小男生跑进了酒店的大厅，对众人道："姜语宁来了，姜语宁来了……"

众人的目光都被这个男生夸张的肢体语言吸引住了，他还有下一句："但是姜语宁不是一个人来的，而且她好漂亮呀，你们快去看。"

挨近门口的宾客，拥出大门去看。霍雨溪和她的姐妹也跟着挤了出去。

她们就不相信姜语宁能漂亮到哪儿去。

酒店的门口很快被宾客挤满。这时候，台阶之下的姜语宁闪闪发光。她优雅地挽着陆景知的手臂，在人们震惊的目光中走上了红毯。两人的身后，是八个高大威武的保镖。这阵势，犹如王妃出行。

"天啊……这是贵族出行吗？姜语宁好漂亮啊。"

"那不是陆家继承人吗？姜语宁怎么和陆景知在一起？"

"这你们就有所不知了。当年陆家和姜家最要好，姜语宁和陆宗野一起长大，和陆景知自然也是青梅竹马。以前他们是避讳关系，现在陆宗野都和别人结婚了，他们自然可以不用避讳了！"

"好羡慕姜语宁啊。"

姜语宁挽着陆景知的手臂，一同走向红毯的尽头。这时候，人们很自然地让开了道。他们知道这位宾客的分量，没有人开罪得起！

若说霍雨溪嫁入陆家，已经让洛城女人羡慕了。那么此刻，姜语宁就是让整个世界的女人嫉妒。她身旁的陆景知，就是十个陆宗野也不及万分之一。

可是，这样一个神秘而传奇的男人，居然把姜语宁保护得滴水不漏，周围人根本靠不近。

姜语宁太风光了！她的男伴居然是陆景知。

周围宾客露出了艳羡的目光，包括霍雨溪以及她的姐妹。

她们也没想到，陆景知居然会和姜语宁一起到场，还是以如此轰动的方式出现。这不明摆着打霍雨溪的脸吗？

"雨溪，我怎么觉得，姜语宁很风光呢？"

"雨溪姐，姜语宁和陆家二少，关系很好，对不对？"

霍雨溪愤愤地看着身边的几个姐妹。她也没想到姜语宁居然这么漂亮，漂亮得让人嫉妒。更没想到的是，陆景知居然护着她！这个陆家的核心人物，居然向着姜语宁。

霍雨溪忽然很后悔给了姜语宁出风头的机会。此时，陆景知已经带着姜语宁进入了宴会大厅。至此，整个宴会的焦点都落在了姜语宁的身上。

媒体对着两人一阵狂拍，姜语宁这哪里是来受辱的？这分明就是来拆台的呀。

"快看啊，姜语宁那一身裙子可真漂亮。"

"这样一看，霍雨溪比姜语宁老了十岁。陆家三少爷的眼光，怎么回事啊？"

"姜语宁什么时候这么漂亮了？"

四周宾客连连发出感叹之声，惊叹姜语宁今晚神仙一样的美貌。这样一比较，霍雨溪那奢华的礼服，真是浮夸又显老。

霍雨溪站在宾客当中，不甘被姜语宁抢了风头，便和陆宗野径直走到了两人的面前，微笑道："二哥、语宁，你们怎么一起来的啊？"

"就是，二哥，你……平时都不带女伴的。"陆宗野也颇为难受。他之前真的没发现姜语宁居然可以这么漂亮。

"我们从小一起长大，没有谁比她更有资格做我的女伴。"陆景知淡然地回答道。

陆宗野顿时哑然。

"语宁，你怎么没穿妈咪替你准备的礼服啊？"霍雨溪看着姜语宁身上的裙子，语气泛酸地问。

"哦，因为丑啊。"姜语宁挽着陆景知的手臂，脸上挂着微笑，"你觉得我没有审美能力，还是我没有脑子啊？"

霍雨溪听完，变了脸色。这时候，傅雅慧从人群中走了过来，惊喜地看着两人："语宁、景知。"

"妈咪，语宁嫌弃您准备的礼服……"霍雨溪想也不想地恶人先告状，以为自己还能争宠成功。

然而，傅雅慧没给她半分面子，冷淡地说："那不是你给的建议吗？"

霍雨溪顿时脸色铁青，伪装不下去了。

傅雅慧全然当作没看见，只是拉着姜语宁的手，慈爱地道："想不想弹琴，就看你高兴。我亲女儿今晚这么漂亮，可不是来做陪衬的。在场有很多你从前认识的叔叔阿姨，你让景知带你好好转转。"

"我说过的话不会食言。只不过姐姐，等一会儿你别怪我抢你的风头啊。"姜语宁俏皮地说道。

"你……"霍雨溪忍不住把双手握成了拳头。

"我先给你介绍几个人。"陆景知都懒得多看一眼霍雨溪，带着姜语宁去了宾客间。

姜语宁毕竟是大户人家的女儿。即使姜家破产了，但在这种场合里，她依然表现得大方得体，能够得到各种客人尤其是老一辈人的欢心。

再看霍雨溪这一行人。

李淑彤的出身本来就不好，而霍雨溪表现出来的种种行为，也处处透露出一股小家子气。两人都像暴发户，没有一点儿涵养。

由此可见，霍家本身就上不了台面。

在这期间，媒体对着姜语宁和陆景知疯狂地拍照。很快，消息就传遍网络，围观网友又发表见解了——

"姜语宁这是去砸场子的吧？她怎么能比新娘还漂亮？"

"听说姜语宁今晚是和陆家继承人陆景知一起出席的。我酸了！陆景知好帅啊！"

"陆景知是谁？"

"陆景知都不知道，外星来的吗？"

"哈哈哈，我看到霍影后的脸都绿了。"

"所以霍雨溪是自取其辱吗？"

光影传媒更加过分，直接在官方微博上发了一句："大招已经备好。"而配图则是姜语宁挽着陆景知露出精致侧颜的照片。只不过，图片中的陆景知只有背影。

即便只有一个背影，也足够旁人羡慕了。

"这是陆家继承人陆二爷吗？"

"啊啊啊，这两人好般配啊，神仙颜值啊，在一起吧！"

"差点儿忘了，这两人是青梅竹马，好像一段神仙爱情啊！"

"所以，霍雨溪到底有什么可嘚瑟的？"

从姜语宁进入大厅的那一刻起，宾客的目光全都放在了姜语宁的身上。她漂亮、开朗，从骨子里透出大家闺秀的风范。

再加上她一直依偎在陆景知的身边，两人直接掌控全场。再没有人说霍雨溪是"全场最佳"这种大话了。周围人都快忘了霍雨溪的存在，以为今天是姜语宁和陆景知的订婚典礼。

李淑彤在一旁气得想吐血，直接抓着陆宗野道："今天是你们结婚，还是她姜语宁结婚？她在这儿得意什么？"

"容不得也没办法，你没看到二哥护着她吗？"陆宗野用下巴指着宾客中的两人道。

"你二哥到底是怎么回事？"李淑彤脱下了手上的白色手套，心里愤愤不平，"我去找她。她不是来表演节目的吗？她这么会抢风头，我倒要看看她能拿出多少真本事？"

陆宗野想拦她，但是没拦住。

李淑彤走到姜语宁和陆景知两人的面前，压着怒火道："语宁，你不是说给你姐姐送礼物吗？是不是也该让我们大家见识一下了？"

姜语宁这些年混得不怎么样，而且没人听姜语宁弹过琴。

事实上，姜语宁早些年就已经表现过这方面的天赋了。在《天才曼祯》那部青春剧里，她饰演了青春期还未出名的钢琴演奏家曼祯。剧中，钢琴演奏是她亲自弹的。

姜语宁能在那部戏中试镜成功，就是因为钢琴弹得好。

那部剧播出后，受到了颇多关注。虽然那部剧最后烂尾了，但钢琴部分还是引起了很多人的注意。她在接受采访的时候说过那是她自己弹的，但是当时没人相信，还有人骂她炒作。

姜语宁解释过，但没有人信，人微言轻。后来，这件事也就不了了之了。

"姜语宁还真要给霍雨溪弹琴助兴啊？"

"毕竟是她亲口答应的，那还有假？"

"可是她会吗？当年因为这件事，她还被人说了，你们忘了？"

听到四周的宾客都窃窃私语，姜语宁看着李淑彤，嘴角弯了起来，答应道："好啊。"

"钢琴在那儿。"李淑彤转身，指着大厅中央的钢琴道，"你就为你姐姐和姐夫，好好地弹一曲助助兴吧。"

姜语宁轻嗤一声，偏头看向陆景知，用眼神安抚他，示意他宽心。

陆景知从未担心过，只是选了一个位置坐下，尊贵如帝王。

随后，姜语宁迎着众人的目光，走向了那架白色的三角钢琴，然后坐下。

众人拿着香槟美酒围了上来，速度极快，仿佛又有好戏可看了。更有人直接打开了手机的录制功能，对着姜语宁。

"开始呀！"

姜语宁将白皙纤细的双手放在了琴键上。但是，她不是为了霍雨溪和陆宗野那对男女。

她是为了自己！

"怎么？你还在等什么？"

面对李淑彤的挑衅，姜语宁没有搭理。她闭眼静心，在宾客的目光中，优雅地弹奏起来。

"这是《克罗地亚狂想曲》吧？"有客人已经从前奏听出了曲目。

姜语宁看了对方一眼，对方立即识趣地捂住了自己的嘴巴，但是难掩兴奋的表情。

这首曲子十分激昂，充满激情。再看姜语宁，她的手指在琴键上飞舞着。宾客除了感受到震撼，只觉得眼花缭乱。

当然，这首曲子的难度比不上《野蜂飞舞》。但就从意境上看，姜语宁更喜欢《克罗地亚狂想曲》。

此刻，大厅里流淌的只有激昂的琴声。这是人们第一次在公开场合看到姜语宁弹钢琴，包括陆景知。

年少时，陆景知听过她房间里的琴音，但极少见她正式演奏。

今日一见，他的那颗心似乎跟着她在琴键上飞舞的手指，一起激昂。

这是他的女人。有那么一刻，他自私地想把姜语宁关起来，只让他看到她的美好。

只是短短的三分钟时间，宾客从最开始的嘲讽到最后的目瞪口呆。人们对有真材实料的人，总会不自觉地发出赞叹的声音。

"好好听啊……"

最后一个琴音落下，宾客发出感叹，紧接着便是激烈的掌声。

一曲终，姜语宁还坐在钢琴凳上。

霍雨溪不甘被冷落，硬挤开宾客，笑着对姜语宁道："语宁，姐姐谢谢你，送了这么好听的一首曲子给姐姐，还有你姐夫。"

霍雨溪话音一落，顿时便有不少宾客惊讶地看着她。

姜语宁笑了起来，忍不住抖动肩膀："不用谢。"

"霍雨溪是不是傻子啊？这首《克罗地亚狂想曲》表达的可是战争和新生……她之前不是拿了音乐奖吗？连这个都不知道？"

"姜语宁这哪是在祝福啊？这是在宣战啊！"

"选曲很有意思。"

"姜语宁的琴技虽然没到顶级水平，但我能看出她受到过很好的艺术熏陶，这不是一朝一夕可以练成的。我只是好奇，霍雨溪不也号称大家闺秀吗？她怎么会如此丢人现眼？"

四周有宾客忍不住嘲讽起来，毫不客气地指着霍雨溪议论。把挑衅当祝福？也只有霍雨溪了。她还在这么多宾客的面前不懂装懂，的确肤浅。

姜语宁不觉得奇怪。霍家从前就是小门小户，如果没有傅雅慧的大力支持，霍家又怎么会发展成东恒？

这一刻，霍雨溪难堪到了极点，恨不得找个地缝钻进去。

陆宗野看不下去，走上前来将霍雨溪护在身后，对姜语宁发难："你什么意思？今天是我跟你姐姐的大喜之日，你是不是还想报复我们？我们已经结婚了，你应该适可而止吧？"

人们看着陆宗野质问姜语宁。他似乎要把姜语宁钉在十字架上让众人唾弃，这是要开战了？

姜语宁的神色冷了些。不过，她还没有反击，就听到了陆景知极为低沉的声音。他说："过来。"

这一刻，陆景知因为被人触碰到了逆鳞，声音变得冰冷至极。

姜语宁听话地从钢琴凳上起身，走到陆景知的面前。

陆景知凝视着她："我还在这里呢，你就叫人欺负了？"

在场的女性宾客见了，差点儿发出尖叫声。

陆景知这是把弟弟丢在一边了吗？

"哪儿能呢？"姜语宁顺势挽住了陆景知的手臂撒娇，随后又转头看着陆宗野，说，"既然是邀请我过来助兴，那曲目自然是由我选择。再说了，本来就是一对'渣男贱女'的婚礼，我想报复就报复，给不给面子看我的心情。什么叫适可而止？你们心里应该有点儿数，在场的人都知道你们的婚事是怎么来的。"

"姜语宁！"陆宗野气红了双眼，差点儿就要对姜语宁动手。

但陆景知就在这里站着，尊贵逼人、冷酷俊逸，只是那么一眼，就让人心惊胆战。

"宗野，算了。"霍雨溪拽住陆宗野的手臂道，"由着她吧。"

瞧着霍雨溪那无辜委屈的双眼，姜语宁指着她道："姐姐，你该不会要在这时候肚子疼了吧？"

"语宁，我知道是我们对不起你。可我们现在已经结婚了，你就不能祝福我们吗？"

"我祝福啊。"姜语宁诚恳地说道，"但那要在你们没有存心想羞辱我的前提下。你们给我奇丑无比的礼服，让我过来给你们弹琴助兴，你们考虑过我的感受吗？

"想让我当陪衬？你们也配？"

如此盛大的婚礼晚宴，新郎与新娘居然被气得五官变形，宾客见了，不禁唏嘘不已。

姜语宁的确是"刚"，不，应该说是猛。要弹琴就弹琴，要助兴就助兴。结果她弹了一首《克罗地狂想曲》，把新娘的无知都试探出来了。

在场的宾客心知肚明，这不是姜语宁的错。如果霍雨溪不是有羞辱姜语宁的心思，也不会弄成现在这种局面。谁能想到，姜语宁会以牙还牙，以眼还眼呢？

"好了，当我们倒霉，请了一个瘟神过来。"李淑彤不想闹出更大的笑话，便将陆宗野和霍雨溪一同拉往酒店的休息室。

姜语宁脸色如常，知道身边的这个男人会守护她，不让她受半点儿伤害。为了不让男人继续生气，她还在暗中捏了捏男人的手心，以示安抚。这时候，一个年轻的小伙子拿着手机凑到了姜语宁的面前："姜语宁小姐姐，和大家打个招呼吧。"

原来，这个人不是在录制，而是在直播。

姜语宁见了，马上对镜头打招呼："大家好，我是姜语宁。"

视频里的姜语宁金光闪闪，仙气撩人。

当然，以防陆景知出镜，姜语宁下意识地挡住了他。

陆景知知道她的用意，轻轻地揉了揉她的脑袋，动作无奈又亲昵。

"我把你刚才弹的曲子上传到网上了，好多人夸你呢，真好听。"

199

姜语宁看着对方的视频，下面的点赞数量和留言数量已经好几万了。

"不好意思，我就是一个小网红，顺便给你点个赞，厉害。"

姜语宁听完，大大方方地笑了起来。很快，酒店的大堂恢复如常，姜语宁也跟着陆景知在宾客之间游走寒暄。

霍雨溪那几人应该是气得不轻，半天不见他们的踪影。

婚宴还在继续，依旧热热闹闹的。而网络上，炸开了锅。

"姜语宁晚宴弹奏曲目《克罗地亚狂想曲》视频大公开"这一话题很快就上了热搜。

众人点开视频，看得津津有味。他们之前还说，如果姜语宁做了没骨气的事情，就不再关注她。结果，视频一出来，众人就争相点击。

"天哪，姜语宁厉害了。"

"哈哈哈，姜语宁简直是人才。在婚礼上弹和战争题材有关的曲目，这是公开和霍雨溪宣战了吗？"

"小姐姐好厉害啊。"

"姜语宁这脸，还打出了节奏感。"

众人的关注点都不一样，但是他们不可否认的有两件事：第一，姜语宁真的很会弹钢琴；第二，姜语宁真的"刚"得不行。听说，姜语宁在婚宴上差点儿把霍雨溪那对"渣男贱女"气出猪叫声。

网友纷纷感叹，好想感受现场的氛围。

看到姜语宁弹琴的视频，有网友扒出了姜语宁当年出演《天才曼祯》的花絮。

"当年就有人说，姜语宁在《天才曼祯》里面是真弹，但是没有人信。现在我把视频找出来了，大家对比一下。当年姜语宁没有炒作，她是真的有才华。"

那时候姜语宁刚出道，模样还很青涩，演技也很稚嫩，但脸上是满满的胶原蛋白。

花絮里，姜语宁一个人在镜头前弹琴，那双手犹如飞舞的精灵。再看最新的视频，姜语宁弹奏钢琴的样子，和从前无多大差别。

那时候，不知多少人对这样一个小女孩儿恶语相向，骂她炒作、不要脸。姜语宁刚入娱乐圈，受到前辈欺负排挤，有苦难言。那时，枯杰也还没有混出名堂。姜语宁只能让名声这么臭着，从未解释过。现在倒好，在霍雨溪的婚宴上的钢琴演奏，让她洗刷了当年的冤屈。

"当年那些骂过小姐姐的人，不出来给人家道歉吗？"

"道歉！"

"道歉！"

此时，网友纷纷出来表态，光影总监沈以琛也是网友之一。他在办公室加班，也在看今天的热闹。看到姜语宁弹琴弹得这么专业，他的脑子里又浮现了无数种想法。这还真是一个宝藏女孩儿。

虽然这次弹琴并不能马上改变姜语宁在网友心里的固有形象，但是他相信水滴石穿……对了，听说明天还有更大的丑闻。

沈以琛赶紧关上电脑，收拾办公桌，准备回家休息，为看明天的好戏养精蓄锐。

夜晚九点，宾客离开一半，霍雨溪的婚礼晚宴接近尾声。

姜语宁穿着高跟鞋有些累了，便悄悄地对陆景知说："二哥，我想在旁边坐一会儿。"

"脚疼？"陆景知低头看着她泛红的脚跟，便带着她到晚宴的休息区，"坐下。"

姜语宁听话地坐下，却见陆景知也跟着蹲身。

"二哥，你干吗？这么多客人在。"姜语宁连忙阻止。

"脱鞋。"陆景知抬起她的脚，当着众人的面脱下她的白色高跟鞋放在一边，"我让何秘书从家里送一双鞋过来。"

"不用了，都快结束了。"姜语宁连忙道。

见陆景知蹲在姜语宁的面前，四周的女宾客又酸了起来。

"哇……他们到底是什么关系啊？怎么会亲密到这种程度？"

"大哥哥和小妹妹吧。他们要真有关系，哪里还有陆宗野的事？"

"真羡慕姜语宁。和男神一起长大的，怎么不是我呢？"

"这就是青梅竹马的威力，羡慕使我样貌丑陋。"

"姜语宁都被宠成小公主了。陆家还缺妹妹吗？好吃懒做的那种……"

周围人说什么，陆景知不听，也不在乎。他高大的身躯从未在其他女人面前停留过，除了姜语宁。

姜语宁看着陆景知，不敢露出迷恋的表情，不想让人看出她和陆景知的关系。但她又非常享受陆景知给她的这份独一无二的呵护。静了一会儿，姜语宁用唇语对陆景知说："二哥，有你在身边，真好。"

陆景知看着她，好半晌才回答："睡前再表示你的感谢！"

姜语宁忍不住脸红了，这男人真犯规。

经过这一场晚宴，姜语宁大概能够体会霍雨溪渴望嫁入豪门的心情了。

霍雨溪没有高贵的出身，但是想过顶级的生活，满足自己无穷无尽的虚荣和欲望。只是她用尽了一切手段，却选了一个冒牌货。

要不这怎么叫报应呢？明天她就会知道，什么是真正的噩梦。

夜晚十点，客人相继离席。傅雅慧送走朋友，才把目光放在了姜语宁的身上，道："你既然脚疼，今晚就别回去了。你就在酒店休息，和妈妈住一个房间。明天一早，妈妈再送你回去。"

姜语宁用余光看了一眼还在和客人攀谈的陆景知，摇了摇头："妈，我明天还有活动，一定要回去。"

"你和景知，到底怎么回事？"傅雅慧趁陆景知不在姜语宁身边的时候，特意问道。

"他大约是看我可怜吧，被姐姐抢了未婚夫，还要被抓来弹琴助兴。我们毕竟是从小一起长大的，他看不过眼。这不是人之常情吗？"姜语宁一边摸着脚踝，一边平静地解释，"不然妈以为是什么？他能看上我？"

"那倒不是，只不过你姐姐现在做了陆家人，以后少惹她，知道吗？景知毕竟是外人，不可能随时帮着你。"傅雅慧嘱咐道。

"哎呀，今天咱们语宁可是出尽风头了。"李淑彤讥笑着走到她们的面前，"我也是第一次见到姐姐结婚，妹妹如此高调的。语宁，你这仇恨，怕是没有尽头了吧？"

"亲家母，我还在这里呢。"傅雅慧站起身来，提醒李淑彤。

"语宁，不是我说你。女孩子就要像雨溪那样识大体，整天把家里弄得鸡犬不宁的，是没人会看上你的。"李淑彤啧啧了两声，"亲家母，你也别怪我说话难听。毕竟今天我们陆家人，难堪得很。"

"比起为嫁豪门、用尽手段的伯母来说，我自然是不好找对象了。不过，我真的要恭喜你，找了一个志同道合的媳妇儿。"姜语宁说完，从沙发上起身。

这时候，陆景知也告别了客人，走到姜语宁的面前："走吧，我送你回家。"

"景知，你好歹是陆家人。今天是什么场合，你居然帮外人？"李淑彤不怕死地发牢骚。

"我是陆家的继承人，你是什么？"陆景知直接反问一句，接着道，"无论你的儿子生了几个孩子，陆家的一切和他都没有半点儿关系。这点，你最好牢记。"

"你……"李淑彤气结。

陆景知不再理会她，弯腰拿起姜语宁的高跟鞋，将姜语宁打横一抱，向外走去。在场没人知道陆景知的一语双关，只有姜语宁一清二楚。

"二少爷，轿车已经备好。"管家在陆景知的身旁提醒。

"去锦徽园。"陆景知说道。他这其实是说给傅雅慧听的，毕竟做戏就要做全套。

姜语宁听了，为免自己笑出声来，连忙将头埋在陆景知的胸膛里。这男人，为什么说假话都能一本正经呢？

李淑彤的脸色异常难看。遇到陆景知，她就从来没有赢过，半分好处都讨不到。

至于傅雅慧，既然霍雨溪已经如愿嫁入了陆家，那么她的任务也就完成了。但她不认为霍雨溪会老实下来。不过，后面的事就与她无关了。于是，傅雅慧扭头走向自己的房间。

李淑彤看着傅雅慧离开，不屑道："母女两人一个德行。"李淑彤不知道东恒真正的掌权者是傅雅慧，还在这儿自鸣得意。

大厅里，此刻还剩下保洁员忙碌的身影。李淑彤把那母女俩咒骂了一遍，才回自己的房间。


此时，临近十一点。

换好睡衣的霍雨溪，看着堆满房间的新婚礼物，高兴得合不拢嘴。

陆宗野沐浴后回到新房，看到妻子，情不自禁地搂了上去："我终于娶到你了。"

"我也终于是陆太太了。"霍雨溪很兴奋。最终嫁入陆家的人，是她，而非姜语宁。

即便姜语宁在婚宴上出尽风头，可那又怎样？丈夫是她的，陆太太的头衔也是她的。以后，她还会为陆宗野生下儿子，继承陆家的家业。而她的演艺事业也会蒸蒸日上。即便姜语宁签约了光影传媒，那又如何，不还是被她踩在脚下吗？

"以后，我绝对不让任何人欺负你，尤其是姜语宁那个小贱人。"陆宗野将霍雨溪转过身，俯身吻住她。

霍雨溪含羞地将他推开，拒绝道："不行，肚子里的宝宝还很脆弱。"

"放心，我会很小心的。"说完，陆宗野不顾霍雨溪的反对，强行将她抱上了床。

今夜，是他们最后的狂欢。


夜幕里，黑色轿车行驶了整整四十分钟，终于到了御珑廷的门口。

陆景知低头看怀里的女人，她睡得很甜。于是，他散去保镖和司机，就这么抱着姜语宁睡在车里。

海风很凉，可是车里很暖。

不过，毕竟不是在柔软的床上，姜语宁很快便因为不舒服的姿势睁开了双眼。陆景知俊朗的侧颜就这样映入她的眼帘。姜语宁连忙坐直身体，揉了揉眼睛："二哥，怎么不叫醒我？"

陆景知偏头看着姜语宁，自然是没舍得。

"那我们回家吧。"姜语宁说完，就要推开车门。陆景知却把她摁在车门上，用力地吻了起来。

安静的轿车内，此刻只有两人亲吻的声音。姜语宁看着男人英气的眉眼，主动地搂住他的脖子："今晚我过得很开心，所以任你处置。"

"任我处置？"陆景知扬眉，疑惑地看着她。

"难道你不是想在这里试试……"姜语宁越说越心虚。她猜错了吗？

陆景知听完，弯了弯嘴角："施展不开，如果你想……改天换辆车。"

"我才不想。"姜语宁红着脸推开车门。只是脚刚碰地，她就疼得受不了，又收了回来，埋怨道，"别人结婚，怎么难受的是我的脚？"

"以后我们结婚，不让你穿高跟鞋。"陆景知在她的身后自然地说道。

## 第八章
# 真假少爷

姜语宁愣了一下，很显然没想那么遥远："二哥，我……"

"我没说现在。"陆景知明白她的意思。他从另一旁下车，将她从车里抱了出来。

"你生气了？"姜语宁小心地打量着男人的表情，"我不是不想嫁给你，我只是……"

"那就是想过？"

"谁不想做你的新娘啊？"姜语宁在他怀里感叹道，"我做梦也想的。我小时候玩芭比娃娃，还会给她配男孩子。然后，我就把那男孩子当成你，因为太喜欢了。"

"现在呢？"陆景知抱着人，走向家门。

"现在我更喜欢了。"姜语宁将头埋在陆景知的脖子边，用力地蹭，"二哥，我们顺其自然好不好？等到哪天，我们觉得时间合适了，就结婚。"

"好。"陆景知喉咙一紧，声音有些发颤。他能拥有她，此生便完美了。

姜语宁很困，回家洗漱后，倒头便睡。

陆景知看向她白皙的脚踝，轻轻地下了床，拿出药箱，找出相关药品替她消毒上药，再把她的腿放回被褥里。有时候，喜欢无关身份，他就是愿意为她想尽一切、做尽一切。

凌晨，万籁俱寂。此时，X社的办公室还亮着灯。为了明天的那出好戏，枯杰正在整理资料，小娱乐记者陶睿哲还在捣鼓图片。

"杰哥，我横看竖看，觉得语宁姐是我见过的最漂亮的女明星。为什么还有那么多人诋毁她呢？"

"她再漂亮也不是你的。"枯杰摁了摁他的脑袋，"与其在这里做这些无意义的事情，还不如回家早点儿睡觉。"

"我不，我决定给语宁姐成立后援会，整理她的作品和美图。"

"你现在成立，只会引来大批反对者。"枯杰习以为常地道，"她现在不需要。"

"可我是语宁姐的铁杆粉丝，我相信我一定能找到志同道合的人！"

枯杰见他一副雄心壮志的样子，忍不住笑出了声："那你去找吧，真是没受过伤害的小屁孩儿，不知道人心险恶。"说完，枯杰又把视线转回电脑屏幕上，检查明天早上要发出的帖子。

终于，陆宗野那个人渣，要下地狱了。

第二天，晨光熹微，海鸥的叫声和海浪的拍打声同时传入御珑廷二楼的卧室。为了不错过九点的好戏，姜语宁早早地就醒了过来。她抬头一看时间，才早上六点。

姜语宁叹了一口气，是太想看到那人渣的丑事曝光了吗？她居然这么兴奋。她放下手机转过身，看到了陆景知的睡颜。阳光下，这睡颜格外亮眼。

这样的画面，曾经只能出现在她的梦里。

姜语宁撑着身子，一直看着陆景知精致的五官，全然没注意到滑落的被褥泄露了她的春光。

陆景知感受到炽热的目光，睁开双眼，便看到了吸人眼球的一幕。他直接将姜语宁拉入怀里："大清早就不知死活？"

"才不是，我只是很少看到你的睡颜。"姜语宁撒娇道，"今天好不

206

容易比你先醒。"

"你既然醒了，要不要和我一起吃早餐？"平时陆景知出门的时候，姜语宁睡得正香，两人的早餐时间几乎都错过了。

"要。"姜语宁连忙答道。

陆景知点点头，然后起身绕到她的面前，展开双臂。

姜语宁立即跳了上去，并且用双腿牢牢地缠住陆景知的窄腰。

陆景知抱着姜语宁，带她进入浴室，把她放在了盥洗台上。接着，两人一起洗漱。

梁姐很少见两人一起吃早餐，见两人同时下楼，有些诧异："小姐也起了？"

"为了和他一起吃早餐。"姜语宁搂着陆景知的胳臂说，"二哥早上一般吃什么呀？"

"喝浓茶，吃传统的糕点。"梁姐回答，将茶杯和糕点都放在餐桌上。

姜语宁看到餐桌上的东西，觉得眼熟。她轻轻地拿起陆景知的茶杯闻了闻，再看向身旁的男人，忍不住眼眶发酸。

"怎么了？"梁姐见此，疑惑地问道。

"我以前爱吃这些。"姜语宁解释。

"我习惯了。"陆景知低声道。

原来他们都做过这种蠢事，把对方的爱好当习惯，以这样的方式维系微弱的感情。

"大清早你就要惹哭我。"姜语宁仰起脑袋，把眼泪憋回去。她知道这是心疼一个人的感觉。

"那，吻一下？"陆景知碰了碰她的脸。

姜语宁没忍住，又笑出声来。


早餐后，陆景知从御珑廷离开。不过走前，他还不忘嘱咐一句："我把何秘书的电话输入你的手机里了。如果今天有事发生，联系他，懂吗？"

"好。"姜语宁挂在陆景知的身上蹭了蹭，目送他离开家门。

她真不敢想象，以后要是离开他，她该怎么办？

姜语宁和枯杰约好的时间是上午九点。X社一向准时，正因为如此，她觉得这个上午比想象中要难熬。

姜语宁虽然待在客厅里看剧本，但总是看向墙上的挂钟。当时针指向九点，她马上拿出电脑直奔X社官网。

枯杰办事一向稳妥，此时首页已经挂上了最新的消息。鲜红的大字加配图，挤满整个首页，冲击人的视觉。

《猛：陆宗野冒牌身份曝光，DNA报告公开！》——这是首页的最大标题，那个"猛"字，加粗加红加闪烁，下面还有副标题——《昨日新婚，今日离婚，豪门少爷竟是假冒！》《陆家真公主在寒窑鸣冤，陆家假少爷在新房缠绵！》。

姜语宁点进文章看了看，心想，自己的大哥不去做编剧真是屈才了。应该说，枯杰还适合做刑侦人员。他发的帖子，字里行间逻辑感十足，而且证据确凿。

帖子一发，网友炸了，陆家也炸了。

此时，陆宗野还没有起床，但霍雨溪已经接到了经纪人的电话。

"雨溪，出大事了。陆宗野根本不是陆家的少爷，你被骗了！"

霍雨溪云里雾里，头昏脑涨地打开经纪人发来的爆料帖。看完整个爆料帖，她差点儿疯了："不，这不可能，这是假的！"

陆宗野被霍雨溪的尖叫声惊醒，有些烦躁地从床上坐起身，抱着霍雨溪问："怎么了？"

霍雨溪挣脱陆宗野的双手，将手机摔到他的身上："怎么了？你自己看。"

陆宗野很震惊霍雨溪对他的态度。两人昨天才结婚，今天新婚第一天，但是霍雨溪看他的眼神，犹如看一个陌生人。

这种感觉让陆宗野很不舒服，但他还是拿起手机看了一眼帖子的标题。只是一眼，他就放下手机对霍雨溪说："这种东西，一看就是假的。你还相信？"

"这是X社的爆料，你把帖子看完再说！"说完，霍雨溪穿上衣服起身，赶紧又给千禧娱乐打了一个电话。

听到"X社"两个字，陆宗野掀开被褥坐在床沿，带着可笑的神情打开了整个专题。

"这……不可能，这怎么可能？X社以为随便去做DNA检查，就能证明是我的吗？这绝不可能。"陆宗野完全不信，甚至觉得好笑。

昨天他才成为全天下最幸福的男人，今天就被爆出假少爷的身份，这一定是有人在陷害他。

对，姜语宁，一定是姜语宁那个贱人！

陆宗野穿上衣服，跑去客厅找到霍雨溪，追在她的后面解释："雨溪，你真的要相信我，这种事怎么可能假冒？只要我回家和我爸做DNA鉴定，这一切不就水落石出了吗？"

此刻，霍雨溪满脸泪痕。她转头看向陆宗野，心下开始动摇。

眼前这个男人，似乎对这件事一无所知。

"你……真的没骗我？"

"这种无稽之谈，你怎么会相信呢？我是陆家人，绝不可能有假。我们现在就回家，到时候你就会知道，这种无良媒体有多么可恶。"陆宗野举着手机对霍雨溪发誓。

霍雨溪听了，擦干眼泪，点了点头："那走吧，我们现在就回家。"

"等一下，你让妈咪给姜语宁那个贱人打个电话。我不相信，X社会无缘无故地曝光这种假新闻，一定是有人嫉妒并且想陷害我们。你想想，除了姜语宁，还有谁？"

看陆宗野如此气愤，霍雨溪扑进了他的怀里："你是我的丈夫，你绝不能骗我。"

"放心，我怎么舍得？快，给你妈打电话，我们现在就回陆家和姜语宁对质。"


那么多证据摆在两人的面前，陆宗野却不相信。其实这也怪不了他，李淑彤做事隐秘，这种事肯定不会让他知道。因此，陆宗野才会说得斩钉截铁，但是李淑彤做不到。

陆正柏一进陆氏公司，就被秘书告知了这个消息。他大吃一惊，为了弄清事实的真相，马不停蹄地赶回陆家老宅。他进了家门，见妻子还在泡澡，便压着怒火说："你马上换了衣服出来。"

"怎么了？"李淑彤根本不知道外面爆发了什么新闻。

"马上！"陆正柏厉声大吼。

李淑彤打了一个哆嗦，连忙起身套上裙子，跟着陆正柏去往客厅："到底怎么了？"

"你自己看。"陆正柏把手机递给李淑彤。

李淑彤满脸疑惑。接过手机以后，她瞪大了双眼，吓得后退了一步。仅仅帖子的标题，就让李淑彤吓得瑟瑟发抖。

"你能不能告诉我，这报告是真是假？"陆正柏不擅长观察女人，才会一次又一次地被糊弄过去。

"这……正柏，这怎么可能是真的呢？这新闻显然是乱写的啊。你要相信我的清白。"李淑彤连忙扑到陆正柏的面前，抓着他的手臂道，"我、我发誓，宗野真的是你的儿子。"

"你发誓？你有没有看清楚公开出来的两份DNA的鉴定结果？"

"谁知道那鉴定结果是哪里来的？要鉴定关系，需要提取你们的DNA样本。如果不是家人，谁能拿到你们的样本呢？这根本就是胡编乱造的。"李淑彤狡辩道。

此刻，管家就站在门口，他才是最有发言权的那个人。因为家里的DNA样本是他在陆景知的授意下提供给鉴定机构的。但是，他现在不能说。

陆景知这么做，自有他的安排。

"是不是胡编乱造，我做一次DNA鉴定就知道了。否则，别人好端端地为什么要爆料这种事？"

"一定是姜语宁。老公，一定是姜语宁那个贱人想报复我们全家，才弄出这样的丑闻。"

这一点，李淑彤和陆宗野倒是想法一致。陆宗野不愧是她亲手教育出来的儿子。

"对！爸，你不能无缘无故地怀疑我妈。"此时，陆宗野和霍雨溪也赶回了陆家。陆宗野看到这一幕，气得肺都要炸了，"雨溪已经通知姜语宁了。等那个贱人过来，我倒要好好问问她，是不是要弄死我们全家她才甘心。"

"不管这件事和语宁有没有关系，我要先和你做DNA鉴定。"陆正柏还保持着一丝清醒。

"好。"陆宗野果断地答应，"需要我怎么配合？"

"管家，拿剪刀来。毛发、唾液，但凡可以做检测的东西，我都要查一遍。"陆正柏道。

"没问题。"

一旁的李淑彤看着两人准备DNA的样本，整个人都蒙了。但她什么也不敢说，否则，今天她和陆宗野都会死在陆家。

或许是因为陆宗野的态度十分坚决，霍雨溪对他的信任又多了几分，当即道："这件事不简单。一会儿语宁来了，一定要好好问。"

"就是那个贱人，要闹得我们家鸡犬不宁。"李淑彤坐在沙发上哭诉。

局面暂时稳定下来了。

李淑彤觉得先稳住陆正柏，等DNA去送检的时候，再想办法做手脚。

姜语宁早就预料到这件事最后会落到她的头上，她已经习惯了被那对母子"甩锅"。李淑彤那对母子一定会想尽一切办法狡辩。

因此，傅雅慧打电话过来的时候，姜语宁并不感到奇怪。既然她注定要被卷入这件事，那么正好把陈静姝也带过去，让陈静姝当面看好戏。

"语宁，你老实告诉我，这件事和你有没有关系？"傅雅慧问。

"妈……"姜语宁正要回答，但傅雅慧打断了她的话。

"是我多想了，X社还爆过你的新闻，不可能帮你。就当我想多了，一会儿我和你一起过去，以免你受欺负。"

"妈，不用了。那家人这样的行为也不是一两天了，我能应付。"姜语宁说，"既然我被卷进去了，那得为这件事做点儿贡献。刚才，陆家的真女儿委托粉丝联系我，求我带她去陆家对质。本来我没答应，但陆宗野既然觉得这件事是我从中作梗，那我也就不客气了。"

"你真的要帮她？"

"妈，如果陆宗野被证实不是陆家人，陆家迟早要清理门户，我们谁也阻止不了。"

这点，傅雅慧心里清楚："如果那小子真的是一个冒牌的少爷，就让你姐姐早点儿抽身，及时止损。"

姜语宁冷冷地勾了勾唇，想看一个人无情的样子，看看傅雅慧；想看

211

一个人从深情到无情的样子，看看霍雨溪。

姜语宁挂了傅雅慧的电话，去接了陈静姝，然后前往陆家老宅。

"语宁姐，里面危不危险？要不要我陪你进去？"陶睿哲坐在车上，有些不安，害怕姜语宁在陆家吃亏。

"不用。"姜语宁摇了摇头，知道陆景知一定会提前为她做好安排，"等会儿我先进去，你们等我的电话。"

"语宁，麻烦你了。"陈静姝坐在后排的座位上感激姜语宁。

"不，维护世界和平，清理'渣男贱女'，人人有责。"说完，姜语宁潇洒地推开了车门。

管家迎上来，对姜语宁道："姜小姐，里面情况不明，你一定要注意安全。二少爷虽然早有安排，但我也怕有什么万一。"

"管家，你放心。"姜语宁笑道，知道陆景知不会让她失望，"车上有位你们陆家真正的主人，麻烦你派人好好照顾她。"

"好。"管家颔首。

姜语宁扭头又看了一眼车窗的位置，这才用力地推开陆家的大门。这时候，陆宗野几人正焦急地在客厅里踱来踱去。

"姜语宁，你这个贱人，你终于来了。"陆宗野看到姜语宁的第一眼，便指着她的鼻子骂了起来，"你就算再恨我，也不该编出这样的故事。我们全家人，没有人会相信这种事。"

姜语宁看看陆宗野，再看向陆正柏，弯了弯嘴角："我就知道，你们陆家，尤其是你陆宗野，只要一出事情，就一定会怪到我的身上。我上辈子挖了你的祖坟？你凭什么揣测我，嗯？"

"除了你，还有谁这么恨我？"陆宗野不甘示弱道。

"语宁，这件事真的和你有关吗？"陆正柏看着姜语宁，眼睛里满是怀疑之色，"我知道宗野对不起你，但是你不应该做得这么绝。"

"伯父，我想你的重点错了。现在，最重要的是弄清楚陆宗野到底是不是你的儿子。难道你要被旁人用这种低级的手段骗过去吗？"姜语宁站在客厅中央，对陆正柏道，"我知道，在我没来之前，他们一定发过毒誓了。现在凡事讲证据，X社都公开得那么清楚了，我没想到还有人会狡辩。"

"姜语宁，我再说一次，我是陆家人！"

"是吗？你问过你母亲了吗？你问过她二十七年前，她生下女儿后都做了些什么吗？她买通医院的护士和医生，买走同病房产妇的儿子。几年前，她雇人撞断了自己的女儿的双腿。这些，你都问过了吗？"姜语宁当着陆正柏的面反问陆宗野。

"你……你胡说。"李淑彤磕巴地反驳道。

"李女士这个反击，没有力度啊！心虚？"姜语宁又笑了，"你不用急着否认，也不必急着甩锅，我会让你心服口服。"

"正柏，你看，姜语宁承认了。如果不是她爆料的，她怎么会知道得这么清楚？"李淑彤狡猾地转移话题。

"是啊，我为什么知道得这么清楚呢？因为陆家真正的女儿，今天早上托粉丝找到我，麻烦我带她过来。陆家的事情，本来不该我过问。但是你们非要把我卷入这场战争当中，那么我只好带人过来证明自己的清白了。"

李淑彤听完，脸色刷白，用"心惊肉跳"这几个字形容她的感受毫不为过。

"姜语宁，你别再玩把戏了，我爸是不会相信的。"

"人在哪里？"陆正柏忽然问道，打断了陆宗野的话。

闻言，陆宗野难以置信地看着自己的父亲。

"就在外面。"管家回答。

"请她进来。"陆正柏摆了摆手。

姜语宁注意到了李淑彤闪躲的动作。那副做贼心虚的模样，让陆正柏怀疑起来。

须臾之间，坐在轮椅上的陈静姝被推入了陆家的大厅。陆宗野看到她那副苍白的模样，顿时笑了出来："姜语宁，你就算要找一个冒牌货，也该找一个像样的人，这是什么人不人鬼不鬼的东西？"

陈静姝凌厉地看着陆宗野。这个抢走了她的身份、毁灭了她的生活的祸首之一，现在就在她的眼前。

"你才是冒牌货，因为你根本不是陆家人。就算你把身上的毛发、血液都验一遍，你也不是陆家人，你只是一个贼。陆宗野，你偷了我的人生。你好好问问你妈，看她敢不敢去验DNA？"

"妈……"

"我……"李淑彤骑虎难下，完全没有了往日的嚣张模样。

"看样子，陆夫人很畏惧我？"陈静姝见陆宗野没反驳，便将视线投向了李淑彤，"三年前的雨夜，你雇的司机夺走了我的双腿，你还有印象吗？"

"你胡说八道，我根本……我不认识你！"李淑彤连忙躲避。

"可是我认识你，你化成灰我都认识。为了荣华富贵，你把我卖了，换了一个儿子回陆家。这就罢了，但是你让人撞残我的双腿。我就算死了，也绝不可能原谅你。"陈静姝激动地喊道。

"你少在这里胡言乱语，信不信我对你们不客气？"陆宗野气急败坏地威胁陈静姝和姜语宁，"说了这么多，证据呢？"

"证据？"陈静姝冷笑一声，从衣服的口袋里拿出一张泛黄的字条和一张支票，上面有李淑彤的亲笔签名。

"这就是你的养母和亲妈签的协议！"

"管家，拿过来。"陆正柏瞥了一眼李淑彤，让管家去接证据。

李淑彤吓得魂不附体，跌坐在地上。她以为这两样东西早就被撕毁了，为什么现在会出现在这里？

管家接过证据，打算交给陆正柏。岂料李淑彤忽然扑了过来，将那两份东西全都塞到嘴里，吞了个一干二净。李淑彤的这个举动，加深了陆正柏的怀疑。

"我们验DNA，我们验就是了。"李淑彤趴在陆正柏的脚边哭，"老公，你要信我，不要被有心人利用了。我们这么多年的夫妻，我是什么样的人，你很清楚。我就是胆子再大，也做不出这样的事。"

"两个贱人，你们听到了？我妈说，验！我们没什么不敢……"陆宗野扶起李淑彤，"现在，你们马上滚出我的家门。不然，我就报警了。"

姜语宁低估了李淑彤无耻的程度。对方居然表演生吞证据，真是叫人震惊。

"姜语宁，你不搞死我不甘心是吧？你以为你随便找一个骗子，伪造几份DNA的鉴定书，就可以以假乱真吗？我真是后悔，八年前没让人把你收拾了，贱人、害人精。"

"鉴定结果还要好几天才会出来。你们现在就给我滚，别在这里招摇撞骗。"

在一旁的管家忽然站出来，挡在姜语宁和陈静姝的面前，冷静地道："DNA不用验了，因为这两份DNA都是真的。"

众人为之一愣，尤其是陆宗野，震惊地看着管家。

"你知道你是谁的管家吗？你居然在这里诬蔑我！诬蔑你的主人？"

"你不是我的主人，我服务的是陆家以及陆家未来的继承人，你就是一个冒牌货！"管家直言道。

"管家，到底怎么回事？"陆正柏询问管家。

"你们的DNA样本是我提取后交给鉴定所的，在鉴定科有存底，并且有法律相关人员介入。此刻，他们已经在来的路上了。"管家掷地有声地对陆宗野说，"你，是一个不折不扣的冒牌货！

"这位陈小姐，才是真正的陆家人。前些时候，陈小姐的养母良心发现，联系了二少爷，告知了这件事的真相。二少爷便让我暗中取证以便调查，本打算证据出来后交给老先生处理。但没想到，这件事被X社盯上了。"

"不……这绝不可能！"陆宗野还是不信。

"容不得你不信。李女士，你最好如实交代。等陆老先生出山，你应该知道你的下场。陆家的律师，你应该知道他们的厉害。"

这就是陆景知的安排，将所有的仇恨都揽在了自己的身上。这是陆景知纵容她、保护她的方式。他早已提前做好了准备，替她圆上了所有的谎。

"李淑彤！"陆正柏大喊一声，"你嘴里到底有没有一句实话？"

"她不说实话也没关系，一会儿律师会让她好好开口。"管家义愤填膺地说。有这样的母亲，难怪会教出陆宗野这样的儿子。他实在忍受不了陆宗野随口就说出糟蹋女孩子的话。

以陆宗野的品行，他根本不配做人。

李淑彤坐在沙发上，久久不敢吭声。当听到"律师"两个字后，她心里的防线终于被击破了。

"是又怎么样？我还不是被你们陆家人逼的吗？我明明怀孕了，却不让我嫁入陆家。我只能用这样的办法当你的妻子，我真的没办法。"李淑彤激动地大喊了出来。

这番话震惊了在场的人，尤其是陆宗野和陆正柏。

215

"妈……你说什么？"

"你不是陆家的孩子，是我花二十万买回来的。"李淑彤闭眼，绝望地说出了真相，"你别怪我，当初我真的无路可走了。"

陆宗野听完，不受控制地往后退了几步。

"正柏，你原谅我吧。我真的不是故意的，我是太爱你了，才会做出这种糊涂事。"

陆正柏从沙发上起身，抬手一个耳光扇在了李淑彤的脸上："你不是人。"

李淑彤捂着红肿的脸趴在地上痛哭起来："我知道我不是人，可是我没有办法。我真的太想嫁给你了。"

陆正柏捂着自己的胸口，难以接受地倒在沙发上："谎言，都是谎言。我居然替别人养了二十七年的儿子！"

"管家，快，马上收拾这两人的东西，让他们滚出陆家。我不想再看到这对母子了，真的恶心透了。"

这一刻，陆宗野终于意识到他即将失去什么。他吓得立即跪在陆正柏的面前，抱着陆正柏的膝盖求情："爸，你养了我这么多年，你不要赶我走。"

"滚！"陆正柏歇斯底里地大喊，连扇了陆宗野好几巴掌，"你还有脸叫我爸？你这个不知名的野种，你给我滚出陆家大门！"

陆宗野被陆正柏的几个巴掌扇得脑子嗡嗡作响。一时间，他都忘了痛。不，他一定是在做梦，他只是在做梦！

他狠狠地朝自己打耳光，痛感那么清晰，一切都是真实的。他真的不是陆家人，只是一个野种。

"怎么会这样？怎么会……"

一直冷眼旁观的霍雨溪，早已心灰意懒。没想到，她费尽心思从姜语宁的手里抢了一个冒牌货。

见陆宗野的身份被证实，霍雨溪毫不犹豫地选择转身。但是，陆宗野一把拉住了她："你去哪儿？"

霍雨溪挣脱陆宗野的拉扯，声音决绝地道："你就是一个骗子，你全家都是骗子。"

"你现在是我的妻子，还怀着我的孩子，你想去哪儿？"陆宗野抓着

216

她的手腕不让她离开，"你变脸的速度也太快了吧？霍雨溪……你不是说你爱我吗？"

"爱你？别傻了……我堂堂东恒集团的千金，会爱一个冒牌货？"霍雨溪冷笑连连，"结婚了又如何？大不了离婚！怀孕了又如何？我现在就去医院做流产手术！"

陆宗野听了，感觉心脏犹如被撕裂。这个客厅里最无情的人，不是他父亲，而是霍雨溪。

"霍雨溪，我就算是死，也不同意离婚。有胆子，你去把孩子做了，我一定让你生不如死。"

霍雨溪气急，但也被陆宗野狰狞的表情吓到了。

"去啊，你现在就去。霍雨溪，我告诉你，我什么都做得出来。你别忘了，我们现在是夫妻！"陆宗野继续威胁道。

霍雨溪被吓蒙了，一下子动弹不得。她想甩掉陆宗野，哪有那么容易？

"管家，还愣着做什么？赶快把这两人给我从陆家轰出去！"陆正柏看到陆宗野还在陆家作威作福，心里更是烦躁不已，"我这辈子都不要再见到他们，马上替我准备离婚协议书。"

混乱的客厅里，上演着闹剧。

李淑彤呆滞地坐在地上，早已没了反应。直到陆家用人一把将她架起，她才又有了动静。她挣脱用人的拉扯，爬到陆正柏的脚边："老公，正柏，我们这么多年感情了，你不要这么绝情好不好？我嫁入陆家这么多年，没有功劳也有苦劳啊！"

"拖出去。"陆正柏头也不回，直接踹开抓着他的裤脚的女人，"从你把我当傻子对待那天开始，你就不该有指望了。李淑彤，你的好日子到头了！"

"你赶我出去，总要给我分手费吧？不然我下半辈子怎么活啊？"

"分手费？我告诉你，李淑彤，你休想从陆家拿走一分钱！我还要告你，告到你坐牢为止！"陆正柏转过头，再次看着几个用人，横眉怒目道，"你们还愣着做什么？让他们滚啊。"

用人不敢再磨蹭了，直接抬起李淑彤朝陆家门口扔去。此刻，陆家老宅门口全是媒体。记者看到李淑彤被扔出来，狼狈得像一只过街老鼠，对

217

着她就是一阵猛拍。这还需要他们求证吗？已经不需要了。

"不要拍我……不要。"李淑彤连忙用双手捂住自己的脸，就连底裤露出来也顾不上了。脸都不要了，还有办法顾及其他吗？

"你们走开啊，走开！"李淑彤从记者堆里爬了出去。没错，是爬！为了躲避记者的追赶，她最后钻进了邻居家的狗洞。

她以后要怎么办啊？弄到这步田地，她什么都没了……都没了。

记者没追上人，又回到陆家门口守着。为什么他们没看到陆宗野被扔出来呢？

"你们别动我。"陆宗野拽着霍雨溪，威胁陆家的用人，"我告诉你们，我什么都做得出来。我要你们给我准备一辆车，否则我就赖在陆家不走了。"

管家哪会纵容他？他直接下令："打！狠狠地打！"

陆宗野没想到管家如此决绝，死死地拽着霍雨溪，逃命一般从陆家离开。

老宅门外，霍雨溪不甘被陆宗野威胁，连忙向陆家人求助，向姜语宁求助："我不想跟他走，你们救救我。语宁，姐姐错了，你救救我。"

姜语宁神情冷漠、充耳不闻，只是弯下腰来，询问坐在轮椅上的陈静姝："你还好吗？"

"我的身份问题是解决了，但是谁来还我的双腿？"陈静姝仰着头，双手捂着自己的膝盖。

听到陈静姝的这句话，盛怒下的陆正柏恢复了冷静。他走到陈静姝的面前，虽然他现在还没办法适应儿子变为女儿的事，但还是说了一句："孩子，留在陆家，爸……爸爸替你找最好的医生。一旦找到证据，我一定不会让伤害你的人逍遥法外。"

"相信伯父吧，你已经回家了。"姜语宁拍了拍陈静姝的手。

陈静姝深吸了一口气，点了点头："现在，也只能这样了。我希望可以亲眼看到李淑彤被送入牢房。"

"会的，一定会有那么一天。"

陆家的客厅，安静下来了；但陆家的门外，依旧热闹。

记者看到陆宗野带着霍雨溪走出大门，一拥而上："快，陆宗野出来了，出来了。"

"宗野，你放了我吧。我怀孕了，不能受这样的刺激。"霍雨溪试图软化陆宗野对她的态度。

"放了你？不可能。"陆宗野坚决地说。在陆家铁门打开的一刹那，他粗暴地推开了围堵上来的记者，拽着霍雨溪走向街头，伸手拦车。

霍雨溪被他拽得难受，一路上苦苦哀求道："宗野，你放开我，你放开。我肚子疼，真的。"

此刻的霍雨溪，影后的尊贵形象已经不复存在，她的狼狈和李淑彤不相上下。她就这么被陆宗野拽着头发，一动也不敢动。

"你们救救我，救我……"霍雨溪继续求救。

记者愣了，有人想上前帮她。

一辆出租车在陆宗野两人面前停下，他凶狠地对记者喊道："这是我们夫妻的事，跟你们无关，滚！"说完，他把霍雨溪塞进车里。他本想跟着钻上去，但是有记者上来帮霍雨溪。趁着这工夫，霍雨溪推开另一侧的车门，跑了下去。

"霍雨溪！"

霍雨溪像逃命一样，连忙拦下另外一辆出租车。趁陆宗野还没反应过来，她让司机朝反方向开。在确定陆宗野没有追上来以后，霍雨溪放声哭了出来。

尤其想到肚子里还怀着陆宗野的孩子，她恶心得想吐……

至此，陆宗野失去一切，一无所有。


陆宗野的身份被曝光以后，网络上炸开了锅。

"听说陆宗野母子被扔出了陆家，狸猫换太子的事情，应该是真的！"

"好大的一出戏啊，信息量太大了，这'瓜'吃得有点儿撑。"

"活该，渣男贱女。看看今天媒体放的图，一个个狼狈得像狗一样，真是痛快。"

"所以，霍雨溪从姜语宁的手里抢了一个冒牌货回去？"

"只能说，报应来得太快，就像龙卷风。"

千禧娱乐怎么也没想到，霍雨溪千方百计地攀上的豪门公子，居然是一个假货。两人被捆绑在一起，实在是臭不可闻。他们以前觉得有陆家做靠山，洗白霍雨溪是早晚的事，因此，千禧娱乐花费了大量的人力和财力在霍雨溪的身上。没想到，他们忙活了半天，竟然是竹篮打水一场空。

千禧娱乐当即做出决定，打算内部封杀霍雨溪，彻底放弃这个影后。

没有了那对母子的陆家，此刻安静得不像话。

陆正柏让管家安排陈静姝的住处，让姜语宁带陈静姝熟悉一下陆家的环境。

"姜小姐，二少爷的意思，让您在老宅待上一天。晚上他会过来用膳，然后送您回家。"在安排了陈静姝的房间以后，管家偷偷地对姜语宁说，"您看，现在家里这么乱，二爷肯定没办法这么快接受事实，陈小姐人生地不熟的……"

"好啦，管家，我明白你的意思，放心吧。"姜语宁做了一个"OK"的手势，"管家，今天你太帅了。"

"那都是二少爷安排好的，知道那母子两人肯定抵死不认，这才让我留了一手。"

陆景知把一切都算好了，包括陆宗野那两人的反应，不愧是她的男人，神机妙算。

"那我上去陪静姝姐，你有事只管找我。"

"幸好，姜小姐没有嫁给那个人渣。"管家感叹了一句，这是他唯一觉得欣慰的地方。至于霍雨溪，他一点儿也不觉得可惜。霍雨溪本来就不是什么好东西，走到现在也不过是她咎由自取。

"管家，你不要这么明显地偏袒我嘛。"姜语宁笑了起来。见管家放松了，才上楼去陈静姝的新房间。

"原来，这就是有钱人的生活。"陈静姝打量着奢华的房间，露出苦笑。

"我曾经也很有钱。"姜语宁笑了起来，"别愁眉苦脸了，我们应该庆祝大仇得报。"

"你猜，陆宗野挟持霍雨溪去哪儿了？"

"他根本管不住霍雨溪。"姜语宁扬了扬眉。她早就说过，陆宗野只是一个被李淑彤和霍雨溪玩弄于股掌之间的可怜虫。

昨天两人才结婚，今天就闹得四分五裂，的确有够难看。即便霍雨溪摆脱了陆宗野，她在娱乐圈也不会好过了。今天的头条新闻全是她丑态百出的图片。这影后，她只怕也没法做了。

一切正如姜语宁所料，霍雨溪摆脱陆宗野以后，跑回家里，把房门反锁上了。她现在唯一能找的人就只有傅雅慧了。

"妈咪，我怎么办呀？我现在怎么办？我不能要这个孩子，我绝不能生下这个孩子，不然我这辈子就毁了。"霍雨溪跪在傅雅慧的面前苦苦哀求，"妈咪，你帮帮我。"

"当初是你要死要活，坚持要嫁给陆宗野的，还不惜从你妹妹手里抢人。结果呢？"傅雅慧觉得霍雨溪不值得同情，即便这个人是她的继女。

"妈咪，我知道错了，我真的知道错了，你帮帮我。现在陆宗野满世界地找我，我真的很害怕。"

"孩子，你真的不要了？"傅雅慧看着她已经微微隆起的腹部，忍不住说道，"你从前也流过产吧？不然你的子宫不可能那么薄。医生说了，你如果再次流产，以后很可能不能生育了。不仅如此，多孕又流产，很容易得宫颈癌。你确定不要这个孩子？"

"我……"霍雨溪心里害怕，真的害怕。可是留下这个孩子，她就再无嫁入豪门的可能性，还会长期遭受陆宗野的威胁，"我确定不要。"

"那好吧，我在洛城还有一处房产，你先过去避一避。我会找人替你联系医院，安排引产的手术。雨溪，你要想清楚，这是你自己的选择。"

霍雨溪忙不迭地点头，现在只想摆脱陆宗野。

爱？她曾经以为她是爱他的，一切都那么美好。但是不知道为什么，陆宗野的身份一曝光，她只感觉到了厌恶。原来，陆宗野从前的行事作风，如果不是因为陆少爷的身份，根本没几个人可以忍受。

"希望你不会后悔。"

傅雅慧必须承认，霍雨溪对自己狠，而且是真的狠。即便走到了这一步，她也不肯粉碎豪门梦。大概她没意识到这件事带来的后果。陆宗野的纠缠就算痛苦了吗？不，事业尽毁、身体毁坏、精神崩溃，那才是最可怕的。


陆宗野找了霍雨溪半天，最后只能确定霍雨溪躲在半山别墅里。他现在唯一还能抓住的救命稻草，就是霍雨溪和东恒集团。

但是，霍雨溪在傅雅慧的安排下已经去了别的住处。即便陆宗野找来，也不过是扑个空。

傅雅慧倒不至于绝情到不见他的地步，大大方方地开门，让他进来搜人："她没有回来，大概是害怕吧。"

"妈，我现在好歹也是东恒的女婿，你总不至于让我留宿街头吧？"陆宗野很不要脸地对傅雅慧道。

傅雅慧冷笑一声，拿出手机叫了保安："轰他出去。"

陆宗野现在犹如过街老鼠，人人喊打。他即便到了岳母家里，依旧是被赶出家门的下场。他握紧拳头，对傅雅慧道："你转告霍雨溪，她要是敢拿掉我的孩子，我一定会报复她。"

傅雅慧什么大场面没见过？她根本不把陆宗野的话放在心上。

陆宗野无可奈何，离开别墅后，打算去找昔日的兄弟。

兄弟？那得他有权有势的时候才叫兄弟！

看到昔日的兄弟依旧光鲜靓丽，进出豪车前呼后拥的模样，陆宗野在门口就停下了脚步，不再上前。反倒是他的兄弟，一眼就看到了铁门口狼狈的陆宗野。

他的兄弟从钱包里拿了几张钞票交给司机："去，把门口要饭的人打发了。"

司机拿着钞票走到陆宗野的面前，将钞票扔在了陆宗野的脚边，仰着下巴说："陆少爷……不，这位先生，你今时不同往日。如果可以，请你不要再出现在我们少爷的面前。毕竟你们身份有别，不要降低了我家少爷的格调。

"从前你就不把用人当人看，老天爷终于想起要收拾你了。"说完，那司机啐了一口，这才回到车上替自家少爷开车。

陆宗野看着地上的钞票，虽然很想表现出不屑的样子，但是此刻他做不到。如果没有这些钞票，他今晚就连落脚的地方都没有。

于是，他蹲下身来捡起那几张钞票。这时，他自认为最要好的兄弟坐在豪车里，从他的面前呼啸而去，毫不留情。

什么朋友？什么爱人？到头来，他们不过都是看中他曾经陆家人的身份。原来，他离开了陆家，什么都不是。

夜晚降临，华灯初上，整个洛城被细雨笼罩。

在一处私人医院里，霍雨溪在傅雅慧的朋友的安排下做了流产手术。三个月的身孕，她丝毫不犹豫。因为丈夫不是豪门少爷，她便果断地拿掉了自己的亲生孩子。这已经是她第三次做流产手术了。正如傅雅慧所说，霍雨溪的子宫情况已经十分不好了。但她不在乎，她绝不能和陆宗野捆绑一生。

术后，霍雨溪躺在床上休息。清醒后，她给经纪公司打电话，但是没有人接。她想等身体好了再去公司。然而她并不知道，已经没有以后了……

独自待在病房的时候，霍雨溪总觉得陆宗野的身世这件事有些蹊跷。为什么时间不早不晚，偏偏是她和陆宗野婚后第一天这件事就曝光？

"你在想什么？刚做了手术，也不知道好好休息。"傅雅慧让用人拿着鸡汤进入病房。毕竟继女做了手术，她总归要来看一眼，面上才说得过去。

"妈咪，我总觉得语宁早就知道陆宗野的身份是假的了，但她就是故意不说。等到我和陆宗野结婚，她才放出消息。否则，时间怎么会那么巧？就在我们新婚的第二天出这事。"

"你别胡思乱想了，你妹妹不会那么做。"傅雅慧连忙否认。

"我希望是我乱想，但我觉得就是语宁在操纵。因为她想报复我，想看我生不如死。你看，她的目的达到了。"霍雨溪顾不得疼痛，抓着傅雅慧的手臂不放，"是她，妈咪，真的错不了。"

"她要是有这个心机，能让你把人抢了？"傅雅慧挣脱霍雨溪的拉扯，声音也冷了一些，"你不要总把责任往语宁身上推。陆宗野是你自己选择的，没有人逼你。"

"我会找到证据，一定会！"霍雨溪冷静下来，放开了傅雅慧的手臂，"我一定会证明给你看，姜语宁的心机到底有多深。"

"你还是先管好你自己吧。"

现在外界舆论早把霍雨溪和陆宗野骂透了，千禧娱乐却一点儿动作都没有，很显然千禧娱乐是放弃霍雨溪了。而她还在这里揪着姜语宁不放？

入夜七点，雨大了不少，陆家老宅和往常一样亮起了灯。

陆景知的轿车在雨中驶入老宅铁门。不过车子刚进一半，司机却忽然停了下来，转头对陆景知说："二爷，前面有人。"

陆景知放下车窗，见到了浑身湿透的陆宗野。他挡在车子的前面："二哥……"

"你不该找我的。"陆景知坐在车内，一如平日，高贵如帝王。

"我已经走投无路了。爱人跑了、兄弟散了，我生活在一个充满谎言的世界里，没有人可以求助。"陆宗野淋着雨，站在陆景知的车窗前，神情可怜。

"那你也不该来找我……"陆景知淡漠地说，"你应该很清楚，我早就知道你并非陆家人。你更应该清楚的是，你现在这样一无所有，全是我的安排、我的杰作。"

"我知道，你有身为继承人的责任……"

"不是，这和继承人的身份毫无关系，是私事。"陆景知淡漠地看着陆宗野，"等你明白了得罪我的原因再来找我，届时我可以考虑帮你一把。"

说完，陆景知关上了车窗，吩咐司机开车。

陆宗野一脸震惊，久久回不过神来。他如今才发现，他身边都是隐藏的高手，就他一个人又蠢又笨，怪不得被人玩弄于股掌之间。

陆宗野冷笑起来，抹了抹脸上的雨水。这时候，不知道李淑彤从哪里冒了出来。她抓住陆宗野的手："儿子，你带妈走吧，妈好冷啊。"

陆宗野转过身，看到一样落魄狼狈的李淑彤，直接将她摔在了地上："我有今天，全部拜你所赐，你还好意思来求我？"

"儿子，我知道错了。我好冷，我好像病了。"李淑彤蜷缩在地上，任由雨水冲洗。

"你的死活跟我无关。"

陆宗野是什么人？他怎么可能有恻隐之心？但在走前，他还是从身上抽了一张钞票，扔到李淑彤的身上："你别再来找我了。我警告你，从今以后，我们再无关系。"

只是一天一夜的光景，这个世界便天翻地覆了。

曾经的"嚣张二人组"，如今下场凄惨，连个落脚之处都没有。

夜，还在继续。

陆家老宅的大门被管家推开。姜语宁撑着手臂等得焦急，看到男人进门，一下就兴奋了起来。这一切，被陈静姝看在眼里。

"景知，你总算回来了。"受了打击以后，陆正柏好像老了好几岁，也渴望看到家里的主心骨。

"二叔。"陆景知在餐桌前坐下。

"静姝，这是你的二哥，大伯的孩子。他为人成熟稳重，是陆家最可靠的人。"陆正柏对陈静姝介绍道。

"你既然回了陆家，陆家就会竭尽全力地治好你的腿。还有，你既然恢复了陆家人的身份，就要忘记过去，重新开始。"陆景知看着陈静姝嘱咐。

"二哥……私下都这么严肃吗？"陈静姝偏头，忍不住偷偷地问了姜语宁一句，"好冷，我都快被冻住了。"

"不啊，不是刚刚好吗？"姜语宁含笑说道。

因为二哥只温暖她一个人。

陆景知假装没听到两人的对话，继续对陆正柏说："如果二叔觉得喘不过气，倒不妨给自己放一个假，可以出国找三叔谈谈心。"

"我正有此意。出了这么大的事，我在电话里已经和爸说清楚了。不过静姝这孩子才到陆家，我不忍心扔她一个人在这里，等过段时间再说吧。"

不知道为什么，看到陆景知，陆正柏就如同吃了定心丸。难怪老爷子要选陆景知做继承人。仿佛只要他在，陆家就有人主事，永远不会散。

"一切都会过去。"这句话，陆景知不只是说给陆正柏听的，也是说给姜语宁听的。

有些事情既然过去了，就应该果断地翻篇。

"别说那些酸话了，我们等你等得肚子都饿了。"姜语宁连忙插话。这时候灌什么"鸡汤"啊，时间会治愈一切。

"你的二哥很优秀，等你的双腿好了，让他多带带你。"陆正柏总算露出了一丝笑颜。

"对啊，二哥会很多东西。"姜语宁看着陆景知，眼里满满都是崇拜。

"好。"陈静姝满怀希望地点了点头。

几人安静地用餐。没有那对母子的存在，姜语宁觉得空气都清新了

225

许多。

饭后，姜语宁想回家，跟陆正柏说明去意。陆景知起身说："我送你。"

"那就麻烦二哥啦。"姜语宁含笑道谢，却见陈静姝朝她招了招手。

姜语宁走到陈静姝的面前，微微俯身。陈静姝在她的耳畔问："二哥真的只是送你吗？"

姜语宁明显一怔。

"别紧张，我不会告诉其他人。"

这一刻，姜语宁心乱如麻。上了轿车，她都不敢和陆景知太过亲近。男人牵起她的手，问："心神不宁？"

"静姝姐好像知道我们的关系了。"姜语宁有些担忧地说。

"就你看我的神情，很难不被旁人看出。当然，老年人除外。"陆景知弯了弯嘴角，"不过你不必担心，她没法确认。"

"是吗？"姜语宁顿时有些脸红，"我表现得有这么明显？"

陆景知点了点头，将姜语宁拥入了怀中："无妨，我喜欢就行了。其他的，都交给我。"

姜语宁听到那强有力的心跳声，顿时平静下来。她发挥自己无尾熊的特性，挂在陆景知的身上："你都不知道今天的画面有多刺激。要不是管家出来证明，陆宗野那对母子还要强行狡辩。我真怕他们就这样糊弄过去。幸好，你早有安排。"

"你以后都不需要再面对那对母子了，忘掉过去的一切，嗯？你曾经遭受的，我都会替你讨回来。"

这就是陆宗野得罪陆景知最明显的地方，只是陆宗野不自知。恐怕他这辈子都想象不到，陆景知做这一切，是为了替姜语宁讨回公道。

"你最疼我了。"姜语宁说着，小手也跟着调皮起来，但被陆景知抓住了。

"你想做什么，嗯？"

姜语宁觉得脖子有些发痒，顿时有些魔怔。

"我想勾引你。"姜语宁捧着陆景知的脸，情不自禁地吻了上去。或许是因为有雨声可以掩盖，姜语宁变得大胆了许多。

陆景知脱下外套将她包裹其中，在她的耳边说："等回家再慢慢收拾你。"

"我好怕呀！"姜语宁将头埋在那强有力的胸膛上笑道。这个男人，根本不会收拾她。

回家后，两人准备干柴烈火地烧起来，但枯杰的电话打断了两人的好事。

"最新消息，千禧娱乐已经放弃霍雨溪，准备内部对其封杀。而霍雨溪正在你妈安排的医院里住院。这个无情的女人，孩子说打就打。她恐怕还不知道千禧的态度，下一步你准备怎么办？"

"要八亿啊！"姜语宁简明扼要地回答，"二哥因为我失去的东西，我得找回来。至于霍雨溪，你就等着再看一场好戏吧。"

"你确定能从你妈手里要出八亿？"枯杰深表怀疑。傅雅慧是什么人，他们心知肚明。即便姜语宁聪明伶俐，但在触碰到利益的时候，她恐怕斗不过老狐狸。

"这次，你就看我表演吧。"姜语宁信心满满地道，"还有，哥，你就不能换个时间打电话过来吗？"

"怎么？打断你和陆景知的好事了？"

"对！"姜语宁没好气地道，"和你这个单身汉没什么好说的，挂了啊。"

说完，姜语宁放下手机，转身看着已经躺在床上的陆景知："二哥……"

"累了，睡吧。"陆景知躺下身去。

姜语宁连忙爬了过来，掀开陆景知身上的被褥："不要嘛，庆祝我大仇得报！"

"你用这种方式庆祝？"陆景知挑眉问。

姜语宁翻滚一圈，滚到陆景知的怀里，仰头看着他，认真地说："你是我的，只要我想，你就没有拒绝的权利。"

陆景知翻身将她压在身下，用性感至极的声音回了两个字："遵命。"

这边，气氛暧昧、恩爱缠绵。而被挂掉电话的枯杰十分不爽，脸黑得不行。

尤其他在见到陶睿哲卖力地给姜语宁弄后援会时，就更加不高兴了："你不许弄了。否则，哼哼……我捶死你。"

小娱乐记者陶睿哲见枯杰脾气那么臭，连忙护住电脑："单身汉真是惹不起。哼，我要帮语宁姐一飞冲天，你别阻挡我的霸业。而且，杰哥，语宁姐真的是有粉丝的，不信你看……"

"一只手就数清了，也算？"枯杰十分不屑地道。

"我会壮大后援会的。到时候，厉害到你叫我爷爷！"

次日，姜语宁刚起床就看到了陆氏发布的公告。

陆氏公开声明，陆宗野假冒身份一事属实，并且宣布卸除陆宗野在陆氏的职务，冻结陆宗野所属陆家的资产，收回陆宗野之前因为陆家子孙身份占用的一切资源。

简而言之，他一夜之间，一无所有。

媒体跟进了报道。可他们发现，这里只有陆宗野的消息，却不见那个一心想嫁入豪门的霍雨溪的消息。霍雨溪抢了妹妹的未婚夫，婚后第二天发现丈夫是假冒的少爷。大概没有人能比霍雨溪的人生更加刺激了。

早餐后，沈以琛给姜语宁打电话："你的家族大事是不是也该结束了？"

"嗯，差不多了。"姜语宁微笑着点头。

"我这边又有一个国风类的节目录制，你来不来？宣扬传统文化，很有正能量。目前接到这类的活动，我第一个想到的就是你。不知道为什么，我就觉得你适合。"沈以琛在电话里道。

"什么类型？"

"一个国风宣传片，不过是公益类广告。"

"去啊。"姜语宁点头。不管是不是公益，只要能重新打开她的演艺道路，她都可以尝试。

"明天我过去接你。还有，你之前录制的《茶悦》可能会提前播出，不过反响应该不会很大，但你也不要气馁。你现在最重要的事情是重新塑造在观众眼里的形象。因此，我们得稳扎稳打，踏踏实实地累积。"

"大经纪人，我明白，你不用一直跟我做心理建设。不过，明天活动结束以后，你能不能送我去舅舅家里？我有些事情想问他。"姜语宁询问道。

"可以。"

"我的确是要重新开始，但是我很缺钱。你别以为我现在的条件很好，我需要很多钱，很多很多，你记得！"

听了姜语宁的这句话，沈以琛忍不住轻笑了一声："知道了。"

在他带过的这么多艺人当中，姜语宁是最有灵气的一个，不做作，不抱怨，说一不二，还有很多隐藏的能力，智商和情商都高。他不知道从前的帝辰娱乐是怎么带人的，浪费这么好的一株苗子。

姜语宁说自己缺钱，是因为她给自己制订了一个计划。三年内，她要将陆景知当年变卖出去的东西都找回来。她清楚，虽然现在那些东西一定不是当年的那个价格，但她不想让陆景知留下任何遗憾。

同一时间，私人医院的高级妇科病房内。

霍雨溪靠在床头，看到了陆家发出的正式公告，脸上全是冷笑。

她还是认为自己落到这个凄惨的地步，全拜姜语宁所赐。陆宗野的身份曝光的事情，一定是姜语宁在背后操纵。就是那个贱人想报复自己，她才会如此凄惨。

霍雨溪想了一天一夜，心情始终难以平复。她不能在这里坐以待毙，顾不上身体的疼痛，也不在乎医生的嘱咐，她一边下床，一边给自己的经纪人打电话。在她一连打了三个电话后，她的经纪人很不耐烦地接通电话。

"姑奶奶，你能不能换一个时间打？我现在很忙！"

"你是我的专属经纪人，你忙什么？"霍雨溪冷冷地反问。

"雨溪，咱们也合作这么多年了，有些事，我想不用我明说，你应该明白吧？你闹出这么大的丑闻，公司已经疲惫不堪了。你以为公司高层真的会无条件地惯着你吗？"

霍雨溪心头一冷，有些难以置信。

"我替公司赚了那么多钱……"

"拜托，小姐，获利是双向的，公司也把你捧成了一线的影后啊。没有公司，你能有今天吗？"经纪人翻了个白眼，"就这样了，我们也不浪费时间了，我这边还带新人呢。"

"那我以后呢？"

经纪人嗤笑了一声，回答道："你还有以后？"

没有了……

说完，对方挂了电话。这时候，霍雨溪才意识到事情的严重性。她从未想过，自己一个拿过"飞天影后"的一线影视演员，会被经纪公司抛弃。

于是，她连病号服都来不及更换，便直接冲出了病房。她顾不上将她认出的路人，飞速打车到了千禧娱乐楼下。

"那不是雨溪姐吗，这么狼狈地就来公司了？"

"这你就不知道了吧？公司内部雪藏她了。她估计不服气，来找公司闹的……"

"她还穿着病号服呢，肚子平了。这是打胎了？"

千禧娱乐的员工看笑话一般，看着霍雨溪横冲直撞，看着她闯进了千禧副总的办公室。这时，她的经纪人正带着新艺人在副总的办公室里谈合同。

霍雨溪觉得这画面怎么似曾相识呢？

当初陆宗野让帝辰压榨姜语宁的时候，也是这般光景吧？

"雨溪，你怎么来了？"经纪人吓了一跳。只是一个晚上没见，霍雨溪就憔悴成这样了？

"我怎么来了？我不来，你们准备把我雪藏了？"霍雨溪指着经纪人的鼻子问，"以我的地位，我早就可以跳槽到更好的公司。但是我从来没考虑过跳槽，因为记着公司的恩情。可是你们呢？我一出事，你们急不可耐地和我撇清关系，你们还是人吗？"

霍雨溪不顾颜面，一来就大吵大闹，引起外面不少人围观。经纪人连忙把门关上。

"霍雨溪，你认清现实。你已经发臭了，现在比姜语宁还要臭。趁我们对你还有一丝尊重，你别像一个泼妇一样在这里大吵大闹。"经纪人十分头疼霍雨溪的纠缠。

"我就是被姜语宁那个贱人陷害的。"

经纪人见副总一副极不耐烦的神情，马上拨通内线叫保安过来："来人，把霍雨溪拉出去。

"霍雨溪，谁陷害你，你找谁去。公司不欠你！"

谁能想到，堂堂一个影后，居然做出如此难看的事来？她被扔出大门是迟早的事。

"警告你，你别再捣乱了！"

路人纷纷上来围观拍照。昨天是陆宗野母子，今天就轮到霍雨溪，这会不会太刺激了？这夫妻两人，一前一后地上演了"夫妻本是同林鸟，大难临头各自飞"的精彩好戏。

霍雨溪被轰出千禧后才如梦初醒。什么叫"今时不同往日"？当初她有多么风光，今日就有多么落魄。可她毕竟和陆宗野不一样，她是真的千金小姐。有了这层底气，霍雨溪从台阶上起身，挤开人群，迅速地打车离开。

这期间，陆宗野不断打来电话，像噩梦一样紧紧地缠绕着她，让她喘不过气来。回家后，霍雨溪将自己反锁在房间里，给自己的父亲打了一个电话，声音满是哭腔："爸……"

霍振东停下手边的工作，接听女儿的电话："雨溪啊，等爸爸忙过这段时间，就回国看你。"

"等你回来，只能看到我的尸体了！"霍雨溪在电话里把心里的委屈全告诉了自己的父亲，"妈咪根本不疼我，不管我。我出了这么大的事，什么都没了，她也不安慰我，只知道袒护她那个亲女儿！"

"雨溪，你就别当演员了，来东恒做事。爸爸正好需要人手，你是自己人，爸爸放心。等有朝一日，爸爸拿下整个东恒，到时候你就再也不用看别人的脸色了，尤其是你妈咪。怎么样？"

霍雨溪的心里原本就孕育着一颗复仇的种子。既然傅雅慧要包庇姜语宁，那好啊，她就和爸爸抢了整个东恒集团。到时候，傅雅慧还怎么护着姜语宁？而且，她已经厌恶透了娱乐圈，厌恶每个陷害她、伤害她的人。她也不想继续在娱乐圈待下去了。既然如此，她还不如像他爸说的那样。于是，她应道："爸爸，我答应你去东恒工作。但是在这之前，我要召开记者会，宣布隐退！"

反正要离开了，那么她要把最后一盆脏水，泼得姜语宁满身都是。

不，这不是脏水，这是事实。

陆宗野的事情，从头到尾都是姜语宁的杰作。姜语宁就是一个彻头彻尾的贱人，她要把这件事告诉全天下，也让姜语宁尝尝被羞辱折磨的滋味。

姜语宁怎么也不会想到，人在家中坐，"锅"又要从天降了。


当天晚上，姜语宁在家里敷面膜、做护理，顺便给陶睿哲打了一个电话："明天姐要工作，你要不要跟啊？"

"明天你又要拍摄什么？"原本很困的陶睿哲立刻来了精神。

"沈总监说是一个国风类的拍摄活动，公益广告，你去不去？有课就免了……"

"明天早上我就过去。"陶睿哲很开心，打开电脑，兴奋地告诉姜语宁，"语宁姐，我成立了一个你的粉丝后援会，拉你进群了。你有空进来

231

打一个招呼呀。"

姜语宁敷着面膜，饶有兴趣地道："我还有粉丝啊？"

"有，我已经找到好多你的铁杆粉丝了。"陶睿哲激动地说，"你别和杰哥一样，不相信我啊。"

"我没有不信你。"姜语宁揭下面膜，加入了那个粉丝群。看看粉丝数量，姜语宁惊了，"居然还有一百来个？"

"他们是真的喜欢你，我都跟他们交流过了！"

"我决定把金牌粉丝的头衔给你。混圈的人都知道有'妈妈粉'，小屁孩儿，你告诉我，你是不是把我当女儿看呢？"

"嘿嘿，有点儿。"陶睿哲有点儿不好意思地道。

"我捶爆你的头！"

"我就是希望你赶快红。"陶睿哲忙道，"你是我见过的最聪明的女人了。"

姜语宁被顺毛了，这才心满意足地说："好，我这就活跃去。"

下一秒，姜语宁就在群里发言了："大家晚上好呀！"

闲扯，她是一把好手。

粉丝群忽然活跃起来了。虽然粉丝不多，但姜语宁明白陶睿哲口中所谓的铁杆粉丝是什么了。他们的确喜欢她，也希望她红，但就是每个人都喜欢替她出谋划策。这让姜语宁看得颇为高兴，也忍不住有些伤感。

以前她真的太黑了，才会让这些"老母亲"操碎了心。


深夜，御珑廷的灯光温暖而不刺眼。

陆景知见了，神色不由得变柔和了。尤其是他开门后看到姜语宁坐在地毯上笑得明媚，忍不住弯了弯嘴角。有些人，她的存在就让人觉得四周有光。

"二哥，你回来啦。"姜语宁扭头，看到自家男人，朝他撒娇地伸出了手。

陆景知顺势将她抱上沙发，不忘唠叨："你别总坐地上，太凉。"

"家庭医生白天来看过了，说我一切很好，只要稍微调养就行了。"姜语宁勾着陆景知的脖子问，"工作一天了，你有没有想我？"

"不想，你要怎么样？"

"不想……不想，我就离家出走。"姜语宁威胁道，随后凑到陆景知

232

的身上，"喝酒了？"

"一点儿，应酬。"

"好吧，明天我要出门工作，晚上可能回不来，今晚好好喂饱你。"

陆景知看着姜语宁的脸，怎么这些话从她嘴里说出来就这么理所当然？然后，他忍不住地想撩回去。他勾起姜语宁的下巴，认真地问："你要怎么……喂饱我？嗯？"

姜语宁故意咬了咬他带着酒香的唇，小声道："这样喂。"

她赤裸裸地挑衅他？很好，看来今晚他得好好卖力了。

次日，姜语宁五点就被沈以琛的电话吵醒了。为了不打扰陆景知休息，姜语宁扶着腰去浴室接电话。

"给你二十分钟收拾，我们先去老板家里。他马上要出差了，我替你争取了半小时。"

"好。"姜语宁听了这句话，完全清醒过来了，又扶着腰回到了更衣间。

早知道，她昨晚就不作死了，差点儿要了她的小命。

二十分钟，不多不少，姜语宁给陆景知留了字条，然后一摇一摆地下楼。

沈以琛见她走路艰难的模样，顿时惊到了："你打架了？"

"差不多吧，我就没赢过。"

司机听完，笑了起来。沈以琛也很快会意："你这……也节制一点儿啊，今天能工作吗？"

"当然能。"姜语宁果断地回答。

"你到底有什么问题要问老板？"

"一些陈年往事。"姜语宁面色一沉，"不能问当事人，我只能问舅舅了。"

"跟……陆二爷有关吧？"

姜语宁没有回答，算是默认。

233

# 第九章
# 蓄势待发

"你这么着急地跑来见我，就是为了知道当年景知变卖了哪些东西出去？"顾平生坐在凉亭里，看着姜语宁，感到一丝诧异，"你为什么想知道？"

"我想找回来。"姜语宁回答，"舅舅，那些东西对二哥而言，每一件都很重要。"

顾平生沉思了一会儿，叹了一口气："算你还有心，但别费劲了。以他现在的能力，要找什么不在话下……"

"那是他。你知道，我没有为他做过什么，你让我为他做点儿事。"

顾平生抬手看看腕表，时间差不多了，不再啰唆，直接动用纸笔，写下三件东西的名称："如果你真的想找，就找这三件吧。不过，我看你就算卖身给光影一辈子，也赚不了那么多钱。"

"那就卖啊，有什么关系？"姜语宁回答得理所当然，"舅舅总不至于吃了我吧？"

"滚去工作。"顾平生赏了她一记白眼，随后又叹气，"你们要是没经历那么多事情，大概婚都结了。臭丫头，我告诉你啊。如果景知想结婚，你必须给我嫁。你要是再吊着他，我让你吃不了兜着走。"

"舅舅，你就放心吧。关于这点呢，我们早就商量好了，顺其自然！"

结婚也能顺其自然？

"你这丫头，奸猾得很，我是怕那小子被骗了。"顾平生哼了一声，然后对姜语宁凶道，"走吧。"

姜语宁握紧了顾平生给的字条，并用手机拍下来，然后再小心翼翼地将其放进皮包。

沈以琛探头看了一眼，虽然只看到第一件东西的名字，但那件东西就已经价值连城了。难怪姜语宁说自己穷。

"据我所知，这件东西不久前还出现在拍卖市场上。现在被一位收藏家拍走了，九位数。"沈以琛不禁泼姜语宁的凉水，"我算算啊，以你现在这样的状况，就算是不停地接活动，不眠不休，也得好几年才能凑上这个数。可能还不只好几年。"

姜语宁回头瞪着他，眼带杀气地道："几年不行，我就花一辈子。"

这一刻，沈以琛说不出话来，只能羡慕。


黎明前夕，保姆车已经进入山里。因为气温骤降，所以沈以琛拿出备好的毯子放在姜语宁的腿上："拍摄的地方在山里一处景区，会很冷。不过我给你准备了外套，你不用担心。我们到了以后，先去和导演见面。"

"你安排吧。"天还没亮，姜语宁看不清窗外的景色，便继续闭眼休息。

等他们到达目的地的时候，已经是上午八点了。

几人在小镇上落脚。随后，沈以琛带着姜语宁去见节目组的导演。

"这就是一个很简单的拍摄，姜语宁拿伞从古桥上走过。等到达石桥中央的时候，略带忧伤地回眸，像在等待自己的恋人。姜语宁外形不错，之前我看过你《茶悦》的片花，很有味道。"导演不是肯定姜语宁的演技，这里不需要太多的演技。他是肯定姜语宁偏古风韵味的样貌。

姜语宁没说什么，跟着工作人员去化妆间。只不过姜语宁前脚一走，后脚拍摄组的工作人员就炸了一片。

"我的天，是姜语宁！这是我女儿最讨厌的明星。"

"导演的脑子是不是坏了？这是景区的公益广告，目的是推广和宣传

235

景区。姜语宁拍广告，别人还能喜欢吗？"

"听说她签约光影了，拿什么资源就都不奇怪了。"

"可是我真的很讨厌她。"

"你讨厌也没办法，有本事让导演换了她。"

化妆的时候，姜语宁听到门外的人在激烈地争论。这让化妆师有点儿尴尬，生怕这位"小黑红"一个没忍住就发起脾气来。

但是，姜语宁坐着没动，似乎没有听到那些议论。

化妆师战战兢兢地替姜语宁弄好了妆。不得不说，姜语宁这张脸真的太适合古风扮相了。一双丹凤眼，显得柔和古典，鼻梁高挺，唇红齿白。她是那种一旦穿上古装，就让人难以忘怀的人。

"姜小姐，你好适合古装扮相啊，我建议你以后试试。"

古装扮相吗？

姜语宁看着镜中的自己，忽然觉得这是一条不错的建议。

工作人员很快过来催促。在服装师的帮助下，姜语宁穿上了红白相间的绣花襦裙。

待姜语宁穿好衣服后，服装师竟然看得有些蒙。这美得绝世出尘的人，真的是姜语宁吗？这变化也太大了。

姜语宁知道自己适合古装扮相，只是以前没有重视过。直到她走出化妆间的时候，周围的人投来惊艳的目光，她才感觉到一丝异样。

"这还是姜语宁吗？也太好看了吧？"

"果然不错。"沈以琛看了，赞叹道。

"可是想到自己的照片被挂在景区的入口处，就有种当猴子的感觉。"姜语宁有些无奈。

"你可真会煞风景。先去桥上看看吧，熟悉一下拍摄场地。"沈以琛笑了起来，将外套披在她的身上，却被姜语宁嫌弃地丢开了。

"我只穿我二哥的外套。"

她还这么高傲？

沈以琛故意面露不快地道："以后专程给你备一件？"

"这可以。"说完，姜语宁走向一会儿要拍摄的石桥。节目组还在准备人工降雨，因为时间充足，姜语宁便在桥上走了几个来回。

桥形微拱，而且看不到桥头的另一端。姜语宁熟悉了几次，等导演调试机器。山里天气变化迅速，没想到临近中午的时候，居然下起了雨。

"烟雨蒙蒙，意境不错，倒是省事了，开拍。"导演一声令下，姜语宁跟着就位。

她手持油纸伞，从桥头开始慢慢行走。石桥是拱桥，其围栏很低，台阶上又有青苔。因此，姜语宁一步没踩稳，差点儿掉入湖中。

"语宁姐！"

"姜语宁！"众人发出惊呼。

幸好，她左摇右晃，还是站稳了。

导演一看，顿时站起了身："怎么回事？"

工作人员马上过来搀扶姜语宁，并且对导演道："导演，有青苔。"

"刚才我已经让人清理了。谁负责的，给我滚出来。"导演生气地大喊。

一个挂着工作牌的女工作人员，战战兢兢地走到了导演的面前："是我。"

"你怎么办事的？我刚才再三嘱咐，这石桥还没进行加固，很危险，你把我的话当耳边风？"导演叉着腰发火，"你现在就可以走了。"

"导演，我只是一时疏忽。而且我只是犯了一个小错，您用得着这么小题大做吗？"对方哭着争辩道，大概也是年轻气盛。

"你知不知道，如果我的艺人从桥上摔下去是什么后果？"沈以琛也从椅子上起身，冷漠地对那女孩儿道。

"可我认错了。我真的不是故意的，我不是有心的，姜语宁也没事啊。就这么开除我，是不是太过分了？姜语宁了不起吗？"

"就是啊，这惩罚有点儿过了。"

"姜语宁真是越看越讨厌，欧欧不过就是犯了一个小错，她又没怎么样！"

"人都会犯错，姜语宁犯错犯得少吗？这么不饶人，她真是一个垃圾。"

四周的节目组的工作人员在为自己的同事打抱不平。

姜语宁虽然不知道导演发了多大的火，但是接收到了周围的敌意，也听到了四周的议论声。

"我是没什么了不起，但是因为你的失误，我差点儿掉进湖里。

"我认为你工作失职，给予惩罚，完全合理。"

"我没掉下去是我运气好，但你不能因此推卸你的责任。"姜语宁十分冷静地说，"万一我运气不好，你赔得起吗？"

"我……"对方一时语塞。

"我知道有很多人不服气，认为这只是一个小错，没必要小题大做。但我必须很严肃地告诉诸位，这世上很多工作可以做错。你们可以上错一杯茶，可以卖错一件衣服，但是和安全相关的工作一步也不能错。就因为我是你们讨厌的人，我就活该摔跤，活该掉进湖里吗？我差点儿因为你的失误丢掉一条命，你觉得我的命还值不了你的一份工作？你觉得冤枉？那我呢？我又冤不冤？你知道那水有多深、有多冷吗？"

对方再次语塞，说不出一句话。

"我招人讨厌，我的命就不是一条命吗？你们应该对生命多一分敬畏，对工作多尽一分责任！"这句话，姜语宁是对着所有人说的。

说完，她便对导演道："导演，我们继续吧。"

陶睿哲看着那些不怀好意的工作人员，冷冷地哼了一声，主动跑去雨中清理青苔。

刚才那一幕，真是吓死他了。

"我没空教你做人，因为我的时间宝贵。但姜语宁刚才已经给你上了一课，希望你以后牢记，那是一条命！"话音刚落，导演坐回了机位面前。

听完姜语宁的话，四周看热闹的工作人员再也说不出风凉话了。

因为提到"安全"两个字，众人多多少少有些心虚。而被姜语宁狠狠地教育过的女孩子，终于能正视自己的错误了。她走到姜语宁的面前，对姜语宁鞠了一个躬："对不起。"

"我原谅你。"姜语宁正视她的双眼说道。

众人再次被姜语宁的态度震惊到了。姜语宁没有抓住别人的错处就得理不饶人，马上就原谅了犯错的人，只因为对方认错了。

"好了，可以继续拍了。"陶睿哲很快清理了台阶上的青苔，然后湿着脑袋回到了雨棚下面。

沈以琛马上扔了一条毛巾给他。这时候，姜语宁再次就位。

再次开拍的时候，风大了不少。现场的工作人员知道冷，穿着厚厚的外套。

姜语宁身上只是两件单薄的襦裙，可她完全不受影响。工作的时候，她百分之百投入，导演的要求她也尽力做到最好。

扮上古装以后，从镜头里看，姜语宁好像来自一幅画卷。要不说这是姜语宁，恐怕旁人根本认不出来。

"OK，准备晚上场！"两遍后，导演宣布拍摄结束。

姜语宁瑟瑟发抖地回到了桥下，陶睿哲连忙用毯子将她裹住。

"辛苦了，效果很好。"沈以琛满意地鼓励了一句。

"晚上沈总监请节目组的人喝鸡汤。"姜语宁朝着沈以琛眨眨眼，对着众人说道。

"为什么不是你请？"

"我穷。"姜语宁一边打着寒战，一边笑了起来。

"好吧。"沈以琛倒是不介意，"我现在带你去房间里休息，晚上八点还有一场，然后就能收工了。"

"等我卸完妆，四处逛逛吧，我还有力气。"

她倒是挺能自娱自乐的。

四周的工作人员一听晚上有鸡汤喝，情绪也高涨起来了。他们对姜语宁又有了新的看法，她好像也没那么讨厌啊。她以前那些耍大牌、脾气臭的新闻，到底是从哪里冒出来的？

"你们有没有发现，姜语宁不难相处啊，没有网上传的那些臭毛病，挺接地气的一个小艺人啊。"

"她'三观'挺正的，刚才因为她的一番话，我还反思自己了。"

"继续观望吧，可能她是假装的。"

工作人员在姜语宁的背后议论纷纷。沈以琛坐在休闲区，听到后，扬了扬嘴角。

姜语宁就是有这种魔力，和她相处后就能深刻地感受到她的可爱之处。

忙碌一天后，小镇入夜了，节目组还在拍摄。这时，一辆黑色的轿车停在了石桥的一边，异常低调。

这一次夜间拍摄，姜语宁穿的襦裙比白天那件更薄。

车内的人远远地看着桥上的人，心都疼了。

反反复复地拍摄了几遍，桥头上终于传来了欢呼声，拍摄工作宣布结束。

姜语宁脸上写满了兴奋之色。原来，她志得意满时是这副模样。

拍摄工作结束，工作人员也开始收拾东西。姜语宁听到一旁的工作人员咳嗽的声音，便对陶睿哲道："我带了应急药，给他送点儿吧。"

"他们都在背后羞辱你。"陶睿哲哼道。

"不是他，那几个长舌的人我都记住了。"姜语宁挑了挑眉。

陶睿哲没回话。

沈以琛沉默了。

不远处，司机看着姜语宁离开，提醒后排的男人："二爷，不告诉姜小姐吗？"

"不了，走吧。"陆景知淡淡地说，眉宇中掩藏着疲惫之色。

他本来就忙，从小镇到洛城来回要六七个小时。他要真见到那个小东西，今晚就别想回去了。

司机点点头，准备出发。不过，这辆车被和导演谈话的沈以琛注意到了。他觉得有些眼熟，便走了上去。

沈以琛弯腰看到车内的人物，顿时惊了一下。而司机在陆景知的示意下打开了车窗。

"陆先生，真的是你。语宁已经收工了，要见见吗？"

"不用了，看她一眼马上就走。"陆景知强忍思念回答道。

"那……不如把你的外套留下？"沈以琛勾着嘴角对陆景知说。见陆景知皱眉不解，他这才解释："是你的女人说，非你的外套不披。"

陆景知听完，顺势解开了西装外套，把外套交给沈以琛："照顾好她。"

"放心。"

随后，司机关上车窗，如同过来时，低调地离开。

沈以琛拿着外套回到导演身边，笑了笑："恰好碰到熟人了，我去打了一声招呼。"

导演略带深意地看着黑色轿车从树下开走，并未多嘴打听，只是对沈以琛道："我把姜语宁推荐给沈国邦导演了。他最近在找女三号，我觉得姜语宁挺合适。"

"那就多谢了。"沈以琛十分感激地和导演握了握手。

沈国邦是国内知名的古装正剧导演。他的剧，部部都是大制作，如果姜语宁能出演他剧里的角色，即便是女三号，也足够出彩了。

没想到，她还能有这样的机遇。

"这棵苗子你可要好好培养，我瞧着是真不错。"导演被姜语宁征服了。她太有灵气了，完全出乎他的意料。

"那是自然。"沈以琛对导演做了一个有请的姿势。

夜晚九点，古镇上大风入侵，比白天下雨更冷。

此刻，节目组的工作人员全聚集在古镇上一家传统的饭店里，喝着冒着热气的鸡汤。这时，陶睿哲来到那位咳嗽的工作人员跟前，一边将姜语宁的药递给他，一边没好气地说道："我家语宁姐听到你咳嗽了，这是她让我送来的。"

对方看着感冒药，有些受宠若惊。

小镇上的药房早就关门了，最近的医院也要一小时车程才能到。

他没想到，身边这么多同事没注意到他感冒，反而是让人讨厌的姜语宁注意到了。她还让自己的助理给他送药。这个工作人员顿时红了眼眶，有些感动。

他周围的同事也有点儿震惊，再看姜语宁，她和导演坐在一起，把一整桌人逗得高高兴兴的，人们笑声不断。

"其实姜语宁不差劲儿，挺好的一个女孩子。"

"说得是啊，我们好像误会人家了。"

他们为自己的肤浅内疚不已，尤其是白天对姜语宁反应非常激烈的那几人，不禁陷入沉思。

深夜十一点，酒足饭饱后，全组的人返回酒店休息。

姜语宁有些冷，搓了搓自己的双手。沈以琛忙把外套拿出来，披在了姜语宁的肩膀上。

"啧！我都说了，我不穿你的衣服。"姜语宁挣扎道。

"我的我自己要穿，谁要给你？"沈以琛嫌弃地看着她，"是有人来过了，留下了这件外套。"

闻言，姜语宁立即抓着衣袖在鼻尖嗅了嗅，双眼冒出惊喜的光芒：

241

"他人呢？"

"走了。"沈以琛道，"惊喜吧？"

姜语宁抱着陆景知的外套，心里甜得冒泡："很惊喜，身体好暖和呀。"

然而姜语宁还是觉得可惜，他来了也不见见她。于是，她便给某人发了一条信息："以后我出去拍戏，都要带你的外套。这样让我感觉你在我的身边，紧紧地抱着我。"

"嗯。"陆景知回答得简单，但心里满足。

"二哥，我想你了。"姜语宁情不自禁地说着，脸上笑容甜美。这一看就是被人爱着、宠着的女人。

沈以琛心想，还真有点儿想谈恋爱了。


第二天一早，整个节目组的人回程。在上车之前，好几个工作人员趁姜语宁还未离开，走到她的面前，真诚地向她道歉。

"姜小姐，对不起，之前对你态度不好。"

"你跟我们想象的不太一样，我们是来向你道歉的。"

姜语宁看着这几人低头道歉的严肃模样，扑哧一声笑了出来："以后别跟风黑我了，行不行？"

"一定不会！"

"我们为你加油！"

姜语宁含笑上了车。这时候，沈以琛将手机递给她："枯杰的电话。"

沈以琛上回在老板家知道枯杰和姜语宁的关系后，一直觉得不可思议。这个圈子里最可怕的娱乐记者，居然是姜语宁的哥哥。

姜语宁当着沈以琛的面摁下了通话键："哥？"

"我刚收到消息，霍雨溪下午两点在皇家御用酒店举行记者会，据说有猛料要爆。她这是穷途末路，想和你同归于尽了？"

姜语宁听完，轻嗤一声，说："哥，霍雨溪那么怕死的人，绝不可能做这种决定。而且，她不是陆宗野，还没到这一步。除非有人给她撑腰，或者说她有了别的退路。"

"会不会是你的母亲？"枯杰猜测。

242

"不可能，我太了解我妈了。她根本看不上弱者，更不会去扶持这样的人。"姜语宁回答，"比起我妈，霍家人的可能性更大一些。霍雨溪不混娱乐圈，还有很多路可走。"

"那就更可恨了，他们用着姜家的钱欺负姜家的人！"枯杰的眉毛拧得更紧了。

"霍雨溪这是提醒我，要把八亿提上日程了。"姜语宁的神色也冰冷了不少，"哥，你把消息放出去，我们先看霍雨溪说什么。"

"行。"枯杰挂了电话。

姜语宁放下手机，不似平日活泼。

沈以琛听到了两人大概的对话，对姜语宁说："你现在是光影的艺人，公关团队可以出面解决一些事情，用不着再像从前那样步步为营。无论霍雨溪想做什么，光影会让她明白，光影的艺人不是她想动就能动的。

"不过，枯杰拿一手消息的速度圈内无人能及。

"这点我由衷佩服。"

"总监，有些事我没办法说明白，都是家丑。"姜语宁沉重地看着沈以琛。

"我相信，你能解决。"沈以琛表露出对姜语宁的信任，"陆家继承人陆景知是你的恋人，娱乐圈大佬顾平生是你的舅舅，X社国民娱乐记者是你的哥哥。你现在告诉我，你为什么还要愁眉苦脸的？"

"我只是觉得恶心。"姜语宁摊了摊手。


众所周知，虽然霍雨溪和陆宗野的事情才过去不久，但他们的狼狈照片还在网上挂着。可霍雨溪忍不住还要出来蹦跶，只是这次她没有告诉经纪公司，也没有通知傅雅慧。因为她有了最坚实的新靠山，她的爸爸霍振东。

霍振东告诉她，不用那么压抑，她想做什么就做什么。

她是不是可以理解为，她的爸爸快大权在握了？

记者会安排在下午两点，此刻她正在酒店的VIP房间里休息。

她的身后是霍振东花钱替她请来的保镖，就算陆宗野此刻过来找麻烦，她也不害怕。

因为姜语宁，她不得不去做流产手术。她顾不上休养就得出来，看这个世界的可憎一面。

枯杰的消息很快就放出去了。上午十点，霍雨溪要召开记者会的事情就已经全网尽知。而看到新闻的，不管是千禧娱乐的人，还是傅雅慧，都又震惊又愤怒。

霍雨溪想做什么？

傅雅慧马上拨通霍雨溪的电话，质问她："你要召开记者会，为什么不和我商量？你眼里是不是已经没有我这个母亲了？"

"妈咪，我引产难受地躺在病床上的时候，你只顾护着你的亲生女儿。你在乎过我的感受，管过我的死活吗？你没有！所以，我现在也不想依附你了。我不靠你，你也别来管我，这是我们最好的方式。"霍雨溪满带仇恨地反驳傅雅慧。

"你召开什么记者会？你想做什么？"傅雅慧揉揉眉心，只觉心口又胀又痛。

"这就和你没关系了。"霍雨溪知道傅雅慧在电话那边发火，却毫不在乎地挂了电话。以后，她绝不再让人随意欺负了。

霍雨溪为了彻底斩断恐惧，挂了傅雅慧的电话后，又主动联系陆宗野："你不是想见我吗？今晚七点来我的公寓。"

"你是不是把我的孩子拿掉了？"陆宗野质问霍雨溪。

"你觉得，你还配让我给你生孩子吗？我当然拿了。"霍雨溪非常爽快地回答。

陆宗野一脚踹在旅馆的垃圾桶上，声音愤怒得发抖："晚上七点，我们做一个了断。"

霍雨溪冷笑一声，放下了手机。

她现在还有什么可怕的？她已经无所畏惧了。


姜语宁从小镇回来后，被沈以琛送回了御珑廷。累了两天，沈以琛让她先好好休息一下，午后再接她去霍雨溪举行记者会的酒店附近。

毕竟，他们看戏还是需要最好的视野。

姜语宁表示赞同，回家先洗澡，洗去一身疲惫。不过睡下之前，她接到了傅雅慧的电话。

"妈，怎么了？"

"你姐姐召开记者会的事，你知不知道？"傅雅慧问她，"现在你姐姐一心认为，她今日的凄惨境遇都是拜你所赐，而我就是包庇你的帮凶。她真是翅膀硬了。"

"妈，你有没有想过她为什么敢这么做？"姜语宁坐在床沿，反问傅雅慧，"是什么给了她这样的底气？"

"她爸爸转了百分之三的东恒股份在她的名下！"傅雅慧脱口而出道。

姜语宁紧紧地皱着眉头，很心痛。因为，东恒几乎是用整个姜家堆砌起来的。

但她还得冷静，现在不是撕破脸的时候。在沉默了几秒后，姜语宁道："妈，那她可了不得了，东恒集团堂堂的千金呢。"

"千金？谁给她的脸？下午我倒要去现场看看，她能不能上天？"

姜语宁觉得恶心，便挂了傅雅慧的电话。

傅雅慧又哪儿来这么大的脸？

不过她没想到，霍雨溪和傅雅慧竟然对上了。想到爸爸的失踪、姜家的破碎、爷爷的重病、陆景知艰难筹集的八亿，她的心似乎就有千百个窟窿。

既然傅雅慧要去砸场子，那么她只需要找一个最佳的位置看戏就行了。

想到此，姜语宁睡意全无，去衣帽间准备下午出行的衣服。

她也很想取取经，颠倒黑白的记者会到底应该怎么开。


下午两点，霍雨溪的记者会在酒店的宴会厅里准时召开。

媒体密密麻麻地聚集在大厅里，他们就是想弄清楚霍雨溪今日召开记者会的主题。

保镖就位以后，霍雨溪从侧门走了出来。她不似往日那样扭捏作态，直接走到发言台前。等全场安静了，她一手持着话筒，对媒体大众道：

"各位媒体，你们好，我是霍雨溪。

"今天我召开记者会，主要是想宣布一件事情。在此，我郑重地宣布，我将永远退出娱乐圈，从此以后不再涉足这个领域。"

记者听完她的这句话，扛着长枪短炮对着她一阵猛拍。

霍雨溪退圈了!

霍雨溪直接宣布退圈了。

"但在退出之前,我有几句话不吐不快。我要'感谢'我的继妹、我的继母以及我的经纪公司,将我逼到了绝境。

"首先,我的经纪公司千禧娱乐。我要感谢你们多年的栽培。同时,我也要感谢你们在我危难的时候将我一脚踹开。从前就有人告诉过我娱乐圈的残酷,我那时候嗤之以鼻,但我现在深信不疑。一旦我没有了利用价值,公司就将我彻底抛弃。

"第二,我要感谢我的继母Ava女士。在我身心受创、毫无作为的时候,她一味地偏袒自己的亲生女儿。对你来说,继女就应该被踩在地上,任人践踏吗?现在你如愿了,我无路可走,只能放弃我喜欢的演艺事业。而你,根本不配当一个母亲!

"第三,最重要的一个人,我要感谢我的继妹姜语宁。众所周知,三天前是我的大婚之日。然而第二天,我的丈夫就被爆出假冒身份。时间怎么会这么巧合呢?这就不得不提我的好妹妹姜语宁。她早知陆宗野的冒牌身份却故意隐瞒实情,等我大婚一过,她便联合陆家的真骨肉上演一场好戏,让我坠入地狱。她真是好深的心机啊,我自愧不如。可是人心怎么能坏到这样的地步呢?姜语宁,你真的好手段,不知道以后还会有多少人被你欺骗。"

霍雨溪情绪激烈,但声音铿锵有力。她似乎要把自己所有的不满和怨恨全部宣泄在姜语宁那几人的身上。

"我一个残破之躯,在这几方的压迫下受尽凌辱。我曾告诉过我自己,我要忍耐,可忍的结果就是连我自己的孩子都保不住。在姜语宁的陷害下,我不堪重负,流产了。"

此时,沈以琛和姜语宁就在皇家御用酒店的对面,在看记者会的直播。

"没想到,她连这件事也要甩锅到我的身上,当真是忘记了她知道陆宗野的身份后,吓得狼狈不堪的模样。这么漏洞百出的谎言,她也敢乱编?"

沈以琛自认定力不错,但看到这种场面,也处在爆发边缘了。没想到,姜语宁还能稳如泰山。

246

"你让我不插手，你倒是反击啊……"沈以琛着急了，指着视频对姜语宁说。

"沈总监，你知道我们为什么能看到视频直播吗？在出发之前，我哥安排了X社的记者进去，那可是王牌干将呢！还有，我妈已经在前往记者会的路上了。你觉得，这种事还需要我亲自出面吗？我不会给她拉我下水的机会，她不配。"

话音一落，视频里，一个年轻的女记者站了起来。她直接打断了霍雨溪的话："我真是听不下去了，谎话连篇。霍雨溪，你真是张嘴就来啊，别人把你的孩子逼没了？这是我听过的最大的笑话。你知道丈夫是一个冒牌货的时候，可是被吓得魂不附体，恨不得马上和陆宗野恩断义绝。流产这件事，不是你自愿的吗？"

听到这位记者的质问，现场顿时一片哗然。

霍雨溪脸色突变，指着对方问："你是姜语宁请来的？"

"我是X社的记者。"女记者直接表明身份，"姜语宁还请不动我。"

一听是X社的记者，霍雨溪忍不住惊慌起来。

"你别慌，没用的。我们来把事情一件一件地梳理清楚，先把堕胎的事情说清楚。你说你是被逼流产的，谁逼你了？X社有你入住某医院做手术的证据和照片。陆宗野的身份在上午曝光的，你下午就去医院做了引产手术，这个你不否认吧？当时，你被陆宗野挟持的画面，记者都看到了。你逃命似的打车离开，就算是受到逼迫，也应该是被陆宗野逼吧？

"我们再换个角度说。既然你说姜语宁想看你的悲惨样，那么等你生下一个冒牌货的孩子，她岂不是更痛快？为什么她要逼你流产？陆宗野就更别说了，一夕之间成了过街老鼠，他还指望靠孩子把你留住，更不可能逼你流产。那么，谁希望你流产呢？只有你自己了，怎么就怪姜语宁了？

"我还有一点可以证明你是自愿流产。你去的那家医院和你继母的关系不错，要不要把你继母请来当面对质？"

"我……"霍雨溪的舌头开始打转，她难以自圆其说了。当然了，被当场揭穿，她自然是没底气反驳的。

"现在我们梳理一下整个事件。姜语宁和陆宗野是未婚夫妻，早有婚约。但你想嫁入豪门，便去勾搭已经有婚约的陆宗野，抢走了自己的妹妹的未婚夫，并且奉子成婚。新婚第二天，你丈夫被爆身份造假，根本不是豪门少爷。于是，你认为这件事是姜语宁蓄意报复，甚至不惜开这个记者会来控诉姜语宁的'罪行'，对吗？

"霍小姐，恕我直言。这件事即便是姜语宁策划的，你也是罪有应得。你抢人家的未婚夫，就要站着挨打，这是你该受的！

"你到底哪儿来的脸占用公共资源，浪费公共时间，来发表漏洞百出的演讲？

"因为你要隐退了，清楚你在圈子里混不下去了，所以要来搞事情。你要让所有人都跟你一起下地狱，我说得对吗？你比我想象的还愚蠢啊……"

女记者跟开了炮火似的，对着霍雨溪连环开炮，轰得霍雨溪毫无反击之力。

X社的人都是这么猛的吗？

难怪人家能在圈子里一骑绝尘，旁人只能看人家的车尾灯。

开什么玩笑？

这可是X社最厉害的秘密武器了。一般情况下，枯杰不会派她出任务。

"现在，你还有什么话说？"

霍雨溪就这么站着，沉默不语。她双唇发颤，因为根本无法反驳记者。心虚之下，她只能对身边的保镖道："你们是怎么维持秩序的？还不把这个胡言乱语的女人轰出去？"

女记者勾唇冷笑，霍雨溪就是霍雨溪，都这样了，还不夹着尾巴逃。在场的记者纷纷议论起来。

这时，傅雅慧终于赶到了酒店大厅。本来，她以为霍雨溪再胡作非为，也不敢对她不敬。但她没想到，霍雨溪还真敢。

"我看要被轰出去的人是你！"傅雅慧踩着黑色高跟鞋，推开了面前阻拦的保镖，径直走到了霍雨溪的面前。当着所有媒体的面，她直接一个巴掌扇了过去。

只听啪的一声，霍雨溪的脸被扇到了一边。

宴会厅里，只剩下咔嚓咔嚓的拍照声。

"之前，是谁跪在地上哀求我要嫁给陆宗野？又是谁，在事发以后跪在地上哀求我帮你拿掉腹中的孩子？霍雨溪，我对你仁至义尽了。但我没想到，你居然在公开场合诬蔑我这个母亲。你怎么不怕天打雷劈？我养的一条狗也知道感恩戴德，但是我养你，得到了什么？"

霍雨溪捂着脸，愤愤地看着傅雅慧。她没想到傅雅慧会直接来现场。

"霍雨溪，我的话就放在这儿。以后我们没有母女关系，如果你再像今天这样，在公开场合诬蔑我、诬蔑语宁，我对你绝不客气，你好自为之。"说完，傅雅慧推开围上来的记者，黑着脸离开，根本没给记者采访的机会。

"什么影后，你快滚吧，浪费大家的时间。"

记者被霍雨溪恶心到了。都说娱乐圈的水深，但那些污垢都是在背地里。可霍雨溪都摆在明面上来了，让人无语至极。

"你赶快隐退吧，别出来搞事了，真是恶心。"

"快滚吧！"

"走、走、走，大家都走，别给这种人增加热度了，什么东西。"

在场的记者表示看不下去了，纷纷离场。霍雨溪这一出真是让人恶心。

不一会儿，之前还人山人海的宴会厅，此刻只剩下霍雨溪和她的四个保镖。

霍雨溪站在发言台上，浑身发抖，羞愤的情绪将她填满。这些人眼瞎吗？她才是受害人啊，为什么没人同情她？

"霍小姐，现在回家吗？"霍雨溪的身后，一个保镖小心翼翼地询问。

不知道为什么，这几个保镖看到自己的雇主当众被揭穿，也有几分暗爽。

"你们滚，给我滚！"

几个保镖互看一眼，转身去了宴会厅的门口。他们不禁在心里感叹，霍雨溪终于抡起千斤重锤把自己捶死了。她自己有多少黑料，她心里没数吗？

紧接着，霍雨溪召开记者会的视频在网上传开。一时间，网友都气笑了，不知道该做何反应。

"以后，请不要推送关于这个女人的任何消息。恶心，谢谢！"

"她是如何做到又蠢又贱而不自知的？"

"霍雨溪的智商，让我无话可说。"

"滚吧，垃圾影后。"

网友开始疯狂吐槽霍雨溪。当然，更多的网友觉得不值得在霍雨溪的身上浪费时间，这样会引起心理不适。

这是第一次，网友没有把姜语宁和霍雨溪放在一起嘲讽。和霍雨溪一对比，姜语宁显得率真可爱。

姜语宁和沈以琛在酒店看完了一整出戏，放下手机，两人心情很复杂。

沈以琛更是半天说不出话，起身前才喟叹一句："这种人真的可怕，此刻我很同情你。"

"这次把她掀了个底朝天，以后即便我真的对付她，记者也不会相信了。"姜语宁耸了耸肩，"热闹也看过了，我们该走了。"

在霍雨溪这件事上，姜语宁要做的就是不表态，也不发言。她既然已经答应了舅舅要好好爱惜自己的羽毛，败好感的事情就不能做了。否则，观众永远不能改变对她的看法。

现在，傅雅慧和霍雨溪的关系已经破裂，那八亿的事情就得提上日程了。比起霍雨溪的庸俗和市侩，傅雅慧更加复杂，也更加狡猾。

夕阳西下，晚霞如锦。

从研究所的大门出来的时候，陆景知面色冰冷。开了一整天的会，他有些头昏脑涨。

"二爷，今天的会你不用放在心上。我们只要能找出数据的异常点，就能很快攻克难关。"何秘书扭头，安抚陆景知，"今天的问题，不能代表什么。"

"闭嘴，很吵。"陆景知揉着眉心道。

"姜小姐今天差点儿又被冤枉了，但她自己解决了。"何秘书趁机转移话题，观察陆景知的脸色，说，"姜小姐来过电话，让你别担心。"

陆景知看着手机上已接的来电显示，忽然沉默。半晌，他自顾自地说："我到底要怎么保护她，才能万无一失？"

"姜小姐不是需要二爷时刻保护的金丝雀，她更渴望的是平等。"何秘书随口说道。

陆景知不答，算是认同。

"二爷只要回家抱一抱、亲一亲她，什么烦恼都能烟消云散了。"

陆景知瞥了一眼何秘书。何秘书连忙打了一下自己的嘴巴，说："我多嘴了。二爷，电话，姜小姐的电话。"

陆景知低头看着闪烁的手机屏幕，摁下通话键。姜语宁欢快的声音从手机里传来："二哥，下班啦？"

"嗯，马上出发。"

"我看到你的车了。"姜语宁说，"我在上次那个地方等你，接你下班啦。"

陆景知听完，让司机立即停车，并让司机把车开到了转角且隐秘的地方。

姜语宁戴着鸭舌帽，穿着男生的运动服，十分低调地拉开轿车车门钻了上去。

此时，陆景知松开了西装的纽扣，露出了白色的衬衣，看上去不仅男人味十足，还很性感。姜语宁看着他起伏的胸肌，忍不住咽了咽口水："你开会开得这么暴躁吗？"

"你为什么不找我撒娇和哭诉？"陆景知抓着她的手问。

"为霍雨溪那事？不值得。"姜语宁不屑地回答，"你知道，我不会为了那种人费神。我不觉得委屈，需要的时候，我哪次不是挂在你身上哼哼唧唧的？二哥，我必须说清楚。这不是逞强，也不是不需要你，而是那种人不值得我这么做。

"对了，你这是什么会啊？开了一天，看把你累的……"

陆景知忍不住把姜语宁抱入怀里。这么聪明可爱的小狐狸，世上仅有一只。

姜语宁如愿地靠在结实的胸膛上，感叹千好万好，都不如陆景知的怀里好。

何秘书坐在前排，也忍不住感叹了一声。

只有在姜语宁的面前，二爷才会有柔和的时候。

刚下会议桌的时候，二爷的脸可又冷又长呢。

251

晚上七点，霍雨溪和陆宗野在公寓见面。

白天霍雨溪在记者会上的表现，陆宗野全看在眼里。这就是他不顾一切要迎娶的女人，又蠢又恶毒。不，他更蠢，否则他怎么能被霍雨溪欺骗利用这么久？

七点整，陆宗野掐着时间到了霍雨溪的公寓门前。然而，等待他的不是霍雨溪的谈判，而是霍雨溪的保镖的一顿毒打。霍雨溪从一开始就不打算和他对话。

两个保镖将浑身是伤并且趴在地上的陆宗野拽了起来，将离婚协议书和笔扔在他的面前。其中一个保镖说道："这是离婚协议，你马上签字，以后别再打我们小姐的主意。她是你这种垃圾能高攀的？你马上签字，然后滚。"

陆宗野撑在地上冷笑一声，彻底死心了。他颤抖着右手，在离婚协议上签了名。

这是他的宿命，是他最终的下场，他认了！但是，他绝对不认输！

他一定会让霍雨溪知道，被人玩弄是一种什么滋味。

当天晚上，被全网吐槽的霍雨溪当作什么事情都没发生过一样，回到了半山别墅。

傅雅慧见了，生气地说："你还有脸到我这里来？你最好现在给我滚出去。"

"你是我名义上的继母，我是你名义上的女儿。我住在这里，天经地义。而且，这件事是爸爸允许的。如果你有意见，你给他打电话。还有，等休养几天，我就去东恒上班。爸爸说了，给我安排了职务，通知你一声，免得你吃惊。"说完，霍雨溪若无其事地上楼，回了自己的房间。

傅雅慧看着霍雨溪从楼道上消失，气得面色涨红，双手发抖。她气得弄了好半天才成功地拨通电话："霍振东，你什么意思？霍雨溪今天在公开场合那样说我，原来是你允许的？"

"雅慧，她不过是一个小孩子，你和她计较什么？"

"好，这件事我不论。那你安排她去东恒上班，问过我了吗？"傅雅慧大声质问，"你是不是忘记了谁才是东恒最大的股东？"

"你怎么又扯到这件事上来了？雨溪是我们的女儿，我安排她到东恒上班，合情合理。以后东恒会是她的天下，你别无理取闹。"霍振东被傅雅慧的话语激怒了。

"她的？未必吧？我还有亲女儿！"傅雅慧冷笑着挂了电话，气得坐在沙发上半天缓不过神来。

最近霍振东是越来越大胆了。他是不是忘了东恒是因为谁才有今天的？

夜晚十点，御珑廷外传来阵阵海浪声。

姜语宁洗完澡走出浴室，正好撞见陆景知站在卧室的窗边接电话，看上去神神秘秘的。

姜语宁轻轻地走过去，从身后抱住陆景知，询问的声音里满是酸味："你跟谁打电话呢，这么小声？"

"有人打电话过来，说陆宗野找他借钱，三千万。"陆景知放下手机回答。

"他借那么多钱做什么？"姜语宁挑眉。难道陆宗野还想再战？

"据说霍雨溪让人把他毒打一顿，逼他签了离婚协议。"陆景知转身，带着姜语宁走向大床。

所以，陆宗野这次的矛头是对着霍雨溪的？

"他找了一个男的，打算包装对方，设陷阱引霍雨溪上钩。"

姜语宁听完，身上的鸡皮疙瘩都起来了。这世上，最了解霍雨溪的人果然是陆宗野。

霍雨溪那么想嫁给富豪，如果被一个男人耍着玩，那豪门梦不是又要落空了？啧啧，这手段真毒。而且，霍雨溪的身体还能让她糟蹋几次？

姜语宁听完，忍不住在陆景知的胸膛上蹭来蹭去，问："二哥，陆宗野找人借钱，对方为什么要给你打电话啊？"

陆景知轻抚姜语宁的头发，搂着她的肩膀道："不该问的别多问。"

其实姜语宁不问也知道，陆景知早就说过要替她讨回公道。只不过她没想过，他会用这样的方式做她背后那把无形的刀。

"睡吧。"陆景知不愿姜语宁胡思乱想，哄她睡觉。但是，姜语宁直接跨在他的身上。

"两天一夜没见了，你就不想我吗？"

陆景知捏着姜语宁的下巴，如墨一般的瞳孔迸射出强烈的光："皮痒了？"

"嗯，痒了。"

"这是你自找的。"陆景知翻身夺回主动权，紧紧地扣住了姜语宁的手腕。

姜语宁这两天舟车劳顿，体能还没有恢复过来。陆景知原本想让她好好休息，但这小祖宗不知死活，没事总来撩拨他。

卧室里的气氛很快变得无比暧昧。姜语宁迷恋陆景知的身体，到哪儿都惦记着。她总要摸摸抱抱，才能止渴。

可到了后半夜，姜语宁突然浑身发烫，发烧了。迷糊间，她抱着被子呢喃："小镇的风真厉害。"

陆景知不得不半夜起身，给姜语宁找来退烧药。

姜语宁被裹成了粽子，躺在床上可怜巴巴地看着陆景知拿来的药。

"二哥，我不想吃药，好苦……"

"张嘴。"陆景知坐在床沿严肃地看着她。

姜语宁无奈，只能张开嘴，等着陆景知把药塞进她的嘴里。可下一秒，她猛然睁大了双眼。她看着陆景知把水喝了，然后捧着她的脸喂了上来。

咕噜……

姜语宁连水带药全吞了下去。一瞬间，她觉得温水居然有一些甘甜。等她回过神的时候，陆景知已经退远了。然而，她开始心跳加速，大脑变得一片空白。

这太犯规了，她生病了，陆景知还来勾引她。她的心要蹦出来了。

"还苦吗？"

姜语宁连忙摇头答："甜的。"

"那是你嘴甜。"陆景知放下水杯，扶她平躺下来。

"这是我心甜，如果以后二哥都这样喂我吃药，我想……我很愿意吃药的。"

"你想得美。"陆景知替她掖好被褥，然后躺在了她的身边。关灯以后，他一直轻抚她的额头。

姜语宁发现，原来生病有生病的好处，好想再吃一次药。

第二天，姜语宁就退烧了。在梁姐的督促下，姜语宁在家里躺了一整天。

傍晚的时候，沈以琛打来电话，并且给她做心理建设："明天光影将宣布《逆光》的演员阵容，一大拨反对者已经在来的路上了，你提前做好准备啊。"

"我早就准备好了，还用得着你说？"姜语宁轻哼道。

这个角色是她靠自己的能力争取下来的。但是因为她签约了光影，旁人会认为她能拿到这个角色是光影要捧她。

好在她不是女一号，反对者可能还会悠着点儿，或许不屑吐槽她呢？

"另外还有一个好消息，《茶悦》今晚要播了。因为近期流行国风，这期节目的受关注度很高。"

"那样我能少挨一点儿骂吗？"姜语宁假装天真地问。

"得看今晚《茶悦》播出的效果。"沈以琛回答。若想把一个之前黑得彻底的人洗白到讨人喜欢甚至以她为傲的程度，可比捧红一个新人难多了。

一般的资源和包装团队对姜语宁都没用，观众对她早就形成了固有的印象。若想一一洗去这些黑点，她需要长期的累积和沉淀。现如今，她即便挨骂了，还是得受着。

"逗你的，我知道我的状况。"

"阵容发布以后，要开始着手宣传照还有其他东西的拍摄了。你抓紧时间看剧本，距离进组还有不到半个月的时间。光影的剧组可是很严格的，你别想偷懒。"

"知道了。"姜语宁一边回答，一边拿起遥控器打开了对面的电视机，"《茶悦》在哪个台播？时间几点？等等……你还是别告诉我了，我不看了。"

"胆小鬼！"沈以琛笑骂一句，还是告诉了她播放平台。

姜语宁以前不在乎，是对那些剧不抱希望。她现在好不容易有机会拍质量好的剧了，当然会在乎观众的反应。

入夜的时候，陆景知来了电话。他说今晚会回陆家老宅和二叔处理陈静姝的身份问题，让姜语宁早点儿睡。

255

姜语宁吃了感冒药，昏昏沉沉，一觉睡到了第二天上午九点。直到陶睿哲的电话打来，这才吵醒了她。

姜语宁起身接通电话。陶睿哲兴奋的声音从电话里传来："语宁姐，你涨粉丝了。你看到了吗？你涨粉丝了！"

姜语宁打开书桌上的电脑登录微博，然后看了一眼自己的账号，感觉没差别。

"涨了二十万！二十万。"陶睿哲直接给她发截图，"之前都是'僵尸粉'，现在终于有活的了！你知道吗？给你涨粉的是这张图。"

陶睿哲又给她发了一张《茶悦》里面的截图。

图片中，姜语宁手持茶壶，在一片烟雾中显得超凡脱俗，极具灵气。

"昨晚的《茶悦》引起不小反响，人们对其都一致好评。"

姜语宁随手翻看了几条关于《茶悦》的评论，居然没有骂她的。

"里面解说的小姐姐，居然是姜语宁！"

"她签了光影以后，感觉脱胎换骨了呢？"

"啊啊啊，最近很迷国风。姜语宁那身衣服超漂亮的，爱你哦，小姐姐。"

"感觉姜语宁对茶很了解，解说得很专业啊，爱了爱了。"

"姜语宁小姐姐，感觉你穿古风服饰真的太美了，给你介绍一家超赞的店，去试试哦@姜姜爱风景V。"

姜语宁松了一口气。在圈子里混了这么多年，她现在居然还要像一个新人一样，去关注数据，去在意评论。所幸，付出都有回报。姜语宁点开那家店的链接，发现里面的服饰的确别具一格，并且都很好看。

她忽然萌生了一个想法。于是，她用梁姐的电话号码注册了一个账号，然后买了一些衣服。既然这么多人喜欢古装，她可以替那些喜欢古风的人试装，最重要的是她也很喜欢。

她让梁姐收拾了一间客房，专门用来试装。姜语宁是行动派，想好后就开始着手准备。

试装的事情弄好后，她想到今天光影会公布《逆光》的演员阵容。可为什么到了现在还没有动静？

姜语宁好奇地打开了光影传媒的官方微博，却发现光影早就发了消息。可是溱潼的演员不是她，而是一个叫周锦书的女孩子。

姜语宁慌了神，连忙给沈以琛打电话："沈总监，这是怎么回事？"

"我一会儿给你回电话。"沈以琛压低声音回答姜语宁，没多说一个字就挂断了电话。

她这是被抢角色了？

光影传媒，副总办公室里。此刻，沈以琛站在副总的面前，脸色铁青。

"副总，我想你应该给我一个交代。"

"交代什么交代？投资方要求换了姜语宁，他们不接受黑料多的艺人出演光影的电视剧，还是励志类的电视剧。况且，一个小小的姜语宁值得你顶撞我？现在顾总不在国内，一切事宜由我做主。你之前要什么资源，我都给了你。现在不过是换一个人，你别在这儿横眉怒目。"副总极不耐烦地打发沈以琛，"出去。"

"等顾总回来，还希望副总可以向他好好交代。"

沈以琛咬牙切齿地说完，转身从副总的办公室离开。

"就这么点儿小事，交代？"

副总冷哼了一声。他知道姜语宁是顾平生授意签的，但是并不知道姜语宁和顾平生的关系。他以为顾平生只是单纯欣赏姜语宁，抑或有其他原因。要不然，按照姜语宁的资历，她绝不可能进入光影的大门。而且，他的理由很充分，是投资方要换人，不是他！

沈以琛气得拍桌，但顾平生偏偏这时候不在国内，而且手机此刻无法接通。

演员临时被抢角色的事情在娱乐圈常发生，没想到姜语宁一来就遇上了。

大公司看似公平公正，但其中的利益牵扯更多。

这个副总已经不是第一次搞小动作了。

沈以琛叹了一口气，然后给姜语宁回电话："你下午有时间吗？我们见一面吧。"

"角色被抢了对不对？"姜语宁却没有那么沉重，"其实，签约光影的消息爆出后我就在想，等这个角色公开的时候，带给我的或许是更加负面的东西。现在，我反而松了一口气。"

"顾总不知道，他还没有回国。姜语宁，对不起，是我没有保住你的角色。"

"算啦。"姜语宁安抚他，"这种事我已经经历太多了。"当初，她不仅角色被沈茹抢了，肩膀还被烫伤，留下了一道疤。这种事，她早就习惯了。

"不过，我已经在替你争取沈国邦导演的戏了。这不是光影的戏，大家各凭本事拿角色。"

"那就下午见吧。我有一个新想法，说不定可以替我打开一个新局面。"姜语宁乐观地道。

"好，下午见。"沈以琛很无奈，也很心疼。

在顾总的眼皮底下，他都没能保住那个角色。想到那个副总，沈以琛脸色一沉。

姜语宁呢？她心里肯定失落。毕竟她为了溙潼那个角色，已经准备了一段时间。角色就这样被抢，她当然会不舒服，但也知道沈以琛的为难。在情绪无处宣泄的情况下，姜语宁没忍住，给陆景知发了一条消息："你的小祖宗现在缺抱抱。"

"忙，抱。"

陆景知回了两个字，虽然只有两个字，但也暖了姜语宁的心。

一个角色而已，她不至于这么想不通！

因为，接下来还有更好的角色……


光影内部的人，尤其是参加过试镜的工作人员，都知道溙潼这个角色是姜语宁的。连他们也没想到，官方宣布时竟然换了人。

这姜语宁的确有些倒霉。

有工作人员表示不解，私下把这个秘密透露了出来。媒体知道后马上捕风捉影，把消息传了出去。

"得到一个小道消息，溙潼这个角色本是姜语宁的，哪知到嘴边了还被人截走。"

这个消息一发，立即引起路人的围观。

"姜语宁演技太烂啦！光影不傻。"

"换角色是明智之举，姜语宁演技不行。"

"周锦书是那个电影学院的校花小姐姐吗？如果是她演，我就看。"

"如果在姜语宁和周锦书之间做选择，我选择周锦书。我看过这个小姐姐演的配角，可有灵气了。"

网络上多数人站在周锦书这一边。

沈以琛出发去见姜语宁之前，看到了这些消息，怒道："这人不过是带资进组，也被吹得天花乱坠。"

这个周锦书甚至没有来参加试镜。

想到此，沈以琛咽不下这口气，便再次给顾平生打电话。虽然电话还是没有人接，但好歹是通了。随后，他开车去御珑廷28号。

姜语宁此刻正和梁姐一起打扫试衣间。当她下楼看到站在客厅里的沈以琛时，便知道他情绪不佳。

"你还生气呢？为我的角色被抢那件事？"姜语宁示意他坐下，并且让梁姐给他泡茶，"我习惯了，你应该不太习惯。"

"我从来没有这么屈辱过。"沈以琛摸了摸腕表，在姜语宁的面前气愤地坐下。

"别人都不知道你是我的经纪人，自然不会给我面子。该卖就卖，这不是很正常吗？"姜语宁笑道。

"可参加试镜的人是你，角色被抢、被骂的还是你。"

姜语宁知道他心里不痛快，便把手机递给沈以琛："你看看这个。"

沈以琛狐疑地接过手机，随后问："汉服？你为什么给我看这个？"

"我打算试试这些服装，然后在我的社交平台上定期更新。现在国风盛行，这或许是我的另外一条出路。"姜语宁解释说，"我可以找我哥的团队，让他们编一些简短的故事融入视频拍摄中，然后再找几个高手做点儿特效。这样，你拿案例去找沈国邦导演，也有底气吧？

"与其对那些虚无的东西生气，我们倒不如另辟蹊径，做一些别人无法取代的事，你觉得呢？

"而且，我做的是文化推广方面的事，反对者也不容易抓到我的错处。"

沈以琛听了，觉得姜语宁的话说得没错。

首先，姜语宁有天生的外形优势。像她这样自带古典气息的演员，在娱乐圈屈指可数。

其次，现在国内有很多古装剧。然而在利益至上的影响下，很多古装剧剧组很少去研究故事背景，更不用说还原了。这导致拍出来的东西不伦不类，就像闹着玩一样。如果姜语宁拍摄出来的东西尊重历史背景，又很复古，那么她将会吸引一批人。

第三，姜语宁背后有X社的整个团队支持，宣传上有很大的优势。

"你觉得怎么样？"

"我……觉得可行。"沈以琛深思后，觉得不错，"不过需要你们先做一期，看看效果。如果做得好，说不定我真的可以帮你拿下沈导的角色。"

"那我就着手准备了。陶睿哲擅长拍摄，我哥擅长后期制作。哈哈哈，我就是一个天才。"

看到姜语宁脸上自信的笑容，沈以琛也深受感染。

看来，他不仅小看了姜语宁的能力，还小看了她强大的内心。当命运对她不公的时候，她要么迎头痛击，要么想方设法地用别的方式绕过难关。

"你有什么事需要我做的？"

"你眼光好，帮我找拍摄的场景。"

这自然是没有问题的！沈以琛忽然笑了出来："我回去就整理几个安静清幽的地方，把照片发给你们。我明明是生着气来的，现在居然心平气和，甚至有点儿兴奋。"

"别在不相干的事情上浪费感情，是我的至理名言。"姜语宁拿回手机又说了起来。她还需要一个懂国风的化妆师，一个熟悉古代礼节的礼仪师，"你看，我这么忙，哪有时间去管别人？"

"不过，为了防止媒体继续猜测引发骂战，你还是去发一条消息转移一下注意力。至于光影那边，我会处理。我的艺人都这么努力了，我自然要去给你把公道讨回来。这个角色我们可以不要，但绝对不能被人踩着玩。"说完，沈以琛从沙发上起身离开。来去匆匆，他也是一个行动派。

光影是什么地方？即便对方是副总，沉以琛也绝不允许有一粒坏了一锅粥的老鼠屎。

姜语宁送沈以琛离开后，对着电脑发呆。这时候，她该发什么才能转移大众的注意力？

姜语宁苦思冥想。随后，她更新了微博的内容。

@姜姜爱风景V："收到小可爱@大樱桃candy的链接了，已经买好了他们家所有的新款。过几天出一个试装的视频，有人看吗？[期待脸.jpg]"

后面她配了一张龙母齐胸襦裙的汉服图片。

"哇……要！要看！小姐姐什么时候出[大色脸.gif]？"

"@姜姜爱风景V也是很宠粉丝了，等着出视频哦，爱你。"

"小姐姐穿汉服真的很好看，期待视频哦。"

"试汉服？这个好像没的黑。嗯，白来逛一圈。"

评论下面，粉丝一片期待。

姜语宁只字不提《逆光》的角色被换的事情，也无意去骂周锦书的粉丝，微博评论区一片和睦。

因为，她现在只做有意义和自己想做的事情。

陆景知下班后，何秘书第一时间就告诉他姜语宁的角色被抢的事。

陆景知皱眉，总有人觉得日子太好过，不想活下去，难怪之前姜语宁会发那条信息。想到此，陆景知联系了顾平生的私人号码。

顾平生一定会接这个电话，即便他此刻正在国外的会议室里和人唇枪舌剑。看到陆景知的电话，他立即停下来，做了一个暂停的手势："抱歉，我家人的电话，我必须接一下。"

随后，他离开会议室，接通了陆景知的电话。两人说了几句，他用工作手机给沈以琛回了一个电话。

"姜语宁的角色被抢是怎么回事？"顾平生站在走廊上叉着腰，语气不快。

他才走几天，就有人坐不住了？

"顾总，我给您打了不下几十个电话，就是想跟您汇报这件事。姜语宁的确被换了，官方宣布的时候我才得到消息。这是副总做的决定，换了投资方塞进来的一个小新人。对不起，事发突然，而且木已成舟，我无力阻止。"沈以琛把事情简洁地跟顾平生说了一遍。

"有些人的胆子已经这么大了？"顾平生冷笑道，"投资方不行，就把投资方换了。我光影的剧还缺资金？至于塞进来的那个小演员，从哪儿来就回哪儿去。公开试镜名单，副总停职察看，把角色还给姜语宁。"

"顾总，这个时候把角色还给姜语宁，只会招来更多非议。"沈以琛说，"这样对她不利，我想这件事还是分开处理比较妥当。"

"那丫头怎么想？没跳脚？"

"她似乎已经习惯了角色被抢的事，而且她有自己的想法。我也在替她争取更好的角色。"沈以琛想到姜语宁，烦躁的心平静了一些。

"那就重新试镜挑选合适的演员，这丫头的路，你看着安排。公司那边，我来应付。我才在那丫头面前夸下海口，说光影绝对公平公正，没想到，她的第一个角色就遇到这种事。陆景知那小子一个电话打过来，让我的老脸都不知道往哪儿搁。"顾平生不免感到可惜，"唉，我认为那丫头还挺适合那个角色的。你现在就去给我把这两件事办了，也算是为那丫头出出气。"

沈以琛知道，光影是顾平生毕生的心血，他最讨厌旁人在他面前搞小动作。况且这个副总不是初犯，但顾平生念他劳苦功高，前几次都没有追究责任。可事情总有个度，凡事不能太过，否则只会引火烧身。

有了顾平生的授意，沈以琛回公司通知法务部门，解除了与某家公司的合作关系。当初顾总在的时候，对方可没有要求捆绑销售。现在他们强行塞女演员进来，已经违约在先。至于某位女演员，沈以琛要求该公司领回去，光影不收。

这家公司气炸了，直接给光影的副总打电话。

副总深夜来到沈以琛的办公室。

"沈以琛，你是不是没有搞清楚自己的身份？居然敢毁了公司的合约，你是吃了熊心豹子胆吗？"副总拍着沈以琛的桌子，大声训斥他。

"那副总又收了对方多少好处，才敢冒着得罪顾总的危险把小演员塞进来？"沈以琛坐在办公椅上，双手十指交叉，毫不畏惧地看着副总反问。

"我说了，那是几个投资方一起做出的决定，跟我有什么关系？而且，姜语宁算什么东西？我换了她，不需要任何人同意！"副总叉着腰，态度嚣张。

他认为自己做决定，不需要跟一个小小的艺人总监交代。

事实上，他的确不用。

但问题就在于他无视公司的制度，这已经触碰了顾平生的大忌。更何况，他换掉的还是顾平生的外甥媳妇儿，陆景知的小祖宗。

"所以，你就塞了一个连试镜都没有参加的演员进来？"沈以琛冷笑。

"这跟你有什么关系？"

"的确和我没什么关系。但是副总，我要告诉你一个很不幸的消息，你看不上的姜语宁是顾总钦点的！你换了他的人，他现在不光要撤资、退演员，还要停了你的职。他让你写两万字的检讨，在家反省两个月。在这期间，你不得踏入公司半步。"

沈以琛严肃且凌厉地反驳光影副总。

副总听完，十分震惊，难以置信地看着沈以琛："这不可能。"

"你自己打电话问。"沈以琛用下巴指着他手中的手机道，"不然，我一个小总监凭什么解除与投资方的合作？"

副总狐疑地看着沈以琛。半晌，他握紧手机，指着沈以琛警告道："你要是敢骗我，我一定让你以后在公司永无立足之地。"

沈以琛回以嗤笑。

反正投资方已经撤了，小演员已经黄了。

即便这个角色不属于姜语宁，也绝不属于那些鸡鸣狗盗之辈。

至于这个副总，老板自有分寸。

想到副总被处理，溱潼的演员被撤换，沈以琛的心情好了一些。他将这个好消息通过电话分享给了姜语宁："我已经告诉顾总，这个角色我们不要了。你若接回来便是烫手山芋，我会替你争取更好的资源。你也要相信，你从前习惯的那些事可以在光影终结。顾总还是从前那个热血的顾总。"

其实，姜语宁早就默认了娱乐圈的规则。她知道，这是一个由资本构造的世界。但想到有这么多人在帮助她、保护她、替她出气，她就深受感动，觉得温暖。

"我觉得我在你们几个男人中间备受宠爱。"姜语宁笑得眉眼弯弯，"第一次有这么多人围着我转。"

陆景知从身后抱住她，将下巴放在她的肩上："因为你值得。"

沈以琛从电话里听到了陆景知的声音，连忙识趣地说："等你的视频。到时候，我一定第一时间把你推荐给沈国邦导演。"

"你们都这么支持我，我不敢懈怠。"姜语宁说完，挂了电话，转身埋进陆景知的怀里，有些害羞地探出头说，"二哥，要不要……看我穿襦裙的样子？今天到了一件，我想……先穿给你看。"

# 第十章
## 逆势而上

陆景知想到姜语宁之前穿襦裙的样子，不禁滑动了一下喉结，嗓音有些低哑："要。"

"回卧室。"姜语宁拉着陆景知，走向两人的卧室。

送来的这套汉服，不是姜语宁在微博上配图的那一套。

这一套是齐腰襦裙，杏色为主，衣袖上绣有高贵的祥云花纹。抹胸上是一朵盛开的白色玉兰，花心是金线绣制。渐变色的褶裙下摆，同样绣有玉兰。整套襦裙异常柔美，虽然没有微博上配图的那套汉服大气，但十分仙气。

陆景知坐在床上，眼神渐深。心爱的女人就在面前，没有一个男人能够经受住这样的诱惑。

姜语宁背对着陆景知更衣。她的后背骨肉匀称、白皙光滑，背沟从肩部朝下延伸，两侧的蝴蝶骨若隐若现。

姜语宁不知道自己已经招惹到身后的男人了。她才穿一半，身后的男人已经控制不住地环住了她的腰。

"二哥，我还没穿完。"姜语宁惊呼。

陆景知搂着她纤细的腰，在她的耳垂处低语："我喜欢你这样，只穿一半。"

"我美吗？"姜语宁红着脸转过身，搂着陆景知的脖子问。

"以后，不许你在旁人面前换汉服，女人面前也不行。"话音刚落，陆景知直接将她抱上大床。

她披着乌黑的长发，穿着半身汉服躺在床上，十分诱人。

姜语宁没想到，陆景知看到她穿汉服的样子会直接疯掉。这个晚上，姜语宁没有半刻清醒，一直昏昏沉沉的，听到的不是男人的喘息声，就是自己的求饶声。

由此可见，男人都喜欢女人不经意间散发出来的魅力。

刚买汉服的时候，姜语宁天真地想把这些汉服一件一件地试穿给陆景知看。但经过疯狂的一夜，姜语宁不敢了，保命要紧！


第二天清晨，惨遭"退货"的小演员在微博上更新了一条消息，只有两个字："冷笑。"后面配了一张图，表明存在暗箱操作。

看到的人纷纷不解，在她的微博下询问。

"小姐姐怎么了？"

"小姐姐不是要进组了吗？这是暗示什么呢？"

随后，周锦书在粉丝的评论下回复："不进了，垃圾剧组。"

此言论一发，顿时引发路人围观。昨天光影官方宣布消息时还好好的，她今天怎么又是冷笑，又是暗箱操作，还骂剧组呢？

事情很快发酵传开，这个小演员怕惹事，删了那一条消息。但内容还是被人截图传到了网上。她的粉丝更是直接跑到光影的官方微博下质问，要为自己的偶像讨回公道。

这个小演员带资进组，倒还有脸了？

像她这种有金主的艺人，一般就是嚣张。她要讨回公道是吧？可以，光影干脆直接迎战。

沈以琛直接让公关部门公布溱潼一角将重新征集演员的消息，进行新一轮的试镜。

不仅如此，光影还直接挂出了某投资公司违反合约的不法行为。

按照顾平生的要求，光影还公开了之前溱潼这个角色初试和复试的试镜名单。

这种事要在别的公司，绝不可能在明面上闹，但是对光影而言，就正常不过了，因为顾平生就是不买账。

很快，网友就发现了，在初试和复试的B组名单里都有姜语宁的名字。而这个周锦书，名单上根本就没有她的名字。

"原来她是带资进组，结果被光影踹了，还不知羞耻地出来跳脚。"

"最大的暗箱操作，不就是你自己吗？"

"圈子里这种事虽然屡见不鲜，但是被公开出来，还是挺丢人的。"

"所以，之前姜语宁的角色被抢的事是真的。我看到评委组打分，姜语宁的分数是最高的。"

"不可能吧？就姜语宁那个演技？"

"我也不信。"

网友纷纷表态。这时候，之前参加过试镜的几个小姐姐出来发话了：

"我们同时参加复试的，的确是姜语宁胜出，无可争议。"

"是的，姜语宁的确赢了我们。"

"这个角色，应该还给姜语宁，她比其他人都合适。"

这是同组试镜的几个小姐姐一同公开发布的消息，她们都认同姜语宁的演技。她们是当事人，比其他人都有话语权。

"不管是谁，都不应该以过去的眼光定义别人的现在。"

这件事终究上了热搜，但姜语宁没有动静。对她来说，说好不要的东西就不会再捡回来了，她只会朝前看。此刻，姜语宁正在沈以琛介绍的拍摄场地——一处古代的庭院里，拍摄她的第一期小故事。

她打算将故事做成一分半钟的简短视频，经后期处理后再上传微博。

第一期：《辛夷》。

小故事里，她和丈夫本是一对恩爱小夫妻。但因为她多年无所出，被婆婆嫌弃，最后被婆婆投毒害死。

丈夫痛失所爱，把她葬在了一棵辛夷树下。因思念丈夫，她的魂魄附在辛夷树上，日日守护孤独的丈夫，直到丈夫老去。

这是一个非常简洁的小故事，但分外感人。

负责教姜语宁古代礼仪的老师，见她学得认真，觉得这个小姑娘以后一定会有成就。

姜语宁此刻穿的衣服，就是昨晚她试穿给陆景知看的那套襦裙。幸好某人喜欢看她穿一半，不然今天这裙子没法见人了。

一行人在庭院里忙碌着，一拍就是一整天。待所有人收工回家的时候，已经是晚上八点了。

姜语宁一进门，便看到陆景知坐在客厅里养神。但是不知道为什么，她看到他就双腿发软，一定是昨晚太激烈了。

一定是这样！

陆景知睁眼，看到姜语宁蹑手蹑脚的样子，不免失笑道："过来。"

"我不！"姜语宁拒绝道，"我的腰现在可难受了。"

陆景知脸上的笑意更明显了，但他温柔地安抚道："我不动你。"

姜语宁一脸怀疑地走了过去。随后，陆景知把她放在双腿上，问："你想不想听新鲜事？"

"你还能有新鲜事告诉我？"姜语宁放松下来，搂着陆景知的脖子问。

"霍雨溪上钩了。"

这才几天啊，霍雨溪就沦陷了？也是，豪门对她的吸引力是致命的。就算重来无数次，她也会一头栽下去，永不言悔。

只是这一次，霍雨溪一定料不到，这是她的终极地狱。

说起来，等这期的小视频拍完，她该去找傅雅慧要八亿了，有些账该算了。


霍雨溪的确上钩了。对方以混血儿的身份接近她，疯狂地给她发信息，并且自称是她的铁杆粉丝，不仅送她豪车，还约她出去看自己的庄园。

霍雨溪很快就陷入对方热情的攻势里，并且痛快地答应去对方家里做客。

傅雅慧现在根本懒得搭理霍雨溪，只知道她白天很早出门，晚上回来时总是带着一堆礼物。有天晚上，霍雨溪直接开了一辆豪车回来。

霍雨溪人逢喜事，心情颇好。当不当影后不重要，重要的是她现在有一个富豪粉丝。而且对方非常宠她，并且在认真地追求她。

傅雅慧关不关心她没关系，她现在每天沉浸在收到礼物的惊喜里。

母女俩虽然住在一起，但每天都在努力地恶心对方。

这天晚上，霍雨溪又戴着一块名表回家了。她看到傅雅慧，不耐烦地仰起下巴。

"你进门连人都不会叫了？"傅雅慧火气很大。

"我又不是你的女儿，凭什么叫你？"霍雨溪翻着眼皮说，"Ava女士，你少拿继母的身份压我。我现在是东恒的股东，而且……我也不花你的钱。我爱怎么样，你根本管不着。"

"短短几天，你又勾搭上什么不三不四的人了？我倒不是想管你，只是怕你给霍家丢人。你流产才几天，又和男人滚上床了？难怪连你亲妈都不要你，太犯贱！"

"你！"霍雨溪气得吐血，但没法反驳。好半晌，她想起什么似的对傅雅慧说，"你以为你好到哪儿去？当初你抛弃姜语宁，带着整个姜家的钱跟我爸私奔，你怎么不说自己犯贱？姜语宁还不知道这件事吧？你把整个姜家都掏空了。"

傅雅慧震惊地看着霍雨溪，因为这件事她和丈夫一直瞒着霍雨溪。

"你怎么会知道？"

"别管我怎么知道的。我警告你，如果你再羞辱我，我一定会把这件事告诉姜语宁，让你没有好果子吃。"

"哼，你去说啊。如果语宁知道了这件事，要讨回姜家的财产，你以为你这个东恒的股东还当得了？"傅雅慧冷笑连连，"你现在就从我的眼前滚出去，滚！"

说起来，霍家的一切都是姜家给的。

霍雨溪不想为了逞口舌之快，断送了自己的利益，那不划算。她巴不得姜语宁这辈子都不知道东恒的来历。

只可惜……

姜语宁早就知道了。

而且，她马上就会搅得霍家天翻地覆。


连续两天进行辛苦拍摄，姜语宁的第一期古风小视频终于可以交给枯杰进行后期制作了。她之前在网上购买的汉服，陆陆续续地送到了家中，包括那套龙母齐胸襦裙。

即使衣服再美，姜语宁也不打算把这些汉服放在卧室了。那天晚上试装，实在是让人印象深刻，她不想又招惹大灰狼。

陆景知见姜语宁如同防贼一样防着他，忍不住失笑，看来那天晚上他的确狠了。自从打开心结后，姜语宁对这种事一向不排斥，甚至很主动。但最近两天，她刻意离他一米之远。

洗澡后，两人躺在床上。陆景知稍微翻身，姜语宁就有些紧张。她从被子里探出脑袋，睁着大眼睛询问："二哥，你干吗？"

"你躲我？"陆景知撑着手臂问她。

"谁让你那天晚上那么狠……"姜语宁拉上被褥，只留下一对大眼睛，"二哥，你没发现，你是一个狼人？"

"那接下来的一个星期，你别抱我。"陆景知微微挑眉，看着姜语宁。

他又来了，又来了。

当初两人打赌，他的花招可多了，姜语宁最后一败涂地。

"那你别勾引我。"如果陆景知不刻意去做，她应该能勉强做到。

陆景知没有回答，伸手去关壁灯，将姜语宁连人带被抱在怀中："你觉得我需要那么做吗？"

姜语宁躲在被褥里，心想他确实不需要。她知道，不管两人白天多么忙，可都在想对方。在特定的环境下，他们渴望拥抱，渴望亲吻，这都是再正常不过的事。毕竟，这才是甜甜的恋爱。

"家里买的那一堆衣服，你先穿给我看，嗯？"

"那你不许像那天晚上一样，我招架不住。"姜语宁从被褥里探出头，埋在陆景知的怀里撒娇，"我就是穿汉服给你看，至于吗？"

"至于，你不知道自己有多美。"

姜语宁想笑又不好笑得太明显，被心爱的男人夸还能怎么办？她心里美滋滋的，身体的那点儿不舒服也就不在意了。

"那我明晚再穿，你早点儿回家。"

"嗯，睡吧。"陆景知心满意足地哄着人。

只有在姜语宁的面前，他才有如此生活化的一面。不然，他就只是一个魔鬼。

姜语宁搂着男人的窄腰，心里泛甜，终于睡着了。

第二天一早，姜语宁被枯杰的电话吵醒了。

"你给我开门！"

姜语宁连忙起床给大哥开门。门外，枯杰挂着重重的黑眼圈，瞪着眼看她。

"哥，你怎么这副样子？"

"我还不是为了给你做后期？"枯杰将小巧的U盘放在她的手里，"拿去。"

"我不着急，你要不要这么拼？"姜语宁连忙拽他进门，让梁姐给他准备早餐。

"我还有一件事要告诉你，霍振东回国了。"

听到"霍振东"三个字，姜语宁愣了一会儿才反应过来："傅雅慧现在的丈夫？"

"我有预感，东恒很快会有变故。你这边有什么事要尽快安排。若等到整个东恒都被霍家父女吞了，那时就晚了。"

"这样的话，我下午就去一次秦家，再去会会那个满口谎话的秦夫人。晚上我直接带着证人去傅雅慧那里。"姜语宁让枯杰先去吃早饭，她则回卧室确定第一期《辛夷》的后期制作。因为视频只有一分半钟的时间，所以陶睿哲在拍摄的时候就加入了很多特效。相对来说，枯杰的后期处理就没有那么难了。

一分半的时间，画面色彩饱满，画风唯美，内容基本做到了三十秒一个转折。尤其是视频最后，幻化成人形的她望着白发苍苍的丈夫落泪却无法伸手拥抱他，这一幕十分煽情。

姜语宁把视频发给了沈以琛，期待他的反馈。毕竟这是初次尝试，万一沈以琛觉得不行，她就当作替粉丝试汉服了。

发完视频，姜语宁回到客厅。她盯了枯杰半晌，忽然问他："哥，你……要不要现身吓一吓傅雅慧？即便你现身，也没人知道你是枯杰。我还想起一件事，你不是去国外查过东恒吗？我可以借你联系上我，以你告诉我这个秘密为由头，下午直接去半山别墅揭穿傅雅慧的真面目。这样，我就不用去找秦夫人了。

"有证据在手，不怕她不承认。等她认了，我会找她大闹，吵着要把事情捅出去。你趁机当和事佬，让傅雅慧掏出八亿。比起名誉，她肯定会选择先安抚我。如果她要花样，我就步步紧逼，你觉得可行吗？

"要傅雅慧一下就掏出整个姜家，根本不可能。我要让她先把二哥的钱还了，这样我才能放手做后面的事。"

枯杰边吃边听。听完，他看着姜语宁道："听上去，需要演戏的地方有点儿多啊……不过，我最近对你的演技刮目相看，试试吧。"

"什么叫对我的演技刮目相看？"姜语宁没好气地反驳，"我一直有演技的好吗？"

"那我眼拙，以前看不出来。"吃饱喝足后，枯杰笑了起来，"不过，要回八亿之后呢？"

"再要回我们姜家的财产。我会把五年前姜家的事情一步一步地公开出来，然后请律师搜集证据。无论多难，我都会让傅雅慧把姜家的东西吐出来。"

"一旦证明是职务侵占罪，她会被判刑。"枯杰将可能产生的结果告诉她，"数额巨大，判刑也会很重。"

"哥，五年前我就没妈了。"姜语宁明白枯杰的意思，无奈一笑道，"你觉得我还会顾及她会不会坐牢？于我而言，她现在就是一个仇人。如果没有姜家财产这件事，她就是一个彻头彻尾的陌生人，我根本不会在她的身上浪费任何感情。"

枯杰听完，沉默了几秒，然后道："你的态度我明白了，下午我和你一起去。不过，霍家人你怎么办？"

"霍雨溪现在有人收拾。至于霍振东，只要姜家的事情闹开，他和傅雅慧必定会有争执。到时候谁更难堪，自然就见分晓了。"

枯杰听完，拍了拍姜语宁的脑袋："小时候那个古灵精怪的小丫头终于长大了，现在满脑子的主意。"

"你别动我的发型，好难弄的！"姜语宁嫌弃地推开枯杰的手臂。

兄妹两人就这样商量好了，下午去半山别墅逼迫傅雅慧。不过，姜语宁为了不让陆景知担心，还是发短信告诉他："我怕你知道消息感到意外，特意提前告诉我亲爱的二哥一声。你不要担心我的安全，我哥会和我一起上阵杀敌。"

"知道了。"陆景知虽然回答了简短的三个字，但还是偏过头朝何秘书招了招手。即便姜语宁觉得不需要，保镖还是必不可少的。这是他唯一

271

能为姜语宁做的事。

另一边，沈以琛看完姜语宁发来的视频，觉得非常惊艳。

他原本以为，一个展现服饰的视频，即便加入故事也不会丰富和饱满。但他看完，发现自己错了。这个视频不仅做到了故事、画面、人物的统一，还很有看点。姜语宁不是说着玩的，真的在用心筹备。

沈以琛反复看视频，头一次生出这种念头——这么适合古装的人就应该被沈国邦导演注意到。沈以琛已经利用关系多次联系了沈国邦导演的助理，但助理回复沈导还没有出关。其实，这已有婉拒之意。

不过他打听到不少消息，现在很多人在等着沈导出山。也就是说，沈导还没见过其他演员。

既然如此，他就让姜语宁先用这样的视频在网络上引起一番关注。于是，他给姜语宁回电话。

"视频不错，你打算什么时候更新？我迫不及待地想看网友的反应。"

"既然你觉得不错，那我整理一下就在微博上更新。现在关注我的人主要是一些汉服爱好者，恐怕不会引起太大的反响，我先试试看。"姜语宁说道。

"你发这样的内容没问题。我这个经纪人，不会没收你的账号。"沈以琛开着玩笑。

"总监，下午我要去办私事，如果有什么活动……"

"没活动，"沈以琛迅速打断她道，"我没给你安排活动。你现在缺的不是热度，而是良好的形象。因此综艺类的节目，我都没有给你安排。"

"那好吧，我去发视频。"姜语宁兴奋地挂了电话。

回到卧室，姜语宁登录自己的账号，将视频传了上去，并且配了文字："先到了'玉兰序'的服装，因此拍了这期小故事《辛夷》。我够有诚意吧？下期拍什么呢？你们猜！"

视频发出去，没有立即得到反响。大概是这个时间点不太好，姜语宁怕会失望，合上了电脑。

幸好她下午要去傅雅慧那里办事情，不然今天会一直坐立难安。

她因为太渴望得到关注，所以才会在乎努力是否有收获。

沈以琛看到姜语宁的微博更新了，又点进去，把视频反复地看了好几遍，这才开始关注网友的反应，浏览下面的评论。

"天哪，姜语宁小姐姐为什么如此好看？"

"这是什么颜值啊？太美了！我能说我反复看了十遍吗？"

"啊！小姐姐居然真的发视频了，好宠粉丝啊。她真的好漂亮，小故事也好感人哪。"

"我要去买这套'玉兰序'，谁也不能阻止我！"

"小姐姐的发饰和鞋都很正确，礼仪也很到位。看得出来，她是真花心思了，为她加油。"

一小时后，姜语宁的这条消息顺利地上了热搜。以前经常跟风批判姜语宁的那些人，居然没有吐槽她。他们本来打算安静地做一个路人，但是在点开视频以后，就停不下来了，一看就是三四遍。而且，他们每看一遍就要感叹一下……

看了这个视频的男人，觉得浑身气血都往一处汇聚。他们感慨姜语宁是真的美，美到了骨子里。

短短时间里，姜语宁那条视频的评论数和转发量就已经过万了，热度还算不错。

不过沈以琛明白，如果姜语宁要维持这样带好感的热度，就要继续做这样的视频，或者给路人带来更多的新鲜感。换句话说，她得把这个账号做出名声来，用来发展和稳固粉丝。

这比姜语宁参加综艺或者是其他活动要更加可靠，也更加可控。

当然，粉丝都有倦怠期，他们目前处于好奇阶段。不过，只要姜语宁能保持这样的水准，那么她就会有独一无二的地位。

光影的艺人几乎都是通过各种活动捧起来的，不同水平的人就有不同资源。这么多年了，才有这么一个姜语宁。

姜语宁的视频在网上很火，很多汉服爱好者转发了她的视频。

这时候，沈国邦导演准备去和演员吃饭。闭关，不过是他推托的说辞罢了。

他选角一向刁钻，一定要合眼缘才会和对方见面。

273

关于女三号一角，他已经物色了好几个演员，只是还没定下来。

毕竟照片和真人差别大，沈导见了其中一两个后，失望而归。在他看来，现在这些演员的眼里没有光，看不到她们对表演的热爱，只能看看她们的照片。

"沈导，光影的艺人您都看不上吗？"助手见他意兴阑珊，在他耳边问道，"他们的艺人总监沈以琛打过多次电话，大概是想推荐这个演员，您真的不打算试试？"

事实上，那是光影其他经纪人管理的演员。

没有人知道姜语宁的经纪人是沈以琛，也没有人会想到沈以琛要推荐的人是姜语宁。

"不要。"沈国邦摇摇头，饭局还没结束就准备离开。

助理见沈导离开，连忙替沈导给席间的客人道歉。只是助理还没说完话，沈导又急匆匆地跑回来。沈导拿着手机，指着屏幕上的女孩儿问："她是谁？"

小助手一看视频，顿时哦了一声："这个演员啊，黑料挺多的，有人向我推荐过她。她的古装扮相最近在网上很火，但我觉得她的演技不行，就没有放在心上。"

"你联系她！马上，立刻。"沈国邦兴奋地说，"这就是我要的萍儿，这就是我要的女三号。只有这种姿容才能称为倾国倾城，你怎么能不放在心上呢？你……气死我了。"

"沈导，是我错了，我也觉得她很漂亮，可是……"

"没有可是。"导演的态度很坚决。他本来午后还要见两个演员，但是看到姜语宁以后，对后面那几个人没了兴趣。

助理很无奈，拗不过大导演，只好道："我马上去联系她。"

助理通过查看姜语宁的微博账号，找到了合作洽谈的联系方式，立即拨了过去。

另一边，沈以琛还在思考如何把姜语宁推到沈导的面前，没想到，沈导的助理主动联系他了。他接通电话："您好，我是沈以琛。"

小助理："沈总监？我是沈导的助理，这也是你的号码？"

沈以琛愣了一会儿才反应过来，顿时笑了："这个号码专门用来洽谈姜语宁的相关合作，我是她的专属经纪人，只是未曾公开，外人都不知

274

道。您打电话的用意是？"

"是这样的，我们沈导看到了姜语宁在网上的视频，有意让姜语宁参演新剧的女三号。我本想约姜语宁见面谈一谈，既然是你负责，那就方便多了。"

"原来如此。我之前打电话就是想把姜语宁推荐给沈导。"

"那……是我们误会了。沈导看了姜小姐的视频，就认定她了。原来你是要推荐姜语宁，我们还以为……"

"还以为什么？"沈以琛反问。

"没什么，我们什么时候能见面？希望沈总监能尽快给我一个答复。"小助理适时岔开话题，不敢说姜语宁因为他险些失去出演机会。

"那我尽快安排，然后电话回复你。"

沈导的助手爽快地答应，然后挂了电话。

放下手机后，沈以琛忍不住挑眉。这叫什么？踏破铁鞋无觅处。

他打了那么多次电话，沈导那边都没反应。结果，人家自己看上了。

姜语宁为自己创造了机会，才能让沈导发现她的闪光点。

不过姜语宁上午已经打过招呼，她下午要去处理私事。那见面的事就只能约在明天。

到时候她听到这个消息，一定会非常兴奋。


姜语宁现在没时间顾及其他，和枯杰已经出门了。

洛城午后的阳光，格外刺眼。

姜语宁带着枯杰，开车前往半山别墅。

这些年，兄妹俩虽然一直待在洛城，可见面的机会很少。更别说像现在这样，白天同坐一辆车前往一个地方。

"真是想念白天的阳光。"枯杰坐在车里，贪婪地看向窗外。

"你要不要把自己形容得这么惨？不过这些年，是我拖累了你。"姜语宁满怀愧疚地说道。

"你和陆景知在一起以后，怎么变得这么婆婆妈妈的？"枯杰不屑地瞪着她，"反正这辈子你是还不起了，就这么欠着吧。"

姜语宁知道哥哥疼她，微微一笑。

车速快，车程短，没多久，两人便到了半山别墅的门口。他们的目光变得认真严肃起来。

"我给她打过电话，她现在在家，走吧。"

姜语宁摁了门铃，傅雅慧前来开门。霍家父女这几天把傅雅慧弄得心烦意乱，她本想姜语宁来了，正好可以谈谈心。哪知道开门后，她看到了姜语宁身后的枯杰。

"穆阳？"傅雅慧大吃一惊。

"大伯母，好些年没见了。"枯杰搂着姜语宁的肩膀，看着傅雅慧。

"你们先进来再说吧。"傅雅慧侧身让两人进门，下意识地心虚起来。

她不确定姜穆阳知不知道她对姜家做的那些事。

"妈，今天我找你是有一件事想问你。"在沙发上坐下后，姜语宁直视傅雅慧，不想错过她的任何表情。

"你问吧。"傅雅慧故作镇定地在沙发上坐下。

"当初，你说是为了姜家的债务才远走美国的，我相信你；后来你说，你填平了姜家的债务，我也相信你了。但是，你能不能告诉我，霍家那个小作坊是怎么在短短五年内变成今日赫赫有名的东恒集团的？"姜语宁冷静且认真地询问傅雅慧。

"公司的发展，你一个外行人怎么看得明白？"傅雅慧很有技巧地回答。

"也对，我的确看不人明白。那我再换另一个问题吧，你说你还清了姜家的债务。那么当年，姜家欠了外面多少钱，你总该记得吧？"

傅雅慧听完，沉默了一会儿，随后又笑道："这件事，我是委托律师办的，哪里还记得那么多？"

她可真会演。

"你是记不住，还是根本不知道？"姜语宁再次询问，"我听说，那债务根本不是你还的。"

"语宁，你是从哪儿道听途说的？你宁愿相信外人，也不愿意相信你的亲生母亲吗？"傅雅慧激动地站起身，反问姜语宁，"我当年那么辛苦，怎么就换不来你的理解呢？"

"这么说，是我让你卷走星慕的钱，让你丢下女儿不管，让你和别的男人私奔的？"姜语宁的语气变重了，声音也变大了，"你还想在我的面

276

前演戏是吧？你接着演。"

"当年的事情，你还小，你根本不懂……事实根本就不是你想的那样……"傅雅慧激动地解释。

姜语宁就知道，傅雅慧不会承认。

"今天大家的情绪都不好，就这样吧，晚几天再见吧。"傅雅慧想以此为借口，阻止姜语宁继续问下去。她的确很奸猾，即便事实放在她的眼前了，她依旧不肯承认自己的错误，只是一味地逃避。

"你还想躲过去呢？"姜语宁冷笑起来。随后，她从包里拿出东恒的调查资料放在桌上，"你看看这是什么？五年前，东恒还是霍氏的时候，你带着二十亿进去，才有了今日的东恒。我问你，二十亿哪儿来的？

"五年前，星慕被你里外掏空，欠下了八亿的债务。陆二哥填平了这个坑，才让我免受被逼死的绝境。你怎么能连人家的这份功劳都要抢？"

傅雅慧听完，有些震惊。这些事，她的确不知道。陆家人怎么跑来插了一手？

"你隐藏得并不好，这件事有太多的证据可查，因为涉及金额巨大。你这一刻不承认没关系，我也不指望你承认。这样吧，我们法庭上见。既然你不想对我坦承，我们也不谈了。我跟你这个丈夫一失踪就马上琵琶别抱、抛家弃女的人也没什么好谈的……但是我告诉你，傅雅慧，我手里有证据！我倒是要看看，等司法部门介入，你是不是还这么站得住？"

说完，姜语宁从沙发上起身，准备离开。

"语宁……语宁，你别冲动，你坐下，你先坐下。"傅雅慧慌了，顿时将姜语宁拽了回来，"我承认，我当年的确做了一些错事。可是事情已经过去这么多年了，你不也好好的吗？"

"你真不要脸。你知道爷爷因为你和男人私奔，气得生病在床，从此得了阿尔茨海默病吗？你知道我因为你，早早就要去娱乐圈养家是什么滋味吗？你拿走了姜家的钱，置你的亲人于不顾，却把霍家的人养得人模狗样，你怎么好意思说出这句话？嗯？"姜语宁大声质问傅雅慧，"我今天就想知道，你当年到底怎么想的？你怎么能如此狠心？"

"我……只是因为你爸爸失踪，就慌了……"

"你还撒谎。"姜语宁厉声将她打断，"有胆子卷走二十亿的人，知道什么叫心慌？傅雅慧，我不是三岁的小孩子了。你今天说的每一个字、每一句话，都骗不了我。"

傅雅慧痛苦地坐在沙发上，被姜语宁逼得忍无可忍，大声说道："不然你要怎么样？事情已经发生了，五年过去了，星慕也不在了。"

"我要你把姜家的每一分钱都给我吐出来，我要霍家那两个人回到他们原来的出身、原来的地位去。"

"我做不到。现在东恒集团这么大，这不可能，你提别的补偿条件吧。"傅雅慧直接摇头拒绝。

"做不到？那就见律师吧，我相信律师可以做到。"姜语宁讽刺地看着傅雅慧，"让全世界都看看，我的亲生母亲傅雅慧是多么伟大。"

"你不会赢的，东恒也有律师团队。我提出补偿，已经是最大的让步了。"

"是吗？"姜语宁看着傅雅慧，"不好意思啊，我要用的是陆家的律师。你知道，陆家的律师是国内顶尖的团队。除非你上天入地，否则他们一定会找出你犯罪的证据。职务侵占罪，涉及金额巨大，会被判刑多少年，你心里比我清楚。你想试试看，我乐意奉陪。

"就算我拿不回姜家的东西，我也要你下半生煎熬度日！"

傅雅慧张大了嘴，却什么也说不出来。若是遇到陆家的律师，她真的没把握。当年那件事痕迹太多了，只要有心人随便找一找就能找到证据。更何况，这件事不能曝光出去，否则东恒的名誉将毁于一旦。

"我们再谈谈吧，语宁，不要把我逼上绝路。"傅雅慧又退了一步，态度软了一些。

她将那敌进我退、敌退我打的战术，发挥得淋漓尽致。

一直在一旁看戏的枯杰，终于加入了战斗中。他对两人道："你们这样吵，是吵不出结果的。语宁，你提的条件的确过分了一些，毕竟是一家人，你不要这么狠，凡事好商量。大伯母，语宁最生气的地方是你留下了八亿的债，还是陆家人偿还的。不如你先把这八亿拿出来还给陆家人。这样她兴许就不会这么生气了，也就不会和你鱼死网破了。"

"语宁，先按你堂哥说的做，行吗？"傅雅慧转变了语气，小心翼翼地询问姜语宁。

"区区八亿就想把我打发了？我这些年受了多少委屈、多少苦？霍雨溪还能白捡百分之三的东恒股份，我呢？"

278

姜语宁泪眼婆娑地问傅雅慧。

"八亿，加上东恒百分之十的股份。如果你能答应这个补偿条件，这件事我以后可以绝口不提。如果你觉得不值得或者不愿意，那我们就别谈了。我以后也不会再和你对话，大不了大家同归于尽。反正五年前，我就该死了。"姜语宁尽量表现自己的无所畏惧，只有这样才能威胁到傅雅慧。

毕竟，光脚的人不怕穿鞋的。

她只有彻底豁出去，才能让傅雅慧感觉到压力。

"大伯母，你看这样行吗？"枯杰刻意用眼神示意傅雅慧，让她别再继续激怒姜语宁了，不然后果不堪设想。

"数额这么庞大，股份转让没有那么容易，你总要给我时间吧？"傅雅慧暂且让步。不过，从她的语气里，两人可以听出她的不甘心。

"八亿明天就要到账，股份我给你三天的时间，这是我的底线。傅雅慧，我们立字据，不然下次我就让律师来和你谈。"姜语宁强硬地提出要求，"如果你要花招，对不起，我也要要花招了。资料我会准备齐全，如果明天早上八亿没有到账，我就把资料发给X社的枯杰。"

枯杰站在一旁，忍不住挑了挑眉。

"你这分明是敲诈！"傅雅慧怒不可遏。

"就算父亲失踪，在法律上，我和爷爷才是他的遗产的顺位继承人。我要回属于我的东西，天经地义！傅雅慧，是你把局面弄得这么难看的，是你开始的！"

傅雅慧张了张嘴，再次被噎住。她现在不敢赌。

霍家那对父女现在也在打东恒的主意，她现在谁也不相信。

"看来，你是打算逼死我了？"

"你五年前丢下那么大的一个烂摊子，不也差点儿逼死我吗？我们最多叫礼尚往来。而且，我要你百分之十的股份，一点儿都不过分。你想想，霍家那对父女随时准备吞并你，吃得你骨渣都不剩。我是你的亲女儿，就算再恨你，也留了一线，那对父女呢？"

傅雅慧骤然沉默，因为姜语宁说的都是实话。

霍振东在美国的动静，她已经得到了消息。他对她手里的股份虎视眈眈。

"我明天会让人把钱打到你的账户上，但是早上做不到。至于股份，三天内我会让律师联系你。语宁，我希望你从此以后对这件事闭口不谈。"

"我说了，立字据。哥，录视频！"

傅雅慧迫于无奈，只能照办。同时，姜语宁那句话让她放在了心里。

姜语宁到底是她的亲女儿，八亿外加百分之十的股份就能息事宁人，但是霍家父女呢？

他们要多少？她不敢深想。那对父女最近越来越贪得无厌了。

偏偏这时候，姜语宁也来插一脚，让她更加心烦。

"我等你的股份转让书。"

"你的目的已经达到了，可以让我安静会儿吗？"傅雅慧坐在沙发上低吼道。

姜语宁和枯杰对视一眼，拿着字据和视频离开半山别墅。


"你比我想象的黑心啊，要完八亿，还要百分之十的东恒股份。"走出别墅后，枯杰环着双臂笑道，"是谁跟我说要一步一步来的？"

"我要这百分之十的股份，是肯定傅雅慧会把八亿给我。你想，八亿和股份孰轻孰重？她为了安抚我，必定会很快安排人给我转钱。但是股份，她绝不会给得这么痛快。我三天后去找她，她就能找很多借口了，比如流程有问题啊，手续本来就很慢啊。她甚至会说八亿都给我了，难道还会赖我的股份吗？"

"她就不怕你曝光视频？"

"你觉得她怕吗？在她心里，八亿是她的底线，超出的部分，她会充分展现她的赖皮精神。"姜语宁笃定地说，"像她那么自私的人，眼里只有利益。三天时间，够她想办法拖延了。不过无论怎样，三天后我就把这件事公告天下。

"霍家那对父女踩着姜家爬到现在，也该被摔一摔了。"

"傅雅慧现在应该挺后悔的。"枯杰从她手里拿过车钥匙，将她推到副驾驶座上。

"她后悔什么？"

"后悔生了你！"

"那是她活该！"姜语宁无所畏惧地道。

离开别墅的时候，姜语宁注意到别墅门口有一辆黑色轿车。看到车上的几个男人，她猜测是陆景知派来的。

为了证实自己的猜想，姜语宁走了过去。这时候，车上的司机顺势打开车门下了车。他毕恭毕敬地问姜语宁："姜小姐，您没事吧？"

"我没事，某个人派你们来的？"姜语宁反问道。

"是啊，怕您有危险。"对方含笑回答，态度非常温和。

"你们快回去吧，我没事。"姜语宁柔和地对几人笑道。

"我们得看着您安全到家，这样我们才能交差。"

姜语宁听完，点了点头："那辛苦你们了。到家以后，我请大家喝口茶。"

姜语宁没想到还有这么多人跟着自己，心下一暖。即便某个人不在身边，她也能感到满满的安全感，太贴心了。

看到司机上车，姜语宁也回到了车上。这时候，枯杰坐在驾驶座上，满口酸话："浮夸。"

"你嫉妒吧。"

枯杰戴上墨镜，启动轿车："算他上道。"

"哥，你到底有没有谈过恋爱？"姜语宁趁机好奇地询问，"之前在国外留学的时候，你就没有交过女朋友？"

枯杰的眼里闪过一丝复杂的情绪，紧接着他岔开话题道："管好你自己吧，'国民小黑红'。"


姜语宁和枯杰走后不久，傅雅慧就陷入了烦躁的情绪中，因为霍雨溪去机场接霍振东了。

过了一会儿，傅雅慧就看到父女俩进门了。然而，她只想找一个地方赶快冷静一下，霍雨溪却拉住了她，说："妈咪，爸爸回来了，你不高兴吗？"

"没有，我就是有点儿累。"

"雅慧，你这是怎么回事？"霍振东放下行李，不解地看着妻子，"我还想给你一个惊喜呢。你这是什么态度？不想看到我？"

"我为了你的这个宝贝女儿，已经堆积了很多公事，我只是太

281

累了。"

"你是为了我，还是为了你的亲女儿？"霍雨溪开始在两人面前挑拨离间，"妈咪，你对我不好，我可以理解，毕竟我不是你亲生的。但是爸爸和你是夫妻，他好不容易从国外回来，你就这个态度？"

"这里还轮不到你说话！"傅雅慧忽然爆发了，"而且，这是我置办的房子。如果你还想在这儿住下去，就闭上你的嘴。霍雨溪，我对你的忍耐是有限度的。你既然知道你不是我的亲女儿，就别想着作死。"

"雅慧！"

"什么都别说了，真烦！"傅雅慧暴躁地扔下一句话，转身上楼，完全没给父女俩留情面。

"爸，你看她。我就说她恶毒了，你还不相信，现在信了吧？"霍雨溪搂着自己的父亲的手臂摇晃。

"放心吧，不用忍多久了。"霍振东拍了拍霍雨溪的手背安抚道。这些年，他也受够了傅雅慧的臭脾气。外面哪个女人对他不是言听计从、俯首帖耳？只有傅雅慧，永远都在给他甩脸色。

傅雅慧知道外面那对父女没安好心，但当务之急是解决姜语宁的威胁。八亿是吧？她可以拿。但是，百分之十的东恒股份，她绝不可能给！明天早上她就出去见律师，和律师好好商量对策。霍家父女和姜语宁，一个都不能惯！

和傅雅慧摊牌以后，姜语宁心情很好。她回家后，接到沈以琛的电话，心情就更好了。

"明天中午你好好打扮一下，我带你去见沈导。他看了你的视频，想让你去演女三号。"

"真的？"姜语宁顿时兴奋地从沙发上站了起来。

"当然是真的，对方的助理亲自给我打的电话。但是，你要做好准备。如果你在现场的表现不能让沈导满意，那么他随时可以后悔。你得想点儿办法留住你的角色。"沈以琛提醒姜语宁。

"放心，大好的机会在我的眼前，我一定会好好珍惜。"姜语宁在电话里保证，"我绝不给你丢人。"

"那我明天上午过去接你，私事办完了吧？"沈以琛挑了挑眉。

"办完了。"她现在就等着收钱，只要傅雅慧不耍花样。

"那不耽误你和陆二爷了。"说完，沈以琛挂了电话。

啧！这么自觉？

姜语宁放下手机抬眸，正好看见某个男人进入客厅。

姜语宁直接扑了过去，当着梁姐的面挂在陆景知的身上："二哥，你回来了，我好想你。"

梁姐见状，识趣地抱着陆景知的外套退出客厅，并用最快的速度离开。

陆景知搂紧了姜语宁纤细的双腿，带着她在沙发上坐下，然后看着她："这么热情？"

"因为我是真的想你。"姜语宁攀着陆景知的脖子，紧紧地抱着他，"谁让你只有晚上的时间属于我？所以我就挂在你的身上，时刻黏着你。"

"你知不知道，说这些话会有什么后果？"陆景知扶着她的腰问。

"我错了，但是你可不可以待会儿再教训我？我想给你说说我的心里话。"姜语宁说着，松开了陆景知的脖子，凝视着他。

"嗯。"陆景知微微颔首。

"今天我和傅雅慧摊牌了，把她骂了一顿，把心里这些年的憋屈全都骂出来了。但是，我忽然觉得我是在对牛弹琴。她根本就不知道，也体会不到我曾经的痛苦。所以，我痛快地向她要八亿，又要东恒百分之十的股份。做完这些我就知道，我彻底成一个孤儿了，是一个没妈的孩子了。"

听到"没妈"两个字，陆景知呼吸一窒，双手下意识地用了力气。

她知道这是他心疼她的特殊反应。

"然后，我就想到了我们。我怕我今后会是一个不合格的母亲，但是后来一想，宝宝是我和你生的，我一定会很爱他。"

"那你也一定很爱我？"

听到陆景知这样问，姜语宁的脸忽然就红了。她没有意识到，她在对陆景知表白。

"对啊，我很爱你，那你呢？"

小狐狸就是小狐狸，前面六个字，她说得很快且音量很小，把重点放在了最后三个字上。

283

那你呢？

"我什么也没听到。"陆景知哪儿会那么容易放过她，"你先好好回答我的问题，我再考虑要不要回答你。"

姜语宁咬咬唇，很认真地对陆景知道："我以为，凭我们现在这样的关系，你应该每时每刻都能感觉到我对你的爱。"

"我能感受到，但不妨碍我想听你说。"陆景知目光炽热地看着她。

姜语宁被看得面红耳赤，伸手捂住自己的脸："你别这样看着我，我快烧起来了。"

"那你好好说，嗯？"

看来，今晚陆景知不达目的是不会罢休了。

看在男人这么期盼的分儿上，姜语宁放下自己的双手，捧起他的脸，认真地说："二哥，我很爱你，很爱很爱。"

陆景知收紧手臂，轻抚她的后背："嗯。"

"'嗯'是什么意思？"姜语宁有些泄气。

"就是我早就知道了。虽然我没能找到你写给我的情书，但是我找到了你的心。"

"这还差不多。"姜语宁满意这个解释，主动去吻男人的下巴，"还有一个好消息，我被沈国邦导演选中了，明天去面试。二哥，我们在一起以后，我的运气变得特别好。你真是我的贵人。"

"我只是你的贵人？"陆景知勾着姜语宁的下巴，看着她璀璨的双眸问。

"你还是我的男人，我唯一爱着的人。"

陆景知听完，低头去找姜语宁的唇。既然她说了情话，那就得用行动好好证明一回。

缠绵以后，陆景知的黑色衬衣敞开着，身上弥漫着一股慵懒的气息。

姜语宁坐在他的腿上，看看自己皱巴巴的小裙子，感到可惜。

"这裙子，我挺喜欢的。"

"再买。"陆景知将她从沙发上抱了起来。

"收拾一下吧，地毯都弄脏了。明天梁姐看到，我会不好意思的。"姜语宁抱着他的腰说道。

"不需要。"陆景知抱着她径直走去浴室。

姜语宁没挣扎。等洗完澡，她去了自己的试衣间。她打算下一期穿龙母齐胸襦裙那套汉服录制视频，不过她得先把那套衣服从锦盒里找出来。

陆景知洗完澡出来找人，看到姜语宁的试衣间亮着灯，便走到了门边，见她正在整理汉服，就没有打扰她。

他没想到，姜语宁真的去找傅雅慧要那八亿。

当年付出的时候，他从未想过要让她知道，更没想过要她回报。他现在知道她这么珍惜自己，觉得心里的创伤被她的柔情一点儿一点儿地治愈。

从找回她的那天起，他就做好了准备。等她当了陆太太，他就把一切都给她。

八亿又算得了什么？

房间里，姜语宁一直觉得身后有道炽热的目光。等她转过身，陆景知已经去了书房。姜语宁不解地看了门口一眼，又回过头："找到了，我现在就穿这套龙母齐胸襦裙给二哥看。"


洛城的深夜，此时下起了绵绵细雨。

陆宗野此刻正在夜店替那个男人上班，这是他还钱的一种方式。不过他刚从一个VIP（指会员）包房送酒出来，就见自己找的那个男人一路跑着，扑到了他的面前。

"陆哥，那女的流血了，她该不会有病吧？可不是我主动的啊，她缠上来的。"

她才流产几天，就又……流血不是很正常的吗？

"她没有传染病。"陆宗野很确定，毕竟两人之前检查过身体。

"那她怎么回事？还有恶臭……"

"今天你先回去吧，继续观察她的身体状况。"陆宗野说，"她现在没怀疑你吧？"

"没有。我每天用名牌伺候她，她怎么可能怀疑？但是陆哥，你大把地砸钱下去，真的值得？"

这个问题，陆宗野没有回答。他不在乎，只想看到霍雨溪跪在他的面前哭。

不光是那个男人，就连霍雨溪也被吓到了。这几天，她知道自己的身

285

体多多少少有些不正常，但不至于像今天这样流血。回家以后，她把自己关在房间里，上网查了很多资料。这种情况，应该是她引产后没有得到足够休息导致的。

看来她不能着急。她今晚那么做，不过是想捆绑住她的豪门粉丝。但现在看来，她还是先保重身体为好。万一以后她真的不能生育，那不是因小失大吗？

豪门没有儿子，是不会认可一个人的。

霍雨溪现在不敢去医院。她已身败名裂，要是被媒体拍到，再胡编乱造，她害怕她的豪门粉丝会离她而去。思前想后，她只能给家庭医生打电话。

深更半夜还有人上门按铃，让原本就失眠的傅雅慧更加难受。傅雅慧打开门见到医生，便知道又是找继女的。她急匆匆地走到霍雨溪的房门前，十分用力地敲着门。

"你的脑子是不是有病？这都凌晨一点了，大小姐。"

"我身体不舒服，难道还不能请医生？"霍雨溪打开门，甩了一个眼色给傅雅慧，然后拉着医生进了自己的卧室。

"神经病。"傅雅慧回到卧室，然后把丈夫推醒，"你赶紧给你女儿治治脑子，我怀疑她精神有问题。"

"你才有病呢。"霍振东翻个身继续睡，根本不想参与妻女的斗争。

霍雨溪拉着医生，把自己的症状说了一遍。

女医生听完，觉得霍雨溪太不自爱了，怒气冲冲地说："霍小姐，明天你最好去医院做一个检查。我之前就告诉过你，你易患宫颈癌，出血就是预兆。如果你再胡乱利用自己的身体，我想神仙也救不了你。况且引产后，本就要好好调理身体，你就这么迫不及待吗？"

"你别吓我。"霍雨溪不由得瞪大了眼睛。

"我是不是吓你，你明天去医院检查就知道了。我过来毫无用处，因为我没有设备和仪器。"医生收拾起自己的医药箱，"我不明白，嫁入豪门就那么重要吗？你非得这么糟践自己的身体？"

霍雨溪吓得一夜未眠。

第二天一早，傅雅慧和霍雨溪同时出了门，一个要去医院，一个要去见律师。

傅雅慧是为了应对姜语宁的那些补偿条件。律师建议，今天先给四亿，另外四亿三天后转，就说资金周转不开，但到时候绝不能提股份的事情。律师会根据傅雅慧当年的情况，争取时间消除对傅雅慧的不利证据。到时候，即便上了法庭，姜语宁也没有那么多的赢面。

"可如果姜语宁提股份的事呢？"

"我替你录好了视频，你就告诉她，已经在准备资料办手续了。"律师将视频发给傅雅慧，"她奔着钱来的，不可能真的把这件事捅出去，她不过是想胁迫你拿好处。这种人，我见得多了。你要坚定一点儿，别一被威胁就服软。你要知道，是她在问你要东西，而筹码在我们的手里。"

"好。"傅雅慧点头。这时候，她唯一相信的人也只有律师了。

她不怀疑律师做出的判断，只是想错了姜语宁。

姜语宁就是敢三天后曝光一切的那种人。她当然是为了钱，她必须拿回属于自己、属于姜家的东西！

另一边，霍雨溪已经在医院做了一系列的检查，包括某部位的彩超以及TCT检测（液基薄层细胞检测）和HPV检测（人乳头瘤病毒检测）。

"医生，我的身体没问题吧？"霍雨溪坐在医生的对面，有些心急。

TCT检测以及HPV检测不是立马能看到结果的，医生此刻只能看到她的阴超检验单。

"我建议你最好住院。"看完检验单，盘着银发的妇科权威专家对霍雨溪直言道，"你这样的情况，再回家就不合适了。"

"你能不能直接告诉我，我到底怎么了？"

"霍小姐，你仔细听我说。你的宫颈有不规则肿块、边界不清，检查结果很不乐观。你以前不做筛查吗？当然了，现在TCT的检测结果还没出来。我们期待结果是乐观的，但你现在已经明显出现了临床症状。我们还要提前做积极治疗的准备。我这样说，你能明白吗？"

霍雨溪听到医生的回答，脑子一片空白。

"医生，能不能再直白一点儿？"

"现在患宫颈癌的人越来越年轻了。我有一个病人，才二十五岁。得病原因是多方面的，性生活过多、性伴侣过多、多孕多产、多次流产，这些都是导致宫颈癌的元凶……"

霍雨溪听完，骤然睁大了双眼。

之前，傅雅慧就提醒过她，让她洁身自爱，不然容易引发病变。她那时候认为傅雅慧是在诅咒她，没放在心上。但她没想过，傅雅慧在嫁入姜家前是学医的，自然懂这些常识。

"那……能治愈吗？"霍雨溪抓着医生的手问，神情慌乱。

"我们先等TCT的检查结果，再结合你的身体状况进行会诊。你不要过于担心。"

在医生详细地跟她解释了宫颈癌以后，霍雨溪犹如遭受雷劈，面如死灰。

她若是宫颈癌早期，阴超上根本看不出来，要结合多项筛查才知道结果。

不……不可能，她不相信，她不可能得病！

"不，我不信，我要去别的医院检查，你们一定诊断错了。"

"霍小姐，情绪激动对病情毫无帮助。如果你真的有疑虑，可以到其他医院检查。但我希望，你不要耽误自己的病情。"

霍雨溪冲出医生的办公室，根本不能接受这个结果。

办公室里，老专家没有太大的反应，这种人她见得多了。

这世上有部分年轻女性，尤其是带几分姿色的，总把自己的身体当武器，利用身体去达到某些目的，任人践踏，丝毫不懂得爱惜自己。等到她们得病了，知道事情的严重性了，通常为时已晚。

她们后悔吧？但是没用了！

霍雨溪很痛苦，尤其是她的富豪粉丝打电话过来的时候。她好不容易又有了嫁入豪门的机会，上天为什么要这样折磨她？

她不甘心！真的不甘心！


很快，时针走到了十一点。

沈以琛早早地驱车到了御珑廷的门外，等姜语宁出来。

十分钟后，姜语宁提包下楼，只是她的脸色不太好看。她预料到傅雅慧会在股份的事情上要赖，但没想到，傅雅慧就连那八亿也要分成两部分来拖延时间。

"语宁，妈现在能挪动的资金就这么多，其他的正在准备，你再等一两天。"这是傅雅慧的原话。

"我说了，我只等三天，八亿加百分之十的东恒股份。现在只剩下两天半了，如果你真的有困难，那就交给律师处理吧。"姜语宁痛快地挂了电话。

傅雅慧按照律师的提议去做，认为姜语宁只是要好处，不可能把这件事捅出去。因此，她并不在乎姜语宁的威胁。

沈以琛观察了姜语宁两秒，拉开车门时询问她："你怎么这个脸色？"

"没事。"

"我是怕你影响和沈导的见面。"

"沈总监你放心，我知道分寸。"姜语宁拍着胸口向沈以琛保证，"我才不会为了那些不重要的人，浪费自己多余的感情。"

"不过，这个沈导出名地难伺候。他心气高，不爱钱财珠宝，性格很古怪。到时候，你看着点儿应付，也不用太给面子。"沈以琛嘱咐她，"我们还没有到为了一个角色，要忍气吞声的地步。"

"沈总监，我发现你和唐僧一样，一直在人家的耳朵边念经……"

沈以琛觉得自己又被嫌弃了。

"跟你开玩笑的，我知道轻重。就算面试不通过，我也在筹备汉服第二期视频的拍摄了。我相信，我会走出一条属于自己的路。"

沈以琛欣慰地点点头，赞许地看了一眼姜语宁。

到达酒店以后，沈以琛带着自家艺人提前进入了雅间。这是规矩，不能让导演等演员。

半小时后，沈国邦导演以及他的助理推开了雅间的大门。

沈国邦第一眼看到姜语宁，就觉得她像极了小狐狸，特别是她那双有灵气的眼睛。你知道她聪明，甚至有一点儿奸诈，但她就是不收敛自己的野性。

这可比那些任人摆布，甚至看脸色行事的艺人好太多了。

"沈导好。"

"坐着吧，坐着，别拘谨了。"沈国邦坐下，示意姜语宁不用起身了。

这小姑娘绝不简单。

"你做的那个视频我看过了，的确不错。你是怎么想到要拍那种小视频的？"沈导试探姜语宁。他心想，别说是为了推广国风，那太虚了；也别说单纯喜欢，为了梦想，进入这个圈子的人，谁不是为了红？

"大概是因为我做这件事的时候，网友才不会那么讨厌我。"姜语宁笑着回答，"我一直在找一条属于我的路。于是，我就去尝试了，想以此扭转外界的人对我的负面看法。"

"那你看过我拍的剧吗？"沈导斜坐在椅子上问。

这可是送分题啊，小姑娘。沈导的助理在一旁有些心急。

可姜语宁就是不按常理出牌。她摇了摇头，直言道："我入行五年，除了看剧本，很少有时间看其他的东西。"

闻言，沈以琛和沈导的助理都诧异地看向姜语宁。

别的演员，这时候都开始拍马屁了，怎么到了姜语宁这儿……

完了，完了。沈导的助理心想，这个小演员只怕要完了。

"那你凭什么认为我会选你呢？"沈导脸色难辨，不过语气似乎冷了一些。

这时候气氛有些僵，沈以琛正想着要不要调节气氛的时候，姜语宁出声了。

"难道不是因为我漂亮吗？哈哈……您一定会选我的。虽然我不知道您的那个角色是什么样的天仙，但我一定有什么地方被您看中了。"

众人安静了两秒，沈导也紧绷了两秒。

饭桌上的气氛有些诡异。

过了一会儿，沈导忽然笑了出来："小丫头，你真敢说啊，眼也毒，我喜欢。"

"那是……"姜语宁指着自己的双眼道，"如果您需要的是演技好的演员，国内顶尖的演员一挑一大把。您既然能让人联系我，那就是看上了我的某些特质，对吗？"

"就她……签她。"沈国邦立即拍桌决定。

沈导的助理和沈以琛对视了一眼，忽然觉得这个场面有点儿不对劲……这么随意吗？

他们不说说角色，不讨论一下演技吗？

"沈导……您确定？"

"你说呢？要不你来选？"沈国邦瞪着自己的助理轻哼，转而看向姜语宁，"你什么时候出小视频的第二期？"

"今天下午就要开始拍了，下周一更新，比第一期更好看。"姜语宁自信地说。

"我跟你讲，视频还能拍得更细腻一些，尤其是那个光，太重要了……谁给你拍的？让他来跟我学几天，我保证他下次拍出来的东西，一定会让视频的质量更上一层楼。"

小助理已经无话可说了。自家导演遇到同道中人，还真是收不住。

午餐时间，助理和沈以琛只听到一老一小叽叽呱呱的聊天声。这样一看，两人居然像一对说家常的父女。姜语宁这种人，本就老少通吃。她架得住顾平生，自然也接得住沈国邦。她的知识储备惊人，两人已经从笔墨纸砚聊到金银玉器了。

姜语宁是沈国邦见过的这么多的艺人中，他觉得最舒服的一个。即便没有昨晚那个电话引荐，他依旧觉得姜语宁有趣。她不跟他聊戏，不跟他谈合作，跟他聊天南地北，让他心情愉悦。

而且，她的涵养是从骨子里透出来的，不是那种现学现卖的人。这一餐饭，沈国邦吃得非常开心。女三号这个角色就在愉快的气氛中敲定了。

"你过两天等通知，再到剧组来试妆。"

"我等候沈导的通知。"姜语宁眉开眼笑地道。

"我喜欢你这丫头的笑容。"沈导离开前，对姜语宁说，"像我的小女儿，整天也是这么没心没肺地笑，让人觉得舒坦。这么一个演员放在剧组里，随便怎样我都开心。"

"我一定不负沈导的期望。"

沈导笑声爽朗，然后上了黑色轿车。

沈以琛目送两人离开酒店，这才回到姜语宁的身边，对她道："我怎么每次谈跟你相关的合作，都是这么奇怪的结局？"

"沈总，你要习惯。"姜语宁拍了拍他的肩膀，笑道，"我就是为了走不寻常的路来的。"

不知道为什么，沈以琛从姜语宁的笑容里看到了极其旺盛的生命力。

正因为这种生命力，但凡和她接触过的人都会被她吸引。

她好像天生就应该被人宠爱。

"别人花费九牛二虎之力也不一定能拿到的角色，你天南地北地聊一顿就到手了。我真是不知道该说什么。"

"缘分，缘分！"姜语宁还是笑。

"但你从哪儿学的那些？比如古法造纸术啊，玉器辨别啊，茉莉打理啊，你从古代来的？"

"我爷爷喜欢，他整天捣鼓这些，我耳濡目染之下自然什么都会一点儿。"提到爷爷，姜语宁的眼神又柔和了一些。

"我怀疑你还会刺绣、纳鞋底。"要是姜语宁哪一天秀出这些技能，沈以琛觉得他不会感到奇怪，"对了，今天老板发话，把溱潼这个角色彻底从《逆光》中删除了。他看重你，但又不想委屈你回去接。"

"这个角色挺可惜的，舅舅对我是真好。"

可是对她好的人，岂止顾平生呢？

昨晚深夜，陆景知见姜语宁睡了，独自起身拿着手机去了书房。他找到了父亲的同学录，打了一个电话给叫沈国邦的人。两人在电话里聊了许久，说来说去，只为了一个叫姜语宁的小祖宗。

　　我不在你的圈子里，白天也没有时间陪你，但我还是想以我自己的方式，力所能及地守护你。

——陆景知

下册

我家影后超甜的

百香蜜 著

①

青岛出版社
QINGDAO PUBLISHING HOUSE

# 第十一章
# 尽力周旋

　　姜语宁拿到角色后，下午就和陶睿哲去新的景点取景。因为姜语宁很重视每一次的拍摄，所以沈以琛推荐的几个取景地她都会去踩点。他俩完事后，已经傍晚六点半了。姜语宁想赶快和陆景知分享她拿到角色的好消息，便主动给何秘书打电话，说她想去接陆景知下班。

　　"姜小姐，真不巧，出了点儿事。二爷再过半小时就要去出差，您还是直接回家吧，过几天他就会回来。"何秘书对姜语宁道。

　　"语宁吗？"陆景知穿好制服下楼，听到何秘书在接电话，遂询问。

　　何秘书点点头，然后将手机递给陆景知。

　　"宁宁。"

　　听到陆景知极为自然地叫她"宁宁"时，姜语宁觉得心都化了。姜语宁此刻就很想他，非常想他："二哥，你要出差吗？可是我已经在你的办公大厦的门口了，我本想接你下班的。不过，你有事就先忙，不用管我。"

　　"等我两分钟，老地方见。"说完，陆景知挂了电话，然后带着何秘书开车出门。

　　一辆黑色轿车停在无人的转角处，一个身穿黑色运动服的身影迅速地钻入车内。紧接着，车内传出一道惊呼声。

陆景知通常是西装革履的，很少穿制服。此刻的陆景知，挺拔又冷峻，尤其是他的那双黑瞳，藏锋敛锐，仿佛能直达人的内心。

他背脊挺直，双腿修长。若是他走起路来，一定雄姿英发。

"还剩五分钟。"陆景知伸手将姜语宁揽入怀中，紧紧地抱住她，"我要离开三天，你在家好好照顾自己，万事不要轻举妄动，乖乖的，嗯？"

"知道啦。"姜语宁认真地点头，"我不会给你闯祸的。"

"我只是怕我不在，没人给你收拾烂摊子。"陆景知不相信姜语宁会老实地待着。

姜语宁趁机离开陆景知的怀抱，主动送上自己柔软的薄唇。

见此，何秘书立即捂住自己的双眼。等两人亲热了一会儿后，何秘书才小声地提醒陆景知："二爷，该出发了。"

闻言，陆景知放开姜语宁，伸手擦拭她嘴角的口红："等我，你妈的事全都交给律师处理。"

"知道啦，我会乖的。"姜语宁举手发誓。

陆景知握着她的手揉了揉，不舍地放她下车。

姜语宁看着陆景知的黑色轿车从眼前离开，觉得心满意足。至少在他临走前，她抓紧机会见了他一面，还看到了他身穿制服的模样，这比什么都值得。

另一边，陆景知隔着车窗看着姜语宁逐渐变小的身影，嘱咐何秘书："不要撤保镖，我没回来之前，不要让任何人接近她。"

"放心吧，二爷。"何秘书早就安排好了。

二爷以前无牵无挂，遇到出差这种情况，说走就走。可他现在不是一个人了，到哪儿都要记挂那块软肋。可何秘书觉得十分欣慰，这样的二爷才是一个有血有肉、有正常感情生活的人。


霍雨溪回家后把自己关在房间里，然后在浴室里不停地冲洗自己，仿佛这样做可以洗去她身上的肮脏东西以及那些癌细胞。她的富豪男朋友不停地给她打电话，但是她没有勇气接。可此刻除了男朋友，她不知道该求助谁。这件事要是被傅雅慧知道了，傅雅慧说不定还会诅咒她早点儿死。

"霍雨溪，你已经在家里待一整天了，不吃不喝，要成仙吗？"傅雅慧不耐烦地敲着霍雨溪的房门，"你别老做出一副我欺负你的样子行不行？"

霍雨溪坐在浴缸里听着傅雅慧的声音，崩溃了。她换了一身衣服，拿着手机出门。

她和男朋友约在庄园见面。

对方一见她便诧异地问："雨溪，你怎么成这副样子了？"

"Carl，你娶我吧，我们结婚吧，好不好？"霍雨溪抓着对方的手臂哀求道。

"不是，你到底怎么了？"对方将她抱了起来，疾步进入庄园的房间，将她放在床上，"亲爱的，你跟我说说你到底怎么了？有任何困难，我们一起面对。"

"Carl，我、我好像得了宫颈癌。"霍雨溪勾着对方的脖子，小声地说道。

"你说什么？"

"我……生病了，得了癌症。可是我什么都没有，只有你了。"

Carl一听霍雨溪得了癌症，像是碰到了什么肮脏的东西，直接将她推开，扭头拿起扔在床头柜上的车钥匙跑出了庄园。他一路狂奔到夜店，第一时间将这件事告诉陆宗野："陆哥……那女的好像得了宫颈癌。这笔生意我不做了，太脏了。"

陆宗野听到这个结果，嘴角轻轻一扬，一切都在预料当中。这几天，他通过各种渠道陆陆续续地知道了霍雨溪从前的丑闻，被千禧娱乐隐瞒的丑闻。霍雨溪为了达到自己的目的，不断地换男朋友。他不过是她玩弄的对象之一，他们之间根本就没有爱情。

"你可以不做了，明天一早去摊牌吧。"陆宗野冷漠地说。

"行，我明天就收工。你以前怎么会看上这个女的啊？她一看就不像是好人。你瞧瞧最近在网络上火起来的姜语宁，她以前不是你的未婚妻吗？这两个人就不是一个层面的，姜语宁看上去就特别干净。"

陆宗野从前没少欺负姜语宁。他十几岁时就开始打这个未婚妻的主意了，甚至用过各种手段，但是她从不妥协。

她是真的特别干净，他比谁都清楚……

可姜语宁再干净，也不是他可以觊觎的。他忽然明白他为什么得罪陆景知了。

当年，姜家的管家就曾经告诉过他们母子，说陆景知专门去找过姜语宁，让陆宗野不要被人抢走了未婚妻。那时候，陆宗野没有把这件事放在心里，因为那些年，陆景知从未和姜语宁有过亲密接触。

可在陆宗野和姜语宁解除婚约以后，陆景知和姜语宁的互动就明显多了起来。陆景知总是袒护姜语宁，这一点在陆宗野和霍雨溪的婚礼上表现得特别明显。

陆宗野回想之前他对姜语宁所做的一切，突然发现他还真是蠢。他打算在霍雨溪的事情了结以后，去找陆景知说清楚，然后找个没人认识他的地方重新开始……

他已经进不去豪门的世界了，也不想再进去了。

深夜，海风清凉。

姜语宁守着空荡荡的御珑廷，坐在卧室的沙发上看电脑上的信息。

因为第一期小故事《辛夷》的发布，她又涨了一百万粉丝，这可把陶睿哲激动坏了。她的后援会也加入了很多喜欢汉服的粉丝。不过陶睿哲很清楚，大部分粉丝是冲着新鲜感来的，很少能发展成姜语宁的铁杆粉丝。

姜语宁的视频走红以后，很多网络红人争相模仿，还有不少人试穿了那套龙母汉服。这引起了姜语宁的部分粉丝的不满，纷纷在姜语宁的微博下留言。

"小姐姐，好多人蹭你的热度，模仿你的风格，真讨厌。"

"姜语宁小姐姐，还是你拍的视频最用心，期待你的新视频。"

"那些东施效颦的网络红人，居然还让粉丝和我争吵，气死我了。"

姜语宁也去翻看了那些网络红人的试装视频。有些人的视频和她的视频一样，也有的视频加了一些故事情节，的确吸引人。但是姜语宁相信，用心创作的作品总能胜过那些投机取巧的模仿作。于是，她发了条微博安抚粉丝。

@姜姜爱风景："今天找到了最好的取景地，摄影小哥哥趁机拍了几张图。这是谁家的仙女等着人领啊？"

粉丝看到姜语宁穿龙母汉服的背影图，瞬间沸腾了。

"我的小姐姐太美了……"

"小姐姐真的好宠粉丝啊，我要拿这张背影图做我的手机壁纸。"

"我忽然好羡慕小姐姐的男朋友。小姐姐有男朋友了吗？没有的话，可以考虑我哥哦。"

男朋友？啧啧，她不只有，而且男朋友还是整个洛城最优质的那一个。

"充了个电，我又可以和那些网络红人的粉丝大战三百回合了。"

姜语宁看到这些粉丝的评论，觉得心里很暖。虽然她现在的粉丝不是很多，但是她知道被人喜欢是什么样的一种感觉了。以后，她的粉丝一定会越来越多。

不过两天后，姜家会爆出大新闻，她只希望到时候粉丝不会因为这件事而离开她。她已经约好陆家的律师明天面谈，也和陆景知说过这事了。没办法，她得为了公道战斗啊！


第二天一早，陆宗野便同Carl一起到庄园找霍雨溪。虽然昨晚Carl丢下霍雨溪离开了，但是霍雨溪没有走，就留在了庄园的房间里。

"她就在里面。"到了卧室门口，Carl对陆宗野说道。

"你进去吧。"陆宗野用眼神示意Carl，"该说什么，我相信你比我清楚。"

Carl郑重地点点头，然后粗暴地推开房门，见霍雨溪还躺在床上熟睡，便伸手将她拍醒："喂，霍雨溪，你居然还睡得着？"

霍雨溪睁开双眼，眼角还挂着泪珠，看到心爱的男友立即缠了上去："Carl，你别再丢下我了好不好？我搬过来和你一起住，好吗？"

"你别恶心我了，好吗？"Carl一把推开霍雨溪，"你都要死了，还想着和我结婚？我实话告诉你吧，这一切都是假的。我根本就不是富豪，也没钱。这个庄园是有人花三百万租的。"

"Carl，你别骗我了。你才送了我跑车，你忘了？"霍雨溪根本不相信他的话。

"其实，我就是酒吧里一个普通的打工仔。有人知道你喜欢豪门子弟，便叫我假装富豪引你上钩。可是我哪里知道你这么好骗。你想嫁豪门想疯了吧？你都得绝症了还想和我结婚？你当这世界上的富豪都是傻子吗？"

"不、不会的，你只是为了甩掉我，骗我的。"霍雨溪拽着Carl不放手。

"我有什么可骗你的？喏，这是我的名片。庄园我退了，你赶紧起来，一会儿别人要来验收，别把人家的床弄脏了。"说着，Carl将自己的名片扔到了霍雨溪的面前。

霍雨溪狼狈地从床上爬起来，抓住Carl的名片确认起来，发现他真的只是一个男人。她疯了一样扑下床对他说："你为什么要骗我？为什么？"

"这你要问别人。"说完，Carl打开房门，给陆宗野让了个位置。

霍雨溪趴在地上，一抬头就看到了陆宗野，顿时吓了一跳："你……"

"是我。"陆宗野冷淡地道。之前他恨透了霍雨溪，恨不得扭断她的脖子，可是现在看到她脸色苍白地趴在地上，一副半死不活的神情，忽然觉得自己有点儿可悲。

"这一切都是你策划的？"霍雨溪询问陆宗野，眼泪止不住地往下滑落。

"是我策划的，就是为了让你再次体验一下愿望落空的绝望滋味。不过我觉得我够仁慈了，因为命运对你更加无情。霍雨溪，你再也不能嫁入豪门了。如果你想活命，就得把子宫摘除。一个无法生育的女人，没有哪个豪门会要……"陆宗野蹲下身，直视霍雨溪，"这就是你玩弄感情的代价……"

霍雨溪泪眼婆娑，无法接受这样的结果。

"我自认给过你真心，你却只把我当工具。霍雨溪，以后你就好好享受癌症带给你的痛苦和绝望滋味吧。"

霍雨溪趴在地上，懊悔地捶打着地板，恨不得杀了陆宗野。然而，这一切都是她咎由自取，根本怨不得旁人。

这个上午，外面的风中带着一丝凉爽的气息。

姜语宁和枯杰在御珑廷跟陆家的邹律师见面。

"你们调查姜家当年的那件事，是想查清楚当年姜家破产的根本原因，还想对造成这一切后果的傅女士追偿，是吗？"邹律师翻看了姜语宁和枯杰提供的现有资料，抬头询问两人。

"我想知道能不能以职务侵占罪起诉傅女士，胜诉的概率有多大？"姜语宁道。

皮肤黝黑的邹律师推了推鼻梁上的镜框，思索片刻，然后看着姜语宁说："姜家的事情，当年在洛城造成的影响很大。傅雅慧消失后，二爷曾经找过她，但是没找到。没想到，现在她大摇大摆地回来了。她真以为这件事就这么过去了吗？姜家破产后的债务是由二爷垫付的，我们保留了很多的相关证据。但是职务侵占罪是公诉案件，我们得准备资料，然后报警立案。"

"还有这个。"姜语宁拿出了那天与傅雅慧签订的书面协议，"如果我要在后天起诉傅女士，我算违约吗？"

邹律师接过一看，然后问姜语宁："她照办了吗？"

姜语宁摇了摇头，答道："她只给了一半。"

"那么是她违约在先。"邹律师回答道，"姜小姐，你放心吧。二爷既然把这件事交给我了，我一定会替你打赢这场官司。只是傅女士职务侵占罪的罪名一旦成立，她要面临五年以上的有期徒刑，你能接受吗？"

"那是她早该付出的代价。"姜语宁眼神坚定地看着律师回答。

"好，你的态度我清楚了，那我就先走了。等资料准备好，我们就去警察局报案，走相关程序。"

姜语宁和枯杰一同起身，送邹律师离开别墅。这时候，枯杰接到了陶睿哲的电话，说有人给X社爆了一个猛料，就是霍雨溪得了宫颈癌的事。

"杰哥，这种新闻我们就不放了吧，没必要再给那个女人增加热度。"陶睿哲说。

枯杰按了手机的免提键，又询问姜语宁的意见。

姜语宁耸了耸肩，道："我觉得陶睿哲说得有道理，没必要再在霍雨溪的身上浪费时间了，过两天官司一打，有关单位再对东恒一调查，那对父女没准儿更惨。"

"不过杰哥，说点儿更有意思的事。据说霍雨溪前两天又谈了一个男朋友，结果对方就是一个夜店的男人，根本没钱，霍雨溪被骗得团团转。"

"喀喀……这件事我早就知道了。"姜语宁回答。

枯杰不解地看着姜语宁，难道这件事和她有关？

"你别这么看着我，这是陆宗野对霍雨溪的报复，二哥跟我说的。"

"既然这样，那就任她自生自灭吧。"枯杰也不想再在霍雨溪的身上多浪费一秒，"下午拍视频吗？小故事的剧本都给你准备好了。"

"拍！"姜语宁回答，"当然要拍，你赶快给我看看第二期的故事。"

事实上，霍雨溪的这件事根本就不需要X社爆料，因为网络上很快就流传出一份霍雨溪HPV的检测报告，其检查结果：高危型HPV阳性。她去的本来就不是正规的私人医院，病人的隐私根本得不到有效保护。然后，网上又热闹起来了。

"听说霍雨溪得了那种病，恶心。"

"啧啧，贵圈真乱啊。"

霍雨溪此刻还不知道自己得病的消息已经被传得全网皆知，只是失魂落魄地回了家。进门以后，她就被傅雅慧拽到了沙发上。

傅雅慧怒道："你还敢乱跑啊？你知不知道你现在又火了？"

霍雨溪仇恨地看着傅雅慧："你别拿你那恶心的语气跟我说话。"

"你自己看看吧。"傅雅慧懒得理她，把手机递给了她。

霍雨溪拿着手机看了一眼，便从沙发上站了起来："这是谁传出去的？"

"所以，这是真的？"

"是啊，真的，我得了绝症，我被你诅咒成功了，你开心了？"霍雨溪将手机砸到傅雅慧的头上，"傅雅慧，我告诉你，你要是再敢随便惹怒我，我们就都别活了。"

傅雅慧被砸伤了脑袋，抓住霍雨溪的手臂，一巴掌扇了过去："你父亲已经给你下了命令，让你马上出国治病，别再回来丢人现眼！"

"你也不会有好下场的。"霍雨溪绝望地看着傅雅慧，凄惨地笑了起来，"等着瞧，姜语宁一定会让你一败涂地。"

说完，霍雨溪走回房间，摔上房门。

傅雅慧头疼地揉揉额头，不明白霍家怎么会摊上这样的女儿。

　　对一个身患绝症的人，傅雅慧没有任何怜悯之心，还肆意动手。霍雨溪虽有其可怜之处，但也是那可恨之人。

　　当天下午，姜语宁在溪边拍摄第二期小视频《溪姚》。传说下溪村有一个长着龙角的怪物，自出生开始便备受欺凌。一位路过的高僧带走了小怪物，把她养育成人。没想到，待她成年之后，高僧取了小怪物的那对龙角入药。小怪物恨意滔天，化身为魔龙找高僧报仇。

　　姜语宁很喜欢这个故事，因为这让她体会了一把对一个人又爱又恨的感受。刚和陆景知说开的那段时间，她总在想陆景知这些年对她到底是一种什么样的感情。直到演了这个小怪物，她才明白那种难以割舍、又爱又恨的感觉！

　　工作结束，姜语宁开始想陆景知了。她不知道他在外面执行什么任务，安不安全。

　　陆景知不在家的第二个夜晚，姜语宁想他想得失眠，可又无可奈何。她即便抱着陆景知的枕头，闻着熟悉的味道，也无法安抚她内心汹涌的思念之情。在床上踢了大半宿的被子，姜语宁起床去厨房喝水。不过，在路过楼下那间封闭的房间时，她还是燃烧起了浓烈的好奇心。

　　梁姐说过里面放的都是陆母生前的物品，一般情况下陆景知不让旁人进去。在好奇心的驱使下，姜语宁还是推开了那扇房门，并且打开了灯。里面的确放了一些陆母的遗物，姜语宁也都见过，比如陆母的照片、陆母的首饰盒。

　　姜语宁忍不住叹了口气，又想到了当年姜家管家对才丧母的陆景知做的一切。那管家真是太可恨了。就在她看完那些东西，准备关灯出门的时候，木架上的一个盒子吸引了她，因为她觉得盒子有些眼熟。

　　姜语宁走到那盒子的面前，只见盒子上写着一个字——她。

　　姜语宁忽然有种强烈的预感，这里面的东西都和她有关。于是，她赶快将盒子取下来，放在床上打开。姜语宁看到盒子里面放着十个左右的锦盒，都是没有送出去的礼物。

　　而另一个盒子里放着一部款式很老旧的手机。姜语宁拿出手机，眼眶骤然就红了，因为这部手机是她十四岁时送给陆景知的成人礼物。

手机是被用过的，姜语宁赶紧拿出充电器给手机充电。虽然她已经清楚地知道陆景知对她的感情了，但是在这一刻，她还是想找到当年陆景知对她用情的证据。

　　没想到，手机还能打开，闪烁着微弱的蓝光。她翻到手机的草稿箱，里面有一条显示发送失败的消息：想见你。

　　时间是十年前，他生日的那个深夜，也就是他收到手机的那天晚上。

　　"我也想见你。"她抱起那个盒子，"既然这些礼物都是给我的，我就不客气地拿走啦。"

　　为了不让眼泪流下来，姜语宁决定等陆景知回来以后和他一起拆这些礼物。然后，她要把这些老古董全收藏起来。


　　次日，是姜语宁和傅雅慧约定好的第三天，但是傅雅慧依旧没将其当回事。傅雅慧只在早饭的时候来了一个电话，依旧说着正在准备资料的借口，都懒得寒暄了，还想直接挂掉姜语宁的电话。不过，姜语宁不会那么轻易地放过傅雅慧。

　　"傅女士，今天是最后一天了，你没忘记吧？"

　　"语宁，我们是母女，我既然答应了你，就一定不会反悔。但是准备东西的确需要时间，你谅解一下。"

　　"体谅，我很体谅……我非常体谅。"姜语宁笑了起来。

　　"那就好。"说完，傅雅慧挂了电话。

　　姜语宁的回答，让傅雅慧更加确定姜语宁真如律师所说，就是想要钱、想要利益。所以，傅雅慧认为姜语宁绝不可能把事情捅出去。

　　然而这一刻，姜语宁心里想的是，要毁灭一个人最好的方式就是放任对方！

　　今天，姜语宁也懒得再和傅雅慧纠缠，因为明天，姜语宁会和律师直接去警察局报案。

　　中午，沈以琛来过一次别墅，给她带来了《天机》的消息，也就是沈国邦下半年要拍的那部电视剧。

　　"你的角色林萍儿是神医之后，所以我给你请了一个老中医，让他教你一些中医的知识。电视剧一个月后才会开拍，你的时间很充足。"

　　"沈总监，我和律师明天会到公安局报案，起诉我母亲。如果不小心走漏了消息，X社那边会处理，但是你也有权知道，我怕给你惹麻烦。"姜语宁有些抱歉地对沈以琛说。

"这种事正大光明也没问题，毕竟你是受害人。只要把握好舆论的走向，对你的影响应该没有从前那么大。"沈以琛回答道。

"大哥会注意引导的，你放心。"

"那就没什么问题了。"

"我是怕对剧组造成不良影响。"姜语宁担忧地说，"我不想辜负沈国邦导演的期望。"

"角色现在是保密的。等到开拍的时候，你们这个案子的热度早就过了，你别瞎担心了。而且，沈导是不会轻易换掉你的。"沈以琛拍了拍膝盖，话中有话地道。

"为什么？"

"这件事我也是后来听说的，沈导被摆平了。"沈以琛观察着姜语宁的表情回答道。

姜语宁有些疑惑，问："什么摆平了？谁'摆平'的？舅舅出面了？还是觉得我搞不定？"此时，姜语宁全然没把沈导和自家男人联系在一起。

"也不能这么说，我看得出来，沈导是真的喜欢你。你好好看剧本，有事给我打电话。"沈以琛笑着，起身离开御珑廷。

姜语宁拿起剧本翻看起来。如此一来，她更要好好拍了，这样才能不给舅舅和自家男人丢人。

下午，为了分散对陆景知的思念，姜语宁和陶睿哲去溪边拍摄《溪姚》。

不知道为什么，陶睿哲觉得自家偶像的演技是越来越好了。瞧瞧语宁姐那又爱又恨的眼神，多么入木三分啊！他只是不知道，某人要思念成魔了。

"语宁姐，这一期视频发出去，你一定会涨两百万粉丝！信我！"

"呵呵，要是涨不了，看我不打你。"姜语宁冷冰冰地道。

"这么凶……"

姜语宁撩撩自己的长发，然后对陶睿哲道："今晚努力一点儿，把剩下的部分拍了，明天你姐要去做一件大事。"

这是陆景知离开的第三天晚上。忙碌了一天躺在床上的姜语宁觉得生无可恋，也不知道从前那漫漫长夜她到底是怎么忍受过来的。半夜，姜语宁本想起来看看剧本，却忽然听到楼下传来动静，便立刻警惕起来。但是，御珑廷的治安好得没话说，所以不可能是小偷潜入。

姜语宁只能想到一个可能——某人提前回来了！

于是，她鞋都没有穿就直接冲下楼，看到陆景知便立刻跳到他身上："你终于回来了。"

此刻，陆景知依旧身穿制服，还没有看清小祖宗的脸就被她扑了个满怀："为什么还没睡？"

进门的时候，他看了一眼时间，凌晨两点半。

"我想你想得睡不着。"姜语宁赖在陆景知的身上回答，语气委屈得不行，随后又似想到了什么，连忙捏住陆景知的脸，"我该不是在做梦吧？"

陆景知直接将她摁在墙上，然后吻住她的唇，将她的睡袍脱下来扔在一边。

"痛……"姜语宁受不住那力气，便低声喊起来。

陆景知停了下来，用鼻尖对着她的鼻尖，低沉地问："是梦吗？"

"不是。"姜语宁贴着他答。

陆景知抱着她走向沙发，然后拿起客厅窗帘的遥控板，遮住了透明的落地玻璃窗。紧接着，他将姜语宁放在双腿上，在她的耳畔问："要吗？"

男人性感的声音就在耳边响起，姜语宁犹如失去理智，动作飞快地替他解衬衣纽扣。只是她越是心急，就越解不开纽扣。这时，陆景知低笑了一声："着急了？"

"怎么解不开？"姜语宁为了解开那纽扣，身上已经起了一层薄薄的汗。

陆景知听罢，把手覆在她的手上，解开了身上的束缚。随后，两人瞬间失控，激烈地交缠。

回卧室的时候，两人都像是从水中捞出来的，浑身湿透了。

"二哥，我想你，好想你。"姜语宁躺在床上喃喃地道。

陆景知死死地抱着姜语宁，不停地吻着她的额头，还有她小巧精致的五官："我也想你，想得心口发疼。"

姜语宁已经累得睁不开眼了，但是为了多看陆景知一眼，硬撑着不让自己睡着。

"睡吧。"陆景知拍着她的后背安抚道。

"我不，不然明天早上起来，你又不见了。"姜语宁环着陆景知的腰答。

"别任性，我在。"陆景知亲昵地揉了揉她的肩膀，好不容易才把姜语宁哄睡着。

翌日清晨，海风汹涌地灌入房内，让白色的窗帘在空中翻滚。

昨晚本就没怎么睡好的姜语宁，在天色未亮的时候就被律师的电话吵醒了。想到今天要去警察局报警，姜语宁拖着疲惫的身体起身。她刚要下床，就见身穿白色衬衣的陆景知拿着外套从更衣间走出来。

"二哥，我这副样子怎么去警察局啊？"姜语宁看着周身的痕迹哼唧。

陆景知走到她的面前，将她横抱起来带入浴室："我以为你又要抓着我确认好几遍是不是在做梦。"

"咯咯……不用了。"

她的双腿现在还发软好吗？

她清了清嗓子，道："今天不是有正事吗？悄悄话等我晚上回来慢慢说。"

陆景知捧着她的脸，在她的唇上落下一吻，没带任何欲望地说："洗漱以后，你慢慢下楼，梁姐给你准备了早餐，邹律师会等你。"

"知道了！"姜语宁点点头，搂着陆景知的脖子向他撒娇，"二哥，我以后一定好好听你的话。"

"好好听……"陆景知只说了三个字就说不下去了，根本就没指望她会听话。

放开姜语宁，陆景知去了别墅的阳台。邹律师和枯杰已经在阳台上等着了。

"你回来了？"枯杰看到陆景知有些诧异，"不是要离开三天？"

"提前回来了，有问题？"

"你以后出差，能不能把语宁带上？省得她每天在我耳边唠叨，让人心烦。"枯杰嫌弃地道。这两人谈个恋爱，是要把周围的人都腻歪死是吧？

陆景知不以为意，只是将目光放在邹律师的身上："现在手里的证据足够警方立案吗？"

"二爷，您放心。姜家当年的事的确比较乱，情况也比较复杂，但这些年您手里掌握的一些东西就能让傅雅慧跑不掉。团队的同事告诉我，傅雅慧那边的律师这几天都忙着销毁证据，我们这边也在跟进。如果确定情况属实，那么傅女士将罪加一等。"

枯杰听了律师的话，对陆景知又多了几分无奈之感。陆景知痴情得令人心生惧意。难道陆景知就不怕这份感情一辈子都不会有回应吗？

片刻后，姜语宁收拾妥当，见差不多了便去阳台对三个男人道："可以出发了。"

"走吧。"邹律师和枯杰从椅子上起身。

陆景知却纹丝不动，依旧坐着，对着姜语宁招了招手："过来。"

"我们先下去。"枯杰带着邹律师离开。

姜语宁乖巧地走到陆景知的面前，认真地看着他："你还有什么要交代？"

"五年前，傅雅慧就抛夫弃女，为了钱不择手段。立案以后，你不能单独和她见面，任何事情都得提前让我知道，听清楚了？嗯？"

"知道。"姜语宁弯腰在陆景知的唇上落下一吻，"等我回来。"

陆景知看着他的小祖宗离开，随后离开御珑廷去组织开会。

对姜家的事情，他一直就是一个态度，姜语宁想怎么样那就怎么样。他不在乎傅雅慧最终是什么结果，只要姜语宁开心。

上午十点，姜语宁在邹律师的陪同下到公安局报案，而邹律师也向警方提供了相应的材料。

但姜语宁毕竟是公众人物，出现在警察局的事情很快就被媒体知道了。不过因为有枯杰和律师的保护，媒体人并没有见到姜语宁。谁也不知道姜语宁到警察局是为了什么，除了这件事的当事人傅雅慧。

这时候，傅雅慧还不知道姜语宁报案的消息。她觉得按照姜语宁目前

306

的态度来说，那百分之十的东恒股份是不用给了。这都第四天了，姜语宁还没有任何行动，或许她拿到四亿就忙着挥霍了呢？

傅雅慧把这一切都想象得十分美好。不过，律师的一个电话让她马上从云端坠入地狱。

"霍夫人，有件事你要先听我说。"

"姜语宁没有打电话过来催促，这是不是意味着我不用转让公司的股份了？"傅雅慧一边喝着茶，一边询问律师，神情里满是傲气，还有些得意。

"我刚得到消息，姜语宁已经去公安局报案了。"律师心虚地说道。

"你说什么？"傅雅慧直接从沙发上站了起来，"你再说一遍？"

"我说姜语宁已经带着律师去警察局报案了。而且，她的律师是陆家的专用律师邹擎。从业这么多年，邹擎还没有败诉过。"律师回答。

傅雅慧听完，心慌意乱、手脚发抖，就连拿手机都是用两只手，对律师大喊："不是你说姜语宁只是为了好处，根本不可能去报警吗？不是你说姜语宁绝不可能把这件事捅出去吗？你让我相信你，现在呢？"

"霍夫人，我真的没想到她会直接上警察局。"律师也很无奈，为什么姜语宁不按套路出牌呢？她看上去就像一个市侩的小人，愚蠢又好糊弄，他也不知道自己为什么会看错人。

"现在你跟我说这些有什么用？姜语宁已经报警了。"傅雅慧在手机里大喊，"证据销毁得怎么样了？我告诉你，如果这次的官司输了，我们都得完。"

"我们现在并不知道姜语宁手里有多少证据，能不能达到立案标准。你放心，我会把这件事挡下来的。"

"最好是这样！"傅雅慧捂住胸口，手心里全是汗，"那个小贱人，真是一丝情面都不留啊。"

"当然，最好的办法还是让她撤案。一旦警方立案侦查，我们这艘船随时可能会翻。"律师现在不敢随便跟傅雅慧保证了，万一他又被姜语宁打脸，那就真的万劫不复了。

"滚，难道你让我给她下跪吗？"傅雅慧暴躁地挂了电话。

说起来，这件事全怪霍雨溪。当初傅雅慧改头换面，以全新的身份回到洛城，本来过得好好的，要不是霍雨溪利用她们的母女身份炒作，她也不会被姜语宁发现，不被发现也就没有后来的事情。

傅雅慧想到霍雨溪得了癌症，就觉得霍雨溪真是活该！

然而，傅雅慧并不知道她和律师的谈话被躲在墙角的霍雨溪听到了。

霍雨溪当即给霍振东打电话："爸，你的计划到底实施了没有？那个女人被姜语宁告了，我亲耳听到的。"

霍振东听到这个消息，立即从办公椅上站起身："你确定没有听错？"

"我当然确定，她现在就在客厅里跳脚呢。"霍雨溪冷声道。

"那我只能加快脚步了。雨溪，你什么都别管，只要好好治病，这件事交给爸爸。"

那个女人当初带走姜家那么多资金，一旦被抓，肯定跑不掉十年的牢狱之灾。他霍家绝不能被这个女人连累，既然如此那就别怪他了。

傅雅慧现在焦头烂额，完全失了方寸。这件事一旦被公开，还不知道霍振东父女会闹出多大的乱子。律师刚才说得对，先想办法让姜语宁撤诉，这是眼前最紧要的事情。

为了保住自己的利益，傅雅慧整理好情绪，拨通了姜语宁的电话。

姜语宁此刻已经到家了，正准备补眠，手机却响了。她早就料到傅雅慧会给她打电话，既然如此，那就接吧。

"那个……语宁，我是妈。"

"我知道，你说。"姜语宁冷冷地回答。

"语宁，你怎么能去警察局报案呢？妈已经准备好你要的东西了，不如你撤诉，然后过来签字，好吗？我再追加百分之五的股份，行吗？不要把事情闹大，你也知道霍家父女正虎视眈眈地盯着我。"

"撤诉啊？"姜语宁看着自己漂亮的指甲，神情淡漠，"不撤。我之前打电话已经说清楚了，是你不守约定在先。"

"语宁，股份是大事，妈真的需要时间准备，你再相信妈一次好吗？如果这次我还没办到，你再去警察局报案。"

"麻烦。"

"不麻烦，我去接你。你想，你是我的亲生女儿，等我百年以后，我的东西就是你的。语宁，不要把妈妈逼上绝路，好吗？"傅雅慧已经很努力了，把毕生的温柔都拿出来了，但是……

"不是所有的错都有改正的机会，不是所有的路都有回头的可能。妈，我不要股份了，我就想报警。"

"你是不是就没打算放过我？不管有没有那八亿？"傅雅慧急了。

"你终于聪明了，傅女士。"姜语宁嗤笑起来，"对啊，我没打算放过你。"

"我是你的母亲，你居然送我去坐牢？姜语宁，你还是个人吗？"

"不是。我现在就想看看霍家父女怎么抽干你的血。以后我不会再接你的电话，一切交给律师还有警方处理。我就在这里等着，等着看你的下场！"姜语宁难得表现出骨子里的冷漠和无情，"拜拜啦。"

傅雅慧气得差一点儿砸手机，但在最后一刻忍住了，给律师打电话确认："你真的有办法让警方不立案？"

"如果姜语宁的背后只有陆家的律师，没有其他更硬的背景，我想问题不大。我不相信他们有足够的证据。"律师回答。

"最好如此，我等你的消息。"说完，傅雅慧还是把手机砸向了沙发。

现在，傅雅慧能确定姜语宁不会放过她，霍振东那边可以先稳一稳。

傅雅慧现在就盼望着警方没有足够的证据立案，然后再慢慢地和姜语宁算总账。

但有些事一旦开弓，就没有回头箭。


自从姜语宁上午出现在警察局，媒体便多方打听想知道姜语宁到底出了什么事。粉丝也担心，在群里询问陶睿哲为什么姜语宁要去警察局。

姜语宁觉得别的事情她能大大方方地和外界媒体分享，但是在姜家这件事上，她是严肃的，不想占用公共资源。所以在警方没有立案之前，她不想闹得满城风雨。

"语宁姐，你现在是有粉丝的人。如果你不想让粉丝知道实情的话，那就出来发个什么转移大家的视线。我们的《溪姚》不是要更新了吗？你可以做个预告什么的，这样也可以让粉丝安心。"陶睿哲在电话里给姜语宁建议。

"知道啦，'妈粉'里就属你操心。"姜语宁笑道，"我等下就去发预告。"

"加油，不管怎么样，我都永远支持你。"

啧啧，听听这语气。

姜语宁整理了从枯杰那里拿回来的视频。那天和沈国邦导演聊天以后，她把沈国邦导演关于光线的建议告诉了陶睿哲和枯杰。这次的视频，视觉效果肯定比上次的好，加上有冲突的剧情，姜语宁觉得这期的视频一定会引起很大的反响。

随后，她把一些动态图放在了自己的社交平台上。

@姜姜爱风景："一大波动态图奔跑在路上，有没有收图的人呀？"

三张动态图，都是带闪光的那种。不一会儿，就有粉丝跳出来了。

"小姐姐这是要放大招了吗？啊啊啊，爱了爱了。"

"所以今天小姐姐去警察局，没事发生吗？没事就好，吓我一跳。"

"爱你哟，小姐姐，我等周一的视频。"

很快，姜语宁的这条消息就上了热搜榜，转发量也在短短的一个小时里突破三万。谁能预料到之前的"花瓶网红"，现在居然开始涨粉丝了，而且是真正喜欢她的粉丝。在这个疯狂的造星时代，在每天都有新人出道的娱乐圈里，姜语宁真的找到了一种另类的方式，杀出了自己的血路。

沈以琛坐在办公室里，看到姜语宁的消息，觉得欣慰。因为这些古风视频，最近打电话过来找姜语宁合作的人越来越多了，其中不乏一线的大牌综艺节目。不过沈以琛坚持认为，如果姜语宁真的要做古风第一人，那么她就必须舍弃很多东西。

沈以琛心情颇好，正准备给姜语宁打个电话，手下的经纪人却敲响了他的办公室门。

"总监，我有些事想和您谈谈。"

"坐吧。"沈以琛转过办公椅，看着对方道。

"我想知道谁在带姜语宁，为什么要抢走我的艺人的资源？"对方明显情绪不佳。

"她抢了你的艺人的什么资源？"沈以琛漫不经心地询问对方。

"沈导《天机》的女三号。"

沈以琛听完，轻嗤一声，然后笑着问："是她抢了你的艺人的资源，还是沈导根本就没有看上你的艺人？"

"这……可不管怎么样，也轮不到姜语宁吧？光影有这么多的实力演员。"最重要的是，那么多优秀的女演员去面试，最后却被一个演技备受诟病的姜语宁拿到手，任谁也不会服气的。这样让他手下的艺人以后怎么混？

"是沈导亲自打电话过来点名要姜语宁的，你有什么不服气的？而且，你不是想知道姜语宁是谁手下的艺人吗？就是我，你是不是也想投诉我啊？"沈以琛厉声地反问对方。

对方明显愣了一下，没想到沈以琛居然是姜语宁的经纪人。

"总监，我不是那个意思。"

"那就带好你的艺人，管好你的嘴。今天你没来找过我，我也什么都没说，明白吗？"

对方很显然受到了惊吓，听到沈以琛的警告后，急忙离开了沈以琛的办公室。姜语宁到底是什么背景啊？居然是沈总监亲自带她。他虽然好奇，但是也不敢对上级的决定提出任何疑问，除非他不想干了。以后只要遇见有关姜语宁的事情，他一定要记得绕道。


傍晚六点半，天空乌云盖顶，像是末日情景。

此时此刻，办完公事的陆景知从办公楼里出来。何秘书对他道："二爷，有人想见您。"

"人在哪儿？"

何秘书用手指了指等在马路对面的陆宗野。

陆景知不禁眸色变深，随后上车。洛城此刻又下起了小雨，天也更阴沉了。

"让他上车吧。"陆景知吩咐道。

"好。"何秘书得到命令，然后过马路，而司机也将车开出大厦。

陆宗野赶紧打开陆景知的车门上车。再见面，两人早已不是兄弟，陆宗野的狼狈更衬托出陆景知的高贵。

这是命，有些人一出生就在罗马，陆宗野不得不信。

311

"二哥，这些天我想了很多，我明白我在什么地方得罪你了。"说到这里的时候，陆宗野凄楚地笑了一下，"语宁，对吗？你在为语宁报仇。我从前伤害了她，所以你也要让我尝尝这种被伤害的滋味。除了语宁，我想不到别的理由了。"

"没错，就是语宁。"陆景知淡然地看着陆宗野道，"但凡是伤害过她的人，我可以用尽这世上各种黑暗的方式替她讨回公道。"

陆宗野听完，只觉得不寒而栗。

"但是你的运气很好，我说话算数，放你一马，三千万不用你还了。你带着剩余的钱从洛城消失，再也不要出现在她的面前。"这就是陆景知让陆宗野想明白的目的，这也是陆景知唯一的仁慈。

"我知道了。"陆宗野终于有了解脱的感觉，"语宁从来就没有喜欢过我，她对我只有厌恶。"

"不然，你以为你为什么可以走得这么轻松？"

陆宗野嗤笑一声，叹了一口气。原来他在哪里都是一个可怜虫，都被人算计得明明白白。

两人说清楚以后，陆宗野从陆景知的车上下来，很快消失在雨幕当中。

"二爷，他也怪可怜的，前半生，一直生活在谎言当中，被人耍得团团转，最后人财两空，什么都没了。"何秘书惋惜地叹了一口气。

陆景知听完，冷冰冰地看向何秘书。

何秘书马上改口："如果他不是对姜小姐做过那些恶事，二爷也不至于做到这一步，我都明白。"

"回家。"

"好的。"何秘书连忙转移自己的视线，看向司机，识趣保平安啊。

入夜以后，雨越下越大。当陆景知回到御珑廷的时候，身上带着凉意。

姜语宁将她找到的那些生日礼物全都放在客厅的茶几上，就是为了和他一起拆。

陆景知看着茶几上的东西，将外套脱下来递给梁姐，问姜语宁："你从哪儿找出来的？"

"这些难道不是给我的吗？"姜语宁指着礼物问陆景知。

"我这么说过？"陆景知往沙发上一坐，将姜语宁搂入怀中。

"不然你给哪个女人准备的？我们今天好好理一理。"姜语宁环着手臂，看着陆景知，"二哥，难道你心里还有别人？"

"说不过你。"陆景知宠溺地一笑，然后把目光放在那些礼物上，"只是这些东西早就破旧……"

"一点儿也不破旧。"姜语宁打断陆景知的话，"这些都是我的宝贝。我不管，这些都是你欠我的。"

"那我的生日礼物呢？"陆景知侧过身，搂着姜语宁问。

"没有。"姜语宁心虚地回答，"前些年，你冷眼对我，我哪里敢送啊？我想都不敢想，害怕你会将礼物丢进垃圾桶。"

"我前几年收到的最好礼物，是那年陆家家宴的夜晚，我进了你的房间。"陆景知说。

"如果当时我醒着，就能知道你对我的感情了。你害我一直以为自己做了一场梦。"姜语宁搂着陆景知的脖子撒娇道，"二哥，你真缺爱。"

"那怎么办呢？"陆景知故意询问她。

"我给你补，补一辈子。"姜语宁看着陆景知的眼睛，认真而深情地低语，"我知道，你一直在用你自己的方式保护我。我在震撼的同时也很难过，因为我能为你做的真的太少了。我什么都不能为你做，也弥补不了你从前受到的伤害。"

"嘘……"陆景知见她越说越激动，立即伸手阻止，"打住，嗯？"

"我难过嘛……"

这一次，陆景知没再让她继续说下去，而是勾起她的下巴吻了上去，不似昨晚强烈，而是温柔缱绻。

"你不用难过，只要像现在这样和我寸步不离就行了。这样，我的人生就是完整的，听明白了？"

"听明白了。"姜语宁重重地点头，"那我以后尽量不难过，专注地爱你就好了。"

"孺子可教。"陆景知拍拍她的脸蛋，让她坐回自己的怀里，"不是要拆礼物？"

姜语宁赶快换了个舒服的姿势，在陆景知的怀抱中，一件一件地拆桌上的礼物。

十件礼物，是各种各样的小玩意儿。其中，还有一块水晶手表，不过款式有一点儿老旧，现在已经不流行了。但每一件礼物都是陆景知的心意。

"好了，拆完了，我要把这些东西放到我们的卧室。"

"可以拒绝吗？"陆景知面无表情地询问她。

"不可以。"姜语宁毫不留情地拒绝。

陆景知不说话了，半晌后，忽然喊道："宁宁。"

"嗯？"姜语宁猛然抬头。

"你还有一件没有拆。"

"在哪儿？"姜语宁四处寻找，却被陆景知抱了起来，走往二楼的卧室。

"你说呢？"


深夜，洛城的雨越下越大，狂风把窗外的树叶吹得沙沙作响。

傅雅慧在家里纠结了一整天，一直想着要怎么样才能稳住自己的丈夫。

不过霍振东下班回家的时候，就像什么都不知道似的对她道："雅慧啊，我们夫妻两人已经很久没有在一起吃一顿像样的饭了。今晚我下厨，我们好好喝一杯。"

"我有点儿不舒服，不想喝酒。"傅雅慧防备地说道。

"是因为姜语宁去警察局的那件事吗？"霍振东主动提及，"她一个女孩子怎么这么狠心，连自己的母亲都不放过？雅慧啊，你不用担心，我是你的丈夫，自始至终站在你的身边。"

"你……难道就没有别的想法？"傅雅慧还是问了出来。

"我知道你在想什么。你觉得我会乘人之危，抛弃你。若是这样，你未免把我想得太不堪了。如果你真的没有安全感，我可以把我手里东恒的所有股份都转到你的名下。这样，你是不是就会相信我了？"霍振东放下公文包，耐心又温柔地哄傅雅慧。

傅雅慧没说话，现在她谁也不相信。

"这样吧，明天我让律师到家里来一趟，表示我对你的支持。"

"这是你说的。"傅雅慧丝毫不客气。

"嗯，是我说的，你是我的妻子啊。"

见霍振东毫不犹豫地准备转移股份，傅雅慧内心开始动摇。难道真的是她想多了？但是小心驶得万年船，她不能再轻易上别人的当。她始终记得，无论是从前的霍振东还是眼前的霍振东，磨人的功夫都是一等一地好。

这些年，霍振东早就用东恒赚的钱创立了新公司。现在姜语宁报警了，他当然要把自己撇干净，难道和傅雅慧一起坐牢吗？

傅雅慧和霍家父女多半会各留一手。按照傅雅慧的性格，她最后肯定会和霍家父女反目成仇。

现在案件正在受理阶段，公安机关还没有决定是否立案。

姜语宁配合警方把已知的信息都说了一遍，剩下的是邹律师提供的相关资料。五年前姜家的事情，她还没有陆景知知道得多。

当年事发突然，她还没有从失父之痛中反应过来，就被迫进入娱乐圈养家糊口。对傅雅慧当年是如何掏空星慕的这件事，她也在等待一个完整的真相。

星期天一早，沈以琛打来电话让姜语宁去光影签约。《天机》制片方的人会亲自到光影与姜语宁详谈片酬。

姜语宁是沈导指定的女三号，所以片方十分有诚意。沈国邦导演的古装剧，部部都是精品，因此沈国邦享有至高的话语权。他要谁演，那就得是谁，而且他从未看错眼。这次他既然看中了姜语宁，那他们就看看效果。

"我自己开车过去，你不用亲自跑了，我带陶睿哲一起去。"

"你早点儿过来，别让片方等太久。"沈以琛在电话里嘱咐。

"我给陶睿哲打个电话，等他到了就出发。"说完，姜语宁挂了电话。

陶睿哲非常守时，这次提前了半小时到达御珑廷。

两人驱车低调地到了光影。除了之前试镜溱潼的那两次，姜语宁没有单独来过光影。

光影的员工极少在公司里看到她，对她充满好奇。他们不知道光影为什么签她，也没见公司给过她什么资源。她看上去和从前一样没什么前途。

这么个走"黑红"路线，谁见谁说的艺人，谁愿意在她的身上砸好资源？

"我刚才看到姜语宁来公司了，你们知道她来干什么吗？上面终于要给她资源了吗？"

"她最近不是搞了一个古风视频在网上火了吗？尽做些网红做的事。"

这些议论也就听听，姜语宁戴着墨镜谁也不理，和陶睿哲径直去沈以琛的办公室。这时，前两天才找沈以琛争论过的经纪人带着他的艺人从办公室里出来。

"她来做什么？"

经纪人抓了抓头发，回答道："娴姐，她来公司签约沈导的《天机》的女三号。"

"我之前不是让你去问沈以琛了吗？到底怎么回事？"被称为娴姐的演员，扭头瞪向自己的经纪人。

"总监说，姜语宁是片方指定的人。"

"骗谁呢？"慕娴冷笑，"不过，我最近倒是听到几条关于姜语宁的消息，有趣得很，可以爆出去玩玩。之前姜语宁黄了锦书的角色，这次又抢了我的，也该给她点儿颜色瞧瞧了。"

"娴姐，这不好吧？而且溱潼那个角色是周锦书抢了姜语宁的吧？"经纪人瞪大了眼睛，因为他知道姜语宁的经纪人是总监沈以琛。

"你紧张什么？我以为你早司空见惯了。"慕娴说完，踩着黑色的高跟鞋，昂首走在经纪人的前面。

娱乐圈说大不大，说小不小，能够进入这个圈子的人多多少少有些背景。

更何况，慕娴和周锦书背后本来就有金主。总被一个"黑红"艺人抢走资源，这算什么事？姜语宁有本事就不要给人留下任何话柄。

上午十点，姜语宁和《天机》的片方签好了合同。这可是一个沉甸甸的角色，制片方虽然对姜语宁有疑虑，但好在有沈以琛和沈国邦两人对他作的保证。

"合作愉快，我们也希望姜小姐拿出令我们满意的演技来。"片方的人再三嘱咐，这也能看出他们的诸多顾虑。

"你要好好努力了，要是演砸《天机》，以后演员这条路你就真的走不通了。"沈以琛凝重地看着姜语宁。

"我把这份压力放心里了。"姜语宁也认真地回答沈以琛。

"好，加油。"沈以琛拍拍姜语宁的肩膀，"明天等你放第二期小视频，最近光影做了一些调查，你的'黑粉'明显少了许多。你好好准备《天机》的角色，有任何困难记得给我打电话。你准备好后去中医那里报到，记得提前跟我说。"

"我下午就可以去。"姜语宁回答道。

沈以琛点了点头："我安排。"

姜语宁是吃得苦的，这一点沈以琛心里很清楚。

"要是爷爷没有生病，我也不用去别的地方学了。不过，我可以找爷爷的师弟学，我相信他老人家愿意带我。"

"如果有熟人那自然更好，对你来说也是一种保护。而且，你很会替公司节约成本，什么都自己来。"沈以琛调笑道，"等什么时候想公开我这个经纪人了，你只管说。"

"别，那我不更要被当成靶子了？先稳稳。"姜语宁有些害怕，还是等到她有成绩了再公布吧。

姜语宁从公司出来的时候，已经中午了。回家的路上，她联系了那位德高望重的老医生。这位老医生现在退休在家，养养花鸟。

"语宁姐，你知道我喜欢你哪点吗？就是你想做什么，就会第一时间去做，对任何事情都保持热忱。"陶睿哲赞扬道，"很多人会计算成本和得失，你难道不怕失败吗？"

"呵……都被全国人民讨厌过了，我还怕什么失败？我现在别无选择，只能拼命挣扎。"

姜老爷子的师弟姓谭，在中医学院工作了四十余年，而且，他从前和姜老爷子情同手足，自然乐意帮姜语宁。

姜语宁一走进离姜家不远的一座小别院里，便闻到了浓烈的中药香味。

　　戴着眼镜的老中医正拿着放大镜看报纸，见姜语宁来了，便放下手里的放大镜，问：“你怎么想到在我这里学中医？半路出家，能行吗？”

　　“谭爷爷，我拍戏需要学。当然，我也希望能跟您学点儿真东西，技多不压身嘛。”姜语宁笑着打量老中医的院子，“这里还和以前一样，一点儿都没变。”

　　“这些年，你就没有一丁点儿你父亲的消息？”谭老爷子询问她。

　　姜语宁摇了摇头：“他失踪的地方，我去了无数遍，半点儿消息也没有，他大概是穿越了吧。”

　　“不着调。”谭老爷子笑骂道，“既然你想学，我教就是了。你有时间就过来，我随时在。”

　　“谢谢您，谭爷爷。”

　　谭老爷子看着姜语宁，欲言又止，最终问道：“你谈恋爱了没有？”

　　“谈了。”姜语宁站在院子里点了点头。

　　“别和你们圈子里那些乱七八糟的男人谈，没一个好东西。”老人瞪着她嘱咐道。

　　“他才不是圈子里的人，他是全世界最好的男人。”姜语宁朝老人做了一个鬼脸。

　　这个下午，姜语宁就在老人的院子里跟着他学习一些基本的中医常识。等到傍晚的时候，姜语宁接到了陆景知的电话。

　　“梁姐说你没回家，你在哪儿？”

　　“我给你发地址。”姜语宁将谭老爷子家的位置发给了陆景知。

　　“别让你男朋友过来，我不欢迎啊。”老头子的脾气有点儿坏。

　　“是吗？”姜语宁反问。

　　半小时后，陆景知的黑色轿车停在了小别院的门口。姜语宁将陆景知从车里拉出来，带到谭老爷子的面前。

　　“这不是小景吗？”谭老爷子戴着眼镜，看着陆景知道。

　　“谭爷爷，宁宁给你添麻烦了。”陆景知含笑伸手，和老爷子握手。从前，他去姜家陪姜老爷子下棋，和眼前这个老人也有数面之缘。

　　“原来你就是语宁的男朋友？”谭老爷子诧异地看着两人。

　　“我是。”

"怎么样？这个男朋友我可以带过来吗？"

"臭丫头……"谭老爷子敲了敲姜语宁的脑袋，又对陆景知说："快领回去吧，她都快烦死我了。"

"那我们改日再来拜访。"

谭老爷子摆摆手，目送两人离开。

这丫头算是找到了一个好依靠。当年，他就跟姜老爷子说过，谁知那老家伙老眼昏花，居然让语宁和陆宗野定亲。事实证明，他看人更准。

回程路上，姜语宁牵着陆景知的手晃来晃去，心情颇好："二哥，让别人知道我们的关系的感觉真好。"

陆景知静静地看着她的笑容，忍不住说了一句："我一开始就说过，我随时可以……"

"二哥，我一想到受万人景仰的你是我的男人，就会暗爽不已。这要是公开了，我们时刻都会被人盯着，将会寸步难行。更何况，我们现在还不知道陆爷爷是什么态度。"

陆景知捧着她的脸，叹了一口气："那就不说。"

"等时机成熟，我会拿着喇叭把这个消息告知全世界。"

陆景知抱着姜语宁轻轻地点了点头。

"我在谭爷爷那里学中医，为角色做准备，下午和他叙了叙旧。二哥，当年姜家的事你到底知道多少，又掌握着多少证据？"

陆景知抱着姜语宁沉默两秒，正准备回答的时候，姜语宁的手机响了起来，来电显示是枯杰。

见此，姜语宁想从陆景知的怀里探出头来，却被陆景知给摁住了。陆景知从她的手里拿过手机摁下通话键，放在自己的耳边。

"语宁……"

"是我。"陆景知低沉地回答。

枯杰愣了半秒，然后吐槽："她没手吗？不能自己接电话？算了，说正事。我们告傅雅慧的事情不知道被谁捅了出去，现在媒体都知道语宁去警察局是为了告自己的生母，也知道东恒出了事。"

"X社不能压制消息？"陆景知一边反问一边打开免提，让姜语宁也能听到。

"对方一口气爆了好几家媒体，根本压不住。你又不是不知道，语宁是'招黑体质'，一有风吹草动就容易上热搜。事情既然曝光了，就没必要遮掩，反正迟早会被大家知道。现在这个情况，我们正好可以看看傅雅慧以及霍家父女的反应。因此，我没有让人认真把这件事压下去。"

姜语宁是不想把这件事闹得沸沸扬扬的。她原本想等这件事立案再公布出来，但现在看来是等不到了。问题既然来了，她也不会闪躲。

"哥，我虽然好不容易才累积一点儿人气，但是也不怕和傅雅慧正面对质。你好好留意东恒的状况，只要傅雅慧敢出来搞事，我一定让她后悔。"

"东恒肯定会出来辟谣的。"枯杰不屑地道。

"马上就要被清算的企业还想垂死挣扎？"陆景知冷声道，"下午收到消息，傅雅慧的律师脑筋动得太远，都动到警方的头上了。"

"那就有意思了。"枯杰冷笑一声。

# 第十二章
## 母女对质

深夜，娱乐新闻又添猛料，网上开始疯传姜语宁的消息。

"演员姜语宁前两日出现在警察局，是为了指控疑似当年卷走姜家家产的生母Ava女士。据可靠消息称，姜语宁要求自己的生母Ava女士，解释当年创立东恒的资金的出处，并希望警方立案侦查，给姜家一个明确的交代……"

"东恒宣称，在听到这个消息时只觉得异常可笑。东恒是一家知名的跨国集团，虽然建立不久，但资金链干干净净，符合法律规定，希望造谣者可以停止对东恒和Ava女士的揣测。"

更有人揣测，是姜语宁打起了东恒的主意，才会现在去报案。否则，她为什么要拖到现在？

姜语宁又要贡献新鲜的猛料给群众解馋了吗？

网络上，姜语宁和东恒以及傅雅慧之间的事情还在发酵。

陶睿哲在网上看了评论以后，给姜语宁打来电话，语气很沮丧："语宁姐，你的风评才因为古风视频好了一点儿，现在这么一闹，你又要被骂了。那些不明真相的人，怎么能这样骂你呢？我真是无语了。他们一点儿判断力都没有。难道黑一个人，就让他们这么开心吗？"

姜语宁早就习惯了，不然怎么叫"招黑体质"？

"明天本来说好要放《溪姚》的视频，现在这种情况怎么办呀？"

"明天我会照常更新，"姜语宁回复陶睿哲，"为了支持我的粉丝，我不能让他们失望。至于我和东恒的事，你别担心，很快就会有结果的。"

"那好吧，语宁姐，你千万不要去看网上的评论哦，千万不要！"陶睿哲挂电话前，还担心姜语宁会因为网上的评论而伤心生气。

可是，姜语宁已经在看了。

"三流戏子要钱不成，就搞下三烂的手段。姜家五年前就破产了，清醒一点儿吧。"

"还以为姜语宁签约光影会有所改变呢。没想到，她还是这么烂。"

"这才消停几天啊？建议封杀姜语宁这种毫无正面形象的艺人，为娱乐圈树立良好典范。"

"顶着锅盖说一句，这都是别人的家事，也没见姜语宁出来哭诉，不知道旁人操什么心。"

东恒是大企业，姜语宁是小艺人。大企业有的是钱，所以姜语宁就是要钱。

姜语宁看了一部分，然后默默地关上电脑。她忽然明白一个道理，这世上所有的事情都有两面性，有些人，你永远也讨好不了。所幸后援会的粉丝们依旧支持她，不停地给姜语宁发私信。

"小姐姐，我是一名高三学生。我相信你，你不是一个坏人，希望你加油。"

"语宁'小可爱'，我是一名'妈粉'，希望你坚持住，事情总会水落石出的。"

"加油！小姐姐，我们后援会永远都在哦！"

看到此，姜语宁忽然扑哧一声笑了出来，不明白陶睿哲为什么沮丧。明明他的付出都是有收获的，要是以前，哪里会有粉丝跟她说这些？

所以，她一一回复了这些鼓励。尽管如此，舆论还是压倒性地站在东恒和傅雅慧那边。


深夜，傅雅慧接到东恒的电话。虽然东恒现在占据上风，但东恒的股东还是要求傅雅慧举行记者会，说明当初建立东恒的资金由来，这样是对大众的一个交代。

傅雅慧同意举行记者会，不过要先给自己的律师打电话商量。毕竟，现在警方立案与否，她心里没数。在傅雅慧看来，这个消息就是姜语宁爆出去的，目的是给她施压，然而，舆论根本就不站在姜语宁那边。

"那个小贱人真是搬起石头砸自己的脚。"傅雅慧冷哼一声，然后给律师打电话确认。

"东恒要我举行一个记者会，我也有此意，但是我希望是在有通知书的前提之下举行。警方到底怎么说？"

"霍夫人，我本打算明天给你打电话。你放心，警方不会立案，因为证据不足。我已经得到确切消息了，你放心举行记者会吧。"律师跟傅雅慧保证道，"这次你放心，绝不会再有意外。"

"最好是这样，那么不予立案的通知书能不能拿到手？"

"这个还要走流程，看你能否等。"律师回答。

傅雅慧总觉得不踏实，所以很想等到通知书下来，这样也能彻底让姜语宁死心。

"那就再等等吧。"说完，傅雅慧挂了律师的电话。这时候，霍雨溪进入客厅，只是精神状态不太好。

傅雅慧看见她的样子，直接骂道："你这个样子在家里给谁看？有病也不知道去医院看，整天在我面前晃来晃去，我欠了你的吗？"

霍雨溪今天拿到了医院的检查报告，确诊为宫颈癌晚期。她本想回家寻求一丝温暖，不想和傅雅慧继续斗下去，但是看到傅雅慧的态度，她心里又燃起了浓浓的恨意。

"你和律师说的话我都听到了。姜语宁没有证据，但是我有证据。"

"神经病。"骂完，傅雅慧回了自己的房间。

霍雨溪冷笑着趴在沙发上。她渴望家庭的温暖，哪怕一点儿也行，但是在霍家，这是她永远别想得到的东西。

就在她绝望之时，她忽然摸到两个沙发垫子中间有东西。她坐直身体，从缝隙里把那东西掏了出来，发现这是傅雅慧当时和姜语宁签订的协议书。上面写得清清楚楚，傅雅慧支付姜语宁八亿，还有东恒百分之十的股份，姜语宁便不再追究傅雅慧当年抛家弃女的事情。

傅雅慧当时签完这个东西心情很暴躁，便把纸揉成一团，扔在了沙发垫之间的缝隙里。之后她全然忘记了这个纸团，而现在这东西落在了霍雨溪的手里。

"傅雅慧，反正我也活不长了，这个家也没人关心我，不如……大家同归于尽？"喃喃自语之后，霍雨溪拿出手机找到一家媒体记者的联系方式："喂，鲜橙娱媒吗？我有猛料要爆。"

傅雅慧怎么也不会想到，霍雨溪的一个爆料让事情变得更加复杂起来。

《最新消息！姜语宁与东恒负责人Ava女士私下协议大曝光》

网友在这条帖子下面疯狂评论。

"看吧，我就说姜语宁要钱。"

"楼上，你傻吗？如果这个Ava女士真的没有问题，就不会答应姜语宁的天价补偿。"

"开口就是八个亿，姜语宁怎么不去抢？"

"楼上，我有消息，姜语宁要这八个亿，是因为当年姜家被掏空以后还负债八亿。有人为姜家偿还了这个债务，她大概是想还债。"

"真相到底是怎么样的呀？"

"等当事人出来吧。如果Ava真的掏空姜家还抛夫弃女，那姜语宁做得完全没错。"

傅雅慧还没完全放松下来，就又被律师的电话吵醒了。看到被曝光的协议，傅雅慧直接掀开被褥起身，撞开霍雨溪的房间的门，抓住霍雨溪的头发，将她往床下拉："你脑子有问题吗？你疯了？什么都敢爆出去？"

霍雨溪挣扎着从地上爬了起来，怒不可遏地扇了傅雅慧一巴掌，警告道："你再动我试试？"

"我就想知道你到底怎么想的？你知不知道，你这样会把我和你爸爸推入万丈深渊？"

"那不是正好吗？反正我快死了。"霍雨溪冷笑道，"我以前真的很讨厌姜语宁，因为她什么都要和我抢。可惜我现在才明白，我费尽心力抢来的东西，都是姜语宁不要的，无论是陆宗野还是你。我之前恨不得把姜语宁大卸八块，但是我发现我错了。你的恶毒是从骨子里透出来的，你连亲女儿都可以抛弃陷害。我最该防备、最该害怕的就是你傅雅慧！

"我为什么会走到今天这一步？我承认我犯贱，但是你也有不可推卸的责任。但凡你给过我一丁点儿疼爱，我也不至于自卑得到处去寻求强大的力量，一心想嫁入豪门。

"现在我病入膏肓了，以为你会有那么一丁点儿怜悯之心，但是我又错了。你只知道去对付姜语宁，根本就不在乎我的死活。你连亲女儿都不在乎，我又算得了什么？

"所以，傅雅慧，要死一块死吧！"

傅雅慧听完，默不作声地退出霍雨溪的房间。

为了稳住东恒的股东和名誉，记者会得提早些开。傅雅慧已经顾不上公安局不予立案的通知书了。


姜语宁怎么也没想到，在这个节骨眼上，霍雨溪居然会在这件事上推波助澜。现在，两方舆论势均力敌。

忙碌了一天躺在床上，姜语宁靠在陆景知的怀里撒娇："二哥，当年姜家还发生了什么，你就告诉我吧。"

黑暗中，陆景知睁开双眸，不禁把姜语宁搂得更紧了，声音低沉："明天再说。你应该关心傅雅慧的律师，他拿到了假消息，以为警方不会立案。东恒一定会出来解决这件事。"

"你这样过度地保护我，是不是因为傅雅慧不只掏空了星慕，还和我爸爸的失踪有关？"姜语宁直接将自己心里多年的疑问说了出来。

陆景知沉默不语。其实他早该知道的，什么事情都瞒不住姜语宁。

"二十亿不是一朝一夕就能被卷走的。我就算不懂企业管理，不懂金融会计，但是我也知道这不可能让傅女士有这个胆量大摇大摆地回到洛城。你就告诉我好不好？有你在，我没有什么接受不了的事。"

陆景知轻拍姜语宁的后背，随后叹了一口气："其实你父亲失踪以前，姜家的资金链就已经出现了问题。当时你父亲决定投资欧洲的度假村酒店，想抽出二十亿的资金，却发现周转的资金已经被你母亲转移出去了。

"为了填补姜家出现的资金缺口，你父亲开始变卖一些没有收益的产业。之后，他在去见一个客户的路上发生车祸坠下山崖。趁此机会，你母亲又把你父亲筹集的资金以填补亏空为借口，逐渐转移到海外账户，最后和财务部门的两个帮手消失了。

"现在邹律师掌握了那两个财务的情况，可以证明傅女士的职务侵占罪，但还没有确切的证据证明你父亲的失踪和她有关。"

姜语宁听完，心跳加速，手心里全是冷汗："原来如此。"

"你母亲失踪后，姜爷爷在未病倒前想申请破产，银行便清算了姜家所有的财产，可还欠下八亿债务。"也就是那时候，陆景知接手了这些债务。

"这些年，你可瞒得真好。"姜语宁埋首在陆景知的怀里，眼里全是泪，"二哥，是你让我免受被日日逼债的痛苦。可我还像个小傻子一样，什么都不知道。"

陆景知哄着她，拍着她的后背安抚道："都过去了。"

"不管你们相不相信，我总觉得爸爸还活着，只是躲在某个地方不肯现身。不然我们怎么会找不到他的尸体？我总觉得他还在。至于那个恶毒的女人，我相信法律会给我最公正的答复。"姜语宁一边说一边哭，眼泪就像雨珠下个不停。

见她一直哭个不停，陆景知坐起身来，打开壁灯，捧着她的脸道："不哭了，嗯？"

"你为我付出太多了，你这个傻瓜。"姜语宁哭得更加厉害，甚至抽泣起来。

"我习惯了……"

"谁让你习惯了？为什么要习惯？为什么要对这种事习惯？你让我怎么还你？我只能把我的命给你了。"姜语宁哭得嗓子都沙哑了。

"我要你的命做什么？我要你生生世世陪在我的身边。"陆景知哄道，"而且，我相信换了你，你也不会袖手旁观的。"

"我才不管你，我就袖手旁观。"

听此，陆景知只能温柔地说："别哭了，嗯？眼睛会难受的。"

姜语宁搂住陆景知的脖子，看着他认真地道："好，我不哭了。"

陆景知替她轻轻地拭去泪水，道："你想做什么就去做。傅雅慧那边得了假消息，相信很快就会有动作。邹律师已经掌握了关键的证人，警方在这两天就会立案抓人。"

"好。"姜语宁点头，"但是，你不要再为我动用你的人脉了。"

"呵。"陆景知轻笑一声，语气充满宠溺，吻了吻她的鼻尖，"这是依法办案，况且以邹律师的资历，根本不需要我出面。"

"你们都是很厉害的人，也是我崇拜的人，特别是你。"

"有多崇拜？"

她从小就崇拜，全身心地崇拜；从小就喜欢，全身心地喜欢。至于让他怎么相信？那她就以行动来证明吧……

翌日，东恒因为协议一事，再次严肃地声明东恒和傅雅慧女士纯属无辜，是姜语宁诬陷他们。下午两点，傅雅慧女士将在东恒的大厅举行一个简洁的记者澄清会，出面回答东恒的资金来源以及为什么要和姜语宁签订那份协议书。

姜语宁看到消息，不禁冷笑一声，二哥猜对了。

傅雅慧拿到假消息就迫不及待地想站出来反击，只是可惜她马上就要被打脸。姜语宁当作什么事都没有发生，只是在发视频之前提前知会了沈以琛："沈总监，下午我会去东恒和我母亲正面对质，到时候看到新闻，你千万不要觉得惊讶。"

"你确定吗？"沈以琛问。一旦姜语宁出现在现场，无论对错，都会倍受争议。

"放心，我能应付。你告诉舅舅，让他千万别生气。"

"老板知道你的情况，你放心。但是，你必须答应我，这是最后一次。"沈以琛觉得他的心脏有点儿受不了，艺人是非多了根本带不动。

"放心，最后一次私事。"姜语宁笃定地回答。

"那你去吧，带够人，保证自己的安全。还有，你得注意形象，别随随便便就去了，小香风的裙子给我穿起来，听清楚了吗？哪怕是这种事，你也必须给我美。"

听完，姜语宁笑出声："你的唐僧病又犯了……"

沈以琛哑口无言，遇到她这样完全不受控制的艺人，谁都会犯病！

挂了沈以琛的电话，姜语宁又给邹律师打了一个电话："邹律师，东恒的声明你都看到了吧？我打算下午去东恒，警方那边会出结果吗？"

"你去吧。"邹律师说，"说些想说的，剩下的交给我们。"

姜语宁立刻就听出了邹律师的弦外之音，笑道："那一切都交给你了。"

"不用客气。"

有了邹律师的答复，姜语宁打开自己的电脑。按照原计划，她先上传《溪姚》的视频，这是答应了粉丝的，得做到。

@姜姜爱风景："今天有点儿特别，但答应了你们就不会食言。另外，圈一下@东恒集团，询问一声，你们下午的记者澄清会，我可以参加吗[可爱脸.jpg]？"

文字下面，配了《溪姚》的视频。姜语宁本来打算用这条视频吸引一批粉丝的，可是她和傅雅慧的事情肯定会分散粉丝的注意力。

发完消息，姜语宁就坐在电脑前等着。十分钟后，傅雅慧打来电话："你想来就来吧。我让人给你安排座位，让你知道什么叫绝望！"

傅雅慧的口气不小！不知道到时候谁会更绝望。

姜语宁的那条消息很快就引起了轰动。

她打算去参加东恒下午的记者澄清会？什么操作？她要做什么？网友表示不解，她要当场对质吗？

"小姐姐这是打算杀到东恒现场呀！"

"感觉又有好戏可看了，顺便赞一句，第二期视频做得比第一期好。"

"姜语宁是什么神奇物种啊？这种时候，她还不忘兑现和粉丝的承诺，忽然有点儿欣赏她了。"

"楼上不是一个人。"

让姜语宁意外的是，这条消息很快就有十几万的转发量和点赞量了。粉丝数量也涨得飞快。

陶睿哲本以为这期视频要白做了，便坐在电脑前生着闷气。枯杰看不下去了，走到陶睿哲的电脑跟前，亲自替陶睿哲打开电脑，然后翻到姜语宁的粉丝数，对陶睿哲道："看一眼。"

"不看。"陶睿哲偏过头拒绝道，脾气有点儿大。

"你有点儿男人的样子，赶紧看。"枯杰不耐烦地敲他的头。

"我害怕自己接受不了，不想看到语宁姐被骂。"

枯杰扳过陶睿哲的脑袋，强迫陶睿哲睁开双眼，咬牙切齿地道："你再这样，我就要报警了！"

陶睿哲被迫看到了姜语宁的粉丝数，大为震惊："我没看错吧？一个上午的时间，涨了一百万粉丝？"

枯杰扶着额头，翻了个白眼回到自己的电脑前。

"虽然大家都没有讨论视频，但是那也不错。"这总比"掉粉"要好，陶睿哲又高兴了，"杰哥，下午语宁姐去东恒，我也要去，我要去保护她。"

"她用得着你保护？"枯杰嗤笑道，当他妹夫吃白饭的？不过，他担心陶睿哲成天当"妈粉"，以后连女朋友都没法谈。


时间飞快，此刻已经是午后。

东恒已经布置好活动的会场，负责人也按照傅雅慧的要求，特地安排了姜语宁的席位。负责人不知道傅雅慧是怎么想的，这是东恒的地盘，本可以不理会姜语宁的请求，不过，的确应该让媒体记者看看姜语宁为了钱不惜逼迫自己的母亲的丑恶嘴脸。所以，他们也能够理解傅雅慧的安排。

因为时间有限，各家媒体争先入场。很快，东恒的大厅后面就放满了大大小小的摄像机。

此时，傅雅慧和霍振东在休息室内等候。

霍振东已经按照约定，将东恒所有的股份全都转移到了傅雅慧的名下。这出乎傅雅慧的预料，她以为霍家父女会趁火打劫，没想到，霍振东居然真的念着夫妻感情。

"雅慧，下午让姜语宁参加，真的不会节外生枝？"霍振东担心姜语宁这么主动，可能会有意外。

"我已经得到确切的消息，因为证据不足，警方不予立案。只要我解释清楚东恒的启动资金从何而来，全国的人都会痛骂姜语宁，说她为了钱什么都做得出来，甚至不惜诬陷自己的亲生母亲。"傅雅慧很有把握地回答霍振东。

"那好吧，既然你这样说，我也就放心了。"

"时间差不多了，我们出去吧，我也想知道那个臭丫头到底有没有那

329

个胆量来。"傅雅慧看看腕表,从沙发上起身。她已经吩咐下属为姜语宁准备一个特别的位子,这样媒体才会看到一出好戏。

姜语宁此刻正在前往东恒的路上。按照沈以琛说的,她身穿小香风白色小西服,化着淡妆,戴着白钻耳环,都市名媛的气质呼之欲出。

因为害怕出意外,所以今天是枯杰亲自开车。两人的车后还跟着一辆车,车上坐的是保镖,这是陆景知要求的,必须随时保证姜语宁的安全。陶睿哲原本想跟来,但是枯杰没同意,因为这是姜家的家事。

"邹律师那边怎么说?"

"我们到的时候,警方差不多也快到了。"姜语宁看看腕表,回答枯杰。

"陆景知安排的?"

傅雅慧要是被当场带走,这脸就被打得太响了。

"不是,人家办案遵照程序,是傅女士撞得太准了。"姜语宁解释道。

"你信?"枯杰轻嗤一声,"不过我不得不夸赞一句,干得漂亮。"

为了尽快看到这出精彩的好戏,枯杰不由得加快车速。

这时候,东恒的人都已经就位,只有那个特殊的位子还空空如也。媒体记者不禁议论起来。

"时间快到了,姜语宁该不会不来了吧?"

"有可能,也不知道她在想什么。"

"听你这意思是支持东恒?"

"东恒是大集团,姜语宁怎么看也是为了要钱。毕竟她现在地位不高,又是个'黑红'艺人,动歪脑子那不是很正常吗?"

台下的记者焦急地等待着,就连坐在发言台上的傅雅慧也有些不耐烦了。就在这时候,不知道谁喊了一句"姜语宁来了",在场所有人都把目光投向了门口。

大厅入口处,姜语宁拿着白色的手拿包,十分耀眼地出现在媒体和傅雅慧的面前。她取下墨镜,然后走到发言台前对众人道:"抱歉,不过我似乎没有迟到。"

"你的位子在那里。"傅雅慧指着位于发言台与媒体席位之间的一张单独的椅子对姜语宁道,"你如果没有其他的事就坐下吧,我们马上要开始了。"

姜语宁嫣然一笑，然后转身走向自己的座位。

"各位媒体朋友，你们好，我是Ava，东恒集团负责人，也是那位女士——姜语宁的亲生母亲。

"今天，我是想就最近我女儿对我提起诉讼一事做出公开说明。

"我希望各位媒体以及我的女儿，在听完我的一番话以后能够有所判断。

"我女儿指控我卷走姜家的财产。首先，我要告诉你一个事实，语宁，姜家破产是因为你父亲失踪，后续管理不善，跟我完全没有关系，我也是受害者。我甚至为了偿还姜家的债务，远走他乡，不是你口中的和别的男人私奔。"

傅雅慧说这番话的时候，看着姜语宁的眼睛，一副理直气壮的样子。

姜语宁听完摇了摇头，傅雅慧不知道陆景知已经掌握了很多姜家破产的内幕和她设计卷走姜家财产的证据。

姜语宁很平静，甚至带着笑意掷地有声地问："这是家事，我本想体面一点儿不浪费公众的时间，但既然你选择公开澄清，那么我也公开问你几个问题。傅女士，你说姜家破产是因为我父亲失踪，你这是在欺骗并不了解当年姜家案件的媒体和大众。姜家破产并不是因为我父亲失踪，在我父亲失踪之前就已经出现了二十亿的资金短缺问题。李洋和段红红这两个人，你还记得吗？"

听到这两个名字，傅雅慧的脸色明显有了变化。

"第二，你说你是受害者，为了偿还姜家的债务甚至离开洛城。那么我问你，姜家的八亿债务最后是谁还上的呢？姜家欠债，你却有二十亿的资金发展东恒，你还说你是受害者？

"第三，我父亲失踪的第十六天，你就不在国内了。两个月后，你和这位霍先生同居。你说你不是私奔，那么你告诉我，你这种行为叫什么呢？我国法律规定，夫妻一方失踪满两年，另一方提出离婚诉讼，法院才会判定离婚。如果你和霍先生不是之前就有私情，我实在想不到你这么做的理由。

"你刚才说了那么长一段话，每句话都漏洞百出。傅女士，我劝你接下来说的每一个字都认真地斟酌。现在，你可以解释那高达二十亿的资金从何而来了。"

姜语宁有理有据地点出傅雅慧话语中的漏洞，然后又把话语权交还给傅雅慧。

姜语宁看上去是那么自信，一副胸有成竹的样子。

傅雅慧有一丝心急，但不敢表现出来，只能假装镇定地问姜语宁："你有证据吗？

"你所说的都是你的猜测，你有证据吗？语宁，我真不希望你为了钱捏造这些事来羞辱你的母亲。"

"你就这么笃定我拿不出证据吗？"姜语宁反问傅雅慧，"我能知道李洋和段红红这两个人，就表明我知道的事比你想象中的多。我接受过良好的教育，也不想和我的母亲当场对质。但是傅女士，你不给我这个机会啊。所以，我今天坐在这里，也只能坐在这里。

"我知道你的律师在帮你销毁证据，我也掌握了这方面的准确证据。我现在不拿出来，是想给你最后一次机会。妈，你认错吧。"

"这简直就是笑话。姜语宁，我再重申一遍，我没有做过你口中所说的那些事。我堂堂正正！"傅雅慧拍着桌子激动地说道，"我现在就让你知道那二十亿到底是怎么来的。"

说完，傅雅慧拿出伪造的委托书放在发言台前，对着所有人道："我当初为了解决姜家的债务只身前往美国，遇到了一个年迈的华裔商人陈东强先生。这二十亿，是他委托我作为启动资金发展东恒。所以，东恒真正的老板是陈先生而非我。"

傅雅慧拍着委托书，大声地对姜语宁道："姜语宁，你要挟错人了。这根本就不是姜家的资金，你们姜家早就破产了，你知道吗？"

姜语宁依旧很镇定，没有一丝慌乱之色。

"这位陈先生，可真是位好人。他居然把二十亿交到你的手里，让你去和情夫发展事业？"

"这你管不着，这就是那二十亿资金的来源，有据可查，我有证据，而你没有。"傅雅慧强势地道，"作为一个母亲，我真的不希望我的女儿走上歪门邪道，但是我也不能一味地退让。姜语宁，我郑重地告诉你，我要和你脱离母女关系。"

"是吗？你所说的这位陈东强先生，该不会就是那个酒店之王吧？"

姜语宁笑着问傅雅慧。

"没错，就是他。"

"这么说，你见过他，还和他交情不错？"姜语宁继续问。

"不然我怎么会得到对方的大力资助？"傅雅慧高傲地反问。

姜语宁没有反驳，只是轻笑起来："可是十五年前，陈东强先生就中风去世了。现在的酒店之王是他的女儿陈媛。"

傅雅慧明显一怔，但是反应迅速："我和他女儿的关系很好。"

"是吗？可是七年前，陈媛就因为和丈夫吵架自杀了。我知道你的律师很努力了，但是傅女士，撒谎太多，我怕你最后圆不回去。好吧，我就当你的二十亿资金是受了陈先生的委托，也就是说，如果陈先生的子孙后代想拿回这笔钱，也是没问题的吧？"

傅雅慧忍不住有些发抖，但不能让他人知道。

"我和陈家的事情，没必要让你一个外人知道，我只看证据。你报了警，如果警方不予立案，那么你就是诬蔑我。"傅雅慧又把视线转移到了证据上面。

"你怎么知道警方没立案呢？"姜语宁顺势反问傅雅慧，"光凭你的一张嘴吗？你今天在台上解释了一大堆，每个字都是在撒谎，你当大家都没智商吗？

"让我替你总结一下，你今天解释了两件事。第一，你没有和男人私奔，也没有抛家弃女。虽然你解释了那么多，但是你在你丈夫失踪十六天后离家，两个月后又和别的男人同居，这是事实，你无从辩解。

"第二，你说你没有卷走姜家的财产，做了一堆假文件，硬要说成受人委托，可事实呢？你连酒店之王的家庭状况都没有摸清，是没有把稿子背熟吗？

"傅女士，现在是信息时代。你所说的每一个字今后都有可能被网友翻出来查证，你就没有考虑过后果吗？"

"我还是那句话，证据。"傅雅慧冷眼看着姜语宁，敲着桌子说道，"有时候事实就是这么荒诞，我也没办法。如果你在这儿叫嚣却拿不出证据，我会让律师追究你的法律责任。我要看到你给我下跪认错为止。"

"你不承认你卷走了姜家的财产对吗？"

"不是我做的，我为什么要承认？"傅雅慧冷笑。

"也就是说，你也不会承认我父亲的失踪和你有关？"

傅雅慧听完，看着姜语宁直接笑了出来："你没病吧？是不是你们姜家的三姑六婆受苦受难，都是我的错？"

姜语宁看着傅雅慧嚣张的神情，也跟着笑了。

见状，台下的记者们窃窃私语起来。

"你们到底相信谁啊？两个人都说得有模有样的。"

"看样子，姜语宁是拿不出证据了。Ava不是拿出委托书了吗？她应该不敢造假吧？"

"我也觉得姜语宁的话不太可信。虽然她的话很有逻辑，可有时候事情就是这么荒诞。"

"我觉得姜语宁的脑子坏了，没证据的事情她也敢报警。"

听到台下的议论声，傅雅慧知道可以收场了，于是道："诸位记者，今天的情况你们也看到了，不是我不给我女儿机会，是她太让我失望了。即便当场对质，她也死咬着我不放，我没有办法。我虽然很痛心，但还是希望她可以受到教训。

"稍后我会联系律师，控告她今日的所作所为。你们也看到了，我是被逼无奈的。我希望她在受到教训以后可以重新做人！"

就在傅雅慧激昂地做总结的时候，东恒大厅的门口出现了一批身着警服的男人。

他们直接进入大厅，对着人们出示了证件。

人们都以为警方是冲着姜语宁来的。出人意料的是，这群人直接走到了发言台前。在对比了傅雅慧的职务牌，确定她的身份后，其中一个人道："傅雅慧女士是吗？你涉嫌职务侵占罪，请配合警方调查，跟我们走一趟吧。"

傅雅慧听完，大惊失色。

这不可能！律师明明说过警方没有足够的证据是不会立案调查的！

"不，你们是假的，你们是姜语宁派来演戏的。"傅雅慧指着身穿警服的几人尖锐地大喊。

姜语宁坐在椅子上纹丝不动，欣赏着傅女士惊慌失措的神态。

"傅女士，这是我们的证件，麻烦你配合我们调查。"为首的男人再次出示自己的证件，还有传唤证以及拘留证，"带走。"

傅雅慧连忙从椅子上起身："我不、我不跟你们走，我要找我的律师。"

说完，傅雅慧从侧门离开大厅，准备进入电梯。

几个警察立即追了上去，这种情况他们可以采取强制措施。

场面忽然就乱了。记者们更是冲到了前面，争抢着拍下傅雅惠狼狈被捕的场景。

最终，人们看着傅雅慧被戴上手铐，被警方带着离开东恒的大厅。她刚才还喊自己冤枉，下一秒就被警方带走了。究竟谁在说谎，已经不言而喻。

为了知道更加详细的情况，记者纷纷拥到姜语宁的面前。

"姜小姐，你母亲被带走，你有什么感想吗？"

"姜小姐，对眼前发生的这一切，你有什么想说的吗？"

"姜小姐……"

面对媒体，姜语宁从椅子上起身，对着记者们的镜头认真地鞠了一躬："我说了，这是家事，今日出现在这里，实在是被逼无奈。我虽然是一个艺人，没有什么所谓的私生活，但希望在家事面前，保持身为姜家人的体面。至于后续事宜，我也在等待警方给我一个答案。感谢你们关注我，但我实在不想谈这件事，谢谢你们。"

说完，姜语宁拨开记者们，在枯杰和保镖的掩护下离开东恒。


事情翻转得太快。不少围观群众以及在场的记者选择相信傅雅慧，因为姜语宁的黑料实在是太多了。姜语宁这种艺人，不就是负能量、拜金、耍心机的代表吗？然而，被警察当场带走的是傅雅慧！

傅雅慧前一秒还在激昂地大喊她没错、她是被冤枉的，可是下一秒就狼狈地被戴上了手铐。

再看姜语宁，她是真的不愿意这件事占用公众太多的时间。这就是她口中所说的体面以及尊严。

网友的留言又刷新了——

"看样子，真的是Ava卷走了姜家的财产！"

"我要是姜语宁，可受不了这委屈，必须得当场扇那人的耳光。"

"姜语宁挺不容易的，而且也做到了体面。"

"终于让我看到了有钱人的修养，遇到这种事还能这么淡定，佩服。"

"小姐姐好可怜啊，十九岁就被亲妈抛弃，进入娱乐圈养家还债，真不容易。"

现在，所有舆论全都站在姜语宁这一边了。对傅雅慧和东恒，围观群众只觉得恶心。

事情了结，枯杰送姜语宁回去。

"现在就等立案侦查了。"回程路上，枯杰忍不住安抚一直沉默的姜语宁，"你别这样。人不是被抓了吗？而且还是在媒体面前被带走的，我们应该感到痛快。"

"我痛快啊，只是在想爸爸。"姜语宁回答枯杰，"哥，你放心，这件事该怎么办就怎么办，我不会同情傅女士的。"

"现在霍家父女怎么办？"

"先看傅女士在审讯下能说多少吧。"姜语宁道，"我要知道他们两人到底是什么时候勾搭上的，和我爸爸的失踪有没有关系。"

枯杰点了点头，现在也只能先这样："你回去好好休息，别胡思乱想。"

"放心，我早就不为那个女人伤心了。"姜语宁表现得十分镇定，"你别送我回家，直接送我去谭爷爷家里。我快要进组了，得为我的角色做准备。"

枯杰拿她没办法，直接把她送到了谭爷爷的家里，并在离开前给陆景知发了一条短信："你晚上好好安慰我妹，别看她脸上笑嘻嘻的，其实苦在心里。"

"用你说？"陆景知坐在办公室里，简短地回了三个字。

"嘿，这个人，我还多事了是吧？"枯杰火大地丢开手机。

他本想祝他们分手，但又觉得这太过分了，还是妹妹的幸福重要。他必须承认，只有在陆景知的身边，他的妹妹才会有小鸟依人的一面。好吧，他只能暂时原谅这讨厌的妹夫了。

傅雅慧被带走以后，东恒大乱，社会舆论犹如豺狼逐渐吞噬这个跨国集团。不过，作为事件当事人之一的姜语宁，正坐在谭老爷子的木桌前辨别中药材。

"下午的新闻，我都知道了。"

"什么呀？"姜语宁一边闻着草药，一边问谭老爷子。

"你和你妈对质的事情。语宁丫头，这些年苦了你了。"谭老爷子难得说些心里话，"如果、如果你父亲还活着，你会怎么办？"

"谭爷爷，你再这样问，我就会怀疑你这些年见过我爸爸了。"姜语宁饶有深意地看着老头子的眼睛说。

"我要是见过你爸爸，怎会不告诉你呢？"谭老爷子立即解释道，"都这么多年了，你也别想了，该回来的人早就回来了。"

姜语宁说不出是什么滋味，便自嘲地笑道："大概吧。"

可谭老爷子说话的神态，还是让姜语宁在心里埋下了怀疑的种子。


傍晚，陆景知到谭家接姜语宁回家。那抹纤细的身影刚上车，就一头扎进了陆景知的怀里。

陆景知连忙抱着她，问："怎么了？"

"我是个没爹没妈的孤儿了。"

陆景知偏头，勾着她的下巴，声音低沉而好听："但是你多了一个老公。而这个老公，还可以随意变换角色。说吧，想让我叫你什么？"

姜语宁愣了一下，难以置信地看着陆景知，道："你还是我认识的二哥吗？怎么忽然这么会撩？"

"仅此一次，这是为了不让你胡思乱想。何秘书说现在流行什么'禁欲系'。"

"啊啊啊！你不需要听谁说啊，你往那儿一坐，什么话都不说，就是'禁欲系'大佬了好吗？"姜语宁毫不吝啬地表现出自己对陆景知的崇拜，"我最近看了一个很火的视频，如果你真的想让我开心，回家以后做给我看？"

陆景知看到姜语宁期待的目光，自然舍不得拒绝，便点头答应了。

姜语宁见他点头，马上环着陆景知的腰，心里乐开了花。只不过想到谭老爷子之前的话，她还是把心中的疑问告诉了陆景知："二哥，我总觉得谭爷爷知道我爸的事情，因为他总在言语间试探我，我想查查他。"

"好，我会安排的。"

姜语宁心想，没爹没妈又如何呢？她的身边已经有了那个对她不离不弃，可以陪她渡过难关的人……

傍晚，看守所内的审讯室里。

从傅雅慧被带回来到现在，已经三个小时了，但她一直闭口不言。无论警察询问什么，她都紧闭双眼，默不作声。昔日的女强人此刻狼狈不堪，不仅妆容花了，头发也十分凌乱，但她根本顾不上这些。

"女士，你这样做是没有用的。你曾经的两个财务助手已经把该说的都说了。我劝你配合我们，否则法院量刑时，可不会手下留情。

"你要清楚，你的罪名已经成立，且人证、物证俱在。你的律师因为给你伪造文书都自身难保了，现在还有谁能救你？能救你的只有你自己。如果你还心存侥幸，那么我告诉你，你一定会悔恨终身！"

傅雅慧紧紧地握着双手，无视警方的警告，不甘心就这样一败涂地。她闭口不言，只有这样才觉得安全，觉得还能争取一丝机会。她在等，等霍振东救她。

可是霍振东早就为他自己留好退路，救她？那是不可能的。

审讯人员见傅雅慧无动于衷，便索性拿出报纸看起来。比耐性？他们有的是。

现在东恒闹得天翻地覆，傅雅慧所在乎的东西正在迅速地流失。她能坐到几时？

很快，东恒迫于压力宣称一定会配合警方调查，如果傅雅慧犯罪属实，他们将按照法院的判决，给予姜家最大的补偿。现在公众好奇的是，傅雅慧被抓了，她的现任丈夫霍振东呢？

网络上的热闹一直延续到深夜。姜语宁接到邹律师的电话，得知傅雅慧进入看守所后一直闭口不言，不肯承认自己的罪行。姜语宁嗤笑一声，忍不住道："我了解她，不到黄河心不死，不见棺材不落泪。她还在等着霍振东去救她。"

"那这样，我去东恒收集一些关于霍振东的消息，看看能不能撬开傅雅慧的嘴。"邹律师提议道。

"那就麻烦你了，邹律师，顺便请您留意霍振东的动态，我怕他跑了。"

"明白。"

挂了电话，姜语宁转过身，看着已经换好衣服下楼的陆景知，双眼放光。

此刻，陆景知身着浅灰色的衬衣，搭着一件深灰色的格子马甲，系着酒红色的领带，手腕处佩戴一块简洁的石英表。他往沙发上一坐，禁欲的气质呼之欲出。尤其是他斜靠在沙发上，交叠双腿的时候，姜语宁看一眼就觉得如同触了电。

"天哪……受不了！"

陆景知顺势将她拉往沙发，扣着她的腰，充满占有欲地问："这就受不了了？"

姜语宁看着那滑动的性感喉结，觉得身体开始发软了："二哥，脱！"

陆景知叹了一口气，无奈地看着她，将她轻轻地推开。随后，他脱下外套，解下表带，紧接着松开马甲的扣子，并扯下脖子上的领带，最后松开衬衣的两颗纽扣，露出了极为性感的锁骨。

姜语宁看得双眼发光："二哥，如果我把你这一系列动作拍成视频再放出去，我相信你很快就会有一千万粉丝。"

"满足了？"

姜语宁忙不迭地点头："太满足了，好满足。"

陆景知松了一口气，重新将她抱在怀里："还伤心难过吗？"

"我早就不难过了。二哥，你太帅了，完美得像艺术品。你可不可以再来一遍啊？我要录下来放在手机里，随时欣赏。"

"不行。"

"为什么啊？我又不给别人看。"姜语宁抱着他的脖子撒娇。

陆景知微微俯身，轻抚姜语宁的脖子，声音低沉："我是怕你受不了。"

好吧，这种如同被电的感觉，姜语宁就已经受不了了。最后，陆景知还是满足了她的要求。不过为了防止被人偷窥，她没拍陆景知的脸。拿到视频后，她心满意足，洗个澡也要看上好几遍。

与此同时，霍振东在家里接受警方的询问。

"你能不能详细地说说，你和傅雅慧女士之间的事情？"警察坐在霍振东的对面询问道。

"我们是五年前在一个酒会上认识的。当时我在国外，开着一家小型企业。我们一见如故，很快就恋爱了。她跟我说想和我一起做生意，手上有过亿的启动资金。"霍振东解释道。

"你没问过她资金的来源？"

"我当然问过，但是她称这是她继承的前夫的遗产，我便信了。"霍振东道，"我要早知道这些钱的来历，可能早就报警了。"

"傅雅慧女士在国内做的一切，你都不知情吗？"

"我一开始根本就不知道她的真名，只知道叫Ava。我也是最近才知道她的真名。"霍振东非常镇定地回答警方的问题。

"这么说，你妻子的一切犯罪事实，你都不知情吗？"警察一边做着笔录一边问。

"我当然不知情。我就是一个本分的生意人，本就不贪恋她的钱财，从东恒的持股情况你们就能看出来。"

两位警察看了看霍振东，没看出什么破绽，便问最后一个问题："你妻子的事情，你怎么看？"

"我是守法公民，自然尊重法律。"霍振东笑得自然，看上去真像一个好公民。

不过警察也不着急，只要把霍振东的这份口供给傅雅慧看，傅雅慧就会知道利害关系了。

警察走后，霍雨溪从自己的房间里走出来，坐在霍振东对面的位子上。

"爸，我们这样真的可以全身而退吗？"

"我给你订了后天的机票，你的病不能再拖了。"霍振东将话题转移到霍雨溪的病情上。

"你是想以我生病为借口撤了吧？"霍雨溪看穿了霍振东的意图。

"撤什么？我堂堂正正。即便和傅雅慧对质，警察也拿我没办法。这些年，我没有让傅雅慧抓到半分证据。你只管乖乖地出国，到了国外，我们父女俩重新开始。"

霍雨溪看着自己的父亲，忽然觉得极为陌生："我们走得掉吗？"

"当然，我已经在国外开好了酒店。那些钱干干净净，和傅雅慧以及东恒没有半点儿关系。"霍振东非常自信，"女儿，明天警察可能要找你问话，你只要按照爸爸的嘱咐，一定不会有事的，知道吗？"

"我忽然有些明白，当年妈咪为什么要离开你了。"

霍振东太自私、太虚伪了。他和傅雅慧在一起，就一直在盘算着怎么把傅雅慧的钱装进他的口袋里，即便傅雅慧已经给了他这么多好处。

霍雨溪以为两人多少是有感情的，但没想到她的爸爸如此可怕，可怕得让她觉得后背发凉……

"闭嘴！夜深了，你休息吧。"霍振东毫不留情地呵斥霍雨溪。

霍雨溪冷冷一笑，从沙发上起身，走回她的房间。

她原以为霍振东安排她出国治疗是担心她，现在她明白了，他只是怕她说漏嘴。

深夜，在那充满了药香味的小别院里，谭老爷子正和一个戴着眼镜的中年男人喝茶。

中年男人面容有损，右边颧骨到脸颊处有一片凹凸不平的伤疤，看上去极为狰狞。

"你家那小丫头差点儿就把我这个老头子给带进去了，简直就是个人精。你最近还是少来这里，我怕她心中起疑让陆家老二调查。"谭老爷子嘱咐男人。

"谭老，这些年你费心了，我拿完药就走。"男人情绪复杂，"我对不起语宁，无颜出来见她。"

"那丫头不会嫌弃你的，你何必这么躲着她？"老爷子叹气。

"为了芸萱，她病重，不知道什么时候就走了。我答应她，会陪她度过人生中最后的路程。"男人解释。

当初他遭遇车祸坠崖，被崖边酒店的人救下，在医院躺了整整一年才转危为安。后来，他在酒店工作，因为出众的管理能力，被酒店的负责人赏识，两人便一起合作打拼。短短几年，他们的事业蒸蒸日上。只是天有不测风云，他的恩人积劳成疾，身患重病。

"你前妻被抓，东恒肯定会出事。难道，你就任由那个姓霍的拍拍屁股走人？"谭老爷子抓着男人的手问。

"当然不会。我手里有一份证据，明天就会派人送到警局。东恒一旦出事，我就会发起收购项目。等一切尘埃落定，从前属于姜家的一切就会回到语宁的手里。"姜志桐回答。

"这对那丫头太不公平了。"谭老爷子叹气，"不过幸好，那丫头找了个好的依靠。你知道你女婿是谁吗？是陆景知。"

姜志桐听了，忍不住红了眼眶："好，真好，总算有人替我照顾她了。"

"时间不早了，你也赶快走吧。"谭老爷子催促道。

姜志桐拿了药，迅速地离开谭老爷子的别院。

他这些年和老人联系，便是冲着谭老爷子高明的医术来的。芸萱的身体需要喝中药调理，所以他才会找上谭老爷子，维持恩人的生命。

他不敢见姜语宁，一来是因为他最近两年才重新发迹，二来是因为他的样子。他的乖女儿现在是个明星，要是让别人知道她有一个这么丑陋的爸爸，那他的女儿不知道要受到多少人的冷嘲热讽。

姜志桐拿了药，上了一辆黑色轿车，很快消失在夜幕中。但他并不知道，他早已经被别院外面的人盯上了。陆景知安排过来盯梢的人分辨不出姜父，只能把所有来找老爷子的人都拍照片，然后一一发给陆景知。


深夜，海风肆意。

御珑廷卧室内的壁灯原本已经关上了，但又被收到手机消息的陆景知悄悄地打开了。他把手臂从姜语宁的脖子下面抽出，然后拿着手机去了浴室，打开了水龙头，怕姜语宁醒来听见他说话的声音。

"给我查最后离开的那辆黑色轿车，我要详细的资料。"

虽然他从照片上看不清上车的人的具体模样，但是从对方的体形和身高上看，和姜父有几分相似。他现在不告诉姜语宁这消息是不想让她失望，希望何秘书那边能有好消息。


此刻，审讯室内还开着灯，因为警方要连夜审讯。

警方将霍振东的口供拿到傅雅慧的面前，指着上面的记录，冷冷地对傅雅慧道："看看吧，这是你丈夫的询问结果。"

342

傅雅慧还是闭着眼睛，害怕看到不想看的东西会骤然崩溃。

"你丈夫说，你们于五年前在酒会相识。你告诉他你继承了前夫的二十亿遗产，邀请他一起创业。他还透露一直不知道你这笔钱的来历，甚至不知道你的本名是什么。他跟我们说，如果他早知道这笔钱的来历，一定会报警。"

傅雅慧紧紧地握着自己的双手，可还是咬紧了牙关，不愿意开这个口。

"那行，既然你还是什么都不想说，那就这么待着吧，反正你是出不去了。至于你丈夫，他没有丝毫责任，以后继续吃香的喝辣的。他可以申请离婚，也能再娶，对他没任何影响。"

说完，警察在灯下继续看他的报纸。

傅雅慧不安极了，痛苦极了，尤其是想到霍振东以后还可以逍遥自在，就十分不甘心。

又过去了两个小时，傅雅慧已经筋疲力尽，又饿又累了。她几次想对审讯的警察开口，但是又不甘心就这么认输。直到凌晨四点，傅雅慧终于熬不下去了。这时候，审讯她的警察看完了报纸和杂志，准备起身去换班。

"如果你现在开口，我还能说你配合调查；如果你继续死撑，等我走出这个大门，你就没机会了。我可以很明确地告诉你，按照法律规定，就你涉及的金额，能让你至少在监狱里待十五年。"说完，他拿起报纸和杂志转身朝审讯室外走去。

终于，傅雅慧睁开了双眼，将警察叫住："我可以说，但是我想见一个人。"

"你现在是犯罪嫌疑人，任何人都不能见。"对方拒绝了傅雅慧的要求，"说不说，随便你。"

"我和霍振东是小学同学！"傅雅慧终于开口了，"什么五年前才见面，那根本就是谎言！"

审讯的警察见她开口了，勾了勾嘴角，又坐了回来："继续说。"

"我这辈子最后悔的事就是被霍振东缠上。我本来有个美好的家庭，一切都很完美，就是因为这个恶魔引诱我、陷害我，逼我和他为伍，我才有现在这个下场！"傅雅慧痛苦地对警察说。

这场审讯持续了两个小时，等警察从审讯室出去时，天已经亮了。傅雅慧虽然说得很详细，但是没有证据。不过警方可以以霍振东涉嫌故意杀人罪为由，将他带回警察局审问。傅雅慧说姜父的车祸是霍振东一手策划的。如果这件事是真的，那么霍振东的事件性质比傅雅慧的更加严重。

他那是真正在谋财害命。

真是可怜了姜家人，尤其是姜语宁。

次日清晨，陆景知一早就接到了邹律师的电话。昨天凌晨傅雅慧已经招供了，但是有些事情，邹律师不知道该不该直接告诉姜语宁，因为太残忍了。

陆景知听完沉默良久，半晌才对邹律师道："辛苦你了，我来告诉她。"

"那好吧，希望姜小姐不会太难过。"

陆景知挂了电话，回头看着还在床上熟睡的姜语宁，轻轻地走了过去，将她从被窝里捞了出来。

姜语宁被男人弄醒，不明所以地看着他："二哥，怎么了？"

陆景知伸手将她拥入怀中："你怎么这么让人不放心？"

"我又怎么了？"

"昨晚，傅女士把一切都招了，包括你父亲出车祸的事。"陆景知轻轻地放开她，柔声地说道。

姜语宁恍惚了一下，随后勉强一笑道："我早就猜到了，二哥，你不用担心我。"

"霍振东和傅雅慧是小学同学。五年前，他们在一个商会上重逢。霍振东引诱你的母亲，让她犯下了不可饶恕的罪行。你父亲的车祸是他们一同策划的，执行人是霍振东。"

姜语宁听完，嗤笑道："她为了那么一个畜生毁了整个姜家。"

陆景知站在姜语宁的面前，将她的脑袋按在自己的怀中，温柔地安抚道："你别胡思乱想。"

"我不会的。"姜语宁认真地回答陆景知，"我只是替爸爸感到不值。"

"警察已经带人去抓霍振东了，但要他认罪不是一件容易的事。不管

344

情况如何，我都不会让他跑了，嗯？"

"我信你，我不会胡思乱想的。"姜语宁再次对陆景知保证道，"如果我难受了，就多看几次你的视频。"

"乖。"

陆景知说完，捧着姜语宁的脸吻了起来。两人亲昵了好久，陆景知才从卧室离开。他在走前嘱咐梁姐，今天要多留意姜语宁，一旦发现她有不对劲的地方，一定要第一时间联系他。

陆景知走后，姜语宁坐在床上发呆。作为他们的女儿，若不难受她还算一个正常人吗？但是她知道伤心难过无济于事，所以压下心里的悲痛，给枯杰打电话，商量第三期小视频的录制。那两个人渣不会有好下场的，她等着！


傅雅慧招供以后，警方再次行动。霍振东仿佛知道傅雅慧早晚会交代一样，看到警察上门一点儿也不觉得奇怪。

警方出示证件，将霍振东带回局里询问。面对傅雅慧的指控，他只是一笑置之："同志，你们说了那么多，有证据吗？我知道我妻子是什么心态，她出事了，不愿意看到我好过，我都明白。但是你们总不能因为她的一番话，就指控我有罪吧？"

"她说你们是小学同学，你怎么解释？"

"她这么说，你们就信吗？你们可以去调查啊。"霍振东毫不畏惧，"我跟你们说，她最擅长伪装和说谎了。不然我怎么会被她骗这么多年？你们太单纯了，她的话也相信。"

审讯的两个警察互看一眼，一致认定这是一个老狐狸。

他们若是拿不出证据，那么十二个小时后就必须得放人。

"你们还有什么想问的赶快问，免得我明天出国你们找不着人。我女儿得癌症了，得出国治疗。这个，你们也可以调查。"

警察明知道眼前这个人不是什么好东西，但是都拿他没办法。这个老狐狸没有留下一丝证据，真正是老奸巨猾。

审讯室内，霍振东神情得意，显得无比轻松。因为他知道没人能给他定罪，除非姜志桐活过来。况且东恒的股份，他全都转了出去，就算法院要清算也跟他没有关系，因为他对一切都不知情。霍振东就这么把自己撇得干干净净。

上午，和枯杰商量好下一步的工作后，姜语宁又驱车前往谭老爷子的小别院。

谭老爷子现在看见姜语宁，就想躲避她的目光。

他越是这样，姜语宁就越觉得他有问题，但她始终不动声色。在观摩老爷子进行针灸的时候，她对老爷子道："谭爷爷，早上我已经收到消息，我妈已经招供了，还供出霍振东就是害死我爸爸的凶手。但是警察现在没有证据，没办法抓捕那个人渣归案。我不甘心，想替爸爸报仇。"

谭老爷子听完，心里咯噔一声，这丫头就是倔脾气，要真是下了决定，那可不得了。他赶紧劝道："那个……语宁啊，你爸爸已经不在了，你要活在当下。"

"可是我不能看着坏人逍遥法外。"姜语宁苦笑道，"我明天就不来学习了，我……也该为爸爸做点儿事情了。"

谭老爷子听完，胆战心惊。这丫头该不会真的去钻牛角尖吧？想到此，他紧张了，连忙阻止："丫头，你怎么能这么想呢？当初小景救你不容易，你要辜负他吗？"

"顾不上了，我现在必须报仇。"姜语宁说完，便不再继续这个话题，做出一副铁了心的模样。

谭老爷子一方面不想辜负姜父，另一方面又担心姜语宁。万一这丫头真的做了傻事，那该怎么办？就这样，谭老爷子陷入了两难的状况中。当然，这是姜语宁对谭老爷子用的激将法。她就是想看看，这样能不能逼谭老爷子说出一句实话。

可是这谭老爷子真的很能忍，即便陆景知来接她了，他也没有开口的迹象。

"小景，来、来、来。"谭老爷子见到陆景知出现，连忙把人拽到一边，"那丫头可能要做傻事，你防着点儿。"

"为什么这么说？"陆景知神色镇定。

"她今天告诉我，霍振东害死她的父亲，她不想让坏人就这么跑了，但是又没有证据。我不知道她有什么打算，担心她会做出傻事。"谭老爷子偷偷地对陆景知说。

陆景知看着正在收拾东西的姜语宁，心下了然，对谭老爷子说："如果她真这样打算，我就陪着她。"

"你疯了？她不懂事，你也不懂事？"老头子当即炸毛了。

陆景知淡然一笑，道："我知道她失去父亲很难过。谭老，你放心吧，我有分寸，闹不出大乱来。"

"你就不怕影响你吗？"老头子对两人感到无语。

"影响了又如何？偌大的陆家还能没有我的容身之处吗？"陆景知走到姜语宁的面前，问她："你收拾好了吗？下雨了，回家。"

"嗯，谭爷爷，这几天谢谢你了。"姜语宁对谭老爷子鞠躬致谢。

说完，两人一起离去。

"唉……两个死脑筋。"谭老爷子急得跳脚。

两人躲在暗处看了一会儿谭老爷子，然后转身上车。一关上车门，姜语宁就惊喜地看着陆景知："二哥，你怎么知道我在演戏？还和我这么有默契，我真是太崇拜你了。"

陆景知扣住她的腰，将她往怀里带，擦去她额上的雨珠："这世上还有人比我更了解你吗？"

"我就是想吓吓那老爷子，看他跟不跟我说实话。"姜语宁轻哼，"谁让他今天见我更心虚了呢？"

"如果吓坏了那老爷子，可怎么办？"

"那你跟那老爷子又说了些什么？"姜语宁仰头询问陆景知。

"我告诉他，你要疯，我就跟着你疯；你要傻，我就跟着你傻，不计后果，不论前程。"

姜语宁听完，眼泪就流出来了，连忙搂紧陆景知的腰道："我才不会犯傻。我好不容易才和你在一起，才不会做伤害你的事情。"

"傻瓜，我知道。"

另一边，谭老爷子的确很急，还在考虑要不要给姜志桐打电话。但他转念一想，觉得姜志桐是不愿意告诉自己女儿这事的，便决定自己做一回主。

谭老爷子想清楚后，戴上老花镜，拿出手机在台灯下给姜语宁打电话："你这个死丫头，我拿你真没辙。如果你想知道你爸爸的消息就不要冲动，听明白了没？"

姜语宁接到这个电话，只觉得自己的心都飞了起来："谭老，你真的有我爸爸的消息？"

谭老头子愣了一下，旋即反应过来，明白自己着了这丫头的道："你这个小丫头啊，真的太精了。"

"哪里，是谭老爷爷担心我。"姜语宁立即把谭老爷子捧了起来。

"前不久我才让你爸爸少来别院，现在若给他打电话，没准他猜到就会躲起来。等他下次过来拿药，我再告诉你。你们的事情，你们自己去解决吧。"谭老爷子黎出去了。

"谢谢你，谭爷爷。"得到父亲还活着的消息，姜语宁扑进陆景知的怀里，忍不住想尖叫。她能不能见到爸爸不是最重要的，最重要的是她的爸爸还活着。

"二哥，我爸爸还活着，他还活着！难怪我找了他那么久都没消息。他真的还活着，这次是真的！"

"我知道了，你乖乖坐好。"陆景知扶着她，担心她因激动而摔倒，"昨晚，何秘书就拍到了照片。我正在让人查，只是没有确定，所以还没告诉你。"

"有照片吗？快给我看看。"

姜语宁从陆景知的衣袋里拿出他的手机，发现要解锁密码，便抬头看着他。

"你的生日。"陆景知随口答道，"等会儿你再录个指纹进去。"

"你的手机可以随便给我看吗？"姜语宁按捺住内心的激动，"我怕你有什么公事。"

"我不会用私人手机处理公事。"陆景知让她安心。

姜语宁用密码解开陆景知的手机，这是她第一次看他的手机，顿时有一种在窥看他的内心的感觉。然后，她翻到了陆景知的相册。这个人平日的生活到底是有多单调？他竟然连一张私人照片都没有。

姜语宁翻看他昨晚保存的那几张照片。虽然是在雨夜里，对方戴着帽子和口罩，但是姜语宁知道那人是她的爸爸。

"知道他活着，我就松了一口气，这种失而复得的感觉真奇妙。"姜语宁放下手机。

此刻，她注意到手机的屏保是一张极为模糊的照片。她仔细地看了许

348

久，觉得那个背影有一点儿眼熟。

"二哥……这不是我去陆家吃年夜饭时的样子？"

"嗯，我的拍照技术不怎么好。"陆景知环着她的脖子回答。

"才不是，你是故意的。"姜语宁觉得心疼，"你是怕我被人看出来，怕给我带来流言蜚语。我之前一直都没注意，要是我早点儿发现……"说到一半，姜语宁忽然抓住陆景知的右手与他十指相扣。

她用陆景知的手机拍下了两人紧紧相扣的手，又用了很多的修图工具，把图片修得十分唯美。她用这张图片替换了陆景知原来的那张图。

"以后你想换什么，想拍什么，我随时提供素材。"

说完，她又拿出手机传了很多自己的照片在陆景知的手机里，并且教他如何加密照片。操作的时候，她笑着说："这才是一个有女朋友的男人的手机。不然，你说你有女朋友，别人都不相信。"

此刻，陆景知不仅脸上有笑意，心里也忍不住泛甜。他以前总觉得手机就是通信工具，现在有了姜语宁，一部简单的手机好像也变得有了生气。

"二哥，陆爷爷有没有催过婚，或者给你介绍过相亲对象啊？一定有对不对？你作为陆家的继承人，子嗣一定很重要。"

陆景知从她的手里拿回自己的手机，放回口袋里，捏着她的俏鼻道："你以为这是什么年代？嗯？"

"他还差点儿包办我和那谁的婚姻呢。"姜语宁不服气地回答。

"记仇了？"

姜语宁转头，认真地看着陆景知："如果，我是说如果你想结婚了，你就告诉我，我可以的，不公开就好了。"

陆景知听完，平静地回答："不着急，虽然我们相识多年，但你还没有彻底了解我，你还可以有更多选择。"

"你是看出我还想打拼自己的事业吧？"姜语宁拆穿他，"我是认真的，二哥。如果你想结婚了，我们随时可以去领证。你马上就要二十八岁了，结婚刚刚好。"

"不是说好了顺其自然吗？好了，到家了。"陆景知终结了这个话题。

他也想结婚。从把她抓回来的那一天起，他就想把她的名字加到自己的户口本里，但是这么早就绑住她，他心有不舍。况且，他们两人只差一张结婚证。他早就把她当成了自己的妻子、陪伴终身的太太。

姜语宁看着陆景知的身影，知道他事事爱隐忍的毛病又犯了。

陆景知打开家门，不见姜语宁跟上来，于是回头道："怎么没跟上？发什么呆？"

姜语宁把眼泪逼回去，立刻拔腿跟上去："二哥，你真闷。"

晚上八点半，原本忙碌的警察局已经安静下来了。

霍振东在警察局已经过了拘留时效，警方没有证据，只能眼睁睁地看着他离开。

"辛苦你们了，如果没有其他的事，我就回家了。"霍振东整理着自己的衣物，"明天我出国，如果你们还需要我配合调查，我可以留下我的助理的电话，他会联系我。"

"行。"审讯的警察点了点头。

霍振东笑着转身，然后在助理的帮助下，拉开了黑色的车门。

"就这么放他走？"

"不然怎么办？就算傅雅慧交代得再清楚，我们也得看证据说话。"负责傅雅慧案的队长叹了口气。

"等等，李队，有人送来了一包东西，说是霍振东的罪证。"

几人一听顿时兴奋了，拿着包裹进入会议室。拆开以后，警方发现包裹里有一摞照片、一个U盘、一把用真空袋装好的工具以及一些辅助资料。照片上是霍振东拿着工具在停车场的画面。随后，警察通过U盘上的视频，看到霍振东鬼鬼祟祟地打开了一辆黑色轿车的车门，并且在驾驶位一旁弯腰忙活了许久。

警方立即翻看辅助材料，是那辆轿车的车主以及当年检车部门的报告。

霍振东一定不知道，当时姜志桐那辆车上有监控。只要有移动物体进入检测范围内，行车记录仪就会自动录制视频。虽然只有十来秒，但是已经将霍振东作案的全过程都录制下来了。

不过警方看完证据后更疑惑了，为什么他们一调查霍振东就有人送物证过来？而且，这是他们见过的最全面的物证，对方似乎早有准备。

"李队，物证有了，还抓不抓人？再犹豫，他明天就出国了。"

"我现在就去请示上级！"

当年，姜志桐拿到这些证据花费了大量的心思。当时他因为伤得重，只能躺在病床上，请旁人帮忙。

等他好不容易收集好证据，傅雅慧和霍振东却去了国外，再加上芸萱病重，这几年他便把这件事搁置下来了，一边创业一边等待时机。他不相信那两个贪得无厌的人，不会再次回国。

收拾傅雅慧这件事，本该由他来做，但是芸萱病重，他实在分身乏术。

他也不想让姜语宁吃苦，现在只想为自己的女儿做最后一件事。

## 第十三章
## 死而复生

　　此时，对一切浑然不知的霍振东才入家门，看到霍雨溪坐在客厅里吃药，便问："女儿，收拾好行李了吗？明天该走了。"

　　"爸，警察那边都搞定了？"

　　"当然，你爸爸岂能被这点儿小事难倒？而且，这件事本来就和我们父女无关，警察当然拿我没办法。"霍振东得意地坐在沙发上，"等到了国外，爸爸给你找最好的医生，我们重新开始。"

　　霍雨溪却感觉不到一丝快乐。有个这样的父亲，她只觉得无比可怕。

　　"你这是什么眼神？怎么看你爸爸呢？"霍振东看见霍雨溪惧怕的目光，顿时皱起了眉，"爸爸这么做，不也是为了你吗？姜家那个小贱人，现在就等着抓你爸爸呢。但是，我偏不如她的愿。她想抓我？门都没有！不说了，我也累了，在审讯室被审了一天，我想放松一下。雨溪，我警告你，早点儿收拾东西，明天一早我们就出发。"

　　说完，霍振东起身朝他的卧室走去。

　　霍雨溪看着霍振东消失在房门口，只觉得胆战心惊。她不想也不敢跟霍振东去国外生活。

　　就在霍振东放松警惕，躺在浴缸里享受的时候，警察再次上门了。

听到警报声，霍振东极不耐烦地从浴缸里出来，换了衣服下楼，给警方开门，道："你们又怎么了？"

"霍振东先生，你涉嫌故意杀人罪，我们要将你带走调查。请你配合，这是证件。"

霍振东听完，不由得冷笑起来："我跟这个案件没关系，你们这样传唤我，是不是太过分了？现在已经是深夜了！"

"你刚才跟这个案件没关系，现在有关系了。"为首的警察冷冷地道，"天网恢恢，疏而不漏。你是不是于五年前的四月二十三日上午十点左右，在星慕国际的停车场内，破坏了一辆黑色轿车的刹车？"

霍振东听了立刻慌了神，但他毕竟狡诈，掩饰的本事一流："我听不懂你们在说什么，证据呢？凡事都讲证据！"

"我现在就带你回局里，让你好好看看你想看的证据。"

霍振东还想挣扎，觉得警方在诈他。那件事已经过去五年了，他将一切处理得干干净净，所以他坚信他还能全身而退。

警察将身穿浴袍的霍振东带回审讯室，决心撬开这个奸诈小人的嘴。

"你们真的抓错人了，我一直遵纪守法……"

"我们不会冤枉一个好人，但也不会放过一个坏人！霍振东，我劝你好好配合，我们手里已经掌握了你所有的罪证。"

"证据在哪儿呢？你们要拿出来啊，别说那么多废话，否则，我就去投诉你们！"霍振东依旧十分嚣张。

"证据？你要证据是吧？"审讯的警察立即拿出一摞照片，一张一张地放在霍振东的面前，敲着桌面怒声道，"这就是你要的证据，够不够？不够，我还有高清视频。"

霍振东看着那一张张的照片，一时心都紧了。

这不可能，绝不可能！

"你怎么不说话了？你知道你故意杀人既遂会有什么后果吗？"

此刻，霍振东脸色苍白，浑身冒汗，已经惊慌失措了。

"要不要配合，你看着办吧，反正我们有人证、物证，你可要想清楚！"

说完，审讯的警察坐回椅子上，不再多看霍振东一眼。

和当时的傅雅慧一样，霍振东以为不说话、不认罪，就有一线机会，但是在证据面前，这一切都行不通。霍雨溪半夜拨打霍振东的电话，发现对方的手机关机了，就知道霍振东跟傅雅慧一样回不来了。

这就是家破的滋味吧！

霍振东被抓的消息于翌日清晨上了新闻。这种事，围观群众已经见怪不怪。那可是二十亿，他会不知道自己的妻子的钱从何而来？不过，大家不知道霍振东真正被抓的原因。

姜语宁一早收到消息，知道昨晚有人给警方送了证据，警方才会去抓人。

姜语宁陷入沉思，这不也是爸爸活着的信号吗？与此同时，姜语宁还得到另外一个消息。霍雨溪企图割腕自杀，被上早班的用人发现并送往了医院，此刻已经脱离了生命危险。不过，从她的神情里已经看不到生存的欲望了。

大批记者闻讯纷纷前往医院，想从霍雨溪的嘴里套出一些内幕消息。一家三口，两个人被抓，霍雨溪太凄惨了。

霍雨溪知道自己走到尽头了，但是还想再见姜语宁一面。所以，她主动给姜语宁打电话："姜语宁，我想见你，我想和你有个了断。"

"但我并不想单独见你，更不想在你身上浪费时间。"姜语宁直接拒绝。

"是啊，我要是你，此刻一定很开心。"霍雨溪虚弱地自嘲起来，"我就想知道，我什么都抢你的，可是你通通不在乎，你到底在乎什么？我到底哪里和你不一样，你能不能让我死心？你也一无所有过，你不会害怕吗？你不害怕被人踩在脚下的感觉吗？我被人踩过，所以经常做噩梦，我不想再被人欺凌，被人看不起……"

"这就是我们的区别，因为我从来不怕失去。"姜语宁回答，"你只能看到你没有的东西，但我能看到我拥有的。霍雨溪，一个人想死很容易，但那时候，你就真的一无所有了。你来这个世上走一遭，到头来连个替你收尸的人都没有，这才最可悲。"

说完，姜语宁准备挂断电话。这时候，霍雨溪却忽然央求道："我有最后一个请求，你能不能帮我一次？"

姜语宁听完，最终答应了。不知道是不是因为最近洛城多雨，人也变

354

得多愁善感起来。

目前，傅雅慧和霍振东都被抓起来了，东恒现在乱成一片，很快就会分崩离析。等到那时候，姜志桐就会出手收购东恒散股。不过现在，他还需要静观其变。

傍晚，小雨淅淅沥沥地下着。

原本安静的病房里，两个身穿黑色西装的男人推门而入。其中一个人看着病床上的霍雨溪道："车已经在门外了，跟我们走吧。"

霍雨溪穿着病号服，跟着两个男人直接走去医院的地下停车场。

黑色轿车把霍雨溪和媒体彻底隔绝。而后，那两个男人把她送往洛城几十千米以外的小镇。她打算在寺庙里走完她的最后一段路程。

黑色轿车在快要出城的时候，忽然在高速公路前的路口停了下来。紧接着，霍雨溪看到姜语宁从路边另一辆黑色轿车里推门走出来。

姜语宁走到霍雨溪的面前，将一个箱子放在霍雨溪的脚边："这是我最后的仁慈。"

霍雨溪感觉喉咙发紧，想说话但是什么也说不出口。

姜语宁没指望霍雨溪能说出什么感激的话，转身便走。这时，陆景知从另一侧车门下来，撑着伞挡在姜语宁的头上。

"淋雨了。"

"没事，下得小。"姜语宁顺势搂住陆景知的腰，躲在他的伞下。

霍雨溪看着两人之间的亲密动作，诧异地睁大眼睛。她从来没想过，姜语宁会和陆景知在一起。她看得很清楚，是陆景知下车为姜语宁撑伞，即便姜语宁离车只有几步。这是陆景知啊，洛城女人想都不敢想的男人却是姜语宁的男人。而她为了一个陆家冒牌货争得头破血流。

她真是可笑至极！她若是能和陆景知在一起，还会看上陆宗野？

这一刻，霍雨溪知道自己彻底输了。

上车后，姜语宁看着陆景知收伞，小声问："二哥，你下车干什么？都让霍雨溪看见了。"

"她看见了又如何？"陆景知说，"我就是想让她知道，你有我。"

"她不能也不敢再做什么了。"

355

陆景知的出现，的确彻底熄灭了霍雨溪心里的火焰。陆景知是故意的，故意露面，故意宣告他和姜语宁的关系，故意警告霍雨溪。

"那样最好。"

"我就奇怪你为什么非要跟出来。二哥，你不要什么都为我想、为我做。"姜语宁心疼地叹了口气。

"不为你，我还能为谁？"

姜语宁说不出话来，只能用吻表达。不过因为他们在车上，再激动她也得收敛点儿。很快，黑色轿车在雨夜里回到了御珑廷。轿车驶入别墅的铁门后，陆景知并没有下车，而是让司机先走。

"二哥，你干吗？"姜语宁心跳如擂鼓，"为什么让司机先走？"

"夜深了，他该下班了。"陆景知侧身搂住了姜语宁的细腰。

"那我们呢？"姜语宁眨了眨眼询问。

"你说呢？"

此刻，雨越下越大。

陆景知抱着姜语宁进入了家门。

"二哥，我困了。"姜语宁窝在陆景知的怀里蹭了蹭。

"刚才累着了？那睡吧，我在。"

"那我睡了……"姜语宁埋首在他的胸膛处说。

"晚安，小祖宗。"陆景知面带笑意，抱着姜语宁回卧室。

姜家的事情总算结束了，傅雅慧和霍振东终于为他们的行为付出了代价。

深夜，沐浴之后。

姜语宁趴在陆景知的身上，听着窗外的雨声，有些伤感，道："二哥，你说我爸爸为什么这么多年都不愿意出来见我呢？"

"他不愿意见我们，我们就主动去见他。"陆景知对姜语宁低声道，"而且，不管是因为什么，那都不是你的错，不要胡思乱想。"

"好，我听话。"姜语宁点头，然后在陆景知的怀里找了一个舒服的位置，闭眼睡觉。无论外界怎么变化，她只要记住，现在有这么一个人护着她，拉着她往前走，那她就永远不会迷失方向。

翌日清晨，雨还在下。

姜语宁一早又接到了邹律师的电话，知道了案件的进展。

"目前，两人对他们的犯罪事实供认不讳。下一步，警方将把案件移交到检察院，再由检察院提起公诉。这个过程可能会比较漫长，一旦有什么问题，我都会提前联系你。"

"那就麻烦邹律师了。"姜语宁并不愿意在这件事上继续浪费时间，因为还有自己的事业。

"你太客气了。二爷那边，我也能有个交代了。"

"谢谢你，邹律师。"姜语宁发自内心地感激他，这件事能有现在的结果，少不了邹律师的辛苦奔波。

"你是二爷的家眷，我是陆家的律师，这都是我的分内事。"

听到"家眷"两个字，姜语宁忍不住红了耳根。

其实，傅雅慧和霍振东之所以会据实交代，就是因为那份证据。根据警方审讯时刻意放出来的信息，霍振东和傅雅慧都觉得姜志桐没有死。虽然他们也觉得这件事不可思议，但是除此之外，也想不到还有谁会这么清楚当年发生的事，而且还能提供这么全面的证据。所以，两人都很心虚。

死了的人还能复生吗？不，这绝不可能，两人不愿意相信。不管他们信不信，姜志桐很快就会出来见见这两位故人。


姜家的事情暂时告一段落。

姜语宁的一些粉丝发私信给她，关心她的情况。

"小姐姐，下期视频什么时候拍啊？想看！"

"语宁小姐姐，别伤心，我们都支持你哦。"

"小姐姐，你那两个视频，我都看几十遍了。你快出来救我呀，哪怕给个预告也行啊。"

看到这些留言，姜语宁笑了。是啊，还有这么多人关心和支持她，已经过去的事，该放下就得放下。于是，她给陶睿哲打电话，通知他上午和她去看下期视频的取景地。下午，她还要去谭老爷子那里继续学中医，为角色好好做准备。姜语宁花费一个上午的时间，一连逛了好几个拍摄地，都不是很满意。思前想后，姜语宁给沈以琛打电话，想看看他能不能提供几个拍摄地。

不过，沈以琛现在没空接电话。顾平生从国外回来了，并且重金聘请了好几个得力干将，此刻他们正在开会。

"大家畅所欲言吧。"顾平生坐在主位上，对其他人说道，"我也想知道现在国内和国际上的造星流程有什么不一样。当然，你们也可以发表你们对光影的看法。"

顾平生一共挖来三个人，两男一女。据说，这三人在国外的艺人管理工作中做得非常出色，捧红了不少艺人。两位男士没开口，毕竟初来乍到，还不熟悉光影。但是，其中那个女人却一边翻看手里的资料，一边道："我想知道姜语宁这个艺人是谁在带？"

顾平生听到"姜语宁"这三个字，顿时有了兴趣，看着对方："有什么问题？"

沈以琛也想知道能从这位女士的嘴里听到什么高见。

"我是Vera。首先，我对这个艺人没有偏见，只是很好奇，像光影这样的国内一线娱乐公司，为什么会签约这样一个满身黑料的艺人？更奇怪的是，她被签进来以后没人给她规划星路，也没人给她立形象，却让她去做什么古风小视频。恕我直言，这是对一线娱乐公司的羞辱。"

Vera说得非常犀利，而且毫不留情，满脸不屑。

"顾总……"沈以琛正要开口反驳，顾平生却伸手挡住了他。

"那么依你看，有洗白姜语宁的好办法吗？"

"给我半年时间，我能让她改头换面。"Vera环着手臂，笃定地回答顾平生。

"她可不是一个听话的艺人。"顾平生道。

"我带过的每一个艺人，最开始都不听话。"Vera像是毫无感情的机器。

沈以琛听了很不舒服。他无法理解顾平生为什么要去国外寻求人才。因为文化底蕴不同、背景不同，他真的不喜欢和国外的经纪人共事。

"这么说，你想跟我讨姜语宁？"顾平生询问Vera，眼神严厉。

"顾总，我们的合约已经签订了吧？既然身为光影的一员，关注艺人发展也是我的分内之事。该不会这个姜语宁有什么特殊之处吧？"Vera饶有兴趣地反问顾平生。

姜语宁能够被签进来，就已经很特别了，这还需要问吗？因为姜语宁的事情，光影副总被停职在家，现在都还没回来。说姜语宁和顾平生没关系，谁信？

"既然你这么想带姜语宁，我就让你试试。但是Vera，我先声明，你只要履行一个经纪人的职责，其他方面别动姜语宁。"顾平生非常严肃，警告她道，"而且，我只给你三个月，如果你没办法驯服姜语宁，那么以后就别再过问姜语宁的事，明白吗？关于姜语宁的交接工作，之后以琛会安排。"

"我知道了。"Vera点头。

"还有其他要说的吗？没有的话，今天就到这里，以琛到我的办公室来。"顾平生对众人道。

说完，众人从会议桌前站起身。

沈以琛神色复杂，跟着顾平生进入办公室。他心里自然是不舒服的，道："老板，就这么把语宁给她，那不是火星撞地球吗？姜语宁会被欺负的。"

"你太小看语宁那丫头了，谁折磨谁还不一定呢。你没发现吗，Vera是冲着语宁来的。"顾平生回答得饶有深意。

顾平生提醒了沈以琛。

按道理来说，Vera初来乍道，不应该这么快就表现出她强势的一面，尤其是在另外两位男同事的面前。可是Vera一来就直指姜语宁，那么只会是两种可能。

第一，她很想表现自己，知道姜语宁是光影的一个缺口，带好姜语宁，就能证明她的能力。

第二，她和姜语宁有私怨，才会留意姜语宁的一举一动。

"老板，您更倾向于哪种可能性？"

"现在什么也看不出来，只能暂时观望。"顾平生回答沈以琛，"虽然我把语宁交给了Vera，但是你要在背后看着，不能让Vera过界。我们都知道，这丫头是我外甥的心头肉，要是在我的手里被人欺负了，我怎么跟人家交代？"

"放心吧，老板，我自然会尽力护着她，就怕这个Vera城府太深。"

"那就走着瞧吧。"

Vera一来就针对姜语宁，这也让顾平生始料未及。这到底是因为工作还是别有用心，得先看Vera的表现。

"另外，语宁和景知的关系、你和语宁的关系，甚至语宁和枯杰的关系，都要对Vera保密。还有那丫头的住址以及其他的一些私人信息，尽量不让Vera知道。在不能完全信任Vera之前，就让她以为姜语宁是个什么都没有、走'黑红'路线的小艺人吧。"顾平生细心地嘱咐沈以琛。

"明白，老板。那我出去整理资料了，一会儿给语宁打电话。"

顾平生点头摆手，示意沈以琛可以出去忙了。至于Vera，是他调查得还不够仔细吗？


姜语宁并不知道她的经纪人已经换了，此刻正在谭老爷子的别院里学习医学知识，顺便打听她父亲的消息。

谭老爷子就怕她询问这些，对她道："丫头，你就别为难我这把老骨头了，到时候见了你父亲，你自己问吧。"

姜语宁叹了口气，点了点头："那好吧。其实我就是想知道，既然他还活着，为什么不肯出来见我，也不肯让我知道他的消息？"

"谁知道呢？你爸爸那么倔。"

姜语宁听完，没问其他的事了，安心学习。午饭后，她接到了沈以琛的电话。

"上午你打电话的时候，我在开会。老板从国外回来了，带回来三个得力干将。其中一个叫Vera的经纪人，指定要做你的经纪人，老板答应了。我已经把交接的资料交给她了，下午她会联系你，你们先见见。"

姜语宁皱眉，有点儿难以适应："怎么这么突然？"

"这件事的确很突然。她在会议上就提到了你，看上去是有备而来的。老板答应她，是想先探探她的底。你的言行举止，你自己掌握分寸。未来的三个月，你都归她管。语宁，我提醒你，她看上去不太好应付。"

"那就让她来吧，我在谭老爷子的别院里。"姜语宁没有任何抱怨，欣然接受。

这种事，她在帝辰时就经历过无数次。只是每次更换经纪人，她都会被戏弄、被冷落。不过现在不会了，她不会给任何人面子。

"好了，语宁，如果Vera很过分，你就给我打电话。毕竟，我是总监。"

"知道啦，'唐僧总监'大人。"

沈以琛轻笑一声，挂断姜语宁的电话，不知道她能不能应付Vera。

那个Vera看上去就十分难缠，就怕她拿姜语宁当她的小白鼠，把国外的那套管人体系用到姜语宁的身上。

姜语宁倒是不以为意，该干什么继续干什么。

下午三点，Vera驱车到了谭老爷子的别院前。她不喜欢这里的中草药味道，便倚在车门上给姜语宁打电话："我是Vera，你的新经纪人，出来吧。"

"门没关，你可以进来。"姜语宁在电话里回答对方。

"我不喜欢里面的味道，对草药过敏。"Vera没好气地说道，"我给你两分钟时间。"说完，Vera便挂了电话。

姜语宁看着手机，神情有些复杂。就连站在一旁的谭老爷子，也看到了她的表情变化。

"发生什么事了？"

"没事，谭爷爷，我出去一下。"姜语宁放下手机对谭老爷子笑了笑。

"去吧。"

姜语宁收拾完手边的草药，洗手以后，提着背包出门。

这时候，一个身穿米白色西装的金色长发女人靠在一辆白色的轿车上。

"上车。"对方见到姜语宁，直接拉开车门说道。

姜语宁伸手拉开车门，坐到副驾驶座上。

"我叫Vera，你的新经纪人。沈总监应该跟你说过了吧，未来三个月，你由我来带。"Vera一边发动轿车，一边冷冰冰地对姜语宁说，"我在国外严厉惯了，一时半会儿改不了这种行事作风，所以你得担待。还有，我有时候说话会比较尖锐，这也是为了你好，你能听就听，听不了的，别放在心上。"

"去哪儿？"现在，姜语宁就已经开启了她的过滤模式。

"当然是找个可以说话的地方，你以为这地方可以？"Vera扫了她一眼。

"是人都可以，唯独你不行。"姜语宁微笑着回答。

Vera饶有深意地看了姜语宁一眼，嗤笑一声说："你知道你为什么到现在都还是个'黑红'艺人吗？你整天拍什么古风小视频，以为自己在另辟蹊径，其实不过是雕虫小技罢了。别的艺人根本不屑去做这种事。"

"听说你主动要求带我？"姜语宁听不下去了，反问对方。

"没错。"

"原因呢？"

"因为你够糟，只要把你带出来，就可以证明我的能力。"Vera毫不留情地羞辱姜语宁。

"看得出来，你很讨厌我呀。"姜语宁一点儿也不急，即便Vera言语尖锐，也没有发火。

"差不多。"

"可讨厌我的人那么多，你算老几？"姜语宁勾唇，反击Vera，"你在国外严厉惯了，就继续待在国外啊，凭什么要我担待你？还有，你说话不叫尖锐，那叫没教养！"

姜语宁一条一条地反驳："我承认我是个'黑红'艺人，但自认人品还行。做你的艺人，我不觉得自己会一飞冲天，反而觉得自己现在的人气都会受到很大的冲击。你确定我跟着你就能受人喜欢，而不是被人当街暴揍吗？

"Vera，我入行五年了，不是新人，更不是你眼中的软柿子，不是你想捏就可以捏的。如果你想让我配合你，就端正你的态度；如果你觉得我无药可救，可以立即抽身。当然，如果你是来针对我的，那就另当别论了。

"你以为见到我，给我一个下马威，我就会屈服于你吗？

"我没有那么多害怕的东西。如果让我在痛快和名利之间做选择，我会不假思索地选择前者。你觉得你看了几页纸就足够了解我了吗？那你也太天真了。

"相互尊重是我为人处世的根本。你既然不尊重我，我们也就无话可说了。"姜语宁没给Vera任何反驳的机会。

"最后，停车，麻烦你不要在车里喷廉价的香水，这是对一线娱乐公司的经纪人的侮辱。"说完这句话，姜语宁在Vera急刹后推开车门下车。

舅舅那么缺人才吗？这年头真是什么人都能被称为得力干将了。姜语宁潇洒地走向和Vera相反的方向，准备返回谭老爷子的别院，继续闻那清香的草药味。

至于Vera，此刻面色通红，浑身发抖。没想到第一次见面，她就被姜语宁怼得彻底说不出话，还差点儿情绪失控。

怼了人的姜语宁，心情颇好地回到别院，脸上带着明显的笑意。

"你遇到什么好事了？这么高兴……"谭老爷子问。

"得罪人，算不算好事？"姜语宁俏皮地反问道。

"你这丫头，古灵精怪得很。"

姜语宁觉得她和Vera没有合作的可能性。

就在姜语宁下车后不久，Vera将轿车停在路边，拿出手机打了一个国际长途电话："清瑜，我见到姜语宁了。她比你描述的还要讨厌一千万倍。我不懂，就为了这么一个人，姜穆阳居然放弃你只身回国，还害得你患上抑郁症。"

"Vera，姜语宁心机很深。你一定要小心，她吃软不吃硬。你这样硬来是讨不到任何好处的。"电话那边的女生十分冷静地对Vera道。

"你让我对她轻言细语？这太难了。"

"如果不这样，你根本没办法接近她。"

Vera细想了一下，姜语宁的确不好接近，既然压不住姜语宁，就只能换一条路了。

"你说得对，我现在忍一忍。等她相信我，听从我的安排时，我就能拿捏她了。"

这世上没有无缘无故的爱，也没有无缘无故的恨。

五年前，姜穆阳从国外离开的时候，刚结束一段恋情。那时候，他和女友的感情本身就出现了问题，加上姜家出事，他便回国全身心地照顾姜语宁。但是，对方却不这样想。她把对姜穆阳的做法的不满迁怒在了姜语宁的身上，认为是姜语宁拖着姜穆阳，才让姜穆阳放弃了国外的一切，包括和她的那段感情。

"Vera，我们是最好的姐妹，你千万不要为了姜语宁而背叛我，那样我真的会崩溃。"

"放心吧，清瑜，不会的。"Vera在电话里安抚自己的闺密，"当初是你救了我，我才能有今天。"

忙碌而充实的一天过去，洛城入夜了。

雨从白天一直下到了夜幕降临。望着下个不停的雨，谭老爷子叹了一口气，草药都要发霉了。洛城的五六月，怎么这么爱下雨？

细雨之中，一抹撑着雨伞的黑色身影出现在别院的门口。姜语宁抬头见了，灿烂一笑，连忙放下手里的草药，站起身道："谭爷爷，我回家啦。"

"去吧、去吧。"老头子摆了摆手。

姜语宁快速地走到陆景知的伞下，两人一同回到车上。不过姜语宁上车的第一件事，就是告状："二哥，舅舅给我换经纪人了。可是我俩性格不合，第一次见面就吵起来了。"

陆景知一挑眉毛，问："输了？"

"我像输的人？"姜语宁翻了个白眼，"自从经历过陆宗野的事情，我就放飞自我了。谁让我不爽一时，我就让他不爽一世。"

陆景知轻笑一声，拨开姜语宁耳边的头发，道："我相信你可以征服她，要不然，我派……"

"二哥，我就是发发牢骚。这么小的事情，我可以解决，不要小看我。"姜语宁连忙拦住陆景知。要是让陆景知出手，那个Vera大概要回国了。

"我曾说过，绝不再让你输，任何人都不能让你受委屈。"陆景知擦拭着姜语宁的唇道，"谁都不行！"

"若是你让我受委屈了呢？"姜语宁打趣陆景知。

"不会有那时候的。"陆景知看着姜语宁的双眼，毫不犹豫地回答。

"这辈子这么长呢！"

"我能控制自己的情绪，绝不伤你。"

"不逗你了，我不会让自己受委屈的。如果我真的受了委屈，一定会第一时间告诉你，然后再让咱们二爷教她做人，好不好？"姜语宁看到陆景知认真的神情，连忙安抚男人。她就该猜到二哥会认真。为了表示歉意，姜语宁主动送上自己的吻。

陆景知扣着姜语宁的腰，本想认真地亲吻，哪知道，谭老爷子这时候打电话过来了。

"语宁，你爸爸刚才打电话过来，你要不要趁这个机会……"

"要。"姜语宁果断地答道，"谭爷爷，我马上掉头回来。麻烦你帮我拖住他。"

"行，他还在路上。现在下雨，你们注意安全。"

接到这个电话，姜语宁心情十分复杂。

陆景知握住她的手，无声地安抚她。

"二哥，我害怕。"

"有我在，不怕。"陆景知抱住她，给她最安心的怀抱。

在返回谭老爷子的别院的这一路上，姜语宁的手心一直在冒冷汗。陆景知看得出来，她很紧张，本以为再也见不到的人，马上就能重新出现在她的眼前，那种失而复得的心情，他深有体会。曾经，他以为永远失去姜语宁了。

雨夜路滑，道路泥泞，为了安全，陆景知并未让司机加快车速。

"二哥，怎么还没到？谭爷爷会不会拖不住爸爸？"

"语宁，冷静点儿。"陆景知抓着她，不停地安抚她。

他们好不容易回到了别院前，姜语宁一抬头就看到门口停了一辆黑色的轿车。这一刻，她的心好像到了喉咙口。

陆景知带着她下车，一手撑伞，一手将姜语宁搂入怀里，为她挡住风雨："走吧。"

别院里，姜志桐正在让谭老爷子看芸萱的检查结果："谭老，这是不是有好转的迹象？"

谭老爷子戴着老花镜，看着检查报告，点点头道："没有扩散迹象，但是你要记住，我的药只能起辅助作用，最关键的还是要听西医的话。"

"这个我明白。"姜志桐喜出望外，"下午得到消息时我高兴坏了，但是总觉得要听你亲口说才能安心。"

"既然你安心了，那就顺便办点儿别的事吧。"谭老爷子用下巴示意姜志桐看身后。

姜志桐猛地转身，看到了伞下的姜语宁和陆景知。只一秒，他又转了回来，捂住自己狰狞的脸，道："不要……你们不要看我。"

"爸……爸……"姜语宁哽咽地喊道。

"我不是你的爸爸，我怎么配做你的爸爸？"姜志桐难堪地道，"你爸爸不会像我这样，人不人，鬼不鬼。"

"你就是我的爸爸，不管你变成什么样子，你都是我的爸爸。"姜语宁缓缓地朝着姜志桐走去。而她身旁的陆景知一言不发，只是环着她给她撑着伞。

"你别过来……语宁，我求你。"

"那你戴上口罩，跟我说会儿话好吗？我求求你。"姜语宁央求道。

宝贝女儿就在跟前，姜志桐根本控制不住心里的想念。这也是他一直不敢见姜语宁的原因，他怕他会崩溃。随后，姜志桐还是戴上了口罩，转过身来面对姜语宁和陆景知。

父女对视，眼里全是眼泪。

姜语宁再也忍不住了，直接扑进姜志桐的怀里："你为什么这么久都不来找我？你不要我了吗？"

姜志桐看着怀里的女儿，眼泪直流："爸爸怎么会不要你？爸爸怎么舍得？可是这五年里发生了太多事，爸爸不知道该怎么出现在你的面前。我的乖女儿，我的宝贝，爸爸让你受苦了。"

"你能回来就好了，能回来就好，其他的我都不在乎。"

父女俩哭成一团，这样的画面，谁又忍心去打破呢？

过了一会儿，谭老爷子对两人道："坐下来喝杯茶，好好说吧，你们肯定有很多话。"

姜志桐放开姜语宁，摇了摇头："我还得赶回去处理事情，今天不是聊天的好时机。语宁，你现在住哪里？"

姜语宁听完，回头望向陆景知。

姜志桐明白了，便对两人道："等爸爸处理完霍振东的事，再来找你好好说，顺便给你介绍一个人。"

姜语宁抹抹眼泪，委屈地道："你不许骗我。"

"不骗你。"姜志桐认真地承诺。

"你再消失，我就满世界地找你，让你不得安宁。"

听完，姜志桐含泪笑了出来："我哪敢骗我们家的小公主？"

姜语宁没有再纠缠了，因为已经见到人，认回她的爸爸了。她已经确定爸爸还活着，就什么也不怕了。

"那我先走一步。"姜志桐拿起检查报告，眼中也有难以掩饰的兴奋之色。

整个过程中，姜志桐没有和陆景知交流过，因为不是很了解陆家的孩子。尤其是陆景知，对人冷淡，看着不好相处。不过他感觉得出来，他的女儿非常依赖陆景知，小两口看上去十分恩爱。

姜语宁靠在陆景知的怀里，就这么看着她的父亲离开。

"二哥……"

陆景知听到她委屈的声音，顿时心疼，便用手揽紧她单薄的身体："我们回家。"

回到家后，姜语宁的情绪稳定了许多。她还给枯杰打了一个电话，把事情都交代了一遍。从今以后，兄妹两人又有大家长的管束了，他们再也不是孤苦无依的悲惨小孩儿了。

深夜，洗完澡，姜语宁坐在梳妆台前护肤。拍精华水的时候，她突然想到什么，扭头询问陆景知："二哥，你说傅雅慧和霍振东看到我爸爸，会不会吓死？"

"文明一点儿。"

"哦，会不会吓晕？"

陆景知见她能开玩笑，就知道她没事了。

"过来，睡觉了。"

姜语宁从凳子上起身，从抽屉里拿出一张卡，走到陆景知的面前，对他道："我只要回四亿。"

陆景知斜撑着身体，从她的手里抽走银行卡，神色难辨："你现在是在跟我说钱？"

"一码归一码。我当初是不想便宜了傅雅慧，钱既然要回来了，我当然得上交。"姜语宁道，"我知道把钱还给你，你肯定不会要，可我也不敢揣着巨款到处跑，会睡不着觉的。而且，我不是那种精打细算会过日子的女人，所以我们家的财政大权还是你管比较好。"

陆景知闻言，脸色好了一些，捏着她的下巴道："既然都是我管，就全都上交吧。"

"二哥，你怎么知道我还有私房钱？"姜语宁瞪大双眼，剩下的钱她要用来赎回伯母的遗物，不想上交，于是撒娇道，"你可不可以给我留点儿，钱包都见底了……"

367

陆景知见她这反应，忍不住笑了起来，低沉地道："我是指把你上交……"

另一边，Vera在和尹清瑜商量之后，打算改变对姜语宁的态度以及策略。

Vera虽然对姜语宁有很大的意见，但毕竟是一个有能力的经纪人，也想让姜语宁看看自己的实力。难道她一个捧红无数艺人的经纪人还搞不定一个"黑红"艺人？

于是，Vera开始认真地规划姜语宁的星途。她只有三个月的时间，一定要把握好这个机会，让姜语宁知道她的厉害。

根据沈以琛提供的资料，姜语宁在拍《天机》之前，可以接一期综艺节目。她决不允许姜语宁再拍摄什么小视频，走网红那条路。

Vera根本不明白，在姜语宁最混乱的转折期，是古风视频让她有了一些粉丝，而姜语宁也并不打算放弃这个爱好……

翌日一早，洛城终于放晴了。经过大雨的洗礼，此时的洛城，天空一片蔚蓝，万里无云。

Vera恢复了王牌经纪人的状态。吃过早饭以后，她到公司报到，去沈以琛的办公室找他商议姜语宁的资源。

"姜语宁再过二十天就要进入《天机》剧组。我计划让她参加一期《爆笑艺人》的节日录制，这样她在拍摄《天机》期间，不至于没有存货。我知道这档综艺节目光影是投资商，是有决定权的。"

沈以琛听了Vera的建议，直直地看着她："现在外界已经给姜语宁贴上了'古风'的标签，那是她上升的捷径。你这样做会扰乱她的形象。"

"我并不认为姜语宁应该被局限在古风上。经纪团队的作用是什么？就是为艺人规划星途，投入资源，大力热捧。

"《爆笑艺人》是国内最显真性情的一个综艺节目，可以为姜语宁拉路人好感。而且，总监你别忘了，现在姜语宁是我的艺人。"

沈以琛深吸一口气，直接对Vera道："你最好先确定姜语宁会不会配合。"

"她一定会配合。"Vera笃定地说道。

"我会安排下去。但如果这次活动对提高姜语宁的人气没有多大用，你就别怪我从中干涉。"

"我相信我的眼光。"说完，Vera从沈以琛的办公室离开。

这时候，Vera碰上了正要去沈以琛的办公室的慕娴和她的经纪人。

Vera目前并不认识光影的艺人，只是点头示意，然后匆匆地离去。

"这女人是谁？"慕娴询问自己的经纪人，"以前没见过。"

"据说是顾董从国外找来的王牌经纪人，叫Vera，捧红了国外的不少艺人。她现在接手姜语宁，听说是主动请缨。"经纪人回答。

慕娴勾唇，只觉得滑稽："我真不明白，公司为什么这么看重姜语宁。他们把这么好的资源都投在一头猪身上，不会觉得可惜吗？"

"谁知道顾总怎么想的？我们只需要等着看笑话就行了。"

两人笑着敲门进入沈以琛的办公室，却不知道Vera就躲在转角处听两人的对话。

Vera虽然知道姜语宁在光影跟个隐形人一样，但不知道情况到了这种地步。

Vera一边走一边在网上查慕娴的资料，不禁在心里吐槽慕娴，觉得慕娴才像一头猪。看完后，Vera觉得很诧异，她为什么要替姜语宁生气？她明明应该高兴的，让姜语宁身败名裂不就是她的目的吗？

Vera坐在车里拨通了姜语宁的电话："你在哪儿？我们心平气和地见个面。"

"我在昨天那个地方，如果你还受不了那气味，我就没辙了。"姜语宁在电话里回答。

"我半小时后到。"Vera咬牙切齿地说道，前一刻对姜语宁的同情在这一刻全都化作了厌恶。

以这个人的性格，她活该被人们嫌。

经过昨天那场会面，姜语宁以为这个Vera会想别的办法整她，但出乎她预料的是，Vera居然能正常地和她说话。

如果Vera真的没有别的心思，姜语宁自认可以放下心中的成见。

半小时后，Vera果然到了谭老爷子的别院里。作为一个在国外长大的女孩子，她是真的很不习惯里面的中药味。

姜语宁意识到了，便将Vera带去别院外围的花园。

"说吧。"

"是工作安排。"Vera拿出包里的资料，对姜语宁道，"我已经跟沈总监申请了你上节目的资源，不会影响你进入《天机》剧组。我是在很认真地规划你的星途，所以我希望你放下你的小视频，回归正途。光影有很多资源，并不需要你那么辛苦地去拍摄那些东西。

"姜语宁，另辟蹊径是下下策。那时候你没的选，但是现在你可以走更好的路。"

姜语宁转过身，狐疑地看着Vera："我可以答应你上节目，但是我们得各退一步。我是真的很喜欢古风，可以不拍小视频，但是依旧会上传一些我喜欢的照片到网络上和大家共享。"

两人对视着，互不相让。

最终，Vera点了点头："内容我要审核。"

"成交。"

话音刚落，两人愣了一下，因为她们都没想过对方会这么痛快。

"我知道你看不上我这个'黑红'艺人，也知道你对我有很深的敌意。我并不知道你对我的敌意来自哪一方面，你可以一边正常工作，一边讨厌我，但是别在我的背后捅刀子。Vera，我也很想知道，你是来成就我的，还是来毁灭我的？"

Vera被姜语宁认真的神情震惊到了。

随后，Vera轻咳一声，道："现在公司里一堆人看不惯你，背后骂你是猪，所以我也得努把力。我到底是人是鬼，三个月后见分晓。"

"我拭目以待。"

"这次节目是你第一次尝试走搞笑路线，很重要。我替你准备了《爆笑艺人》往期的资料，你有空多看看。"Vera将资料递给姜语宁。

"所以，到底谁骂我是猪？"姜语宁问Vera。

"等在公司遇见了，我再告诉你。"

Vera还以为姜语宁是没有自尊的，原来她也在乎别人对自己的看法。

然而……

"那还是不必了，我的脑子不装闲杂人等。"

姜语宁的一句话瞬间打断了Vera的猜想。

Vera顿时哑口无言。

当天下午，姜语宁便在家里研究起人气超高的综艺节目《爆笑艺人》。这个节目一期的时长在八十分钟左右，在周六的黄金时间播出。节目播出不过两年时间，就拥有很高的人气了。

姜语宁连续看了好几期，笑得脸都快抽筋了。她看得出来，节目组花了很多心思。不仅如此，该节目的赞助商都很有名，除了光影，还有洛城最知名的豪华酒店。

姜语宁看完最近的一期节目，然后瞥了一眼时间，发现已经晚上七点半了，但是陆景知还没回家。姜语宁拿出手机正准备给何秘书打电话，一个陌生号码打了进来。

"语宁，我是爸爸。"

隔着手机听到姜志桐的声音，姜语宁忍不住有些兴奋："爸爸。"

"你明天有时间吗？上午有空的话，我让人接你到喜雅酒店来。"

"有的，爸爸。"姜语宁立即回答。

"那就明天见。"

此刻，姜语宁并不知道她的父亲和喜雅酒店的关系，只是以为爸爸做好了跟她倾诉过去的准备。

晚上八点，陆景知迈入家门，见姜语宁在沙发上笑得前仰后合。

"二哥，你快来。"姜语宁抬头看到陆景知，连忙拍拍自己身边的位置。

陆景知将外套交给梁姐，然后在姜语宁的身边落座："怎么了？"

"你觉得我有搞笑的天赋吗？"姜语宁指着自己询问陆景知。

陆景知看她一眼，好半晌才道："你那4.0分的影视作品，足以说明你搞笑的本事了。"

"作为'男友粉'，你不合格，都没有粉丝滤镜。"姜语宁瞪着陆景知轻哼，"4.0分怎么了？我也用心了。"

陆景知搂着她，在她耳畔无奈地道："你知道，我平日里只看新闻。你能体会我看那些花里胡哨的东西还一秒不落的心情吗？"

姜语宁顿时笑出声来："那真是难为你了。"

"除此之外，我再没有别的方式可以看到你。"陆景知忽然认真地说了一句。

姜语宁听完，连忙在陆景知的怀里蹭："哎呀，现在你每天都能看到我，晚上我们还抱在一起睡呢。以后咱们不看4.0分的烂剧了，就是为了我二哥的眼睛，我也要拍出高分的作品。"

"不用，反正……我也只是为了看你。"按照陆景知的艺术喜好，那些剧都不怎么样。

姜语宁听了，心里甜得冒泡。她本想做扑倒饿狼的绵羊，但是因为梁姐还没下班，所以克制住了，只是说道："对了，二哥，明天上午，我去见爸爸。"

陆景知颔首，从沙发上起身："去吧，我先上楼洗澡。"

说完，陆景知朝台阶走去。片刻后，他忽然转身，看着姜语宁："还不跟上？"

"我来啦。"姜语宁马上关掉电视，穿鞋追上去。


关于家世，姜语宁完全没跟Vera说，沈以琛也建议姜语宁能瞒就瞒着。在还没有摸清Vera这个人之前，他们绝不能让Vera掌握太多的信息。

次日一早，姜语宁只告诉Vera她在谭老爷子的别院里，并没有说她被接到喜雅酒店的事。

喜雅酒店是洛城目前最奢华的酒店，坐落在蜿蜒的海岸边。

姜语宁参加活动来过这里几次，只记得内饰奢华如宫殿，也不知道爸爸为什么要约在这里见面。很快，酒店的服务员将她带往办公区。姜语宁不禁有了些猜测，但在没有看到姜志桐之前无法卜结论。

"姜小姐，我们到了。"服务员推开一间办公室的门，然后微笑着示意姜语宁进去。

姜语宁朝里探进脑袋，发现戴着口罩的姜志桐正在伏案办公。

"爸爸。"

"语宁，你来了。"姜志桐看到姜语宁，便放下了手里的钢笔，合上了手里的文件。

"这到底是怎么回事？"姜语宁好奇地问道。

"我本来想找时间和你好好说说话，顺便给你介绍一个人，但她马上要去国外接受手术，我得陪同。我今天让你过来，是想把这件事给办了。"姜志桐把早就准备好的股份转让协议拿到姜语宁的面前，"你签个字。"

"这是什么？"

"喜雅全球连锁酒店百分之七的股份。"姜志桐解释道，"我要给你介绍的那个人叫芸萱，也是这个阿姨当年救了我，还让我有了现在的一切。现在她病了，爸爸想陪着她，之后可能会四处求医，直到她的病情稳定下来。在洛城，我最放心不下的就是你，有了这些股份，无论你想做什么都会有底气。"

"爸爸……"

"爸爸知道你一向不屑这些东西，可是爸爸老了，希望你有一个好归宿。爸爸把这份礼物给你，是为了让你能抬起头来面对陆家，这也是你的嫁妆。你是我姜志桐的女儿，我不能再让你受苦。

"东恒被判决以后，那些赔款也将是你的，爸爸能做的只有这些了。"

"我不要。"姜语宁红着眼眶道。

"傻女儿，酒店不需要你管理，你只管去做你喜欢做的事情。我会告诉喜雅的员工，让他们知道你的身份。"

"那我什么时候才能再见你？我想你了怎么办？"

"现在通信这么发达，你想爸爸了就打视频电话，好吗？"姜志桐轻抚姜语宁的头发，"你已经长大了，爸爸很放心。"

姜语宁说不出话来，喉咙似乎被烧灼一般。

她才和爸爸相认不久，还没来得及好好团聚就又要和他分开了。

"下午我抽空见见穆阳那孩子，他不该再背负姜家的包袱。"

姜语宁不知道她是怎么离开酒店的，进去的时候，她是个穷光蛋，出来的时候成了全球连锁酒店的股东。她对自己现在拥有的那百分之七的股份没有一丁点儿概念，感觉像做梦一样。

爸爸要报恩，不得不带着那位阿姨出国，姜语宁能够理解，只是想到又要和爸爸分别就心中不舍。于是，她拍了一张她和爸爸的合照。虽然爸爸不愿意露出他的脸，但是姜语宁已经心满意足了。


上午十点半。

某电视台正在召开下一期的节目制作会议，台里给出了下一期《爆笑艺人》的拟邀嘉宾名单。导演看到"姜语宁"三个字时，很自然地皱了皱眉，问："姜语宁？我没眼花吧？那么多嘉宾排队等着，你们给我这么一个东西？"

"导演，这是光影要求的。我们有协议，光影每年有五次优先权。"节目监制回答导演。

"光影这个玩笑开大了吧？我们多好的一档节目，收视率全国领先，光影让我推一个'臭黑红'艺人？姜语宁要才华没才华，要代表作没有代表作，丑闻一堆，这是要砸我的招牌吗？"导演忍不住发牢骚。

"可是……我们和光影有合约。"

"光影真是的！"导演拍桌怒喊道，"你们想个办法，我不想和姜语宁合作，联系她的经纪人。"

下面的人胆战心惊。他们也很为难，毕竟光影是赞助商之一，况且这份合约已经执行两年了，总不能为了一个姜语宁毁约吧？但不管怎么样，节目组还是联系了Vera，委婉地表达了拒绝合作的意思："Vera，你行行好，重新换个艺人吧。哪怕对方不出名也比姜语宁好啊。"

"你们打算违约吗？"Vera直接抓住对方的痛处，"每一行都有自己的规则，导演不能全凭自己的喜好做事，这个节目就让姜语宁上。"

"好吧，我再去问问导演。"

节目监制和其他的工作人员也很烦恼，两边游说。最后，副导演想了一个折中的办法，对总导演建议："光影要让姜语宁上，没问题，我们按照合约执行。"

"没……"

"哥，你先听我说。姜语宁可以参加节目录制，但是全程不让她有露脸的机会。下一期节目中不是有一个机器人配合嘉宾演出吗？录制中，她全程戴着头套，没人会认出她，这样岂不是两全其美？"

导演听完弟弟的话，顿时拍案叫绝："好主意，就这么办。这样我们就不算违约了。"

"合同在这方面写得很模糊，谁也不会知道我们会有这么一手。"兄弟两人商议之后，觉得这个主意甚妙。

等Vera再接到节目组的电话的时候，对方松了口，并且给出了具体的拍摄时间。Vera觉得奇怪，对方一开始那么抗拒，怎么忽然就答应了？但她并没有深想，只是把录制节目的时间通知了姜语宁，也没有告诉姜语宁节目组之前的态度。

Vera并没有想到此刻的沟通不善给来日埋下了一颗定时炸弹，最后衍生出了爆炸性的场面。她更不知道，此时的姜语宁已经今非昔比，因为姜语宁现在是《爆笑艺人》的赞助商之一。

因为要拍摄综艺节目，所以姜语宁的古风小视频只能暂时被搁置。

陶睿哲知道以后觉得很可惜，问："语宁姐，以后咱们都不拍了吗？"

"当然不是，我喜欢古风，也喜欢穿汉服，下一期的小剧本我都选好了。等我录完节目，我们就晚上出来拍。"姜语宁道，"你不要失望。"

"我不会失望，只是希望别人能看到你正能量的一面。不管你拍什么，我都会支持你，还给你当助理。"陶睿哲跟打了鸡血一样十分激动。

"冲着你这句话，我会加油的。"姜语宁对他保证。

"你放心去录节目，我会给后援会的小姐姐们解释的。她们知道你有了新经纪人，都很开心。"

"唉。"姜语宁忽然叹了口气。

"怎么了，语宁姐？"

"小陶，我怕你和那些小姐姐相处久了会越来越女性化。"姜语宁大笑起来。

"你和杰哥，真不愧是兄妹。"陶睿哲瘪嘴叹气。枯杰很早以前就表达了对这件事的担忧，可是陶睿哲还是老样子。

"姐姐最近发了财，过几天请你吃大餐。"姜语宁连忙安抚陶睿哲。

"好的。"

姜语宁还不知道这次的节目录制是一个陷阱，等待她的是重达好几斤的机器人娃娃的人偶服。

为了配合节目的效果，姜语宁又往前看了十几期节目，仔细地研究了他们的节目风格和节奏，可谓下足了功夫。于是连续好几天，陆景知回家的时候，见到的都是对着镜子练习的姜语宁。

陆景知很心疼她，带她洗澡的时候，替她轻按脸颊："你怎么这么拼？"

"二哥，我是个'黑红'艺人。外界不知道我的背景，若让他们知道了，会加倍地嘲笑我。其实不只是我，这个圈子里大多数的艺人，在接到工作的时候是焦躁的，害怕自己做不好，害怕自己忙活一场，收到的全是负面评价。

　　"你看我，拍古风视频，上综艺节目，过一段时间还要进组拍电视剧。看上去我好像很忙，但我的工作其实很碎片化，因为我不像别的艺人，更不如新人。他们还可以建立形象，而我对观众来说只剩下'讨厌'两个字了。

　　"我很希望Vera是我的伯乐，但目前来看……"姜语宁摇了摇头，"我现在要做的，就是沉住气。"

　　"我有强烈的预感，你这次能改变别人对你的看法。"陆景知紧紧地抱着她道，"所以，别把自己逼得这么紧，嗯？"

　　"我才不会呢。对了，二哥，我忘记告诉你一个秘密，我一夜暴富了！"

## 第十四章
# 全新挑战

陆景知挨近她的耳朵，把声音放得很低，说道："所以，这位暴富的女士，让我为你服务。"

这男人撩拨起人来，真是让人没有一点儿防备。

"什么都可以？"姜语宁转身，拉着陆景知询问，双眸柔情似水，"那什么价钱呢？"

"你觉得……我应该是什么价？"陆景知含笑反问。

姜语宁也跟着笑了起来。

他是什么价格？千金不换。

翌日上午，洛城某看守所内的会见室里。

已经沦为阶下囚的傅雅慧，身穿囚服坐在铁栏杆的一侧，神情憔悴、双目失焦，早已没有了往日商场上的女强人的风采。

她和霍振东猜得没错，姜志桐果然活着。

片刻后，会见室的门口出现了一个西装笔挺的男人。从进门开始，他便脱下了口罩，露出了那狰狞而可怕的面庞。

傅雅慧听到动静，猛然抬头，看到铁栏对面的男人，吓得尖叫一声：

"鬼……有鬼！"

"这就害怕了？"姜志桐故意把有疤痕的那半边脸面向傅雅惠，朝她走近。

"你不要过来，不要过来……"傅雅慧连忙缩成一团，紧紧地闭上双眼，"志桐，我知道错了。我该死，你别来找我，别找我行吗？"

"悬崖下面，又痛又冷。我摔下去的时候，脸都毁了，成了一团烂肉……"

"别……求你别说了，我求求你。"傅雅慧崩溃地喊道，"我会赎罪的，我会为了自己赎罪的。我求你了，别吓我了。"

姜志桐根本没有和傅雅慧说话的欲望，戴上口罩，对助理低声道："你留在这里，这半个小时，不能浪费了。"

"明白了，老板。"助理颔首。

紧接着，姜志桐又去见了霍振东。比起傅雅慧的胆小，霍振东显得平静多了。从姜志桐坐下开始，霍振东就在冷笑："你的命可真大，那样都死不了，五年时间，应该受了不少罪吧？"

"五年换你终身监禁，倒也值得。"姜志桐回答，"我知道，你这种人觉得自己享受过了，就不害怕坐牢。"

霍振东的脸色有了变化，他问道："你想做什么？"

"当然是让你得到应有的惩罚。"说完，姜志桐从椅子上起身，不愿意在霍振东的身上继续浪费时间。

原本他想质问他们，但是现在见到这两人，他才明白一个道理，有些人根本不配做人，他们根本不可能明白什么是悔恨。只要有人用同样的方式对待他们，那就是教训，那就是惩罚，那就是无尽的深渊。

人生最大的不值，就是浪费心力去痛恨这样的垃圾。

以后，他不会了。

"老板，那女的吓得失禁了。"助理从另一间会见室出来的时候，告诉姜志桐，"她将在噩梦中，度过余生。"


黑夜过去，终将迎来黎明。

几日后，Vera带着姜语宁和《爆笑艺人》节目组签订了录制合同，并且确定了节目彩排的时间，在周三傍晚的六点半。她俩谁也没有看到节目组负责人在签订合同之后，神情中的那一抹深意。参与节目录制的工作人员也都签订了保密协议，大家只是纷纷感叹，姜语宁真惨，被节目组的两个导演钻了合约的空子。

至于Vera，国外回来的王牌经纪人，似乎并不擅长看国内的工作合约。毕竟文化氛围不同，国外的合约，一句话就是一个意思，但是放在国内，一句话就可能被解读出多重含义。

"明天公司安排宣传照的拍摄，早上八点我过来接你，你住哪儿？"从电视台出来，Vera问走在前面的姜语宁。

"锦徽园。"姜语宁回答着Vera，但心里在想，该让陶睿哲去这个地方弄一间套房出来，以便掩饰她现在真正的住址。因为姜语宁不想让Vera知道她住在御珑廷，更不想让Vera接触到二哥。

"那我明早提前给你打电话。"

"可以，现在送我去谭老的别院吧，离《天机》开拍没有几天了。"姜语宁对Vera说。当然，她也没提她已经成为洛城最豪华的酒店的股东这件事，因为Vera这个人，太不可控了。

"走吧。"Vera点头。

事实上，Vera想尽力去了解姜语宁，她看上去好像很简单，没什么背景，没什么过硬的才华，甚至经常任性妄为。但是不知道为什么，Vera总觉得姜语宁身上有一种让人看不透的神秘感。

"还有，我要给你招助理，你有什么条件？"

"我有助理。"姜语宁一口回绝，"改天让你们认识一下。"

"那接送这种杂事，我就交给你的助理了，明天八点，直接公司见。"

"你现在就可以直接回公司。"说完，姜语宁拉开车门，直接坐上驾驶位。

Vera只能自己打车回公司。

第二天，Vera没见到陶睿哲，他被枯杰派去做别的事了。

两日后的傍晚，电视台化妆间里。

姜语宁和Vera一进门，便看到了门口放置的机器人人偶服，两人以为这只是道具。没想到，化妆师只是简单地替姜语宁弄了头发，便搬来那人偶服。

"这是做什么？"姜语宁问。

"一会儿去演播厅对台本要用的。"化妆师解释。

姜语宁没说话，只是觉得奇怪。她花了好几天时间研究这档节目，并没有发现哪期的嘉宾需要穿这个人偶服。不过，这档节目会出很多新点子，姜语宁也就没有深问。在化妆师的帮助下，她穿上了那不见脸的人偶服。

演播厅内，此刻已经有了两名艺人。待姜语宁入场的时候，节目组的工作人员都站在台下抿嘴偷笑。姜语宁不明所以。

等节目组的副导演上台向姜语宁解说节目录制的具体设定和细节时，姜语宁才意识到，整期节目她都没有露脸的机会。而且，她主要的任务就是负责搞怪扮丑。

此时此刻，姜语宁终于明白，从化妆间走出来的奇怪氛围是为什么了。她本以为，这只是开场需要，原来这是一种变相的羞辱。

姜语宁当即取下人偶的头套，冒着满头大汗看了一眼台下的Vera，又转头看着节目组的副导演："导演，为了上节目，我把《爆笑艺人》看了一遍，并没有在往期的内容里看到这样一个人偶。"

"那不是为了节目效果，为你量身定做的吗？"导演拿着对讲机对姜语宁解释道，"你看看，你戴上这个多可爱。"

"也就是说，我从头到尾，都不需要露脸吗？"

"当然需要。"副导演回答，"后期会让你露脸的。"

姜语宁走完整个流程才知道，只有在最后一幕，她才能拿下头套。这就是导演所谓的露脸？

"刚才走了一遍，现在正式彩排了。"

姜语宁忽然想到喜雅也是这个节目的赞助商，不禁冷笑起来，这群人摆明就是欺负她。不过不要紧，虽然她穿上这个人偶服会被遮住脸，但她不是没有创作的空间。她从前学的那套伪声可以拿来玩一玩。

节目组的人以为姜语宁发现猫腻以后，会当场翻脸走人。这样，他们就可以直接省略人偶这一环节。但是姜语宁并没有翻脸，照常彩排。在彩排的过程中，她没有拿出自己的各种酷炫的伪声，那是要在正式录制的时候用的。现在，姜语宁只是想让Vera知道，她到底是怎样一个经纪人。

一个半小时的彩排，Vera终于发现了问题。她直接迈步上台，打断彩排，质问导演："导演，你有没有搞错？我们家的艺人不是你们节目的道具，你们什么意思？"

副导演马上将Vera拽到一边，对她道："你们家的艺人在圈内是什么口碑，你应该清楚。导演愿意给光影这个面子，你睁一只眼闭一只眼也就过去了。咱们的目的不都达到了吗？不要这么斤斤计较。"

"我家的艺人上节目，连脸都不露。你觉得，我的目的达到了？"Vera非常生气。

"我们签的合约里注明了，光影的确有安排艺人的优先权，但是录制节目的时候，艺人要听从节目组的安排。如果你们不想录，那就是违约了。Vera，容我提醒你一句，这么较真干吗？姜语宁啊……洗不白的，我劝你不要白费力气了。"

Vera气得双颊通红。

这时候，姜语宁直接取下人偶服的头套，朝Vera的身上甩过去："这就是所谓的王牌经纪人？"

Vera被姜语宁噎住。

"原来，我在王牌经纪人的安排下，连个脸都不配露。Vera，你可真行。我的档次决定了你的高度，如果你只能交出这样一份成绩单，那还是别混经纪人的圈子了，回国外去吧。"

Vera被气得说不出话来，因为她真没想过，回国后的第一个案子就被人摆了一道。

"那……你们到底录还是不录？不要让整个节目组的人等你们。"副导演不耐烦地看着两人。

"等我打个电话。"姜语宁说着便拿出手机，拨通了姜志桐的号码。

姜志桐明天就要搭乘飞机走了，本来就打算跟女儿见个面，现在看到女儿打来电话，自然快速地接通了。

"语宁？"

"爸爸，喜雅是《爆笑艺人》这档节目的赞助商对吧？"姜语宁当着副导演的面询问姜志桐。

"这个爸爸不是很清楚，公司有相关部门负责这些事。"

"那……如果我想撤回赞助呢？"姜语宁欣赏着副导演的表情，在姜志桐回答之前快速地摁下免提键。

381

姜志桐笑着说："你是大股东，你想撤回一个赞助还需要来问爸爸吗？怎么了？这个节目让我的女儿不开心了？如果是这样，那爸爸马上打电话……"

"姜小姐……"副导演马上换了一副说话的语气，谄媚地看着姜语宁，"别冲动，咱们凡事好商量。"

"语宁，爸爸现在就派喜雅的代表过去。谁敢欺负我的女儿，我一定让他后悔。"

副导演被吓到了，马上让人给姜语宁搬来椅子，并安抚道："姜小姐，你稍等，我马上和导演重新商量。你千万别生气，是我们有眼不识泰山。"

姜语宁冷笑着在椅子上坐下，看着那副导演跑去总导演的身边。

"哥，我们好像捅娄子了。姜语宁是喜雅的股东。"

"怎么可能？"总导演冷笑起来，"姜家几年前就破产了。"

"我亲耳听到的，她给她的父亲打电话……"

"你脑子进水了？她爸爸都失踪那么多年了，你还能被骗？"总导演对着副导演就是一顿劈头盖脸的痛骂，"这小艺人心思很深啊，连这招都能想到，真是绝了。"

"对了，她爸爸早就失踪了，现在哪里来的爸爸？"副导演也随之冷静下来。

"你去问问她拍不拍，不拍就给我走，给她一个人偶的角色已经不错了，她还在这儿作死，当真不知道自己什么斤两？"

副导演得了命令，再次跑回姜语宁的面前。他不似刚才那么谄媚了，语气也正常了："姜语宁，你别玩把戏了，要录就录，不录就赶紧走吧。"

姜语宁细想了一下其中的缘由，笑了。这群人，还不知道她爸爸活着。

"我等着你们来求我。到时候，我要你们的总导演给我沏茶道歉。"

说完，姜语宁带着Vera离开，副导演却哼了一声："有病。"

节目组很快就恢复正常了。

不久后，姜志桐派来的人到了电视台，直接找到《爆笑艺人》的执行导演与监制。

"你好，我们是喜雅酒店的，喜雅决定撤回对你们节目的赞助。"

导演听完，当场愣在原地："不是，几位领导，我们是什么地方做得不好？"

"你们没有做得不好，只是正好得罪了我们喜雅的股东，姜语宁，你一定认识。"说完，几人转身便走。

"几位留步，几位请留步，请给我们一个机会。"监制马上追上去。

"要机会？去找姜董，看她给不给你们机会。"

没想到，姜语宁真的是喜雅的股东。

他们想到之前对待姜语宁的态度，心中生出一股不好的感觉。喜雅赞助《爆笑艺人》已经两年了，一直陪伴这个节目至今。现在，喜雅忽然要撤走赞助，让他们怎么跟台里的领导交代？而且，这件事本就是两个导演钻了合约的空子，因为私人感情不愿意和姜语宁合作。

这件事要是被台长知道，他们该怎么应付？

想到此，导演马上对工作人员道："姜语宁走远了吗？赶紧给我请回来！"

副导演想到刚才姜语宁留下的那句话，战战兢兢地对自己的哥哥道："只怕得你亲自去。姜语宁刚才走的时候跟我说，她要你给她沏茶道歉。"

"什么东西？"导演骂了一句，"小人得志。"

"可是哥，得罪喜雅，对我们没任何好处，台长那边也过不去。如果这件事闹大了，理亏的是我们。"副导演劝道，"不管怎么样，你先把人给劝回来吧。"

"去、去、去！"导演不耐烦地挥舞着对讲机，"算我倒霉。"


此刻，姜语宁与Vera正在回公司的路上。

没多久，Vera就接到了副导演的电话："Vera，刚才是我们不对，我们这就派车去接你和语宁，然后重新签合同。我保证，语宁绝对是这期节目镜头最多的嘉宾。"

Vera很诧异，然后偏头看着姜语宁，说："节目组让我们回去。"

"你问他，还记得我刚才提出的条件吗？"姜语宁漫不经心地开口说。

Vera照办。然后副导演向她保证："只要语宁回来，我们节目组一定好好给她道歉，你放心。"

姜语宁本就不想离开节目组，便对Vera道："那就回吧。"

"你还去？"Vera难以置信地道，"节目组已经这么过分了。"

"如果你的业务能力强一点儿，不被节目组钻空子，我们完全可以避免这种情况。而且，不是你说的吗，这个节目对我有很大的益处。既然如此，那我为什么要放弃？为了所谓的面子？那个导演不是看见我难受吗？我就让他好好难受难受。"

Vera一句反驳的话都说不出来，因为这的确是她的失误。

两人迅速地折回拍摄场地。

她们刚到，副导演就笑脸相迎："语宁啊，刚才真的对不起，的确是我们做得太过分了。你放心，我们重新拟合同。"

"我不需要你们重新拟合同，只要你们的导演给我道歉。"姜语宁看着对方，非常认真地道，"我知道你们看人下菜习惯了，但这次欺负得是不是有点儿过头了？嗯？"

"你先稍等，我马上去请导演。"副导演汗流浃背，连声音都是虚的。

他马上请来导演，手里还拿着茶水。

"语宁，我们这档节目能火不容易。我也是有诸多顾忌，才迁怒到了你的身上，对不起啊。"导演从副导演的手里拿过杯子，递给姜语宁，"今天是我没带眼睛出门，你就大人不记小人过，别跟我计较了。这样，我们重新安排剧本，让你好好上节目，这样可以吗？"

姜语宁顿了半晌，接过茶杯，回答导演："就照你最开始的设定做，我穿那个人偶服。"

众人一听，顿时愣了。闹了这么半天，她不就是为了好好上节目吗？怎么现在她又愿意穿人偶服了？

"语宁，你在开玩笑吧？如果你觉得我们哪里做得不好，可以提出来……"

"我就穿人偶服。"姜语宁再次说道，"虽然你为难过我，但是你也向我道过歉，给我沏过茶了，我就一笔勾销了。现在说回工作，我知道你为什么看不起我。你无非觉得我无权无势，没有能力却有一堆黑料。但是你从未接触过我，怎么知道我什么都不会？"

"我……"

"我现在就做个让你心服口服的人偶。"

两位导演互看一眼，觉得这小演员和他们想的不一样。

"行，那我们按照原计划彩排一遍，但是语宁，你不用勉强，如果你觉得不行……"

"我不会言而无信，更不会钻合约的漏洞。既然这份合同是我的经纪人签的，那我就当作给我们两人买了一个教训。我希望她记住，傲慢会给她带来什么样的后果，错了就是错了，而我作为她的艺人，就要为她的错误买单。"姜语宁说这话的时候，直视Vera。

姜语宁的目的很明显，她就是为了给Vera一个教训。姜语宁此话一出，节目组的工作人员再也不敢随便对她了。被人安排和自己愿意去做是两个概念。

Vera看着姜语宁重新穿回人偶服，深吸了一口气，被眼前这个艺人震撼到了。

随后，节目正式进入彩排阶段。但是众人不明白，一个人偶能精彩到哪里去？可是彩排后不久，众人便惊了。姜语宁可以根据不同需求变换声线，反串男音、机械音等各种声音，都是从那个人偶的嘴巴里发出来的。

"那真的是姜语宁发出来的声音吗？太不可思议了吧！"

"原本大家都在想怎么才能让人偶融入节目里，现在正好融入进去了，还挺有意思的。"

"姜语宁也太厉害了。"

台下的工作人员赞叹连连。当姜语宁取下头套，露出一脸汗水的时候，在场的工作人员都忍不住为她鼓掌。这时候，两位导演才明白他们之前的心胸到底有多狭隘。

"姜语宁，你打开了我们的眼界，之前真的对不起，希望你不会放在心上。"此刻，导演真心诚意走到姜语宁的面前，向她致歉。

"我可以全程不露脸，但是我希望得到我应有的对待、该有的宣传。"姜语宁把头套递给工作人员，回答导演。

"这个你放心。"导演承诺道，"喜雅那边……"

"不会撤资，但我还是希望，你们这么好的节目多给旁人一些机会，不要带那么多的偏见。"

两位导演互看一眼，觉得被眼前这个小艺人上了一堂课。

正式录制在第二天下午，姜语宁在彩排后便带着Vera从演播厅离开。一路上，Vera都没说话，也没有了往日的盛气凌人。

"怎么，你哑巴了？"姜语宁坐在后排，忍不住问Vera。

"你完全可以趁机换了我，为什么没有这么做？"Vera现在最好奇的事就是这个，她完全看不懂姜语宁。

"换了你做什么？你不是斗志昂扬地要让我三个月以后对你俯首帖耳吗？我还等着呢。"姜语宁笑道，"我今天那么做，也不全然是为了教训你，也想证明自己。麻烦你以后长点儿心，这里不比国外，没你想象中那么好混。"

"你为什么没有告诉我喜雅的事？"

"我一开始就不打算用喜雅的身份，可后来发现自己有点儿天真，别人都欺负到头上了，我为什么还要死守着资源不用？不过也就这一次，我不会公开这件事，也没打算用喜雅股东的身份横行霸道。所以，你依旧可以和刚开始一样欺负我。"说完，姜语宁低头看向手机。

"你们姜家不是早就破产了吗？为什么你又成了喜雅的股东？既然你有权有势，为什么……"

"什么为什么？"

Vera顿时不说话了，差点儿把心里的疑问问出来。

为什么你要拖累姜穆阳这么多年？你们兄妹到底有什么不可告人的秘密？

姜语宁听出Vera话中有话。她"小狐狸"的这个称号可不是白叫的。

但是，她不动声色地说："这是我的私事，没必要跟你交代吧？你把我放在锦徽园门口就行了。"

Vera不敢再开口，害怕被姜语宁发现蛛丝马迹，便将车停在了锦徽园的门口。

姜语宁推门下车，等Vera离开以后，给陆景知打了一个电话："二哥，快来带你的小祖宗回家。"

十分钟后，一辆黑色轿车悄然而至，然后带着姜语宁一路奔向御珑廷。

"二哥，我总觉得，这个Vera好像知道姜家的旧事。可我仔细地想了想，没发现哪一环和她有关，猜不到她对我的敌意到底从何而来。"

陆景知看着她湿漉漉的头发，伸手揉了揉，便问："怎么回事？"

"戴了一晚上的头套，能不湿吗？"姜语宁用了一点儿时间把大战导演的事，仔细地跟陆景知说了一遍，说得绘声绘色的。

陆景知全程听着，然后微微一笑："我说过，你有征服人心的本事。"

"那是当然，我连你的心都可以牢牢地系在身上呢。"姜语宁得意起来，然后老老实实地躺在浴缸里，任由陆景知替她揉按头皮，"二哥，你工作的时候想我吗？"

"那你呢？"陆景知低头反问，动作轻柔，好像把所有的温柔都用在了姜语宁的身上。

"想的，可是我马上要进组了，要有好几个月看不到你了，心里有点儿难受。"

"只是一点儿？"

姜语宁翻过身，抓住陆景知的双手，放在自己的下巴下面蹭了蹭："以前我不依赖任何人，包括我哥。我们两人虽然都在洛城，但是真正见面的时间很少，大多时候我是一个人。除了爷爷，我没有别的牵挂。虽然我偶尔想你会想得心脏抽痛，但是从来没有像现在这样舍不得离开一个人。想到要离开你，我就觉得自己的灵魂被抽走了一半。"

陆景知任由她抓着手，心里却很满意："夸张。"

"是真的，我已经不能没有你了。"

陆景知看着她亮晶晶的眼睛，俯身吻了吻，然后道："我在家等你。"

反正，等你已经成我的习惯了。

"我不在，家里不会出现别的小姐姐吧？还有，陆爷爷会不会让你相亲啊？你可不能答应，你是我一个人的，谁也不许惦记。好烦呀，我们小两口在一起还没久呢。"

听到她喋喋不休的怨言，陆景知笑了出来，说："和我共事的人中，没有女性。你可以放心了。"

姜语宁唠叨了好一阵，在洗好头发后，跳到陆景知的身上："等开拍以后，我就和沈导商量商量，没戏的时候，我就偷偷地溜回来看你。我不能太长时间不闻你的味道，不然会缺氧的。"

挂在陆景知身上的姜语宁跟小孩一样，和大战导演的姜语宁完全不是一个人。

陆景知心想，旁人也休想看到她如此孩子气的一面。

这样一只可爱的小狐狸，谁不疼呢？


次日清晨，天色微微泛蓝。

姜语宁在迷糊之间，看到了站在梳妆台前的陆景知。明明只是背影，她也看得十分着迷，马上拿出手机拍下来，用作她的手机壁纸。

陆景知听到声响后转身，见她在更换壁纸，顿时问："不怕被发现了？"

"不怕，网上有不少你参加正式活动的背影图。我处理一下，就说在网上下的。"姜语宁笑得狡黠可爱。

陆景知无奈地摸摸她的脑袋，看了一眼腕表："时间还早，你可以再睡一会儿。"

"不睡了，起来陪你吃早饭。"姜语宁掀开被褥起身。

陆景知轻笑了一声："拿你没办法。你爸爸在楼下，我要出去见他。"

"他干吗大清早地搞偷袭？而且，他为什么只见你不见我？"

大约，他是为了考验女婿？

姜语宁简单地收拾一下，然后和陆景知手牵着手下楼。

这时候，姜志桐和他的助理站在花园里。

"爸爸。"

姜志桐转身，笑着迎接姜语宁。

"你为什么见二哥不见我？"

"男人间说点儿男人该说的话，女孩子当然要回避。"姜志桐捏着她的鼻子道。

"你和大哥一样，是想警告我二哥吧？你们想说的那些，我都会背了。他很疼我，你不要欺负他。"

姜志桐叹了口气。

"当年，我如果能反对你爷爷替你订婚的事，并且促成你们两个的事，今天，我恐怕都当外公了。"姜志桐觉得可惜，他也差点儿做了夺走女儿幸福的凶手，"景知，我只是希望语宁不是为了报恩才选择你的。"

"什么报恩，我很早就喜欢上他了，你们都不知道而已。"姜语宁护起短来。

这还是姜语宁第一次说这件事。就连陆景知听了，也都愣了一下。没想到，她那么早就喜欢他了。

"那也怪你，那时候为什么不说呢？"姜志桐指着姜语宁的鼻子责怪道，"你要是早说，你爷爷也不至于给你安排那门婚事，耽误你们这么多年。"

"那还不是怪你，对谁都冷冷的，害我以为自己没机会。"姜语宁又把锅甩回了陆景知的身上。

"嗯，怪我。"陆景知没有辩解。

那时候，姜语宁还小，他就算真的喜欢她也不会表现出来。可是等她再大一些，她就成了别人的未婚妻。

"行了，我就是过来看你们一眼，一会儿要乘飞机去美国。这一去，我会在美国待很长一段时间，如果你想我了，就给我打电话。本来我还有些放心不下你，但是现在有景知看着你，我就放心了。"姜志桐又抱了抱姜语宁，不舍地抚了抚她的长发，"进去吧，海风大，容易眯眼睛。"

"那你有空一定要回来看我。"

"好。"姜志桐慈爱地点了点头，郑重地把女儿的手交给了陆景知。

姜语宁看着姜志桐离开，感慨万千。不过，爸爸已经回到她的身边了，这是一件值得感恩的事。

"回家吧。"姜语宁紧紧地牵着陆景知的手，两人一同回到屋里。这时候，梁姐已经做好了早餐。

姜语宁本想在餐桌前落座，却被陆景知一把抓住放到了他的腿上。

"梁姐还在呢。"姜语宁忍不住挣扎。

"你那么早就暗恋我了。嗯？"

"不行啊？"姜语宁佯装生气地反问。

"说具体一点儿。"陆景知要求道，"否则，今天早上你就别想从我的腿上下去。"

姜语宁噘着嘴，想了片刻，然后道："有一次，我不是在你的房间玩吗？后来，我的初潮就献给你的床了。我当时觉得好丢人啊，怕被你发现。然后，我每次见你就会心虚，会特意观察你的反应，害怕被你讨厌。关注多了，我就喜欢偷看你、注意你，情不自禁地想靠近你。还好你不知道，不然我的脸就丢大了。"

陆景知抱着她，笑得别有深意。

姜语宁忍不住问："你为什么这样笑？"

"因为我知道啊。之前我一直当你是小丫头，也是从那时候开始，就懂得男女有别了。"

"啊啊啊！我不活了！"姜语宁捂着通红的脸。

这段喜欢，还真是有一段奇特的开始呢。


两人吃完早餐，姜语宁正准备和陆景知一起出门，Vera却来了电话。

"你在家吗？有麻烦了。"

"什么麻烦？"姜语宁立即收起笑容，示意陆景知先走。

"看热门新闻，你今天不要出门，我怕媒体会蹲点，晚点儿出来我们见个面。"

"好。"姜语宁点了点头。

"怎么了？"因为听到了"麻烦"两个字，陆景知便在旁边等她。

姜语宁收好手机摇了摇头，对陆景知撒娇道："你女朋友又上热门啦，我习惯了。你快上班吧，我能处理，再不行，我还有舅舅呢。"

"遇到棘手的事情，给何秘书打电话。"陆景知搂着她吻了吻，这才走出去。

姜语宁见陆景知和警卫员走远了，这才打开手机看情况。


**#姜语宁干爹##姜语宁的喜雅爸爸##姜语宁手段#**


看完，姜语宁给Vera回电话："这又是怎么回事？"

"昨天你在演播厅打电话的事情，被人捅出去了。因为外界并不知道伯父还活着的消息，所以误以为你是喜雅某位金主的干女儿，说你利用喜雅的关系进入节目组。

"现在事情闹得很大。《爆笑艺人》的粉丝很多，而且还有很多大牌的艺人等着上这个节目。现在被你一个'小黑红'艺人捷足先登，自然会有人借题发挥，说节目组有黑幕。"

"幸好我只是扮演一个机器人，要不然'黑粉'得上天。Vera，这件事处理起来很有难度吗？"姜语宁反问。

"你是喜雅的股东，这一点就会引起'黑粉'的厌恶，说你走了捷径。所以，我打算公开你父亲活着的消息。但伯父那边……"

姜语宁明白Vera的意思，这得看姜志桐的意思。

"比起公关，我更关心的是谁又把事情捅了出去？"姜语宁用了一个"又"字。

上次，她起诉傅女士的消息也是莫名其妙地被泄露出去了。

她不相信演播厅的人会这么不小心。

"你想查？"

"这样，Vera，你首先联系节目组的人，让副导演回忆一下可疑的工作人员。我想找出那个背后搅事的人，不能每次都被他算计。然后，你再请公司和节目组一同出来澄清，说我只是去节目当了一个道具。最后，关于我爸爸，我要先和他商量。他好不容易死里逃生，我并不想打扰他的平静生活。"

听完姜语宁的话，Vera沉默了一会儿。

比起她来，姜语宁更像一个合格的经纪人。姜语宁说话条理清楚，处理方式合情合理。比起那些一出事只会发脾气的艺人，姜语宁的表现已经很出乎Vera的预料了。

"我去办。"半响后，Vera终于说了三个字。

随后，姜语宁挂了电话，再次打开网上的热门新闻。

此刻，网上骂声一片——

"这才安静几天就又出来搞事啦？"

"姜语宁，你就不能安静点儿吗？"

"如果姜语宁真的上了《爆笑艺人》，那么我就再也不看这个节目了！她这捷径走得太过分了！"

"厉害，她居然和喜雅的人搞到一起了。"

姜语宁深吸一口气，然后去自己的粉丝群看看。

粉丝们急得像热锅上的蚂蚁。

"小姐姐，我不相信你是那样的人。"

"我说不过路人……好生气！"

看到这些暖心的话，姜语宁收起沮丧的心情。这不过是一件小事，她很快就能搞定。

随后，枯杰和陶睿哲也来了电话。不过，X社在这种时候帮不上忙，即便要把舆论往对她有利的方向引导，也要在真相出来后。

"联系大伯了吗？"枯杰在电话里问，"对他来说，还你清白很简单。"

"他估计快上飞机了，我不想把他卷入到娱乐圈里来。"姜语宁回答，"我不愿意他五年的痛楚被放大。"

在姜语宁和枯杰通话时，姜志桐的电话打进来了。

姜语宁一看，顿时对枯杰道："我先接爸爸的电话。"

姜志桐在去机场的路上就听助理说起了这件事。他没想到娱乐圈的人竟然如此恶毒，把他的女儿说得这样不堪。

于是姜志桐当即给喜雅的公关部门负责人打电话，要求必须严肃处理这件事。

"爸爸……"

"我前脚离开，你后脚就出了事，你让爸爸怎么放心？"

"二哥都放心了，你也尽管放心。娱乐圈就是这样，经常有这样的事情发生。但是爸爸，你相信我，等我拥有和这些人对抗的力量了，会让他们受到应有的惩罚。"姜语宁很认真地向姜志桐解释。

"不管怎么样，我还活着这件事也应该公开。"

"我不想你被打扰。"姜语宁有些心疼地说。

"傻丫头，我马上就出国了，在国外谁能骚扰我？我在候机室里录制了一段视频，已经发给喜雅的公关部门了，让他们配合你的经纪公司。丫头，你要记住，我是你的爸爸。"姜志桐说得很有力量也很坚定。

姜语宁听了只觉得异常温暖。

"好了，我快要登机了。女儿，祝你一切顺利。"

"爸爸，再见。"

有了爸爸的帮助，这件事就变得简单了。不知道是谁一而再，再而三地在她的背后捅刀子。难道对方真的当她没脾气？

网上正热闹的时候，Vera又来电话了："喜雅派了两个人到公司亲自和沈总监谈如何处理这件事，你要过来吗？"

"去。"姜语宁道，"一会儿公司见。"

挂了电话，姜语宁低调地开车去光影。虽然光影门口蹲着记者，但是他们不敢太放肆，毕竟沈以琛已经提前做了一番安排。只不过姜语宁现身光影，还是引起了内部员工的一番激烈讨论。

"最近一段时间，因为姜语宁，我们光影真是频繁被媒体提及。以前哪有这种新闻？"

"死了亲爹，可不就要找一个干爹？"

姜语宁在听到"死了亲爹"这几个字时，顿时停下脚步，转身走到那前台人员的面前，取下帽子和墨镜。

"把你刚才说的话再说一遍。"

对方没想到姜语宁会听到，还较真了，顿时不知所措。

"'死了亲爹，可不就要找一个干爹？'你是这样说的，对吧？"姜语宁把刚才的话又说了一边。

"我、我不过随口一说。"对方见同事都过来围观了，连忙狡辩。

"你知不知道有句话叫'恶语伤人六月寒'？你随口说的一句话就如此恶毒，那么你认真起来岂不是能要人命？"

"你别在这里闹，我真的就是随口一说，没别的意思。"

"你收拾东西，马上离开。"此刻，沈以琛带着助理过来了，对着那恶毒的前台人员道，"你只是随口一说，但我是很认真地让你走。

"还有你们，身在娱乐圈就应该明白话语是一把利剑。你们随便讨论几句以为无伤大雅，但是这些刺在别人身上的痛，早晚会反噬到你们的身上。"

说完，沈以琛带着姜语宁走向办公室。

"还在生气？"

姜语宁摇了摇头："气过了，而且你也替我报仇了。"

"要是让我背后那两尊大佛知道有人在你面前说话如此恶毒，恐怕她不仅仅是被辞退那么简单了。好了，言归正传，你去会议室等我，商量你的那件事。"

姜语宁点了点头，幸好Vera不在场，没听到两尊大佛的事。

因为沈以琛的反应，光影内部员工把姜语宁传得更加离谱了。哪个艺人会有她这种待遇啊？

"还想解决这事？人家前台的人也没说错，她是死了亲爹，出去认了一个爸爸，怎么就不能说了？"休息间内，慕娴一边化着妆，一边对助理笑道，"等着看好戏吧。"

"慕娴姐，你为什么这么讨厌姜语宁啊？"

"换作你，路上有了绊脚石能顺眼吗？"慕娴冷哼，"当然，我要是有姜语宁那样过硬的本事，也就不需要看谁都不顺眼了。"


公关事宜很快就敲定了，毕竟几方都很给力。

首先，光影和《爆笑艺人》节目组一同发声明，说姜语宁的确参加了节目，但并不是常规嘉宾。不仅如此，节目组还放出了另外两位受邀嘉宾的名字。

对这个节目的粉丝来说，姜语宁只要不是常规嘉宾就行。

这也从侧面验证了姜语宁并没有依靠喜雅的关系进节目组。她是光影的艺人，光影有优先权，但这件事是不会被直接放上台面来说的。

"没有录节目不代表姜语宁没干爹啊！"

"就是，有人亲耳听到姜语宁打了一个电话叫'爸爸'，还和副导演发脾气呢。不久后，喜雅的人就到了。"

"现在就等喜雅的消息了，光影和节目组的声明没意思。"

由此看来，这件事是有人刻意说出去的。因为那人完全没提节目组导演钻空子的事，更没说到她是喜雅的股东这事。也就是说，有人故意把这件事说得不堪。姜语宁便更加确定这件事不是意外而是有人刻意做的。

Vera从节目组的手里拿到了那晚节目录制时姜语宁与副导演争执的照片。因为场内的机位不断变化，并没有完整的视频。

然而，照片还是有的。

"节目组只能提供这些了。"Vera对姜语宁道，"我们毕竟没有透视眼，可以看穿这些人在想什么。"

姜语宁仔细地研究这几张照片，细心对比，然后哼笑道："根本用不着透视眼。你看，当时能够听到我和副导演说话的人就只有这四个。他们身后的人都在做自己的事情，不太可能听到我们说了什么，只有这四人同时看向我和副导演。

"再对比其中几张照片，你就会发现一件很有意思的事情。"

经姜语宁提醒，Vera将照片放成一排对比。随后，Vera也看出了其中的猫腻。那四个人中，有三个人在看戏，只有一个人举着手机，应该是在拍照。

"我会去找这个人好好聊聊的。"Vera脸上露出了兴奋的神色。

"那我就等你的消息了。"

两人很自然地笑了起来。很快，Vera又板起了脸。她不知道自己为什么和姜语宁如此合拍，她明明应该厌恶姜语宁的。

短短几天的时间，Vera的心就被姜语宁一点一滴地侵蚀了不少。Vera不停地在心里提醒自己，这并不是一个好现象。

姜语宁看出了Vera的纠结，但只是勾了勾唇。

"Vera，你可以去忙了。姜语宁留一会儿，沈国邦导演有事情让我转达。"这时候，沈以琛忽然对两人道。

"行，那我先去找人了。"Vera看了两人一眼，然后拿着照片走出会议室。事实上，她并不相信是导演有话传达。

姜语宁和光影的老总有什么秘密？

"沈总监，你又给我找麻烦了。你这不是存心要给我和Vera制造误会吗？"姜语宁有些埋怨地看着沈以琛道。

"老板要见你，没办法。"沈以琛耸了耸肩。

姜语宁深吸一口气："那好吧。"

顾平生只是想听听他出国以后发生在姜语宁身上的事情。和小丫头闲话家常以后，他就放她离开了。

姜语宁和沈以琛一起去光影的地下停车场。在看到自己的座驾以后，姜语宁觉得很无奈。因为车身上有大片的血迹，就连周边的车上也有。不仅如此，车顶上全是死老鼠。更过分的是车身上被尖锐的东西写了字——姜语宁去死!

"你开我的车走，我去找保安。"沈以琛的脸色很不好看，他从裤兜里拿出车钥匙递给姜语宁，"在光影的眼皮底下做这种事，无法无天了。

我一定会揪出那个人。"

"那我先走了。"姜语宁接过车钥匙，上了沈以琛的车。

事实上，虽然姜语宁的"路人缘"不好，但之前从未发生过这样的事。像这样恶毒的事情，她是第一次遇到。

如果不是有人蓄意报复，她不相信会有这么无聊的人，冒这么大的风险进入光影的停车场。更重要的是，这还被人拍了照片传到了网上。

"惩罚姜语宁，人人有责。"

"姜语宁再不滚，下次就直接毁车了。"

当然，也有网友觉得对方这种做法太过分了——

"这太恶毒了吧！"

"这些人有病吧？我觉得做到这种地步的人就是疯子。"

"希望姜语宁报警。"

因为这件极端的恶性事件，姜语宁的事情持续在网上发酵。

光影和《爆笑艺人》节目组已经发了声明，这时候最关键的就是喜雅了。如果喜雅遮遮掩掩，那么大众就会认为姜语宁找干爹这件事是真的了。

后援会的群里，一众粉丝也在呼喊姜语宁："小姐姐，你出来解释一下吧，我们真的好心疼。"

姜语宁看了半天，回了一个字："好。"

粉丝见到了，马上兴奋起来，飞快地刷屏。

"语宁小姐姐，爱你哟。"

"可以近距离地和你交流，真好。"

"我喜欢的小姐姐才不是他们说的那样。"

就在网络上讨论得热火朝天，围观群众连脖子都快望断的时候，喜雅终于有动静了，在其官方网站上发了声明。

"近日，有关#姜语宁干爹##姜语宁的喜雅爸爸##姜语宁手段#等热门话题涉及我司，故我司现做出以下回应：

"一、我司现任总裁姜志桐先生乃姜语宁小姐生物学上的父亲。父女两人经过诸多苦难与波折于近期相认，不存在不正当关系；

"二、喜雅乃《爆笑艺人》节目赞助商，在与节目组的合作中一直秉承专业的合作态度，并与节目组结下了深厚的友谊。希望广大网友不要听信传闻，喜雅并未干涉节目组嘉宾这一环；

"三、姜语宁小姐乃喜雅股东之一，不需要通过不正当的手段进入节目组。"

声明下面是姜志桐在机场录好的视频。

视频里，姜志桐戴着口罩，但依旧可见他面部的伤痕。

"朋友们，你们好，我是姜志桐。没错，我并没有死于五年前的那场车祸当中，但是因为调养身体，也一直未和我的女儿相认，我们是最近才重新取得了联系。

"原本语宁不想让我卷入这场是非当中。但是作为一个父亲，看到女儿受冤却无法为自己辩解，让我非常痛心。

"希望大家在知道真相以后可以少一些戾气，多一些正能量，我也将对大家感激不尽。

"最后，在喜雅做出声明的情况下，如果还有人恶意造谣，那么我们也将采取相应的手段，交予法律裁决，感谢各位。"

视频一发出来，众人都震惊了。

原来姜志桐没有死，还好好地活着！

"黑粉"本以为喜雅放出来的声明要么是想和稀泥的一番说辞，要么就是搬出律师，哪知人家放出的居然都是猛料。

姜语宁的父亲还活着，也就是说她当时是在给她的亲爸爸打电话，不是什么干爹。这样一来，关于姜语宁的那些谣言就不攻自破了。而且，她是喜雅的股东之一！

在强大的证据面前，谣言就显得异常虚假了。

"啧啧，一群无聊的人去嘲讽别人，结果'炸出一个王者'。"

"散了散了，姜语宁是喜雅的股东，人家需要找关系？"

"我看到视频里姜爸爸脸上的疤痕了。五年前的车祸，他应该伤得很严重。他们现在父女团聚是好事，一群人就别在这里挑事了。"

"小姐姐真不打算告这群造谣的'键盘侠'吗？尤其是那个给你放死老鼠的疯子。"

"姜语宁应该是最近最惨的一个艺人了。"

在喜雅、光影等三方的努力下，一场危机得到圆满化解。

看到网友们逐渐正常的评论，姜语宁终于松了口气。

"不管怎么说，幸好当时你没有参与《爆笑艺人》的正常录制，否则这件事根本圆不回来，大家都会认为你拿喜雅股东的身份去给节目组施压。"Vera在电话里感叹，姜语宁的运气是真的好。

"这也给了我的大经纪人一个教训。请你接一些与我现在的地位相匹配的资源，不要把我推往龙潭虎穴。"姜语宁在电话里哼了起来。

事实上，她当时那么做除了要证明自己，也有这一方面的准备。

"我现在在去电视台的路上，有消息再通知你。"Vera不想被姜语宁教训，即便姜语宁说得没错。

"Vera，容我提醒你，你是我的经纪人，我们荣辱一体，我希望你不会做出错误的决定。"

听到姜语宁的这话，Vera总觉得姜语宁知道了什么。

这个二十四岁的女孩有着非凡的洞察力，也极度聪明。

Vera生怕露了底。


一场危机得到化解，姜语宁给枯杰打了一个电话："哥，现在我们可以掌握主动权啦，把话题往我身上带，别让他们去关注爸爸。"

"我有一些你身穿人偶服的图片，一两张图就可以把话题往节目上引。"这些小事枯杰随时可以应对。

"OK！"

一些节目录制的照片，只要不剧透，随便放放是没问题的。

这时，节目组的导演感受到了X社的善意，出来解释："虽然在上期节目录制中，姜小姐不是主嘉宾，但是她在节目里的确有不凡的表现。我保证可以给大家惊喜，大家可以期待一下。"

事情得到了解决，但是网友的关注点还是在很奇怪的地方。

比如#姜语宁喜雅最年轻股东##一夜暴富姜语宁#。

当然，这些话题多数是些搞笑的段子，没有嘲讽的意思。毕竟带着伤疤的姜志桐都已经出来为女儿澄清了，他们又有什么好说的呢？

姜语宁的后援会此刻也是热闹非凡。因为这件事，又有不少人成了她的粉丝。


傍晚，洛城晚霞染遍天空，绚丽而壮观。

忙碌了一天的陆景知，在回家的路上知道了姜语宁今天的战斗成果。

"二爷，姜小姐的生活怎么每天都能这么鸡飞狗跳呢？"何秘书忍不住笑道，"她这'招黑体质'真是很神奇。老实说，以前我的家人也不太喜欢她，现在可能是念叨她的次数太多了，他们都快成她的铁杆粉丝了。"

陆景知皱着眉看向何秘书。

何秘书愣了一下，连忙轻咳了一声："对不起，二爷。"

"她不缺你家那点儿喜欢。"

"是。"何秘书连忙点头。

陆景知瞪他一眼，这才推门下车。以他的身份和地位他好像注定不能在工作上保护姜语宁。这是他进入489集团最无可奈何的事。

陆景知驻足自家门前，叹了一口气。他推门而入的时候，迎上了姜语宁欣喜的目光。

"二哥……哥……你终于回来了。"

陆景知连忙抱着人，有些不解："干什么呢？"

"你怎么这么说人家？人家这样说话不可爱吗？"姜语宁勾住陆景知的脖子眨了眨眼。

陆景知没有绷住，最终轻笑一声："少折腾我，嗯？"

"唉，我忘记了，你是一个常年没有娱乐生活的老年人。"姜语宁可惜地摇了摇头，"你活到现在大概都没有去过娱乐场所，肯定也不知道蹦迪蹦疯了的女孩子是什么样的。"

陆景知似笑非笑地看着姜小祖宗的脸蛋，知道这祖宗又想出了什么幺蛾子："又想给我拍视频？"

"你太厉害了！"姜语宁顿时双眼一亮，"我想拍古风小视频第三期，但是缺一个好看的搭档。二哥，要不要帮我一下？这次的男性角色设定是战神哦，我给你准备了战袍呢！你放心，不拍脸，而且我们在晚上拍。我保证十点以前结束，绝不耽误你休息。"

"休想！"陆景知毫不犹豫地拒绝。

"为什么？"

"因为会影响到……我别的福利。"陆景知抚摸着她的脖子，低声地回答。

"不会的，不会的！我保证！而且……"姜语宁踮起脚凑近男人，在他耳畔低语，"你不想看我扮成舞姬的样子吗？"

陆景知没有说话，姜语宁却从他的眼里看到了亮光。

"你不说话，我就当你答应我了。"

"我有吗？"陆景知收起目光，朝楼梯走去。

"不是今天拍摄。陶睿哲白天选的那些战袍我都不满意，一般的战袍哪里配得上我英明神武的二哥。"姜语宁跟在陆景知的身后，一直唠叨着。

陆景知勾唇，道："看你今晚的表现。"

姜语宁瞪着他的背影，哼了一声。

第三期故事叫作《夜姬》。相传战神崇华冷血薄情，像一个毫无感情的杀人机器。他常年佩着一把软剑，没有家人，只有一位女知己——身世极为凄苦的夜姬。

夜姬五岁时被卖到青楼，因为其绝色姿容十五岁成为青楼头牌。她喜欢崇华，却因为身份从未向崇华表明过自己的感情。每当崇华要征战沙场的时候，夜姬都会献舞为崇华送行。

两人就这样默契地相处了十年。可最后一次，夜姬为崇华送行，崇华却再也没有回来。

夜姬得知故人战死的消息，当即在两人经常见面的海边翩翩起舞，随后自刎在崇华的坟头。

姜语宁为什么不顾Vera的反对一定要拍古风视频？因为她真的很喜欢第三期的小故事，而且她很想看陆景知穿战袍的样子。

这期视频的拍摄地就在海边。一些乱石、一堆篝火，就是他们这一期的场景。因为陆景知的身份，她事先会和工作人员签订保密协议。马上要进《天机》剧组了，她得抓紧时间，在进组之前给她的粉丝们一个超级大的惊喜。这也有她的私心，有了这些视频，即便进入剧组见不到陆景知，她也有东西可以看。

深夜，干练的Vera到了《爆笑艺人》节目组，通过副导演找到了当时拍照的那个工作人员。为了方便Vera问话，副导演直接把人叫入了办公室。

"副导演，您找我呀？"对方脖子上挂着工作牌，上面标明了她的名字和职位。

"Vera，还是你来问吧。"副导演实在不擅长逼供。

Vera听了副导的话，微微颔首，直接从椅子上起身，拿着照片递给那个工作人员："采薇，对吗？你当时拍摄的照片外传了吗？"

那工作人员愣了一下，接过照片一看，脸色明显有了变化。

"当时，只有你们四个能听到副导演和姜语宁的争执，第二天网上就传出了姜语宁的丑闻。我想知道，你对外传过姜语宁的谣言吗？"Vera直视对方。

"我、我、我……"对方结巴起来。

"其他三人，我们都询问过了。你是这件事最大的嫌疑人，我希望你告诉我们真话，这样我算你将功补过，也能跟副导演求情，至少能保住你的饭碗。如果你没什么可交代的，那我也无话可说，这件事总要有人出来承担责任。"Vera环着双手直视对方。

"我、我就跟我的闺密说了一下。"对方急哭了，"我知道节目组的东西是不能外传的，所以我只跟她通了消息。可她也是圈里人，不可能会不知轻重。"

"你的闺密是谁？"

"她也是你们光影的人，是慕娴的助理。"那个工作人员回答，"副导演，我真的不知道事情会发展成这样。我真的不是有心的，我们只是私下聊天。"

"你确定她真当你是闺密？"Vera嗤笑一声，对副导演说："既然是光影内部的事，那么这里的事就交给你了，副导演。"

"你去吧。"副导演颔首。

"Vera姐，你答应我会替我求情的。"那工作人员见Vera要走，马上抓住Vera的手臂道。

"副导演，别开了她，给个面子。"Vera顺势说道。

副导演当然懂她的意思，在这个圈子里工作，最重要的事情就是管好自己的嘴。

"既然Vera开口了，我当然卖这个面子。"他可以不开人，留着慢慢折磨就是了。

Vera知道答案后便走了。她现在终于知道在姜语宁背后耍手段的人是谁了——慕娴！慕娴也是当初骂姜语宁是猪的人。Vera冷笑一声，准备驱车回公司。这时，尹清瑜忽然打电话过来。

Vera看了一眼，接通电话："清瑜，有事吗？"

"我在国外看到新闻了，姜语宁的丑闻是你做的吗？Vera，我就知道你对我最好了，也只有你肯为我做这样的事。Vera，我就等着看姜语宁身败名裂。"

"不是。"Vera如实告诉尹清瑜，"那是别人陷害姜语宁。"

"没关系啊，只要姜语宁倒霉，我就觉得痛快。当年要不是因为她，穆阳也不会离我而去，我也不会凄惨度日。你知道的，我有多恨这对兄妹。"尹清瑜在电话里不停地说。

"清瑜，你放心，我不会背叛你。"Vera对严清瑜认真地道，"今天就这样，我先挂了，手边还有工作。"Vera结束了通话。

不知道为什么，Vera突然很想了解当年姜穆阳离开的真相。因为她越接触姜语宁，就越觉得姜语宁不是坏人。Vera想了片刻没有头绪，便先带着答案回公司，前往沈以琛的办公室。

"根据那个工作人员的交代，她只把这件事跟自己的闺密分享了，她的闺密是慕娴的助理。"

"慕娴。"沈以琛坐在办公椅上蹙眉思考，"我知道了，你回吧，辛苦了。"

这个艺人和姜语宁无冤无仇，为什么要这么做？看来，他得找个机会好好了解一下。


第二天清晨，姜语宁从Vera那里听说了慕娴这件事。姜语宁觉得自己和这个演员没有私怨，而且她们的星途规划也没有冲突，实在是不明白对方为什么要这样做。

"据沈总监说，你们不是没有交集。慕娴认为你抢走了她《天机》女三号的角色，她就是当初光影推荐过去面试的女演员。"Vera在电话里回答姜语宁。

"行吧。"姜语宁低叹一声，接着问，"沈总监是什么态度？"

"你到公司来谈吧。"

"既然事出有因，我就不去了，沈总监该怎么处理就怎么处理。我马上要进组了，还得和谭爷爷好好学点儿东西，就不浪费时间在那些人的身上了。"姜语宁回应。

"你不恨她？"

"有什么好恨的？她还没有被我恨的资格。我连她长什么样都不知道，沈总监处理就行了。他如果不处理，我以后会找机会还回去的。"姜语宁不想把珍贵的时间浪费在那种垃圾的身上。

"好，我去和沈总监沟通。"Vera道。

在大公司里遇上艺人有过节的情况，人们一般会衡量利弊。在两方背景相当的情况下，经纪公司就会出来当和事佬，维持艺人表面的和睦；如果双方背景悬殊，那么大鱼吃小虾，倒霉的自然就是无权无势的艺人了。

Vera想知道姜语宁到底是大鱼还是小虾，于是敲响了沈以琛的办公室的门，道："语宁说她不过来了，你看着处理。"

"和我去一趟慕娴的休息室。"沈以琛直接从办公椅上起来，然后带着Vera找到了在化妆间里上底妆的慕娴。

"哟，这是吹的什么风呀？让沈总监亲自上门来找我。"慕娴阴阳怪气地说。

"你前几天接洽的角色，我已经转到别人的手里了，还有综艺，你也别上了，先休息三个月吧。"沈以琛整理着自己的衣袖，冷冷地看着慕娴。

"凭什么？"

"你自己做了什么心里清楚，我就不放在台面上说了。"

"沈总监，你是不是忘了我的背后有人？"慕娴噌的一下站起来，怒声道。

"那么我也告诉你，姜语宁是老板要保的人。这次你运气好，她的危机化解了。如果姜语宁因为你受到牵连，就不是让你停工三个月这么简单了，而是全网封杀。"沈以琛说得很严肃。

"你走到今天不容易，不要被小心思蒙蔽了双眼。内斗对你没有任何好处，你自己想清楚！"说完，沈以琛带着Vera走出慕娴的化妆间。

对慕娴来说，这无疑是最严厉的警告了。

慕娴气急败坏，直接用手扫掉桌上的化妆品："我就是要斗，我不信我还教训不了一个姜语宁。在公司里你们管得着，但是出了公司，你们就管不了了！"

慕娴是要找她的背后之人了吗？

Vera觉得很诧异，慕娴背后也有位了不得的金主，公司不该这样直接偏向姜语宁，但是沈以琛没给慕娴半点儿面子。而且沈以琛直接放话了，姜语宁是顾平生要保的人。

"沈总监，姜语宁和老板……"

"不要好奇，做好你的事。"沈以琛直接打断Vera的话。

事实上，沈以琛和姜语宁一早就通过电话了。刚才沈以琛在Vera面前毫无顾忌地表明顾平生的态度，就是为了给Vera陷害姜语宁的机会。

姜语宁不想等了。Vera严防死守，没有露出半点儿破绽。姜语宁想主动撕开这个口子，掏出Vera的心看看是黑是白。

Vera没有深问，却对姜语宁多了一丝不屑。

光影的老总姓顾，姜语宁跟他根本扯不上亲戚关系，除非两人另有关系。难怪沈以琛会直接偏向姜语宁。

Vera离开公司后拿出手机，翻出了尹清瑜的号码，却在按拨号键的时候犹豫了。

姜语宁不像那样的人，也不是那样的人。

Vera不知道她为什么会对姜语宁有这样的信心。自从接触了姜语宁，她还没找出姜语宁人品中的缺陷。

姜语宁不欺凌人，不记仇，不恃宠而骄。

她勇敢、果断，很清楚自己要什么。

她不会斤斤计较过去的事情，更不愿意浪费时间在旁人的身上。

她有很强的个性，虽然有时候也很蛮横，但绝没有恶意。

相互尊重是她的处世之道。

Vera想明白了便放下手机，驱车离开光影的停车场。

有些人，真的只是看着讨人厌，然而真正接触之后，就会发现其可爱之处。

这比那些表面上对人嘘寒问暖，实则虚伪的人要真实且珍贵得多。

姜语宁刻意抛出鱼饵，就是想让Vera上钩。可是这样做以后，姜语宁又感觉很不舒服。因为她讨厌试探，无论是别人对自己，还是自己对别人。

在上完一天的课后，姜语宁给Vera打电话："来别院接我吧，我想和你谈谈。"

"在路上了，还有十分钟到。"Vera回答姜语宁。

Vera有预感，这次去接姜语宁能知道一些她想知道的事情。

十分钟后，姜语宁在别院的门口看到了Vera的车。

因为Vera对草药味过敏，所以姜语宁带Vera去了前院。

"坐吧，你应该有很多问题想问我。"姜语宁站在石桌前，看着Vera道，"今天我随便你问，我都会如实回答。但是Vera，我的心门只对你敞开一次，没有下次。"

Vera认真地看着姜语宁，点点头，然后开始提问："你和顾总到底是什么关系？"

# 第十五章
# 征服人心

"我和顾总没有任何关系，顾总是受人嘱托才会格外照顾我。"姜语宁说，"Vera，这恐怕不是你真正想问的问题吧？你一开始就格外关注我，到公司的第一件事就是针对我。你言语之间偶尔泄露了你的情绪。你跟姜家的旧事有关？"

"那就要问你的好哥哥了。"Vera冷声道，"姜家破产，你不仅拉着你的哥哥进入这个深渊，还害了我最好的朋友。"

"我哥哥？"姜语宁逐渐明白过来，"你是冲我哥来的？"

"五年前，你的哥哥姜穆阳在国外念书，曾经谈过女朋友。后来因为姜家出事，你哥哥便抛下他的女朋友回国了。五年来，他杳无音信，害得他女朋友患了很严重的精神疾病。她好几次想自杀，都被我拦住了。因为你哥哥，她整个人都毁了！"

"我从未听我哥说过他感情上的事。而且我哥根本不是那样的人，他最讨厌亏欠别人。"姜语宁狐疑地看着Vera，"五年前，姜家破产，爷爷病重，我只身进入娱乐圈赚钱养家，根本就没想过要把我哥拉入这个圈子。很久之后，我才知道我哥连学业都不要了也要回国帮我。这五年以来，我们兄妹俩相依为命，日子也就是从前两个月才开始好过一些。"

当姜语宁知道姜穆阳在帮她的时候，姜穆阳已经在娱乐媒体界有些名气了。

"你没有阻拦你哥出国？没有拖着他？"Vera的语气中含有一丝轻蔑之意。

在Vera和尹清瑜看来，姜穆阳这么多年没有找过尹清瑜，就是因为姜语宁从中作梗。是姜语宁拖着姜穆阳一起面对姜家破产的局面，因为姜语宁不想独自受苦。

"我为什么要拖着他？"姜语宁反问Vera，"我不知道你了解多少事情，但是我和我哥绝非你想的那样。我爸爸的确对我哥有很大的恩情，但是我从来就没有要求过我哥和我一起承担姜家的事。当然我必须承认，我对我哥关心甚少，甚至不知他交过女朋友。如果你因为这个记恨我，对我就太不公平了。"

Vera沉默了。

"至于我哥和他的女朋友，你相信你的朋友，我相信我哥。我哥为了报恩可以一声不响地抛下一切回来照顾我，绝不是绝情的人。我会找机会向我哥问清楚。那时候，我希望你可以理智地对待这件事。五年前姜家破产，我父亲下落不明。作为家中唯一的男人，换作你，你会怎么做？"姜语宁反问Vera。

"我不会逼你站队，是非曲直，我相信你可以分辨。不管我哥在你的眼里是什么样的，但在我的眼里，他是一个疼惜我的好哥哥，我不希望他被误会。"

Vera沉默半晌，最终开口道："工作上，我不会害你，这点你放心。但是在私事上，尤其是你哥哥的事情没弄清楚之前，我保持中立。"

"无所谓，你可以慢慢看、慢慢听，保持你中立的态度就行了。"

姜语宁的要求很简单，那就是Vera不要在工作上给她设陷阱。至于私下，她早晚会让Vera看清一切。

"既然话都说到这个程度了，那么我的秘密，你也不会泄露出去吧？"

"我是一个专业的经纪人。"Vera轻哼。

"那我以后就不必伪装了。"姜语宁伸了伸懒腰，"实话告诉你，我不住锦徽园，你不是来送我回家的吗？走吧。"

"地址。"这在Vera的预料当中。

"御珑廷28号。"姜语宁淡淡地说了一句。

虽然Vera之前的性格的确招人讨厌，但是姜语宁也必须承认，这都是伪装罢了。Vera有自己的底线，有底线的人就有分寸。

Vera才从国外回来，对御珑廷不了解，只是按照导航仪器的路线将姜语宁送到了那一片别墅区。

"我先走了。"

姜语宁看到家门，推门下车正要离开却被Vera拉住了。同时，Vera也注意到了姜语宁的手机的锁屏壁纸。

"白天，我和沈总监去找慕娴，她被停工三个月，我看她不会善罢甘休。"

"我不怕她，放马过来。"姜语宁答道。

"还有，你是不是在谈恋爱？"

姜语宁一怔，看到自己的手机顿时就明白了。

"这图片是从网上下的。"

"网上能拍到他在家里的背影？"Vera轻哼，"而且这号人物，你确定你吃得下吗？"

"你认识他？"

"洛城名流圈没有你想的那么大，这号人物是各大名媛常年关注的对象。我虽然常年在国外生活学习，但每年都会回来小住两个月。他的大名，我听过无数次。那可是难度系数十颗星的'高岭之花'。"Vera平静地解释。

姜语宁偏头正准备说话，陆景知的轿车已经停在了门口。

何秘书率先下车，绕过车头，替陆景知拉开车门。

男人迈出一条长腿，随后便是挺拔修长的身躯出现。

Vera虽然经常听到陆景知的大名，但是从未想过还能看到真人，亲眼所见，果然让人震撼。

"你站那儿干什么？不回家？"陆景知问姜语宁。

姜语宁转头对Vera道："既然碰到了，那你就见一见你口中的'高岭之花'吧。"说完，她走向陆景知。

Vera觉得有些拘谨，但还是推门下车。

"二哥，这是我的经纪人，Vera。"

Vera站在车门处客气地喊了一声："陆先生。"

陆景知见是Vera，便伸手环住姜语宁的腰，道："进来坐吧。"

"不了，我还有事。"Vera可不傻，从陆景知的神情里可以判断出对方正不悦。

"二爷，需要我处理吗？"何秘书询问陆景知。

"不用了，何秘书。"姜语宁连忙摆手，"她不会泄密。"

"进来吧，我有些话想对Vera小姐说。"陆景知这次表现得有些强势。

有些丑话他必须说在前面。

既然大佬让她留下，Vera自然不能拒绝，便跟在两人的身后。她以为姜语宁的背景就是喜雅的股东，没想到姜语宁还是陆景知的女人。陆景知啊！

之前她对姜语宁做过调查，完全没查到这两人的关系。看来，那些千金名媛不用多想了，因为这朵"高岭之花"已经被姜语宁拿下了。

"二哥，你干吗？"姜语宁捏着陆景知的手心，"我能处理自己的事情。"

"有些事情你能处理，有些事情需要我的态度。"陆景知带着姜语宁在沙发上坐下，随后示意梁姐给客人倒茶。

Vera在两人对面的沙发上坐下，身体逐渐绷紧。

"你不用紧张，我并不想找你的麻烦。"陆景知缓缓地道，"我知道你们那圈子，善于权衡利弊，也喜欢去揣测一些没用的信息。我要警告你的是，语宁不是我豢养的宠物，我们之间也没有你想的那么龌龊。这丫头是我手心里的小祖宗，所以她永远不会失去我这个靠山，只是她从来不用。"

Vera连忙点头附和，同时也有些后怕。她面前的这个男人像是可以看透人心，精准地把握了她的内心活动。当知道两人在一起的时候，她就在猜测陆景知是不是姜语宁背后的人。没想到才过了几分钟，她就得到了答案。

既然陆景知给出了他的态度，那么Vera也要给出自己的态度，她道："陆先生，请放心。"

"和聪明人谈话果然不费力，我上楼换衣服。"说完，威严的大佬从沙发上起身走向二楼。

Vera这才松了口气。

"很可怕？"姜语宁忍住笑意询问Vera。

"你被警告一个试试？"

"这人当我的家长当习惯了，就喜欢多管闲事。你留下吃晚饭吗？"

Vera摇了摇头，立即站起身来："我还想多活两年。"

"那我不留你了。"姜语宁笑了出来，然后送Vera到门口。

Vera驾车离开御珑廷，本以为得到了某些答案，不想对姜语宁更好奇了。毕竟有了陆景知这个靠山，姜语宁在哪儿不能横着走？可是她从来不借用这层关系，甚至生怕别人知道。

至于陆景知，第一次见面就警告了Vera。他对姜语宁是认真的，这点毋庸置疑。


御珑廷内，陆景知换完衣服从卧室里出来，拽着姜语宁的胳臂道："八点有个饭局，跟我一起出门。"

"咦？我能去吗？"姜语宁好奇，因为她的身份不是很方便参与陆景知的社交活动。

"早就约了，不能推了。明晚再开始拍视频，嗯？"陆景知低头看着她，柔声道。

"好吧，但是你要告诉我是什么场合。"姜语宁指着自己道，"我得收拾一下。"

"几个朋友而已。"

"是不是有说霍雨溪整过容的那个朋友？"姜语宁来了兴致。

陆景知环着双臂微微颔首，也不知道这几人碰到一起会产生什么化学反应。

"等我十分钟。"姜语宁兴高采烈地上楼，为可以进入陆景知的圈子而兴奋。陆景知却以为她是因为可以见到许良舟而高兴，顿时沉下了脸。

几分钟后，姜语宁换上一条简约大方的黑色A字裙下楼。她挽着陆景知的手臂，两人一同上轿车。

在陆景知和朋友常约的这个地方，许公子几人早已到场。他们之前就吵闹着要见见陆景知心尖上的那位天仙，这都好长时间了才把人说动。

"景知真带人来吗？这都这么长时间了，也不知道是谁，保护得够好呀。"简家少爷简少齐满脸兴奋地道。

"让你们都带家属，怎么都一个个地单独来了？"许良舟有些嫌弃地看着另外两人。

"你的家属呢？听说最近你和你家里那位感情不错？"教育局长的公子温洛调侃道。

正在三人说笑的时候，雅间的大门被酒店的服务员推开，陆景知带着姜语宁进入席间。

几人瞪大双眼看着陆景知身边的女孩，越看越觉眼熟，最后忍不住面面相觑。这不是陆景知原来的小弟媳吗？没想到，陆景知的口味这么重！

在三人诧异的眼神中，两人在桌前坐下。

许良舟指着陆景知，道："你藏得够深啊。"

"这位，许良舟，就是你想见的那位。另外两位，温洛和简少齐。"

"小弟妹，你好啊。"许良舟摆手示好。

三人齐刷刷地看着姜语宁，以为她会怯场。

姜语宁却大大方方地对着三人笑道："如果我记得没错，二哥跟我说过，你们三个都比他小。"

"改口。"陆景知立即瞥了三人一眼。

"啧啧，一点儿便宜也不让人占，好吧，小嫂子。"

三人很郁闷地改了口。

闻言，姜语宁心里美了不少，这才开始打量他们。陆景知的圈子里自然没有差的人。这几位出身名门，高贵的身份不在话下，品行、样貌也都是上乘。否则，陆景知不会和他们三人深交。其中，许良舟穿着华丽，温洛比较秀气，而简少齐则一身肌肉，一看就知道拳头比较厉害。

"对了，小嫂子，你知不知道这人为你做了多少蠢事？"许良舟终于抓到机会了，将自己的椅子和姜语宁挨近了一些。

陆景知见了，连忙将姜语宁的椅子往自己旁边挪了挪。

"你幼不幼稚？我好不容易看到你的心头肉了，就不能让我和小嫂子好好聊几句？"许良舟不满地看着陆景知，"从高中那会儿，我就知道有嫂子这个人了，今天我好不容易见到她，你就不能大方一点儿？"

陆景知没有说话，只是暗暗地在桌下握住了姜语宁的手，捏了捏她的手心。

"这才像话嘛。"许良舟见陆景知没反应，又靠近姜语宁继续道："你别看这人处事正派，其实最蔫坏了。我们当年不知道他心里有人，想帮他开窍。当时学校校花追他追得满街跑，我们就想帮他们一把。于是有一次，我们把他和校花关在了学校的仓库里，关了一个上午。仓库里黑灯瞎火的，只有校花的尖叫声，结果他看都不看人家一眼，校花后来再也没理过他。

"后来他上大学，女生们就更疯狂了。这人对女人毫不客气。有一次，一个学妹把他上课的照片传到网上，隔天那个学妹就转学了，啧啧。"

"麻烦。"陆景知淡然地道。

"这样的事情不胜枚举，我们一度怀疑他喜欢男人。直到五年前，他找我们帮忙，我们这才明白这人到底有多喜欢一个人。当时，他只说是为了心里的那个人，就是不肯透露是谁。我现在明白他当时为什么不肯解释你的身份了。小嫂子，无论从前如何，你以后可要把他看牢了。"许良舟语重心长地嘱咐姜语宁。

姜语宁扭头看向陆景知，眼中满是柔情。

"我不管啊，姓陆的，你现在也算心想事成了，今晚这顿饭你请。我们为你担心了这么多年，你必须有表示。"

"我请，我请！"姜语宁拍着胸膛道。

陆景知连忙拽住姜语宁的手，说道："你有钱？财政大权在我的手里，你忘了？"

"陆景知，你是不是男人啊？居然掌控家里的财政大权。"温洛跟着调侃起来。

"不是这样的，我不会理财才让二哥管的。"姜语宁连忙摆手解释。

兄弟几人互看一眼，好吧。

"我'酸'了！"

"我也很'酸'！"

"许良舟，我们为什么要跟你来吃这一把又一把的'狗粮'？"

412

许良舟耸了耸肩："你们体谅一下，人家一把年纪了，好不容易谈一场甜甜的恋爱。"

陆景知瞥了他们一眼，也没有和他们计较。

至于姜语宁，是真心喜欢陆景知的这几个兄弟。他们要才华有才华，要能力有能力，而且风趣幽默，相处起来让人觉得舒服。

"景知，你们的事老爷子知道了吗？"席间，许良舟忍不住问道。

"还没。"陆景知平静地回答。

几人思索，陆老爷子那关只怕不好过。姜语宁不久前还是陆景知的弟媳呢。况且陆景知是陆家的继承人，老爷子对他的配偶的要求只会更严格。

"你们要是遇到什么困难就找我们。"

"对了，我想起一件事。"鲜少开口的简少齐忽然对几人道，"小嫂子的名字是叫姜语宁吧？今天中午，我家那废物在家里接电话提了一嘴，说是要找人修理小嫂子。"

简少齐口中的废物是他老爸的私生子，简家的二少爷，整天吃喝玩乐，还在娱乐圈找了个女明星做女朋友。

今天中午家里开饭前，简少齐听到了几句。本来他不关注姜语宁的，现在她成了他的小嫂子，再加上许良舟刚才说到了困难，简少齐就想起这事了。

"你家那废物大概嫌命长了。"许良舟观察陆景知的神情说道。

姜语宁一听，便想到了Vera在离开前跟她说过的那番话。这么说来，慕娴背后的人就是简家人。

"景知，这件事你想怎么处理？"简少齐问，毕竟涉及简家人。

"先吃饭。"陆景知用眼神示意简少齐，"在你们的嫂子面前，就不要喊打喊杀了。"

几人暗暗地笑了笑，明白了陆景知的意思。

"我可以处理的。"姜语宁连忙扭头对男人道。

"嫂子，这种时候就不要逞强了。自家男人不在的时候，你想做什么就做什么；可当自家男人在的时候，你就一定不要出声。"许良舟朝她挑眉，"这些事都让你们女人做了，那要我们来做什么？"

"就是。"

413

"嫂子，等着看好戏吧。"

三人一人一句，倒真让姜语宁闭上嘴了。

几人推杯换盏，很快就酒足饭饱了。

陆景知拿出钱包交给姜语宁："去结账。"

"好吧。"姜语宁接过陆景知的钱包，起身跟在服务员的身后。她知道，陆景知就是找个理由把她支开。

"少齐，让你家废物把人踹了，否则，别怪我动他。"陆景知斜靠着身体，直接对简少齐道。

"这哪儿需要你动手？我回去就教训他。"简少齐一边擦嘴一边笑着答，"保护我方小嫂子，人人有责。毕竟，这关乎我二爷此生的幸福。"

"要不要……"许良舟想知道能不能废了那个小明星。

"其他事不要做，舅舅知道怎么做。"

何况事情干涉多了，姜语宁会不高兴。

"景知，趁小嫂子不在，我们也想问你一句真心话，嫂子对你是认真的吗？"许良舟问，"你别怪我们多心，毕竟她不久前……"

"人是我的，我比谁都明白她对我是什么感情。"陆景知没有长篇大论地去说姜语宁对他的感情，只是一句话就打消了几人的疑问，"退一万步说，她即便真的不爱我，一辈子那么长，我也一定会让她爱上我。"

姜语宁结完账回来，正好在门口听到了陆景知的这句话，不由得湿了眼眶，喃喃道："我本来就很爱你啊。"

饭局结束，几人从酒店的隐秘出口离开。

因为见了小嫂子，许良舟几人心情不错，说以后只要是小嫂子的作品，一定会让下面的员工去多看几次。

姜语宁骤然脸红，道："你们就别拿我寻开心了！"

几人带着爽朗的笑声分别驱车离开。

回程路上，依旧是司机开车。陆景知喝了酒，安静地靠在后排座位上，身上散发着一股红酒的淡香。

"困了？"姜语宁握着他的手问，"要不要枕在我的腿上？"

陆景知没有回答，姜语宁也没再问。

片刻后，陆景知喊道："语宁……"

"嗯？"姜语宁回应，"怎么了？"

"没事。"陆景知微微叹息。

"今天听你那几个好朋友说起你的学生时代，我觉得有些遗憾，因为我没有参与进去。吃饭的时候我就在想，如果我们能早一点儿知道彼此的心意，那我就可以在你高中的时候为你学着做便当；每个星期去你的高中找你吃午饭；没事的时候，我们可以躲在学校的小树林里牵牵手。"姜语宁惋惜地说道。

"没事，就算我没享受到那些，你也是唯一能接近我的女人。"陆景知睁开眼将姜语宁抱入怀中。

"二哥，你刚才叫我，是……和我想的一样吗？"姜语宁仰着脑袋问男人。

"你知道我在想什么？"陆景知反问。

"想……结婚。"姜语宁认真地答。

闻言，陆景知原本带着倦色的双眸，骤然变得清明起来。

"因为要顾及我，你一直压抑自己的渴望。可我告诉你了呀，我随时都可以的。我不觉得我还小，我可以做陆太太成为你生命的一部分。你等了我那么多年，我不想再让你等下去了。我们结婚吧，好不好？"

陆景知听完，心脏猛地一缩，握着姜语宁的那只手也都是汗水。他想结婚，但是又不想这么随便地和姜语宁结婚。因为他想给姜语宁的实在太多。

"二哥。"姜语宁向他撒娇。

"好，但是你要听我的安排。"陆景知考虑良久，这才挤出这么一句话来。他害怕她根本没考虑清楚。

听到那个"好"字，姜语宁心里的大石头终于落下了。因为她也害怕，害怕陆景知会犹豫。

陆景知抱着人，极力克制自己的心潮澎湃。进了家门，他就对司机道："下班吧。"

很快，姜语宁就会成为他的妻子。从此以后，他们的命就连在一起了。


简少齐的回家第一件事就是去他那废物二弟的房间。

"大哥，你这大半夜的，至少敲个门吧？"简家二少爷连忙用被子遮住自己和身后的女人。

"几句话，说完就走。一个叫慕娴的人，是不是你的人？"简少齐询问。

"是、是呀，怎么了？"简家二少爷忐忑地问。

"她想让你帮忙动姜语宁？"简少齐继续询问。

"是有这么回事，她们两人有过节。"简家二少爷老实地点头。

"你的胆子可真肥，连姜语宁都想动。你现在就出去把慕娴处理了，这件事不用我教你怎么做吧？"

简家二少爷连连点头："我明白了。"

"以后你把眼睛擦亮一点儿。"说完，简少齐便关上了房门。

简家二少爷知道自己碰到硬骨头了，连夜出门赶去慕娴家里。

"少鸣，你怎么会来？"慕娴半夜被男人拽了起来，连睡衣都没来得及穿。

简少鸣从钱包里拿出一摞现金扔向慕娴，道："你以后别再来找我了。"

"少鸣，这是怎么回事？"

"从前，你打着我的名号在外面耀武扬威，只要无伤大雅，我从来没有计较过。但我发现越是纵容你，你越是不知收敛，现在还害我差点儿闯下大祸。慕娴，你怕是忘记了自己的身份，你只是一个戏子，不是简家的少奶奶。"简少鸣站在床边冷声道。

"少鸣，我到底做错了什么？"慕娴不知所措，死死地抓住简少鸣的手腕。

"你做了什么，你自己心里有数。我已经让人把消息放出去，你以后不归我管。"

说完，简少鸣甩开慕娴的手，阔步离开慕娴家。

慕娴来不及反应，只能呆坐在床上。她白天才被沈以琛停工三个月，现在背后的人又走了，以后她在光影怎么混？

到了这一刻，她终于知道什么叫惊慌了。从前，她仗着简少鸣的宠爱，在光影出尽风头，树敌不少。要是让光影的那些人知道她和简少鸣已经闹翻了，那么等待她的将是众人的嘲笑和羞辱。

慕娴想不明白，到底是哪个环节出错了？

第二天一早，慕娴被甩了的这件事便传遍了光影。Vera在公司给姜语宁打电话，顺便把这个消息告诉了她。姜语宁听完却没什么反应。

"你一点儿都不好奇？还是这件事和你有关？"Vera问她。

"这件事和我有关。二哥的朋友得了消息，说慕娴找人想教训我。"姜语宁直接承认。

"那就是她咎由自取了。她在你的背后放了几次冷箭，该倒霉了。"Vera毫无感情地说道。

"我以为你又要质疑我的人品。"

"这种事是对方先起了坏心思，况且你家那位知道了，事态肯定就不一样了。"事实上，Vera都不太理解自己为什么要替姜语宁说话。

"下午我约了我哥见面，有些事也该弄明白了。我想在进组之前把这件事处理好。"姜语宁在电话里对Vera道，"你要不要来听一听我哥怎么说？"

"我不想听你哥的一面之词。"Vera有些抗拒。

"Vera，公平一点儿，难道你朋友的话就不算一面之词吗？"姜语宁反问。

Vera沉默半晌，最终答应。但在去御珑廷之前，她还要弄明白一件事："陆先生不在家吗？"

姜语宁听了，直接笑了出来："你这么怕他？放心，大佬也要上班的。"

Vera这才放心了。不怪她害怕，虽然陆景知长得帅，但是他那冷冰冰的眼神，谁受得了？

午后，看完剧本的姜语宁等来了身穿背心的枯杰。他身着一条短裤，脚上穿着一双沙滩鞋，一进姜语宁家的大门，就躺在了沙发上。

"不知道的还以为你是收破烂的。"姜语宁有些嫌弃地说。

"说吧，什么事？"枯杰困得连眼皮都抬不动，撑着下巴慵懒地询问姜语宁，"要是工作上的事，你找陶睿哲就行了。"

"我们今天聊聊你的事。这些年，我一直不知道你感情上的事情，我就是想知道，你心里是不是有人了。"姜语宁斜着身体问他。

枯杰反问姜语宁："一个陆景知还不够你管？"

"告诉我吧，大哥，还是说你想让我去查？"

话都说到这个份儿上了，枯杰明白他的妹妹是较真了。

"你先告诉我，为什么忽然想知道我的感情状况？"

"你先回答我的问题，我再告诉你。"姜语宁才不按照他说的来。

枯杰看了姜语宁半晌，最终坐直身体，认真地思索起来。

"我在奥宾利大学读书期间，的确交往过一个女人。"

"你们为什么分手？是因为姜家破产吗？"姜语宁趁机追问。

枯杰摇了摇头："在这之前，我们的感情就出了问题。在得知姜家破产的消息的前三个月，我们就已经分手了。严格说起来，这件事跟姜家没有一点儿关系。"

"真的？"姜语宁半信半疑。

"你爱信不信。"枯杰白了她一眼。

"能不能再说得更详细一些，你们出了什么样的感情问题？"

这一次，枯杰又沉默了，好半晌才答："我一次满足你所有的好奇心，你能不能以后别问了？"

"嗯。"姜语宁点了点头。

"她出轨了。那段时间，我的实验特别多，我有时候在实验室一待就是一个星期，没时间陪她。那时候，旁人告诉我，说她和一个英国人走得很近。最后，他们被我堵在床上，没什么可说的就断了。"说完，枯杰摸了摸姜语宁的脑袋，"所以，以后别再问你哥在感情上的事了，嗯？"

姜语宁点了点头："那你走出来了吗？"

这种事放在一个自尊心强的人的身上怎么会受得了？所以很长一段时间里，枯杰很少和女性交往。不过，他本来就对谈恋爱这种事没什么兴趣。

"我承认，最开始我的确有些不成熟的想法。但是因为你，我改变了对女人的态度。人与人是不一样的，所以我依旧相信感情，只是没什么人能入你哥的眼罢了。"说完，枯杰又躺了回去。

说到这里，姜语宁想了一下，忽然转移话题："哥……那个，其实我打算和二哥登记结婚。"

枯杰一听，先愣了几秒，然后差点儿炸了："不行，不准，经过我的同意了吗？陆景知就这么娶走我的妹妹，想干什么？"

418

"是……我想和他结婚。"姜语宁连忙解释。

枯杰扭头看着姜语宁，脸上一副难以置信的表情，最后直接被气笑了，道："姜语宁，瞧你那点儿出息。"

"嘿嘿……"姜语宁故意傻笑，还真让枯杰忘了他之前想问的问题。

"算了，懒得管你，以后他要是欺负你，别找我哭。"

"不会的。"姜语宁摇晃枯杰的手臂，向他撒娇。

枯杰心里明白，这一天早晚会来。只是想到自己家的大白菜要被猪拱了，他心里还是觉得有些不舒服。兄妹俩闲话家常，最后枯杰被X社的电话叫走了。

枯杰走后，Vera从距离客厅最近的客房里走出来。因为留着门缝，所以她很清晰地听到了两人的对话，但是她不敢轻易相信。因为尹清瑜说的话和枯杰说的完全不一样。

姜语宁见Vera久久没有动静，便主动走到Vera的面前，问："能不能告诉我，你朋友说的版本又是什么样的？"

Vera靠在门上半晌，道："她告诉我，她和她男友的感情一直很好。但是忽然有一天，她的男朋友消失不见了，不要她了。从那以后，她患上了严重的抑郁症，多次想自杀，但是都被我拦住了。

"她还告诉我，她曾经怀过那个男人的孩子。因为孩子的父亲不见了，她只能堕胎。

"最重要的是，她发现她的男友和妹妹有不正当的情感。她的男友离开她就是为了回国帮助家里破产的妹妹。"

姜语宁听完，觉得可笑："她可真能瞎说。我觉得你的朋友不是有抑郁症，而是有被害妄想症。我哥的确是个'妹控'，但也只是口头上不正经，从未有过任何逾越行为。Vera，我不是要你马上相信我大哥，只是这件事疑点太多了，你可能遭人利用了。到时候你花点儿时间去把这件事查个一清二楚吧，这样对大家都公平……"

Vera深吸了口气，点了点头，说："我先回公司了。

说完，Vera冲出御珑廷回到自己的车上。

姜穆阳和尹清瑜各执一词，Vera现在不知道该相信谁。

这时候，尹清瑜给Vera打来电话："Vera，我明天回国。"

"怎么突然这么急？"Vera觉得有些措手不及。

419

"因为我害怕，要是再让你独自待在洛城，你很快就不是我的朋友了。"

Vera心里一滞。

"明天你会来接我吧？"

"当然。"其实Vera根本就不知道应该怎么面对尹清瑜。

尹清瑜回来做什么？如果她是想报复姜穆阳，那也就算了，这本来就是他们两人的感情问题，可若是尹清瑜想伤害姜语宁呢？

念头一起，Vera不禁有些意外。她为什么会偏向姜语宁？还是说她心里早就明白真实答案是什么，只是一直不愿意面对？

如果尹清瑜要伤害姜语宁，那么Vera会毫不犹豫地站在姜语宁这边。Vera很清楚，姜语宁是这件事中最无辜的人，是尹清瑜在迁怒于她！


同一时间，光影传媒艺人总监的办公室内正在上演一场求饶的戏码。

慕娴的经纪人带着慕娴坐在办公室内的沙发上赔尽了笑脸。

"沈总监，还请你高抬贵手，我们慕娴不能没有工作啊。她要是三个月没有活动，那些粉丝不早就把她忘了吗？你也知道她走到这一步不容易。"经纪人恨不得此刻自己脸上能笑出一朵花。

"这件事你们要去找顾总，命令是他下的。"沈以琛眼皮都不抬，注意力都放在电脑屏幕上了。

"沈总监，谁都知道你和顾总情同父子。只要你愿意开口为慕娴求情，顾总一定会看在你的面子上对慕娴松口的。"经纪人给沈以琛戴高帽。

"你们在陷害姜语宁的时候，想过为她留一条活路吗？"沈以琛反问两人，"慕娴，沈国邦定女三号的时候，你去面过试。不是姜语宁抢走了你的女三号，而是你根本就没被沈国邦导演看上。

"作为一个经验丰富的演员，你就因为不甘心角色被抢走，屡次加害姜语宁，可你知道姜语宁在得知是你陷害她的时候是什么反应吗？她没有歇斯底里地闹着要处理你，人家压根就不愿意把心思放在你的身上。三个月，顾总对你已经很仁慈了，你不要把客气当福气。"

"走吧。"听完沈以琛的这番话，慕娴面色苍白，从沙发上起身。

"慕娴姐，外面一堆人等着笑话你呢。"经纪人道。

"那也跟姜语宁无关。"慕娴深知敌人这么多，都是因为她平日里太嚣张跋扈了。

在得知她背后的人撤退后，公司没有落井下石已经很给她面子了。

"以后，我绝不再惹姜语宁。"

一个根本不将她放在眼里的假想敌，她又有什么好斗的呢？

傍晚，洛城上空一片火红晚霞，烧透了大半的天空。

趁着夕阳还未消失，姜语宁在陆景知下班以后，带着他和拍摄团队到了海边。他们烧起了一堆篝火，搭建了一个非常小的更衣间。这是姜语宁最重视的一期视频，所以她带了化妆师、礼仪老师，还有专门的灯光团队，并且让每个人都签了一份保密协议。

众人不太明白，这不就是一个短视频的拍摄，需要这么正式吗？但当他们看到陆景知的那一刻就明白了。不仅如此，他们都觉得自己快窒息了，就傻乎乎地站着，连话都不会说了。

没承想，这个助演嘉宾竟然是陆家继承人陆景知！

"小陶，战袍呢？赶紧让化妆师给我二哥更衣啊。"姜语宁牵着陆景知到场，兴奋地喊陶睿哲。

可是更衣间只有一个，而且还很简陋。

"我去岩石下面换衣服。"姜语宁抱着她的红裙准备离开，却被陆景知一把拽住。

"你先换。"

姜语宁皱眉，看了陆景知一眼，最后识趣地钻入简陋的更衣间里。这时候有风吹过，把这个简陋的帐篷吹得变形了。陆景知又看了一眼，然后将拉链重新固定住。

几分钟后，姜语宁从更衣间里钻出来，身上穿着红色刺绣的齐胸襦裙。化妆师看得愣了好一会儿才回过神，连忙凑上来给姜语宁上妆。

"姜小姐，那个……摄影师告诉我，一会儿不知道该怎么拍，因为他手抖。"化妆师长叹了一声，"而且，我、我等会儿也不知道怎么给他上妆，我怕我会窒息。"

姜语宁扑哧一声笑了出来："他有那么可怕？"

"嗯嗯嗯！"化妆师连续嗯了三声，强调道，"我害怕，不只手抖还

421

腿软。"

"不用怕，小陶等会儿给他束冠。他不露脸，不需要化妆。"

化妆师这才松了口气。

"不过姜小姐，陆先生怎么会来帮忙客串，你们……"

"我们从小一起长大，他来帮我很奇怪？"姜语宁反问化妆师，"哎呀，你们不要这么好奇……"

此刻，陆景知在陶睿哲的帮助下已经换好了银色的铠甲。

姜语宁扭头一看，被陆景知惊艳得说不出话来。一身戎装加身，让陆景知的身姿显得更加挺拔了。在铠甲的映衬下，陆景知的轮廓更显刚毅，尤其是他的眼睛，璀璨如琉璃。他乌黑的发丝在空中飞扬，加上陶睿哲给他配的银色发冠，活脱脱一个从古代走出来的英勇将军，不是战神胜似战神啊。

姜语宁觉得她肯定跳不好舞了。现在她双腿发软，魂都被那个男人勾掉了！

"姜小姐，鼻血，鼻血收一收。"化妆师不由得提醒。

姜语宁连忙仰起下巴问："真的吗？我真的流鼻血了？"

"姐夫，语宁姐好像看你看得流鼻血了。"陶睿哲在一旁偷笑。

陆景知穿着沉重的战袍，听着那边的动静，不禁嘴角上扬。

另一边，灯光师和摄影师正在布景，让陆景知和姜语宁赶紧就位。

一堆乱石上，战神不拘小节，席地而坐，手里拿着软剑，目光望向不远处的天边，神情很淡："我又要出征了。"

众人一听陆景知的声音，纷纷忍不住起了一身鸡皮疙瘩，这"低音炮"真让人受不了。

夜姬站在崇华的背后，心疼他却不敢伸手去安慰，只能道："我为将军跳一支舞吧。"

"你脚伤未愈，不必。"

"无碍。"说完，夜姬在晚霞与篝火中翩翩起舞，红色的绸带在空中翻滚。

崇华痴迷地看着夜姬的舞蹈，留恋她绝美的舞姿，但终究没能看完整支舞蹈，便手握软剑起身离去。

夜姬看着崇华离开，眼泪从眼眶中滑下来。

"将军，珍重。"

这一幕，美得惊天动地。

拍完短视频，已经是晚上九点了。人们还沉浸在夜姬自刎的画面中，久久没回过神来。这期视频，一定会大火的！

"各位辛苦啦，一会儿我请大家吃夜宵。"姜语宁感谢众人。

"语宁姐，姐夫去吗？"陶睿哲傻乎乎地过来问，"我好预订位子。"

"傻子，我要给你姐夫开小灶，你带别的工作人员去。你姐夫身上的战袍，明天再来拿。"姜语宁敲着陶睿哲的脑袋道。

"知道啦。"

很快，一行人收拾好东西打道回府。工作人员想到今天和陆景知共事了一个晚上，要是没签保密协议的话，他们可以吹上一年的牛。

短短几分钟，海边便只剩下陆景知和姜语宁了。迎着那波光粼粼的水面，姜语宁往陆景知身上扑："将军，妾身替你宽衣吧。"

陆景知搂着她纤细的腰身，看着还带妆的小祖宗，低头在她的耳边道："如果你身在古代，本战神肯定为你征战四方。"

"那我岂不成祸国妖姬了？"

"无能的男人才把战败的原因推到女人身上。"陆景知撩起姜语宁的长发回答。

这男人要真生在古代，活脱脱一个帝王，哪里会是战神？可若是帝王，就会有后宫佳丽三千……

"我不要在古代……"

"嗯？"陆景知扬起声调，有些不解。

"谁都别想和我分享你。要是有，我就把她的脑袋给拧下来。"

陆景知轻笑一声，吻住姜语宁那张喋喋不休的唇。要不是身上这身衣服太重了，他只怕也顾不上这是在荒郊野外了。

"我一直就是你的，你无须和人争。无论何时何地，我都会主动朝你走过来。"

"二哥……"

静谧的海边，两人紧紧地抱在一起。

最后，姜语宁拍了很多两人在海边的照片，留作纪念。

深夜，姜语宁整理了照片，准备挑选几张发到公众平台上让粉丝过过瘾。但她想到答应过Vera的事，便提前把照片发给了Vera："我要发照片。"

Vera看过后，皱眉："你什么时候拍的？"

"反正没耽误工作时间，我要发照片！"

Vera拿她没办法，见照片的确拍得不错便允许了："你是复读机吗？发吧、发吧，以后别拍了。"

"有好的小故事，我还是会拍的。"在这一点上，姜语宁没有妥协。

Vera没再纠结这个话题，想到尹清瑜明天回国，脸色有了微妙的变化。她放下手中的咖啡杯，和姜语宁说话的语气都变了："明天我要请假去办一件私事。"

"知道了。"姜语宁没有多问，但能够感觉出来Vera还不完全相信她。

挂了电话，姜语宁将照片放在网上，并且留言："交作业来啦，舞娘夜姬了解一下？老规矩，下周一发正片[兴奋得挠墙.jpg]。"

粉丝看到姜语宁发布的消息，马上兴奋了。

"小姐姐出其不意地更新了，照片好看啊！"

"照片里的小哥哥是谁啊？看背影太帅了！"

"又有新片可看啦，兴奋地搓小手。"

"姜语宁，你是魔鬼吗？生生把我逼成了你的粉丝，我真是要给你下跪了！"

姜语宁看着网上的评论，很满意。她完全没想到因为这类视频，她开启了和别人完全不一样的星途。


因为姜语宁马上要进组了，第二天一早，沈以琛让Vera陪姜语宁到公司开个短会。但Vera已经跟姜语宁请假了，此刻正在去机场的路上。于是，姜语宁便独自驱车去光影大厦。有了前几次的经历，现在光影的员工已经习惯了姜语宁的存在。

之前，他们还会私下议论，自从上次那个前台人员被开了以后，那些爱嚼舌根的长舌妇也收敛了，知道招惹不起现在的姜语宁。

姜语宁进入大厅，本想直奔沈以琛的办公室。不过走到中途，她听到形体训练室内有响声传来，而且是一声巨响。

姜语宁走过去，透过那半透明的玻璃朝内看去，发现几个新人正在羞辱慕娴。

"老女人，你都一把岁数了，还来和我们小女孩抢训练室。都没人要你了，你还在乎什么身材啊？"

"就是，慕娴，你现在在公司是什么地位，心里没数吗？"

"你以前在公司横着走路，下巴都能上天，现在呢？啧啧……这样吧，你求我们，或许我们会发发善心，让你一起训练呢？"

慕娴此刻趴在地上。刚才的那一声巨响，就是慕娴被那几个新人推搡到玻璃上发出的声音。

姜语宁直接推门而入，看着那几个新人道："你们就没想过有一天她要是东山再起了呢？"

那几个新人见是姜语宁，愣了一下。她们没想到会有人来多管闲事，更没想到这个人会是姜语宁。

"凡事别做得太过了，早晚有一天你们会明白这一刻的痛快就是在自掘坟墓。她是，你们也是，她就是你们的前车之鉴！"

"跟你无关吧？"其中一个女孩被激怒了，反击姜语宁。

"别、别惹她。"另外两个女孩连忙拦住队友，"姜语宁就是一个疯子，连自己的亲妈都敢告。"

"就是，走、走、走……"三人最终灰溜溜地离开了训练室。

这时候，慕娴狼狈地坐在地上，看着姜语宁道："我不会感谢你的。"

"你觉得我稀罕？"说完，姜语宁关上训练室的房门，转身走了。

这么几个新人就敢骑在慕娴的头上，可想而知慕娴的日子多么不好过。不过，这与姜语宁无关，是慕娴种此因，得此果。


上午十点，在人来人往的洛城机场里，Vera接到了尹清瑜，正拉着尹清瑜的行李箱走向自己的轿车。

"Vera，我可以和你住一起吧？你知道的，我不太敢一个人住。"上车以后，尹清瑜询问道。这话听上去是在征求意见，实际却有"道德绑架"的意味在里面。

425

"可以，我已经替你收拾好房间了。"Vera依旧照办，只因几年前这人救过她的命。

"Vera，姜语宁最近的活动安排可以给我看一下吗？"

Vera愣住了，不再说话，半晌后，平静地答："姜语宁是个'黑红'艺人，近期除了进组拍戏没有其他活动。"

"我手里有很多我和姜穆阳当年的亲密照。你说我要是都曝光出去，姜语宁会不会受牵连啊？"尹清瑜笑着说，"我是不是不该这么做？毕竟姜语宁现在是你手里的艺人。"

Vera没说话，只是一瞬间觉得尹清瑜极其陌生。

"你大概累了，回家以后，先好好洗个澡。中午我们出去吃饭，给你接风洗尘。"Vera岔开话题。

"Vera，你明白的，我不是在开玩笑。"

听到尹清瑜的这句话，Vera急忙刹车，将车停在路边，然后对尹清瑜道："你和姜穆阳的私人恩怨能不能不要牵扯到我的事业？"

"真的只是为了你的事业？"尹清瑜明显不信，"姜语宁蛊惑人心的本事可真是一流。一个姜穆阳，一个你，都被吃得明明白白的。她到底哪里值得你们死心塌地地跟着她？"

"清瑜，五年前，根本不是姜穆阳抛弃你吧？"Vera干脆直接摊牌，"我曾经在学校的网站上看到过你和某个英国男人的亲密照。那张片是男方放出来的，我不是没有怀疑过，但我依旧选择相信你，直到听到了姜穆阳的解释。"

尹清瑜顿时沉默了。

"你出轨在先，姜穆阳和你分手之后才回国的，他根本就没有对不起你，从头到尾都是你对不起他。更可怜的是姜语宁，她在你们的感情里没有一点儿错，为什么要被你当成靶子？你的内心就不能阳光一点儿吗？为什么要如此阴暗？

"没错，我之前被你蒙蔽，非常讨厌姜语宁兄妹。可是经过这段时间，我明白了人与人相处最重要的东西是什么，是信任、尊重，不是报复和算计。"

"Vera，你别忘了，你的命是我救的。"尹清瑜冷笑道，"你就是这样对你的救命恩人的？"

"如果你以为这个可以要挟我一辈子的话，那你就大错特错了。"Vera直勾勾地看着尹清瑜。

"这么说你要与我为敌了吗？那么就别怪我毁掉你的姜语宁！"说完，尹清瑜下车，去后备厢搬行李。

Vera无奈地看着尹清瑜打车离去，心里忽然很乱。原本，Vera以为可以游刃有余地应付尹清瑜，却没想到被姜语宁同化得那么严重，居然也变得疾恶如仇。

Vera长长地呼出一口气，然后拿出蓝牙耳机戴上，拨通姜语宁的电话："在家吗？我想和你见一面。"

"我在谭爷爷的别院里。"姜语宁回答，"你直接过来吧。"

Vera挂断电话，直接掉头去别院。她在见到姜语宁的一瞬间，眼里已有泪水。

这一瞬间，姜语宁确定这个经纪人已经完完全全地相信自己了。

"跑慢点儿，没必要这么着急。"姜语宁放下草药，给Vera倒上了一杯水。

"尹清瑜回来了，就是你哥的前女朋友。我看她的状态很不稳定，像一颗定时炸弹。她的手里有她和你哥的亲密照，另一边还捏着我的把柄，看样子想虐你。"

"你今天上午就是去接她了吧？"姜语宁猜测，"有什么关系？她放马过来啊。"

"你好不容易才有了一批粉丝。"

"那又如何？"

"姜语宁，我没跟你开玩笑！"Vera激动起来。

"我的粉丝都身经百战了。"姜语宁忽然笑了起来，"而且，我……好像有件事没跟你说，我哥就是枯杰。如果尹清瑜想爆料，势必会跟国内目前最厉害的X社接洽。那时候，就是我哥亲自去招呼她了，没戏。"

"姜穆阳就是枯杰？"Vera吓了一跳。

"这么惊讶？"

Vera当然惊讶了。"首尔看D社，洛城看X社"，这不是娱乐圈里的行话吗？

"他当娱乐记者就是为了帮我，不过一不小心就成了大佬。"姜语宁放松下来，重新捣鼓她的草药，"所以你放心，我倒很想见见那一幕。我哥的眼光这么差吗？还有你，有什么把柄在她的手里？"

"这件事说来话长。"Vera的神情有些不自然。

"你现在不说，我不勉强，等你想开口的时候再说吧。至于我哥那前女友……让他自己去收拾。"姜语宁非常镇定地说道。

Vera松了口气，暂且缓解了心里的矛盾。她现在不知道尹清瑜会不会如姜语宁所料，去接触X社。按照她对尹清瑜的了解来讲，尹清瑜应该会这样做，但如果尹清瑜要同时爆料呢？

"你别想太多，我哥能摆平的。X社要拦截自己的消息还是能办到的。你的朋友到底是真的有病，还是本来就这么坏？我哥多无辜啊，喜欢上了这样一个女的，还要被她牵连。"

闻言，Vera愣住了。尹清瑜除了是她的恩人，好像真没什么优点。

"这不也怪你哥吗？他什么眼光？"

Vera说得好有道理……

姜语宁也一时语塞了。


尹清瑜和Vera分开以后，入住了附近的酒店。

尹清瑜的确想联系X社爆姜穆阳的料，然后趁机把姜语宁拖下水，再顺手教训一下叛徒Vera。然而，姜穆阳就是X社的老大。

不过，即便尹清瑜上门找麻烦，姜穆阳也不会让尹清瑜知道他的身份。毕竟，尹清瑜找他可以，但是不能欺负他的妹妹！


距离姜语宁进《天机》剧组还有一个星期。

自从那天说过登记结婚的事后，姜语宁发现陆景知再也没提起过这件事。这是怎么回事？他又不想登记了？还是因为她求婚，所以不招男人珍惜了？她都快进组了，他们到底去不去登记？他倒是给一个准话呀！

姜语宁开始胡思乱想，晚上用餐也显得心不在焉。

平日，只要陆景知进入家门，一定能看到她飞奔过来的身影。可这两日，姜语宁都在阳台背台词。

"先生，这两天姜小姐好像没什么胃口。"梁姐接过陆景知的外套随口说道。

"嗯。"陆景知点点头，表示知情了，然后去二楼卧室更衣。不过，他在收拾头发的时候，发现了姜语宁放在梳妆台上的电脑。

陆景知弯腰一看，顿时有些哭笑不得。

"跟男友求婚后没下文怎么办？"

"求婚后没动静，男友是不是不打算结婚了？"

"男人被求婚后，心里到底在想什么？"

他结婚是需要审查的，不会那么快，因此，他才没有告诉姜语宁。没想到，这却引起了姜语宁的不安。

换上米白色的家居服，陆景知走向阳台，看到姜语宁仰躺在椅子上，便伸手将她捞了起来，说："背台词这么累？都懒得接我回家了？"

"才不是因为这个，"姜语宁背靠着陆景知的胸膛轻哼，"你自己好好想想。"

"跟男友求婚以后没下文，所以着急了？"陆景知把脸贴在姜语宁的耳畔轻笑。

"你偷看我的隐私！"

"人在阳台背台词，电脑却在卧室的梳妆台上，还没有黑屏，搜索网页也开着。你真的不是因为听到了我的动静，故意打开要让我看的？"陆景知握着她的手笑道，"你要真不想让我看什么，绝不会留下一丝线索。"

闻言，姜语宁勾了勾嘴角，然后又板起了脸，从陆景知的怀里挣脱出来，戳他的胸膛。

"这都多少天了，你是没把我的话当真还是觉得我在开玩笑？"

陆景知连忙握住那纤纤细手，解释道："等报告呢，陆太太。"

"谁、谁是你太太了？证都还没有！"姜语宁极不自然地瞪着他。

"很快就有了。"说完，陆景知将姜语宁安放在自己的腿上，搂着她道，"从把你放在御珑廷的第一天开始，我就没想过让你离开。在我的心里，你早就是陆太太了，所以你不必感到不安。去，穿个外套，陪我出去走走。"

"那好吧，看了一天的剧本，我本来就眼睛疼。"姜语宁拿着剧本进入卧室。片刻后，她穿上一件白色的针织外套，和陆景知手牵手去楼下散步。

自从她入住这里，因为身份，还没有好好地认识过眼前的这片大海。平日里海边都有人，不知怎的，今天海边很安静。两人赤脚踩在沙滩上，迎着海风走了许久。

　　忽然，姜语宁尖叫一声，指着不远处的岩石堆问："二哥，我不是眼花吧？那是不是个发光的贝壳？富人区的贝壳都是发光的吗？"

　　"不可能。"陆景知摇了摇头。

　　"真的，我去捡给你看。"姜语宁松开陆景知的手朝前跑去。

　　很快，她便捡了一个发光的贝壳，道："你看，这是不是发光的？"

　　陆景知从她的手里接过贝壳，忍不住笑道："这世上哪有什么发光的贝壳啊，笨祖宗，不过是为了吸引你的注意力罢了。"

　　陆景知打开贝壳，里面是一颗六爪的白色钻戒。

　　姜语宁看到后惊讶地捂住了嘴。

　　陆景知见她又紧张又兴奋，便将戒指拿了出来，单膝跪在姜语宁的面前："心是你的，十二年来不曾变过。那么人呢？你准备要吗？"

　　"要、要、要，我当然要，你未来的十辈子，我都预订了。"姜语宁连忙点头，哭着伸出手，"你没告诉我今晚要求婚啊。"

　　陆景知将钻戒替她戴上，然后一把将她拉下来，看着那哭花的脸道："我告诉你还有惊喜？发光的贝壳你也信。"

　　"你个骗子！"

　　"能骗到你是我的本事。"陆景知将她搂入怀中。

　　这狐狸啊，还是得早点儿收入囊中，不然她会跑的。

　　"可如果你骗不到呢？"

　　"那就……直接把你押去民政局。舅舅不是说了吗？敢不嫁，腿打断。"

　　姜语宁看着陆景知，想和他亲近但又害怕。

　　事实上，今晚没有人会靠近这片沙滩。

　　"怕了？"陆景知看穿了她的心思。

　　"要不……回家？"姜语宁有些心虚地看了四周一眼，小声地建议。

　　陆景知轻笑一声，随后强势地扣住怀里的小狐狸："不回，我就是要让你好好地记住这个求婚夜！我的余生，交给你了。"

　　姜语宁环着陆景知的腰，用力地抱紧："我会让你幸福的，陆先生。"

今晚，十二年的煎熬，十二年的等待，都有了一个圆满的答案。


翌日，X社的秘密总部。专门负责接料的工作人员急匆匆地跑去枯杰的办公室，敲他的门，道："杰哥，接到一个爆料电话，跟你有关。你……要不要去亲自接一下？"

枯杰皱眉，放下手里的文件，来到电话旁，清了清嗓，准备用伪音说话。他的话未说出口，电话里就传来一个声音。

"你们X社虚有其表吧？爆个废物的料也要换个人接？"女人散漫的声音中带着一丝骄傲。

这声音却让枯杰骤然清醒过来，记忆的匣子瞬间被打开。

"你要爆料姜穆阳的什么消息？"枯杰尽量让自己显得平静且专业。

"我要爆料姜穆阳私生活糜烂，和姜语宁有不正当的感情。我手里还有他和国外女友的大量亲密照……"

"那你有他和姜语宁的亲密照吗？"枯杰轻咳一声，提醒自己此时只是一个旁观者。

"我要是有就不会来找你们了。我出高价，你们给我拍，造谣也行，我要那对兄妹身败名裂。"

没想到这么多年过去了，对方那恶毒的性格不但没改还变本加厉了。枯杰想到前几天姜语宁问自己感情的事，忽然明白过来了，自家妹妹一定早就知道了尹清瑜这号人物。

"什么深仇大恨，你要这么狠？"

尹清瑜一定没想到，她在和姜穆阳对话。

"这我就没必要跟你们交代了吧？这单，你们接还是不接？"

"我为什么要和钱过不去？但我们只爆事实，如果我们的人没能拍到你要的东西，那么不好意思，概不退款，消息也不会发布出去。总不能因为你，砸了我们X社的招牌吧？"枯杰拿出X社的高标准和对方谈条件。

"可以。"尹清瑜回答得非常爽快。

"姜穆阳和他前女友的照片也提供一下。但我有一个条件，你既然要找我们跟拍，就必须和我们签独家，不然你就去找别家吧。"

"这也可以！"尹清瑜道。

431

"那就合作愉快了，稍后我们的工作人员会联系你签约。"枯杰挂了电话，然后面无表情地把电话递给接听员："接单。"

"杰哥，这女的这么恨你，你还接？"陶睿哲站在一旁听了很久，那人爆料居然找到本人了。

"我为什么要跟钱过不去？"枯杰环着双臂冷哼道，"到时候，派小K跟拍我。吃饭、洗澡、上厕所，她想怎么看就怎么看。等她受不了了，钱不退，然后送客。"

"啧啧……杰哥，你哪里来的烂桃花？"

要是能回到那时候，他绝不会和尹清瑜有丝毫牵扯。

"上你们的班。"枯杰作势要揍人。等人们都回到工作岗位了，他才回到办公室，拿出手机给姜语宁打电话。

"宁宁，最近有没有奇怪的人联系你？"

姜语宁听到这句询问，顿时笑了："看样子，你前女友的电话打过来了。"

"你知道？"

"她本想利用Vera报复我，但Vera不同意。我猜想她如果要爆料，应该会去找大名鼎鼎的X社，没想到她真去了。"姜语宁心情愉悦地解释，"我想知道你会怎么处理。这种偏执型的人，真的很难缠。她的手里还有Vera的把柄，我现在就等她放招呢。你当初什么眼光啊？"

"被陷害的。"枯杰深吸了口气，在电话里解释，"大学有一次联谊我去了酒吧。我平日里很少去，经验少，所以就被灌醉了。醒来时，我身边躺着人。没办法我得负责啊。后来，我才知道自己根本就没碰过她，不过也没拆穿她，想着如果她是真心的，可以好好相处。但是，人家只把我当玩具。"

"谁让你长着一张混血脸，身材还不错？"姜语宁在电话里啧啧了两声。

"没大没小，大哥也是你能说的？这件事你别管，我知道怎么处理。要是她闹去你那里了，你该动手就动手，不用给面子。"

"知道了。"姜语宁挂了电话，只是一想到尹清瑜的爆料电话打到了X社就觉得好笑。

从前的姜穆阳因为没有亲生父母的疼爱，所以性子有些孤傲。其实，他从骨子里就十分自卑。他去国外留学，看似是为了逃离原生家庭，但还是觉得自己差人一等。那时的姜穆阳脆弱、敏感，喜欢逃避。

直到姜家破产，他的自我保护意识才被打破。在娱乐圈摸爬滚打了这么多年，现在的姜穆阳成熟睿智，再也不会被人欺骗。有人送钱来了，他为什么不要？他的靓丽照片多得很。

自从那天和尹清瑜不欢而散，Vera心里一直不安稳，觉得尹清瑜就是一颗定时炸弹。为了不让尹清瑜搞出太大的动静，Vera放下心里的不适主动联系了尹清瑜。Vera绝不是为了自己的把柄，只是想知道尹清瑜到底想怎样伤害姜语宁。

虽然Vera已经知道枯杰就是姜穆阳的事，但是尹清瑜情绪不稳定，随时可能做出极端的事来。两人通了电话后，Vera就到了尹清瑜下榻的酒店，就在光影附近。

Vera找到了尹清瑜的房间门口，发现房门没关。Vera推门而入，听见尹清瑜正在浴室接电话。

"Vera没有自尊心，就认我这个恩人。她不过是闹闹脾气，下午不还是给我打电话了吗？嗯，放心，就算她真的背叛我，也不用怕，我手里还有她的把柄呢。这种人最好拿捏了。她一直以为我有抑郁症，像个傻子一样。"

Vera没想到，她在尹清瑜心里只是一枚棋子。

尹清瑜从浴室出来的时候，看到Vera吓了一跳，心虚地转移视线："你什么时候来的？怎么没有声音呢？"

"尹清瑜，你真厉害，这种事也可以拿来骗人。"Vera看着尹清瑜说，"有意思吗？玩够了吗？你活着就是为了糟蹋别人的人生吗？

"我和姜穆阳都很倒霉，不知道怎么就遇上了你。你的时间不能用来认真地生活吗？

"你简直就是个疯子。"

"Vera……"

Vera没办法再听尹清瑜说话，转身便走。

这时候，尹清瑜却威胁道："今天只要你走出这个房间，明天你就等着你当初在夜店陪酒的消息闹得尽人皆知吧。到时候，我看姜语宁的脸上还有没有光！你就不怕我去找姜语宁吗？"

Vera气笑了，转过身道："当初姜穆阳离开你，是他最正确的选择。现在，我也要做出最正确的选择了。你想去找姜语宁，就尽管去吧。你想对付她，还差得远呢！"

说完，Vera跑了出去。因为太过激动，她的双手还在不停地抖动。她是卖过酒，但是没有陪酒，只是做兼职，因为她家里很缺钱。有一次，她被一个喝醉的客人看上了，被拽到了巷子里，还挨了一顿毒打。那时候，要不是尹清瑜打了报警电话，她就完了。可她已经还了很多年恩了……

## 第十六章
## 柳暗花明

"我会让你知道背叛者的代价。"尹清瑜在Vera的身后冷笑。

不过Vera走得太急，什么也没听到。她离开了酒店，去谭老爷子的别院找姜语宁。

姜语宁此刻正在别院接受谭老爷子安排的初级考试。姜语宁已经在这里学习一段时间了，谭老爷子要看她学到了什么地步，是真的有了点儿功夫，还是只能装装样子。

虽然姜语宁是为了拍戏才到他这儿学习的，但是他绝不能容忍姜语宁用错误的知识误导观众。看完姜语宁的试卷，谭老爷子欣慰地点了点头说："你这脑瓜子还真是聪明，这份试卷做得不错。但你只是掌握了基础知识，知道吗？"

"我当然知道。您放心，遇到不懂的地方，我肯定会打电话跟您求助，不会乱来的。"姜语宁虚心地向谭老爷子保证。

"这还差不多。"

姜语宁见谭老爷子舒坦了，这才扭头对Vera道："走吧，去院子里说话。"

Vera摇了摇头。

"你来的时候，眼眶通红，当我没看见？"姜语宁走到了Vera的前面。

Vera摸摸鼻子，跟了上去。说实话，她接触过这么多人，只有姜语宁让她明白什么叫作心细。姜语宁看上去大大咧咧的，不拘小节，但事实上比谁都会察言观色。

"还不准备跟我说你和尹清瑜之间的爱恨情仇？说出来吧，或许我可以帮到你。"

Vera沉默半响，最终还是开口了。

"我上大学的时候，在酒吧、夜店以及饭店卖过酒，当时家里很缺钱。但是，我没有做过陪酒这种事情。有一天晚上，我和同事经过一条啤酒街，中途遇到一个醉酒的强壮男人。他直接把我抓进巷子里意图不轨，我拼命挣扎换来一顿毒打。最后是路过的尹清瑜救了我，打了报警电话。"

"所以，你就一直很感谢她，把她当成自己的救命恩人？"姜语宁觉得有些奇怪，好半响才问，"Vera，你有没有想过报警电话不是尹清瑜打的？这件事，你问过你的同伴吗？"

Vera不明白姜语宁这样问的用意，但还是仔细地回忆了一下，然后回答姜语宁："警察到了以后，我第一个见到的人是尹清瑜。至于我的那些同伴，因为我当时气她们就那样丢下了我，之后就没再联系她们了。"

"那么尹清瑜又拿什么胁迫你？"

"她一直以为我在陪酒。"

"那这个报警电话可能不是她打的，我有两个依据。

"第一，尹清瑜既然以为你是陪酒的，作为一个旁观者，看到你穿衣暴露，又和一个男人在巷子里推推搡搡，她会去报警吗？

"第二，像尹清瑜这种性格的人，你觉得她会有善意吗？

"她第一个出现在你的面前，不一定是因为担心你，有可能是在看热闹。我觉得你可以尝试联系你当初的同伴。"

听完姜语宁的分析，Vera觉得身体有些发软，脑子里顿时一片空白。当时，尹清瑜第一个出现在她的面前，而警察也说报警电话是尹清瑜打的，所以她才对这件事深信不疑。

可警察为什么会认为是尹清瑜报的警呢？不也是因为尹清瑜是第一个

出现在Vera面前的人吗？

最重要的是，像尹清瑜这么自私的人，真的会救人吗？

"你实事求是地去求证，没必要为那些不重要的人或者事伤心。接下来，你要忙的事情还有很多呢。"姜语宁拍拍她的肩膀安抚，"明天上午我要发古风视频，下午要抽个时间去登记结婚。你要替我做好保密工作。还有，《爆笑艺人》不宣传啦？别以为我进组了，你就闲了……下步计划是什么？有剧本在接洽吗？"

"你要结婚？但合约……"

姜语宁翻了个白眼，直接回答Vera："让我赶紧嫁了，就是顾总的命令。所以，你不用担心违约的问题，我的合约上不存在这一条。你不是一直很好奇我和光影顾总的关系吗？他是二哥的亲舅舅，只是外界鲜为人知。"

至此，Vera总算是把几人的关系彻底理清了。

"既然你们都快成一家人了，那你为什么没有更大的野心？"

"我现在不在温饱线上挣扎，难道就不能有自己的理想吗？在你的心里，我就是一个没有演技的'黑红'艺人？"姜语宁轻嗤了一声，"我和二哥在一起，不是图他的身份。"

"我不是这个意思。"Vera连忙解释。

"舅舅他们走到今天这一步，靠的也是脚踏实地。我还年轻，可以去征服的高山还有很多，依靠关系走到顶峰那有什么意思？你愿意呢，就陪我征战四方；不愿意呢，我也不勉强。我绝不为难我的朋友。"

听到"朋友"两个字，Vera勉强笑了一下。从前，她一直以为自己和尹清瑜是朋友，可残酷的现实给她好好地上了一课。现在从姜语宁的口中听到"朋友"这两个字，她本该觉得有些讽刺，但是因为这个人是姜语宁，所以"朋友"这两个字也有了温度。

"明天你结婚，我本该祝福的，但是我和尹清瑜决裂了，她很有可能放黑料来报复我。到时候，你一定会受到牵连。"

"她要是敢耽误姑奶奶我结婚，我会虐得她怀疑人生。"姜语宁呵呵两声，"至于她想搞的事情，不是真的你就用不着担心，假的就是假的，成不了真。"

闻言，Vera倒也坦然了，就当这么多年的青春喂了狗吧。

437

傍晚，Vera送姜语宁回御珑廷，然后返回自己的住处。洗完澡，她拿出手机，换上从前的电话卡翻找通讯录。

看到几个同伴的电话还在里面，她瞬间松了口气。虽然有些麻烦，但她还是拜托自己在国外的同学帮她联系了那几个同伴。

一个小时后，Vera等到了同学的电话……

"怎么样了？"Vera焦急地询问。

"Vera啊，你给的三个电话，只有一个能打通。我已经帮你问了，当年你被拉走后，是她们三个替你打的报警电话。因为害怕出警太慢，她们还特地找到了附近的警察局。"

"确定吗？"Vera激动地追问。

"我确定，她说得很准确。"

"谢谢。"Vera听完，整个人彻底清醒过来。

真相可能会迟到，但是绝不会缺席。

这一瞬间，Vera的脑子里冒出了很多的想法。Vera很想直接扇尹清瑜一个耳光，但是又想到了姜语宁的嘱咐。那种垃圾真的不值得浪费心力，可若是就这么过去了，Vera又不甘心。

于是，Vera给姜语宁打电话。这一次，Vera哭得很厉害："语宁，有什么方法可以替我讨回公道？以后，我可以为你拼命。"

"你不为我拼命，我也会帮你。如果你实在想出气，那就去吧，但是别留下任何证据。我二哥说过，很多事情不能一蹴而就，耐性会让你收获双倍的痛快。到迎头痛击那一刻，我绝不阻拦你。"

对此，Vera深信不疑。

可这一夜，注定不平静。半夜，一篇名为《深挖——姜语宁的经纪人为援交女》的帖子在网络上传开。

这篇帖子的下面不仅有图，还有当年的视频。视频中，Vera衣着暴露，和一个高大健硕的外国男人纠缠在一起。她当时是在挣扎，但视频里看上去却显得欲拒还迎。

这篇帖子是尹清瑜放的，她没找娱乐周刊以及工作室。帖子只要加上"姜语宁"三个字，就能拥有惊人的阅读量。尹清瑜警告过Vera了，可Vera不听。那么尹清瑜就一定要给Vera一个教训。

光影的人很快就发现了这篇帖子，连夜进行处理，并打电话给Vera，让她马上到光影开会。

沈以琛作为艺人总监，手下的经纪人有问题，自然也要负责。

"事情是真的吗？"沈以琛坐在办公椅上询问Vera。

"不是，总监。"

"这已经是第二次了。因为你的问题，给姜语宁的形象带来了很大的负面影响。我不得不怀疑你的能力和人品，再这样下去，你根本就撑不到约定的三个月。"沈以琛不由得大发雷霆，"从现在开始，你停职等候通知。否则，我没办法跟为你加班的公关部同事交代！"

"我接受处罚。"Vera闭上眼道。

"出去吧。"

幸好这件事发生在晚上，光影可以及时处理，要是发生在白天，不知道会闹成什么样。

Vera从沈以琛的办公室离开，刚到酒店就接到了尹清瑜的电话。

电话里，尹清瑜啧啧了两声，态度非常嚣张："光影还真是名不虚传，这才一会儿就没有你的消息了。不过Vera，你该不会认为这就结束了吧？我还有几段视频呢，可以分开放送。这要是在白天，你猜会有什么后果？

"你别想着离职就可以保护姜语宁，因为我在标题里总会加上'姜语宁'这三个字。"

Vera听着尹清瑜的话，眉眼上挑，问："是吗？"

"不信？"

"你开门。"

尹清瑜冷笑着打开酒店的房门，不相信Vera会出现。当她打开门的时候，看到Vera就站在门口，双眸冰冷。尹清瑜还没反应过来，就被Vera拎起了衣襟，啪啪两声，清脆响亮。

"你……居然敢打我？"尹清瑜被Vera摁在墙上，想挣扎却动不了。

Vera轻嗤一声，将尹清瑜放开，指着尹清瑜的鼻子道："以后我想动手就动手，想打你就打你。"

说完，Vera迈步离开，根本不在乎尹清瑜的威胁。

我忍你，不是因为我怕你！

第二天一早，姜语宁知道了Vera被停职的消息。

沈以琛在电话里告诉她："你现在处在关键的上升期，不能因为旁人而阻碍你往上走。"

"沈总监，Vera是被人陷害的。你给我一个机会，我有把握扭转这个局面。如果我做不到，你再撤她的职务，可以吗？"姜语宁和沈以琛商量。

"为什么要帮她？这时候，你应该明哲保身。"

"我和她现在是一体的。而且Vera的事情还会有后续，躲不掉的。"

沈以琛听完，长长地叹了口气："那好吧，进组之前，你把这件事摆平。"

"行。我还要跟你报备一件事，我和二哥准备去登记结婚，以后你们的保密任务就更重了。"

"我怎么觉得你是来炫耀的？不管怎么说，先恭喜你们。"

至于保密这种事，自然轮不到他来操心。

这样一来，总裁办公室里的那个顾老头能安心了。


姜语宁害怕Vera会胡思乱想，便把Vera叫去御珑廷。有人陪着一起商量，好过Vera独自煎熬。

作为一个下午就要出门登记的新娘，姜语宁此刻还淡定地坐在电脑前，发第三期的古风视频《夜姬》。


@姜姜爱风景V："周一见，今天也是元气满满的一天。"


《夜姬》一发布，比之前两期视频获得的反响更大。

姜语宁的古风系列视频，重点早就不是汉服了，而是吸引人的剧情和用心的后期。

"好想问崇华是哪个小哥哥演的，身材好好！"

"为什么不给脸？为什么？"

"爱死我的战神了。这期好精美啊，真的好漂亮。"

姜语宁看到粉丝的反应，心满意足地关上电脑，然后转身对Vera道："沈总监停你的职，你就一声不吭地接受了？这可不像我认识的Vera。你当初想压制我的霸气呢？"

"昨晚我去找过尹清瑜，给了她两巴掌。她今天肯定想再放视频，我不连累你。"Vera神色很淡，经过一个晚上，已经平复心情了。

"我怕你连累？你既然那么激动，也就是说你弄清恩人的真相了？"

Vera点点头，嘴角带着一丝自嘲的笑："嗯，不是她。如你所料，她就是个看热闹的路人。"

姜语宁听完，让梁姐给Vera倒了杯水："既然弄清楚了，那就不必客气了！尹清瑜嚣张，就是因为她没有底线，捏准了你害怕。但是她就没有弱点吗？你仔细想想，她的死穴是什么？扇耳光、对骂那种事，只能出一时恶气。要真正击败一个人，一定要找准她最痛的点，然后一脚踩下去。只有那样，你才能痛快。"

"我得好好想想。"Vera被姜语宁的一番话激得热血沸腾。

"下午你去找我哥，你们交换一下有用的信息。我们就把尹清瑜这个人从内到外好好扒一遍。"

"我知道该怎么做。"Vera点了点头。


午后，姜语宁在镜子前换了好几身衣服，最后确定了一条洁白的长裙。

陆景知就在门外等她，即使过去半个小时了，也没有催促她。

"太太，该出门了。"梁姐看看时间，觉得不能继续耽误下去，便提醒姜语宁。

听到"太太"这个称呼，姜语宁心花怒放，几次深呼吸后，走出卧室，下楼上车。

陆景知和平日一样西装革履，从神情中看不出任何异样。不过姜语宁知道，这个男人很紧张，因为他握住她的手上满是汗水。

"二哥，你待会儿搂着我，我害怕一激动会晕过去。"下车之前，姜语宁挽着男人的手臂嘱咐道。

"你要是敢晕，今天就登记不了了。"陆景知捏着她的手心说。

"那怎么办呀？"姜语宁苦着脸，"想到马上要上你的户口本了，我就感觉轻飘飘的，有点儿分不清现实和梦境。"

陆景知趁机吻住那喋喋不休的薄唇，在她紧张的同时，再让她好好缺

441

个氧。司机不敢乱看，只能直视前方。

"现在……有真实感了吗？"

姜语宁面颊绯红，像是熟透的苹果，散发着致命的香味。

"我……"

没等姜语宁回答，陆景知便示意她下车："抓紧时间，陆太太，一会儿该被人撞见了。"

因为陆景知的身份特殊，所以他们直接走民政局的特殊通道，并且专挑午休时间来登记。流程比想象中要快，填写申请书，审核资料，只用了短短几分钟的时间。拿到鲜红的结婚证书，姜语宁仰着头对陆景知说："没想到，当陆太太这么容易。"

"容易？"陆景知拉长尾音，显然十分不满她这句话，"全球七十亿多人口才出你这么一个，很容易？"

"我不是这个意思，我是说结婚流程很简单。"姜语宁把两张结婚证打开，反复地看，"我是陆太太了，陆景知的太太。二哥，我们终于持证上岗啦。以后我们是夫妻了，你夫我妻。我可以正大光明地站在你的身侧了。"

陆景知吻了吻她的额头，准备收起她手里的结婚证书，却被姜语宁拦住了。

"我来保管，放在你那里，不方便我随时翻看。"

陆景知嘴角一挑："若是我也想看呢？"

"那我们就晚上回家窝在床上一起看，看过瘾。"不仅如此，姜语宁还拍了照。她即将进组，不能带这么重要的东西。她把照片锁在了相册里，想什么时候看就什么时候看。

"对了，我们结婚的事能不能先不告诉陆爷爷？毕竟我才和陆宗野解除婚约不久，怕他误解。"

"听你的。"这种事，陆景知无所谓。她想公开就公开，想保密就保密。至少，妻子是他的，即便老爷子责骂，他也认了。

"二哥，你以后就是我的人了，我一定好好地照顾你。"

陆景知听完她的保证，只是抱着她笑道："你能做个不惹事的祖宗，我就已经心满意足了。"

两人完成结婚登记，陆景知回了办公室，因为下午他还有一个很重要的会议。姜语宁也没闲着，直接给Vera打电话，问她在不在枯杰的秘密基地。

此刻，Vera和枯杰正在交换尹清瑜的信息。

"我还不是很了解她，所以你先说说你知道的信息吧。"枯杰坐在Vera的对面道。

"她的家境不错，但是不能见光。她以患抑郁症为借口问家里人要钱，还交了不少男朋友。说实话，我了解的事也不多。如果要说死穴，那么就是你？"Vera看着枯杰，小心翼翼地说。

"这样，那就得查了。"枯杰直接从椅子上起身，"我可不想当垃圾的死穴。"

"我大概明白她为什么在意你了。在她所交的男朋友中，只有你对她不屑一顾。在你的身上，她尝到了前所未有的挫败感，才会一直耿耿于怀。"

"呵，那她得习惯，我还会让她一败涂地。"枯杰一边冷哼，一边打开电脑，找到国外的朋友，和对方视频通话："帮我查个人，要详细资料，以最快的速度。"

"OK，报名字，最快六小时。老规矩，老价格。"视频中的美国男人道。

"成交。"枯杰答应。

不久，姜语宁就到了X社的秘密基地。这时候，Vera和枯杰正在焦急地等着国外那边的消息。

"哟，某人的妻子来了。"枯杰看到妹妹现身，故意调侃了一句。

"你这语气酸不酸？"姜语宁瞪了自家大哥一眼，然后坐在Vera的身边。

"你结婚了不在家待着，过来凑什么热闹？"

"我……"姜语宁正欲解释，Vera的手机却响了起来。

Vera猜测应该是尹清瑜的电话，翻过手机一看，果然是尹清瑜。

Vera接通电话，按了免提键，尹清瑜的声音从里面传了出来。

"Vera，我现在就让你知道对我动手的代价！"

Vera愣了一下，正要回答，姜语宁却直接从Vera的手里拿过手机。

姜语宁道："怎么？你还想顺着电话线过来咬人？"

"姜语宁？"

"你叫奶奶的名字做什么？抑郁症患者、高级'戏精'，你缺奶奶的关照了？"姜语宁毫不客气地说，"你以后要爆料就爆料，别打电话过来。我拉黑你都嫌浪费时间。"说完，姜语宁直接挂了电话。

"语宁姐，你这样会不会激怒那个女人？"陶睿哲在一旁担心地问。

"你听不出来她要人玩呢？"姜语宁白了他一眼，并用手指关节叩响桌面，对Vera道："视频在她的手里，我们也不可能拿回来。既然如此我们就自己说出来，把主动权掌握在自己的手里，我有办法。"

"怎么操作？"Vera问。

"找个会写的记者，以女性安全为切入点，让她把你遭遇的事情写进她的采访内容里。然后，让我哥去渲染一下，在娱乐版面和社会版面都上个热门。这样网友就会知道，你是在兼职并非陪酒。不仅如此，你还认错了恩人，而这个恩人是个魔鬼。

"这样，只要尹清瑜一爆出视频，我们就可以引导网友，让他们把尹清瑜和假恩人联系起来。如果你能联系到你的同伴，证明这件事的真实性，或者收集到尹清瑜的那些肮脏事，我们就能把她钉在墙上，让她永远翻不了身。她想躲在暗处，我们偏要拉她入水。"

听了姜语宁的一番话，陶睿哲马上鼓掌："语宁姐，你这招请君入瓮妙啊！"

"这样，你不仅可以洗刷陪酒的冤屈，尹清瑜也不能再把那件事当成你的把柄威胁你。只是这会涉及你的隐私，或许你会受委屈。"

"比起她诬蔑我陪酒，这点儿委屈算得了什么？你说过，作为受害人，我只要堂堂正正就行。"Vera深知，比起被尹清瑜随意编派，这是最好的解决方式。

"哥，有这方面的资源吗？"姜语宁扭头询问枯杰。

"这件事，由光影出面最合情理。我可以发动一下媒体，拦截尹清瑜放的小道消息，可以拖几天。"枯杰回答，"不然，就拿我的帅气照片招呼一下那个垃圾，大不了我吃点儿亏。"

"哥，要文明。"姜语宁开玩笑道。

"她都骑到我妹妹的头上了，我还文明什么？"枯杰瞪了姜语宁一眼，"或者，我亲自出马对付她。"

"请你当个好男人。不然你以后遇到嫂子，怎么解释？"

"我不会让她碰我一根汗毛。"

姜语宁摇摇头，有些无奈："不管你了，反正你尽量拖延时间，我们去找沈总监商量。"

枯杰做了一个"OK"的手势。

从X社离开，姜语宁和Vera抓紧时间去光影，把解决问题的思路和沈以琛说了一遍。

沈以琛摸着下巴思索片刻，然后道："可以做一期关于职业经纪人的专访。现在外界，尤其是那些年轻的粉丝，很想知道经纪人的内幕，这应该会很有看点。不只是Vera，另外两位新加入的经纪人也一起接受采访。这样就不容易被人发现是为了应对Vera的丑闻。之后，我会让公关部门给你们设置关键词，主题就会更突出一些。你主要负责女性独立和成功秘诀这一块。我会让记者专门设置一个问题，你就顺势带出以前的事情。"

"沈总，有一套。"姜语宁朝他竖起大拇指。

"这本来就是经纪人该有的公关意识，任何时候都要想着化危机为转机。而且你们也不赖，敢于突破和解决。"

其实，沈以琛也在自我反思。这件事爆出来的时候，他的第一反应是抛弃Vera，让姜语宁自保。不知道是不是工作多年累了，他差点儿失去那份初心。

"这件事我会安排下去，明天Vera到公司接受采访。至于其他方面，你们要和X社那边做好衔接。"沈以琛对两人道。

"好。"有了解决办法，Vera轻松了许多。

"你……新婚呢，这都傍晚了，还在外面晃？"沈以琛忽然想到这件事。

看来全世界都在为她的新婚夜着急，姜语宁不由得笑起来。这时，陆景知的电话打过来了。姜语宁看到来电显示，然后扬起手机："喏，老公来催了。"

"炫耀什么？现在就给我出去。"

姜语宁和Vera互看一眼，一前一后地走出沈以琛的办公室。原本Vera还有话要对姜语宁说，不过想到今天是姜语宁的新婚，也就没说。感谢的话，她还是化为行动吧。

"喂？二哥，我还在光影，马上回家。"打完电话，姜语宁匆匆地拉开车门，看到身旁的Vera时，又似想到了什么，对Vera道："你换个地方住吧。从现在开始，拉黑那个女人的联系方式，仰起你的下巴，嗯？"

"听你的。"Vera笑着点了点头。她是该搬家了，因为尹清瑜知道她现在的住处。

姜语宁见Vera听进去了，这才驱车离开光影。

她到家的时候，已经是晚上七点了，梁姐已经下班回家。她推开家门，看到陆景知正坐在沙发上看军事报纸。姜语宁想到两人已经登记结婚，兴奋地扑了过去，环住陆景知的脖子："二哥……"

"喊错了。"陆景知放下报纸，将她搂过来放在腿上，"换个称呼试试？"

"有点儿不适应……喊不出口。"姜语宁噘嘴，知道他想让她喊什么，可就是觉得有点儿别扭。

"你总要习惯，先喊一声来听听。"

姜语宁不敢直视陆景知的双眸，只能盯着他性感的喉结，鼓起勇气喊了一声"老公"。姜语宁的声音很软，只是语速太快。

"嗯？"

"老公。"

"再叫两声？"

"老公，老公……"姜语宁红着脸，"满意了吗？你就会欺负我。"

"这算欺负？"陆景知压下来捉住她的薄唇，又啃又吮。

"二哥……疼。"姜语宁在陆景知的怀里挣扎，"这个姿势好难受。"

陆景知听了，直接将她抱起来，走往二楼的卧室。

今天可是两人的新婚夜呢。

进入房间，陆景知将她放在床上，健硕的身躯压了下来："我要你。"

"我、我本来就是你的啊。"姜语宁听到那低沉性感的嗓音，身体就像触了电，软得不可思议，"你这个坏人，让我喊了那么多声'老公'，也不见你喊一声'老婆'。"

陆景知压着姜语宁的双手，故意在她的耳边道："坏，也退不了

446

货了。"

这一夜，只属于新人。

等到两人尽兴，已经是清晨六点了。姜语宁从被子里伸出手，却听到了陆景知微微沙哑的声音："还早。"

姜语宁骤然清醒，趴在陆景知的身上道："二哥，你也有这时候？"

陆景知猛然睁开双眼，然后翻身将她压在身下："你对你男人的体力有误解？"

"我错了。"姜语宁连忙认输，"二哥，我腿软……"

"一个晚上，称呼又变了？"

"二哥，我不是怕我叫习惯了，以后会经常这么叫吗？万一被别人听见，不好解释。"姜语宁搂着陆景知的脖子讨好地道，"饶了我吧，老公，好不好？"

面对姜语宁的撒娇，陆景知一贯受用，也就没下一步动作了。良久，他抱着她一起去浴室梳洗。双脚落地，姜语宁果真站不稳了。陆景知见状，便伸手环着她，有些歉疚地道："是我太过了。"

"没关系，谁让我老公这么迷人？"

夫妻两人在浴室里亲昵了一阵才回到卧室。

这时，姜语宁打开床头柜，拿出两人的结婚证，又仔细地看了一遍。

陆景知站在她的身后，看着她脸上知足的表情，觉得心里暖成了一片汪洋大海。

她真是个小傻子。


X社从昨天晚上开始，已经拦截了三次尹清瑜的曝光视频。她在论坛或者网页上刚发出消息，很快就会被清理掉。

尹清瑜很恼怒，将这一切怪在光影的头上。

同一时间，小K把拍摄到的枯杰的生活照传送给了尹清瑜。

尹清瑜看到照片，怒火中烧，直接给X社打电话："让你们跟拍，就拍到这些？"

"这人每天过着三点一线的生活，身边连个女人都没有，我们能怎么办？"染着一头黄毛的小K理直气壮地回答。

"姜语宁呢？他们没见面？"

"当然没见面。你要拍就拍，不拍就算了。我们还嫌浪费时间呢。"小K轻哼，我们家老大是你能随便挖到消息的吗？

"继续拍，既然收了钱，你们X社就得办事。"

"女士，既然你这么恨姜穆阳，为什么不自己去找他呢？说不定他还想着你呢。"小K建议，"爱有多深，恨就有多深。这小子现在就是个穷光蛋，除了样貌、身材不错，就是一个普通人。你要不自己试试？"

尹清瑜听完，重新去看了下姜穆阳的照片，觉得这娱乐记者的建议不错。姜穆阳现在要什么没什么，还需要她如此大费周章地找X社跟拍吗？姜穆阳为什么没有女朋友？难道他真的对她还有旧情？

姜穆阳，也就是枯杰，此刻就坐在小K的身边。待小K挂了电话，枯杰敲他的脑袋："演得太过了！"

"杰哥，你真要亲自去教训这女的？"小K摸着脑袋问。

"跟你没关系。"这时，他朋友那边传来了尹清瑜的详细资料。

枯杰打开邮件，看着时间对国外的好友道："说好的六小时，你超时了。"

"主要是这女的麻烦，是个'戏精'。钱退你一半，算我倒霉。"

"算了。"枯杰也不会算得那么细。

"那我再替你收集一些，这女的有很多秘密！"

"谢了。"枯杰道。随后，他打开邮件，看着一连串英文，不禁皱眉。

"杰哥，怎么样了？"小K探着脑袋，十分好奇地问。

"她的父亲是个恶棍，靠纺织业起家，财大气粗，喜欢动手。她的母亲是'小三儿'，也是个皮条客，同时拥有很多男人。尹清瑜是个私生女，但是她花钱把自己的简历做得很漂亮，再加上适当的演技，欺骗了不少人。"

"这种父母教出来的孩子能好才怪。"小K不屑道。

"她的身世就是她的死穴。在假简历上，她给自己编造了一个生父。这个富豪的确存在过，但是已经亡故。她就是利用这一点，一直瞒天过海。"

只要把这些消息分享给尹清瑜身边的人，就足以让她崩溃。但在这之前，他得先解决Vera的事情。想到这里，枯杰把邮件转发给了姜语宁，然

448

后拿着帽子出门。

"杰哥，你去哪儿？"

"不是你说的我过着三点一线的生活？那这时候，我该'搬砖'了。"

毕竟，他现在是穷小子嘛。


一个晚上的时间，沈以琛就安排好了一切。

此时，记者正在看提纲，按照沈以琛提供的方向整理资料。

同一时间，Vera在化妆间内，一边上妆一边用手机试图联系上自己当年的那三个同伴。确定真相是其次，她主要想跟三人道歉。然而，她只打听到其中一个人，那人现在也在洛城。

"你打听到那个人的联系方式和住址了吗？"姜语宁问Vera。

"可能还需要一点儿时间。"Vera回答。

"那就先不管了，你先接受采访。我哥已经把尹清瑜的资料传过来了，我先仔细看看，研究研究。"姜语宁抱着电脑说道。

光影做过很多关于经纪人的采访节目，这方面经验丰富。沈以琛稍作交代，记者便能准确地抓住这期的主题。很快，Vera便坐在了采访区域。这是一个非常明亮的工作室，采光很好，还有一个咖啡色吧台。

"那我们的采访就开始了。"记者坐在Vera的身边道。

在摄影机前，Vera表现出了极为专业的一面，大谈国内外艺人的差距以及这次被挖回来后所接触的人与事。

在记者提到Vera为什么要主动揽下姜语宁的时候，Vera自信一笑，撑着手臂回答："因为我觉得这是一个很大的挑战。刚开始，我信心满满，想牵着这个小艺人往前走。

"但是和姜语宁接触一阵后，我发现她的人格魅力完全超出我的想象。现在，我已经完全被她征服了。"

记者笑了起来："那我很期待下次采访她。"

"那你可要抓紧机会，她很快就会绽放自己的光芒。"

"一定，哈哈。说回我们今天的主题，我听说，在你成为一名专业的经纪人之前也从事过其他行业。你可以跟我们分享一下吗？"记者把话题重新转移到了Vera的身上。

"在国外，兼职是普遍现象。那时候，我的家庭条件不是很好，所以我去卖过酒。那是在国外的啤酒街上，我和几个同事一起拿着啤酒厂商推出的新产品，一家一家地推广。说到这里，我想分享当时发生过的一件不太好的事……"

两人就这样聊了下去。

"所以，在这里提醒一下女孩子，无论是在国内还是国外，一定要注意自己的安全。Vera，可以看出你是一个性情中人，这么多年，你认错了恩人，心情一定很复杂吧？"记者抓住重点，温暖地询问Vera，完全不会让人觉得难堪。

"我也是最近才知道这个消息的，觉得有些遗憾，很对不起当年的三个伙伴。她们救了我，却没能得到我的感谢。至于其他不太重要的人，我会选择遗忘。"Vera对着镜头，非常真诚地回答。

"那你对你的未来有什么期望吗？"

"我希望那个人，那位姓姜的女士，赶快红起来，是受人喜欢的那种红。"

就这样，采访在非常轻松的气氛中结束了。之后，光影会分两个步骤来进行宣传：第一是采访视频，第二是光影的杂志。而采访Vera中的两个点，女性安全以及报错恩事件，会分别在社会版面和娱乐版面进行宣传。

X社作为娱乐媒体的领头羊，知道怎样才能引起大众关注。若是只说"女性安全"，肯定受关注度不高。然而，题目变成《姜语宁经纪人自述曾险遭羞辱》就如同镀了金一样，阅读量直线上升。至于"报错恩"这点，也难不倒X社。《将"魔鬼"错认为恩人，她才出狼窟又入虎口》这样的标题一出来，X社再联系几个有名的博主进行宣传，也会引起人们的关注。

"现在就等尹清瑜上钩了，只要她敢出来，我们就马上送她上热门新闻。"姜语宁已经给尹清瑜判好结局了。

Vera看着姜语宁，半晌才酝酿了一句"谢谢"。

"你要谢，就谢自己和尹清瑜不一样。"姜语宁拍了拍她的肩膀，从椅子上起身，但因为双腿发软，差点儿没站稳。

Vera赶紧扶稳她："你的脚麻了？"

"今天你扶着我点儿，我怕丢人。"姜语宁脸红地在Vera耳边道。

Vera马上明白了，道："明白。不过，你们这也太不知节制了。"

"等你以后结婚就懂了。"男人都是喂不饱的狼，尤其是陆景知那种精力充沛的狼。

此时，戴着棒球帽的枯杰，正在自己的酒吧吧台前调酒。这里是他三年前盘下来的店面，专门用来收集八卦消息的，还有好几个明星是从这里出道的。当然，没人知道鼎鼎大名的枯杰就是这里的老板。

真正的调酒师站在枯杰的一边，看着枯杰瞎忙，有些担忧。老板这是不满意他的工作吗？即便如此，调酒师还是摸了摸自己的脖子，提醒道："老板，血腥玛丽都成蓝色的了。"

"闭嘴。"枯杰皱眉，"算了，我去端盘子。"

按照推测，尹清瑜快要来了，因为小K给出的时间是上午九点到中午十二点。快到中午，枯杰打算换件衣服从酒吧离开时，尹清瑜终于出现了。

尹清瑜身穿黑色抹胸A字裙，化着浓妆，拿着名牌包傲然地进入酒吧。随后，尹清瑜在靠窗的位子上坐下，放下墨镜，指着吧台后的枯杰对身旁的酒保道："我要他来服务。"

酒保看了一眼枯杰，走过去，在枯杰的耳边低语几句。

片刻后，枯杰走过来，站在尹清瑜的面前，佯装惊讶地道："是你。"

"几年不见，你怎么越混越难看了？当年学校里的高才生，一转眼就成了酒吧的服务员？穆阳，你回国不是为了你的妹妹吗？她现在是大明星，吃香喝辣，怎么把你给忘了？"尹清瑜撑着下巴问枯杰。

"你要点什么？"枯杰故意忽视她讽刺的言语。

"拿你们店最贵的酒，今天我包场。怎么样？给足你面子了吧？"尹清瑜拿出金卡往桌上一放，羞辱枯杰的心思已经很明显了。

枯杰毫不客气地拿起金卡，扭头对吧台的调酒师道："把珍藏的DRC（罗曼尼·康帝酒庄生产的红酒）拿出来，满足这位有钱的女士。还有，今天她包场了，全场的消费都算在她的账上。"

坐在吧台后的经理一听，这是大客户啊！老板珍藏的那几瓶DRC，都是好几十万一瓶的，老板可真会做生意。

"这才过去几年，你就变得这么庸俗。是不是只要我出钱，你就可以跟我出去？你的出场费多少？"尹清瑜傲慢地询问枯杰，眼神轻佻，似乎在逗弄玩具。

出场费？

枯杰看着眼前的女人，只觉得她恶心透顶，只是面上还是一副泰然自若的样子。

片刻后，经理亲自送来红酒，递给枯杰："姜总，这是这位女士要的DRC。"

姜总？听到这个称呼，尹清瑜愣了一下。X社的人不是说姜穆阳就是个穷光蛋，一贫如洗吗？

枯杰接过红酒，放在尹清瑜的面前，不屑地对她说："这点儿钱就想让我出场？爸爸的价钱你给不起。"

说完，枯杰在尹清瑜震惊的神色中解下围裙，然后把围裙扔给酒吧的服务员："盯着这位女士付钱。她说要包全场的消费，让其他客人不用客气。"

尹清瑜噌的一下从沙发上站起来，准备追上往外走的枯杰，却被酒保拦住了。酒保道："不好意思啊，女士。我们的酒已经开封了，要离开的话，请先结账哦。"

说完，酒保还扭头对大厅的其他客人道："各位客人，今天这位女士请客，你们请随意消费。"

尹清瑜知道自己被耍了，怒火中烧："姜穆阳！"

过了一段时间后，酒吧经理给枯杰打了一个电话，汇报情况："姜总，那位女士一共消费了一百二十一万。"

"还不错。"枯杰表示满意。

虽然酒吧不愁生意，但酒吧经理还是希望这位女士可以经常过来消费。于是，在尹清瑜临走前，他好心地提醒尹清瑜："女士，消费一百万就是我们的钻石客户，下次过来给你八八折哦。"

尹清瑜气得七窍生烟。回到酒店，她第一时间打电话给X社："你们到底怎么做调查的？姜穆阳是'不打烊'酒吧的老板，这件事你们为什么没查到？"

"这位女士，你只是让我们跟拍姜穆阳，并没有让我们调查姜穆阳的背景。"

"是你们的人告诉我，他就是一个穷光蛋。"

"你还真去找他了？女士，一间酒吧的老板有什么了不起的？对你们这样的富豪来说，他不就是一无所有吗？你说对不对？"

枯杰此刻就在小K的旁边，一边喝水，一边听小K在电话里乱说。

"算了，你们替我办另一件事。我要爆姜语宁的经纪人的料，要买你们的版面刊登。我手里有证据，有视频。"

小K听完，看着枯杰，示意大鱼上钩了。

"女士，我们X社不接关于经纪人的爆料。我可以给你介绍别的娱乐工作室，你觉得怎么样？"

"事情办不好，臭规矩还一堆。"尹清瑜很不服气。

枯杰不接这件事，自然有他的打算。

Vera的事情已经上了社会版面的新闻，如果X社帮尹清瑜爆料，那么X社的名誉会受到影响，为了这么个人渣不值得。所以枯杰让小K把尹清瑜推给了他们的对手。

"杰哥，对手会接这消息吗？"

"一定会。"枯杰轻嗤一声，"首先，尹清瑜是个大客户，能给足价格；其次，事情涉及姜语宁，可以赚足眼球；最后，我们X社不接的消息，不都被他们截走了？"

"杰哥，你厉害。"小K竖起大拇指。

姜家人，那不就是一窝狐狸吗？姜志桐是老狐狸，姜穆阳是臭狐狸，姜语宁就是最可爱的那只小狐狸。


得知尹清瑜上钩，姜语宁就等着看好戏了。这时，另外几件好事找上门了。因为姜语宁的古风小视频《夜姬》在网上被网友疯狂转发，不少网游公司找上光影，想找姜语宁做代言人。与此同时，一个国风的化妆品牌也看中了姜语宁在古风市场上的表现。

这是非常奇怪的一个现象。虽然姜语宁的口碑时好时坏，但是只要和古风沾边的东西收到的就都是称赞。这让品牌方很有信心，姜语宁只要穿上古装，口碑、销量等都不是问题。

不过，姜语宁就要进组了，沈导还出了名地严格。

权衡再三，Vera找沈以琛商量："语宁是女三号，我能不能去找沈导，争取晚几天让她进组？毕竟前期没有她的戏份。"

"别的导演或许可以，但是沈导那边可能不行。"沈以琛摇了摇头，"进入拍摄模式后，沈导就会六亲不认。谁也不能耽误他拍戏的进度。

"这样吧，你去找那几家公司商量一下，看他们是否能等。如果不能等，错过也不可惜。要知道沈导的戏出来以后，姜语宁的身价就又不一样了。"

沈以琛思索之后，对Vera道："我有这个信心，那几家公司一定会等，因为姜语宁的可替代性太小了。"

"我去联系。"

"另外，今天的采访做得不错。"沈以琛称赞道。

Vera笑了，这一切都是姜语宁想出来的。

傍晚，Vera把姜语宁送回御珑廷，又赶回去见合作商，在临走前跟姜语宁说："今天有好几家网游公司接洽我们，你现在可不得了。"

"你现在还瞧不上小视频吗？"姜语宁笑着问。

"别人，我依旧瞧不上，不过你的确做得有模有样。"Vera夸奖道，"你给自己挖掘了无数可能。"

"对了，我哥刚刚打电话过来，说尹清瑜已经找好了爆料的工作室。好戏马上就要上演了，这一次无论是你的仇还是我哥的仇，我们一次报到位。"姜语宁迎着海风说完，然后推开下车。

Vera走后，姜语宁推门回家。当目光触及沙发前那一盏散发着温暖光线的灯时，她心里顿时暖洋洋的，这是她和陆景知的家。

"太太回来了？"梁姐站在厨房门口喊道。

"二哥呢？"姜语宁一边换鞋一边问。

"还没回来呢，今天有点儿晚。"梁姐回答后，解了围裙下班。

姜语宁看着空荡荡的房间，拿出手机打算给陆景知打电话。

这时候，许良舟的电话却忽然打了进来。

许良舟说："小嫂子，出来吃个饭呀。"

"二哥和你们在一起？"

"你来就知道了。"许良舟在电话里回答。

"好吧，告诉我地址。"姜语宁重新换上鞋。

事实上，许良舟提前试探过陆景知，知道他在开会，才故意给姜语宁打电话，说想见见小嫂子。

夜晚八点半，姜语宁驱车到酒店，通过前台顺利地找到了许良舟所在的雅间。她以为陆景知也在，但推门进去只看到了温洛和许良舟。姜语宁有了一些猜测，却装傻地问两人："我二哥呢？"

"来，小嫂子，你先坐。我们听说你和景知登记了，所以想亲口对你们说一句'恭喜'。"许良舟起身，替姜语宁拉开椅子。

姜语宁顺势坐下，随后笑道："你们是单独有话想跟我说吧？"

许良舟和温洛互看一眼，点了点头："小嫂子的确聪慧过人。其实，我们也没别的意思，你是景知的心头肉，我们自然不敢动。但有些事，丑话还是要说在前面的。我们不想多管闲事，但是你也应该知道，如果景知真的公开和你的关系，会有多大的压力。

"我们作为他的兄弟，只想知道一件事，你到底值不值得他这么做。"

"你们想怎么试？"姜语宁认真地看着两人。

"这样吧，我们也不是真的想为难你。不过据我们所知，你好像挺喜欢演戏的。你能不能为他放弃演戏，在家安心相夫教子？我有光影的电话，只要你打电话过去，说退出娱乐圈，我们就信你。"

姜语宁看着许良舟推过来的手机，笑了一下，又把手机推了回去："二哥的朋友，绝不会做强人所难的事。而且你们也明白，这样根本没办法试探一个人的真心。既然二哥能和你们这么交好，那么答案只有一个……你们是不是羡慕我和二哥登记结婚了，想捉弄我们呀？"

许良舟看了温洛一眼："嫂子这么聪明吗？"

"你问我，我问谁啊？"

"我就是生气啊。你们说登记就登记了，我让陆景知请吃饭，他还推三阻四。我这不是知道他还在开会，故意哄你出来玩吗？小嫂子，你真有胆量，居然没被我吓到。"许良舟连忙认输。

"我猜，你说的半真半假。不过你们心里一定有疑惑。"姜语宁摊开了这个话题，"这样吧，我们玩坦白局，一问一答。谁回答不上谁喝酒，无论你们今晚想知道什么，我都可以回答。"

闻言，许良舟心想，姜语宁不愧是陆景知的女人，不仅会活跃气氛，还会拉近距离。

"既然这样，那我们可就不客气了。"许良舟让酒店的服务员上酒，"从温洛开始吧，你喜欢男人还是女人？"

温洛白了许良舟一眼："我喜欢你妹！"

"轮到温洛问小嫂子了。"许良舟示意温洛。

"小嫂子的初恋是谁？"温洛顺利接收到许良舟的信号。

在温洛和许良舟看来，姜语宁一定喜欢过陆宗野。不然，她不可能做那么久陆宗野的未婚妻。

"听好了啊！陆景知！"姜语宁很快就回复了，而且连眼睛都没眨。

"不对啊，那你还和陆宗野……"

"这是下一个问题。"姜语宁拦住温洛。

"该嫂子问我了。"许良舟笑。

"许北笙是谁？"

听到这三个字，许良舟顿时睁大眼睛，不自然地咳了一声："嫂子，你认识我的妹妹？"

"不认识，但她害得我在看过二哥的毕业发言后，伤心了好几个月。"姜语宁咬牙切齿地道。自见到许良舟，她便有了猜测，一来两人有点儿像，二来两人都姓许。

许良舟愣了一下，觉得自己被反将了一车。

"喀喀，又到我问温洛了，你喜欢我妹妹哪点？"

温洛继续翻白眼："你妹妹喜欢谁，大家都知道。我刚才是在骂你，你听不出来吗"

温洛话音刚落，两个男人顿时就感觉到了一股诡异的气氛。温洛意识到自己说错话了，连忙解释："那个小嫂子，我……不是故意的，都是他惹我。"

"我早就暗恋二哥了。"姜语宁放下酒杯，叹了口气，"可是你们的陆二爷那时候冷得像块冰，我完全靠近不了他。十五岁时，我鼓起勇气给他写了一封情书，结果石沉大海、杳无音信。我一直以为他不喜欢我、厌恶我。暗恋那种无尽头的感觉，你们是不会懂的。"

许良舟和温洛对视一眼，忽然觉得他们有些小心眼。

"从懂事开始，我每年都和家里人说要解除和陆宗野的婚约。谁稀罕做那个垃圾的未婚妻？可是不久之后姜家破产，一夜之间化为乌有，我还能指望什么呢？二哥那时候对我来说，就更高不可攀了。你们什么都不懂，什么都不知道……"

许良舟承认，他被姜语宁的这番话打动了。那种发自内心的委屈，和他妹妹哭诉的时候一模一样。

"你们还试探我，怀疑我对二哥的真心，你们太坏了！"

"嫂子，都是我们的错，你别哭啊。景知在路上了，要是知道我们欺负你，肯定会生气的。只要你不哭，我们一人许诺你一件事，怎么样？"许良舟就差没有跪地求饶了。

"你们说的！不许要赖！"姜语宁顿时收住哭声。

"发誓！"许良舟举起手保证。

当陆景知推开雅间大门的时候，姜语宁和许良舟他们正在打麻将。

"二哥，快来，三缺一，我赢了好多钱。"

许良舟苦着脸心想，嫂子的钱，他敢赢吗？温洛也被许良舟带得输了个底朝天。

"打麻将？"陆景知看着几人，心想，这两人有这么好的兴致？

"为了庆祝你们两人结婚。"许良舟连忙赔笑道。

"那就送上你们该有的新婚贺礼，账号一会儿发到你们的手机上。"说完，陆景知把姜语宁从椅子上拉起来，准备离开雅间。

姜语宁戳着他的锁骨道："你觉得他们能欺负我吗？都让着我呢。"

陆景知闻言，脸色好了一些，但还是没有消气。

"他们没说什么让我伤心的话，真的。"

"我不需要这样的试探，上次已经说得够清楚了。"陆景知转头对两人冷声说，"我要这个人，谁反对都没用。"

"二哥，他们只是关心你。"姜语宁连忙环住陆景知的腰，"他们跟你一样，都是好人。"

"我知道，否则他们不可能还站在这里说话。"陆景知牵着姜语宁往外走。

许良舟和温洛赶紧给出他们的态度："这嫂子，我们认了！"

"哼。"陆景知脚步未停。

见人走远了，许良舟难过地道："我们算不算赔了夫人又折兵？"

"不算吧。不过小嫂子很有意思。她的一双眼睛灵气满满的。没想到，景知当着我们的面发火，那么紧张小嫂子。"

"我当然知道。对了，我妹妹最近到处打听景知的事情，我害怕她会闯祸。"许良舟叹了口气，"算了，兵来将挡，水来土掩吧。"

回家路上，姜语宁把刚才吃饭的事情跟陆景知都说了一遍。她因为喝了些酒，所以有些难受，趴在陆景知的腿上感叹："二哥，有时候真羡慕你，有这样几个好兄弟。"

"你不介意他们为难你？"

"我为什么要介意这种事？他们已经很客气了。尤其是许良舟，生怕我生气，打牌时一直让着我，是我占了他们的便宜。"姜语宁笑起来，片刻后又伤感地道，"我没有朋友，从前不敢交朋友。"

"现在不是有吗？"

"嗯，如果把陶睿哲、沈总监、Vera算上的话。"

陆景知轻抚她的头发，然后将她翻身搂在怀里："还难受吗？"

姜语宁躺在陆景知的怀里，摇了摇头，说："有你在就不难受了。"

陆景知忍不住俯身轻轻地落下一个吻，说："甜。"

"什么甜？"

"你甜。"

姜语宁瞬间红了双颊，缩在陆景知的怀里不敢动弹，心里却暖暖的。回家后她本想洗澡休息，陆景知却把早已下班的梁姐叫了回来，让梁姐做了丰盛的夜宵。

姜语宁不解地看着陆景知。

陆景知解释道："我开完会才看到许良舟的短信，下班就直接去了酒店，还没吃晚饭。"

"怕我被欺负？"姜语宁攀着陆景知笑道，"二哥，能和你在一起，我已经很知足了。你不要把我保护得太好，我可以面对很多事。不过有件事你还得跟我说说，许北笙是许良舟的妹妹，你知道吧？"

"嗯。"陆景知淡淡地应了一声，在餐桌前落座。

"你们毕业之后见过吗？"

陆景知摇摇头，替姜语宁盛了一碗汤，放在她的面前："喝了。"

"我不喜欢她。"姜语宁想想当年的场景，一股委屈涌上心头。

"我根本不记得她长什么样子。"陆景知回答，"对我来说，这世界上就只有两种人，你和别人。"

"这还差不多。"姜语宁很好哄，一哄就好，然后乖乖地往陆景知的怀里一钻。毕竟这样美好的日子，也没几天可以享受了。

晚上，尹清瑜在酒店的房间里喝着红酒，看着电脑，似在提前庆祝即将上演的报复戏码。X社不愿意接Vera的单子，但也介绍了一家不错的工作室。尹清瑜抬手看看腕表，快到爆料的时间了。这一次，她倒要看看光影怎么封锁消息。

九点一刻，一篇名为《姜语宁的经纪人，不堪视频大爆料》的帖子在火箭工作室的公众号上发布。因为"姜语宁"三个字，很快便引起广大网友的围观。X社的工作人员等的就是这一刻，马上对视频进行了深度分析。

网友也开始看热闹了。

"这视频好几年前的吧？这画质看得眼睛疼。"

"我看过这个经纪人的采访，她说过自己几年前在国外差点儿被羞辱的事。"

"说经纪人就说经纪人，和姜语宁有啥关系？这也怪到姜语宁的头上？"

"我看了专访的。这个Vera善意地提醒我们注意安全，而且还说自己认错了恩人。她挺好的。"

视频发布以后，外界的反应让尹清瑜觉得奇怪。于是，她便让人去刷评论，把舆论风向往对Vera不利的那一面引导。

"娱乐圈哪里有什么好人？我看她和姜语宁一样，都不是好货色。"

"真是不知羞耻。"

"不知道她做了什么才当上了经纪人。"

这次光影没有加入战斗，该做的事情已经做了，现在就看X社了。

此时，姜语宁和Vera各自在家，虽然她们胸有成竹，但是看着网上的评论，还是会忍不住地感到紧张。

这场骂战持续了大约一小时。晚上十点一刻，X社终于有动静了。X社的官方微博上发布了一条帖子，名为《姜语宁的经纪人事件，幕后黑手大曝光》。

相比火箭工作室发出的那些视频，X社作为娱乐新闻界的龙头老大发的帖子，可是做出了表率。

首先，X社分析了那些视频。用视频中的无数截图和慢放镜头，证明了这个视频的拍摄地是在国外某条知名的啤酒街上。随后，他们加强放大效果，证明了Vera当时身穿某啤酒品牌的工作服，而且她表情痛苦，嘴角和眼角都有明显的血迹。这和Vera在接受采访时说的完全一致。

其次，X社放出白天娱乐新闻版面关于Vera"报错恩"的那条新闻截图，找出了其中的关键点。Vera在采访中提到，她以为是第一个出现在自己面前的人打的报警电话，但最后证实，其实是她的同伴帮她报的警。那么，第一个出现在Vera面前的人，会不会就是拍摄这条视频的人，也就是这件事里的假恩人呢？

最后，X社毫不客气地放出尹清瑜的照片，并且配上文字："假恩人，你好。"

网友看完，都觉得X社的员工不去当侦探真的可惜了，纷纷惊叹——

"我被X社震惊到了，老大就是老大，教其他小弟做人！"

"X社厉害，还有，这个女人太恶心了。别人受辱的时候，她还有空拍视频，绝对是在看热闹。"

尹清瑜怎么也没想到，她还没痛快够就被X社转变了局势。看到网络上那些骂自己的评论，她气得浑身发抖，和网友对骂起来。

"你说谁不是好东西？"

"你们这些人被X社蒙蔽了，神经病，有病！"

"你该不会就是那个人吧？"

被戳到痛处，尹清瑜心虚地不敢再还嘴，甚至清空了自己的账号，害怕被人搜索。最后，她只能把所有的怒气都甩给X社，打电话质问："你们什么意思？不接我的单就算了，还拆我的台？你们是不是故意要耍我玩呢？"

"女士，你只是让我们跟拍姜穆阳，其他的，我们没有许诺你吧？"小K在电话里回答尹清瑜。

"你们不是不接经纪人的消息吗？说话没有一点儿可信度。"

"小姐，这是一条社会新闻，X社有义务引导正确的价值观。"小K教育尹清瑜，"还有，如果你就是那个女人，那也太缺德了吧！人家差点儿被羞辱，你还在一旁开心地拍视频？你怎么这么无耻呢？你跟我好好说说……"

尹清瑜大声嚷道："关你什么事！"

听到电话里传来嘟嘟嘟的声音，小K觉得很无趣，放下电话的时候还感叹："这个女人一点儿不听劝，活该被扒。"

一旁的陶睿哲朝他竖起大拇指道："谁都没有你能说。"

"也不看看我是谁。敢找我们老大的麻烦，她算老几？"

"可是她的手里不是还有和老大的亲密照吗？万一被网友扒出来，那不得说我们老大？"陶睿哲陷入沉思，"所以，绝对不能让那些照片流出去。"

两人同时看向正在喝水的枯杰，这得看老大自己的本事了！

现在网上的评论全都偏向Vera，网友都在骂尹清瑜恶心。当然，这件事还没有终结，因为尹清瑜的手里还有她和姜穆阳的亲密照。为了应对她的底牌，枯杰手里的一张王牌还没亮出来。

尹清瑜不甘心一败涂地，又拿出一堆名片，打电话联系了一家媒体："我要爆姜穆阳的料。"

枯杰被这么个恶心的人缠上就没办法了？当然不是。按照姜语宁的说法，只要是人，就一定会有弱点和痛处。况且，枯杰已经把尹清瑜的秘密挖了个一干二净。谁让他现在是王牌娱乐记者呢？

上午九点，枯杰为了防止尹清瑜胡乱爆料，和姜语宁通了电话："那女人给我的兄弟单位打了爆料电话。十点，我会和尹清瑜见面，也该有个了断了。"

"她不知道你的真实身份吧？"姜语宁问。

"嗯，兄弟单位的人以他们的名义向她发出了邀约。"枯杰回答，"你哥做事你放心，很稳。"

"那对这个女人就不要客气了。"姜语宁说道，"我即将进组，不想在剧组里还要为你们提心吊胆。"

"你哥什么时候让你操过心？"枯杰笑着挂了电话。

姜语宁撇撇嘴，真想出去看热闹，可惜不方便。她把枯杰传来的关于尹清瑜的资料给了Vera一份："以后这女人要是再联系你，你就知道怎么应付了。哎呀，这是谁？"

在传资料的过程中，姜语宁发现了一张奇丑无比的照片。

Vera凑近看了一眼，然后回答："尹清瑜。"

"她十八岁前长这样？"姜语宁难以置信地看着Vera。

照片中这个人长着龅牙、大嘴巴和塌鼻子。

"资料上写着呢，整容六次。"Vera回答。

"好吧，这女人还有哪里是真的？"姜语宁哭笑不得，幸好她哥傻人有傻福，及早抽身了。


尹清瑜根本不知道自己被扒了个底朝天。上午十点的时候，她戴着墨镜到了与媒体约好的地方。因为害怕被认出，这次她走得左顾右盼，不敢再像之前那样趾高气扬地走路了。

进入咖啡厅，尹清瑜取下墨镜等了片刻。不久后，一个戴着黑色棒球帽的男人在她的对面坐下，并在她诧异的目光中抬起头来。

"是你？你还挺神通广大的啊。怎么？这就得到消息，知道我要爆你的料了？现在外面那些人这么痛恨我，要是知道我是你的前女友，他们会怎么看你？"

"听说，你一直恨我，就因为我为了妹妹回国，是吗？"枯杰不答反问。

"那时候，要不是姜家的事情，要不是你的妹妹，你不可能和我彻底了断。"

枯杰听完，笑了出来。

"你笑什么？"

"我笑你自不量力。就凭你，也配和我妹妹比？"枯杰笑得双肩抖动。

尹清瑜被枯杰的这句话噎住，一时之间说不出话来。

"你从前的那些手段，我不想计较了。毕竟我也曾经把你当人看待。如今，我已经没什么好说的了。我今天来的目的，是要让你销毁照片。"

"你觉得可能吗？"尹清瑜笑道，"我要和你同归于尽。"

"可我怎么觉得，你会乖乖地拿出照片呢？"

尹清瑜皱眉，看着枯杰脸上自信的笑容，心里忽然有些发毛。她害怕是枯杰的陷阱，连忙从沙发上起身。

这时候，枯杰却忽然问道："你爸还不知道你不是他的亲生女儿吧？"

尹清瑜骤然睁大双眼。

"你妈有那么多的情夫，还向你父亲要那么高的抚养费。你觉得你爸知道了这个消息，你还能活吗？"枯杰一边说着，一边把资料从黄纸袋里拿出来放在桌上，"整容、伪造身份，你把自己的简历打造得金光闪闪，可你终究是皮条客的女儿，这是你洗不掉的烙印。"

尹清瑜忽然害怕起来，退回到沙发上，问："你怎么拿到这些东西的？"

"过程不重要，但是我可以把这份资料发到学校的论坛上，分享给其他人。最重要的是，传给你的爸爸！"

"我把和你的照片销毁，你能不能把这些资料也销毁？"尹清瑜忽然发抖，"姜穆阳，这些让我爸爸知道，我会没命的。"

"这跟我有什么关系？"枯杰笑了起来。

"照片我给你，都在手机里。"尹清瑜将手机递给枯杰，"我求你了，我爸爸不能看到这些资料。"

## 第十七章
# 粉圈混战

"早知道有今天，你为什么要来挑衅呢？"枯杰把她的手机拿了过来，找到她的相册，删除了所有照片，再把手机还给她，"如果被我发现你有备份，这份资料就会出现在你爸爸的邮箱里。

"还有，你马上离开洛城。一旦被我发现你的踪影，我会毫不客气地把你那张丑照贴满社交网站。"枯杰从沙发上起身，拿走牛皮纸袋并压低棒球帽向外面走去。

尹清瑜跌坐在沙发上，双手发抖。她根本就没有想过自己会被查个底朝天，就连整容前的照片都被扒出来了。想到枯杰的警告，尹清瑜马上拿出手机，预订了最快的一趟离开洛城的航班。此刻，她灰溜溜得像一只散发着馊臭味的过街老鼠。

与此同时，强大的网友通过各种分析，将尹清瑜在洛城用的号找了出来。

"这女的是不是还虐猫了？"

"我查到了这女的在国外的学校。"

看到网友查出来的准确信息，尹清瑜被吓到了。时间还没到，她就带着行李直奔机场。

"最新消息，那人连滚带爬地登机了！"陶睿哲兴奋地对X社的伙伴们说道。

这是从机场蹲点的娱乐记者那里发过来的消息。他们原本是要等某个歌手的，没想到拍到了尹清瑜。

"这女人一走，洛城连空气都变好了。"小K坐在桌子上打了个响指，"老大出马，果然非同凡响。"

枯杰看了两人一眼，然后把纸袋里的一张照片给了两人："上传到网上。"

"老大……这也太狠了吧？"

"爸爸教她做人，让她再也没有出现在洛城的勇气！"

尹清瑜从前的照片往网上一放，全网的人都知道她整过容了。

果然，照片一出来，网友就被恶心到了。

"好丑啊。"

"虽然知道不该攻击别人的长相，但是……这个女人真的又坏又丑啊！"

"事实证明，心丑脸也丑。"

从照片里看到尹清瑜狼狈逃走的模样，姜语宁终于松了口气，并且把这些分享给了Vera："替你出气了。"

经此一事，Vera是真的被姜语宁折服了："我一直欠你一句正式的道谢，现在终于能说出口了。"

"以后，记得为自己而活。"

Vera笑了笑，删除了和尹清瑜相关的所有东西。


此时，距离姜语宁进组只剩两天了。这次，剧组拍摄的时间长达三个月。按照沈导的要求，演员必须全身心投入到拍戏中，没有请假资格。姜语宁很难受，她正新婚啊！更可惜的是，她和二哥都结婚了，好多事情还没有做过，连看电影都没办法看。姜语宁为此很是哀怨。

"后天九点，我准时过来接你。你该庆幸不用去外地，和陆先生还在同一片天空下呼吸。"Vera笑着跟姜语宁说行程安排，"这周六，《爆笑艺人》就会播出。如果反响不错，我会重新给你制订上综艺的工作安排。"

"光呼吸有什么用？"姜语宁趴在桌上，觉得堵心。

"做艺人原本就没有那么多自由时间，你心知肚明。不过，你不缺名气，不用和别的新人一样，为了一点儿热度挤破脑袋。如果你真的想和陆先生有更多在一起的时间，那就努力地磨炼演技。等你成为票房担当的那天，你一年只要拍一部电影，就能稳住自己的地位。"

这点，姜语宁当然清楚："好吧，我都被你说得热血沸腾了。"

"你不是想和陆先生看电影吗？我有办法让你们不用出门也能看。"Vera颇为神秘地说道。

Vera所说的办法就是在御珑廷的院子里搭上幕布，然后放置一台投影仪。姜语宁还让梁姐在院子里准备了躺椅和糕点。不过，姜语宁现在苦恼的是看哪部电影。

陆景知七点一刻到家，进入铁门便看到了被装扮一新的院子。

梁姐和Vera见主角登场，便悄悄地从御珑廷撤退了。临走前，Vera忍不住在姜语宁的耳畔嘱咐："躺椅放得很隐蔽，可以让你们为所欲为。但是要注意节制，身体重要。"

姜语宁想咬Vera一口，让Vera别想那么多。

"二哥，快去换衣服，等下我们看电影啦。"

姜语宁还有两天就要进组了，从她晚上睡觉黏陆景知的程度可以看出她对陆景知不舍的程度。

陆景知去衣帽间换了休闲衬衣下楼，看见姜语宁在投影仪前犯难。

"怎么了？"

"我不知道看什么，也不知道你喜欢看什么。"

对这点，姜语宁觉得有些愧疚。

陆景知摸摸她的脑袋，笑着道："你不知道很正常，我很少看电影。"

"你喜欢看军事频道。"姜语宁又笑了起来，"那就看战争片吧。"

"不用迁就我，你喜欢什么就看什么。"

"那就甜甜的爱情片。"姜语宁找到了一部老电影《真爱至上》。

她按照Vera刚才交给她的方法，调整好投影仪的角度。很快，幕布上出现了电影的画面，她连忙对陆景知说："开始了，二哥，快坐下。"

陆景知便陪她坐在躺椅上。

刚开始，姜语宁看得认真。不过十分钟，她就开始对男人动手动脚了。看什么电影啊，她不就是想找个浪漫的方式，营造个美妙的气氛，和心爱的人制造一点儿不一样的回忆吗？

陆景知没动，任由她的小手钻入衬衣里，嘴角扬起一丝笑意。

姜语宁或许觉得摸摸不过瘾，便直接往陆景知的怀里一坐问他："二哥，电影好看还是我好看？"

陆景知轻勾嘴角，反问："你到底想看电影还是看我？"

"当然是你了！"姜语宁立刻回答，"你比电影里的男人帅，比他们身材好，还比他们更有气质。有你在我的旁边，我根本没办法静下心来看电影，总想对你做点儿事情。"

"我马上就要进组了，一进去就是三个月。沈导出了名地严格，都不准我们没戏的时候请假。我想回来看看你都不行。你白天又不在家，我只能晚上黏你了。"姜语宁越说越委屈。

沈导的确很严格，但也不是不能商量吧？

陆景知暗暗地笑了笑。对怀里的这个小祖宗啊，他是真的心疼。白天，他鲜少有时间陪她，觉得对她有所亏欠。

"我要亲亲。"姜语宁撒娇道。

陆景知搂住姜语宁的腰，让她坐在自己的身上，然后亲了亲她的唇。

"怎么就一会儿？"

陆景知用手勾住她的脖子，给了她一个法式长吻。

"我不在家的时候，你不可以看别的女孩子。"

"梁姐算吗？"陆景知看着她明亮的眼睛调笑道。

"你要记得想我。"说这几个字的时候，姜语宁忽然紧紧地抱着陆景知的脖子，"都怪你这么宠我，害我现在已经习惯了你的疼爱，离不开半点儿了。"

陆景知直接把姜语宁放在躺椅上："记住，你进组以后不许对别人笑，不许用撒娇的语气说话。"

"你说什么呢？这都是你的专属。"

"乖乖的，别让我担心。"陆景知一边说着，一边用指腹擦拭姜语宁的朱唇，"也别闯祸，我怕我不能第一时间保护你。"

两人灼热的视线交会，姜语宁也不知道怎么就像是被点着了火。不知不觉间，陆景知掌握了主动权。然而，陆景知没告诉姜语宁，他会到剧组探班，这是他提前和沈导打电话争取到的福利。他是为了到时候可以给姜语宁一个惊喜。

后半夜，陆景知抱着姜语宁回到卧室。不过姜语宁最近黏人，一沾床就醒了，总要搂着陆景知才能睡着。黑暗中，陆景知轻叹一声，叹息中包含无奈，也带着宠溺。

他总是拿她没办法。


热门剧《天机》开拍在即，制片方却迟迟没有公布女三号的演员。剧组的人都很相信沈导，知道他眼光挑剔，一般的演员根本入不了他的眼。当然，这是在他们没有看到姜语宁的情况下的想法，若是见了姜语宁，他们恐怕就不会这么想了。

进组前一天，姜语宁在家里收拾行李。Vera打来电话告诉她，网游公司表示等不了几个月的时间，但是国妆品牌那家公司可以配合姜语宁的时间。后者表示，公司老板非常喜欢姜语宁的古风装扮，特别想让姜语宁当代言人。

不过，他们不仅喜欢姜语宁，还想打听《夜姬》那个视频里战神的扮演者。

Vera表示不方便透露对方的身份，因为对方并非圈内人。品牌方见问不出结果，也只好作罢。开什么玩笑？这人的身份要是曝光了，整个娱乐圈都得"炸"。


傍晚，陆景知推开门，看到姜语宁放在客厅里的行李箱，心里也有些空。两人新婚不久，正是离不开对方的时候。想到这是姜语宁的工作，他又收起了自己的情绪，进入卧室，询问姜语宁："东西都收拾好了？"

"嗯。不过二哥，我带了你的衬衣，还要抱走你的枕头。"姜语宁坐在床上回答。

陆景知走到她的面前，弯腰拍拍她的脸颊："这么夸张？"

"我缺爱嘛！"

陆景知叹了口气，站直身躯，伸手环住她，柔声地说："我们结婚了，宁宁。你知道结婚的含义吗？这一辈子，我们都不会分开。"

468

"原本没打算这么早告诉你的。"陆景知叹了口气，"我和你们的沈导已经约好了，无论何时，只要你说你想我，我会马上去你们的剧组探班。"

"你别理我，这是我们在一起后的第一次分别，我没经验。"姜语宁把自己的脑袋埋在陆景知的怀里。不管怎么说，陆景知能去探班，她就已经很高兴了。他们都是第一次毫无保留地爱一个人，她没想到自己会如此害怕别离。

次日一早，Vera准时出现在御珑廷的门口，见姜语宁拿着箱子出来，连忙伸手去接："我还以为你要抱着家里的柱子哭够三个小时才会出来。"

"我倒是想啊。"昨晚，她又录了几段陆景知的视频，可以勉强熬一熬。

"以后分别会是常态，你要习惯。"

"我不要习惯。"姜语宁拒绝道，"你不知道有老公的好。"

Vera翻了个白眼："谁敢和你比老公？"

"那倒也是。"姜语宁回头看了一眼家门，害怕自己会越来越不舍，便强行推开车门。

"下午有开机仪式。我看了一下其他演员，你们之前都没有接触过，所以我有点儿担心。"Vera一边开车一边转移姜语宁的注意力。姜语宁出演女三号的事情，一直是保密状态。不是剧组想给其他演员惊喜，而是为了避免他们被吓到。

姜语宁知道Vera的意思，道："没关系，只要他们不过分，我可以接受。"

"这次《天机》集合的演员中，除了年轻的主创演员，还有几个老戏骨，他们在圈内的地位都是一等一的。你进去一定会受到轻视。不过剧里的女二号千歌，听说是一个很温柔的演员，人气很高。到时候，你可以多和她接触。"Vera嘱咐道，"我不能每天跟着你，还得替你接洽下半年的工作。"

"你把陶睿哲给我送进来就行了，他机灵。"姜语宁道。

《天机》的开机仪式，准备下午一点在朔风影视城举行。此刻，剧组

469

的生活制片正在组织接待演员。在未来长达几个月的拍摄时间里，姜语宁将和剧组的其他演员住在影视城内的酒店内。

中午十二点，姜语宁和Vera顺利到达影视城。制片助理却把姜语宁和Vera带往影视城内的一间民宿内："姜小姐，你住这里，这是沈导特别安排的。你有什么需要就跟我说，我姓颜。"

"合同上签的是四星级酒店。"Vera拽住那助理道，"你们这样也太欺负人了吧？"

"Vera姐，这你就冤枉我了。剧组的一线演员住豪雅酒店，其他演员住西岸酒店，也就是这里最好的四星级酒店。民宿出去右转三百米就是西岸酒店，但是那里环境嘈杂，粉丝众多，环境远没有这里清幽。这里虽然条件没有酒店好，但是隐蔽清静，我相信姜小姐更喜欢这里。不然，我们也可以安排你住西岸酒店。"制片助理苦着脸解释。

"你去吧，我很喜欢这里。"姜语宁道。

小小的青石院落，的确很清幽。

"好嘞，别的演员要是问起，就说咱们的四星级酒店住满了，才把你安排到这里的。"

"我明白。"姜语宁颔首道。

"另外，Vera姐刚从国外回来，不是很清楚我们这里的规矩。如果可以，希望Vera替姜小姐和统筹搞好关系。"说完这些，小助理退了出去。

"什么意思？"Vera看着小助理离开，不解地询问姜语宁。

"你没听那助理说吗？是沈导让他把我放在这里的，我猜沈导还有别的安排。这里条件艰苦一些没关系，我能克服。"姜语宁一边解释，一边拉着行李箱去古朴典雅的前台办理入住。

"姜小姐是吗？请跟我来。"民宿的工作人员将姜语宁带往房间。

走了一会儿，跟在后面的Vera面露惊讶之色。顺着那青石台阶往竹林里走，里面的每间房居然都是独立的上下两层。

"姜小姐，您的房间到了。您的后面就是我们民宿的侧门，那是员工门，出去右转四百米，就能回到影视基地。"

"好的，谢谢。"姜语宁跟对方道谢。

"你这是来度假的还是来拍戏的？而且，那些演员为什么不抢这样的好地方？"

"是这样的，我们民宿之前就是一家小客栈，在影视基地没什么名气。不过老板半年前将民宿扩大重建，外界还不知道我们做了全面升级。这里暂时只有姜小姐一位客人。我们还在配备很多东西，没有正式营业。"民宿的工作人员解释道。

由此看来，姜语宁更加确定这是陆景知的精心安排。在这样的院落里面，只有她一个客人，而且那间侧门还方便车辆进入。姜语宁有些兴奋，陆景知说他随时可以进来，原来不是开玩笑的。

"我'酸'了。"Vera大概也明白了这到底是怎么一回事，有些羡慕地碰了碰姜语宁。大佬的女人，能随便和那些演员挤酒店吗？

姜语宁感到温暖，有些脸红地转移话题："好了，休息一下，准备下午的开机仪式。"


其实，《天机》剧组内已经有人说见到了姜语宁。午饭的时候，十几个工作人员坐在一起聊天："不可能吧？咱们这样的制作班底，请来的都是一线实力派演员担当主演，怎么可能请个零演技的'黑红'艺人？"

"就是，就连群演都是精挑细选，经过严格培训的，怎么可能请姜语宁？"

"我敢保证，我们剧组的道具都比姜语宁会演戏。"

"哈哈哈……"一群人拿着盒饭笑了起来。

好一点儿的制作班底看不上外面那些流量明星，这是圈内的普遍现象，更别说姜语宁这种"黑红"艺人。她本来就是半路出家，没有专业功底，也只能混迹在那些低评分的影视作品里。

下午一点，《天机》的开机仪式即将开始。在那高耸的宫墙外面，剧组搭起台子，拉着横幅，上香供奉的礼台上还放着烤好的乳猪，寓意开机大吉。旁边不远处，还有剧中主演的粉丝举办的应援活动。吉时一到，剧组的工作人员便开始介绍演员入场。可最让人震惊的不是出现在仪式中的那些大拿，而是挤在其中的姜语宁。

那个人真的是姜语宁。她是什么时候出现的？谁都没有想到，姜语宁拿下了沈导戏中的女三号一角。就她这样的演技，沈导没弄错吧？不过，主演们很快就明白了。这也是剧组没有宣传的理由。宣传的时候，要是把姜语宁的名字放在海报上，谁还要看这部电视剧啊？

这次参加开机仪式的演员一共十四位，可没有一位瞧得上姜语宁。拍照的时候，她直接被挤到了第二排工作人员的位置。

Vera站在一旁，看得有些生气。姜语宁却用眼神示意Vera，不要为了这种事生气。

开机仪式后，剧组直接进入拍摄工作。姜语宁是女三号，前几场都没她的戏份，所以她今天的任务就是拍定妆照。

姜语宁和Vera一同走往演员化妆间。这时，剧组的女二号千歌正在上妆。千歌也不是专业演员，以歌手的身份出道，经过好几年的沉淀才有了今日的地位。她一直对外展示的是谦逊温暖的大姐姐形象。

"前辈好。"姜语宁礼貌地跟对方打招呼。

千歌淡笑了一下，没什么太大的反应。反倒是千歌的经纪人，嗤笑一声道："你就是那个'黑红'艺人啊。我们歌儿下一场就要拍了，别的化妆师也来帮帮忙啊，抓紧时间。"

说好的谦逊温暖的大姐姐呢？

"可……我们要给姜小姐定妆。"一旁的化妆师解释道。

"她今天不是没戏吗？急什么？"那个烫着大波浪鬈发、三十岁出头的女经纪人嗤笑道，"一会儿导演骂人，耽误时间的还不是你们？"

另外两个化妆师战战兢兢地看了千歌一眼，又看了姜语宁和Vera一眼。

"你们帮忙吧。"姜语宁淡然地道，"你们把定妆的设计图给我，我自己上妆。"

姜语宁这么做可不是为了谦让，她是"黑红"艺人，但并不是没有混过剧组的新人！

"算你识趣。"千歌的经纪人玲姐，环着手臂哼了一声，"听说你被安排在酒店旁边的民宿。你好歹也是一个艺人，剧组也太不给你面子了。那种鱼龙混杂的地方，听说连饮用水都是臭的，啧啧，真惨。不过你的运气好，遇上了我们歌儿。明天我们就去跟制片说，给你寻个好住处。"

听听这施舍的语气，玲姐是不是还希望姜语宁给她们三拜九叩啊？

Vera忍不下去了，刚要发作，却被姜语宁拽到了门外。

"你拦着我做什么呀？"

"Vera，国内和国外的拍摄环境不一样，你早晚要习惯这一点。我是个'黑红'艺人，刚到这样的剧组，肯定是旁人的眼中钉肉中刺。现在有个刺头出来挑事，我们顺着她就行了。到时候，剧组内传言欺负打压新人的是她，抢走女一号风头的也是她。那时，我不被那么多人盯着，反而轻松很多。"姜语宁耐心地解释。

"她算什么东西，还对外展示温暖的大姐姐形象？她也不怕自己的人设崩了。"

"急什么？在观众面前故意展示形象的人，哪个长久了？"姜语宁笑着说。

"好吧，暂时忍一忍。"Vera点头道。

两人再次回到化妆间，此时千歌的妆已经完成了。但是，她并没有马上赶去拍摄，而是坐在椅子上休息。这摆明了就是欺负人，但因为对方是女二号，所以化妆师们都没说话。

玲姐环着手臂坐在一旁得意地笑。艺人会这么嚣张，和经纪人的纵容是脱不了关系的。千歌看上去一言不发，但是她所有的想法都体现在了玲姐的行为里。

姜语宁当作看不到，径直在自己的化妆位上坐下，然后上妆束发。这倒是出乎化妆师的预料。毕竟姜语宁拍了三期古风视频，也跟着化妆师和礼仪师学了不少技巧。

半小时后，千歌终于起身去拍摄了。这时，那几个化妆师才敢回到姜语宁的身边。

"今天是提醒你尊重前辈，毕竟这和你之前所在的剧组很不一样。级别这种东西是不可逾越的，懂吗？"玲姐在离开之前，还睁大眼睛警告姜语宁，"这样呢，我们歌儿还能找机会提携你。"

"荣幸，荣幸。"姜语宁忙道。

玲姐哼了一声，这才满意地扭着屁股跟着千歌走了。

"姜小姐，不好意思啊，我们来吧。有时候遇上这种不讲道理的人，真恶心。"化妆师气愤地说，"她有本事去跟繁姐抢啊。什么邻家姐姐，和她没有一点儿关系。"

姚繁，《天机》的女一号，蝉联三届的飞天视后，演技精湛。

"没事。"姜语宁笑着安抚对方。

"你的化妆技术很好，学过吗？"化妆师见姜语宁没生气，顿时松了口气。

"我学过一点儿，但还很生疏。"

很快，负责姜语宁定妆照的摄影助理便来催促。因为每个环节都有时间限定，容不得他们这样的配角耽误。

"幸好你自己先上了一些，不然被千歌这么一耽误，我们肯定完不成，要挨骂。"化妆师继续抱怨。

"那我先去拍照了。"姜语宁从椅子上起身。

"你真的太漂亮了……"两个化妆师不由得感叹。现在他们总算明白沈国邦导演为什么要找姜语宁来演林萍儿了。就凭她这绝世的五官，谁也比不上啊。

Vera上前扶着姜语宁，在姜语宁的耳边道："刚才千歌欺负你的事情已经传到剧组了。国内的剧组，传八卦消息的功力可真厉害。"

"他们本来就有消息群，这很正常。"姜语宁道，"不过，这件事在剧组传传就好了。要是传出去，她的粉丝还以为我诬蔑她们的偶像呢，那还不得找我掐架啊？"

"掐就掐吧，谁怕啊。"Vera哼道。

"现在还不行。"姜语宁拦住Vera。现在掐架，姜语宁没有帮手，至少得让剧组的人都对千歌忍无可忍才行。

下午，《天机》就三场戏，女一号和女二号都会出镜。片场里，道具组工作人员忙得不可开交，几个主演坐在椅子上候场。

"听说，你才进组就把人家小妹妹欺负上了？"姚繁手里拿着小风扇，皮笑肉不笑地道，"我才一个化妆师，你用四个，真了不起。"

"繁姐，这好像跟你无关吧？"千歌有些难堪，"我是什么样的人，全国上下都知道。"

"既然你警告了新人，那我也警告警告你。在剧组，我才是女一号。你想出风头、耍威风，我管不着，但是别过头了。还有啊，别随随便便看不起别人，树敌太多，会横死街头的。"说完，姚繁放下小风扇去拍摄了。

千歌嗤笑了一声，刚才又不是她欺负姜语宁。而且，全世界都知道她是人美心善的漂亮大姐姐，说她欺负新人，谁信？

四周的工作人员看着两人之间这暗流涌动的气氛，不由得感叹，开拍第一天就要如此热闹吗？

下午，千歌的经纪人又故意打翻了姜语宁和Vera的盒饭。

"繁姐，这千歌的经纪人是不是太过分了？开拍第一天就这么针对人家。"姚繁的助理有些替姜语宁鸣不平，"姜语宁是个'黑红'艺人没错，也确实没什么演技。但是，总要给人成长空间吧？沈导既然选中了人，一定有他的道理。"

"连你都替她抱不平了？"姚繁拿着剧本不禁笑着问。

"怎么了吗？"助理不解。

"她到底是逆来顺受的羊，还是披着羊皮的狼，很快就见分晓了。"姚繁回答。

这一天，姜语宁只有剧照的拍摄工作，拍完了就能回民宿休息，等待统筹安排明天的通告。因为千歌的针对，剧组的工作人员都觉得这个小姑娘很可怜，很多人便收住了对她的恶劣态度和不妥的做法。

收工的时候，生活制片还让Vera单独带了两份盒饭回去："你们家艺人受委屈了，不过这和千歌没关系，都怪她那经纪人厉害。"

"谢了，制片。"Vera不以为意，带着盒饭送姜语宁回民宿的房间。

"你洗个澡好好休息吧。"Vera将盒饭放在房间的桌上，对姜语宁道，"没想到剧组真的有人相信千歌是被经纪人牵着走的玩偶。经纪人的所作所为和千歌无关？"

"做这行的人，即便明白也不会拆穿。傻子才会为了我去得罪女二号呢。"姜语宁躺在沙发上回答，"我们现在要做的就是等时机。"

不过，得益于工作人员的渲染，千歌的经纪人的嚣张行为还是被放大了。像姜语宁这样的十八线小演员，只能抱着自己瑟瑟发抖。因此，剧组的工作人员越来越同情姜语宁。

"明天一早我就离开，换小陶过来。"Vera在休息之前对姜语宁道。

"知道了，你快去休息吧，我要给二哥打电话了！"姜语宁理直气壮地把Vera赶出了自己的房间。

Vera瞪了她一眼，受不了地道："我去找统筹，看看剧组明天的通告和安排。"

姜语宁才不管这些，赶紧换上陆景知的衬衣，再拨通陆景知的电话："二哥……"

475

"嗯。"手机那边传来陆景知低沉的声音。

"你刚下班吗？是不是在回家的路上？"姜语宁从手机里听到了导航的声音。

"嗯。"陆景知淡淡地应了一声，随后又问，"今天进组受委屈了？"

"谁告诉你的？Vera吗？"姜语宁笑了笑。

这时，陆景知说："开门，出来……"

"嗯？"姜语宁愣了一下，然后把视线投向不远处的房门，"如果我没听错的话，你……让我开门？你不是说在回家的路上吗？"

"你在的地方不就是家吗？"陆景知理所当然地回答。

听完这句话，姜语宁立即放下手机，连鞋都来不及穿就直奔向房门口。

此时，陆景知的黑色轿车正好停在了她的房间楼下。姜语宁赤脚下楼，还未等陆景知站稳，便跳到他的身上，惊喜地问："二哥，你怎么来了？"

陆景知看她身上只穿着衬衣，便对车内的两个男人道："闭眼，我今晚在这里过夜。"

何秘书和司机很自觉地闭上眼，并且扭过头去。

"醋坛子。"其实姜语宁穿了裤子的。

陆景知搂着人，摸到她赤着脚，便抱着她上楼，问："为什么不穿鞋？"

"太激动了……而且，这才第一天呢，你就过来了！"

他的小祖宗进组才第一天，全剧组的人都在传他的老婆受了委屈，比如她的化妆师被抢了、剧组的盒饭被打翻了。陆景知听完何秘书的话，心都疼了，能不过来吗？

"被我吓到了？"姜语宁挂在陆景知的身上，说，"我可以解释的。"

"别解释了，先让我看看。"陆景知带着姜语宁进入房间，将她放在房内的餐桌上，仔细端详，"我看你是忘了自己是有后台的人？嗯？"

姜语宁听完，凑在他的耳畔道："我知道我的后台有多硬。"

听着这一语双关的话，陆景知双眸的颜色不由得变深了。他问：

"挑衅？"

"二哥，我真没想到你会直接杀过来。我住在这里就是你安排的吧？但是我没想到，你一点儿风声都不能听，你就这么不放心我呀？"

陆景知搂着她的腰，面带倦色。他从洛城过来要三个小时，即便一下班就启程，到达民宿也十点了，明早五点还得离开。

姜语宁见他的胡子都快冒出来了，也心疼了，说："傻瓜，听到这些消息，你先打个电话问问我，不要就这么跑过来。你不累啊？你到底要我保证多少遍呢？就算是为了你，我也不会让自己受欺负的。"

"理智告诉我，我应该相信你，但是我的心不允许。"陆景知又将她抱了起来，走往浴室，"抓紧时间洗漱，明天我要早起。"

"知道啦，大傻瓜。"姜语宁笑道。

事实证明，陆景知是真的累了。两人洗漱以后，便躺在了那张一米五的双人床上。顷刻间，姜语宁便听到了均匀的呼吸声。

Vera半夜传来消息："你的首场戏是夜戏，明天晚上七点。"

姜语宁将手机的屏幕亮度调至最暗，然后回答Vera："知道啦。"

Vera没再打扰姜语宁，姜语宁也很自觉地关闭了手机。姜语宁转头看向陆景知，见他并没有被吵醒的迹象，这才放松下来。

陆景知的睡相很好，不打呼噜、不磨牙，睡梦中依旧保持最完美的姿态。只是看到陆景知眉间的倦色，姜语宁难受极了。他就因为怕她受欺负，便不顾一切地过来了。他是有强迫症和轻微洁癖的人，过夜的衣服第二天绝对不会穿。但是为了她，他似乎把一切都忍受下来了。

想到此，姜语宁从木床上起身，放下蚊帐，然后将陆景知的西装外套以及长裤全都熨了一遍，挂在了花香四溢的阳台上。她把他的贴身内裤和袜子也洗干净了，然后用吹风机吹干。

陆景知早上起来的时候，便看到昨天穿过的衣物被整整齐齐地叠放在一旁的椅子上。衬衣上还有姜语宁写的字条："傻二哥，起床就别叫我啦，我刚睡着。你的贴身衣物都替你洗过啦，衬衣是我从家里带出来的，保证干净。你不想我受欺负，我也不想你受累啊！而且，保护我的方法有很多种，你不一定非得赶过来。我看你分明就是想见我了，我才不会当面拆穿你呢。"

陆景知看完，拿起衣服穿上，然后扭头看着床上睡得正熟的姜语宁。

他靠近床边，又不舍地吻了吻姜语宁的唇，这才起身低声道："怎么办？被你看穿了……"

很快，陆景知的身影消失在了黎明中。

谁也不知道影视城这么点儿大的地方，还出现过陆景知这样的人物。

第二天清晨，片场一片嘈杂。从七点开始，剧组就已经进入了忙碌的状态。沈导也早早地就位。明明晚上才有戏份的姜语宁，居然比其他演员早到拍摄现场，并且自带一张塑料凳，坐在沈导的旁边。

"干吗？"沈国邦导演问她。

"观摩学习啊，整个剧组就我的演技不好，过来偷师。"姜语宁乐呵呵地道，并把自己泡好的竹叶青递给沈导。

沈导接过喝了一口说："挺爽口啊，坐着吧。"

沈国邦早就知道这丫头的泡茶技术一流，现在一口茶下肚，果然名不虚传。

剧组的其他工作人员见了这场景都很诧异。第一场戏是八点半开始，姜语宁七点就过来了，比今天的主演都要勤奋。别人都骂她没演技，她便坦然地接受，然后直接拿一张小凳子过来，坐在这里学！

七点半的时候，陶睿哲也赶到了剧组，兴致勃勃地给剧组里的工作人员打下手。他知道这样做可以给自家偶像累积好感。

姜语宁坐在一边看着笑了笑，心里暗暗夸赞，陶睿哲就是机灵！

时间很快就到了八点，各个小组的工作人员已经到位。姚繁与男一号宋辰星早已在现场对戏，只有千歌迟迟未到。沈导看了看腕表，眉宇间表现出了强烈的不悦之意。这时，千歌的经纪人黄玲玲急匆匆地跑到沈导的面前解释："哎哟，不好意思啊，沈导。我们千歌昨晚感冒了，嗓子都哑了，不过别担心，她马上就到。"

一旁的副导演坐在机位前翻了翻白眼，什么感冒了，他的房间和千歌的房间挨得很近，她昨晚明明就在房间里练歌。

一分钟后，千歌进入众人的视线。

沈导再次看了看腕表，随后对千歌和黄玲玲道："没有下一次。"

"好、好、好，导演别生气。"说完，黄玲玲指着一旁帮忙的陶睿哲道："你，去替我们歌儿买早餐，她还饿着呢。"

陶睿哲顺着黄玲玲的视线指着自己说："我？"

在场的工作人员都知道，他是姜语宁的助理。

"就是你，赶紧去！"黄玲玲不耐烦地说。

"来，小陶，给沈导接水去。"姜语宁朝自己的助理喊，随后又对黄玲玲道："玲姐，你们家的助理是不是有点儿懒啊？怎么能让前辈饿着肚子演戏呢？"

黄玲玲一时被噎住。

陶睿哲笑开了花，赶紧跑去沈导的身边，拿起了沈导的茶杯。

黄玲玲见陶睿哲居然无视她去帮姜语宁，顿时火冒三丈："剧组的人现在都这么没有眼力见儿吗？"

姜语宁淡笑一声，没再回应。陶睿哲也装作没听到，把水杯递给沈导。一旁的工作人员不禁翻白眼，人家的助理凭什么替你去跑腿？

千歌的经纪人怎么这么多事啊？不都说姜语宁最讨人厌吗？结果人家现在乖巧地坐在导演身边虚心学习，反倒是这个号称人见人爱的温暖大姐姐的经纪人，在现场不断作死。这才第二天，剧组的工作人员就恨不得拧下黄玲玲的头了。


开头虽然不顺，但《天机》很快就进入了拍摄状态。这是一部权谋宫廷剧，今天几位主演的戏份很重。整个故事，以废除太子作为开篇，一上来就是激烈冲突。

不得不承认，沈导选演员很有一手。宋辰星饰演的男一号，刚柔并济，他的外形和角色极为契合。他演技内敛，和老戏骨演对手戏的时候，气势丝毫不输。姚繁饰演的女一号，看似柔弱，但极为聪慧。所有的戏都在她的眼神中，让人看了直呼过瘾。

不过到了千歌这里，与其他主角相比，她的演技就有了一个断崖式的下滑。要不是她的角色性格外向，换作任何一个内敛的角色，她都很难驾驭。所以在沈导那里，她的演技刚好合格。

一个上午很快就过去了，因为演员的演技都发挥出来了，所以重拍的次数很少。

"怎么样？你学到什么了？"休息的时候，沈导捧着茶杯询问姜语宁，"晚上就是你的第一场戏，别一上来就给我搞砸了，让我丢人

479

现眼。"

"放心，丢不了您的人。"姜语宁信誓旦旦地保证。

"说大话，晚上我就知道你是什么水平了。"

姜语宁笑了起来。

这时，黄玲玲坐在不远处对着椅子上的千歌道："歌儿，就那种人，要演技没演技，就知道在导演的面前谄媚。晚上等着看吧，就她那演技，一定笑掉人的大牙。"

"晚上让人钉着，拍点儿照。"千歌忽然睁开眼对黄玲玲道。姜语宁的演技那么差，到时候把照片给媒体，让媒体爆料，光是网友的口水也能把她淹死。

"明白。"

从两人的默契程度就能看得出来，她们经常做这样的事。尤其是黄玲玲的眼神，让周围的工作人员觉得恐怖阴森。

午后，姜语宁和陶睿哲回民宿休息，养精蓄锐。沈导说是晚上七点开始拍，但一般情况都得往后推。陶睿哲从片场晃了一圈回来，打听到了不少小道消息："语宁姐，有麻烦了。场务刚才偷偷地告诉我，让咱们晚上拍戏的时候小心一点儿，黄玲玲找道具组的人说话了。"

"你这就和场务混熟啦？"

"开什么玩笑？我们当娱乐记者的，随便拿几个八卦消息忽悠一下他们，就能和对方称兄道弟了，这很容易。"陶睿哲说，"要让我的偶像在剧组顺心嘛。"

"哈哈……所以你注定要给我当助理。"姜语宁拍拍他的脑袋道，"别怕，钉着对方多拍点儿照，到时候送她一个崩塌的形象。"

"放心，包我身上。"陶睿哲拍着自己的胸膛说。

这点，姜语宁自然放心。千歌在剧组越作，钉着姜语宁的人就越少。

"还有，Vera姐说，《爆笑艺人》今晚就要播了。我本来想看的，不过陪你拍夜戏更重要。"

"等以后姐接更好的综艺，你再去好好看。"姜语宁安抚陶睿哲。

"但你的机械音也很帅气，完全就是专业配音员的水准。我不管，今晚你拍戏，我要去做你的单人版剪辑，然后替你打榜，增加你的热度。"

好吧，陶睿哲这"事业粉"还真是为她操碎了心。既然他都这么努力了，她又有什么理由不全力以赴呢？

傍晚，到了《天机》剧组夜戏的布景时间。今天和姜语宁搭戏的是圈子里有名的老戏骨，剧中父女两人因为太子一事，展开了一场争执。

"今晚有的看了，看看浮夸的偶像演员怎么接老先生的戏。"

"呵呵，我可以想象沈导的表情了。"

此刻，姜语宁知道现场有很多人并不看好她。

"语宁姐，姐、姐夫来信息了。"开拍前，陶睿哲拽着姜语宁的手道，"快看看。"

姜语宁打开手机，却见陆景知发来一句话："我在房间等你。"

这个男人要把人逼疯了！

"语宁姐，副导演说戏了。"陶睿哲提醒姜语宁。

姜语宁把手机递给小陶，拖着戏服走到副导演的身边。

开拍前，沈导将她叫了过去，对她道："林萍儿是一个悲剧人物，从她出生开始，就注定是一个牺牲品。所以，你要收起你那些浮夸的表演，这个人物要痛在心里。姜语宁，打起精神。虽然我欣赏你的外表，但是如果你的演技过不了关，我会随时通知你从剧组走人！"

姜语宁郑重地点了点头。

不远处，黄玲玲收买的道具组的工作人员，已经做好了偷拍的准备。就让大家一起来看看，一个垃圾演员的演技可以糟糕到什么地步。

"别紧张。"即将和姜语宁对戏的老前辈安抚她，"我相信你，因为你的眼神里有戏。"

"谢谢您，前辈。"姜语宁含笑致谢。

果然是老艺术家，修养自然和旁人不一样，心胸宽广。

"先来一场试试。"

沈导一声令下，身穿白色绣花襦裙的姜语宁，在药炉旁写着药方。她略施粉黛，淡扫蛾眉，五官精致温婉，但眉宇之间又带着一丝英气。

"Action（开拍）！"

听到导演的喊声，场记跟着打板。在场的工作人员不禁绷紧了心里的那根弦，因为他们对姜语宁的演技完全没有信心，毕竟她从前的演技很浮夸。

可出乎意料的是，青烟弥漫下，姜语宁垂眸写字的模样祥和又宁静。

一般情况下，年轻演员没有艺术造诣的，尤其是姜语宁这种文化程度不太高的人，别说写毛笔字了，就是普通的钢笔字也不见得写得多好。然而姜语宁那一手小篆，写得工整圆润，遒劲流畅，一笔一画都让人赏心悦目，好像真的是古代才情横溢的官家女子。

"好字！"

"真是好字！"

一旁的工作人员都看呆了，姜语宁还有这样的技能？他们都没听说过呀？

下一秒，剧情进入紧张气氛。戏中的老将军林国珍带伤和家丁闯入药房。

"大小姐，老爷受重伤了，快来救命啊！"

"扶爹爹上榻。"林萍儿放下毛笔，起身拿起脉枕放在父亲的手下，又跪在父亲的面前，替他查看了肩膀上的刀伤。

"萍儿，设法救太子。西宫太后阴毒无比，绝不会叫他活过今夜。"老父亲翻身握住林萍儿的右手嘱咐，"救他！"

"父亲，恕萍儿无能。"林萍儿埋头，语气决绝，对下人说："摁住老爷，我要上药。"

"萍儿！"

"爹爹，二哥的临终嘱咐，您都忘了吗？林家八十七口人的生死，就在您的一念之间！萍儿一己之力，无法力挽狂澜。"林萍儿字字坚决，仔细一听，那语气里还带着指责和怨恨。

"国将不国，林萍儿，身为林家人，你责无旁贷。"林国珍嘶吼起来。

"爹爹……冬儿才两岁，那是二哥留下的唯一血脉……别让林家的血都流在了东宫的门前。"说完这句话，林萍儿从父亲的榻前起身。

在场的人都看到了，此时镜头里的姜语宁眼眶泛红，神情满是隐忍。

"唉！萍儿，你为何不是男儿身？"

这一幕拍完，沈导和现场的工作人员一瞬间都有些失神。他们没想过姜语宁居然能接上老戏骨的戏，而且一气呵成。从姜语宁穿上古装的那一刻起，就和平日里的她完全不一样了，变得内敛恬静，眼神充满力量。

现在，他们终于理解姜语宁为什么适合穿古装了。

"她没有传言里那么差呀！"

"比白天千歌的演技自然流畅多了。"

不过让人意外的是，沈导居然让姜语宁再来一遍："现在是一个无功无过的林萍儿，但是我认为，姜语宁，你还能发挥得更好，所以，再来一条。"

沈导对姜语宁的要求，似乎比对千歌的要求要高。

"可以，导演。"姜语宁做了一个"OK"的手势。

沈导和姜语宁不厌其烦，这场戏拍了七遍才过。老戏骨也觉得姜语宁遇强则强，和她演对手戏觉得很过瘾。这并不是因为姜语宁的演技不好，是因为沈导精益求精。

对现场大多数的工作人员来说，姜语宁的表现已经足以令他们改观了。这演技恐怕不止4.0分吧？

午夜十二点，剧组终于收工。

"听说姜语宁一场戏拍了七次？"黄玲玲从现场的工作人员口中得知了这个消息。在不明真相的情况下，她只抓住了人家的重拍次数，"我就说那种货色能拍出什么好戏？视频都录好了吧？明天爆出去。"

"玲姐，你还是省省吧。人家姜语宁比你家千歌演得好多了。爆出去，丢人的只会是你们家的艺人。"说完，对方挂了电话。

黄玲玲气得不行："丢我们家艺人的脸？谁给她的勇气？明天就让你全网出名。"


待姜语宁卸完妆回到民宿的时候，陆景知已经躺在蚊帐中睡着了。姜语宁看着他带来的衣物不免怀疑，这男人难道打算长期陪她拍戏过剧组生活？每天来回两三个小时，他不累吗？

"语宁姐，你明天上午有戏，我八点来接你。"陶睿哲知道屋子里有人，便识趣地在姜语宁的耳边低声道，"我要回去看《爆笑艺人》的评论。"

"你早点儿休息，不许打榜了。"姜语宁道。

陶睿哲做了一个鬼脸，轻手轻脚地从房间离开。

姜语宁松懈下来，也轻手轻脚地进入浴室洗漱。半小时后，她一身清爽地躺在床上，陆景知的手臂缠了上来。他从背后把姜语宁搂入怀里，声音沙哑地道："回来了。"

姜语宁刚要回答，就感受到了男人均匀的呼吸，那似乎只是一句呓语。姜语宁靠在那温暖的怀抱中，不禁红了眼眶。她知道陆景知根本没醒，只是下意识地感觉到了她的存在。

嗯，我回来了，就在你的怀里。

姜语宁也很累，很快就睡了，因此错过了网上的许多热闹新闻。

晚上七点姜语宁录制的那期《爆笑艺人》正式播出，出现在其中的机器人玩偶登上了热搜。节目的很多粉丝强烈要求，以后每一期最好都能加入这个又丑又可爱的东西。因为它实在是太智能了，不仅会抖机灵、会说话，还会变幻好多种声音，真的太可爱了。

还有粉丝问节目组这种机器人玩偶在哪里可以买到，他们很想买回家。

也有部分人关注，不是说这一期有姜语宁吗？难道说因为之前的争吵节目组把姜语宁的内容都剪了？

随后，《爆笑艺人》节目组人员出来说话："这个机器人你们买不到，因为它是'绝版神器'姜语宁小姐姐，没想到吧。"

节目组的消息一出来，所有人都震惊了。

"不可能！后期配音了吧？"

"绝对没配音，是小姐姐的原音哦。"

节目组回复了热门的第一条评论，这引发了网上的热烈讨论——

"哇！这是什么神仙小姐姐啊，这么厉害吗？"

"好吧，这才艺也是很能吸引粉丝了！"

"我以前一定认识了一个假的姜语宁。"

就连"黑粉"都闲不住了，出来表态——

"姜语宁这么跩的吗？有点儿黑不动了是怎么回事？"

"妈妈，我恋爱了。我不赚金主的五毛钱了，我宣布，我对姜语宁正式'黑转粉'。"

这一波小高潮谁也没有预料到。更搞笑的是，这期《爆笑艺人》话题度最高的不是露脸的那两个流量明星，而是脸都没有露的姜语宁。节目组很后悔当初的行为，可谁也不能预料到，她会以这样奇特的方式提升话题的热度啊。

姜语宁对此完全不知情，正趴在陆景知的怀里睡得踏实。一夜之间，她的微博粉丝涨了三十万，谁能信？然而，事情总是充满戏剧性。

次日一早，有媒体爆出姜语宁在《天机》剧组里的未经过任何处理的照片，并且配了文字——姜语宁新戏曝光，因重拍次数太多触怒导演！

此消息一发布，立即引起部分网友的不满——

"虽然姜语宁最近比较讨喜，但是她的演技我不买单！"

"沈导是疯了吗？居然请姜语宁去拍戏！"

"感觉《天机》要'糊'，请别拖累我家辰星宝宝。"

"繁星'CP粉'①恳请剧组以大局为重，换掉没有演技的姜语宁，不要耽误作品获奖。"

一时之间，姜语宁的演技备受网友诟病。事情发酵得很快，剧组的人也很快知道了消息。记者向剧组的工作人员求证，问姜语宁是否参演了《天机》。

目前，因为姜语宁的存在影响到了整个剧组。工作人员纷纷议论，沈导会不会因此换掉姜语宁。毕竟她只是一个女三号，沈导实在没必要为了她去得罪观众。

谣言对姜语宁十分不利。

这时候，只有千歌和黄玲玲在暗爽。

"歌儿，等着吧。如果不出所料，那个小贱人很快就会滚出我们的视线了。一个'黑红'艺人还想翻身？做梦去吧。"

然而，沈导根本不按常理出牌。看到新闻以后，他接受媒体采访，直接回怼记者："我已经安排律师和星娱娱乐的人接洽了。什么叫重拍次数太多触怒我了？谁给他们的勇气乱写的？我很生气！以后只要新闻和我有关系，我不希望再看到'星娱娱乐'这四个字。你们通过几张照片又能知道什么？懂演员还是懂拍戏？整天就知道胡编乱造博关注。好端端的演员被你们黑成什么样了？一点儿社会责任感都没有！对这样的媒体，我就一

---

① 网络流行语。是指某组假象情侣的粉丝，他们喜欢把自己喜欢的两个明星想象成情侣的关系。

个字：滚！"

沈导的态度非常强硬，尤其是他话里的最后一个字，语气很重。他当然知道消息是内部传出去的，但是他要先把外面乱传的消息直接掐死。

谁也没想到沈导不但没有换掉姜语宁，还用了最硬的手段。星娱娱乐不得不立马删掉了关于姜语宁的那条新闻。

总而言之，这件事因为沈导的一个采访，各娱乐媒体只能偃旗息鼓。

千歌和黄玲玲对沈导的态度感到不可思议，躲在一边讨论。

"这个姜语宁到底是什么人？沈导为什么亲自下场为她怼人？"

"你问我，我问谁？"千歌轻哼了一声，眼中是明显的妒火。

"歌姐，沈导找你，麻烦你过来一下。"这时，剧组的工作人员传话过来。

千歌和黄玲玲互看一眼，忽然有种不好的预感。

"不怕，他们没有证据。剧组讨厌姜语宁的人又不是只有我们。"黄玲玲还抱着侥幸心理。两人一同去沈导召集的地方，宋辰星以及姚繁都在。

沈导站在台阶之上，双手叉腰，等千歌和黄玲玲到了以后，开口道："剧组泄密这件事，我会让人彻查。一旦有结果了，无论这个演员是谁，马上给我走。"

沈导说这话的时候，看向了黄玲玲。事实上，剧组的人心知肚明。从这两天的情况来看，会如此针对姜语宁的人，只有千歌和她的经纪人。可就因为千歌和她的经纪人，其他人都要站在这里接受导演的训斥。于是，他们自然就把这个仇记在了千歌和黄玲玲的身上。

沈导点到即止，剧组恢复正常秩序。这时，姚繁站在千歌的身边小声地说："我一直在想姜语宁到底是聪明还是愚蠢呢？现在我想明白了，你和她根本就不是一个级别的。什么叫杀人于无形，今天我已经见识到了。接下来，你就等着接受全剧组人员的厌恶吧。"

"歌儿，你别听她的。"黄玲玲连忙拉着千歌说，"姜语宁不过就是一个'黑红'艺人，要真那么厉害，她能不红起来？如果你真不喜欢她，我还有办法逼她走。"

"别再搞砸了！"千歌交代黄玲玲。

千歌为什么不喜欢姜语宁？因为千歌和姜语宁是一个类型的人。看到姜语宁，千歌就想到曾经窝囊的自己。

事情来得很猛，去得也很快。就在姜语宁上妆的短短时间里，全剧组的人都知道了是千歌和黄玲玲曝光了姜语宁的消息，欺负新人。只有姜语宁云里雾里，不知道发生了什么事。

在这之后，姜语宁就感觉到工作人员对她的态度发生了变化。剧组里的人全都一副"你好惨啊，你真的太可怜了"的表情看着姜语宁，尤其是昨晚见过姜语宁演戏的那部分工作人员。姜语宁的演技明明不差，却被外界说得那么差，现在还要被剧里的女二号疯狂打压。姜语宁实在是太可怜了。

姜语宁不明所以。


今天上午是姜语宁和B组的群戏。看得出来，现在和姜语宁搭戏的两个老戏骨，还挺喜欢她的。她不骄不躁，被人误会也不解释，演技也不错。

今日姜语宁的戏份，大部分是要拍摄她治病救人的场景。抓药的时候，明明拍摄得很顺利，但是姜语宁却忽然对导演道："刘导，可不可以暂停一下？"

"怎么了？"这位刘导是剧组里的执行导演之一。

"这药盒上标的中药名和其中的中药不符。这个不是五味，党参和当归是有区别的，这个是何首乌。还有，这个药方明显是给女性调经用的，对刀伤没有治疗作用。"姜语宁很认真地对导演解释，"我的师父告诉我，他希望我们呈现出来的东西要对观众负责，因为医术不容有错，我希望剧组可以减少这样的失误。《天机》是个大剧组，也是良心剧组，我相信刘导一定明白我的意思。"

听了姜语宁的话，刘导立即抓来道具组的工作人员质问："你们怎么做事的？"

道具组的工作人员抓了抓头发，不好意思地笑了："是我们的疏忽，没有注意到细节。没想到语宁姐这么专业，我们马上就改，不过可能需要语宁姐帮忙。"

"他们不太懂，出错很正常，不能全怪他们。我重写一张药方，再来检查几个要用到的药箱就可以了。"姜语宁替道具组的人解围。

487

刘导听后，这才满意地回到机位前。

道具组的工作人员松了一口气，对姜语宁也是满心满眼地佩服。很显然，姜语宁很认真地去学过中医。她并没有因为一个女三号的角色就敷衍了事，还系统地学习了中医。

片刻后，道具组的工作人员在姜语宁的帮助下，严谨地做出了修整。看到这一幕，刘导开玩笑地问："姜语宁，盗汗有没有中药可医？"

"导演真需要的话，我可以帮你配。但我就怕你不敢吃，哈哈哈……"

"你配吧，我见识一下。来、来，刚才那条重新来。"刘导心情颇好地道。

整个上午，B组的拍摄很顺利。在两位老戏骨的帮助下，姜语宁收获颇丰。她本来就好学，那两位老戏骨就跟找到接班人一样，恨不得把毕生所学都灌入她的脑子里。相比之下，A组拍摄就不那么顺利了。千歌频频重拍，就因为她熬夜练歌，导致双眼无神。沈导看了就来气。千歌不是没有演技，就是喜欢各种作死。

"千歌，你去休息，今天别出现在我的面前。"沈导扶着疼痛的额头，毫不留情地对千歌说。这时，姜语宁正好拍完了B组的部分，来A组观摩。千歌不怕在姚繁和宋辰星的面前丢人，但不想让姜语宁撞见。所以当千歌离开的时候，眼里满含杀气地瞪了姜语宁一眼。姜语宁与千歌擦肩而过，眼神无畏。

当天下午，开机才几天的《天机》剧组又碰上事了。千歌的粉丝听闻千歌在剧组打压新人姜语宁，还听说千歌被形容得恶毒至极，对付姜语宁无所不用其极。这样的消息传出去，千歌的粉丝——"千层糕"愤怒了。他们觉得自己的偶像受到了羞辱，在"超话"里激动地讨论着。

"我家歌儿是公认的好人缘，怎么可能会欺负新人？某些人不要太过分！"

"呵呵，歌儿有多温暖，整个娱乐圈的人都知道。欺负新人？姜语宁够格吗？"

"什么剧组，让你们换了姜语宁，你们不换。现在欺负到我家仙女的头上了，你们有病吧？"

"千层糕们，我们今晚就去姜语宁的'超话'广场里闹一闹。"

"还是换人吧。"

短短一个下午，"千层糕"就制造了#千歌剧组受屈#的热门话题，不仅"血洗"了姜语宁那粉丝稀少的"超话"广场，更是在《天机》的官方微博下面，刷热门回复："'千层糕'集体抗议，希望剧组换掉女三号姜语宁，并且公开给我们千歌道歉。我们坚决维护偶像的名誉，绝不接受我们的偶像被恶意中伤！"

另外一边，姜语宁的粉丝气疯了，但是战斗力的确和对方差了一大截。

"我家小姐姐重新起来多不容易啊，求对家放过。"

"动不动就屠别家的广场，戾气太重，小心因果报应。"

"气死了，总有一天，我家小姐姐会让你们高攀不起！"

事情闹得很大也很难看。在正常人的眼里，追星追到这种地步的那群人就是没有脑子的神经病。尤其是"千层糕"的那一系列做法，并没有为千歌积累多少好感。


傍晚，姜语宁拍摄完了自己的戏份。

陶睿哲把干净的毛巾递给姜语宁，并把下午网上发生的一切通通告诉了她："语宁姐，我拍了一些视频，杰哥手里有些料，要爆吗？这个千歌其实在圈内人缘一般，很多圈内人知道她是装的，只是没人搭理她。"

"先看看沈导的意思，如果他没有留千歌的意思再动手。"姜语宁回答，半响后，她又问陶睿哲，"后援会还是你在管吗？现在有多少人？"

"一千人左右。语宁姐，你想做什么？"陶睿哲反问。

"我想成立正式的反黑、打假、宣传等粉丝组。"

主要是粉丝的那句"我家小姐姐会让你们高攀不起"，让她触动很大。

"好嘞，语宁姐。我们先回去休息，别让姐夫久等。"陶睿哲陪着自家偶像回民宿。

半路上，在距离民宿不远处的十字街口出了一桩车祸。

"语宁姐，你别过去。"陶睿哲拦在姜语宁的前面，"我过去看看再告诉你。"

姜语宁便站在一边等。片刻后，陶睿哲回到她的身边道："语宁姐，是千歌的粉丝团出了车祸，撞了一个老人。这会儿，她们正和老人的儿子吵架呢。这事跟咱们无关，我们快回去休息吧。"

"千歌的人到了吗？"姜语宁问。

"千歌怎么可能管这种事？不过听司机说是被碰瓷了，几个小粉丝挺无助的，站在一边哭呢。"陶睿哲抓着头发回答，"那老人躺在地上就不起来，想讹好几万呢。粉丝哪有那么多钱？"

此刻，黄玲玲挤进了人群。她让那几个"千层糕"把应援牌收起来，并让她们不要说是千歌的粉丝。

几分钟以后，黄玲玲对那几个粉丝说她报警了。但大约过了二十分钟，周边也没看到警察的身影，而黄玲玲已经走了。讹诈的老人依旧躺在地上，而他的儿子更是凶神恶煞，凶得不行。

几个粉丝站在一起，又委屈又愤怒。

"黄玲玲要是报警了，我把自己的头给拧下来。"陶睿哲哼了哼。

"过去看看。"姜语宁迈步走向人群。

"语宁姐，那是你对家的粉丝呀。"陶睿哲连忙追上去。

千歌的粉丝万万没想到，在这么无助的时候，出现在她们面前的人不是她们心心念念、忠心维护的千歌，而是她们最讨厌的姜语宁。

姜语宁进入人群，蹲在老人的面前。她刚要接近老人，就被那人的儿子拦住了："你想做什么？"

"我是医生，先替他看看伤。"姜语宁回答道。

"你走开，别碰我的父亲。谁知道你和她们是不是一伙的？"那老人的儿子三十来岁，指着姜语宁凶巴巴地警告，"她们几个都是明星的粉丝吧？今天谁也别想走，我要把事情爆出去。你们把我父亲撞成什么样了？"

姜语宁蹲下身，摸了摸那老人的脉搏，随后笑了一声，又站了起来，示意那几个粉丝："还不报警？"

"不行啊，把事情闹大了千歌会受牵连的……"其中一个粉丝还想着要维护自己的偶像。

"你的偶像管你们吗？"姜语宁环抱双臂询问对方。

"千歌走到今天不容易，不能被我们牵连。"

无药可救。

"这个老头儿一点儿事都没有！面色红润，脉搏正常得很！他们为什么能讹你们？就是因为你们傻里傻气，这时候了还维护自己的偶像。"

"我父亲被她们撞成这样了，浑身是血，你居然说他没事？"

"他要真的浑身是血，你还不赶紧送他去医院，还会在这儿讹钱？那你算不算蓄意谋杀？"姜语宁掷地有声地反问，"她们不敢报警，我敢。陶睿哲，把手机拿来。"

"语宁姐，来了。"陶睿哲马上递上手机。

"你不是要赔偿吗？都撞成这样了，那得赔几万。等警察来了，好好查，说不定情节严重还能把人抓去判几年呢。"姜语宁边说边打报警电话。

那男人见有人替那几个女生出头，而且态度又强硬，便直接拦住姜语宁："算了、算了，给一万吧，这件事就算过去了，我自己送他去医院。"

"不、不、不，一定要见警察。这件事怎么能算了呢？"姜语宁推开那男人的手臂，"这是很严重的交通事故，当然要报警。"

那男人见姜语宁态度强硬，四周又有许多围观的人，便指着姜语宁的鼻子道："算你狠。"

紧接着，那男人扶起地上的老人急匆匆地从人群中离开

"居然真的是有预谋的讹诈！"陶睿哲说道，"语宁姐，你怎么知道那老人是装的？"

"他的脉搏、呼吸、心跳都是正常的，血迹里还有鸡毛，你说呢？"姜语宁翻了个白眼，"这伙人专门找粉丝下手，知道粉丝又傻又好骗。"

一般情况下，艺人因为顾及口碑会花钱摆平这种事，这也助长了他们嚣张的气焰。

"陶睿哲，送那几人去找黄玲玲，我撤了。"姜语宁收回手机，又吩咐陶睿哲。

"语宁姐，那几人可恨着咱们呢。"

"大晚上的也不太安全，当积德吧。"姜语宁连那几个粉丝的面都不愿意见，直接转身走回民宿。

陶睿哲虽然很不愿意，但还是走到了几人的面前，看着她们狼狈的模样，还是有些于心不忍，道："走吧，送你们去见千歌的经纪人。但千歌

愿不愿意见你们，我就不知道了。今天算你们运气好，如果不是遇到我家小姐姐，你们就等着在这儿被讹吧。当然了，我家语宁姐也不是为了要你们的感谢，别多想。"

几人经过今天这事，现在心情复杂又沮丧，只能机械地跟着陶睿哲往酒店走去。

陶睿哲将几人带到黄玲玲的房间门口，替她们敲了门就悄然退场。

黄玲玲开门一见到人，顿时就把几人拽了进去，只是脸色很难看："你们怎么会出现在这里？事情解决了吗？你们这样会连累到歌儿，你们到底是不是粉丝啊？事情没爆出去吧？"

几个粉丝茫然地看着黄玲玲，此刻眼里只有震惊之色。

"你不是说报警了吗？"

"怎么能报警呢？这件事要是闹大了，对歌儿有什么影响，你们心里不清楚吗？什么'千歌粉丝车祸撞人''千歌粉丝剧组闹出人命'……那得多难看啊。我也知道你们受了委屈。这样吧，这些钱你们拿着，就当作千歌对你们的补偿。"黄玲玲从钱包里拿出一摞现金放在几人的手上。

事实上，这几个女孩子里面有一个是"千层糕"后援会的元老。看着手里的钱，她气笑了，直接把钱扔在了黄玲玲的脸上："我差这点儿钱？以后，我不再是千歌的粉丝了！"

说完，她拆下"千层糕"的徽章，丢掉了背包里所有的应援物，包括"千层糕"给千歌带的所有礼物，昂首挺胸地离开黄玲玲的房间。

# 第十八章
# 人气收割

其余几个粉丝见老大都走了，也跟着离开了黄玲玲的房间。

"几个臭粉丝，架子还不小。"

黄玲玲没意识到千歌正在失去很重要的东西。

几个小粉丝从四星级酒店急匆匆地离开，却在楼下遇到了靠在墙角等着她们的陶睿哲。

陶睿哲原本不想多管闲事，但又担心几个女孩的安全，便一直等在墙角处："被赶出来了吧？我已经在前面三百米的地方给你们找了一个小酒店。几个女孩子也不知道害怕。"

几人站在酒店门口的台阶下，显得很震惊："你……怎么……"

"我也追星，都是做人粉丝的，你们还挺可怜的。一个值得你们喜欢的偶像，是不会让你们牺牲自己的利益去喜欢她的。像刚才那样的场景，哪个艺人敢直接出面帮你们摆平？更别说你们还是千歌的粉丝。我家语宁姐是'黑红'艺人，更应该忌讳这种事。可她不听我的劝，直接挺身而出。

"我倒是不想帮你们，我家语宁姐被千歌欺负得那么惨，算了……你们也不知情。"

这几个粉丝很感激陶睿哲。这个时间点，没有剧组的关系，她们根本订不到房间。

几人拉着行李箱，满怀感激地进入陶睿哲替她们订好的房间。一进门，她们便抱头痛哭。

随后，"千层糕"中的那个"元老粉"便道："我宣布，我换偶像了，刚才我不是开玩笑的，你们呢？"

"算我一个。"

"之前是我眼瞎！"

"什么温暖大姐姐，真恶心，以前算我有眼无珠，现在我宣布，我要'爬墙'了！"

"好，那我们就把这件事告诉所有的'千层糕'！"


深夜，夜雨微凉。

姜语宁洗漱以后，坐在阳台上背剧本，等陆景知吹干头发。而且，她还要尽量控制自己的视线，不往只围了浴巾的陆景知身上乱瞥。虽然他们已是夫妻，但她还是轻易就能被他迷得晕头转向。

半晌，陆景知收拾好吹风机，换上睡衣，走到阳台上从背后搂住姜语宁。

"二哥，我困了，想睡觉。"姜语宁下意识地往后一靠。

陆景知将她转过身，严肃地看着她，说："不行，做错事得罚。"

"二哥……"姜语宁往陆景知的身上扑去，企图用撒娇蒙混过关。

"先想清楚。"此刻，陆二爷就是一个无情的逼供机器。

姜语宁趁机抱着他的手臂，并用脸蛋蹭了蹭，道："我错了，不该随便替别人出头。"

"那该不该罚？"陆景知低头看着她的脑袋继续问。

"该。"说完，姜语宁把手掌伸到陆景知的面前，"你打吧，但是轻点儿。"

陆景知甩开她的小手，将她抱了起来，在她的耳畔低语："我对手没兴趣，所以……可以换一种惩罚方式。"

因为这段时间忙，所以两人这几天只是睡在一起。难得今天时间还早，他们可以一解相思之苦。

事后，姜语宁趴在陆景知的胸膛上，用手描绘着他的轮廓，道："二哥，明天回家睡吧，别过来了，我心疼。你每个星期过来住个两三天就好了，别这样每天跑。我保证不闯祸了。"

"你拿什么保证？"陆景知显然对那两个字已经免疫了。

"别这样嘛……"姜语宁耍赖。

"我自有分寸。"陆景知轻拍她的后背，"网上的事情，需要何秘书出面吗？"

"不用、不用！"姜语宁马上清醒了，"我能摆平，这个你得相信我。"

她要真让陆景知出面，估计千歌会直接从娱乐圈消失，因为他的杀伤力实在太猛了。

"你别拖太久，否则，我不一定忍得住。"

姜语宁撑起身，吻了吻陆景知的下巴："知道啦，你别总把自己当成爸爸一样管我。"

"那……我管别人？嗯？"

"你敢？"

姜语宁扭过头瞪人，却被陆景知一把捧住了脸。

耳鬓厮磨间，他在她的耳畔低语道："我是'妻管严'，自然是不敢。"


次日一早，历经夜雨之后的空气无比清新。姜语宁才进入化妆间，陶睿哲便跑了过来，偷偷地对姜语宁道："语宁姐，据说沈导在重新物色女二号了。"

"那就没什么可顾及的了，虽然我的粉丝少，但也不能让人随便欺负。"姜语宁认真地说。

"杰哥昨晚收了不少千歌的黑料，今天咱们可以好好看一场戏。"

"她的那几个粉丝都走了吗？"

"送走了。"陶睿哲哼了一声。

"无辜的人就不要牵扯进来了。"姜语宁见陶睿哲不悦，拍着他的肩膀安抚道。

不是陶睿哲小心眼，而是千歌的粉丝针对姜语宁的这件事在网上闹得挺大的。千歌的粉丝战斗力极强，每天霸占姜语宁的微博超话广场，全是什么#姜语宁今日道歉了吗##《天机》剧组今日换女三号了吗#这样的话题，刺耳难听的话更是应有尽有。

千歌有没有欺负姜语宁，剧组的人都一清二楚。只是，谁也不可能为了姜语宁一个女三号去得罪女二号。其中的利益牵扯，并非三言两语可以说清的。

十分钟后，黄玲玲和千歌走了进来，化妆间内的气氛顿时变得无比尴尬。

"歌儿，没事，别影响了心情。毕竟不是谁都可以和你比较的。"黄玲玲站在千歌的身边，看着姜语宁阴阳怪气地冷笑道："也不知道剧组怎么回事，事情闹得这么大，也不知道处理。现在女三号的价钱又不贵，随便找个演员换掉不就好了吗？"

化妆间内的化妆师无语地看着黄玲玲，而陶睿哲则趁机出门去找沈导。

千歌或许觉得黄玲玲太直接了，终于开口道："你别放在心上，我的经纪人就这脾气。"

"所以呢？我就得惯着她吗？"姜语宁微微侧身，冷冷地看着千歌。

"姜语宁，你什么身份，跟我们歌儿这么说话……"

"这里有你说话的份上吗？你算什么东西？"姜语宁厉声反问黄玲玲，气势更是压了黄玲玲一头。谁也没有想到，平日里看上去柔弱、好欺负的姜语宁，发起脾气来居然会这么有气势。化妆间内的人都被她震慑到了。

"姜语宁，我看你是不想在圈子里混了吧？我现在就去找沈导换了你！"

姜语宁轻嗤一声，对黄玲玲不屑一顾。

这时，陶睿哲带着沈导已经走到了化妆间的门口。

"不用找了。"

见沈导来了，黄玲玲顿时得意起来，道："沈导，你看看姜语宁，作为一个女三号，完全不懂得尊重前辈，整天在剧组里挑拨离间，还借着千歌在网上炒作。你赶紧把她处理了吧，不然我们歌儿怎么安心演戏？"

"她不用演了。"沈导直接对黄玲玲道。

黄玲玲愣了一下，觉得难以置信，问："沈导，你说什么？"

"我说她被换了，千歌被换了。你们马上从我的剧组里滚出去，听懂了吗？"沈导厉声吼道。

"沈导……"

"滚！"沈导都懒得给黄玲玲解释，"马上给我滚！"

黄玲玲见沈导真的生气了，这才知道事情的严重性，连忙上前想抓住沈导的手臂："导演……"

"滚，我再说最后一次。"沈导避开黄玲玲的拉扯，指着千歌道："你以后别想在影视圈里混下去。"

听到沈导的最后一句话，千歌这才知道什么是晴天霹雳。

好好的女二号，千载难逢的机会，终于被她们作没了。

"宁丫头，给我泡杯菊花茶，大清早的就让人肝火直升。"沈导对着姜语宁说，然后转身离开化妆间。

此时，千歌也终于明白了自己的处境，一个箭步上前抓住沈导的手臂求饶道："沈导，我错了，你再给我一次机会。"

"你没错，你怎么会有错呢？你永远不会有错。"说完，沈导甩开千歌，加快脚步迈出化妆间的大门。

化妆间内的气氛忽然尴尬起来。刚才还耀武扬威的两人，此时像极了两座雕塑。角色没了、前途没了，一夕之间，她们什么都没了。

"语宁，导演让你去泡茶呢。"一个化妆师提醒姜语宁，"真好，以后剧组可以清净了。"

"就是，我怎么这么痛快？"

这几天，几个化妆师备受这两人折磨，现在也觉得出了一口恶气。

千歌和黄玲玲一时之间觉得面子上挂不住，羞得面红耳赤，从化妆间跑了出去。但这还算不上惨，因为更惨的还在后头。一个名为#千歌形象崩塌#的话题被光影和X社直接推上了热搜。

网友打开这个话题，里面全是千歌这些年在粉丝面前做戏的铁证。比如，千歌表面上嘱咐粉丝不要为她花钱，但其实收了后援会粉丝送她的好几个名牌包；她口头上喜欢"千层糕"的小礼物，转身就将其扔在了垃圾桶里；她说好了要走机场的普通通道和粉丝握手，可落地就换成了VIP通道，让粉丝苦等五小时。这种类似的爆料，不胜枚举。

千歌的话题上了热搜以后，"千层糕"自然不信，纷纷去知名娱乐博主那里求证，然而得到的回复是："千歌是圈子里公认的两面派，爆料是真的。形象这种东西也有人信？"

即便这样，也不足以让成千上万的"千层糕"就这样放弃自己的偶像。甚至有人认为，这是光影为了洗白姜语宁想出来的恶毒招数。

"哼，粉丝数量没我们多，背景倒是比我们硬。"

"姜语宁不怕遭天谴吗？陷害我歌儿这么好的小姐姐。"

"论势力，谁比得过光影？活该我们小公司的艺人受欺负！"

"千歌不要怕，'千层糕'一定会好好保护你，姜语宁太恶毒了。"

千歌的粉丝非常激动，见人就骂，非常败坏路人对千歌的好感。

"我就说了千歌一句，他们就一直追着我骂。"

"这些粉丝整天说姜语宁，可这些事和姜语宁又有多大关系？"

"我被生生地逼成了姜语宁的粉丝。姜家的小可爱们不要瑟瑟发抖，我加入你们的战斗。"

网上的争论愈演愈烈，这时候又传出千歌被《天机》剧组换角的消息。"千层糕"知道后更是疯了一样，马上去质问《天机》的官方微博，剧组凭什么换掉他们的偶像？这也太欺负人了。

《天机》的官方微博懒得多说，只放了一句话出来："艺德比什么都重要。"

千歌在剧组的短短几天里，白天拍戏精神萎靡，半夜练歌扰人清梦，拖拍摄进度的后腿不说，还在剧组里作威作福。迟到、早退、耍大牌、欺负新人，艺人的那些肮脏行为，她一个人都占全了。

"我还是不信，千歌是我们深爱的仙女，我死也不信。"

"现在娱乐圈不都是资本运作吗？我们千歌惹不起还躲不起吗？"

"千歌，对不起，是我们无能，没有办法保护你。"

"我们'千层糕'恨死姜语宁了。"

就在千歌的粉丝无理取闹的时候，一件让他们觉得难以置信的事情发生了。

"千层糕"后援会的元老之一雪梨，直接在自己的社交软件上发布了一篇长文章《对不起，我喜欢上对家姜语宁了》。

因为雪梨是后援会元老级别的人物，所以"千层糕"看到大佬发布这样的消息，还以为她在开玩笑讽刺姜语宁。但是，他们点进去以后才知道什么叫心寒。

雪梨就是昨天进组想探班千歌的粉丝之一。在长达千字的长文里，她如实地讲述了昨天进组的经历。从被人讹诈，到被黄玲玲欺骗，再到姜语宁帮忙解决事情，她以一个千歌的铁杆粉丝的身份，把自己的感悟全都写在了里面。

"作为一个喜欢千歌长达十年的铁杆粉丝，我曾经为我的偶像一掷千金，付出整个青春。我以为我这一辈子都会为了千歌奔跑，但是，当我因她遇到困难时，当我因她遇到绝境时，出手帮我的却不是那个叫千歌的人……不仅如此，我还在她的面前受尽羞辱。

"有人告诉我，一个值得我们喜欢的偶像，根本不舍得我们牺牲自己的利益。我之前并不理解他的话，但是现在我明白了他为什么会有这样的底气。因为他的偶像可以为了几个陌生人挺身而出，是那么勇敢和无畏。有这样的偶像，我会更有勇气去爱我自己。

"所以，我反思了自己。追星的意义到底是什么？

"是每天捧着她、追随她，为了遥不可及的她付出自己的一切？还是为了和偶像一起做更好的自己？

"我现在找到了答案，也鼓起了勇气去做这样一个决定。

"在姜语宁挺身而出的那一刻，在姜语宁担心我们的安全的那一刻，在姜语宁第二天依旧记得还有我们几个的那一刻，我决定追随她了。

"因为，这样的人是我所认同的，也是我所追求的。

"从今天开始，千歌全国粉丝后援会解散。

"我不会诋毁我曾经喜欢的人，但我的确坚持不下去了。

"在此，我也要向大家推荐我刚喜欢上的小姐姐姜语宁。大家知道的，她'黑红'艺人一枚，连帮助人的时候都很嚣张，还朝我翻了白眼。但是，在凶神恶煞的坏人面前，她没有一丝退缩，真的太可爱了。

"以上，致我亲爱的'千层糕'。抱歉，我没能坚持到最后。"

紧接着，"千层糕"里面几个修图的大佬，在经过了昨夜的事情后，也发布了一条微博。

"我不像雪梨老大那么客气，只想对千歌与其经纪人说一句'喜欢上你算我眼瞎'。今早我出去买早餐的时候，遇到了剧组的工作小哥。小哥是副导演的助理，告诉我每天晚上都能听见千歌在房间里很有精神地练歌，可一到白天演戏就没精打采的。剧组这么做，已经很客气了。他还告诉我，千歌欺负姜语宁的事情根本就不是传言，整个剧组的人都知道。"

另一个人也忍不住评论："求问姜语宁小姐姐的后援会群号，我会修图、会打榜、会反黑、资历深。"

不久，千歌的粉丝后援会的头像被换成了白莲花，公告上写着"解散"。而雪梨手中的几个群号，她也相继做了处理。她连自己的昵称都改了，直接改成"粉姜语宁"。

同一时间，姜语宁的后援会进入很多"难民"，大多数人是看了雪梨的帖子后，被气得成为姜语宁的粉丝的。雪梨直接联系了陶睿哲的私人号，没有别的话，就一句"你那点儿管理经验，还是退位让贤吧"。

被嫌弃的陶睿哲很无语，但必须得承认，这种事交给更加专业的人做才好。只是，圈子里还从未出现过这样的情况。几乎没有哪一家的铁杆粉丝会直接宣布"脱粉"并且跳去对家阵营的，要是换个人、换一件事，一定会被人骂。但奇怪的是，所有人都能理解雪梨的决定。

不是姜语宁太好，实在是千歌太烂。

网友被这一连串消息震惊到了，纷纷出来发表感想。

"'吃瓜群众'表示这'瓜'吃得很满意，结局太爽了。"

"千歌元老级别的粉丝直接把后援会的头像改成了白莲花……干得漂亮！"

"姜家小粉丝表示，我家后援会多了一个叫雪梨的管理员？是已经到岗了吗？"

"突然觉得姜语宁很可爱是怎么回事？"

看热闹不嫌事大，有影视城的人出来证实，昨晚在民宿附近的确发生了一起伪装成车祸的碰瓷事件。而且，也确实是姜语宁出面摆平的，姜语宁也真的朝雪梨几人翻了白眼，很多人看见了。还有不少人在网上放了照片，姜语宁蹲在那老人面前的样子又嚣张又专业，像极了电视剧里的女法医。有网友闲得无聊，找到了路人视角下姜语宁翻白眼的模样。

"真的是在嫌弃，哈哈哈……"

"当时我就在现场，很惊讶姜语宁的判断力。她好像很懂医术，也知道和坏人周旋的技巧，挺厉害的一个女孩子。"

"《天机》里面，她饰演女三号林萍儿，这个角色，医术很高的。她是特意为此学的吗？"

总而言之，这场争论从最开始的"千层糕"单方面针对姜语宁，演变成了大型的千歌粉丝"脱粉"现场，最后又变为姜语宁的"安利"现场。路人表示，若一个人真有人格魅力，无论他被乌云遮多久，最终也会绽放光芒。

再看千歌这边，被沈导直接赶走还被影视圈封杀。现在元老级别的粉丝直接带着大批"千层糕"走了，还去做了对家的粉丝管理人员。

千歌知道以后，差点儿没崩溃，和黄玲玲吵了起来："昨晚上那几个粉丝出事的事情，你为什么不告诉我？不告诉我就算了，你为什么要羞辱她们？"

"谁能想到那个死胖子居然是元老级别的粉丝？而且，我告诉你又如何？你以为你真的会像姜语宁一样挺身而出吗？你不会，千歌，没有人比我更了解。你只会更加无情地羞辱和践踏对方。"

"现在好了，戏不能演了，歌也不能唱了，完了，全完了！"

"我之前就告诉过你，进入沈导的剧组，要规矩懂事。谁让你大半夜在房间里练歌的？你以为你还回得去吗？你的隔壁就是副导演！千歌，你省省吧，如果你真的能唱歌，还会转型做演员吗？"黄玲玲毫不留情地刺激千歌，"现在好了，直接完了。你不用演了，以后更不用唱了，没有人会要你。"

听了黄玲玲发泄般的一番话，千歌颓丧地坐在地上。

是啊，她完了，形象崩了，前途也没了。

反观姜语宁，不但在这场闹剧中收益最大，还收走她一半的粉丝。想到此，极不甘心的千歌马上给姚繁打电话，故意挑拨离间："繁姐，等着瞧吧，我走了，姜语宁马上就会替掉我的女二号。很快，她就会去抢你女一号的位置了。"

"你知道世界上最可笑的事情是什么吗？"电话那边的姚繁忍不住轻笑了一声，"就是做人没有自知之明。"

"你渴望一个没演技的'黑红'艺人有什么自知之明？"千歌还以为她那点儿算计成功了。

"不、不、不，"姚繁道，"我说的是你。"

千歌突然怔住了。

"千歌,你的演艺生涯到此终结了,可姜语宁才刚刚开始。你知道你们最大的区别是什么吗?千歌,你处处打压新人来显示你的身份,可你不懂,真正有能力的人根本不畏惧任何人的光芒。你在姜语宁的眼里,连个对手都算不上。所以,没有自知之明的人是你,结局不就很好地证明了这一点吗?千歌,你出局了!"

说完,姚繁挂了电话,顺手拉黑了千歌的联系方式。姜语宁的目标的确是女一号,但姚繁很清楚,姜语宁绝不想成为《天机》的女一号,甚至无意千歌的女二号。千歌之所以有现在的下场,不正是她咎由自取吗?

这个晚上,千歌迅速地从星空陨落。形象塌了、铁杆粉丝走了、事业毁了,一夕之间,她一无所有。可这怨谁呢?在这件事当中,姜语宁从头到尾都没有出来回应半句。正如姚繁所想,姜语宁没有把千歌视为对手。

事情发酵至今,圈子里很快就传来不少消息。千歌以后再也不会出现在公开场合了。光影直接派Vera去了千歌的经纪公司,让她上门和对方的艺人总监谈判。至于姜语宁,因为有了雪梨的加入,她的后援会立马就有了主心骨。

专业的"粉圈大佬"到岗以后,把"千层糕"之前搞得乌烟瘴气的微博"超话"广场,只用一个中午的时间就清理得干干净净,不留一丝痕迹。不仅如此,雪梨还把姜语宁参加《爆笑艺人》的单人剪辑视频放在了姜语宁微博"超话"的主页,紧随其后的是姜语宁的古风小视频。这样,以后路人点进来就能直接看到他们多才多艺的"小仙女"了。

陶睿哲看着雪梨这一套熟练的操作,不得不感叹,真是术业有专攻啊!于是,他在自己的私人号上夸雪梨:"棒!"

雪梨骄傲地道:"哼,你有时间多发些小姐姐在剧组的美照,我要修图,以后要配合剧组宣传。"

陶睿哲想了想,说道:"我问问Vera,看能不能安排你们来探班。我想让你们更加深入地了解语宁姐,知道她到底是一个什么样的宝藏女孩。"

雪梨想到昨天在影视城的经历,心里还有些难受,可回忆起姜语宁朝她翻的白眼,又笑了起来:"我等你的消息。"

雪梨不后悔做了跟随姜语宁的这个决定,即便姜语宁的演技还有很大的进步空间。不过，她很快又会重新认识姜语宁了。

姜语宁的演技差？不存在的。

千歌被赶走以后，沈国邦导演的确想过让姜语宁拿下女二号的角色，毕竟她的演技不差，可又怕给小丫头招来闲话。思前想后，他还是把姜语宁拽到一边单独问："梦情那个角色，你想演吗？"

姜语宁直接把头摇成了拨浪鼓："沈导，你要真觉得我可惜，你的下部剧让我做女主啊。"

"谁跟你说下部了？你的脸皮真厚。"沈导恨铁不成钢地瞪着姜语宁，"你演技不差，其实可以拿更好的角色。"

"我早晚会拿的，但不是现在，我现在适合萍儿这个角色的位置。沈导，揠苗助长是不对的。我知道我现在还有很大的上升空间。而且，我真的很喜欢萍儿这个角色，把这个角色交给别人，不放心。"

沈导盯着姜语宁的狐狸眼认真地看了一会儿，发现她是真心实意的，赞许道："还行，你还知道斤两，还没被宠得无法无天。下午的戏份改了，改成你和辰星的对手戏，你准备一下，顺便给我泡杯茶。"

"马上就来。"姜语宁迈着轻快的步伐走向茶水房。

他们的对话被在树下看剧本的宋辰星听到了，然而宋辰星并非故意的。

宋影帝之前就对姜语宁的演技有所耳闻，对她没什么好感。不过，他在听了姜语宁和沈导的那番话后，倒是对这女孩有了不同的看法。至少，姜语宁认识清醒，不骄不躁。

因为千歌的戏份被停，所以沈导直接把姜语宁的戏份提到前面拍摄，让宋辰星和姚繁都能有喘气的时间。

这是姜语宁第一次和男一号宋辰星拍对手戏，沈导让她和宋辰星先熟悉熟悉。但是宋辰星作为实力派，应该不太看得上她吧？而且，宋辰星本来就冷漠。

想到此，姜语宁头疼了。就在她不知道该怎么办的时候，宋辰星主动走到她的面前，平静地道："我没有那么可怕，你不用像老鼠见了猫一样。"

"喀喀……宋老师。"姜语宁抱着剧本仰起脑袋。

"一会儿开拍我带你，你不用紧张。"说完，宋辰星走去他的休息区。

姜语宁顿时觉得受宠若惊。

不一会儿，姚繁也走了过来，用下巴指着宋辰星对她道："他主动跟你说话了？"

"繁姐。"姜语宁恭敬地喊道。

"这倒是第一次。不过，你别想，他是我的人。"姚繁很直接地对姜语宁说，"我想，他应该也不是你喜欢的类型。"

"不是、不是……绝对不是，我发誓。"姜语宁连忙摆手证明自己的清白。她还想要自己的屁股呢，现在都还隐隐作痛。

"那就好，一会儿拍戏我带你。"

姜语宁顿时瞪大了双眼，今天是"儿童关爱日"吗？想到能被影帝和影后带着演戏，姜语宁顿时心花怒放。姚繁和宋辰星都是无可非议的实力派演员啊，两人都带她演戏，这是多大的荣幸啊！

"那……我偷偷地叫你一声师父？"

姚繁摇了摇头，小声道："我更喜欢听师娘。"

"哈哈哈……"

没有了千歌的剧组，真是意外地和谐啊！

值得庆幸的是，姜语宁与两大主演演对手戏时，没拖后腿。姜语宁现在的演技虽然比不上他们，但绝对不差。少了千歌捣乱，姜语宁更好地融入了剧组中。

一个性格讨喜、吃苦耐劳，还能用中医治疗小病小痛的开心果，谁不喜欢呢？刘导喝了姜语宁开的药，居然真的不盗汗了，不禁对她连连称赞。

一个下午就在拍摄中过去了。宋辰星脱着戏服对姜语宁说："你有时间来找我，我有些不错的资料给你看，对提升演技很有用。"

"不了、不了，宋老师。我怕给你带来麻烦，谢谢你的好意。"姜语宁连忙拒绝，然后带着陶睿哲返回民宿。

宋辰星皱眉道："她是脚底抹油了吗？躲什么？"

"辰哥，你有所不知。姜语宁可是有名的'招黑'体质，千歌的事情才刚过去，如果她再惹上什么事情，剧组大概也留不下她了。所以，她才会刻意保持距离吧。"宋辰星的助理解释，"更何况，现在你和繁姐的'CP粉'不少。姜语宁要是和你走得近，肯定会被粉丝攻击的。"

宋辰星点了点头："那晚上你给她送去。"

"你为什么会对一个新人这么上心？繁姐知道了会不高兴的。"助理有些好奇。

"姜语宁是一株好苗子。"宋辰星没想那么多，只是觉得那小丫头很有天赋。这一点，他和另外两个老戏骨一样，想把所有的他积累的演技技巧都往姜语宁的脑子里放。

姜语宁溜回民宿，总算松了一口气。她不敢和宋辰星有太多接触，不仅是因为姚繁跟她表过态，还因为她不希望陆景知误会。

回到民宿后，姜语宁在院子里看到了Vera。Vera还是一身小西装，看起来很干练。

"我们才分开几天，你就干掉了千歌。"Vera对着姜语宁竖起大拇指。

"承让、承让。"姜语宁笑道，"大晚上的，你跑过来干吗？"

"还不是你家陶睿哲跟我申请让后援会的粉丝过来探班？你的意见如何？"Vera坐在石凳上放松地询问姜语宁，"我相信那个雪梨。她跟我有一样的境遇，而且能力也不错，对你的后期宣传应该大有益处。不过，她们从前毕竟喜欢的是千歌，应该还不了解你的能力。你应该让她们开开眼界。"

"那就安排吧，我都可以。"姜语宁看了陶睿哲一眼，再对Vera点头。

"对了，另外一件事。《天机》拍摄结束以后，我替你接了一档冒险综艺节目，是下半年的香饽饽，好不容易争来的。我知道你喜欢古风，等这边拍完了，你可以接着策划，但是综艺的事情你不能拒绝。"

"我不拒绝。"姜语宁十分自然地回答，"我相信你的专业性。"两人在院子里聊得开心。

这时，陆景知的黑色轿车开了进来。Vera和陶睿哲互看一眼，识趣地走人。陶睿哲在离开前还不忘嘱咐姜语宁："语宁姐，明早八点啊，通告时间，别忘了啊。"

姜语宁看着两人，忍不住笑了起来，她家二哥又不吃人。

正当姜语宁笑得开怀时，陆景知忽然从身后将她抱起来："我是不是警告过你，不要随便对别人笑？"

"二哥？"姜语宁连忙惊呼道，"他们不是别人。"

"也不许。"

"可我是因为想到你才会笑的。"姜语宁回答，还蹭着陆景知的脖子向他撒娇，"别修理我啦，我今天一直屁股疼，给我揉揉？"

"想得美。"陆景知抱着人进入卧室，"不过有一件事，我要跟你坦白。"

待陆景知将姜语宁抱到卧室的床上坐下，姜语宁这才伸手搂住他的脖子，温柔地道："不要用'坦白'两个字，你可是受万人敬仰的陆景知，我不要你这么卑微。我相信，你永远都不会做让我伤心的事。以后有事情，你就直接告诉我好吗？不要用这样的词语，我心疼。"

陆景知伸手摸了摸她的脑袋，吻了吻她的头发，说："给你看个东西。"

说完，陆景知拿出手机翻到短信，把手机递给了姜语宁。

许北笙："陆大哥，我回国了，有时间见一面吗？"

许北笙："这个号码是我从大哥的手机上偷偷看到的，你千万别怪我大哥。"

许北笙："能不能给我一个靠近你的机会？"

陆景知："不能，工作号勿扰。"

姜语宁看完，直接捂着肚子笑了起来："二哥，你怎么这么有才？简直就是毫无感情的工作机器……"

陆景知见她笑得开怀，也放松了，压着她问："很好笑？"

"你不觉得好笑吗？但是真的很好笑啊，你怎么不回复'不是本人'呢？"

"不吃醋？"陆景知此时的声音里已经有了一丝危险的意味。

姜语宁识趣地收住笑容，重新搂住陆景知的脖子，回答："因为我很清楚，我老公的心都在我的身上。你还能回复那七个字，完全是看在许良舟的面上，对吗？"

"嗯。"

"二哥，我信你，同时也相信自己。我们经过了那么多年的考验才在一起，没有人可以把我们分开。即便你会因为别人动摇，我也会想尽办法让你再次爱上我，所以……"

"不会。"陆景知打断姜语宁的话，并用鼻尖亲昵地蹭着她的鼻尖。

"不会什么？"

"我不会因为任何人动摇。如果她再主动联系我，我会明明白白地告诉她，我已经结婚了，有了陆太太。"

姜语宁听了，觉得心里很甜，不禁声音甜甜地回答："好。"

有时候，她会在心里默默地问自己，此生何德何能，可以有陆景知陪伴左右？两人视线交会，很自然地吻在一起。毕竟一整天的时间里，只有晚上他们才可以属于彼此。


几日后，Vera安排姜语宁后援团的粉丝去《天机》剧组探班。

雪梨知道这个消息以后，立即在后援团中募集资金，打算在探班当天为姜语宁举行应援活动，感谢剧组的工作人员，希望剧组的工作人员可以多多照顾姜语宁。

探班当天，Vera亲自安排了接送的司机，也跟剧组要了应援的活动场所。

雪梨几人直接让应援车开往活动场地，车身上还印有姜语宁的个人海报。因为《天机》剧组之前一直保密姜语宁的女三号身份，没有公开她的个人剧照。为了不让剧组为难，雪梨和同伴修了几张姜语宁的生活照。用雪梨的话说"你既然朝我翻白眼，我就把你印车上"。

剧组的人看到后援会的粉丝如此懂事，也纷纷露出笑容，拍着姜语宁的肩膀说："不错不错，你终于有粉丝了！"

姜语宁哭笑不得。对家后援会的大佬成了她的粉丝，让她真的很有压力啊。

"姜丫头，拍摄了，干吗呢？"沈导在机位面前大喊了一声。

姜语宁看了一眼不远处自己的应援车，然后提着戏服去戏棚内……

今天和雪梨一起来进行应援和探班活动的，还有之前千歌的其他粉丝。说实话，她们虽然现在对姜语宁有好感，但还没有到之前喜欢千歌的那种疯狂程度。在她们看来，姜语宁的业务能力还不行。

不过也正因为如此，陶睿哲才会跟Vera提议安排这次的探班活动。

此刻，姜语宁和宋辰星正在演对手戏。这是一场很有张力的戏份。

之前，戏已经拍到林国珍让林萍儿入狱救太子，然而林萍儿因为要保全家族不愿出手相助。太子解除危机以后，便问罪林萍儿。今天这场戏便是两人在东宫的场景。

此刻，林萍儿身穿女眷朝服，跪在太子的面前。

太子来回踱步，最终在林萍儿的面前蹲下身，并且用力地捏着她的下巴询问："你真以为我不敢动你？"

林萍儿看着太子，道："臣不敢。"

"你还有什么不敢的？本宫原以为，你们林家世代忠良定不会叫人失望……"

"太子要杀便杀，反正我林家的血都洒在了你东宫的门前，还怕多出一个我吗？"林萍儿突然喊了出来，"救太子一命，我林家八十七口人都将没有活路，那和被满门抄斩有何区别？"

太子狠狠地捏着林萍儿的下巴，最终用力地将她甩开："你的医术不及你伶牙俐齿。"

"太子谬赞。"

"那本宫就罚你永世不得从医，不得再踏入药房半步。你既不肯行医救人，那就替本宫去安抚守城之将，算你将功补过。"太子无情地下令。

"太子对臣如此也就罢了，可若有朝一日，对臣的父亲也是这般做法，那林家的血就全白洒了……臣告退。"林萍儿含泪叩拜。

"OK！下一场。"

随着导演的一声大喊，姜语宁和宋辰星很快从角色中走了出来。站在工作人员当中的雪梨和其他几个粉丝悄悄地退了出来，并用手机抓拍了好几张姜语宁拍戏的美照。

"雪梨姐，我们没有眼花吧？我们家小姐姐……演技不赖啊。"

雪梨若有所思，没有说话。

"不仅不赖，而且还很自然，根本就不是外界传言的那样啊。她刚才和宋影帝对戏，全都接上了！"

雪梨细想一下，忽然笑了出来："既然这样，以后我们就可以放心大胆地分享小姐姐的演技了。"

508

"我突然发现自己过去很狭隘。"其中一个又高又瘦的女孩子有些内疚地说，"不瞒你说，老大，我这几天都在看语宁小姐姐的各种作品。我也不知道以前怎么会跟风黑她，她明明那么可爱，还多才多艺，别人会的她都会，别人不会的她也会。可为什么会有这么多人讨厌她呢？"

雪梨看着对方，拍了拍对方的肩头安抚道："因为以前她没有我们，以后就不一样了。"

"嗯。"几人重重地点头，"那雪梨姐，我们要不要去和小姐姐打个招呼？"

"不了，不要打扰她拍戏，我们只要远远地看着就好了。"

雪梨说完准备离开，但陶睿哲不知道从哪里冒了出来，手里拿着几个纸袋，交给几人，对她们说："语宁姐让我给你们准备的，天热，你们回去的时候注意安全。"

几个粉丝打开纸袋一看，里面放着一些防中暑的药物，顿时热泪盈眶："小姐姐好暖心。"

"爱了、爱了，死心塌地的那种感觉又回来了。"

"我感觉我又有热情了！"

"这些都是她亲自调的，剧组的人都在喝。据大家说，效果不错。你们如果想见她，可以等下一场戏拍完。"陶睿哲见几人情绪激动，又忍不住笑着多说了几句，"那边树下很凉快。"于是，她们便在树下等着。

整个上午，剧组的演员一直处在紧张的拍摄氛围当中，却意外地和谐默契。片场上即便传来争吵声，也是因为几个老戏骨争相要做姜语宁的师父。原来，姜语宁在剧组还这么受欢迎啊。

不过，在拍上午的最后一场戏时，因为宋辰星的动作幅度太大，打翻了案台上的烛灯，不小心把姜语宁的脚背砸伤了。

"没事吧？"宋辰星立即伸手去扶，但是姜语宁连忙躲开了。

宋辰星动作一僵。

陶睿哲赶紧上前扶住姜语宁："语宁姐，受伤了？"

"没事。"姜语宁摇了摇头，"不是很严重。"

宋辰星不甘心，又走过来问姜语宁："你真把我当洪水猛兽了？为什么要避开我？"

姜语宁无语，辰哥是真的不知道还是假的不知道啊？繁姐就坐在一

509

边啊！

"你去那边坐着。"宋辰星见姜语宁没反应，便扶住她的另一只手，"我又不会吃了你。"

姜语宁忍不住对天翻白眼。

"辰哥，就到这里吧，我自己可以走。"走出片场，姜语宁连忙推开宋辰星。

"我……就那么让你讨厌？"

"辰哥，我不是那个意思。你和繁姐的'CP粉'太可怕了，我才会有这么大的反应，绝不是因为我怕你。而且，我的脚还好，不是很疼。就是……你下次别那么激动。"

"嗯，你去休息吧。"宋辰星神情很淡，简单地交代了一句，便转身走回片场。

"语宁姐，要不还是去医院看看？"陶睿哲扶着姜语宁，觉得她走路似乎有些费劲。

"不许告诉你姐夫。"姜语宁敲了敲陶睿哲的脑袋，"先去见雪梨她们，回民宿后，我会看着办的。"

"姐夫心细，你瞒不过的。"陶睿哲嘬着嘴回答。

"那就使劲瞒。"

陶睿哲搀着姜语宁从片场离开。

这时，有人朝着不远处的高墙大喝了一声："干什么的？"

姜语宁回头看了一眼，见有工作人员去处理了，便没问发生了什么事，只是拖着受伤的脚去见雪梨几人。

"你好呀，对家的。"

"不，以后是自家的。"雪梨上前抱了抱姜语宁，"后援会交给我。"

"我那天出头不是为了让你以这样的方式感激我……"姜语宁在雪梨的耳边说，"你没必要觉得亏欠，我反正被黑习惯了。"

"那你就是嫌弃我了？"雪梨很不高兴地看着姜语宁。

"我是希望你过自己的人生。"

"那我们就一起过更好的人生。放心，我能兼顾工作。"雪梨拍着自己的胸脯保证，"你都那么多才艺了，身为你的粉丝，我们也不会差到哪里去。”

"那好吧，让陶睿哲送你们回去，路上小心。"话音刚落，姜语宁挨个儿给几人送上了温暖的拥抱，并且真诚地说，"谢谢你们，后援会就拜托你们了。"

几人依依不舍地和姜语宁道别，上了陶睿哲为她们安排的车。关上车门后，几人便拿出手机打起字来。

"小姐姐真的温暖又接地气。"

"人品很好。"

"这次我一定支持到底！"

她们在后援会的官方群里跟其他粉丝分享自己的激动心情。这是她们参加了那么多次应援活动中最暖心的一次。但她们激动的心情并未维持多久，艰巨的挑战就开始了。

谁也没想到，宋辰星的个别粉丝为了偷拍偶像，居然爬上了墙头，还把宋辰星搀扶姜语宁的画面拍了下来。中午，工作人员的那一声大喝，就是因为那两个不顾危险的粉丝。之后，宋辰星和姜语宁的那几张图就在宋辰星的粉丝群里传开了。

宋辰星的粉丝怒了，在网上表达不满——

"姜语宁不要黏着我家辰辰好吗？你不配。"

"他和我家繁繁才是一对，第三者一边去。"

"姜语宁怎么跟没见过男人似的，看见谁都黏呢？"

这都是什么玩意儿？

雪梨看到宋辰星的粉丝这么高调无耻，鼻子都气歪了："反黑组，马上出动！"

我家姑娘以前让你们欺负，现在还能吗？当我们"姜糖"是死的？

自从有了雪梨，姜语宁的粉丝便有了专属称呼——"姜糖"。

此刻，姜语宁也有点儿蒙。她就被砸了个脚，怎么网上的粉丝又掐架了？

幸好，她只是小脚指有些乌青，还不影响走路。不过傍晚的时候，宋辰星的助理还是送了药过来。

宋大哥，你也太直接了吧？避嫌啊，你懂避嫌吗？你懂人情世故吗？我都是有家室的人了，别害我！

姜语宁在心里欲哭无泪。看来，她得找个机会好好和宋辰星谈谈。她已经有爱人了，不想和别的男生靠太近。她家二哥真的超级疼她，超级好！

在接到药的一瞬间，姜语宁觉得这药十分烫手。她不想因为宋辰星而惹到姚繁，便趁着陆景知还没有下班，让陶睿哲备了红酒，去豪雅找姚繁。

姚繁的助理打开门见到姜语宁，本想拒绝，但是姚繁从门缝里看到了姜语宁，便笑着道："让她进来。"

姜语宁噘着嘴进入姚繁的套房，把红酒往桌上一放道："师娘，你能不能把你的男人管好点儿？"

姚繁此刻身穿白色家居服，扎着一个丸子头，手里还拿着明天的剧本，脸上含笑，道："怨念不少啊。他一直就是这样，从上一部戏合作到现在，就没怎么变过。"

"你是为了他才接这部剧的？"

"当然不是，沈国邦导演的戏，谁不想接？"姚繁放下剧本回答，"不过，我知道男一号是他的时候，心情还是很复杂。"

"你干吗不表白？"

姚繁的眼神里忽然多了一丝悲凉，她道："表白？你知道代价得多大吗？尤其是你根本不知道对方的心意。而且，我也没有做好要为他违约的准备，他那性子……还不知道什么时候才能开窍。别说我了，说你吧。人家那些小女生巴不得和他炒作，你这么避之唯恐不及，是有对象？"

"嗯！"姜语宁老老实实地点头。

"比他还好？"

"繁姐，不是这么比较的。辰哥对我来说，亦师亦友；而我心里的那个，是全世界最好的人。"姜语宁说这句话的时候，目若秋水，表情中的那种崇拜怎么也掩盖不住，"所以辰哥有些动作真让我苦恼。"

"知道了，我有时间会替你解围的。你的脚没事吧？"

"没事。"姜语宁摇了摇头。

"那就好。真想知道你家那位究竟是谁，让你对他这么死心塌地，影帝的示好都看不上。"

"嘿嘿，是我无福消受，无福消受。"姜语宁连忙表态。

"机灵鬼，回去休息吧，我懂你的意思了。"

姚繁之前表过态，说喜欢宋辰星。所以姜语宁才抱着红酒过来表明自己的态度，一是不希望姚繁误会，二是希望姚繁可以适当解围。

"繁姐，你可以不用搭理姜语宁的。"姚繁的助理有些看不上姜语宁，"她就是再努力一百年也追不上你。而且辰哥那边，是你不肯开口。否则，哪有她什么事？"

"人家是真不稀罕宋辰星的示好，你没看出来吗？不是每个人都那么不择手断地想往上爬。这几天接触下来，你也应该能感觉到姜语宁不是那种见缝插针的人了。她坦荡也可爱，挺不错的，我看好她。"姚繁耐心地对助理说，"而且，你之前不是挺可怜她来着？"

"我是怕她冲击你的地位。"

"她要真有这个想法，现在女二号的角色就已经到她的手里了！人家抱着红酒过来示好，就是表明她无意和我争抢。"姚繁瞪向助理，"看人，我有分寸。"

"不过繁星'CP粉'真的把她骂得挺惨。宋辰星的粉丝一点儿也不客气，都在骂姜语宁倒贴。"姚繁的助理还是有些同情姜语宁的。

这个晚上，宋辰星的粉丝和"姜糖"争吵起来，双方已经大战了三百回合。因为有了雪梨的加入，"姜糖"的战斗力有了一个质的飞跃。虽然宋辰星的粉丝很强大，但是雪梨更懂得怎样才能赢得路人的喜欢。

"连亲妈都告的姜语宁，早晚被黑出天际。"

"这人快消失！"

"不要绑着我哥炒热度，抱走我哥谢谢。"

"挤走女二号，准备对男一号下手了吗？姜语宁真有能耐。"

看到这些恶毒的评论，"姜糖"愤怒了，雪梨亲自下场和宋辰星的粉丝争论。

"我家小姐姐就喜欢你们看不惯她，又干不掉她的样子！"

"我家姑娘本来就很红，绑着你哥炒热度？戏过了，姐妹。"

"你们这么恶毒，你们的偶像知道吗？"

双方粉丝在网上吵得热火朝天。

这件事情最终也传入了宋辰星的耳朵里。他让助理给姜语宁送去的药品也被陶睿哲退了回来。

"辰哥，这姜语宁太不识好歹了吧？"助理有些不满，他家影帝送出去的东西居然被退了回来？

"我只想知道，那些在网上口无遮拦的网友真的是我的粉丝？"宋辰星把手机递给助理。

"这个……辰哥，你的粉丝多，当中难免会有一些不理智的人。一般情况下，我们不予理会就可以了。"

宋辰星没说话，但是眉头紧皱，很明显是不高兴了。

"不过辰哥，你对这个姜语宁……是真有好感吗？"

宋辰星也说不上来。他一直在专心地提高自己的演技，不是很懂感情的事，所以真的搞不清楚。

"什么样的感觉才是喜欢？"

"那我问你，繁姐和姜语宁，你觉得哪个更可爱？哪个更重要？"助理换了一种方式询问宋辰星。

宋辰星想了片刻，没有回答。

他虽然暂时没有答案，但是明白了姜语宁为什么要回避。


深夜九点，洛城大雨。何秘书撑着伞在车前等陆景知。

"二爷，今天太晚了，要不回御珑廷？"上车以后，何秘书看着腕表建议陆景知。

会议太长了，陆景知的眸中全是倦色。他松了衬衣的纽扣，看了看窗外，道："去民宿。"

"那好吧。不过二爷，有几条消息需要您过目。"说完，何秘书将手机递给陆景知。

首先，是宋辰星和姜语宁的绯闻，宋辰星的粉丝说姜语宁倒贴宋辰星。紧接着，是许北笙发到他手机上的消息："那我可以问你要私人号码吗？陆大哥，拜托了！"

陆景知揉了揉眉心。他虽然在意姜语宁被骂的事情，但还是先回了许北笙的短信，很简单的几个字："我已婚。"并且配了一张和姜语宁牵手的图。

许北笙很快就回复了："你真的结婚了？"

陆景知没再回复，直接把许北笙的号码拉黑了，顺便给许良舟打了一个电话，嘱咐了几句。

许良舟接到电话吓出了一身冷汗，没想到自己的妹妹居然这么大胆，偷他的手机里的电话号码。看来，他得认真警告一下她了。

深夜十点，洛城的大雨转为小雨。

姜语宁放下剧本看看时间，发现本该有动静的楼下一片安静。他是出什么事了，还是知道她和宋辰星的绯闻生气了？想到此，她马上拿出手机给陆景知打电话。

姜语宁的电话很快就被对方接通了，只是电话那头的男人似乎很疲惫。

"宁宁？"

"二哥，今晚你是不是回家睡觉了？"

"在路上。"陆景知低声回答，"会议时间太长了。"

"那你干吗还过来？回家休息啊！你的声音都哑了，病了怎么办？你以为自己是陀螺不会累吗？"姜语宁焦急地说了一长串，"二哥，听话，回家睡。"

"已经在路上了，回不去了。"陆景知笑了起来，问，"和影帝传绯闻的感觉怎么样？"

"谁要和影帝传绯闻了？我老公好着呢。"姜语宁哼唧，"你就是老不听话，让我心疼。"

"脚呢？你看过了吗？"

"咦？你连这个都知道了？你有千里眼吗？"姜语宁十分诧异，明明嘱咐过陶睿哲使劲瞒，但还是没瞒住，"还是我老实交代吧。"

于是，姜语宁把白天发生的事情全都告诉了陆景知。

半晌后，陆景知回了一句："先睡吧，这件事我来处理。"

"不，我明天就和辰哥说明白。还有，我要等着你，不然睡不着。"

听到她那撒娇的话语，陆景知收起疲惫之色，颔首同意："好，躺在床上等。"

何秘书见自家二爷终于露出了一丝笑颜，也跟着放松下来。果然，还是姜小姐有办法。

"明天我休假，会议以及其他安排延到后天。"陆景知收起手机，闭

515

着眼睛吩咐何秘书。

"明白了，二爷。"

"还有，去查一查宋辰星这个人。"

"二爷这是？"

"想让他不要打扰我的女人。"


待陆景知进入民宿的时候，已经接近午夜十二点了。

姜语宁很自觉地替老公放好热水，还准备了一些精油，打算让他放松身体。

陆景知进入卧室以后并没有急着洗澡，而是坐在沙发上抬起姜语宁的右脚看了看。

姜语宁感觉到温暖的手掌包裹住她的脚心，一种酥麻的感觉顿时传遍她的全身。

"二哥，我没事，明天起来就不疼了。"

"那就先睡吧，我淋浴，很快就来。"陆景知放下她的小腿，起身脱下外套。

"可……"

姜语宁望向自己准备的那些东西。

陆景知看了一眼，捏了捏她的脸蛋："眼睛都睁不开了，还勉强？嗯？"

"心疼你嘛。"姜语宁抓住他的掌心，在上面蹭了蹭，"这么晚了，还非要过来。"

"再累也要见你，习惯了。"陆景知将她拉向自己来了一个深吻，"好多了。"

姜语宁不禁对他露出一个灿烂的笑容。虽然陆景知没说，但是姜语宁知道他吃醋了。就像她，明知道许北笙只是单恋，但还是不愿意看到陆景知和许北笙的名字放在一起。这不是不信任，是人天生就有的占有欲。因此，等陆景知上床休息的时候，姜语宁赶紧扑了过去，趴在陆景知的身上撒娇："二哥……"

"我已经告诉许北笙我结婚了。"陆景知忽然说了一句。

"啊？"姜语宁愣了一下，"那许北笙肯定心碎了。二哥，你真有办法让我舒心。"

"只是心里舒服？"陆景知翻身，握着她的手问。

"这都这么晚了……"

"要……或不要？"

姜语宁看着陆景知，看着他迷人的五官和深邃的眼神，心想，这谁忍得住啊？

翌日清晨，姜语宁早早地起身，见陆景知还在沉睡，心疼地吻了吻他的下巴，在心里暗暗地发誓——二哥，你做了你身为丈夫该做的事，那么现在也该轮到我让你心安了。

我不想让你没有安全感，因为你是我最重要的人！

今天上午没有姜语宁和宋辰星的对手戏，不过B组拍完，姜语宁又去A组观摩了。

工作人员见她活蹦乱跳的，便知道她的脚伤应该没事。

等宋辰星和姚繁拍完，姜语宁不紧不慢地走过去对两人道："辰哥、繁姐，我请你们两吃个饭吧。"

"走、走，我正好饿了。"姚繁很自然地接了姜语宁的话，因为她看懂了姜语宁的暗示。

宋辰星跟着两人去了酒店，三人在豪雅的雅间落座。这时，姜语宁刻意把手机放在姚繁的手边。

"你手机屏幕上的图是你的男朋友？"姚繁指着手机询问姜语宁。

"不是，他是我老公，我们结婚啦。他超帅的，对不对？"姜语宁含笑点头，"我很迷恋他。"

"瞧你那样！"姚繁无奈地瞪向姜语宁，"他知道你和辰星闹绯闻的事吗？"

"他知道，不过不在意。可我在意啊，所以辰哥，我不敢和你靠太近。而且你们家的粉丝的战斗力真的好强啊。"姜语宁以半真半假的口气对宋辰星说道，"我暗恋了他十二年，好不容易才能和他在一起。所以，你别怪我躲着你，我也是被黑怕了。"

"你辰哥就是这样子，别理他。"姚繁拍着姜语宁的肩膀安慰道，"他的心是好的，只是他不太明白朋友之间的界限。"

"我知道。"姜语宁给了宋辰星一个台阶。

"不过我没想到,你这么年轻就已婚了。"

"感情到了,自然水到渠成呀。"

姚繁心想,既然姜语宁能这么容易地说出结婚的事,那么对方应该不是有身份、有背景的大人物。

"现在的小孩啊容易冲动,你那位是圈外人吧?"

"对呀,圈外人。"姜语宁颔首道。

"我知道啦。"姚繁以为姜语宁口中的圈外人是家世平平的普通人,所以也乐意卖姜语宁这个人情,便环着手臂对宋辰星笑道:"你看你把人家吓成什么样了?小可爱已婚了,你也要多多避嫌。你看那天的粉丝多可怕啊。万一他们乱说,我看你有十张嘴也说不清。"

宋辰星还是寡言,不过这次破天荒地点了点头。这次双方粉丝掐架,主要是因为他的粉丝。

姚繁的话都说到这个地步了,宋辰星也应该明白过来了吧?

正事办完,姜语宁拿起菜单准备点菜。不过她还没点几个菜,沈导的助理就忽然敲门走了进来,气喘吁吁地对姜语宁道:"语宁,沈导让你过去一趟。"

"现在吗?"姜语宁合上菜单看了看姚繁和宋辰星,"可我和繁姐、辰哥还没吃饭呢。"

"沈导说,你们在一起的话就都过去。"

"那走吧。"姚繁率先站起身来,跟在助理的身后。紧接着,宋辰星也从座位上起身。

姜语宁见宋辰星并无任何异样,这才松了口气。

此时,沈导也在豪雅的雅间里,不过是在最隐秘的一间。助理带着几人到了雅间的门口,姜语宁却注意到了守在雅间门口的警卫员。

是二哥吗?那男人不是去上班了吗?

姚繁也有点儿蒙。这是什么大人物在里面,安全戒备这么森严,还自带警卫?姚繁下意识地看了姜语宁一眼,却发现后者同样有些不知所措。

"几位请。"雅间的服务员对几人说道。

姚繁率先迈入雅间,见沈导正笑容满面地和坐在对面的男人攀谈。而那个男人的背影看上去有几分眼熟。可不眼熟吗?这就是姜语宁手机屏幕上的那位啊，姚繁只是一时没反应过来。

姜语宁走在最后，低着头，不敢确认对方的身份。

"都来了。"沈导抬头看向几人，然后指着陆景知对几人道，"我小侄，姓陆。"

姚繁绕去沈导的身边落座，这时候才看清楚对方俊朗的容颜。

那人五官深邃硬朗，犹如一尊完美的雕塑。尤其是那双眼睛，十分吸引人，只需一眼就会让人深陷其中。他身穿黑色手工西服，明明是很普通的装扮，但是在他的身上就是显得高贵。

这个男人……这种气质……是陆家人没错了！还是陆家那位权贵陆景知！

不过，他为什么会出现在这里？

宋辰星同样感到疑惑。虽然他是影帝，在圈子里已经倍受尊重，但是在陆家人面前，尤其是在陆景知的面前，他也不过是一个演戏的。只是，陆景知为什么会出现在影视城这种地方？

姜语宁有些无奈。男人的醋坛子打翻了都是这么可怕的吗？这饭局就是男人故意组的，她躲也没有用。

"还不过来？"陆景知朝姜语宁开口。

姜语宁叹了一口气，只能走到陆景知的身边落座。两人挨在一起，亲密无间。

见此画面，姚繁和宋辰星顿时有些震惊。

姜语宁看姚繁瞪大了双眼，只能硬着头皮解释："这……是我老公。"

姚繁和宋辰星震惊得哑口无言。

过了一会儿，姚繁打破了安静的局面。

"这就是你暗恋十二年的那位？"

姜语宁忙不迭地点头。

听到"暗恋十二年的那位"，陆景知嘴角上扬，伸手搂住姜语宁的腰，将她带近自己的身边。因为姜语宁已经把两人结婚的事告诉了姚繁和宋辰星，所以他不介意在外人的面前表现出他们的亲密。

"这丫头都被你惯坏了。一点儿小事，哪里需要你亲自出面？"沈导道。

"我过来探个班，于情于理也该请沈叔吃个便饭。这小祖宗皮，若她做得不好，沈叔尽管责罚。"陆景知表现出了他身为陆家人的修养和大气。

"我哪里皮？我很乖的。"姜语宁扭头向男人抗议。

"这我倒是要夸她，剧组上下都很喜欢她，谁有个头疼脑热的也来找她。所以，你尽管放心。"

"那便好。"

至此，聪明的姚繁也明白了陆景知设宴的目的。

陆景知很明显是知道了姜语宁和宋辰星的绯闻，所以过来宣示主权的。她怎么也没想到，看上去毫无背景的姜语宁居然有洛城最硬的靠山。他们还不是金主的那种关系，而是持证上岗的夫妻关系。姜语宁真的太低调了。

姜语宁确实不是一般的小艺人。若她真的想演女一号，凭借陆景知和沈导的关系，完全可以拿下这个角色。可她还是脚踏实地地演女三号，而且从未对外人说过家里的情况。

宋辰星还是面无表情，不知道有什么想法。不过有了今日这餐午饭，他应该也知道这其中的利害关系了。

一顿便饭，因为姜语宁而充满欢声笑语。

末了，沈导看了陆景知一眼，顺势嘱咐姚繁两人："景知身份特别，今天你们就当没有见过他。"

"沈导，放心。"这点轻重，姚繁自然拎得清。

"还有辰星，你的粉丝你想办法处理一下。景知倒也不是在意你们的绯闻，只是很疼那小丫头，不希望她受到网络暴力。"沈导提点宋辰星。

"我明白。"宋辰星也跟着点头。

## 第十九章
## 圈内友谊

酒足饭饱后，沈导带走了宋辰星和姚繁，把空间留给了小两口。

姜语宁知道他的用意，只是有些无奈，道："你每天那么忙，还要为我的小事费神。"

陆景知伸手抱住姜语宁，把下巴放在她的肩上，道："今天的行程就是探我老婆的班。"

"我之前还跟繁姐暗示我老公是个普通人呢，结果你就过来了。我还说你大度，没想到这么快就被打脸了。你真不是因为吃醋？"姜语宁搂着他的脖子问。

"不吃。"陆景知轻轻地推开姜语宁，替她整理耳边的头发，"我早就跟你说过，有些事是男人之间的明枪暗剑。"

陆景知并没有把宋辰星当成对手，只是给对方一个压力，仅此而已。

"知道啦，我还没吃饱，再陪我吃点儿？"两人又在雅间里亲昵地待了好一阵，姜语宁才让陆景知回民宿休息，"乖，回去补个觉，还我一个容光焕发的二哥。"

其实陆景知还有别的安排，既然是来探班的，怎么能不看看自己老婆那4.0分的演技？不过，他并没有告诉姜语宁，只打算远远地看一眼。

回到片场后，姜语宁有点儿尴尬，尤其是面对姚繁。她差点儿就把自己的老公塑造成了一个普通人，谁能想到陆景知会忽然出现？

　　"嗯……那个……"

　　"我得感谢你的大恩了，没抢我的女一号。"姚繁忍不住笑了起来。

　　"我那演技也不能抢啊。"姜语宁不好意思地抓了抓头发，"这点儿自知之明，我还是有的。"

　　"你有个这样的老公，还要什么自知之明啊？"姚繁拽着她坐下，"还让千歌那么踩你。要换作我，花个一百万去买营销号直接'血洗''千层糕'的老巢。"

　　"繁姐，你就别逗我玩了。我就不能有自己的理想啊？"

　　姚繁被她认真的表情逗乐了，便收起了浮夸的说话方式："知道了，小富婆。"

　　两人还和之前一样，说说笑笑。其实，姚繁从心底对姜语宁有一丝钦佩。姜语宁大概不知道，她的手里掌握着别人这辈子都不敢想的资源，但她就是不用。这是多大的诱惑啊，可她根本没往那方面去想。这世上，纯粹为理想奋斗的热血孩子已经不多了。

　　宋辰星在旁边听着两人说笑，想到了沈导刚才的嘱咐，便问助理："我的粉丝还在骂人吗？截几条过分的内容发给我看看。"

　　"好的，辰哥。"助理虽然不知道他要做什么，但还是马上照办，截了几张粉丝在网上掐架的图。这些截图中有攻击姜语宁的父母、诅咒她的家人的话语。宋辰星看了后，心里很不是滋味。他一直不知道自己的粉丝疯狂起来原来是这样的。

　　想到此，宋辰星登录自己的微博账号，放了打了马赛克的截图，并且很认真地问道："这些，真的是我的粉丝吗？"

　　宋辰星的粉丝见自家偶像更新了新消息，很激动地去围观转发。他上一次发微博已经是半年前的事了，还是一条轿车的广告，而这一次……

　　"啊啊啊，我家哥哥发微博了！"

　　"等等，哥哥'挂粉'了？"

　　"天哪，这些是'黑粉'吧？我们'辰光'怎么可能这么恶毒？"

　　"这也太恶毒了，虽然这几天很讨厌姜语宁，但是诅咒人家全家也太过分了吧？"

"说得姜语宁没有这样的'黑粉'似的。"

"辰光"不服，去姜语宁的微博"超话"广场找类似的言论，就想证明每家都有很过分的粉丝。但是他们失望了，因为"姜糖"的掐架内容全是反击，不会说人家父母，更不会恶毒地诅咒别人全家。

雪梨甚至在首页发了公告：文明争吵，拒绝脏话。

如此一来，双方高下立见。

"好不容易盼来哥哥发微博，却没想到被哥哥看到了这么不好的一面，好丢人啊。"

"这些骂人全家的粉丝，请不要喜欢我家哥哥，拉低档次了。"

"哥哥，请不要给这些'黑粉'的昵称打马赛克。他们就该被挂出来，真的太过分了！"

不少"辰光"表示很丢人，这比姜语宁倒贴丢人多了，还被自家偶像亲自挂出来了。

为此，宋辰星的粉丝后援会马上出来表明立场，首先是对"姜糖"道歉，虽然两家粉丝有摩擦，但是部分"辰光"的用词太过恶毒了；其次，后援会声明，以后一定会严格管理粉丝。毕竟，那些给哥哥带来不好影响的人，也不配喜欢哥哥。

就在"辰光"的管理团队为那些恶毒的粉丝收拾烂摊子的时候，宋辰星又发了第二条消息："昨天拍戏过程中，我不小心打翻烛台砸了语宁的脚。出于歉意，我伸手搀扶，却被几个翻墙的人拍到了，并且四处造谣。我希望粉丝朋友们可以客观地看待每件事，不要盲目地去讨厌一个人。因为你们不知道这会给别人造成多大的影响。"

粉丝们终于知道姜语宁倒贴的那条新闻从何而来了。那条消息是粉丝圈的一些恶毒的粉丝放出来的，其他人却选择了相信。他们真的冤枉姜语宁了。于是，宋辰星的粉丝后援会便组织了粉丝去姜语宁的微博"超话"广场上帮忙宣传和道歉。

这时候，还在闹腾的就是部分繁星的"CP粉"了。宋辰星出来为姜语宁说话，让他们心里不舒服，在他们心中宋辰星和姚繁才是一对。

姚繁听说宋辰星在网上挂了粉丝，也跟着发了微博。

*"保护我方小徒弟！@姜姜爱风景。"*

"@姜姜爱风景：回复@姚大仙：师娘好！"

师娘？师父是谁？宋辰星吗？这是一颗隐藏的糖吗？繁星"CP粉"马上就被治愈了。要是姜语宁真的抢了宋辰星，姚繁肯定不会跟她那么要好。总而言之，几人欢乐无比的互动消息让所有人都相信了，《天机》剧组是真的很和睦。

一对神仙眷侣带着一个小徒弟，那画面太美好了。不仅如此，姜语宁的粉丝文明的好名声就这样打出来了。当其他家的粉丝在说恶毒的话时，她的粉丝没有一个说脏话的。可见，雪梨是多么有能耐！千歌若是知道这件事，会不会后悔呢？

宋辰星在网上呼吁粉丝放下戾气，姚繁则在下面留言要关爱儿童。两人一唱一和地让"CP粉"大呼过瘾。就这样，倒贴事件很快就过去了。姜语宁现在就是宋辰星和姚繁两人口中宠爱有加的小徒弟。而"繁星"的粉丝也逐渐改变了对姜语宁的态度，看到"姜糖"也会维护。

几日后，《天机》剧组迎来了女二号的新扮演者。那是姚繁推荐的一个话剧演员叫张艺桐，也是一个有实力的人。她为人爽朗大气，很快就和剧组里的工作人员打成了一片。

三个女孩子没事的时候，老是凑在一起聊八卦消息或是护肤品。不知不觉间，拍摄工作就过去了一大半。不过，后期拍摄任务过重，加上频繁地转换场地，他们几个演员最近总是恹恹的。

入夜的时候，A组在山里赶拍打戏。姚繁本来就有些精神不济，但宋星辰还要求沈导再来一遍。突然，姚繁不慎踩滑，掉进一口冰冷的井里。

剧组的人全都慌了，会游泳的工作人员马上跳了下去。姚繁虽然被救了上来，但陷入了昏迷之中。沈导马上让人把姚繁送往离影视城不远的医院。

姜语宁得到消息的时候吓得不轻，连妆都来不及卸就带着陶睿哲去了医院。

这时，宋辰星坐在急诊室外的凳子上，身上的戏袍也没来得及换，神情恍惚。

"辰哥，繁姐怎么样了？"

"都怪我……"宋辰星捂着脸自责地说，"如果不是我要求再拍一遍，姚繁也不会落水。"

"繁姐虽然嘴上不说，但是一向很迁就你，你感觉不出来吗？"姜语宁在宋辰星的旁边坐下，有些无奈地提点他，"辰哥，你有时候真的挺过分，一点儿也不体谅女孩子的难处。"

说完，姜语宁起身去了病房。

姚繁掉下去的时候磕到了脑袋，头上肿了个大包。

"医生，她为什么还不醒？"姜语宁见姚繁还在昏迷中，担心她有后遗症。

"病人是太累了。你们就让她好好地休息吧。睡饱了，她自然就醒了。"医生嘱咐了几句，带着病历本离开了。姜语宁见姚繁呼吸均匀，这才放下心来。

半夜，姚繁的经纪人也赶到了医院，听说姚繁落水，吓得差点儿窒息。

"语宁，明天你还有戏，回去吧。这里我们守着就好了。"姚繁的经纪人Ada对姜语宁说。

姜语宁看了姚繁一眼，刚要回答时，宋辰星却从椅子上站起身来，对几人道："我来守吧。"

姜语宁和Ada同时震惊地看着宋辰星。身为姚繁亲近的人，她们自然都知道姚繁对宋辰星的心意。只是，宋辰星一直不开窍。

"不……"Ada本来想拒绝，却被姜语宁拽住了手臂。

"那就麻烦辰哥了。"

"语宁……"

"给他们一个机会。"姜语宁拽着Ada走向病房外，对她说，"《天机》都快拍完了，我们谁也不知道以后还有没有合作的机会。我看得出来繁姐很喜欢辰哥，你就给他们一个发展的机会吧。如果辰哥还是不开窍，那我以后肯定给繁姐介绍更棒的男人。"

Ada叹了口气，点点头，对姜语宁说："你这中医做完了，又打算挂牌当红娘了？"

"那你自己说，我给你配的中药有用不？"

Ada拿姜语宁没办法，便交代助理守在病房的门外，亲自送姜语宁回影视城。

525

回到民宿，已经是深夜十一点了，姜语宁回到卧室，见陆景知已经躺在了床上，便趴在床边盯着自己的男人看。

"怎么了？"陆景知伸手抚摸姜语宁的脸蛋，发现小祖宗一脸倦色，眼眶下是很明显的黑眼圈。

"二哥……"姜语宁握住陆景知的左手，用脸蹭着他的掌心。

这撒娇的语气谁受得了？于是，陆景知坐起身来，伸出双臂对他的小祖宗道："来，我抱。"

姜语宁摇了摇头："没洗澡呢，很脏。"

陆景知没有勉强她，捧住她的脑袋，俯身与她鼻尖对着鼻尖，说："无论什么时候，都有我呢，嗯？"

事实上，姜语宁看着洒脱，但其实心思非常细腻。而她的这一面，只在陆景知的面前展示出来。

陆景知清楚，一旦她这样撒娇，就是心里缺少安全感的时候。这时候，不要问她任何问题，也不要和她说任何道理，他抱抱亲亲她，就是安抚她最好的良药。

半晌后，陆景知拍拍姜语宁的脑袋，说："先去洗漱，我再好好抱你。"

姜语宁被安抚好了，马上下床，说："我这就去……"

站在花洒之下，姜语宁想着还有十来天就能结束《天机》的拍摄工作了，这也意味着陆景知已经连续三个月每天都往返民宿来陪她。她要做什么，他也都陪着她。洗完澡，姜语宁躺回床上看着身边的男人，他又何尝不是一脸倦色呢？

"只剩十来天了。二哥，明天你回家睡，我看你都快累垮了。"

陆景知伸手抱住姜语宁，闭着双眼，十分温柔地说："我习惯了，总要在你身边才会安心。"

说完，他慢慢地放松下来，很快陷入沉睡。

姜语宁结束《天机》的拍摄以后，又要进入冒险综艺的录制。这次，她无论如何也不会让陆景知跟着受苦！


同一时间，许家客厅。

许北笙坐在水晶灯下喝酒。半梦半醒之间，她嘴里喊着的、脑海里想着的，只有陆景知。

许良舟半夜回家，见自己妹妹一蹶不振的样子，便直接将她拽到浴室，摁在盥洗盆里，打开水龙头，问她："清醒了吗？"

许北笙被水冲醒，挣扎起来，最后一把将许良舟推开："哥！"

"你还有许家人的样子吗？"许良舟拽着她的手臂问，"我已经说过很多次了，景知不爱你，甚至不记得你的长相。如果你不是我的妹妹，他可能根本就不会理你。北笙，把心思放在别的地方不行吗？"

"哥……我忘不掉！"

"可他已经结婚了，过得很幸福，我不希望你去打扰他。如果你还当我是你大哥的话，我把丑话说在前面，景知好不容易才得到自己的幸福，我不允许任何人去破坏，即便这个人是我的妹妹。如果我发现你做任何破坏别人家庭的事，一定打断你的腿，大不了之后再给你接上。现在，你马上给我滚去睡觉！"许良舟生气地把许北笙拉出浴室，并把她扔在房间门口。

许北笙坐在地上掩面哭泣，半晌以后，哀求许良舟道："哥，告诉我吧。她到底是谁？让我死心。"

"告诉你，让你去伤害人家？"

"我只是想知道陆大哥所爱的人，到底是……什么样子。"


翌日清晨，姚繁和宋辰星一同回到剧组。看到姚繁下车的时候被宋辰星扶着，姜语宁便暗暗地想，这两人终于有戏了吗？于是，她赶紧凑上去扶住姚繁的另一边，甜甜地问了一句："师娘，感觉怎么样？"

姚繁顿时红了脸："什么怎么样？"

"师父，交给我吧，化妆师催你了。"姜语宁轻咳一声，很正经地对宋辰星说道。

宋辰星居然没有反驳这个称呼，不仅欣然接受了，而且嘱咐姜语宁："那你好好照顾她。"

姜语宁立即做了一个"OK"的手势。等到宋辰星走远了，她才抓着姚繁的手，兴奋地问："昨晚你们怎么样？"

"他握我的手了。"姚繁很激动地说，"早知道这榆木脑袋这样才能开窍，那我早落水去了。我打算今天都不洗手了。"

"我刚才喊他师父,他没有拒绝!"姜语宁跟着附和。

姜语宁看姚繁激动的模样,觉得好像看到了当年的自己。因为她们喜欢对方,只要对方给了一丝回应,就会高兴好久。

"不过要被经纪公司知道了,他们肯定得疯。管他的,爱就爱了。"姚繁捂着自己的脸颊,眼中那份对宋辰星的爱恋再也藏不住了。

"加油!师娘搞不定还有小徒弟呢!"姜语宁拍着胸口替姚繁加油打气。

姜语宁能够感觉到,宋辰星对姚繁是不一样的。接下来的几天,随着宋辰星和姚繁对手戏的增加,姜语宁明显地感觉到了两人之间的火花。

只可惜,美好的日子总是很短暂的。随着林萍儿在戏中毒发身亡,姜语宁也收到了剧组为她准备的鲜花和蛋糕。林萍儿这个角色,正式拍完。

当天晚上,姚繁和张艺桐抱着姜语宁哭得稀里哗啦的。

"小徒弟,你终于解放啦!萍儿真棒!"

"小宁子,我以后再也不说你的演技只有4.0分了。"

小宁子是张艺桐给姜语宁起的绰号。姜语宁在剧组混得好,谁的忙都帮得上,活脱脱一个太监总管。于是,张艺桐就赐了她一个爱称。

"你俩去打架吧。"

现在拍摄到后期,两人正在争太子妃的位置呢。

"说真的,萍儿这个角色你完成得很好。"姚繁抱着姜语宁不松手,"真不愧是我和辰星的好徒儿。"

"小宁子,以后一定要常联系呀!"

"语宁,该走了。"不远处,Vera已经在催她了。按照行程,今晚姜语宁必须回洛城。她明天下午要拍摄综艺节目的宣传照以及接受媒体采访。而接下来的几天,她还要参加综艺节目的发布会。

姜语宁和两人抱过,又和几个老戏骨道别之后,这才抱着花上了黑色轿车。关上车门的一瞬间,姜语宁感到无比惊喜,陆景知居然来接她回家。

"二哥,不是让你别来了吗?一会儿我就回家!"

"庆祝你拍摄结束。"陆景知从她的手里拿走花,放在脚边,然后轻轻地擦拭姜语宁嘴角的血迹,"也不知道洗把脸再拍照。"

"没事,我有后援会替我修图。"姜语宁现在底气十足。

"回家。"

姜语宁已经离家三个多月了，差点儿记不清家门长什么模样了。好不容易回到御珑廷，姜语宁看着家门，觉得有些生疏。

"太太回来了。"梁姐收到消息，特意等到深夜，替姜语宁准备了可口的夜宵。

"梁姐。"姜语宁一把抱住梁姐。

"今晚你好好休息，明天睡个懒觉。中午十二点，我过来接你，下午拍宣传照。状态要好一点儿，知道吗？"Vera在离开御珑廷之前，嘱咐姜语宁。

"知道了。"姜语宁此时困得眼睛都睁不开了。

陆景知见她状态不好，便吩咐Vera和梁姐迅速离开。然后，他带着他的小祖宗去餐桌旁，捏了捏她的脸蛋："Vera说你晚上没吃东西，现在吃点儿。"

"可是我吃不下。"姜语宁摇了摇头，"到家就觉得很困。"

陆景知起身，将她抱起来放在双腿上，然后拿起筷子喂她："还是说，你希望我用别的方式喂你？"

"我希望啊……"姜语宁见有豆腐吃，马上就有精神了。

"想得美。"陆景知搂着人，有些无奈，"被我宠坏了。"

"二哥，我想喝汤……"

陆景知拿她没办法，便如她所愿，喝了一口汤含在嘴里，捧着她的脸压在她的唇上。

咕噜咕噜，姜语宁只觉得汤好喝极了，二哥的唇也软极了。

"还要，还要！"

"没长手吗？"

"对，手没了。"姜语宁立刻将双手藏在背后。

陆景知看着那双眼睛，知道她在耍赖，但就是忍不住去宠爱她、满足她。不然，她怎么会是他的小祖宗呢？

"二哥，我好爱你啊，你知道吗？"

陆景知听了，身体忽然一僵："你刚才说什么？"

"我说我好爱你。"姜语宁搂着陆景知的肩，撒着娇说了第二遍。

忙了这么久，他已经很久没听过姜语宁的告白了。今天他突然听到，身体居然立即有了反应。

"既然好爱我，那还不听话？嗯？"陆景知努力地控制着要吻她的冲动，捏着她的脸，嘴角轻扬。

"就是因为知道你爱我，所以才这么肆无忌惮。二哥，我真的困了……"说着说着，姜语宁就闭上眼睛，索性靠在陆景知的怀里睡了起来。最后这段时间的拍摄任务太重了，她已经很久没在陆景知的身上放肆了，今天晚上好不容易逮到机会，自然不会错过。

陆景知抱着她，像哄着一个三岁的小孩。待她睡着以后，他将她放回卧室的床上，并凑到她的耳畔低喃："小祖宗，欢迎回家。"

这个晚上，姜语宁做了一个很美的梦。梦里，她开了一场演唱会，陆景知就坐在嘉宾席上一直含笑看着她。美着美着，她就醒了。醒来后，她有点儿惆怅，她也好想唱歌啊，想为陆景知写首歌，不知道有没有这个机会。


上午睡了个懒觉，姜语宁恢复了一些状态。午后，她在Vera的陪伴下坐上公司的商务车去拍摄宣传照。看到Vera在不停地确认行程，姜语宁忽然想到一件事，问她："你不是只带我三个月吗？是不是该回国了？"

"你确定别的经纪人可以适应你吗？"Vera扭头问姜语宁。

"沈总监不是适应得好好的吗？"

"可我已经和光影签了正式合约，你就死心吧。"说完，Vera继续埋头工作。

姜语宁偷笑了一下，但是没让Vera看到。


姜语宁的新综艺叫《荒岛营救》。节目组会邀请明星、专家、素人，一共九人，把他们扔在荒岛上，以二十四小时为限，让他们完成节目组规定的任务。节目一共要录制六期，每期的难度会增加。而荒岛上要进行的一切任务，节目组已事先模拟了一遍，整个过程会充满惊险性和刺激性。

"这是一个'锦鲤'节目组。之前几期的常驻嘉宾，要么因为这个节目巩固了自身形象，要么因为这个节目吸引了无数粉丝。"在姜语宁等待拍摄的过程中，Vera在她身后小声地说道。

"所以，你让我接了这个综艺？"姜语宁总觉得有什么地方不对劲。

"你的事业重新起步，现在是扩大'路人缘'的时候，你上这个综艺没坏处。只要拿出你的调皮和古灵精怪，还有你那些乱七八糟的技能，肯定能得到观众的喜欢。"

"什么叫乱七八糟？"姜语宁不悦，那些技能都是她之前拍戏时感兴趣学的。那时候，虽然她的演技不行，但是她倒是学了不少其他东西。

"知道了、知道了，我错了！"Vera连忙举手投降。

"这次的嘉宾有哪些？有特别难搞的人吗？"

"明星组有你、一个快过气的流量小生，还有一个最近又红起来的演员。"Vera回答。

姜语宁听完，心里顿时有数了。这节目组也太会选人了，要么是"黑红"艺人，要么是过气了的艺人，要么是过气了又红了的艺人。他们这三人在各自的领域都遇上了瓶颈，暂时无法突破，可要是放在一起，这火花也足够猛烈。

"其他嘉宾呢？"

"专家组的保密工作很严实，只听说一个是许家千金许北笙。她是生物学专家，回国不久。"Vera随口答道。

听到"许北笙"三个字，姜语宁顿时皱起眉头。

"你确定？"

"怎么了？"Vera见姜语宁神色不对，顿时反问。

姜语宁便简单地提了几句许北笙的事情。Vera听了，脸色也跟着难看起来："她会不会是冲着你来的？如果你不想和她碰面，那我们就退出《荒岛营救》的录制，我给你接别的综艺。"

"不用了，如果她真的是冲着我来的，我倒想见识一下她到底想做什么。"

Vera看着姜语宁，忽然觉得后背凉飕飕的。因为她知道，姜狐狸上线了。

情敌见面，分外眼红。

实话实说，在Vera看来，那个许北笙唯一能胜过姜语宁的地方就是学历。专家又怎么了？对方会的技能，不见得有自家小宁宁多。

当然，姜语宁没有告诉陆景知这件事。毕竟陆景知已经做了他该做的事了。既然对方还是不死心，就该她亲自应付了。有些事，也是女人之间的明枪暗剑。

她有陆景知的爱，有足够的自信，所以无所畏惧。

拍完宣传照，姜语宁和Vera收工回家。

在姜语宁即将进入家门的时候，Vera又提醒她："后天的节目发布会，许北笙也会参加。"

"参加就参加，我怕她吗？"

曾经，许北笙是她心尖上的一根刺。当年陆景知的毕业典礼，许北笙跟在陆景知的身后，一副小鸟依人的模样，让姜语宁觉得很刺眼。但自从知道陆景知从来就没有正眼看过许北笙后，姜语宁就拔掉了这根刺。她虽然还是会觉得不舒服，但已经不会痛了。

"明天还有一个采访。对了，我也在替你接洽别的剧本了，到时候送过来给你看看。"

"知道啦。"姜语宁颔首，"等发布会后，我和我哥出去野营两天。"

"为什么？"Vera不解地看着姜语宁。

"他从小就喜欢探险和刺激的东西，在国外也喜欢攀岩、登山，应该可以让我临时抱抱佛脚。"姜语宁解释。


翌日上午，姜语宁参与《荒岛营救》的采访。不过在采访的过程中，她注意到一旁的Vera脸色难看，并且欲言又止。采访结束，她立即过去问："怎么了？发生什么事了？"

"你看看这个。"Vera将手机递给姜语宁。

姜语宁接过手机一看，硕大的黑体标题这样写着："姚繁背后金主大曝光，插足富豪婚姻。"

标题下面还有姚繁和对方参加酒会的照片，以及两人在国外三百平方米的爱巢的照片。

"这也太假了吧！什么爱巢？我经常在装修杂志上看到这个样板间！"姜语宁翻了个白眼，"现在媒体随便配图都不负法律责任的？"

"你还看样板间呀？"

"这是重点吗？"姜语宁无语地看着Vera。那时候，她还没摆脱陆宗野，无数次想过要搬家，看看样板间怎么了？

"我从你哥那里得到一些消息，姚繁马上就要拍完《天机》了。Ada正在为她接洽新电影，和另一个女演员的团队争起来了。对方似乎花了高价去买姚繁的丑闻。"Vera正经地解释起来，"如果Ada不放手，估计对方还会放更猛的料。"

"繁姐什么反应？"姜语宁心情很复杂地问Vera。

"这个，你应该去问姚繁本人。"

姜语宁把手机递还给Vera，率先走出演播厅。等上了保姆车后，她才拿出手机给姚繁打电话。

电话通了很久没人接，片刻后姜语宁才听到姚繁疲惫的声音从手机里传来："小徒弟，怎么啦？"

"师娘，你没事吧？"

"我能有什么事？都是见惯了大风大浪的人，只是……我和你师父，肯定没戏了。"姚繁无奈地叹了一口气，"他应该会喜欢背景干净的女人，而我……有过去，而且解释不清楚。"

"哪有什么解释不清楚的事？"

"小可爱，你知道吗？你真的很幸运，也很自信。不说啦，沈导催了。等过几天我拍完了，就回去看你。"说完，姚繁挂了电话，只是心情沉重得犹如压着巨石。

"其实，我听过一些关于姚繁的消息。"Vera见姜语宁放下了手机，对姜语宁说道，"有人告诉我，她之前家里很穷，弟弟出车祸撞死了人，得赔偿很多钱。为了还债，她跟一个金主搭上了关系。当然，这是好几年前的事情了，现在她是否自由，我也不清楚。"

姜语宁全程没说话，忽然就想到了自己和陆宗野斗智斗勇的那几年。人在无助的时候，真的会产生很多的负面情绪，也会做出许多错误的决定。但是不知道为什么，她就是相信姚繁。

无论是她，还是Vera，抑或是现在的姚繁，都背负过太多阴暗的东西。可她相信只要有一颗向上的心，总有一天她们会穿破所有的迷雾。

姚繁的事情被捅出来以后，最受不了的是繁星的"CP粉"。于他们而言，姚繁有过金主，也就是说不再纯洁与干净了，这样的姚繁根本配不上宋辰星。

"喜欢不下去了，拜拜了！"

"什么神仙眷侣？就是假象，以后再也不喜欢任何'CP'[①]了，再见。"

"姚繁，你这么做对得起我们'繁星'吗？"

"姚繁，你真脏。"

同一时间，《天机》剧组还在拍摄。

"辰哥，你又在看新闻？"等戏的时候，助理见宋辰星拿着手机皱着眉，忍不住上前问了一句。他害怕宋辰星像上次一样，连声招呼也不打就直接发消息。虽然宋辰星上次的行为没有造成不良的后果，但是也让经纪公司吓了一跳。

"在看繁姐的消息？你也知道圈子里就这样，遇上资源争斗，就会有这样的事情发生。"

"我只是很好奇这些'CP粉'，为什么翻脸跟翻书一样快？"宋辰星有些不解地道。这些年，他潜心钻研演技，很少去研究八卦消息。

因此，他看到那些"CP粉"上一秒还说很欢喜，下一秒就说不喜欢，觉得很诧异。

"辰哥，你……到底怎么想的？跟我说一下吧。不要忽然吓我，我的心脏不好呀！"

"那我建议你去装支架。"说完，宋辰星把手机递给助理。

小助理拿着手机一看，顿时欲哭无泪，这还能删吗？

宋辰星回复"CP粉"也就算了，没想到姜语宁也加入了。

@宋辰星：回复@天大地大：我觉得你的嘴更脏。

@姜姜爱风景：师父V5//@宋辰星：回复@天大地大：我觉得你的嘴更脏。

这两人，唯恐天下不乱。

---

① 网络流行语。Coupling的缩写，简称配对。

事情在网上发酵很快。本来"辰光""姜糖""大仙"几个粉丝群体就非常融洽，现在宋辰星和姜语宁都公开支持姚繁了，粉丝自然也跟随偶像保护姚繁了。

　　"天哪，我家哥哥真的好仗义，这种时候还出来支持朋友。"

　　"我家小宁宁也超贴心的。"

　　"我们这是嗑到了真糖吗？"

　　"所有'姜糖'，保护我方师娘。"

　　姚繁看到网上的消息，又愧疚又感动，从未想过宋辰星会在这种时候挺身而出。还有姜语宁，她本身就一堆"黑点"了，还义无反顾地站了出来。

　　"要不，你还是把真相告诉他们吧，现在能雪中送炭的人真不多了，无论是友情还是爱情，都值得你去付出。"Ada在看到宋辰星和姜语宁的反应后，不禁安抚姚繁，"别缩在壳子里了，好吗？你什么也没做错。"

　　姚繁收起手机，点了点头说："我知道了。"

　　这天拍完戏，姚繁给宋辰星发了短信，让他晚点儿再离开，她有话想对他说。

　　虽然宋辰星没有吭声，但收工后，他便坐在椅子上等着姚繁。

　　过了一会儿，片场上只有零星的几个人了。

　　姚繁走向宋辰星，在他的身边落座，开口道："我没有……"

　　"没有什么？"

　　"我承认曾经有过金主，但是我和他不是那种关系。钱是我借的，说出来你可能不信，这让人怎么相信呢？"姚繁有些自嘲地笑道。

　　"我信。"宋辰星简单地回应。

　　姚繁听完，睁大了双眼："你真的……相信？"

　　"嗯。"

　　"那一年，我弟弟出了车祸。一百三十六万的赔偿金对我们这个家庭来说，是一笔巨款。一时之间，我也不知道该怎么办，便去求我家境殷实的同学。幸好，他是个好人。他告诉我，每个人都会有困难的时候，他不会乘人之危。

　　"我受他恩惠，就帮他出席了几次酒会。之后，我们两人还是朋友。

　　"事情就是这样。"

宋辰星听完，伸手拍了拍姚繁的脑袋，道："我知道了。"

片刻之后，他从椅子上起身，对她说："回去休息吧。"

姚繁愣住了，一时之间看着宋辰星的背影有些不知所措。他、他刚才是在安慰她吗？姚繁忍不住心中的窃喜，掏出电话跟姜语宁分享这个好消息。她这是不是叫因祸得福？

姜语宁此刻才洗漱完，正准备上床抱她的二哥呢。听到姚繁的好消息，也替姚繁开心，道："这叫患难见真情！"

"这是我单方面受虐好吗？"姚繁眨了眨眼，"不过，你和宋辰星真的很够意思。这份恩情，我记住了。"

"记住不行，以后记得还我啊。"姜语宁调侃道。

"知道了，你个小机灵鬼！"姚繁跟着笑了起来。

其实，今天好像过得也不是那么糟糕。以前她也没少被人黑过，只是那时候没有关心的人，也不在意别人的看法。现在她有了牵挂的人，不希望自己再被误会。

她原以为对方会就此收敛，没想到对方团队会抓住这件事去攻击宋辰星和姜语宁。

对方团队欺负她就够了，还来欺负她喜欢的人和她的好徒弟？

网络上，事情还在发酵。

"宋星辰如果不是炒作，我的名字倒着写！"

"姜语宁自己还不够黑吗？这种热度也来蹭？"

"什么师徒？什么'CP'？娱乐圈都是利益捆绑的，什么雪中送炭？居然也有人相信，真是笑死我了。"

"姚繁已经很烂了，你们不知道吗？"

这些人的口气好像是躲在人家的床底下一样，瞎话张口就来。而他们口中提及的当事人还不能和他们太较真，否则就是不大气。

深夜，Vera打电话给姜语宁，确定姜语宁明天下午参加综艺发布会的事情。

姜语宁想到外面铺天盖地的"水军"，忍不住对Vera道歉："繁姐的事情是我冲动了，给你们惹了麻烦，也给'姜糖'增加了'反黑'的负担。"

"行了，我还不了解你？事情发生后，我就给沈总监打了电话。他只是呵呵两声，让我们自己看着办。我已经给你哥哥打电话了，让他查查和姚繁竞争的女演员到底是谁。既然把三家公司都拽入泥潭了，对方就别想毫发无伤了。"

姜语宁听了，如释重负地说："Vera，你越来越有王牌经纪人的架势了。"

"谁让我摊上你了呢？"Vera在电话里轻哼，"一会儿就会有消息了。你休息吧，明天《荒岛营救》发布会，你一定要美美的，要有饱满的精神状态。"

"知道了，我还要去跟我的'姜糖'们道个歉。"说完，姜语宁挂了电话，然后进入自己的后援会官方群。

已经很晚了，官方群里还有"姜糖"在吐槽外面的"水军"。

"好生气啊，我就发张小姐姐的美图，就被'水军'骂了。"

"那些人真的太恶毒了，难听的话张口就来。我们家小姐姐是什么样的，我们自己知道。"

"我还有一点儿数学作业，写完了我就去广场'反黑'。"

姜语宁看到这条消息终于忍不住了，出来回复："写完作业就去睡觉，不许'反黑'了。"

"姜糖"们看到姜语宁出现，马上就激动了："小姐姐来了！"

"啊啊啊，小宁宁，我看到活人了。"

姜语宁："对不起啊，我好像给大家找麻烦了。"

"姜糖"一："我们相信你！"

"姜糖"二："我们就喜欢我家小姐姐直爽的性格，都是第一次做人，干吗要惯着他们？"

"姜糖"三："你值得。"

姜语宁："我不会让你们失望的。大家早点儿休息，别'反黑'了。尤其是学生党，不然我下次往你们家里邮寄《五年高考三年模拟》。"

"哈哈。""姜糖"们笑了起来。

"知道了，宁宁姐。"

姜语宁见大家都相继下线，也关上了手机。

这时候，身旁的男人放下手里的军事报纸，伸手搂住她，低声问："为什么不告诉我？"

"嗯？"姜语宁一时之间没有反应过来。

"许北笙和你参加同一档综艺节目的事。"

姜语宁一听，震惊地看着自家男人，怎么什么都瞒不住他？

"我觉得没什么可说的呀。你要相信，你家的小祖宗绝不可能受人欺负。而且，你的态度非常明确，那我和她就更没什么好说的了。连个对手都算不上的人，有什么好在意的？我没有告诉你，就是不想拿这种事让你烦心。"

陆景知翻身压着她，凝视她灿若繁星的眼睛："总算没白疼你。"

"你要相信这世上除了你，没人可以伤害我。所以，你不要老是像爸爸一样护着我。我可以自己解决，好不好？只要我足够努力。"

陆景知吻住她娇嫩的薄唇，最终笑了一声："我和爸，终究是有所不同的，嗯？"

姜语宁听了，仰头咬住他的下唇："哼，明天我就证明给你看，不是什么人都配被我视为对手。"

除了学历，这是姜语宁心里永远的遗憾。但是，她并不愿意多说。否则，这人肯定又会想尽办法去弥补她的缺憾。可有些东西，错过了就是错过了。没有谁的人生会完美无缺，她也不会因此觉得自己低人一等。

对陆景知来说，自信张扬的姜语宁散发着致命的诱惑力。曾经柔弱的邻家小女孩终于长大了，活得有血有肉。虽然长成了他最意外的模样，但无论她怎么变，都扎根在他的内心深处，只要她还是姜语宁……

所以，他一秒也没有等待，用最原始的方式和她的灵魂彻底地契合在一起。

"对了，过几天，我和我哥要去野外待两天。"事后，姜语宁窝在陆景知的怀里忽然说道。

"陆太太，你怎么不考虑带上我？"陆景知有些吃醋地说道。

"你忙嘛，而且，我和我哥也很久没有好好相处了。你给我们一点儿时间，好吗？"

这天后半夜，Vera还没有休息，在公寓里等待枯杰的消息。

那个和姚繁争资源的女演员叫林玫，走的是青衣路线。她长相温柔，戏路相对狭窄。但她的团队很厉害，接戏很有水准。因此，林玫出演了好几部国内的热门剧。然而,她的团队在接洽剧本的时候,对待竞争对手十分不友好。

简而言之,这不是林玫的团队第一次黑竞争对手了。传言有一部戏,她的竞争对手都已进组了,但最后还是被林玫的团队截和了。这次她遇上姚繁,算是两大实力派的竞争。

姚繁的公司背景比林玫的硬,可是团队比林玫的弱。要是正当竞争也就罢了,偏偏林玫的团队要用这种下三烂的方式。林玫惹怒了姚繁不说,还把宋辰星和姜语宁拽下水了。姚繁的公司本就不是吃素的,宋辰星的江湖地位也不用说了,更别说还有X社维护的姜语宁。

Vera半夜得到了林玫的团队黑对手的黑料,马上就分享给了姚繁和宋辰星所在的经纪公司。林玫的团队横行霸道这么久了,也该碰碰灰了。

姚繁的经纪公司最先出手,马上就把林玫的团队黑对手的消息,包括之前截和人家资源的事情发给了媒体。不仅如此,姚繁还自掏腰包,送了对家一个精彩的热搜话题。

Vera也趁机赠送了一个,谁让对方也欺负她家小孩了?

第二天一早,围观群众纷纷看热闹。

"原来是因为要抢资源才爆人家的料啊,真恶心。"

"啧啧,报应。林玫一直就很喜欢抢资源,不说了,我家偶像也是被抢过的!"

"我家偶像就是被林玫截和的那位。奈何我家偶像没有她的级别高,现在碰上硬骨头了吧,活该!"

"难怪姚繁和姜语宁能做朋友,看看这两人多冲,不过我喜欢。"

林玫的团队一早就收到了消息,本想花钱把热搜话题给撤了,但是财力不够。而且另外的热搜话题,还有光影和X社在其中掺和。这次,林玫的团队是真的踢在了钢板上。

趁此时机,姚繁的经纪公司出来辟谣金主的事情。照片中的男人只是姚繁的同学,姚繁早年的确是受恩于对方,但两人的关系就是同学和恩人,没有私情。当年,姚繁向对方借了一百三十六万元,最后偿还对方二百七十二万,但对方没有收这笔钱。

于是姚繁直接用这笔钱,以对方的名义在当地建造了一所医院,算是偿还对方的恩情。事情澄清以后,姚繁在微博上发了一条消息表达她的心情。

　　@姚大仙V："感谢小徒弟语宁，也感谢辰哥在危机时对我的支持以及鼓励，你们不让别人欺负我，我也不会让别人欺负你们！"

　　@姜姜爱风景："回复@姚大仙：大餐伺候[色.jpg]！"

　　宋辰星没有回复，因为他知道这件事已经雨过天晴了。拍戏的时候，他也轻松了很多。只是他喜怒不形于色，旁人很难知道他内心的真实想法。

　　而姚繁接触的那部新戏的导演，在林玫这件事爆发以后，当即决定和姚繁合作。毕竟，趋于光明是人的本能。姚繁的坦荡也是一把诚信的钥匙，直接打开了那位导演的心。

　　至于那些黑姜语宁和姚繁的评论，已经没有人去相信了。因为这件事，三人收获了不少路人的好感。谁说娱乐圈没有真友情？

　　事情解决了的当天中午，姚繁走到宋辰星的面前，当面道谢："你虽然这次做得很好，但是以后还是不要随便替我出头。你走到今天这一步，也很不容易。"

　　宋辰星捧着剧本看着姚繁，点了点头回她："不给你添麻烦。"

　　"我不是这个意思。"姚繁说，"我只是、只是觉得你们很珍贵，不想让圈子里的污水也泼在你们的身上。"

　　听了姚繁这句话，宋辰星笑了出来："你这样还不及小徒弟坦诚可爱。"

　　"啊？"

　　"改天请小徒弟吃个饭吧，她不是在等大餐吗？"

　　"可是……我暂时没有那个时间。"姚繁有些苦恼地道。

　　"我有，代你请了。"宋辰星说这句话的时候，语气四平八稳的。

　　姚繁听着这话思考了一会儿，不禁红了脸。

　　"你……为什么要代我？"

　　"徒弟不是我们的吗？"宋辰星回答得理所当然。

　　姚繁不可思议地道："你还是我认识的那个宋辰星吗？不，你肯定是假的。为什么你忽然这么会说？"

"笨蛋。"宋辰星说完，便认真地看起剧本来。

他为什么会变成这样？这段时间，宋辰星想了很多。他明白陆景知为什么当初要来剧组警告他了。他也认真地钻研了两性关系，思索了当初助理问他的那个问题，并从中得到了答案。

他当初确实被姜语宁误会了。当然，他也必须承认做了一些超出界限的事。但是周围人一警告，他便知道了轻重。

他不是一个浪漫的人，在感情方面开窍很晚。但是在姚繁落水的时候，他便知道了自己的心意。原来真正担心一个人，是那样钻心的一种滋味。未来怎么样，他不知道，但是如果遇上了自己喜欢和欣赏的人，尝试着去相处、去恋爱，好像也不赖。


姚繁的事情解决后，姜语宁心情大好，前往《荒岛营救》发布会现场的时候，心情很放松。

Vera见姜语宁就身着一条露肩的黑色A字裙，连首饰都没有佩戴，好奇地问："你就这样去见情敌？"

姜语宁听了，从皮包里拿出口红涂上，气场顿时就变了，道："哼，我需要吗？"

Vera被惊艳到了，点点头道："好吧，当我没说。"

姜语宁觉得完全没必要浓妆艳抹，那样显得更没自信。妆容服饰没什么可比的，最重要的是怎么面对对方。

因为姚繁的事情，姜语宁的"路人缘"在往好的一面发展。她到了酒店门口，围上来的记者和粉丝比从前温柔和善了不少。"姜糖"们为了今天的应援，还专门做了横幅。要换作以前，她哪有这样的待遇。至少，在没有离开帝辰娱乐的时候，她没被臭鸡蛋砸就谢天谢地了。

"小宁宁，你好瘦啊！多吃点儿！"粉丝在门口大喊。

"好。"姜语宁愠着笑应了一句。

护栏外的粉丝顿时尖叫起来。

以前，没人喜欢姜语宁，也没有人给她做应援，却总是有人骂她、讨厌她。但是现在，"姜糖"们体会到了喜欢上"神仙小姐姐"的美妙。因为姜语宁就是一个"宝藏女孩"。

"姜小姐，这边请。"节目组的负责人将姜语宁和Vera带往化妆间。

"今天，明星组和专家组来参加活动。据说，素人组要等节目开拍的时候才会露面，节目组应该还有大招。"Vera在姜语宁的身后说道。

"挺有意思的。"姜语宁笑着走到化妆间的门口。

"你的那位情敌就在这个房间。"Vera示意姜语宁，"我很好奇她到底长什么样，她又是哪里想不开要找你对决？"

姜语宁听了，将目光放在那扇写着"专家组"的房门上。

"待会儿就能正式见面了，不着急。"说完，姜语宁昂首挺胸地推开了明星组的化妆间。

姜语宁和另外两个艺人同处一个化妆间。年轻的流量小生叫金明丞，染着一头金灿灿的头发，唇红齿白，的确是有做"流量"的资本。而另一位，是最近又红了起来的大叔，叫齐墨。

"姜语宁！语宁姐……"金明丞马上凑上来和姜语宁握手，"语宁姐，我好喜欢你啊！"

"认真的？"姜语宁带着怀疑的目光审视对方。

金明丞忙不迭地点头，指指姜语宁，又指着自己，笑道："认真的。你是4.0分，我也是4.0分，好巧啊。"

闻言，姜语宁当即抽回手，道："那你离我远点儿！我不想在4.0的世界永垂不朽！"

"别这样啦，我们一起搭档出道吧，就叫四零组合。"说完，金明丞还对着姜语宁比了一个心。

姜语宁有点儿吃不消，连忙溜到前辈的面前，恭敬地打招呼："齐前辈，您好。"

"我就羡慕你们这些小孩，打打闹闹的，录节目也会轻松很多。"齐墨摆摆手，经历过低谷的人一般会做人。所以，他对姜语宁和金明丞一直都是和颜悦色的。

"语宁姐，你要照顾我呀。我听说你有好多技能……"

"我们不在同一组呀！"姜语宁故意打击小孩，"哈哈哈……"

金明丞听了，顿时泄气了，道："我怎么没想到呢？不过没关系，据说专家组还有一个美丽的小姐姐。"

因为有"四零组合"，明星组化妆间内全是一片欢声笑语。

"语宁姐，幸好我是和你一起录节目。早就听说你很好相处，原来是真的。"金明丞像个小弟弟一样，抱住姜语宁的手臂撒娇，"你一定要保护我呀！"

"你好黏人啊。"姜语宁面上嫌弃得不行，心里却觉得这小孩挺可爱的，至少比隔壁的那几个学霸好相处。

另一间休息室内，正是节目组请来的专家。有生物专家、气象专家，还有一个地质专家。节目组本想让三人相互熟悉，哪知道几人见面以后，就坐在各自的化妆镜前，不知道如何开口。

"语宁姐，我最讨厌和学霸一起玩了。为什么我们明星不能一个组？"

"我们要一个组，带上你还有的玩吗？"姜语宁反问。

"你怎么这么说人家？"

姜语宁和齐墨又笑成一团了。而后，姜语宁看看时间，距离活动开始还有二十来分钟，便对两人道："活动快开始了，我先去个洗手间。"

"去吧、去吧……"

姜语宁笑着走出化妆间，在工作人员的帮助下找到了洗手间，没想到正好撞见许北笙在洗手间内接电话。

"嗯，我知道了，不会给她难堪。"

同一时间，许北笙也抬头看到了姜语宁。两人对视一眼，又分别错开目光。

姜语宁若无其事地进去方便，然后出来洗手。这时，许北笙收起了手机，站在姜语宁的旁边打开水龙头。

"七年前，你还是一个乖巧的高中生，人群里一眼看过去，楚楚动人。没想到再见面，你居然是这样一番光景。"

姜语宁听了，关上水龙头，撕下纸巾，从容优雅地擦拭手上的水珠，说："原来许小姐早看到我了。"

"怎么，陆大哥不知道你去过南大的事？"许北笙诧异地说，"难怪，仰望他的人太多了。不过我还是替你感到可惜，好好的千金小姐最后沦落至此。"

"沦落？"姜语宁一点儿也不认同许北笙的话，笑道，"老天的确对我残忍过，不过也对我挺好的，至少把我最想要的都给我了……"

"人无千日好，花无百日红。以后的事情，谁说得准？"许北笙淡然一笑。

"你用别的东西攻击我，或许我还能对你有点儿敬畏。但你用出身和学历来攻击我，那就有失格调了。若非姜家破产，我和二哥连五年都不用分开，现在或许孩子都会满街跑了。但纵然分开又如何？你不一样没机会吗？"姜语宁傲视对方。

"你配不上他。"

"那不是你说了算的。"

"你会让他抬不起头来……"

听了这句话，姜语宁更是觉得可笑道："我的男人靠自己的能力在洛城立足。看不起他？你敢吗？"说完，姜语宁把纸巾扔在垃圾桶里，整理好裙子迈步出门。

走到门口的时候，姜语宁似乎又想到了什么，回过头来对许北笙说："对了，忘了提醒你一句。你大哥见我也得恭敬地喊一声嫂子，你以后对我还是尊重些好。"

说完，姜语宁拉开洗手间的门走出去。她早就看不惯许北笙了，现在更看不惯。她忽然有个猜测，许北笙当年就是看到她在台下，所以才会故意挨近陆景知。缩头缩尾的人本来就令人厌恶，许北笙还一门心思地打她二哥的主意？

姜语宁在心里冷哼，姜家的确破产了，但是也给了她一个全新的人生。她会用自己的实际行动告诉许北笙，决定一个人的高度的不是出身而是眼界。


许北笙自认出身名门，有着让人羡慕的学历和身材。她样样都比姜语宁出色，可是为什么就是没办法取代姜语宁呢？她来参加这个节目，就是想弄懂其中的原因。这个让陆景知痴迷的女人有什么可取之处？一个戏子还没有学历。纵然姜语宁也是世家出身，但她毕竟在娱乐圈摸爬滚打了这么多年。陆爷爷绝不可能接受一个戏子成为陆景知的妻子。

她也没办法接受！

两人走出洗手间的时候，脸色都不好看。姜语宁表现得相对镇定一些，毕竟是演员，知道应该怎么控制自己的情绪。但是许北笙，任谁都能看出她的怒气。

几分钟后，节目组终于通知嘉宾登台。明星组和专家组的六个人从化妆间里走了出来。大家虽然维持了表面的礼貌，但骨子里却谁都瞧不上谁。

人家是专家，搞气象的，搞生物的，还有研究地质的。他们在野外，不就是他们的天地吗？偏偏录制节目还要带六个拖油瓶。这些明星普遍文化程度不高，也没有见识。到时候，他们一定会被拖累。

明星组的人也很郁闷。这是综艺节目又不是学术研讨，本来就是娱乐性质的，为什么要被专家组支配领导啊？专家要真这么厉害，为什么还要出来接综艺节目？难道是闲得无聊，出来体验生活？

总之，双方从心底里瞧不上对方。不过，六个人还是十分客气地上台做了自我介绍。

其实，节目组很清楚两组嘉宾之间心里的那些想法，但就是故意不去调和。因为矛盾冲突也是这个综艺的一大看点。他们会把握这个度，会把完成任务的线索和两位嘉宾之间的磨合相互挂钩。而且，明星通常都是被低估的一方。这次节目组让姜语宁参加，就是看上了姜语宁身上的潜在能力。

明星怎么了？娱乐圈也有很多积极向上、博学多才的明星艺人，他们一样值得被人尊敬。


综艺节目的发布会开了两个小时，嘉宾各自尴尬。姜语宁看得出来，主持人已经尽全力了。每次《荒岛营救》的发布会活动，主持人都会受尽折磨。他是真的不想和这些专家一起参加活动，这些专家性格太闷了，半天也说不出一句话来！

"语宁姐，专家组那个小姐姐漂亮是漂亮，但是好冷漠啊。"几人在台下的时候，金明丞扯了扯姜语宁的裙子道，"一点儿都不好接触的样子。"

"男人不都喜欢冰山美人吗？"姜语宁故意逗他。

"不、不、不……"金明丞赶紧摇头，"我们喜欢你这样的'百变'小姐姐，想暖就暖，想冷就冷，切换自如。所以语宁姐，你喜不喜欢'小奶狗'啊？"

姜语宁沉默了一会儿，然后答："我喜欢藏獒。"

金明丞听了，立即耷拉着耳朵不说话了。

几人在台下聊着天，发布会活动也进入尾声了。不知道节目组是不是故意的，末了，把姜语宁和许北笙请上台，说是要拍几张合照。

姜语宁带着着完美的笑容上了台，许北笙也一样。两人身形样貌都是一等一的，只是气质各有不同。

"姜小姐、许小姐看这里，你们俩可是节目组接下来的'颜值担当'哦。"

两人虽然挨在一起拍照，却相互不看对方。等到拍摄结束，她们又各自下台，回到自己原本的位置。

姜语宁的五官很标准，细腻精致，每一寸肌肤都吹弹可破。尤其是她穿上古装的时候，自带仙气，让人看着非常舒服。

许北笙也拥有精致的五官，但是棱角分明。这样的脸蛋看上去虽然美，但有很强的侵略性，像是带刺的玫瑰，又酷又冷。

让两人同时出现在一个画框里？姜语宁有预感，节目组要拿这个当宣传的噱头了。

"走吧，今天的活动结束了。我挑了几个剧本，我们回去研究一下。"活动结束，Vera对姜语宁说。

等专家组的人都走了，Vera又悄悄地对姜语宁道："对方看着很强啊！"

"你是谁的经纪人？"姜语宁当即翻脸。

"但是，她的性格一点儿也不讨喜。我有预感，她会被你虐得面目全非。"Vera故意逗姜语宁，"你放心，在我的心里你是最好的。有趣的灵魂最要紧，其他的都是浮云。"

正如姜语宁所料，下午才召开了发布会，晚上就通稿满天飞了。

只要一搜姜语宁，新闻页面弹出的新闻就会和许北笙挂钩——

《许北笙颜值完胜姜语宁，"冰山美人"私照大放送》。

《许北笙学霸身份曝光，姜语宁大一文化课垫底》。

《许北笙家世开扒，原来背景惊人，姜语宁都羡慕哭了》。

两人的照片放在网上，姜语宁被一众"黑子"冷嘲热讽。

"啧啧，这样一比，姜语宁真够廉价的。"

"哈哈，姜语宁怎么比得过南大才女？"

"许北笙小姐姐好漂亮啊，学历也高。姜语宁就是回炉重造也追不上。"

"许家千金啊。你们知道洛城最厉害的医院是许家的吗？"

"我服了，这些人是不知道你的背景吧？"Vera看到那些奇怪的评论，憋不住心里的火，"而且我们喜雅的股东，差哪儿了？对了，你母亲的事情快要下判决书了，到时候，东恒也是咱们的。许家算什么啊。羡慕哭了？把你当隔壁的馋嘴小孩呢？我给你哥打电话，让他把这些通稿给灭了。"

姜语宁也不高兴，但还不至于动怒。

"让她压吧。"姜语宁拦住Vera，"没什么大不了的，给节目组一个面子。到时候节目开拍，谁是人谁是鬼，自然就会一清二楚。"

"真不气？"

"我有消气的秘密法宝。"姜语宁当即拿出手机，翻出陆景知的视频，"想到二哥可以任我亲亲抱抱，而她连面都见不到，就足够我痛快一辈子。"

Vera无语地说："大晚上的请不要屠狗，谢谢。"

"对不起，控制不住。"姜语宁看得津津有味。

"你还是看本尊吧。"Vera用下巴示意姜语宁，陆景知已经迈入家门了，"三天后进组拍摄，傍晚的时候我过来接你。"

"知道啦……去吧、去吧。"姜语宁专注地看视频，摆了摆手。

"剧本给你放桌上了。真想让你的粉丝看看你痴迷的样子。"Vera叹了一口气，从沙发上起身，恭敬地和陆景知打了招呼，然后离开御珑廷。

陆景知脱下外套递给梁姐，见姜语宁一脸认真地盯着手机屏幕，便问道："在看什么？"

"看帅哥啊，有个不穿衣服的禁欲系美男，真对我胃口。"

陆景知一愣，是他管教不严吗？

他皱着眉，从姜语宁的手里拿过手机定睛一看，看到了自己。

"他帅吧？"姜语宁十分满意陆景知的神态，道，"我迷恋了他十二年呢，我是他的铁杆粉丝。"

陆景知放下手机，将她从沙发上捞了起来，问："逗我很开心？

547

嗯？"

"很开心。"

陆景知当即将她抱了起来，顺便吩咐身后的梁姐："下班吧。"

"好的，先生、太太。"

"我现在就让你感受感受，本尊在你面前的滋味。"

姜语宁顿时心花怒放，手机里又能多收几段陆景知的视频了。在这世界上，只有她有这个资格收录陆景知的生活视频。

洗澡之后，陆景知坐在床上，见姜语宁看视频看得开心，忍不住问道："网络上那些新闻是怎么回事？"

"节目组为了营造效果吧。"姜语宁盘腿坐在陆景知的面前修图，表现得毫不在乎。

"眼瞎的人真多。"

许北笙的颜值完胜姜语宁？他连许北笙长什么模样都记不清楚，这人到底哪里来的自信？

之前，有人拿霍雨溪的长相和姜语宁比较，可姜语宁只要穿上汉服，那绝对是倾城的美貌。放眼圈子，还没有几个人敢在这方面和她一较高下。

许北笙倒是厚脸皮。

姜语宁听着陆景知说的话，笑了出来，凑上去捧着陆景知的俊脸道："我知道，在你心里我是最美的，所以那些话我也不会放在心上。你要相信你的老婆到哪里都会很讨人喜欢，这叫人格魅力。"

陆景知摸摸她的小脑袋，从她的手里拿走手机："该睡了，明天不是要和穆阳去野营？"

"让我再看几眼……"姜语宁立即去抢手机。

陆景知没给她，凑近她的耳边低喃道："本尊就在你的面前，还用看手机？"

姜语宁听了，顿时起了一身的鸡皮疙瘩，感觉自己被电得浑身发软。

翌日清晨，海边朝阳刚冒出头。身着冲锋衣的枯杰已经把越野车停在了御珑廷的楼下，正吃着梁姐准备的早餐，优哉游哉地等着自家妹妹下楼。

六点一刻，同样身穿冲锋衣的姜语宁从卧室里出来，身后跟着表情还算冷静的陆景知。

"两天一夜，你真舍得？"枯杰挑衅地看着陆景知。

"舍不得，可这是我欠她的。"陆景知倒也坦然，"我也很想带她去见识山川大河，也想陪她看日出日落，可这些我暂时做不到，只能由你代劳了。"

枯杰听了，怎么觉得自己输了呢？

"二哥，到时候我会给你录视频，遇到好玩的东西也会和你一起分享。"姜语宁忍不住抱住自家男人，"我会很想你的。"

枯杰在一旁无语地看着他们。


和陆景知分开后，两兄妹朝着要探险的山区出发。为了能让姜语宁学到更多的野外求生技能，枯杰昨晚和某人通电话到半夜。野营的地点，是陆景知提前和枯杰商量好的。

"网上的那些新闻我都看到了，你别去相信什么专家教授，全是些纸上谈兵的人物。我敢保证，你们节目组的那几个嘉宾，只有理论知识没有实践知识。真正要在野外生存，用的可不止书上的那些东西。"

枯杰在进入山区的时候，还忍不住向姜语宁吐槽。

"还敢评论我妹妹细皮嫩肉？"

"哥，你怎么和二哥一样一点儿不大气呢？"

"我们是为了谁？合着我们俩半夜给你制订计划，还是害你了？"枯杰忍不住瞪向她。

"二哥也参与了？"姜语宁有些惊讶。

"你是真不知道你的男人是做什么的还是故意装傻？"枯杰一边停车，一边没好气地问。

"我……没仔细问过。"姜语宁挠了挠头发，"不是不该问吗？二哥的身份不是很敏感吗？所以我从来没仔细问过。"

"谁跟你说是现在？他曾经入过部队，兵役结束后才有资格申请现在的职务。"枯杰没好气地解释，"他到底是你的老公还是我的老公？"

"我害怕给他带来麻烦，从来不问他工作上的事。"姜语宁努力地瞪回去，"我承认我刻意回避了这一块，不然以我的学历能那么坦然地留在二哥的身边吗？"

枯杰叹了口气，摸了摸她的脑袋，道："不是你的错。"

兄妹两人就这样到了山脚下，开始了一天的野外之旅。

"在野外，最重要的事情就是活下去。在没有任何补给的时候，你一定要懂得利用地形还有自然资源，给自己寻找食物、寻找水源。

"这两天，我会教你最基本的一些生存技能。你一定要认真做笔记，因为我不会说第二遍，必须得节约时间。"

枯杰带好军刀，脸色也很严肃。

"我们俩徒步上去，不带任何补给。"

"我就带了笔和本子。"姜语宁让枯杰检查。

太阳很快就出来了，两人开始徒步上山。不过，他们才走了几步，知识点就来了。

枯杰站在树下，指着其中一株植物对姜语宁仔细解说："这个东西叫芒萁，蕨类植物，喜欢酸性土壤，在树林里很常见。但是你别小看了它，当你受伤流血或者被烧伤的时候，都可以用到它，捣碎了止血。"

"这个我知道，中医里学过。"姜语宁立即记住了这植物的外形。

枯杰点点头，继续往前走，看到地上有塑料瓶便捡了起来。

"注意环保，而且留着有用。等一会儿，我就用这个东西教你怎么过滤脏水，获取干净的水。"

姜语宁听了一路，觉得有趣极了。她忽然好像能够体会到，为什么会有人喜欢把自己扔在荒岛或者深山里，因为探寻和冒险也是人类的本能之一。

## 第二十章
## 情敌到访

两人从早上出发，一路走走停停，爬上山顶的时候，已经是当天傍晚了。站在云海上，看着远处金灿灿的夕阳，姜语宁连呼吸都差点儿停了。这一刻，脚上的泡、手上的茧，还有浑身的酸痛，都被她抛诸脑后。大自然的美，美得让人忘掉一切。

姜语宁连忙拿出手机，录下夕阳西下的珍贵瞬间，最后再把镜头转向自己："二哥、二哥，这里真的太美啦。可惜你不在，我好想和你一起分享啊。"

陆景知看到视频，然后对何秘书道："定个位，我要上山。"

"好的，二爷。"

我不能陪你一起看日落，却可以陪你看星辰大海。

此刻，枯杰正在寻找空地搭建营帐。他也已经很久没有这样放松过了。偏头看着不远处各种拍照的姜语宁，枯杰不禁失笑。女孩子啊，真是到哪儿都不忘拍照。

"哥，晚上我们吃什么？"不远处，姜语宁收起手机大声询问枯杰。

"瓶子里还有中午抓的鱼，你用我教你的方法去生个火，我们把鱼烤一烤。"

"好吧。"虽然那鱼腥得让姜语宁难受，但她还是没有挑嘴，因为她也没的挑。两人在身后的树林里找了一些生火的干柴。很快，他们便在山顶上燃起了一堆篝火。

"哥，我们兄妹已经很久没有像这样放松过了。"

枯杰盘腿坐在地上，把烤好的鱼递给姜语宁，说："你要是喜欢，我们就常来。"

"嗯，很解压。"姜语宁摊开双腿，放松地说，"哥，你快找个嫂子吧，别孤独一个人了。"

"怎么？跟我撒了太多'狗粮'，良心不安？"枯杰冷哼。

"我就是想看你幸福。"

"我会对我的人生负责。你先管好你自己吧，情敌都杀到跟前了。"

这人真会煞风景。姜语宁噘嘴，不高兴了。

"吃饱喝足了，就去帐篷里休息，外面蚊虫很多。而且，晚上还不知道有什么东西出没。"枯杰继续生火。

"知道啦。"姜语宁从地上起身，拍拍泥土，去了不远处自己的帐篷。

躺在帐篷里，姜语宁看着视频就睡着了。

迷糊之中，她仿佛听到了什么声音，可她今天实在太累了，嘟囔一句，翻个身又继续睡了。

片刻后，姜语宁的帐篷被人打开。

在微弱的光线之下，陆景知看着帐篷里的小祖宗。在这种环境下她还能睡得像只小猪，她的心也真够大的。陆景知放下包进入帐篷，将小祖宗转一个身抱在自己的怀里。

夜越来越深，山上也明显冷了起来。

姜语宁一觉醒来，发现不对劲，骤然瞪大了双眼，警惕地大叫："谁？"

"你说呢？"陆景知闷闷的声音传了过来。

姜语宁顿时趴下，难以置信地问："二哥？"

陆景知将她拉回怀里，无奈地扣着她的脑袋叹气："是我。"

"你怎么也上来了？"姜语宁紧紧地抱着他，忽然雀跃地道，"真是二哥？不是我做梦？对了，如果不是你，我哥肯定不会让人进我的帐篷的。"

陆景知在黑暗中摸到了姜语宁的脸，忍不住亲了上去，问她："开心吗？"

"当然开心！"姜语宁拿出手机，"你不知道傍晚的景色有多美。我当时就想，你要是在我的身边就好了。我想和你看这世上最美的风景。"

陆景知从她的手里拿过手机，又将她紧紧地拥入怀中，两人亲密地靠在一起。

好半晌，姜语宁红着脸道："我哥还在隔壁帐篷呢。"

"他下山了。"陆景知搂着姜语宁回答。

"为什么？"

"因为明天我带你。"说完，陆景知摸了摸姜语宁的脑袋，"睡吧。"

"真的？明天你带我？为什么你们都会好多东西？我都不知道，也什么都不会。"

"你不需要什么都会，你有我们就够了。"

听到这甜甜的情话，想到明天，姜语宁美到了心坎里。

"那明天你不许心疼我，和我哥一样得严格要求我。毕竟录节目时，你们谁也帮不上忙。"

陆景知轻笑一声，点点头道："听你的，来，我抱着睡。"

有了陆景知的怀抱，姜语宁身上的疲惫顿时全部消失，开始期待起明天的下山之旅。

翌日清晨，姜语宁在睡梦中被陆景知喊醒。

姜语宁从帐篷里坐起身来，待看到东方的太阳从云海中升起，顿时变得无比兴奋："二哥，手机，手机……"

陆景知听到她的喊声，伸手环住她，吻住她的额头，并单手高举手机，拍下两人在朝阳下的亲昵照片。

"我满足了！"姜语宁拿到手机，看着照片，像得到了稀世珍宝。

阳光下，身穿黑色冲锋衣的陆景知冷酷俊逸。

姜语宁靠在陆景知的身上说："这样的容颜，我可以看一天。二哥，你要是给这款衣服代言，这款衣服肯定会卖断货！"

陆景知搂着她，捏着她的脸道："去洗个脸、漱个口，收拾一下，该出发了。"

"不要，我要再看几眼。"

"是谁说要对你严格的？还没开始就不听话了？"

看陆景知板着脸，姜语宁只能认输。只是在洗脸漱口时，她也一直盯着陆景知。陆景知要是去当明星，哪还有什么"流量"明星的事？这个男人即使穿的是运动装，也是这么高贵。

"过来，吃早饭。"陆景知收好帐篷，从背包里拿出干粮朝她招手，"今早作个弊，中午就没有干粮吃了。"

姜语宁现在看到正常的干粮就双眼发亮。

虽然干粮也不好吃，但总比腥得让人怀疑人生的烤鱼要好。这更是比那些混着泥土味的水、苦涩的野果以及一些奇怪的可食用的软体动物好上数百倍。

"还是老公亲……"

姜语宁感动得眼泪都快出来了。

陆景知看她狼吞虎咽的模样，无奈地摸了摸她的脑袋，说："慢点儿吃。"

今天两人要翻越对面的山头，并从对面下山。这是对两人体力的极大考验。

吃过干粮，姜语宁背上了自己的背包，快速地跟在陆景知的身后。她本以为跟着老公会轻松一点儿，但是陆景知如约定的一样，做到了事事严格。他走得比枯杰还快，完全就是没有感情的登山机器。

姜语宁脚上已经磨出了很多的水泡，走路太快就会痛感明显。不过她没有抱怨，紧紧地跟在陆景知的身后。很快，一条河沟出现在他们面前，但是两岸之间根本没路。

陆景知脱下背包交给姜语宁，然后用下巴指着一旁的石头对她道："去那边休息。"

"那你呢？"

"砍树，做桥。"说完，陆景知从小腿上的口袋处拔出军刀。

"我跟你去。"姜语宁把包放在地上，跟着陆景知一起去树林里。

"不用太粗的树，在你的能力范围内就可以。"

"知道啦。"姜语宁点头,昨天枯杰已经教过她如何借用巧力获取木材了。

可是比起陆景知,她真的太弱了。顷刻间,五根树干被放在了地上。陆景知刮下其中一根树干的树皮做绳,将剩余的树木捆成一排,最后再用石块做支撑点,连接两岸。

"走。"陆景知收好军刀,准备动身。这时,他注意到他的小祖宗的登山鞋已经湿了一半,她的脚踝也被磨破了皮。他没忍住,蹲下身对姜语宁说,"坐到我的腿上来。"

"没事……鞋一会儿就干了。"

陆景知搂着她把她安放在自己的一只腿上,然后小心翼翼地脱下她那只湿了的鞋。

"不能穿了。"他朝四周看了一眼,又把姜语宁放在石块上,"你等一会儿,我们把鞋烘干,顺便教你在野外如何快速烘干鞋子。"

说完,陆景知去捡鹅卵石,并用鹅卵石搭了一个简单的灶台,再生火煮石头。等到水开,他用木棍夹起滚烫的石头放在姜语宁湿透的袜子里,再一并塞入姜语宁的鞋中。

"这样可以加速水分蒸发,懂了吗?"

姜语宁连忙点头道:"二哥,你和我哥的路数完全不同。"

枯杰善于利用地形植被,会有更多技巧,而陆景知更善于动手。

枯杰的经验源于登山野营,而陆景知的经验则源于从前的部队训练。

"那你就取长补短。"说完,陆景知又低头看了看姜语宁的脚。她的皮肤本来就白皙,被磨破皮后,鲜红的血渍看上去非常扎眼。

陆景知用掌心包裹住她的脚背,内心挣扎了半晌,还是没忍住对她道:"再休息一会儿。"

姜语宁看着陆景知那心疼她的模样,心里甜得发腻:"你一路上还假装不管我呢,走那么快,我都追不上。"

"我怕见了狠不下心。"陆景知轻柔地说。

"不怕,只要和你在一起,我做什么都愿意。"

和枯杰在一起,快乐源于亲人相聚;和陆景知在一起,快乐源于两人心心相印,且快乐被放大了十倍。这是她和陆景知之间的经历,会培养他们的默契。

"走吧，二哥，我可以继续。"等鞋干得差不多的时候，姜语宁和陆景知继续往前走。

其实，陆景知身上的包很沉。姜语宁刚才拿过，根本拿不动。而且，她悄悄地打开看过，里面有很多应急的用品，但他没有拿出来用，是因为想对她更严格。

可这些都背在他的身上，真的好沉。二哥太傻了。

两人一路上遇到了不少困难。姜语宁粗略地统计了一下，大大小小的问题都出在她的身上。最可怕的是，到半山腰的时候，突然下起了雨。虽然冲锋衣防水，但是两人走路会打滑。他们不敢继续前进，便在树下躲雨。

此时此刻，两人多少有些狼狈，但陆景知依旧把姜语宁牢牢地护在怀里。

"二哥，我这样是不是照顾不了别人？"姜语宁缩在陆景知的怀里沮丧地说。

"你的表现已经出乎我的预料了。"

陆景知替姜语宁扣好帽子，不让雨水钻进她的脖子里。

姜语宁一点儿也不娇气，连续走了三四个小时，不喊疼也不喊累，生怕给他惹麻烦，乖巧得不可思议。

"可这一路上，都是你在照顾我。"

"我是你的丈夫，自然是要照顾你的。在没有我的情况下，你尽力就好了。"

姜语宁听了，又拿出手机，拍下了两人紧紧相依的画面。

"带口哨了吗？"

"带了。"姜语宁连忙去口袋里掏。

"趁这个时间，教你一些求救的技巧。在野外，乱吹口哨是没有用的，三短，三长，再三短，就是求救的信号，记住了？"

"记住了！"姜语宁点头，"我就不信到时候还要被那些专家嘲笑。你们可是我的秘密武器。"

她有两大"男神"助阵呢。

"穆阳说得对，大多数的专家对野外生存没有实战经验。所以你到时候自行判断，不用去相信什么数据和理论。"

"我明白，不会给你们丢人的。"姜语宁举起手保证道。

陆景知握住她的小拳头，在她的唇上亲了亲。等到雨停了，他又带着她继续前进。

到了傍晚，两人终于走出了那座山头。姜语宁觉得自己的半条命都没了，因为下山真的十分磨损膝盖。再看她的双脚，也都破皮了。可即便如此，她还是觉得太值得了。

她看着陆景知在前面带路的背影，感受到了一种安全感。

"还不跟上？"陆景知回头，见姜语宁没动，便朝她喊了一声。

"来啦。"姜语宁追上去牵住陆景知的手。

对姜语宁来说，这两天一夜太幸福了。她虽然又苦又累，但已经很久没有这么充实和快乐过了。上了自家轿车，姜语宁还觉得意犹未尽。以后，她一定要和二哥尝试更多的东西。这样，她就可以挖掘二哥身上更多不为人知的迷人之处。

两人到家的时候，已经是深夜九点了，梁姐还在厨房等着他们。陆景知带姜语宁直奔浴室，想先洗去一身的疲惫。

淋浴的时候，姜语宁看到陆景知手上的水泡和刀口，想到白天一直都是他在动手，眼泪都快出来了。她拉住陆景知的手指，放在唇边亲了亲，说："我好心疼啊。"

"一会儿简单处理一下就可以了。"

"不行，我给你放水，你要好好泡个澡。"姜语宁走出淋浴间。

陆景知跟在她的身后，一把将她抱了起来："知道了。"

"二哥，我的膝盖好疼。"姜语宁逮到机会撒娇。

"一会儿给你捏一捏。"

"那我也给你捏。"

夫妻俩在浴室里耽误了好长一段时间，等下楼的时候，饭菜已经凉了。可对吃了两天山间野味的姜语宁来说，这都是美味。树林山间里的那些东西，实在让她印象深刻。饭后，姜语宁坐在床上整理照片。她看着照片里的陆景知不禁感慨，为什么他的每一张照片都那么帅呢？

陆景知对姜语宁痴迷自己这件事，已经习以为常了，虽然他有时候还是会吃醋。他不太理解，他就在姜语宁的面前，为什么她还要对着照片流口水？

"我要换手机壁纸，二哥，你也换。"

姜语宁把两人在朝阳下的那张照片传给了陆景知。

"这张你拍得真漂亮。"

陆景知从她的手里拿走手机，揽着她问："你明天下午就要进节目组了，一录又是好几天，就没什么要跟我说的吗？"

"二哥，你不累吗？"姜语宁眨巴着眼睛问，故意装不懂。

"你说呢？"

那还用说吗？一切用行动证明。因为这两天体力消耗得有些过分，即便是陆景知，在事后也是立马陷入沉睡，与姜语宁一觉睡到了天亮。

翌日上午，Vera到御珑廷接姜语宁。看到姜语宁的双脚上全是伤疤，Vera顿时有些诧异，问："你是野营去了还是打架去了？"

姜语宁此刻觉得小腿酸痛，膝盖也肿胀，便坐在沙发上道："别提了，后遗症。"

"有收获吗？"

"当然有了。我哥和二哥亲自出马，我能空手而回？"姜语宁瞪着她，十分艰难地撑起身，"这两天，许北笙那边还在发通稿吗？"

"你自己看。"Vera打开搜索页面，输入姜语宁的名字。

姜语宁接过Vera递来的手机扫了几眼，发现近期与她相关的话题里面都是花式夸奖许北笙的内容，然后就是踩她的内容。

"她是不是想进入娱乐圈？不然作为一个生物学专家，为什么要发这些通稿？"

"她只是单纯地想踩你。"Vera无情地揭露真相。

"说得好有道理。"姜语宁把手机还给Vera。

"晚上进入节目组，不影响吧？"

"没事，我受得住。"姜语宁回答。

因为节目组会替嘉宾准备背包，所以她们也不用收拾行李。

傍晚的时候，姜语宁告别二哥和梁姐，磨蹭了好一阵才上了公司派来的保姆车。

"你要是再和陆二爷亲下去，天都要亮了。"Vera关门的时候吐槽，

"你知道你很黏人吗？"

"单身的人，哪能抱怨？"

Vera不禁在心里哼哼，单身的人怎么就没人权了？。

公司的保姆车将两人送到了《荒岛营救》的节目组制订的拍摄地点。此刻，节目组正在集结嘉宾。金明丞几人没有活动，早早地到了现场。此时，他正坐在椅子上跟姜语宁招手："语宁姐……"

姜语宁身穿运动服，走红毯的时候，她的双腿是真的疼。不过，她还是对着镜头保持微笑。

"语宁姐，你知道吗？节目组果然放大招了。那三个素人，都有问题。一个体力很好，但是脑子不太灵活；一个脑子很好，但是身体又不是太好；还有一个，脑子和体力都不错，但是性格极为自我，叛逆又不听安排。带上他们中的任何一个，都挺麻烦的。"金明丞在姜语宁落座以后，跟她分享消息。

"能比你麻烦？"

"语宁姐，你别说我。你还是女孩子呢，我好歹比你有用点儿吧？"金明丞表现出对姜语宁的嫌弃，认为自己的优势在性别上，"唉，我明明是正常人，怎么觉得自己一身病呢？"

"各位嘉宾，你们好，欢迎来到《荒岛营救》第一期的录制现场。现在，就让我讲讲第一期的获胜规则。

"我们一共九个人，分成三组，其中，每组包含一位明星、一位专家，还有一位素人。组员抽签决定，组长由专家担任。这意味着进入游戏模式以后，队员以专家的决定为主。

"咱们第一期的主题叫《自我营救》，时间为二十四小时。我们会给出一张地图，获胜结果判定非常简单，哪组最先到达目的地哪组就获胜。

"你们可以选择不同的路线，也可以选择相同的路线。

"获胜小组能给下一期的节目录制累积经验值。而超过规定时间到达目的地的小组，抑或半途宣布退出的组员，都将直接被淘汰。下一期节目录制时，将感受双重的困难和阻力。

"当然了，中间那组如果按时到达目的地，下期则是正常任务，没有经验值但也不会开启困难模式。

"每个组员都有一次宣布退出的机会。但若队员没办法坚持，那么小组就等于全员弃权。

"现在，就有请各位嘉宾上前抽取你们的组号，然后分别找到自己的队伍。"

姜语宁第三个抽签，打开信封，看到了数字"一"。确定组号以后，姜语宁在一组的位子坐下，等待另外两个组员。

金明丞在二组，齐墨在三组。而后，姜语宁看到许北笙走向金明丞，也就是说她不用和许北笙大眼瞪小眼了，真是万幸。

紧接着，姜语宁的队员到了，分别是气象学专家庄哥以及那位脑子很聪明，但是身体很柔弱的小男孩童童。金明丞组有许北笙，还有那位叛逆小孩儿。最后是齐墨组，有地质学专家以及那位高大威武的"体力哥"。

"你们的装备很简单，今晚的干粮、军用匕首一把、求救口哨一个、急救包一个、打火器一个、地图一张、帐篷一个、计时器一枚、手电筒一个。"

听到有打火器，姜语宁顿时放下心来。

前两天在野外，她深刻地感受到了生火的艰难，即使枯杰和陆景知教给了她三四种打火方式，但是都太难成功了。

"等会儿八点，节目组会用车把你们送去小岛，我们从十点开始计时。"

节目组真狠，直接从晚上开始，加大了游戏的难度。可站在观众的角度，夜晚就意味着刺激。金明丞一听是晚上开始，顿时战战兢兢的，偷偷地拽住姜语宁的衣袖："语宁姐，我怕鬼。"

姜语宁翻了个白眼："你们组不是有三个人吗？"

"我还怕软体动物，蜈蚣和蝎子。"

"那你现在就宣布弃权吧……"姜语宁嫌弃他，"拿包走人！"

许北笙见金明丞全程黏着姜语宁，便对金明丞说道："如果你想去她那组，我没有意见。"

金明丞见许北笙这么凶，只能噘着嘴回到许北笙的身边。

"两个小姐姐是整个节目组最凶的人。"金明丞发出凄惨的叫声。

"在车上，你们可以和组员商量，规划一下路线。"一行人上车的时候，工作人员提醒九人，"但是记住，一切听组长安排。"

姜语宁上车以后，主动替庄哥和童童占座位，这样三人就能凑在一起商量。庄哥和童童倒是没想到，姜语宁会直接蹲在过道上，完全没有明星的架子。

"庄哥，您觉得应该怎么走？"姜语宁礼貌地询问庄哥。

庄哥四十岁出头，身材健硕，应该很喜欢健身。这样的人一般比较理性，善于沟通。

"从起点到终点，一共五十六千米，三条路，每条路看上去都差不多，似乎没有太大的区别。"庄哥回答。

童童凑过来看了一眼，因为视线不清楚，也没能看出个所以然来。

姜语宁看出他的视力不太好，便贴心地替他打开手机的手电筒，问他："现在能看清了吗？"

童童点了点头。

"这样，庄哥，您听我分析，您觉得有道理的就采纳，行吗？"

庄哥诧异地看着姜语宁，这才发现姜语宁的情商居然如此之高。

"你说。"

"夜晚进行，因为光线的关系，我们本不该从丛林开始，这会增加前进的阻力。但是童童的身体不好，如果赶时间走开阔的小路，他的身体适应不了，肯定有难度。而且我们带的急救包根本不够用，所以我建议我们先穿越最难的丛林，我们不求最快但求安全。

"这样，就算童童中途有什么不适，我们也能就地取材，给他找到一些应急的草药。

"等穿过了这一段路，我们最艰难的部分也就过去了，明天再加快脚步，一样可以赶上他们，您觉得呢？"

两个男人听完姜语宁的分析，同时点了点头。她已经把所有的困难都提前考虑到了。虽然庄哥对姜语宁还是存在疑虑，但是这已经比他想象中好太多了。在他的印象里，明星就该是金明丞那样的，想到鬼就会害怕。但是，姜语宁一点儿也不娇气和柔弱。

"那我们就这样决定，可以吗？"

童童对姜语宁竖起了大拇指。毕竟，对方一开始就不嫌弃他的身体，这让他十分意外。


再看其他组，每个人都争得面红耳赤。尤其是金明丞那组，许北笙选择水路，但是另外一个叛逆小孩想去丛林探险，剩下金明丞，怕水又怕鬼，他只想走最平坦的小路。齐墨那组选了平坦的小路，毕竟这是在夜间，他们不想去冒险。最终结果，姜语宁他们这组要从最危险的丛林开始穿越。

另外两组觉得他们这组疯了。晚上走丛林，谁知道路上会遇上什么呀？

金明丞听了，吓得哆嗦："语宁姐，想想大蛇、大蜘蛛从你的头顶上爬过去。"

姜语宁忍不住又要翻白眼了："电影看多了吧。"

坐在一边的许北笙也嘲弄地看着姜语宁几人。丛林里可不只有野兽，还有很多含剧毒的植被，晚上走那里面是自寻死路。

"你们还是走别的路吧。"齐墨组的专家建议他们，"晚上太危险了，又容易迷路，说不定到明早，你们还被困在里面。"

姜语宁看了庄哥一眼，又看了童童一眼，三人都没有动摇。姜语宁此刻真的很感谢他们两人，没有出现意见分歧。否则，那才是此行最大的障碍。

"好了，诸位，相信你们已经做好决定了，我们也快到目的地了。快下车，你们只需要跟我们报出几号线就行了。"节目组的工作人员拿着话筒对全车人说道。

"语宁姐，你们真的别去丛林，太危险了。"下车以后，金明丞还在劝姜语宁。

"你该不会是为了刻意讨好观众，才选了最难走的那条路吧？还是量力而行最好。"许北笙环着手臂警告姜语宁。

听了许北笙的话，众人看着姜语宁三人。

童童立即反驳许北笙："语宁姐是为了我的身体。"

"她分得清什么东西是毒是药吗？你真敢把命交到她的手上？"

这时，庄哥拍了拍姜语宁和童童的肩膀，不理会许北笙，道："走吧，差不多该出发了。"

姜语宁和童童背上背包，和庄哥一起下车。三人在其他人诧异的目光中，坚持选择了二号线路。

"真是不怕死！"

金明丞看着姜语宁三人朝二号线出发，其实很羡慕。虽然他们选了一条最艰难的路，但是人家团结，不像他们，到现在都没有商量出结果。

还有这个许姐姐，真的好凶，好难相处啊。

"我要和一组一起走。"

"明丞，这样是不行的，必须听组长的决定。"工作人员提醒。

金明丞对许北笙很有意见，至于另外一位叛逆小孩，早就朝许北笙选好的那条路出发了。他现在倒是很听话，可是半路会闹什么幺蛾子就不清楚了。

此刻，时间是十点一刻，姜语宁三人正式进入丛林当中。

"我走在前面探路，童童，你走最后。"庄哥拿出手电筒对两人说道，肩负起了当大哥的责任。

"庄哥，你们走前面，我在最后拿手电筒，这样三个人都能看到。"姜语宁一点儿也没当自己是女人，"我们才刚进来，手电筒还要用一整夜。先用我的，再用你们的，这样资源可以得到最大化利用。"

"你走在后面不害怕吗？"庄哥扭头询问姜语宁。

"我没事，庄哥。童童，你要是觉得不舒服，一定要及时开口，我们好找地方休息。"

两个男人同时点头，对姜语宁也越来越有好感。这女孩考虑问题细致又周到，脑子还很清楚。尤其在许北笙的衬托之下，姜语宁就显得更加珍贵了。

不过，树林里的情况比他们想象中还要复杂。为了安全起见，三人不得不放慢脚步。即便如此，童童还是因为体力不支被枯藤绊倒，摔倒在地上。

姜语宁和庄哥马上伸手去扶童童。

童童坐在地上，白皙的膝盖已经磕破了皮。

庄哥见此，马上就要去拿急救包。

姜语宁却摁住了庄哥："我去找草药，我们后面还不知道要面临多少困境，现在还能克服。我们能不用急救包的时候，尽量不用，行吗？"

"可是我很疼！"童童急得大吼起来。

"庄哥，你看着他，我去找药。"姜语宁并没有理会童童。人在逆境中，心理防线会处在崩溃的临界点，她不想刺激童童。

"你是不是因为想在观众面前博同情才选这条路的？"童童看着姜语宁转身，口不择言地问了出来，"什么为了我的身体？我刚才那样反驳别人，只是不想被其他组的人看轻。"

姜语宁还是没回答，拿着手电筒钻入林子里。五分钟后，她又走回来了，手里拿着芒萁还有蒲公英。

"运气不错，这个敷到腿上，蒲公英全吃了，可以消炎。"

"我不吃这样的东西，你就是想把急救包留着自己用！"

这一次，姜语宁的脾气也上来了。她直接拽着童童的衣襟道："我刚才只是在忍耐，不代表我没有脾气。你既然知道自己身体弱，为什么还要来参加这个节目？既然你来参加录制了，为什么要害怕辛苦？如果不是因为你，我和庄哥完全可以选择别的路。

"开阔的路谁不想走？可是你的身体一旦出现问题，我们去哪儿给你找药？用急救包吗？二十四个小时，我们才走了十五分钟你就摔了腿，就算我们的包里全都是药材，也不够给你用的！

"而且，别的路线也要走丛林，即便你晚上不走，白天也得走！

"明白了吗？"

童童被姜语宁的怒气镇住了，一时有些呆滞。

这时，庄哥则注意到了姜语宁脚踝上的伤。

"语宁，你受伤了？"

"没事，刚才蹭了一下。"姜语宁放开童童，蹲在他的面前，将捣碎的芒萁敷在童童的膝盖上，又把蒲公英放入他的嘴里。

"还要闹脾气吗？"

童童低头看到了姜语宁脚踝上的血迹，摇了摇头，愧疚的情绪瞬间涌了上来，道："语宁姐，对不起。"

"童童，语宁说得没错。如果她真的自私，完全可以选平路，不用顾及你的身体。你刚才说的话太过分了。"庄哥也替姜语宁说起话来。

"对不起，我错了。"

小孩聪明，只是没吃过这样的苦，一时难免娇气。

姜语宁伸手将他拽了起来，然后扶着他道："能继续吗？"

"语宁姐，你的伤要不要处理一下？"

"问题不大。"姜语宁摇摇头，"继续往前走吧。既然你选择来参加这个节目，也希望自己有所改变。你再坚持一会儿，真的坚持不下去了，我们再放弃。"

童童这会儿乖了，猛地点头。

节目组把三人争执的场面全都录下来了。不得不说，姜语宁刚才的表现让人刮目相看。她不仅脑子聪明，有能力，还有魄力。他们本以为，姜语宁这组应该最难完成任务的。毕竟，童童真的是一个拖油瓶。可目前看来，这三人倒是异常团结。或许，这才是自我营救最重要的因素。

"可以走吗？"

"可以。"童童鼓起勇气说，"语宁姐，我不闹了，伤口真的不疼了，凉凉的。"

"那再给你一个好东西。"姜语宁把松针递给童童，"往身上抹一抹，驱除蚊虫。"

说完，姜语宁还递了一些给庄哥。

"语宁姐，你为什么懂这么多？"

"因为我有秘密武器。"

因为姜语宁说了"秘密武器"四个字，节目组怀疑姜语宁私藏手机了。要不然，她怎么跟百事通一样，什么都知道呢？于是，节目组马上商量，让女工作人员搜一搜姜语宁的身。

"我说你们有没有搞错？这深山老林的，去哪儿找信号啊？"姜语宁很无语。

"哈哈哈，语宁，得罪了。"

节目组的人还真把姜语宁从头到尾搜了一遍，什么也没有发现。

"我鄙视你们！"姜语宁对节目组的人大喊道。


另一边，许北笙带着金明丞还有叛逆小孩一直沿着水路走。因为水路潮湿，他们遇到的阻碍不比姜语宁他们少。走水路鞋子很容易湿，鞋子湿了，走起路来很沉重。而且在湿土上行走，容易打滑又会下陷。最重要的是，靠近水源的地方更容易招惹动物和蚊虫。

许北笙倒是走得轻松，可是跟随他们的摄影小哥哥真是有苦难言。摄影器材本来就沉，他们时不时地就会陷入泥土里。

黑夜中，只听到一声惨叫，金明丞走路打滑了，摔进了河沟里，浑

565

身都湿了。这时候，许北笙只是回头看了一眼，非常冷漠地喊了一声："跟上。"

金明丞来了脾气，直接对许北笙大喊："要走你走吧，我不走了。"

"成事不足。"说完，许北笙真的没管金明丞，一个人往前走。

摄影组的工作人员将金明丞从河沟里拽了出来，问他："要不要放弃？只要你宣布放弃，你们这一组就直接失败了。"

金明丞一听"放弃"两个字，摇了摇头："虽然我讨厌她，但是我不想就这么输了，我现在就去找语宁姐。"

他知道如果跟着姜语宁，姜语宁一定会照顾他的。就这样，许北笙这一组的人，不一会儿就分道扬镳了。而他们这组的工作人员，也被迫分成两队，一队继续跟着许北笙，一队则跟在了金明丞的身后。

"真是不容易啊。"

"你以为我们要去穿越丛林就舒服了？"跟着金明丞的摄影师无奈地对一个工作人员道，"这小孩很胆小，等着吧，一会儿绝对会传来他的尖叫声。"

金明丞这次被气得不轻，等他气过后才知道自己做了一个什么样的决定。走在去丛林的路上，金明丞看着自己汗毛直立的双手问摄影师："大哥，你觉不觉得四周冷飕飕的呀？"

"大哥，我不觉得冷飕飕的，我只求你别跑！"

"啊，有鬼！"话音刚落，林间就传来了金明丞的尖叫声。

工作人员顿时想骂脏话，可不可以退钱啊？现在的钱怎么这么难赚？还有金明丞，你别乱跑呀！事实证明，金明丞的叫声绝对是核弹级别的，很快就引起了姜语宁几人的注意。

片刻后，跟着姜语宁他们这组的工作人员跑上来对姜语宁道："语宁姐，那个……明丞过来找你了。"

姜语宁露出了一副"我就知道"的表情，道："我已经听到他惊天动地的喊声了。"

工作人员害怕金明丞出事，便将他带到了姜语宁的面前。

姜语宁看着眼前小孩满头的树叶以及蜘蛛网，笑出了声："你才是这片林子里最恐怖的鬼吧？"

"你还笑？我都吓死了。"

"你不怕巨型蜘蛛、九头怪了？"

"我就是死也要跟你们死一块。我刚才掉河沟里了，那个小姐姐也不关心我，真的很冷漠。"金明丞哼了起来，"你们让我跟吧，我不会给你们添麻烦的。"

"我们带你走出这片林子。到了安全的地方，你去找你的组长，嗯？"姜语宁做出让步。

"知道了！"金明丞主动替姜语宁背包。

节目组看金明丞终于变成小绵羊了，也放下心来。算了，在野外录节目，哪里能不遇到几个怪异的人？

金明丞安心地跟在姜语宁几人的身后，发现他们这一组有商有量，真的温馨极了。大家时不时地聊着天，相互鼓励着，不知不觉就走了两个小时。

这时，姜语宁发现了一片休息的平地，便对几人道："该补充一下体力了，童童也该休息了。"

"好。"庄哥率先走了上去。

"我去找些木材生个火，让明丞把衣服烘干。"

"语宁姐，你简直比我的亲姐还要好。"

"我不当你姐，你要叫就叫我爸爸！"姜语宁笑着转身。

金明丞马上站起身，跟着姜语宁一起去找木材。

趁着这个空当，节目组的人也开始进行自己的任务。那就是趁姜语宁不在的时候，采访组里的另外两个人，表达一下他们对明星组的看法。

五分钟后，姜语宁和金明丞抱着枯枝回到了空地上。很快，林中便生起了一堆温暖的篝火。

"语宁姐，你的脚……好像有伤？"坐在火堆前烘衣服时，金明丞看到了姜语宁脚踝上的伤，便好奇地多看了几眼，"这都是怎么弄的啊？怎么带伤还参加节目？"

"前两天去野外待了两天，提前适应了一下环境。"姜语宁随口答道。

其余三人一听，顿时惊讶了。他们没想到，一个明星为了录制一档综艺节目还会这么认真，提前去适应野外环境。

"难怪你能在这样的环境下应付自如。"庄哥赞许地看着姜语宁。

"节目组，这不算作弊吧？"姜语宁回头问跟随的工作人员。

工作人员也愣了一下，要说作弊，这里面的专家个个作弊。因为这是他们的领域，他们是权威。然而，姜语宁却成了最专业的那个人，也不知道谁才是专家，谁才是明星。

"那你的脚不是很疼？"

姜语宁想到在山上度过的两天，心里只有幸福，笑道："疼也得带着你这个菜鸟啊，要是放任你在林子里乱跑，鬼都被你吓跑了！"

"语宁姐，我要和你组'CP'。"金明丞趁机抱着姜语宁的手臂撒娇。

"'CP'做错了什么，你要煮它？衣服差不多了，我们继续往前走吧。"姜语宁把衣服递给金明丞。

四人灭了火，带上自己的东西继续朝前走。他们虽然走得慢，但是都坚持下来了。这样的持久战，非常考验一个人的耐性。渐渐地，工作人员发现，明明最开始是最危险的一个小组，到最后人却越来越多了。

姜语宁这人，还挺神奇的！

不知不觉已经凌晨四点了，这是黎明前最难熬的时刻。路上的三组人马，都已经筋疲力尽了。纵使齐墨组的人快步走在前面，但他们的体力也在六七个小时后耗尽了。于是，他们在路上安营扎寨休息起来。

许北笙带着叛逆的小孩也停在了途中。事实上，他们已经在途中停留了好几次。唯有姜语宁的小组，还在继续前行。虽然老弱病残都在他们这组，但是他们步伐一致、团结一心。

但即便是这样，意外状况还是不停地发生。

就在他们即将穿越漫长的丛林，迎来第一阶段的胜利时，金明丞发烧了。他掉入河沟的时候没有及时进行处理，加上一个晚上的体力消耗，已经出现了头重脚轻的情况。他身上裹着好几件衣服，也不觉得热。

"语宁姐，我好困啊……"

姜语宁转身，看到金明丞苍白的脸色，吓了一跳："你先坐下。"

庄哥和童童也在前面停了下来。

"你发烧了。"姜语宁探了探金明丞的额头道，"你的急救包呢？"

"估计我刚才狂奔的时候，落在树林里了。"金明丞捂着脑袋难受地说道，"不行了，我不想拖累你们，你们快走吧。"

童童听了，从身上拿出急救包递给姜语宁："语宁姐，用我的吧。"

"你给我把急救包捂好了，这里最需要急救包的就是你。"姜语宁让童童把急救包拿回去，并且掏出自己的急救包，却发现里面根本没有抗生素。

于是，她朝节目组发火了："你们搞什么？这么重要的东西为什么不准备？"

"语宁姐，这是荒岛求生啊……本来就要自己克服的，所以没给嘉宾准备。我去问节目组的人要。"随行的工作人员无奈地解释。

姜语宁叹了口气，看着金明丞，又转头和庄哥、童童商量。

"庄哥……"

"你要去做什么就去做，我和童童在这里安营扎寨等你们。马上就要下雨了，我们也没办法前行。"庄哥宽慰姜语宁，"我们原地休息两小时，等雨停了再继续出发。"

"我带他去河边找找柳树。"

"语宁姐，我真的不想拖累你了。"金明丞想到姜语宁还要走回去，感到愧疚又难过。

"别废话了，走。"姜语宁扶着人起身。

金明丞大受感动，忍着难受走在最前面。两人很快就消失在庄哥和童童的面前。

"庄哥……我们要是这样输了，怎么办？"童童忽然问庄哥。

毕竟金明丞是别的组的人，可他们在金明丞的身上却浪费了很多时间。

"输了就输了吧。这次，就当作给我们小组历练的机会。下一期，我们再好好发挥。那时候，我们一定会很有默契。童童，我真的很欣赏语宁。"

"我也是，她真能干！"

随行拍摄的工作人员听到这两人的对话，忽然感动得不行。这一路上，别组都在争吵和抱怨，唯有他们这组，一直在相互鼓励、相互体谅，真的很温暖！

姜语宁带着金明丞朝着河边走。两人走了四十分钟后，终于在一条水沟边上发现了柳树。

姜语宁当即扶金明丞坐下，然后去扒柳树的皮。阿司匹林最早就是从柳树皮的提取物中得来的。等采集了树皮，姜语宁就在附近生火，用破烂的小黑锅给金明丞煎茶。

"喝了它。"

金明丞很自觉地将其喝了个一干二净。此时此刻，姜语宁就算是要他的命，他也会给。

两人整理后准备返回队伍，却看到了打着手电筒的许北笙。

许北笙是顺着火光来的，看到姜语宁两人，忍不住问："你们在这儿干什么？大晚上的，孤男寡女……"

"哼！"金明丞不屑地啐了一口。

"要文明！"姜语宁提醒金明丞。

看到许北笙，金明丞不禁火冒三丈，直接对姜语宁道："语宁姐，你别管我了。我现在就跟着她，既然她是组长，那么我的死活就让她来负责。反正我发烧了，如果她不管我，我就直接宣布退出比赛。"

"你确定？你的烧还没退……"

"我就跟着她，自己组的组员都照顾不好，她当什么组长？"

"那好吧。"姜语宁从树下站起身来，走向许北笙，"你的组员，好好照顾。"

许北笙顿时气结："跟着你的语宁姐，不是更开心吗？"

"我不跟着语宁姐了，我就跟着你，谁让你的嘴不干净？哼，你还不来扶本大爷？"

许北笙被噎住了。

没有了金明丞，姜语宁走得很快。她回到营地的时候，童童已经睡了，庄哥正在守夜。

"那小子呢？"

"碰到许北笙了，他死活要赖着许北笙，不跟我们走了。"姜语宁笑了起来。

"你也累了一天了，睡吧。明早我们再出发。"庄哥用下巴示意身后的帐篷对姜语宁道。

"我睡四十分钟，然后起来换你睡。"

此时，二十四小时已经过去了三分之一。按照距离来算，齐墨组领先其他两组。

姜语宁组在丛林里休息好后重新出发。半小时后，他们走出了那片丛林，迎来了第一阶段的胜利。

"虽然很残酷，但还是要提醒你们一句，三组队员领先你们八千米。"

"没事，他们还有丛林呢。"庄哥安慰姜语宁两人，"接下来，我们就轻装上阵，当作游玩了。"

三人的心态很好，节目组的提醒对他们也没太大的作用。

不过几人才迈了几步，节目组的人就喊住了他们："语宁姐，你们可能又要等一下，遇到一点儿特殊状况。"

"语宁姐……"三人正疑惑，就见金明丞又在他们的跟前了。

说好的你要缠着你们的组长呢？

"是这样的，他们这组出了点儿问题。现在节目组要去找许小姐，所以明丞只能暂时跟着你们了。他的身体还没好全，独自一个人，我们不放心。"工作人员解释。

"许小姐怎么了？"姜语宁忍不住询问了一句。

"这个……"

"呵，有什么不好说的？那小姐姐不知道在路上看到了一种什么植物，说珍贵得很，就不顾危险地要去找，节目组的人怎么劝都没用。"金明丞极不屑地解释。

"这些科学家可真是怪人啊……"

节目组也很生气好吗？好好的节目，录着录着就变成了《走近科学》。他们也很难受的！现在他们还要派人去找那位娇小姐，一个节目组的人都围着她转了。

"那还真是辛苦你们了，我们继续前进！"姜语宁拍拍工作人员的肩，只能带着两个小屁孩，和庄哥一起往前赶路。

"啊，看着平坦大道，真是神清气爽。"

姜语宁伸手探探金明丞的额头，发现他已经退烧了。年轻就是资本啊！不过，她还是要提醒金明丞："你们组的这种情况，输了的话，下一期可是双倍处罚，真的没关系吗？"

金明丞犹如被雷劈，忍不住骂了一句："有病！"

节目组花了大约两个小时，才把许北笙给找了回来，好说歹说才让许北笙放弃了采集标本的想法。

只是二组的队员现在全走散了，叛逆的小孩此刻连踪影都看不到了。

上午十点，齐墨组的人也正式开启他们的"地狱模式"，进入丛林。事实证明，只要进入丛林，不管是白天还是黑夜，都会遇到问题。即便是白天，齐墨组的人一样会摔跤、受伤，而且他们用的全是自己身上的急救包。他们认为这是路程中最难的一段，所有的急救包也该用在这段路上。

见此，节目组的人不由得感叹姜语宁组的队员都是怪异的存在。别组的队员，东西都是越用越少。只有姜语宁组的队员，身上的东西越来越多。松针、芭蕉芯、火棘果，甚至还有河沟里的小鱼小虾。简直是天有多大，他们的胆子就有多大！

而且，他们身上的急救包完全没动，靠的全是姜语宁的各种树皮和树根。有时候，跟拍的摄影师也去要个野果，蹭个烤鱼！明明是很刺激的荒岛营救，怎么最后变成了搞笑综艺呢？唉，综艺难做啊！

下午四点，姜语宁组已经在路上轻松地唱起了国歌，而齐墨组的人还在丛林里周旋，因为他们迷路了。

"齐哥，其余两组不会已经快到终点了吧？"其余两个嘉宾问道。

"不会的，这树林这么复杂，况且一组的人还是夜间穿越。这时候，他们可能都没出去呢。"齐墨气喘吁吁地找着自己刚才做下的标识。

跟拍的工作人员听了不由得轻笑一声。

人家现在在河沟里愉快地捕鱼呢，距离终点只有十五千米了，别提多欢乐了。

工作人员的信号是共通的，跟拍齐墨组的工作人员一开始是最得意的，想着这组最轻松。哪知道，跟着姜语宁组的人会那么享福啊？

他们也想光着膀子在水里游泳啊！

想到此，工作人员轻咳两声，对几人道："残酷地提醒一下诸位，一组的队员距离终点只有不到三小时的路程了。"

三组队员觉得不可思议："这怎么可能？"

"虽然我也不相信，但事实就是如此，他们组异常团结，士气很高。"

最后，一组队员到达终点的时候是晚上八点，比预计晚了一个小时，总体耗时二十二小时。这时候，所有人扔开背包，往地上一躺。最搞笑的是童童的背包，因为拉链没拉严实，野果、小鱼等全从他的背包里滚了出来。

工作人员看到都震惊了。宝贝儿，吃不完的你还打包了呀？这组人厉害了。尤其是姜语宁，要什么有什么，要什么会什么。节目组真是失算了，这完全就是请了个高手过来！

一组队员到了以后，便在节目组的安排下洗澡休息了。两小时后，三组的队员赶到了，看到一组的队员正戴着眼罩补眠，整队人都感到很意外。紧随其后的是二组的叛逆小孩。小孩酷酷的，也在规定的时间内到了。这个小孩的行踪一直很神秘，没人知道他怎么走的，节目组也没人说。难道，节目组为了节目效应准备了黑马？

超出时间到达的只有许北笙。想到她在节目里作死，节目组的人都恨得牙痒痒。所以，现在二组的成绩怎么算呢？节目组有些头疼。不过，经过节目组的讨论，他们还是得出了结果。

"诸位，辛苦了，也恭喜你们都完成了挑战，在荒岛上顺利地度过了二十四小时。尤其是一组的队员，拖着老弱病残还能健步如飞，真是让我大开眼界。接下来，节目组要宣布一下比赛的结果，第一名是当之无愧的第一组，第二名是第三组，很遗憾，因为第二组出现了诸多问题，只能暂时排名第三了。"

"等等……"许北笙忽然开口，打断了工作人员的话，"我们组的金明丞也是第一，你们节目组只规定了不能有人宣布放弃，可没有规定组员要一起到达终点才算是完成任务。"

众人一听，觉得三观被震碎了。

金明丞怎么拿到第一的，她心里没数吗？

这时候，金明丞忍不下去了，开口对许北笙道："我这个小暴脾气真是忍不了了。你自己中途跑去采集标本，害得工作人员到处找你。我跟着语宁姐他们一路到了终点，只是沾了人家的光。你怎么好意思利用漏洞来占人家的便宜？你怎么不上天呢？"

"别吵，别吵，我们再商量一下。"工作人员连忙把金明丞拽开。

这样的情况，节目组始料未及。谁能知道高学历的专家也会钻这样的

573

空子呢？

"我掉进水沟里的时候，你对我不闻不问，是语宁姐生火替我烘干了衣服；我发高烧的时候，你还诬蔑我和语宁姐孤男寡女，却不知道那是语宁姐带着我去找药。现在人家赢了，你就无耻地过来凑一脚，你真受过高等教育吗？"

"节目组我告诉你们，如果这次你们让步了，我就宣布退出，直接倒数第一，什么玩意儿啊。"

节目组的人听了金明丞的话，觉得句句在理。许北笙这次没话说了。

"既然这样，那就维持原有的结果了，大家辛苦了！"

姜语宁看到金明丞听到结果露出的满意笑容，心里也有一丝欣慰。虽然金明丞是麻烦了点儿、怕死了一点儿，但是人家三观是正的，还挺可爱。他明明可以蹭到第一的位置，但是不接受没有付出努力得来的成果。

"相信我，你不会过气的。"姜语宁临走前拍了拍这个小孩的肩膀。

"嘿嘿，我刚刚是不是超级帅？"

"放心吧，我会忘记你在丛林里那一声声惊魂尖叫的。"

金明丞哑口无言

不久后，Vera出现在节目组安排的出口处，带着姜语宁的东西以及外套。

姜语宁见后，跟节目组和嘉宾告别："诸位辛苦了，我要回家休息了，大家下期见。"

节目组的人争相和姜语宁握手，尤其是跟拍姜语宁那组的摄影师，对姜语宁完全是感激涕零啊。他吃了人家不少的野果和烤鱼，可不得好好感谢吗？

这时，许北笙走到姜语宁的面前，在她的耳边低声说："你不会永远这么幸运。"

"是吗？我的运气一向还不错。"说完，姜语宁走向Vera，并在Vera的保护下坐上了轿车的后排。没有人注意到姜语宁的车上还有别人。

Vera如果只是单纯接人，会用公司的保姆车。一旦姜语宁的面前出现了轿车，那说明里面一定有别人。果然不出姜语宁所料，二爷就坐在里面，贵气逼人。

"二哥，你还有'小迷妹'在外面呢。"姜语宁轻哼，"不看一眼吗？"

陆景知直接将她抱上双腿，盯着她的狐狸眼看："那好……我放下车窗跟她打个招呼。"

"我错了，我错了！"姜语宁连忙搂住陆景知的脖子撒娇。

他要是把车窗放下来，人们就会知道她和一个男人在一起，而这个男人还是陆景知。这样，她又得上热搜了！

"真是，一点儿醋都不让人家吃。"

"有什么可吃的？嗯？"

Vera就坐在前排，听到两人的对话，顿时浑身都起了鸡皮疙瘩。哪有人结了婚还这么肉麻的？Vera有些受不了地拿出耳机戴上。难道姜语宁不知道，这是对单身者的攻击？

晚上十一点半，轿车终于停在了御珑廷的大门口。Vera看着姜语宁和陆景知下车，在姜语宁进门之前，对她道："下周一会录制下一期节目，明天晚上你要参加《天机》的杀青宴。你手里的剧本也该看了，别错过了试镜的时机。其他工作我稍后会发到你的手机上，当然我也会准时提醒你。"

"知道啦。"姜语宁做了一个"OK"的手势。

Vera敢保证，姜语宁肯定没记住。因为陆景知此刻正牵着她的手，男色误人啊。

就在Vera准备离开的时候，姜语宁忽然想到了什么似的，拽着她说："明天上午你过来一趟吧，我有新想法。"

"知道啦。"

"退下吧！"

Vera不禁吐槽，我是您的宫女呢，还是太监呢？


进入家门，姜语宁直接往陆景知的身上跳："二哥，两天不见，你又帅了。"

陆景知搂着她，将她放在沙发上，然后半蹲在她的面前脱下她的鞋。

血泡、破皮、划伤，一双脚就没一块完整的皮肤。

"手拿出来……"

姜语宁摇摇头，甚至将手藏在了身后。但男人还是抓住了她的手，放

575

到了眼前。

陆景知叹了口气，将早已放在桌上的小药箱拿到身边，道："那么拼命做什么？跟谁这么较劲？"

"跟我自己。你和我哥都那么优秀，我当然不能让你们丢脸。"姜语宁认真地解释，"我没有把这个当成综艺节目，而是把它当成一种历练。我也不是要和谁比较，只想做好自己。我想知道，如果不依靠你们，我能走多远。"

陆景知抬起她的脚放在自己的腿上，小心地包扎，说："可是，我们就是想让你依靠。"

"我在依靠呀！"姜语宁忽然收回自己的腿，然后凑近陆景知，在他的耳边小声道，"我的幸福只能靠你！"

"挑衅？"

"不敢！"姜语宁连忙举手投降，"说认真的，二哥，我的下一部剧还没有着落呢。Vera送了好多剧本过来，你帮我分析分析？"

"不急。"陆景知一边替她上药，一边一语双关地回答，"回房以后，慢慢看。"

小祖宗三天不打，就上房揭瓦。是不是以为他不知道录节目的时候有人要和她组"CP"？


另一边，许家。

许北笙进入家门，便见许良舟在客厅等她。

"哥，你怎么还没休息？"

"想着你今天录完节目，特地等你回家想问问你的感受。"许良舟坐在沙发上，将双手揣在裤兜里看着许北笙，"你用我的名义去简少齐那里问小嫂子的事，闹出了这么多的事情。你是不是想让我彻底失去陆景知这个朋友？"

"哥，我没有恶意。"许北笙回答。

"你的恶意已经在满天飞的通告里表现出来了，你还没有恶意？"

"我告诉你了，我只是想看看姜语宁那个人。我只是想知道陆景知喜欢什么样的女人！"

"然后呢？取而代之吗？"许良舟冷笑着反问，"你最好不要让我知道你在背后做了什么小动作，否则我没你这个妹妹。"

许北笙拿着行李回房间。她根本不相信节目中姜语宁表现出来的性格就是原本的心性。明星都很会包装，姜语宁私下对她放狠话，根本就不是节目中表现的那样。

陆景知是不是也被她的外表蒙骗了？许北笙的脑子很乱。这一刻，她就是没办法接受姜语宁是个比她更加讨人喜欢的人。

其实，许北笙完全想多了。现在，她在节目组有个绰号，叫作"狗都嫌"。节目组这次有两个收获，一个是"宝藏女孩"姜语宁，另一个就是"万人嫌专家"许北笙。

明明姜语宁才是"黑红"艺人，结果人家情商、智商都高，赢得节目组的一致好评。至于许北笙，节目组很头疼，要不要想个办法，直接淘汰一组嘉宾，把许北笙给弄出去？要不然，下一次节目去海岛，难道还要工作人员跟着她下水喂鲨鱼？

这人就是自私，也任性。


深夜的时候，御珑廷28号的卧室还亮着灯，姜语宁躺在床上睡得正熟。

陆景知此时还没睡，坐在床边小心翼翼地替姜语宁处理手上的伤口。

她明明当着艺人，却不知道爱惜自己的身体，到处都是疤痕。

陆景知无法隐藏对他的这位小祖宗的心疼。看着她红肿的手指，他好半天才说服自己让她继续参加《荒岛营救》的录制。

沉睡之间，姜语宁似乎感觉到了手上的异样，便嘟囔了一声："二哥……痒痒。"

陆景知摸着她的脑袋，拿开医药箱，又将她的手放回被窝里，这才去一旁研究她的剧本。早晚有一天，她也会把他逼出十八般武艺。

昏暗的光线中，陆景知戴着眼镜，翻着手中的剧本。剧本质量当然是第一位的，最重要的是，他要看里面有没有床戏和吻戏。

姜语宁第二天醒来，看到化妆桌上放着陆景知筛选出来的剧本，双眼顿时冒出亮光。二哥是万能的吗？Vera一共送来十一个本子，类型很全，姜语宁已经粗略地看过一遍，很喜欢其中三个，但是一直做不了决定。而她喜欢的那三个本子，也是陆景知筛选出来的剧本。看来，她和二哥之间已经有了默契。

上午Vera过来，姜语宁便把筛选出来的剧本放在Vera的面前，道："这三个，你有什么意见？"

第一部，一部古装正剧，虽然也是大制作，但是题材很接近《天机》。虽然是女二号，但是Vera认为，姜语宁没有必要出演相同类型的作品。

第二部，现实主义题材，说的是一名励志女警的故事。剧中女警的张扬性格，和姜语宁很像，但是Vera还是觉得这不是最优的选择。

第三部，民国剧，剧名叫《无名孤儿》，讲的是一个因战争失去双亲的凄苦孤儿李知梦，她女扮男装投身战争最后以身殉国的故事。后世百姓为她立碑，却不知她的真名叫什么。

"这个。"Vera指着《无名孤儿》对姜语宁道，"在这部剧里，你是当之无愧的女一号，造型也够特别的，要留小平头。"

"你就是想看我剪头发才故意选的这个吧？"姜语宁瞪着Vera。

"当然不是。第一，这个剧本完善，故事饱满，人物有灵魂；第二，弘扬女性的爱国主义精神，从另一个角度说，是真正的大女主戏；第三，没有吻戏，没有床戏，甚至连'CP'都没有，符合二爷的口味；第四，这对你来说，是一个全新的挑战，后期你还有穿旗袍的戏份，更能凸显你的优势；还有第五、第六，好处很多，就看你怎么想了。"

"就它！"姜语宁一锤定音。

"唯一有个问题，就是你的粉丝群体年龄偏小，要让他们接受这样的剧有难度。"Vera摸着下巴思索道。

"不难。"姜语宁笑了起来，"一会儿我扮个男人，你看了就会明白。"

Vera一脸茫然，这狐狸还对她隐藏了什么技能？

女扮男装的剧早就不新鲜了，但是要怎么把那份英气和帅气表现出来，那是最难的。

"当初我去试过一部女扮男装的古装剧，但是被别人截和了。我虽然没有拿到角色，但是看到了我女扮男装的潜力。"说完，姜语宁从自己的衣柜里找出一件小西装，然后去了浴室。

半小时后，她从浴室里走了出来。Vera看了以后，吓了一大跳："你还有这样的技能？"

此刻的姜语宁验证了一句话：女人要是帅起来，男人都得靠边站。

姜语宁身穿深V小西装，皮肤被她刻意涂成了古铜色。此刻，她五官立体，一个冷酷的眼神，就让Vera起了鸡皮疙瘩。

"怎么样？是不是很厉害？"姜语宁朝Vera挑眉。

"就这么决定了，我联系对方，让你去试镜！"Vera满意极了，然后趁机给姜语宁拍了几张帅照。

"不过，你得明白一件事。你在剧里，大部分时间是脏兮兮的形象，不会这么光鲜靓丽。这些你可以和导演沟通，问题不大，最重要的还是演技！演技！好吗？"

"我知道了！"姜语宁点头。

"还有，这两天在节目里，你没和那个谁来场正面冲突？我已经收到了一些小道消息，貌似节目组的人都不喜欢她？"

"你别说这样的话，要不然我就该怀疑，下一期节目组要把我们俩凑一组了。"姜语宁一边卸妆一边猜测，"不了，还是别乌鸦嘴了。"

"这么刺激吗？我能不能跟进去看？"Vera顿时来了兴趣。

"让你二十四小时不眠不休地走路，喝脏水、啃树皮，连上厕所都在野外，你要跟吗？"姜语宁翻着白眼问。

"当我没说！"Vera连忙举手认错，"对了，你不是告诉我你有新想法吗？什么新想法？"

"我想写歌。"

"你这事业才刚起步，咱们的脚步不能慢一点儿吗？你现在的综艺和影视档期已经很满了。宁大爷，我们真的没有多余的精力去发展唱歌事业。"Vera瞪大双眼。

"我没有要转歌手，只是想写首歌送给二哥。"姜语宁翻了个白眼。

"你吓死我了。"Vera拍拍自己的胸口，"这我可以帮你。我可以给你介绍一位有才华的作曲老师。你有不懂的地方，到时候可以问他。"

"好！"姜语宁做了一个"OK"的手势。

其实她想唱歌，但正如Vera所说，她走得太快了，根基不稳，还没到可以随心所欲的时候。至于为陆景知写歌这件事，她都梦到过好几次了，如果不去实践，岂不是对不起那美妙的梦境？

Vera想到姜语宁决定写歌还是为了陆景知，就有些受不了。这两人成天在她面前撒"狗粮"，她都想报警了！

傍晚，录了两天节目的姜语宁返回《天机》剧组参加杀青宴。

姚繁以及宋辰星看到他俩的小徒弟时，都吓了一跳。

姚繁道："你这几天不见，黑了这么多啊！"

"别提了，我去荒岛漂泊了……人也饿瘦了。所以，你的大餐什么时候补给我？"姜语宁搂着姚繁猛地摇晃她。

"我明天就要进别的组了，让你师父请吧，我们……算一家。"姚繁红着脸羞涩地回答。

"别又是你的一厢情愿吧？"姜语宁疑惑地看向宋影帝。

宋辰星立即答道："明天我送她进组，再跟你约时间。"

"别、别、别……你们俩以后一起请，我家的醋坛子能淹死人。"

姜语宁在姚繁的耳根处小声道："可以啊师娘，这就搞定了！"

姚繁看向宋辰星，羞涩中带着仰慕，是恋爱中的眼神。

"以后有困难，只管找师娘，我罩你！"

"你罩得住？"宋辰星反问女友。

"呃……"

好吧，想到姜语宁背后的陆景知，姚繁不说话了。

倒是沈导，拿着酒杯走到姜语宁的面前道："剧组里少了你这丫头，真不习惯。副导演今天没来，让我跟你求个治腹泻的方子，一会儿你写下来再走。"

"语宁姐，还有我，最近老上火！"

"还有我，还有我，我便秘了，语宁姐！"

"排好队，一个一个来，师娘，帮我收个挂号费。"姜语宁一边说，一边撸起了衣袖。

"哈哈哈……"全组人都笑了，有姜语宁在的地方，真的不会无聊。

此时此刻，谁也不记得姜语宁从前的那些传闻了。最开始，大家都不能接受一个"黑红"艺人做了《天机》的女三号。现在，他们巴不得以后合作的艺人都能和姜语宁一样，有一个有趣的灵魂。

杀青宴的气氛非常融洽，工作人员对姜语宁的评价也都不错，这是让来采访的媒体意想不到的地方。口碑这种东西做不了假，剧组动辄上千人，能够获得一致好评，可见姜语宁是真的能讨大家欢心。最重要的是，她还促成了姚繁和宋辰星这对恋人。她就是剧组的小福星。

深夜十点，《天机》剧组的杀青宴正式结束。工作人员各奔东西，只有几个主创或许在后续的宣传工作上还能有接触。

"小徒弟，你家的车来了。"姚繁看到院子门外停着的黑色轿车，挂在姜语宁的身上说道。

"师父……你赶紧的。"姜语宁示意不远处的宋辰星。

宋辰星会意，走到姜语宁的身边，一把扶住姚繁，并对姜语宁道："走吧，路上小心。"

"那你照顾好师娘。"

宋辰星沉稳地点点头，随后便代替姜语宁在姚繁的身边坐下，任由她在自己的身上胡作非为。

"小徒弟，你不知道，你师父那个人真不解风情。我刚才跟他说，去我家喝一杯吧。他居然说时间太晚了，不方便！听不懂人家的暗示吗？我是想和他单独相处啊，男人啊！都是大猪蹄子。"

宋辰星听完，闷笑一声，随后在姚繁的耳边道："不是不方便，是怕你太危险。"

姚繁听到宋辰星的话，顿时清醒了几分，抬头看着他："啊……"

她刚才都说了什么呀？！

"对不起，我喝多了。"

"没关系，我送你回家，顺便再喝一杯。"

饭桌下面，宋辰星握住姚繁的手。两人的体温继续升高，心跳也在加快。

这个夜晚，似乎真的很美。


回程路上，姜语宁想到在剧组的美好回忆，嘴角也一直上扬着。

"很开心？"身旁的男人询问她。此刻，他的身上笼罩着一种危险气息，只是姜语宁没注意到。

"二哥，繁姐和辰哥真的在一起了。我就是一个完美的月老。"

陆景知猛地扭过她的脑袋，紧紧地捏着她的下巴，似在惩罚她。

581

"二哥？"

"为什么在Vera面前装扮成男人？"陆景知捏了一会儿才松开手。

无论看她装扮成什么样，他都觉得有致命的吸引力。

"啊？你怎么知道的？"

陆景知举起手机，里面是Vera给他发的照片。

"我帅吧？"

"帅得想让人……狠狠地修理。"

姜语宁听了，心里发颤，道："二哥，你……"

"我只对你有感觉，笨蛋。所以，你不要再变着戏法来引诱我了，嗯？"

对陆景知而言，无论姜语宁是什么装扮都具备致命的吸引力。尤其是那些新鲜的、她没有尝试过的造型，在陆景知看来都是在点火……

二哥这占有欲真可怕。

但是不得不说，姜语宁很喜欢。

接下来的几天，姜语宁在准备试镜。

节目组那边因为怕了姜语宁，所以下一期的录制内容完全是保密状态，任何人都别想作弊。

在第二期节目开拍之前，本有一个宣传视频要拍摄。但头一天晚上，有不少娱乐博主在发一条消息，没有指名道姓，但是明眼人一看就知道是谁。

"某个'黑红'艺人最近在录制真人秀节目的时候，睡了某个流量艺人，两人在草堆里偷偷摸摸的。"

"那个'黑红'艺人一直不简单，现在签约了一线公司，自然能睡流量明星。"

对比这些信息，网友们直接对号入座，毕竟一直很有名的"黑红"艺人只有姜语宁。而且，她最近在录制真人秀节目，又签约了光影。至于另外一个"流量艺人"，除了金明丞，没有别人。围观群众解读出这样的消息后，觉得自己是侦探柯南。

"'黑红'是姜语宁，'流量'是金明丞。"

"不会吧？这么劲爆吗？拍个真人秀节目也能搞这么多事？"

"姜语宁解除婚约以后就单身了，金明丞也单身。人家谈个恋爱，也没什么吧？"

"可金明丞比姜语宁小了四岁！"

很快，这个消息就传到了枯杰的耳朵里。

陶睿哲和小K看了，简直不能忍。

"这群人要知道我语宁姐的老公是谁，还会这么说吗？整天就知道胡乱造谣。"

"查账号，把背后的人给我揪出来。"枯杰这个妹控直接气炸了，把网上造谣的所有原始账号全都记录了下来，扔给小K。

"杰哥，明白！"

"陶睿哲，拦截消息。谁家娱乐账号敢放消息，就给我爆了谁的版。"

"好的，杰哥！"

陶睿哲也生气了，这些人真是疯了。于是，陶睿哲不仅拦截消息，还告诉雪梨，让她给金明丞的粉丝"明珠"打了个预防针，说有一大拨"黑子"已经等不及要黑他们的心头肉了。就这样，X社忙碌起来了。等这件事传到姜语宁的耳朵里时，已经是深夜十一点了。

Vera在电话里告诉姜语宁："小祖宗，你真的是得多幸运才有枯杰那样的哥哥。黑料一出来，他就直接给你掐死在摇篮里了。"

"到底怎么回事？"

Vera很无奈，便把这件事从头到尾跟姜语宁说了一遍。

"这么恶心的谣言也敢随便造？我已经跟沈总监报备过了，直接给那几家媒体发了律师函。你哥那边已经完全封锁了消息，暂时没事了。不过，你知不知道这次又是谁在背后搞事？"

"当时金明丞发烧，我带着金明丞去河边找柳树，但是被许北笙撞见了。"姜语宁解释。

"还有没有别人看见？"

"开什么玩笑？路上一直有摄影师跟着……"

"那我明白了。"Vera已经明白了姜语宁的意思，"今晚，我和你哥会彻夜查到背后那个人。明天，我们再来商量怎么处理。"

"查到后给我电话，我亲自来处理。"

其实，他们已经不需要查了！

Vera从手机里听出了姜语宁的声音变得冷漠，知道姜语宁动了肝火。这人从来都是笑脸迎人的，能够把她惹怒也是一种本事。

"知道了，你放心吧。"

放下手机后，姜语宁坐在床上发呆。早知道许北笙不会这么安分，她就应该多注意一点儿。

同一时间，陆景知也接到了枯杰的电话。

枯杰生气地道："那个许北笙欺负到我妹妹的头上了，你倒是管不管？虽然小宁说不要你插手，但是事情因你而起，你怎么做人丈夫的？"

陆景知不明所以，然后从枯杰这里知道了事情的来龙去脉。

十分钟后，陆景知若无其事地走出浴室换了衣服，抱着身穿睡衣的姜语宁出门。

"二哥，去哪儿？"姜语宁惊呼一声。

"约了许良舟和他的妹妹，聊会儿天！"

说完，陆景知把姜语宁放在副驾驶座上。这次，他亲自开车。

"可我没换衣服……"

"用不着，我会全程抱着你！"陆景知的声音很冷。

姜语宁心头一惊，顿时明白了。陆景知怕是知道了许北笙造谣她和金明丞的事情。

完了，姜语宁心想。她忽然有些同情许北笙。平日有谁得罪她，她都是自己压着，不敢让陆景知出手，因为她知道陆景知出手的威力。像之前得罪她的姜管家，家里直接被夷为平地。许北笙拿别的事情造谣也就算了，偏偏造谣她和金明丞的绯闻。哪个男人能忍啊？

于是，姜语宁老实地坐在车里，连大气都不敢出。幸好她今天穿的睡衣比较日常，穿出去也没太大问题。

二十分钟后，两人到了希尔顿酒店的侧门。酒店的经理见陆景知抱着姜语宁下车，便直接带着陆景知去了隐秘的总统套房。这些人都熟门熟路了，嘴很严实。

进入套房，陆景知抱着姜语宁在沙发上落座，并且用西装盖住她的身体。

这是姜语宁第一次见陆景知动怒的样子，冰冷、威严、浑身上下散发出致命的危险气息。只是一个眼神，大概也能要了旁人的命。

十分钟后，总统套房的门终于被人推开了。

不过，进入套房的人可不只有许良舟和许北笙，还有温洛和简少齐。

四人本来有说有笑的，但是见到沙发上面带怒色的陆景知后，顿时收起了笑脸，也跟着紧张起来。他们老老实实地进入套房，并且关上门。

"景知……"

"许北笙。"陆景知直接点名，声音极冷，"你是不是不想活了？"

此刻，陆景知身上散发出来的危险气息让众人胆战心惊，不寒而栗。

"景知……"许良舟顿时将许北笙拽到身后，"是不是有什么误会？"

"要不是看在你哥哥的面上，你根本见不到明天的太阳。不要把我的仁慈当作对你的客气。我警告你最后一次，别来招惹我和我的女人，否则，我让你下地狱！"

陆景知的目光依旧在许北笙的身上，眼神是这几个人从没有见过的阴狠……